KB071192

위대한 유산

GREAT EXPECTATIONS
by CHARLES DICKENS (1861)

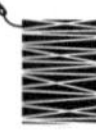

이 책은 실로 꿰매어 제본하는 정통적인 사철 방식으로 만들어졌습니다.
사철 방식으로 제본된 책은 오랫동안 보관해도 손상되지 않습니다.

위대한 유산 ㊤

Great Expectations

찰스 디킨스 장편소설　류경희 옮김

애정을 담아 촌시 헤어 타운센드* 씨께 헌정합니다.

* Chauncy Hare Townshend. 시인, 골동품 연구가이자 수집가. 디킨스의 오랜 친구이며, 『최면술에 관한 사실과 그 객관적 연구의 이유*Facts in Mesmerism, with Reasons for a Dispassionate Inquiry into It*』(1840)의 저자. 1840년부터 세상을 떠난 1868년까지 디킨스와 우정을 나누었으며, 유작인 『종교적 견해*Religious Opinions*』(1868)의 저작 유언 집행자 역할을 디킨스가 맡았다.

제1권

1

내 아버지의 성은 피립이고 내 이름은 필립인데, 유아 시절 내 혀는 둘 다 핍이라고 발음했지 그보다 더 길거나 더 분명하게 발음할 수 없었다. 따라서 나는 스스로를 그냥 핍이라고 불렀고, 결국은 그렇게 불리게 되었다.

아버지의 성이 피립이라고 한 건 아버지의 묘비와, 대장장이와 결혼한 누나 조 가저리 부인의 말에 근거한 것이다. 아버지와 어머니의 실제 모습은 물론이고 두 분의 사진조차 본 적이 없었으니(당시는 아직 사진이 등장하기 전이다)[1] 내가 최초로 상상하던 두 분의 모습은 얼토당토않게 두 분의 묘비에서 비롯된 것이었다. 아버지의 묘비에 쓰인 글자 모양은 이상하게도 떡 벌어진 어깨에 풍채가 당당하고 거무스름한 피부에 까만 고수머리를 지닌 모습을 떠올리게 했다. 〈또한 그의 아내 조지애너도 이곳에 묻히다〉라는 비문의 특징이나

1 1839년 영국의 폭스 탤벗Fox Talbot이 최초로 사진 인화 장치를 만들었다.

모양새에서는 나는 아이답게 어머니가 주근깨가 가뭇가뭇 하고 병약한 분이었을 거라고 추정했다. 인간이라면 누구나 겪는 생존 경쟁 속에서 목숨을 부지하기 위한 노력을 너무 이른 나이에 포기해 버린 내 어린 다섯 동생들을 기억하고자 부모님 묘 옆에 가지런히 조성된 다섯 개의 작은 마름모꼴 묘비들 덕분에, 나는 그 애들이 모두 바지 주머니에 손을 넣은 채 누운 상태로 태어났다가 미처 손도 빼보지 못하고 죽어 이렇게 묻혀 있는 거라는 종교적 믿음을 갖게 되었다.

우리 마을은 바닷가에서 30킬로미터쯤 떨어진 곳에 위치한, 구불구불 흐르는 강을 끼고 있는 강 하류의 습지대였다. 난생처음 생생하고 환하게 사물들의 실체가 내 기억 속에 각인된 건 저녁을 코앞에 둔 어느 으스스한 오후였던 것 같다. 바로 그 시간에 나는 다음과 같은 사실을 분명히 깨닫고 있었다. 〈쐐기풀이 무성한 이 쓸쓸한 장소는 교회 묘지다. 이 마을에서 살다 세상을 떠난 필립 피립과 그의 아내 조지애너가 죽어서 묻혀 있다. 이들 부부의 다섯 아들 알렉산더, 바살러뮤, 에이브러험, 토비어스, 로저 또한 죽어서 묻혀 있다. 수로와 방죽과 수문들이 뒤얽혀 있고 여기저기서 소 떼가 풀을 뜯고 있는 묘지 너머 어둑하고 황량한 평지는 습지대다. 그 뒤로 낮게 깔린 납빛 선은 강이고, 거기서 더 멀리 바람이 몰아치고 있는 무시무시한 소굴 같은 곳은 바다다. 그리고 이 모든 광경이 점점 더 무서워져 훌쩍훌쩍 울기 시작하며 벌벌 떨고 있는 누더기 조각보 같은 작은 아이가 바로 나 핍이다.〉

「입 다물어!」 그때 웬 남자가 교회 현관 옆 묘지들 사이에서 불쑥 튀어나오며 무서운 목소리로 외쳤다. 「조용히 해, 이놈아. 안 그러면 목을 댕강 잘라 버릴 테다!」

거친 잿빛 옷을 입고 다리에 큰 족쇄를 찬 무시무시한 얼굴의 남자였다. 그는 모자도 쓰지 않았고 신발은 찢어졌으며 머리에는 낡아 빠진 누더기 조각을 두르고 있었다. 온몸은 흠뻑 젖은 데다 진흙 범벅이었으며, 돌에 부딪혔는지 다리를 절름거렸고, 부싯돌에 쓸려 상처를 입었고, 쐐기풀에 찔리고, 들장미에 찢긴 모습이었다. 그 남자는 다리를 절뚝거렸고, 벌벌 떨었으며, 번득이는 시선으로 나를 쏘아보면서 으르렁거렸다. 내 턱을 움켜쥘 땐 그의 이빨이 딱딱 맞부딪치고 있었다.

「제발 부탁이에요. 목을 자르지 마세요, 아저씨!」 나는 공포에 휩싸여 애원했다.

「이름을 말해라!」 남자가 말했다. 「얼른!」

「핍이에요, 아저씨.」

「다시 한 번 지껄여 봐라.」 남자가 나를 노려보며 말했다.

「핍이에요, 핍이라니까요, 아저씨!」

「사는 곳이 어딘지 가리켜 봐라.」 남자가 말했다. 「사는 곳을 가리켜 보라고!」

나는 오리나무와 가지를 바짝 친 나무들 사이로 보이는 평평한 강변 기슭, 교회에서 1.5킬로미터 정도 떨어진 곳에 있는 우리 마을을 가리켰다.

잠시 나를 바라보던 남자는 나를 거꾸로 쳐들고 내 주머니를 털었다. 주머니 안엔 빵 한 조각 외엔 아무것도 없었다. 교회가 다시 제자리로 돌아오자 — 그가 하도 갑작스럽고 세차게 나를 거꾸로 드는 바람에 교회가 내 발밑으로 보이는 상황이어서 이렇게 말한 것이다 — 즉 교회가 다시 제대로 보이게 되자 나는 벌벌 떠는 상태로 높다란 묘비 위에 앉혀졌다. 그동안 그는 빵을 게걸스럽게 먹고 있었다.

「너 이놈.」 그가 입술을 핥으며 말했다. 「뺨이 제법 통통하구나.」

당시 나는 나이에 비해 체구가 작은 편이었는데 튼튼하지는 않았지만 뺨은 오동통한 편이었다고 생각한다.

「그 뺨을 먹어 치워야겠다. 내게 그럴 마음이 조금이라도 없다면 손가락에 장을 지지지.」 남자가 위협적으로 손을 흔들며 말했다.

나는 제발 그러지 말라고 애원하며 그가 나를 올려놓은 묘비를 꽉 붙잡았다. 거기 꼭 붙어 있으려고 그런 것이기도 했고 터져 나오려는 울음을 참기 위한 것이기도 했다.

「그러면 내 말 잘 들어!」 남자가 말했다. 「네 엄마는 어디 있느냐?」

「저기요, 아저씨!」 내가 말했다.

그는 혼비백산하여 잠시 도망을 쳤다. 그러다 그는 멈춰서서 어깨 너머로 뒤를 돌아보았다.

「저기라니까요, 아저씨!」 내가 머뭇거리며 말했다. 「〈또한 그의 아내 조지애너도 이곳에 묻히다〉라고 쓰인 곳요. 그분이 우리 엄마예요.」

「오호!」 그가 되돌아오며 말했다. 「그럼 네 아빠도 네 엄마 곁에 있는 거냐?」

「네, 아저씨.」 내가 말했다. 「아빠도요. 이 마을에 사시다 돌아가셨어요.」

「아하!」 그가 생각에 잠기며 중얼거렸다. 「그럼 넌 누구랑 살지? 아직 결정을 내린 건 아니다만 큰맘 먹고 널 살려 준다면 말이다.」

「누나인 조 가저리 부인하고요, 아저씨. 대장장이 조 가저리의 아내예요, 아저씨.」

「뭐, 대장장이라고?」 그가 말했다. 그리고는 자기 다리를 내려다보았다.

자기 다리와 내 다리를 여러 번 번갈아 험악하게 내려다보고 난 후 그는 내가 있던 묘비로 바싹 다가와 나를 붙잡고 뒤쪽으로 최대한 밀어붙였다. 그러는 바람에 그의 두 눈은 강렬하기 이를 데 없는 눈빛으로 나를 내려다보게 되었고, 내 눈은 무기력하게 그의 눈을 올려다보아야 했다.

「내 말 잘 들어.」 그가 말했다. 「너를 살려 줄지 말지 여부가 달려 있는 일이니. 너, 줄칼이 뭔지 알지.」

「네, 아저씨.」

「그리고 음식물이 뭔지도 알 테지.」

「네, 아저씨.」

질문을 할 때마다 그가 나를 점점 더 뒤로 밀어붙였기 때문에 속수무책에다 위험하기까지 하다는 생각이 점점 더 커졌다.

「가서 줄칼을 가져와라.」 그가 다시 한 번 나를 밀어붙였다. 「그리고 음식물도 가져와.」 그가 또 밀어붙였다. 「그 두 가지를 내게 가져와라.」 그러면서 또 밀어붙였다. 「안 그러면 네 심장과 간을 빼 먹을 테다.」 그가 또 밀어붙였다.

나는 끔찍한 공포감에 사로잡혔다. 하도 어지러워 나는 두 손으로 그를 꽉 붙잡고 이렇게 말했다. 「제발 제 몸을 똑바로 세워 주세요. 그러면 아저씨, 아마 어지럽지도 않고 심부름도 더 잘할 수 있을 거예요.」

그가 내 몸을 하도 무지막지하게 휙 들어 올렸다 내리고 좌우로 흔들어 대는 바람에 교회가 마치 바람개비라도 달린 듯 솟아오르는 것 같았다. 그러더니 그는 내 두 팔을 잡고 다시 나를 묘비 위에 똑바로 앉힌 후 이렇게 무시무시한 말을 이어 갔다.

「내일 아침까지 아까 말한 그 줄칼과 음식물을 가져오너라. 저기 저 버려진 낡은 포대 자리로 둘 다 가지고 와. 그리고 심부름을 하면서 나 같은 사람을 보았다는 말, 아니 누구를 보았다는 말은 단 한 마디도, 그리고 몸짓 하나도 결코 해선 안 된다. 그러면 목숨을 살려 주마. 하지만 만일 시키는 대로 하지 않거나 아무리 하찮은 내용이라도 내가 한 말을 조금이라도 입 밖에 낸다면 네 심장과 간을 도려내 구워 먹어 버릴 거다. 아 참, 아는지 모르겠는데 사실 난 혼자가 아니다. 저쪽에 나와 한패인 젊은 놈이 숨어 있어. 그놈한테 대면 난 천사야. 저 젊은 놈은 애들을 습격해서 심장과 간을 빼 먹는 일로 말하자면, 자기만 아는 비결을 가진 놈이다. 꼬마 녀석들이 저놈을 피해 숨으려고 해봤자 아무 소용이 없어. 그 애가 문을 닫아걸고 따뜻한 침대 속으로 들어가서 몸을 웅크리고 이불을 머리 위에 뒤집어쓰고는 편안하고 안전하다고 생각할 수도 있겠지. 하지만 저 젊은 놈은 그 애에게 살금살금 몰래 다가가서 몸통을 잡아 째고 가르는 놈이다. 지금 이 순간에도 저놈이 너를 해치지 못하게 내가 아주 어렵사리 말리고 있는 중이야. 저놈이 네 몸통을 가르지 못하도록 막는 건 너무 힘든 일이야. 자, 어쩔 셈이냐?」

나는 그에게 아침 일찍 줄칼과 음식물을 포대 자리에 갖고 가겠다고 최선을 다해 말했다.

「약속을 안 지키면 천벌이 내릴 거라고 맹세해라.」 남자가 말했다.

내가 그렇게 맹세를 하자 그는 나를 내려놓았다.

「자.」 그가 말을 이었다. 「네가 하기로 한 일을 반드시 기억해라. 저기 저 젊은 놈도 잊지 말고. 자, 이제 집에 가거라!」

「아, 아, 안녕히 계세요, 아저씨.」 더듬거리며 내가 말했다.

「제기랄, 퍽도 안녕하겠다!」 그가 춥고 축축한 습지대 너머로 흘긋 시선을 던지며 내뱉었다. 「차라리 내가 개구리였으면 좋겠어! 아니면 뱀장어든지!」

그 말과 동시에 그는 벌벌 떨리는 자기 몸을 양팔로 감싸 안고, 즉 자기 몸을 한 덩어리로 뭉치듯 양팔로 꼭 에워싸고서 교회의 낮은 담장을 향해 절뚝거리며 걸어갔다. 쐐기풀과 초록색 둔덕을 휘감은 찔레꽃 덤불 사이를 천천히 나아가는 그를 보고 있노라니, 내 어린 눈에는 마치 그가 조심스럽게 무덤에서 몸을 내밀고 딴죽을 걸어 그의 발목을 삐게 해서 그를 무덤 안으로 잡아끌려는 사자(死者)들의 손아귀로부터 도망치고 있는 것처럼 보였다.

낮은 교회 담장에 이르자 그는 다리가 뻣뻣이 마비되어 굳은 사람처럼 담장을 타고 올라갔다. 그러고 나서 그는 나를 쳐다보려고 몸을 돌렸다. 그가 몸을 돌리는 모습을 보자마자 나는 얼굴을 집 쪽으로 향한 후 걸음아 날 살려라 줄행랑을 쳤다. 그러나 이내 어깨 너머로 곁눈질을 하며 보니 그가 여전히 양팔로 자신의 몸을 감싼 채 아픈 발을 끌며 습지대 이곳저곳에 널려 있는, 비가 많이 올 때나 밀물 때면 디딤돌 역할을 하는 커다란 돌들 사이로 천천히 나아가고 있는 모습이 보였다.

걸음을 멈추고 그를 지켜보았던 그날의 그 습지대는 그저 시커멓고 긴 수평선처럼 보였다. 습지대처럼 넓거나 아직 그만큼 시커멓지는 않았지만 강 역시 그저 또 다른 수평선이었다. 하늘은 화라도 난 듯 붉고 긴 선들과 거무스레한 짙은 선들이 뒤섞인 긴 줄무늬였다. 강가 끝자락에서 나는 그 모든 경치 중 단 두 개의 물체만 희미하게 식별할 수 있었다. 그중 똑바로 서 있는 것처럼 보이는 물체는 선원들이 방향을 잡는 기준이 되는 신호소였고 — 장대 위에 걸린 쇠테 없는 나무통처럼 생긴 물체였는데 가까이 다가가서 보면 정말 흉했다 — 다른 하나는 옛날 어떤 해적을 채우는 데 썼던 족쇄가 걸려 있는 교수대였다. 나를 협박했던 남자는 자신이 마치 죽었다 되살아나서 아래 세상으로 내려왔다가 다시 감금당하기 위해 그 교수대로 되돌아가는 해적이라도 된 듯 그곳을 향해 절뚝거리면서 걸어갔다. 나는 그런 생각에 질겁했다. 머리를 들고 그를 응시하고 있는 소 떼들을 보니 녀석들도 그렇게 생각하는 게 아닌가 하는 생각이 들었다. 나는 혹시 앞서 말한 젊은이가 주변에 없는지 둘러보았다. 그의 흔적 같은 것은 보이지 않았다. 그러나 나는 다시 한 번 두려운 마음이 엄습하여 그다음부터는 한 차례도 쉬지 않고 집으로 내달렸다.

2

내 누나인 조 가저리 부인은 나보다 스무 살 이상 나이가 많았으며 나를 〈손수〉[2] 키웠다는 이유로 자신과 이웃들에게 좋은 평판을 얻고 있었다. 나는 당시에는 이 말이 무슨 뜻인지 혼자서 알아내야 했다. 나는 누나가 매섭고 육중한 손을 가졌으며 나뿐만 아니라 남편에게까지 손대는 습관이 있다는 걸 알고 있었기 때문에 매형인 조 가저리와 나, 둘 모두가 누나에 의해 손수 키워졌다고 생각했다.

누나는 그다지 예쁜 편은 아니었다. 나는 누나가 〈손수〉 조 가저리를 자신과 결혼하게 만든 게 분명하다고 어렴풋이 생각했다. 매형인 조는 엷은 황갈색 곱슬머리가 서글서글해 보이는 얼굴의 양옆으로 나 있고, 연푸른빛이 눈 고유의 흰색 색조와 섞여 있는 것처럼 보이는 푸르스레한 눈을 가진 잘생긴 남자였다. 그는 마음씨가 순하고 착한 성품을 가지고 있었으며, 상냥하고, 태평스럽고, 어수룩하고, 정 많은 — 힘에 있어서나 약점에 있어서나 헤라클레스를 닮은 — 사람이었다.

검정색 눈에 검은 머리를 지닌 누나 조 부인은 눈에 띌 정도로 피부가 새빨개서 가끔 나는 누나가 비누 대신 육두구 열매 강판으로 세수를 해도 되겠다고 생각하곤 했다. 누나는 키가 크고 뼈대가 굵었으며, 올이 거친 앞치마를 늘 입고

2 원래는 모유가 아니라 빵 조각을 물이나 우유에 적셔 먹이거나 병 우유를 먹여 아기를 키웠다는 의미의 관용적인 표현이다. 이런 양육 방식은 당시에는 영아 사망률이 높았기 때문에 이웃들이 조 부인의 공을 칭찬하기 위해 사용한 표현이기도 하다. 하지만 〈손수〉라는 표현에는 매를 때려 키웠다는 의미도 포함되어 있다.

다녔다. 누나는 항상 몸통 뒤쪽에 앞치마 고리 매듭을 두 번 묶었고, 앞쪽에는 핀과 바늘을 잔뜩 찔러 놓은 난공불락의 철벽 같은 네모난 가슴 판을 붙이고 다녔다. 그녀는 이 가슴 판을 대단한 자랑거리로 뽐내며, 조를 심하게 비난하면서 앞치마를 뻔질나게 입고 다녔다. 물론 나는 대체 누나가 왜 이 앞치마를 입어야 했는지, 그리고 왜 평생 단 하루도 그걸 벗으려 하지 않았는지 그 이유는 알지 못한다.

조의 대장간은 우리 집과 바로 붙어 있었다. 우리 고장의 많은 집들과 당시의 대부분의 집들처럼 우리 집은 목재로 만들어진 집이었다. 교회 묘지에서 집으로 달려왔을 때 대장간은 문이 닫혀 있었고 조가 부엌에 홀로 앉아 있었다. 그와 나는 동료 수난자라는 처지 탓에 비밀을 공유하고 있었는데, 내가 문의 빗장을 열고 맞은편 벽난로 굴뚝 구석 자리에 앉아 있던 그를 슬쩍 바라본 순간 그가 내게 비밀 한 가지를 알려 주었다.

「조 부인이 너를 찾으러 열두 번은 나갔었다, 핍. 그리고 지금 또 나갔으니 이제 열세 번째지.」

「정말?」

「그래, 핍.」 조가 말했다. 「게다가 따끔거리는 〈티클러〉도 들고 나갔어.」

이 불길한 소식에 나는 내 조끼에 달린 단 하나 남은 단추를 잡고 그걸 빙빙 돌리고 비틀면서 몹시 침울한 모습으로 난롯불을 바라보았다. 티클러는 그동안 내 몸과 하도 많이 부딪쳐 반질반질해진, 끝에 초를 칠한 매를 말하는 것이었다.

「네 누나는 연신 앉았다 일어났다 하다가 티클러를 움켜쥐고 불같이 화를 내며 나갔어.」 조가 말했다. 「그게 나갈 때 모습이었어.」 부지깽이로 난로 아래쪽 쇠 살대 사이의 불을 천천히 헤적이며 그가 말했다. 그리고 불을 들여다보며 덧붙였다. 「노발대발하면서 불같이 화를 내며 나갔어, 핍.」

「나간 지 오래되었어, 조?」 나는 늘 조를 덩치 큰 아이, 즉 그저 내 또래의 아이처럼 대했다.

「글쎄다.」 그가 싸구려 독일제 벽시계를 흘긋 올려다보며 말했다. 「5분 전쯤 마지막으로 폭발했을 때 불같이 화가 나 있었어. 아이고, 핍, 누나가 저기 온다! 어이, 친구, 문 뒤로 숨게. 그리고 두루마리 타월로 문하고 자네 사이를 가려.」

나는 그의 조언을 따랐다. 문을 열어젖히려다 문 뒤에 뭔가 방해하는 게 있다는 걸 알아차린 누나, 즉 조 부인은 즉시 그 이유를 감지하고 문 뒤에 뭐가 있는지 더 자세히 조사하기 위해 티클러를 사용했다. 그녀는 나를 들어 조에게 집어 던지는 일로 — 종종 나는 두 사람의 결혼 생활에 사용되는 날아다니는 병기였다 — 조사를 결말지었다. 조는 어떤 상황에서도 나를 능숙하게 받아 냈고, 그런 다음 나를 난로 안쪽으로 옮겨 놓고서 자신의 긴 다리를 방책 삼아 보호해 주곤 했다.

「이 사고뭉치 놈아, 어디 갔다 왔어?」 조 부인이 발을 구르며 말했다. 「나를 불안하고, 초조하고, 안달하고, 걱정하게 만들어서 애간장을 태우려고 했는지 당장 말해. 안 그러면 핍이 쉰 명이 있다 한들, 또 가저리가 쉰 명이 있다 한들, 당장 그 구석에서 끄집어내 요절내 버릴 테니.」

「그냥 교회 묘지에 갔다 왔어.」 걸상 위에서 엉엉 울고 싹싹 빌며 내가 말했다.

「교회 묘지라고!」 누나가 내 말을 되받았다. 「나 아니었으면 네놈도 오래전에 그 묘지에서 편히 쉬고 있었을 거야. 너를 손수 키워 준 사람이 누구냐?」

「누나.」 내가 대답했다.

「그렇지. 그런데 내가 왜 그런 짓거리를 했는지 정말 알다가도 모르겠다!」 누나가 소리쳤다. 나는 훌쩍이며 말했다.

「나도 몰라!」

「〈나도〉 모른다니, 이놈아!」 누나가 말했다. 「다시는 그런 짓거리를 안 할 테다! 난 그건 안다. 정말이지 네놈이 태어난 이후로 이 앞치마를 단 한 번도 벗어 본 적이 없어. 네놈 엄마 노릇 말고 대장장이(그것도 저 가저리란 작자) 마누라로 사는 것만 해도 충분히 지긋지긋하다고.」

그런데 서글픈 마음으로 난롯불을 바라보고 있노라니 내 생각은 이 상황을 벗어나 옆으로 새고 있었다. 습지대에서 만난 족쇄를 차고 있던 죄수와 수수께끼 같은 젊은이, 줄칼, 음식물, 안식처 같은 집에서 훔쳐 오겠다고 했던 끔찍한 맹세에 관한 생각들이, 앙갚음을 하듯 타오르는 석탄 덩이들 속에서 새록새록 떠올랐던 것이다.

「기가 막혀!」 조 부인이 티클러를 제자리에 갖다 놓으며 말했다. 「교회 묘지라니, 세상에! 당신들 두 사람이 교회 묘지 운운하는 건 당연한 일이겠지.」 그런데 사실 우리 두 사람 중 한 명은 교회 묘지라는 말을 입 밖에 꺼내지도 않았다.

「아마 머지않아 두 사람이 한 묶음으로 교회 묘지로 끌려가게 될걸. 그러면 나 없이 참 대단한 꼴을 당할 거다.」

누나가 찻잔을 준비하는 동안 조가 다리 사이로 나를 슬쩍 들여다보았다. 아내가 얘기한 슬픈 상황이 벌어진다면 과연 우리 두 사람이 어떻게 살아가야 할지 마음속으로 그려 보는 것 같았다. 그러고 나서 그는 누나가 폭풍처럼 몰아칠 때면 늘 그러하듯, 앉아서 오른쪽의 옅은 황갈색 곱슬머리와 구레나룻을 매만지며 파란 눈으로 이리저리 조 부인의 뒤를 좇고 있었다.

누나는 빵과 버터를 자르는 데 있어 우리 두 사람을 위해 결코 변함없는 효과적인 방식을 고수했다. 그녀는 먼저 왼손으로 빵 덩어리를 꽉 잡은 후 날렵하게 그걸 앞치마 가슴판에 대고 꾹 눌렀다. 그러면 가끔 빵에 핀이나 바늘들이 꽂히기도 했고 나중에 그것들이 우리 입속에 들어오기도 했다. 그런 다음 그녀는 나이프로 버터를 조금 덜어서(결코 많이 덜지는 않았다) 마치 약종상이 연고를 붕대에 바르는 식으로 빵에 바른 후, 능숙하고 재빠른 솜씨로 나이프의 양면을 다 쓰며 빵 껍질 둘레로 비어져 나온 버터를 다듬고 쳐내 모양을 가다듬었다. 그리고는 빵 가장자리에다 버터가 묻은 나이프를 멋지게 닦아 낸 후 빵 덩어리를 두껍게 썰었고, 그 두툼한 조각을 빵 덩어리에서 떼어 내기 전에 마지막으로 다시 두 조각으로 잘랐다. 그 두 조각 중 하나가 조의 몫이었고 다른 하나가 내 몫이었다.

그런데 그날 나는 배가 몹시 고팠지만 내 몫의 빵 조각을 감히 먹지 못했다. 끔찍한 죄수와 그보다 훨씬 더 무섭다는 그의 동료 젊은이를 위해 먹을 것을 남겨 놔야 한다는 생각이 들어서였다. 나는 조 부인의 살림 솜씨가 꼼꼼하기 이를 데 없다는 걸 알고 있었으며, 음식물을 훔치기 위해 찬장을 뒤져 봤자 먹을 만한 걸 하나도 찾지 못할 거라는 사실을 알고 있었다. 그래서 나는 버터 바른 내 빵 조각을 바짓가랑이 안에 넣기로 결심했다.

나는 이런 목적을 달성하는 게 매우 힘든 일이라는 걸 알고 있었다. 그건 마치 건물 꼭대기에서 뛰어내리거나 아주 깊은 물속으로 뛰어들겠다고 결심하는 일과 같은 것이었다. 그리고 그건 사정을 전혀 모르는 조 때문에 더욱 힘들었다. 이미 조와 내가 수난의 동료라고 말한 바 있지만, 그런 동료의식에다 그의 착한 동료애까지 더해져서 우리는 저녁 시간 빵을 한 입 베어 물 때마다 남은 빵을 서로 비교해 보고 이따금씩 몰래 빵을 들어 올리며 놀라곤 하는 — 이로 인해 우리는 빵을 베어 무는 신기술 개발에 대한 자극을 받곤 했다 — 습관이 있었다. 오늘 밤도 조는 여러 차례 신속히 줄어들고 있는 자신의 빵 조각을 내게 보여 주면서 우리의 통상적이고도 우정 어린 경쟁을 하자며 신호를 보내고 있었다. 하지만 그는 매번 그럴 때마다 내 한쪽 무릎 위에 노란색 머그 찻잔이 그대로 놓여 있고, 다른 쪽 무릎 위에 버터 바른 빵 조각이 손도 안 댄 채로 그냥 놓여 있는 것을 발견했다. 마침내 나는 결심했던 일을 반드시 실행에 옮겨야 하며, 그 상황에 맞는 가장 그럴듯한 방법으로 실행에 옮기는 게 최선이라고 자포자기하듯 생각했다. 나는 조가 멍하니 다른 곳을 바라볼 때를 이용하여, 버터 바른 내 빵 조각을 얼른 바짓가랑이 속으로 집어넣었다.

분명히 조는 내가 식욕을 잃었다고 여기며 마음 아파하고 있었다. 그런 생각에 잠겨 있느라 그랬는지 그는 자기 몫의 빵 조각을 베어 물면서 그다지 맛있어하는 것 같지 않았다. 한 입 베어 문 빵 조각을 평소보다 더 오랫동안 입속에 넣고 우물거리며 한참 생각에 잠겨 있던 그는 마침내 알약처럼 그걸 삼켰다. 그가 다시 빵 조각을 베어 물고 그걸 멋지게 먹으려고 한쪽으로 머리를 돌리는 순간, 그의 눈길이 내 눈길과 마주쳤다. 그리고 그는 버터 바른 내 빵이 사라졌다는 걸 눈치챘다.

베어 문 빵 조각을 먹으려다 말고 그가 하도 노골적으로 의아해하며 뚫어져라 나를 쳐다보는 바람에 누나의 주목을 피할 길이 없었다.

「아니, 왜 그래?」 그녀가 자기 잔을 내려놓으며 날카롭게 물었다.

「잘 알겠지만 말이다!」 조가 무척 진지하게 타이르는 태도로 나를 향해 머리를 저으며 중얼거렸다. 「이보게, 핍, 친구! 그러면 탈이 나. 어딘가 걸렸을 거라고. 빵을 씹을 수 없었던 거겠지, 핍.」

「대체 무슨 일이냐니까?」 누나가 더욱 날카롭게 다시 물었다.

「조금이라도 기침을 해서 내뱉을 수 있으면, 핍, 내뱉는 게 좋아.」 조가 넋이 나간 듯 놀라며 말했다. 「식사 예절은 예절이고 건강은 건강이니까.」

이쯤 되자 누나는 도저히 못 견디겠는지 조에게 와락 덤벼들어 그의 양쪽 구레나룻을 움켜쥐고 그의 머리를 뒤의 벽에다 쿵쿵 찧었다. 그러는 동안 나는 죄책감에 사로잡혀 그 광경을 지켜보면서 구석에 가만히 앉아 있었다.

「자, 이젠 무슨 일인지 말하겠지, 이 머리털이 곤두선 채 옴짝달싹 못하는 뚱뚱이 돼지 같은 인간아.」 누나가 숨을 헐떡이며 말했다.

조는 어찌할 바를 모르고 그녀를 바라보았다. 그리고 나서 다시 무기력하게 빵을 한 입 베어 물고 나를 물끄러미 바라보았다.

「핍.」 조가 방금 베어 문 빵 조각을 입에 넣은 채로 진지하게, 그 자리에 우리 둘밖에 없다는 듯 친밀한 목소리로 말했다. 「너와 나는 변함없는 친구이니 언제든 너에 대해 맨 마지막 순간까지 고자질을 하지 않을 사람이 바로 나라는 건 너도 알 거야. 하지만 그런 식으로 —」 그는 의자를 옮긴 뒤 우리 둘 사이의 바닥을 둘러보고 나서 다시 나를 바라보았다. 「정말이지, 그런 식으로 이상하기 짝이 없게, 씹지도 않고 빵 조각을 통째로 삼키면 어떡하냐고!」

「뭐라고, 이놈이 빵을 씹지도 않고 통째로 삼켰다고?」 누나가 외쳤다.

「이보게, 친구, 자네도 알겠지만 말이야.」 조가 여전히 입 안에 빵을 넣은 채 조 부인이 아닌 나를 바라보며 말했다. 「나도 네 나이 때는 음식을 씹지 않고 그냥 삼키곤 했어. 꼬마 시절엔 나도 — 그것도 자주 — 음식을 그냥 삼키는 많은 아이들 속에 끼었다는 소리야. 하지만 지금 너처럼 빵을 그냥 꿀떡 삼키는 광경은 한 번도 본 적이 없어. 핍, 그렇게 삼키다 안 죽은 게 다행이다.」

누나가 급강하하듯 나를 덮치더니 내 머리카락을 움켜쥐고 들어 올리면서 〈빨리 가서 약을 먹자〉는 끔찍한 말을 내뱉었다.

그 시절 어떤 빌어먹을 의사가 타르액을 훌륭한 약이라며 다시 세상에 내놓았는데, 조 부인은 이 타르액 약[3]이 그 역겨

3 석탄이나 목재를 건류하여 얻는 검은색 기름 같은 액체인 타르와 찬물을 섞어 만든 액체. 당시 소화 불량부터 천연두에 이르기까지 온갖 질병에 효능이 있는 만병통치약으로 명성이 높았다.

운 맛에 상응하는 약효가 있을 거라고 철석같이 믿고 찬장에 늘 상비해 놓고 있었다. 상태가 아주 좋을 때면 이 만병통치약은 최고의 건강 회복제로 내게 실컷 투여되었고, 그럴 때면 나는 내가 새로 칠한 울타리 냄새를 풍기며 돌아다닌다는 생각까지 할 정도였다. 그런데 바로 그날 저녁 사정이 하도 급박했던지라 이 혼합 약물이 필요했고, 곧바로 1파인트[4] 분량이 내 목구멍 안으로 들이부어졌다. 그러는 동안 조 부인은 내 몸을 보다 편안하게 해주기 위해 내 머리를 장화 벗는 장치에 고정된 장화처럼 자기 팔 밑에 꽉 고정시키고 있었다. 조는 0.5파인트 분량만 마시는 가벼운 벌을 받았다. 어쨌든 그는 그 약을 먹고 〈옛날에 구역질을 한 적이 있다〉는 이유로 그 정도 양만 마셨다. (그런데 사실 그는 난롯불 앞에서 천천히 빵을 우적우적 씹으며 생각에 잠겨 있던 중이어서 매우 곤혹스러워했다.) 나를 놓고 판단해 볼 때 분명히 조도 나중에 (그전에는 안 그랬는지 모르지만) 구역질을 했을 것이다.

양심이란 어른이든 아이이든 그것에 비난이 가해지면 끔찍한 존재가 되는 법이다. 그러나 아이의 경우, 양심이라는 그 비밀스러운 짐이 바짓가랑이 아래에 들어 있는 또 다른 은밀한 짐 덩어리와 더해지면 엄청난 벌이 되는 법이다(내가 증언할 수 있다). 조 부인에게서 — 나는 집안 살림 중 어느 것도 조의 재산이라고 생각하지 않았기 때문에 내가 그에게서 도둑질한다는 생각은 결코 하지 않았다 — 도둑질을 한다는 사실로 인한 죄책감에다, 앉아 있을 때나 부엌 주변에 자잘한 심부름을 하러 갔다 오라는 지시를 받을 때마다 불

4 약 0.57리터.

가피하게 한 손을 바짓가랑이 속 빵 조각에 대고 있어야 하는 상황까지 더해지자, 나는 거의 제정신이 아니었다. 습지대에서 불어온 바람이 난롯불을 타오르게 하고 불길을 너울거리게 만들던 그때, 나는 바깥에서 들려오는 어떤 목소리가 내게 비밀을 지키라고 겁맹하고, 다리에 쇠사슬 족쇄를 찬 죄수가 내일까지 마냥 기다리다 굶어 죽을 수 없으니 당장 음식을 먹어야겠다고 외치는 소리를 들은 것 같다는 생각이 들었다. 그리고 그 후 여러 번 젊은이가 나를 잡아먹기 위해 손에 피를 묻히겠다는 걸 죄수가 어렵사리 말렸지만, 그 젊은이가 타고난 조급함에 굴복하거나 시간을 잘못 알아서 다음 날이 아니라 바로 그날 밤 내 심장과 간을 빼 먹어도 좋다는 허락이 떨어졌다고 오해하면 어쩌나 하는 불안감에 사로잡혔다! 어떤 사람의 머리카락이 공포감으로 쭈뼛 곤두서는 일이 있다면, 아마 그날 밤 내 머리카락이 틀림없이 바로 그 상태였을 것이다. 어느 누구도 그 정도로 머리칼이 쭈뼛 곤두서는 일은 여태껏 없지 않았을까?

그날은 마침 크리스마스이브였다. 그래서 나는 다음 날을 위해 싸구려 독일 시계로 저녁 7시부터 8시가 되기까지 구리 젓개[5]를 들고 푸딩을 저어야 했다. 바짓가랑이 속에 짐덩이를 넣은 채로 말이다. (이 일 역시 다리에 무거운 짐을 달고 다니는 습지대의 남자를 떠오르게 했다.) 발목까지 내려간 버터 바른 빵 조각을 꺼내겠다는 내 의도를 실행에 옮기는 일이 무척 어렵겠다고 생각했다. 하지만 다행스럽게도 마침내 몰래 부엌을 빠져나와 내 양심의 일부처럼 느껴지던

5 보통은 세탁할 때 커다란 쇠솥이나 구리 솥 안에 든 빨래를 휘젓는 데 쓰는 방망이다.

빵 조각을 내 방에 갖다 두었다.

「저게 무슨 소리야?」 푸딩 젓기를 마치고 잠자리에 들기 전에 난로 굴뚝 구석 자리에 앉아서 마지막으로 불기를 쬐고 있다가 내가 말했다. 「조, 저거 대포 쏘는 소리 아니야?」

「그래!」 조가 말했다. 「죄수가 또 탈주했나 보구나.」[6]

「그게 무슨 소리야, 조?」 내가 물었다.

설명이라면 늘 자기가 도맡아 하는 조 부인이 퉁명스럽게 말했다. 「도망갔다는 거다, 이놈아. 도망갔다고.」 꼭 타르액을 먹이는 식의 설명이었다.

조 부인이 바느질감 위로 머리를 숙이고 앉아 있는 동안 나는 〈죄수가 뭐야?〉라고 말하는 모양새로 입을 벙긋거렸다. 조가 매우 복잡한 대답을 담은 입 모양새를 만들어 보이는 바람에 나는 〈핍〉이라는 단어 말고는 그 의미를 하나도 알아차릴 수 없었다.

「일몰을 알리는 대포 소리가 난 뒤에 지난밤 죄수 한 명이 사라졌대.」 조가 큰 소리로 말했다. 「그래서 사람들한테 그 탈주범을 조심하라고 경고하는 대포를 쏘았어. 그리고 방금 전 그들이 경고용 대포를 또 발사한 거고.」

「〈누가〉 쏘는 건데?」 내가 물었다.

「아이고, 저 원수 같은 놈.」 바느질감을 앞에 둔 채 나를 향해 눈살을 찌푸리면서 누나가 끼어들었다. 「징글맞게도 꼬치꼬치 캐묻는구나. 그만 좀 물어라. 그럼 어떤 거짓말도 안 듣게 될 테니.」

나는 누나의 그 말이 혹시 내가 누나에게 질문을 한다 해

6 감옥선에서 죄수가 탈출하면 그 경고 신호로 갑판 위에서 대포를 쏘아 알렸다.

도 거짓말을 듣게 된다는 걸 의미하는 거라면 그거야말로 아주 무례한 일이라고 생각했다. 하지만 누나는 다른 사람이 옆에 없으면 결코 예의 바른 편이 아니었다.

이때 조가 입을 아주 크게 벌리고 화가 났다는 뜻의 〈설크스*sulks*〉처럼 보이는 단어 모양으로 입 모양새를 만들려고 무진 애를 쓰는 바람에 내 호기심을 잔뜩 자극했다. 따라서 나는 자연스럽게 조 부인을 가리키며 〈누나가*her?*〉라고 말하는 입 모양새를 만들었다. 그러나 조는 그걸 전혀 보려 하지도 않고 다시 입을 크게 벌려 최대한 강조하며 단어 하나를 만들어 보였다. 하지만 나는 그 단어를 전혀 이해할 수 없었다.

「누나.」 내가 마지막 수단으로 말했다. 「괜찮다면 저 대포 소리가 어디서 나는 건지 알고 싶은데.」

「이놈을 어쩌면 좋아. 하느님의 가호를 빌 뿐이다!」 정말로 그런 의미가 아니라 사실은 그 반대 의미로 내뱉은 말이라는 듯 누나가 고함을 버럭 지르며 답했다. 「〈헐크스*hulks*〉[7]에서 쏜 거라고.」

「아하!」 내가 조를 바라보며 말했다. 「헐크스였구나!」

〈거 봐, 내가 그렇다고 말했잖아〉라고 말하듯 조가 힐난조로 헛기침을 했다.

「그런데 누나, 미안하지만 헐크스가 뭐야?」 내가 말했다.

7 영국 남동부 해안 주변 항구나 강에 정박해 있던 낡은 전함들. 미국 독립 전쟁으로 인해 식민지 유배형이 중지된 1770년 무렵부터 감옥선으로 사용되었다. 감옥선에 수감된 대부분의 죄수들은 단기수들이었다. 1780년대부터 장기수들(14년 이상의 형을 선고받은 죄수들)이나 종신형을 선고받은 죄수들은 통상적으로 호주의 뉴사우스웨일스 감옥으로 유배되었다. 감옥선은 1857년까지 존속했으며, 유배형 관행은 최종적으로 철폐되었다.

「그럼 그렇지, 이놈은 늘 이런 식이라니까!」 누나가 실과 바늘로 나를 가리키면서 고개를 가로저으며 소리쳤다. 「질문 하나에 대답해 주면 곧바로 열두 개는 더 묻는 식이라니까. 그건 습지대*meshes* 바로 건너편에 있는 폐선 감옥선을 말하는 거다.」 우리 고장에서는 늘 습지대*marshes*를 그런 식으로 표현하고 있었다.

「근데 감옥선엔 누가 갇히고 거긴 왜 갇히는 거야?」 내가 궁금해 못 견디겠다는 태도로 두루뭉술하게 물었다.

조 부인은 더 이상 못 참겠다는 듯 바로 일어났다. 「아이고, 그래 이놈아, 말해 주지.」 그녀가 말했다. 「사람들을 그렇게 들볶으라고 내가 너를 손수 키운 게 아니었다. 만약 그랬다면 널 그렇게 키웠다는 말은 내게 칭찬이 아니라 비난이었을 거다. 사람들이 감옥선에 갇히는 건 그들이 살인을 하고 도둑질을 하고 날조를 하고 온갖 나쁜 짓들을 하기 때문이야. 그런데 그자들은 맨 처음엔 늘 질문을 해대는 일부터 시작하는 법이지. 자, 그러니 이제 어서 가서 자빠져 자라!」

내 방 침대까지 가는 길을 밝혀 줄 촛불이 내게 주어진 적은 한 번도 없었다. 컴컴한 어둠 속에서 머리가 얼얼한 상태로 — 누나가 마지막 말에 이어 골무로 내 머리를 탬버린 연주하듯 연타했던 것이다 — 계단을 올라가면서 나는 두렵긴 하지만 감옥선이 곧장 나를 위해 준비되어 있다는 사실에 큰 위안을 받았다. 내가 감옥선으로 가는 길에 들어섰다는 건 틀림없는 사실이었다. 이미 질문을 던지는 일은 시작한 셈이었고, 조 부인에게서 도둑질까지 할 예정이었으니 말이다.

지금으로부터 따져 보자면 꽤 오래전인 그 시절부터 나는 아이들이 공포감에 빠지게 되면 그들에게 얼마나 큰 비밀주의가 존재하게 되는지 아는 사람이 거의 없다는 생각을 종종 해왔다. 공포감이기만 하면 아무리 터무니없는 것이더라도 상관없다. 나는 그때 내 심장과 간을 원한다는 젊은이에 대해 지독한 공포감에 빠져 있었고, 족쇄를 찬 채 나와 대화를 나눈 남자에 대해 지독한 공포감에 빠져 있었고, 끔찍한 약속을 뱉은 나 자신에 대해 지독한 공포감에 빠져 있었다. 온갖 일마다 나를 윽박지르기만 하는 누나를 통해 구원받을 희망은 없었다. 나는 말 못 할 은밀한 공포감에 빠져 불가피하게 내가 저지르게 될 일을 생각하면서 두려움을 느꼈다.

그날 밤 내가 잠깐이라도 잠들었다면, 그건 그저 내가 봄날의 거센 격류를 타고 강 아래 감옥선까지 흘러 내려가다가 마침 교수대 옆을 지나치는데 유령처럼 생긴 어떤 해적이 확성기를 들고 내게 큰 소리로 그곳 강가에 내려 지체 없이 교수형을 받는 게 낫지 않겠냐고 떠드는 모습을 상상하는 시간이었을 것이다. 잠이 쏟아졌지만 나는 먼동이 희미하게 트는 꼭두새벽에 일어나 식료품 저장실을 털어야 한다는 걸 알고 있었기에 잠드는 게 두려웠다. 오밤중에는 부싯돌을 손쉽게 마찰시켜 불붙이는 일이 불가능했기 때문에 그 시간에 그런 짓을 할 수는 없었다. 불을 붙이려면 부싯돌과 강철판을 마찰시켜야 하는데[8] 그러면 그 해적 같은 죄수가 족쇄를 덜거덕대는 것과 같은 소음을 내고 말았을 것이다.

내 방 작은 창 바깥으로 보이던 거대한 검정색 벨벳 같은 어둠의 장막에 회색빛이 비치기 시작하자마자 나는 벌떡 일

8 딱성냥이 발명된 게 1827년이고 1829년에서야 비로소 〈루시퍼〉라는 상표로 시판되었다. 그때까지는 불을 피우려면 부싯돌과 철판을 마찰시키는 방법을 써야 했다.

어나서 계단을 내려갔다. 내려가는 길에 놓인 널빤지들은 물론이고, 널빤지 틈새들마저 죄다 내 뒤통수에 대고 〈저기 도둑놈 잡아라!〉, 〈일어나세요, 조 부인!〉 하고 고함을 질러 대는 것 같았다. 철이 철인 만큼 평소보다 훨씬 더 많은 음식물들이 풍성하게 보관되어 있는 식료품 저장실에서 나는 토끼 한 마리가 거꾸로 매달려 있는 걸 보고 소스라치게 놀랐다. 등을 반쯤 돌렸을 때 녀석이 나를 향해 눈을 깜빡이는 모습을 본 것 같은 느낌이 들었기 때문이다. 여유가 없었기 때문에 나는 그걸 확인할 겨를도, 음식물을 고를 겨를도, 다른 일을 할 겨를도 없었다. 나는 약간의 빵과 치즈, 반 단지 분량의 민스미트[9](나는 이것들을 지난밤 내 방에 남겨 놓았던 빵 조각과 함께 손수건 안에 넣고 묶었다), 돌 병에 든 브랜디 약간(나는 이걸 내 방으로 갖고 올라가서 평소에 짜릿한 스패니시리커리스[10]를 몰래 만들어 먹을 때 쓰는 유리병에 옮겨 붓고, 그 돌 병 안에는 부엌 찬장에 있는 주전자의 내용물을 부어 술을 희석시켰다), 살점이 조금 붙어 있는 뼈 하나, 그리고 맛있어 보이고 속이 꽉 찬 둥근 돼지고기 파이 하나를 훔쳤다. 그중 고기 파이는 하마터면 빠뜨리고 갈 뻔한 음식이었다. 선반 한쪽에 놓여 있던 뚜껑 달린 질그릇 안에 조심스럽게 뭔가 따로 보관되어 있기에, 그 위로 올라가서 뭔지 확인해 보고 싶다는 생각이 들었다. 확인해 보니 바로 고기 파이였다. 나는 누나가 그걸 당장 사용할 의도로 거

9 민스파이 안에 넣는 소. 건포도, 설탕, 사과, 향료 등과 잘게 다진 고기를 섞어서 만든다.

10 아이들에게 인기가 있었던 무알콜성 음료. 스페인에서 수입한 감초로 만든 달콤한 검정색 추출물과 물을 섞어서 만든다.

기 놓아둔 건 아닌 것 같으니 한동안 그걸 찾을 일은 없으리라는 기대를 품고 그것도 훔쳤다.

부엌에는 대장간으로 통하는 문이 나 있었다. 나는 그 문의 자물쇠를 열고 빗장을 뺀 뒤 조의 연장 통에서 줄칼 하나를 챙겼다. 그런 다음 나는 잠금 장치들을 다시 원래대로 돌려놓고, 지난밤 집으로 도망쳐 들어왔던 대문을 열고 나와 닫은 뒤 안개 낀 습지대로 내달렸다.

3

서리로 뒤덮인 몹시 축축한 아침이었다. 나는 어느 꼬마 요정이 밤새 내 방 작은 창 밖에서 울다가 창을 손수건으로 이용하기라도 한 듯 창문에 습기가 촉촉이 배어 있는 광경을 보고 방을 나왔다. 그런데 나중에 보니 헐벗은 울타리의 가지들과 메마른 풀잎들 여기저기에도 거칠게 짜인 거미줄처럼 습기가 내려앉은 모습이 눈에 들어왔다. 모든 울타리의 말뚝들과 문들에도 차고 축축한 습기가 배어 있었다. 습지대는 안개가 하도 자욱하게 끼어 있어서 마을을 안내하는 손가락 모양 나무 푯말조차도 — 사람들이 우리 마을에 오는 일은 좀처럼 없었기 때문에 그들은 이 푯말의 안내를 받지 않았다 — 바싹 다가가야 비로소 보일 정도였다. 다가가서 이슬방울이 뚝뚝 떨어지는 푯말을 보고 있노라니, 내 억눌린 양심 탓인지 그게 마치 나를 감옥선에 갖다 바치는 유령 같아 보였다.

하지만 습지대로 접어들자 안개는 한층 더 극심해져서 내가 주변 물체들에게 덤벼드는 게 아니라 그것들이 내게 덤벼드는 것 같았다. 죄책감에 젖은 내 마음에는 이런 주변 환경이 너무나 불쾌했다. 수문과 수로, 방죽이 지극히 명료한 목소리로 〈저기 다른 사람의 돼지고기 파이를 훔쳐 온 아이가 있다! 저놈 잡아라!〉라고 외쳐 대며 나를 향해 달려들 듯 안개 속에서 갑작스레 모습을 드러냈다. 소 떼들 또한 불쑥 내 앞에 나타나 나를 뚫어져라 노려보면서 콧김을 길게 내뿜으며 〈어이, 거기 꼬마 도둑놈!〉 하고 말하는 것 같았다. 몸통에 삼각건을 걸치고 있던 검은 수소 한 마리 — 이 녀석은 양심의 가책을 느끼던 나에게 심지어 성직자 같은 분위기까지 풍겨 대고 있었다 — 가 하도 집요하게 나를 노려보고 힐난조로 그 무뚝뚝한 머리를 어찌나 빙빙 돌려 대는지 나는 급기야 엉엉 울음을 터뜨리며 녀석에게 이렇게 말하고 말았다. 「어쩔 수 없었어요, 소 아저씨! 내가 먹으려고 음식을 훔친 게 아니에요!」 이렇게 말하자 소는 머리를 떨어뜨리고 코에서 구름 같은 김을 내뿜으며 뒷다리를 힘껏 차올리고 꼬리를 한차례 휘두른 뒤 사라졌다.

그러는 동안 나는 강가 쪽으로 다가가고 있었다. 하지만 아무리 빨리 가도 발이 따뜻해지지 않았다. 내가 만나러 달려가고 있는 남자의 다리에 족쇄가 리벳으로 고정되어 있듯이, 차가운 습기가 내 발에 리벳으로 고정되어 있는 것 같았다. 어느 일요일 날 조와 함께 가본 적이 있었으므로, 나는 포대 자리로 곧바로 가는 길을 알고 있었다. 옛 포대 자리에 앉아서 조는 내가 정식으로 자기 도제가 되는 계약을 맺게 된다면 우리가 정말로 즐거운 시간을 보내게 될 거라고 말하곤 했었다! 그러나 안개로 인해 길이 헷갈리는 바람에 나는 오른쪽으로 너무 멀리 갔다는 사실을 깨달았다. 결국 나는 강기슭 진창 위에 마구 놓인 돌멩이들과 조류를 막기 위해 세워 놓은 말뚝 장대 위 강가를 따라 애써 되돌아와야 했다. 최대한 속력을 내어 그 길을 따라오면서 내가 포대 자리와 아주 가까운 곳이라고 알고 있는 수로를 막 건넌 다음 그 너머 둔덕 위를 기어오르고 있을 때였다. 그 순간 내 앞에 한 남자가 앉아 있는 게 보였다. 그는 등을 내 쪽으로 향한 채 팔짱을 끼고 앉아 있었으며, 졸음에 겨워 무거워진 머리를 앞으로 내려뜨리고 꾸벅꾸벅 졸고 있었다.

나는 그런 식으로 뜻하지 않게 내가 아침 식사를 가지고 불쑥 나타나면 그가 더 기뻐할 거라고 생각하고, 살금살금 그에게 다가가 어깨를 툭 쳤다. 그런데 그는 내가 만나러 온 남자가 아닌 다른 남자였다!

하지만 그 남자 역시 거친 천으로 만든 잿빛 옷을 입고 있었고 다리에 커다란 족쇄를 차고 있었다. 그는 귀에 거슬리는 목소리에다 차가운 인상을 지녔는데, 얼굴이 다르고 챙 넓은 펠트 모자를 쓰고 있다는 점만 제외한다면, 그는 모든 면에서 영락없이 내가 만났던 남자와 닮은 꼴이었다. 그를 자세히 들여다볼 수 있는 시간이 일순간에 불과했기 때문에 나는 그 모든 모습을 순식간에 보았을 뿐이다. 남자는 내게 욕설을 퍼부으면서 나를 한 대 갈기려고 주먹을 휘둘렀다. 하지만 그 주먹은 나를 맞추지 못하고 힘없이 허공만 빙 돌며 헛손질이 되었고, 그 바람에 그는 비틀거리다가 오히려 나동그라질 뻔했다. 그러고 나서 그는 두 번이나 비틀거리면서 안개 속으로 내달리며 부리나케 도망쳤고 이내 사라졌다.

〈바로 그 젊은이란 자야!〉 그의 정체를 알아냈다는 생각에 나는 심장이 벌렁거리는 느낌을 받았다. 만약 간이 있는 곳을 미리 알았더라면 분명히 내 간까지 통증을 느꼈을 것이라고 장담할 수 있다.

이후 나는 곧 포대 자리에 도착했다. 그곳에 원래 만나기로 했던 남자가 — 자기 몸을 두 팔로 감싸 안고 절름거리며 다니는 일을 밤새도록 단 한 번도 멈추지 않았다는 태도로 — 나를 기다리고 있었다. 나는 내 면전에서 그가 지독한 추위로 푹 고꾸라져 죽어 버렸으면 좋겠다는 생각을 살짝 했다. 그의 눈빛이 하도 허기져 보여서, 나는 내가 건넨 줄칼을 그가 풀밭에 내려놓고 있었을 때, 그가 만약 내 꾸러미를 보지 않았더라면 아마 그 줄칼이라도 먹어 치우려 했을 거라는 생각마저 들었다. 그는 이번에는 내 소지품을 털어 내려고 내 몸을 거꾸로 들어 올리지 않았고, 내가 꾸러미를 풀고 그 안의 내용물을 꺼내 놓을 때 똑바로 서 있게 했다.

「병 안엔 뭐가 들었느냐, 얘야?」 그가 말했다.

「브랜디요.」 내가 말했다.

그는 뭘 먹고 있다기보다는 난폭할 정도로 허겁지겁 어딘가에 음식물을 숨기는 사람 같은 기이하기 짝이 없는 모습으로 민스미트를 목구멍 안으로 마구 쑤셔 넣고 있었다. 그러나 그는 술을 마시는 동안에는 잠시 먹는 일을 멈추었다. 음식물을 먹는 내내 하도 격렬하게 몸을 떨어 대는 통에, 그는 술병의 병목을 물어뜯지 않고 그저 자기 이빨들 사이에 가만히 놓기 위해서 최대한 애를 써야 했다.

「오한증에 걸리셨나 봐요.」 내가 말했다.

「그런 것 같다, 얘야.」 그가 말했다.

「정말 나쁜 곳인데.」 내가 그에게 말했다. 「습지대에서 주무섰나 봐요. 정말 끔찍하게 괴롭고 관절에도 엄청 안 좋은 곳인데.」

「습지대 때문에 죽을지언정 그전에 아침은 다 먹고 봐야겠다.」 그가 말했다. 「당장 저기 저 너머에 있는 교수대로 꽁꽁 묶여 끌려가는 한이 있더라도 아침은 먹을 거야. 그럼 벌벌 떨리는 이 오한이 분명히 사라질 게다.」

그는 민스미트, 고기 뼈다귀, 빵, 치즈, 돼지고기 파이를 한꺼번에 게걸스럽게 먹었다. 그러면서 그는 의심이 가득 찬 눈으로 주변을 둘러싼 안개를 뚫어져라 주시하며 두리번거렸고, 종종 동작을 멈추고 — 심지어 음식을 씹는 것까지 멈추면서 — 가만히 귀를 기울이곤 했다. 그때 진짜로 난 소리인지 공상 속 소리인지, 강 위에서 뭔가 땡그랑거리는 소리인지 습지대에서 짐승이 내뱉는 소리인지, 정체 모를 소리가 나서 그를 소스라치게 놀라게 했다. 그러자 그가 불쑥 말했다.

「너 설마 거짓말쟁이 꼬마 도깨비 같은 놈은 아니겠지? 아무도 안 데려왔겠지?」

「안 데려왔어요, 아저씨! 절대로 안 데려왔어요!」

「그리고 누구한테 널 따라오라고 신호를 보낸 것도 아니겠지?」

「안 보냈어요!」

「좋아!」 그가 말했다. 「네 말을 믿겠다. 만약 네가 앞으로 살아가면서, 다 죽은 목숨으로 똥 더미 속을 헤매며 쫓기고 있는 나처럼 가엾고 불쌍한 인간 버러지 같은 놈을 추격하는 일을 돕는다면, 정말이지 넌 사나운 사냥개 새끼밖에 못 되는 거다!」

그의 몸속에 무슨 시계 같은 장치가 있어 막 시간을 알리려는 듯 그의 목에서 뭔가 딸깍하는 소리가 났다. 그러자 그는 거친 누더기 소맷자락을 자기 눈에 대고 비볐다.

그의 처량한 처지가 불쌍하다고 생각하면서, 그리고 천천히 다시 돼지고기 파이를 먹기 시작하는 모습을 지켜보면서 나는 용기를 내어 말했다. 「그렇게 맛있게 드시니 기뻐요.」

「뭐라고 했냐?」

「음식을 맛있게 드셔서 기쁘다고 말했어요.」

「고맙다, 얘야. 정말 맛있게 먹고 있다.」

나는 우리 집 큰 개가 밥 먹는 모습을 본 적이 있었다. 그런데 나는 그 개가 밥 먹는 모습과 남자가 음식을 먹는 모습이 확연히 닮았다는 사실을 깨달았다. 남자는 개처럼 격렬하고 예리하고 갑작스럽게 음식물을 물었다. 그는 입안 가득 음식물을 넣을 때마다 너무나도 빠르고 급하게 꿀꺽 삼키거나 물어뜯었다. 그리고 사방팔방에서 누가 다가와 자기 고기 파이를 빼앗아 먹을 것 같기라도 한 듯, 먹는 동안 계속해서 이곳저곳을 곁눈질하며 경계했다. 그는 음식물을 먹으면서도 온통 마음이 불안해서 그걸 편히 즐기지 못하는 것 같아 보였으며, 누군가와 함께 밥을 먹는 일이 생긴다면, 자기 주둥이를 그 사람에게 들이대며 덤벼들 태세를 갖추지 않고서는 같이 먹을 수도 없을 것 같았다. 모습 하나하나를 놓고 볼 때 그는 정말 개와 닮은 꼴이었다.

「그 사람을 위해 하나도 안 남겨 놔도 되는지 걱정돼요.」 이런 말을 하면 그의 기분을 상하게 만드는 게 아닌지 잠시 망설이며 침묵하다가 내가 머뭇거리며 말했다. 「음식을 가져온 곳에 더 이상 가져올 음식이 없거든요.」 이건 틀림없는 사실이었기 때문에 나는 넌지시 말을 할 수밖에 없었다.

「그 사람을 위해 뭘 남긴다고? 그 사람이 누군데?」 내 편인 그 남자는 파이 껍질을 우적우적 씹다가 멈추면서 말했다.

「젊은이요. 아저씨가 말했던 사람요. 아저씨랑 함께 숨어 있다던 그 사람 말이에요.」

「아하!」 그가 목 쉰 소리로 웃음을 터뜨리며 대답했다. 「그 자식? 그래, 그래. 그놈은 먹을 게 필요 없는 놈이야.」

「몹시 필요한 것처럼 보이던데요.」 내가 말했다.

남자가 먹는 일을 멈추더니 흠칫 놀라며 더없이 날카로운 눈초리로 나를 뚫어져라 노려보았다.

「보였다고? 언제?」

「방금 전에요.」

「어디서?」

「저기, 저 너머요.」 내가 그곳을 가리키며 말했다. 「저곳에서 그 사람이 꾸벅꾸벅 졸고 있는 모습을 발견했는데 나는 아저씨인 줄 알았어요.」

그가 내 목덜미를 잡고 나를 하도 뚫어지게 들여다보는 바람에 나는 내 목을 잘라 버리겠다고 했던 그의 처음 생각이 되살아난 게 아닌가 하는 생각이 들기 시작했다.

「아저씨도 아시겠지만, 모자만 썼을 뿐 아저씨하고 같은 옷을 입고 있었어요.」 벌벌 떨면서 내가 말했다. 「그리고, 그리고……」 나는 이 말을 조심스럽게 하려고 무척 애쓰며 말했다. 「그리고 줄칼을 빌리고 싶어 할 똑같은 이유도 갖고 있었어요. 어젯밤 대포 소리 못 들으셨어요?」

「그럼 정말 대포를 쐈다 이거군!」 그가 혼잣말을 했다.

「아저씨가 그 소리를 확실히 못 들었을 수도 있다니 의아하네요.」 내가 대답했다. 「우리는 집에서도 그 소리를 들었는데. 여기서 훨씬 떨어진 곳이고, 게다가 우리는 집 안에서도 그걸 들었는데.」

「젠장, 지금도 눈에 선하다!」 그가 말했다. 「머리가 빙빙 도는 데다 배까지 텅 빈 상태로 추위와 허기로 죽어 가면서 이런 평지에 혼자 있게 된 사람이, 밤새도록 쏘아 대는 대포 소리와 사람을 찾는 목소리 말고, 또 무슨 소리를 듣는단 말이냐. 소리를 들었냐고? 불빛에 훤히 빛나는 붉은색 제복을 입고 포위망을 좁혀 오는 병사들 모습까지 보이지. 죄수 번호를 부르는 소리, 머스킷 총들이 덜거덕거리는 소리, 〈준비해라! 당장! 모두 확실하게 놈들을 에워싸라!〉 같은 명령 소리가 들리지. 그러다 결국 발각되고, 그러면 끝장이다! 제기랄, 만약 간밤에 추격대를 보았느냐고 묻는다면 — 빌어먹을 놈들, 질서 있게 열을 맞춰 발을 쾅쾅거리면서 오는 놈들 — 아마 1백 명은 보았을 거라고 답하겠다. 그리고 대포 소리에 대해 말해 볼까! 제기랄, 대포 소리로 주변 안개까지 온통 흔들리던 모습이 눈에 선하다. 날이 훤히 샌 다음까지 그랬어. 그런데 그놈 말이다.」 그는 마치 그 자리에 내가 있다는 걸 잊었다는 듯이 이 모든 말을 뇌까리고 있었다. 「그놈에게서 뭔가 눈치를 채지 못했니?」

「얼굴이 심하게 멍 들어 있었어요.」 기억조차 잘 나지 않는 내용을 내가 말했다.

「이 근처는 아니라고 했지?」 그가 손바닥으로 가차 없이 자기 왼쪽 뺨을 치면서 소리쳤다.

「네, 저 너머요.」

「그놈이 지금은 어디 있느냐?」 그가 조금밖에 안 남은 음식물을 잿빛 윗옷의 가슴팍에다 쑤셔 넣으며 말했다. 「그놈이 간 방향을 가리켜 봐라. 내 경찰견처럼 그놈을 붙잡고 늘어질 테다. 다리 아파 죽겠는데 이 빌어먹을 족쇄까지! 줄칼을 이리 다오, 얘야.」

안개가 또 다른 남자를 에워싸 버린 방향을 가리키자 그는 일순간 그쪽을 올려다보았다. 그러나 그는 고약한 냄새를 풍기는 젖은 풀밭에 앉아 족쇄에 줄칼질을 하기 시작했다. 나에 대해서도 자기 다리에 대해서도 전혀 신경을 쓰지 않았다. 다리는 이미 오래전에 찰과상을 입어 피가 나고 있었지만, 그는 줄칼에 대해 가진 느낌만큼이나 자기 다리에 대해 아무 느낌도 없다는 듯 아무렇게나 막 다루고 있었다. 이렇게 과격한 흥분 상태에 빠져 서두르고 있는 모습을 보고 있노라니 그가 다시 무서워지기 시작했고, 게다가 집을 나와 있는 시간이 점점 더 길어지고 있다는 사실도 정말 두려웠다. 그에게 가야 한다고 말했지만 그는 내 말에 전혀 주목하지 않았다. 따라서 나는 인사도 없이 그 자리를 떠나는 게 상책이라고 생각했다. 머리를 무릎 위로 기울인 채 족쇄와 자기 다리에 대고 불같이 저주의 욕설을 중얼거리면서 열심히 줄칼질을 하던 모습이 그때 내가 본 그의 마지막 모습이었다. 나는 안개 속에 멈춰 선 채 그가 내뱉는 욕설에 마지막으로 귀를 기울였다. 줄칼질은 여전히 계속되고 있었다.

4

나는 부엌에서 나를 체포하기 위해 기다리고 있는 경찰관을 발견하게 될 거라고 확신하고 있었다. 그러나 부엌엔 경찰관이 없었고, 음식을 훔친 일도 아직 발각되기 전이었다. 조 부인은 그날의 잔치를 위해 집을 치우느라 무척 바빴고 조는 쓰레받기에 걸리지 않기 위해 부엌문 밖 계단에 나와 있었다. 누나가 힘차게 집 안 바닥의 쓰레기를 쓸 때면 조는 늘 운명적으로 이내 쓰레받기로 내몰리곤 했다.

「그런데 너, 대체 어딜 갔다 오는 거야?」 나와 내 양심이 함께 모습을 드러내자 조 부인이 건넨 크리스마스 인사였다.

나는 캐럴을 들으러 갔다 왔다고 둘러댔다. 「오호, 그러셨어!」 조 부인이 말했다. 「넌 더 나쁜 짓도 할 놈이야.」 나는 그 점에 대해선 의심의 여지가 없다고 생각했다.

「아마 내가 대장장이 마누라로서 앞치마를 단 한 번도 못 벗고 사는 노예 같은 존재(이게 바로 대장장이 마누라지)만 아니었다면 나도 분명히 캐럴을 들으러 갔을 거다.」 조 부인이 말했다. 「난 캐럴을 좀 유별나게 좋아하는 편이야. 캐럴을 듣지 않는 이유가 바로 그거지.」

우리 앞에서 쓰레받기가 퇴장하고 나를 따라 과감하게 부엌으로 들어온 조는 조 부인이 쏘아보자 화해의 의미로 코를 손등으로 문질렀다. 그리고 그녀가 시선을 거두어들이자 조는 내게 누나가 지금 잔뜩 심사가 뒤틀려 있다는 의미로 몰래 집게손가락 두 개를 X자 모양으로 교차시켜 보여 주었다. 누나의 이런 심사는 워낙 흔한 것이어서 조와 나는, 손가락에 관해 말한다면, 종종 한 번에 몇 주씩 다리를 꼬고 앉아 있는 묘비의 십자군 조각상 같은 처지에 놓이곤 했다.

우리는 절인 돼지 다리와 채소, 속을 채운 가금류 두 마리로 이루어진 멋진 점심을 먹을 예정이었다. 맛있는 민스미트는 이미 전날 아침에 만들어 둔 터였고(이 때문에 민스미트를 아직 찾지 않은 이유가 설명되었다), 푸딩도 벌써부터 끓고 있었다. 이런 풍성한 음식들이 준비되어 있기에 우리는 아침 식사를 격식 없이 대충 때웠다. 조 부인은 이렇게 말했다.「분명히 말하지만, 음식을 저리 많이 준비해 놓았으니 지금 격식을 차리며 배불리 먹고 배가 가득 찬 상태로 설거지하는 일은 안 할 거야!」

따라서 우리는 집에 있는 남자 어른 한 명과 꼬마 한 명이 아니라 강제로 행군에 나선 2천 명의 병력이라도 되는 양 빵 조각을 배급받았으며, 미안해하는 표정으로 찬장 위에 놓인 주전자에 담긴 우유와 물을 꿀꺽 마셨다. 그러는 동안 조 부인은 깨끗하고 하얀 커튼을 쳤고, 넓은 벽난로 굴뚝 위에 기존의 주름 장식 대신 새 꽃무늬 주름 장식을 가로질러 고정시켰고, 복도 맞은편에 있는 작고 멋진 응접실의 덮개까지 벗겼다. 이 응접실은 다른 때는 결코 덮개가 벗겨지는 일 없이 1년 내내 차갑고 흐릿한 은색 종이로 싸여 있던 곳이었다. 은색 종이는 벽난로 선반 위에 놓인, 각기 서로 짝이 되어 입에 꽃바구니를 물고 있는 코가 까만 네 마리의 푸들 조각상까지 싸고 있었다. 조 부인은 지극히 청결한 주부였지만, 쓰레기나 먼지 자체보다 오히려 자신의 그런 청결함을 더 불편하고 참기 힘들게 만드는 기막힌 기술을 갖고 있었다. 청결함은 경건함의 사촌쯤 되며, 어떤 사람들은 온갖 일을 종교적인 태도를 지니고 하기도 한다.

누나는 워낙 할 일이 많아서 교회도 대리 경험을 통해 다니는 사람이었다. 이 말인즉 조와 내가 교회를 다녔다는 소리다. 작업복을 입었을 때의 조는 건장하고 개성 있는 모습의 대장장이였다. 그런데 일요일 복장을 입으면 그는 영락

없이 유복한 허수아비로 보였다. 일요일에 입는 그 어떤 옷도 그에게는 어울리지 않았고, 제 옷 같아 보이지 않았다. 그리고 그날 입는 모든 옷가지는 그의 몸을 스치며 살갗이 벗겨지게 만들곤 했다. 그는 이번 크리스마스에도 낭랑하게 종소리가 울려 퍼지자 일요일에 입는 참회복 일습을 차려입고 방에서 나왔다. 내 모습에 대해 말한다면, 나는 태어나던 날 산파 경찰관[11]에게 붙잡혀서 능욕당한 법의 위엄을 생각하며 취급하라고 누나에게 넘겨진 꼬마 범죄자라는 생각이 들었다. 그리고 누나도 막연하나마 그렇게 생각하고 있었음이 틀림없었다. 나는 늘 이성과 도덕의 명령에 반하여, 그리고 가장 친한 친지들의 만류에도 불구하고 부득부득 우기며 태어난 사람인 양 취급받았다. 새 옷을 지으러 갔을 때조차도 누나는 재봉사에게 내 옷을 소년원 복장처럼 짓고, 그 어떤 이유로도 내가 팔다리를 자유롭게 놀리지 못하게 해달라고 주문했다.

그러니 교회로 향하던 조와 내 모습은 동정심을 지닌 사람들에겐 분명히 가슴 뭉클한 광경이었을 것이다. 하지만 외모상으로 내가 느낀 고통은 마음속으로 겪은 고통에 비하면 아무것도 아니었다. 조 부인이 식료품 저장실에 가까이 다가가거나 방을 나갈 때마다 내게 엄습해 오던 공포감은, 오직 내 손이 저지른 일에 대해 나 스스로 골똘히 생각할 때 엄습해 오던 공포감만이 필적할 뿐이었다. 사악한 비밀의 무게에 눌린 나는 혹시 교회에 가서 비밀을 고백하면 그곳이 나를 무시무시한 젊은이의 보복으로부터 보호해 줄 충분한 힘을 갖고 있지 않을까 곰곰이 생각했다. 목사님이 〈혹시 결

11 응급 상황 시에 산파 역할을 맡던 경찰관.

혼에 이의가 있다면 지금 말하시오!〉라고 말씀하시는 결혼식 예고 통지 시간이 되자, 나는 벌떡 일어나 교회 부속실에서 목사님과 개인 면담 시간을 갖고 싶다고 제안할 적절한 시간이 되었다는 생각이 들었다. 그날이 크리스마스 날만 아니었어도, 그리고 평일만 아니었어도, 내가 이런 극단적인 수단에 의존하여 얼마 되지도 않는 신도들을 깜짝 놀라게 만들었을 게 확실하다.

그날은 교회 서기인 웝슬 씨, 수레바퀴 제조업자인 허블 씨와 그의 부인, 인근 읍내의 부유한 곡물상이며 개인 소유의 이륜마차를 타고 다니는 펌블추크 숙부(원래 조의 숙부인데 조 부인이 자기 숙부인 양 차지해 버렸다)가 우리와 함께 점심 식사를 하기로 되어 있었다. 식사 시간은 1시 반이었다. 집에 도착한 조와 나는 식탁이 놓여 있고, 조 부인이 옷을 차려입고 있고, 음식이 차려져 있고, 손님들이 들어올 수 있게 대문이 열려 있고(다른 때는 결코 열려 있는 적이 없었다), 모든 것들이 반짝반짝 빛나고 있는 걸 발견했다. 그리고 여전히 음식물을 도둑맞은 일에 대해서는 한마디 말도 없었다.

내 마음에 위안을 주는 일은 하나도 일어나지 않은 채 마침내 시간이 되었고 손님들이 찾아왔다. 웝슬 씨는 매부리코에 빛나는 대머리였고, 거기다 그가 특히 자랑스러워하는 굵고 낮은 목소리까지 갖고 있었다. 정말이지 그를 아는 사람들은 만약 그를 멋대로 방치한다면 설교를 멋들어지게 해서 목사님을 졸도하게 만들 사람이라고 생각했다. 그 자신도 만약 교회가 〈문호를 활짝 개방하기만 한다면〉, 즉 공개 경쟁 시험을 통해 목사님을 뽑는다면 자기가 자포자기해서 그 시험에 합격하지 못하는 일은 없을 거라고 자인했다. 그런데 교회가 문호를 개방하지 않았으므로 그는 앞서 말했듯이 그냥 교회 서기였다. 그러나 그는 〈아멘〉이란 소리는 엄청나게 크게 말했다. 그리고 찬송가를 부를 때면 — 그는 늘 가사를 끝까지 다 불렀다 — 마치 〈저기 저 내 친구 목사님의 말씀을 들었으니 이제는 내 노래 스타일에 존경심을 품어야 합니다〉라고 말하는 듯이 먼저 모든 신도들을 휙 둘러보았다.

나는 문을 열어 주는 게 우리 집 관습인 척하면서 손님들에게 문을 열어 주었다. 나는 가장 먼저 웝슬 씨에게 문을 열어 주었고, 그다음은 허블 씨 부부, 마지막으로 펌블추크 숙부에게 문을 열어 주었다. 참고로 나는 펌블추크 씨를 숙부라는 호칭으로 절대로 부를 수 없었다. 그런 호칭을 사용하면 가혹한 벌을 받았다.

「조 부인.」 펌블추크 숙부가 말했다. 그는 숨을 격하게 내쉬는 둔해 빠진 거구의 중년 남자였는데, 입은 물고기 같고, 눈은 동태눈처럼 흐릿하게 쏘아보는 눈이었으며, 모래색 머리카락은 머리 위로 곧추서 있었다. 그 모습은 꼭 그때까지 숨이 막혀 있다가 그 순간에야 이런 말을 내뱉는 사람 같아 보였다. 「부인, 크리스마스 인사차 백포도주 한 병 가져왔지요. 그리고 부인, 부인에게 적포도주도 한 병 가져왔어요.」

매번 크리스마스 날이면 그는 난생처음 하는 말인 양 정확히 똑같은 말을 하며 아령처럼 포도주 두 병을 들고 나타났다. 조 부인 또한 매번 크리스마스 날이면 그날처럼 〈오, 펌블추크 숙부님! 정말 자상도 하세요!〉라고 대답했다. 그러면 그는 매번 이렇게 응수했다. 「부인이 받을 만하니까 가져온 거지요. 자, 모두 실링 은화처럼 건강하게 잘 지내고 있지요? 6펜스 잔돈푼은 어찌 지내는고?」 물론 여기서 잔돈푼이란 나를 말하는 것이었다.

우리는 이런 행사 때면 부엌에서 식사를 하고 견과류와 오렌지와 사과를 먹으러 응접실로 자리를 옮겼다. 그건 조가 작업복에서 일요일 복장으로 갈아입는 일과 아주 흡사한 변화였다. 누나는 올해의 식사 자리에서 특별하다 싶을 정도로 쾌활했으며, 다른 사람보다는 허블 부인과 어울릴 때 대체로 상냥하게 굴었다. 허블 부인은 곱슬머리에 하늘색 옷을 입은 날카로운 인상의 자그마한 부인으로 기억되는데, 허블 씨와 결혼했을 때 — 그게 얼마나 먼 옛날인지는 모른다 — 그보다 훨씬 어린 나이였기 때문에 관습적으로 아직 젊은 축에 끼는 입장을 견지하고 있었다. 허블 씨는 높은 어깨가 구부정하게 굽어 있고 톱밥 냄새를 풍기는 완고한 노인이었다. 그는 두 다리가 비정상적일 정도로 벌어져 있어서 내가 아직 키 작은 꼬맹이였던 시절 좁은 길을 걸어오고 있는 그와 마주칠 때면, 그 두 다리 사이로 몇 킬로미터에 이르는 광활한 시골 풍경이 보일 정도였다.

이 훌륭한 손님들 사이에 있노라면 설사 내가 식료품 저장실을 털지 않았다 하더라도 자리를 잘못 차지하고 있다는 느낌을 받았을 게 분명했다. 그건 식탁이 내 가슴 높이까지 온다든가 내가 펌블추크 씨의 팔꿈치가 내 눈에 와닿는 식탁보의 모서리 자리에 밀어 넣어졌기 때문이 아니었고, 말을 해도 좋다는 허락을 받지 못했기 때문도 아니었다(말은 하고 싶지도 않았다). 또한 그건 너저분한 닭다리 조각들이나 살아 있을 때 도무지 자랑하고 싶은 이유라곤 전혀 없어 보이던 돼지의 미지의 부위들을 먹게 되었기 때문도 아니었다. 그렇다. 그런 이유들 때문이 아니었다. 그들이 그저 나를 가만히 놔두기만 했다면 그런 것들엔 신경도 쓰지 않았을 것이다. 하지만 그들은 나를 그냥 놔두려고 하지 않았다. 나를 화젯거리로 삼았으며, 자신들의 대화의 방향이 내게로 향하지 않는다거나 그 대화의 뾰족한 창끝으로 나를 찔러 대지 않는다면 기회를 놓치는 일이라고 생각하는 것 같았다. 이처럼 정신적으로 찔러 대는 창들로 인해 너무나 따끔거리는 고통을 받고 있었으니, 내 모습이 꼭 스페인 투우장의 불행한 어린 황소 같았을지도 모르겠다.

이런 고통은 식사를 하기 위해 자리에 앉는 순간부터 시작되었다. 웝슬 씨가 연극적인 어조로 선언을 하듯 과장되게 식전 기도를 시작했으며 — 내겐 그 모습이 『햄릿』에 나오는 유령과 『리처드 3세』에 나오는 유령이 종교적으로 교배된 잡종 유령처럼 보였다 — 우리가 진정으로 감사할 수 있기를 바란다는 매우 적절한 열망으로 기도를 맺었다. 이 기도를 듣던 누나가 내게 시선을 고정시키며 책망하듯 낮은 목소리로 소곤거렸다. 「너 저 소리 들었지? 감사할 줄 알아야 해.」

「특히나 너를 손수 키워 준 분들에게 감사해야 한다, 얘야.」 펌블추크 씨가 말했다.

허블 부인이 고개를 가로저으며 내가 나쁜 결과를 초래할 거라는 슬픈 예감이라도 든다는 듯 나를 유심히 바라보며 물었다. 「왜 애들은 좀처럼 감사할 줄을 모르는 걸까요?」 이런 도덕적 수수께끼는 허블 씨가 다음과 같은 말로 간명하게 해결할 때까지 자리의 모든 사람들에게 너무 버거운 질문

같아 보였다. 「날 때부터 악하기 때문입니다.」 모든 사람들이 〈맞아요!〉라고 중얼거리면서 특히 불쾌하다는 듯 나름대로의 방식으로 나를 째려보았다.

조의 입지와 영향력은 주변에 사람들이 없을 때보다 사람들이 있을 때 뭔가 더 미약했다(그런 게 가능하다면 말이다). 그러나 그는 늘 할 수만 있으면 자기 나름대로 나를 도와주고 위로했다. 그는 식사 시간에는 고기 국물이 남아 있으면 내게 그걸 더 퍼주는 식으로 그런 일을 대신했다. 그날은 고기 국물이 많이 남아 있었기 때문에 바로 그 시점에서 조는 0.5파인트 분량의 국물을 내 접시에 더 퍼주었다.

식사가 조금 더 진행되자 웝슬 씨는 다소 엄숙한 태도로 그날의 설교를 돌이켜 본 뒤 — 흔히 말하는 대로 만약 교회가 〈문호를 활짝 개방하기만 한다면〉이라는 가정 아래 — 자기였다면 그날 어떤 설교를 할 수 있었을지를 넌지시 말했다. 그는 자리에 모인 사람들에게 시혜를 베풀 듯 그 설교의 제목을 알려 준 뒤 그날의 설교 주제가 잘못 선택되었다고 생각한다고 말했다. 그리고 수없이 많은 설교 주제들이 〈널려 있는〉 그런 시절에 그건 더욱 용서가 안 되는 일이라고 덧붙였다.

「다시 한 번 지당한 말씀입니다.」 펌블추크 숙부가 말했다. 「제대로 알고 있는 겁니다, 서기님. 꼬랑지에 소금을 뿌려서 붙잡듯[12] 쉽게 붙잡는 법을 알고 있는 사람들에겐, 무수한 설교 주제들이 여기저기 돌아다니고 있는 셈이지요. 소금 그릇만 준비해 놓고 있으면 설교 주제를 찾으러 멀리 갈 필요가 없다는 겁니다.」 잠시 생각에 잠겨 뜸을 들이던 펌블

12 동물을 붙잡는 방법에 관한 속담식 표현이다.

추크 씨가 덧붙였다. 「돼지 하나만 놓고 보더라도 설교 주제가 충분히 되지요! 설교 주제가 필요하면 돼지를 보면 된다니까요!」

「맞습니다, 선생님. 아이들에게 큰 교훈을 주는 주제가 될 수 있지요.」 웝슬 씨가 맞장구쳤다. 그리고 나는 그가 말을 마치기 전에 내 얘기를 꺼내려고 한다는 걸 알아차렸다. 「큰 교훈이 그 주제로부터 추론되어 나올 수 있을 겁니다.」

(「너, 저 얘기 잘 들어.」 누나가 엄한 목소리로 내게 말했다.)

조는 내게 국물을 더 퍼주었다.

「돼지는 말입니다.」 웝슬 씨가 한층 더 낮고 굵어진 목소리로 마치 내 이름을 부르기라도 하듯 포크로 빨개진 내 얼굴을 가리키며 말을 이었다. 「돼지는 탕아[13]의 동무쯤 되는 놈입니다. 돼지의 탐욕이 아이들에 대한 본보기로 우리 앞에 주어진 겁니다.」 (나는 이 말이야말로 그동안 돼지의 살은 아주 통통하다느니 그 육즙이 좋다느니 하면서 돼지를 칭송하고 있던 그 같은 작자에게 썩 잘 어울리는 말이라고 생각했다.) 「돼지의 혐오스러운 성질이 남자아이에게 있다면 훨씬 더 혐오스럽지요.」

「여자아이도 그래요.」 허블 씨가 주장했다.

「물론 여자아이도 마찬가지입니다, 허블 씨.」 웝슬 씨가 조금 짜증을 내며 동의했다. 「하지만 이 자리엔 여자아이가 없네요.」

「게다가 말이다.」 펌블추크 씨가 내 쪽으로 휙 몸을 돌리

13 「루가의 복음서」 15장 11~32절. 아버지가 물려준 재산을 탕진하고 돼지치기를 하다가 돼지 두엄열매로 배를 채웠지만 허기에 지쳐, 아버지에게 돌아가자 아버지는 뉘우친 자식을 기꺼이 환대한다는 내용.

면서 말했다. 「네가 감사드려야 할 일이 뭔지 생각해 보아라. 만약 네가 꽥꽥거리는 모습으로 태어났다면 말이다 —」

「만약 그런 애가 있다면, 이놈이 〈바로〉 그런 애랍니다.」 더 없이 단호하게 누나가 말했다.

조는 내게 국물을 더 퍼주었다.

「그렇군요. 하지만 나는 네 발 달린 꽥꽥이를 말한 겁니다.」 펌블추크 씨가 말했다. 「네가 만약 그런 존재로 태어났다면, 지금 여기 있을 수 있겠니? 아마 넌 —」

「아마 그런 모습이 아니었다면 —」 접시 쪽을 향해 고개를 끄덕이면서 웝슬 씨가 말했다.

「아니, 그런 모습이라는 소리를 하려던 게 아닙니다, 서기님.」 방해받은 게 싫었던 펌블추크 씨가 대답했다. 「내 말은, 그런 애는 자기 형과 누나들이나 자기보다 더 나은 아이들과 놀 수도 없고 마음껏 사치를 부리며 나뒹굴지도 못할 거라는 겁니다. 그런 애가 그런 일을 할 수 있었을까요? 아니요, 하지 못했을 겁니다. 그래, 넌 네 운명이 어땠을 거라고 생각하느냐?」 그가 다시 내게 몸을 돌렸다. 「아마 넌 돼지의 시가에 따라 꽤나 많은 실링을 받고 처분되었을 거다. 그리고 네가 짚 더미 위에 누으려고 하면 고깃간 주인 던스터블이 네게 와서 왼팔로 너를 매질하고 오른팔로 작업복 옷자락을 걷어붙여 조끼 주머니에서 나이프를 꺼내 네 멱을 땄을 거다. 그러면 너를 손수 키우는 일 같은 건 절대 없었을 테지. 그럼, 어림없는 일이고말고!」

조가 고기 국물을 더 주었지만 나는 받는 게 두려웠다.

「애가 태산 같은 골칫거리겠네요, 부인.」 누나를 동정하며 허블 부인이 거들었다.

「골칫거리요?」 누나가 되받았다. 「골칫거리라고요?」 그러고 나서 누나는 그간 내가 저지른 온갖 불쾌한 잘못들, 그녀의 잠을 설치게 했던 온갖 비행들, 내가 굴러떨어진 온갖 높은 장소들과 낮은 장소들, 내가 자초했던 온갖 부상들, 그리고 내가 제발 무덤에나 들어갔으면 좋겠다고 누나가 바랐던 일들, 내가 발버둥 치며 그런 곳엔 들어가지 않겠다고 저항했던 온갖 시간들에 대해 끔찍하게 늘어놓기 시작했다.

나는 로마인들은 틀림없이 자신들의 코를 가지고 서로를 엄청나게 괴롭히며 화나게 했을 거라고 생각한다. 아마 그 결과로 그들이 그토록 좌불안석하는 사람들이 되었을지도 모른다. 어쨌든 로마인처럼 생긴 웝슬 씨의 매부리코가 하도 거슬려서 나는 내 비행이 낱낱이 폭로되는 동안 그가 악을 쓸 정도로 그 코를 세게 잡아당기고 싶은 충동마저 들었다. 그러나 그때까지 내가 견뎠던 모든 일은 누나의 설명이 끝나고 모두가 분노와 혐오감에 빠져 나를 노려보다 마침내 그 침묵이 깨진 순간 엄습했던 끔찍한 느낌에 비하면 아무것도 아니었다.

「어쨌든 말입니다.」 펌블추크 씨가 잠시 다른 데로 벗어났던 대화 주제에서 원래의 주제로 사람들을 다시 조용히 끌어들이면서 말했다. 「담즙 분비를 촉진한다고 알려진 돼지고기는 너무 기름집니다, 안 그렇습니까?」

「브랜디를 좀 마시세요, 숙부님.」 누나가 말했다.

오, 하느님, 마침내 때가 다가온 것이었다! 그가 술맛이 밍밍하다는 걸 알아차릴 테고, 그러면 나는 파멸을 맞이할 것이었다! 나는 식탁보 밑에서 두 손으로 식탁을 꽉 붙들고 내 운명을 기다렸다.

누나는 돌 술병을 가지러 갔고 그걸 가지고 돌아와서 그에게 브랜디를 따라 주었다. 다른 사람들은 마시지 않았다. 이 빌어먹을 작자는 술잔을 만지작거리고, 들어 올리고, 빛을 투과시키며 그걸 들여다보고, 다시 내려놓으면서, 내 불행을 지연시켰다. 그러는 동안 조 부인과 조는 파이와 푸딩을 먹기 위해 활기차게 식탁을 치우고 있었다.

나는 그에게서 시선을 뗄 수가 없었다. 계속해서 두 손과 두 발로 식탁을 꽉 붙든 채 나는 이 빌어먹을 작자가 장난스럽게 유리잔을 손가락으로 만지작거리다가 그걸 들어 올리며 미소를 짓고 고개를 뒤로 젖힌 뒤 마침내 브랜디를 꿀꺽 마시는 모습을 지켜보았다. 사람들은 그가 즉시 벌떡 일어나서 무시무시할 만큼 발작적으로 씩씩대며 기침을 내뱉고, 발버둥을 치면서 여러 차례 제자리에서 빙빙 돌다 문간으로 돌진하는 모습을 목격하고는 말로 형용할 수 없을 만큼 놀랐다. 곧이어 그가 고꾸라지는 자세로 격하게 침을 캑캑 내뱉으며 오만상을 찌푸리는 모습이 창문을 통해 보였다. 분명히 그는 제정신이 아닌 것 같았다.

조 부인과 조가 그에게 달려가는 동안 나는 식탁 다리를 꽉 붙들었다. 어떻게 해서 내가 그런 일까지 초래하게 되었는지는 몰랐지만 어쨌든 내가 그를 죽인 게 틀림없다고 생각했다. 이런 끔찍한 상황 속에서 천만다행으로 그가 다시 돌아왔다. 그는 마치 모두가 자기를 미워하기라도 한다는 듯 사람들을 둘러본 후 의자에 앉으면서 숨을 헐떡거리며 의미심장하게 한마디를 내뱉었다. 「타르액이오!」

타르액이 들어 있던 주전자의 내용물로 내가 술병을 채웠던 것이었다. 나는 그의 상태가 점점 더 나빠질 거라는 걸 알았다. 나는 보이지 않게 식탁을 꽉 붙들고 있던 힘으로 마치 영매처럼 식탁을 슬며시 움직였다.

「타르액이라니요!」 누나가 깜짝 놀라며 소리쳤다. 「아니, 대체 타르액이 거기 왜 들어갔을까요?」

하지만 부엌의 절대 권력자였던 펌블추크 숙부는 그 단어를 들으려 하지 않았고, 그 내용도 들으려 하지 않았으며, 그저 오만하게 그런 건 다 소용없다는 손짓을 한 뒤 뜨거운 물에 진을 섞어 가져오라고 했다. 놀라울 정도로 골똘히 생각에 잠기기 시작한 누나는 진과 뜨거운 물, 설탕, 레몬 껍질 등을 바삐 준비해 그것들을 뒤섞었다.[14] 적어도 누나가 그러는 동안 나는 무사했다. 나는 여전히 식탁 다리를 꽉 붙잡고 있었지만, 지금은 열렬한 고마움을 느끼면서 그러고 있었다.

나는 차츰 움켜쥐었던 식탁 다리에서 손을 떼고 푸딩 먹는 일에 동참할 수 있을 정도로 마음이 차분해졌다. 펌블추크 씨도 푸딩을 함께 먹었다. 푸딩 코스가 끝나자 펌블추크 씨는 몸을 따뜻하게 해주는 진 워터의 영향으로 얼굴이 불쾌해지기 시작했다. 그날 하루는 무사히 넘기겠구나 생각하는 순간 누나가 조에게 말했다. 「납작한 접시들을 깨끗이 닦아. 차갑게 해서.」

나는 즉시 식탁 다리를 다시 꽉 붙잡았고, 그게 마치 내 어린 시절의 벗이자 마음이 통하는 친구이라도 되는 듯 가슴에 갖다 댔다. 무슨 일이 벌어질지 예상이 되었고 이번에야말로 정말로 끝장이라는 느낌이 들었다.

「여러분, 맛을 보셔야죠.」 더없이 예의를 차리면서 누나가 손님들을 향해 말했다. 「마지막으로 펌블추크 숙부님께서

14 전통적인 펀치 제조법.

가져오신 이 즐겁고 맛있는 선물을 꼭 맛보셔야죠!」

꼭 맛봐야 한다니! 제발 맛보고 싶다는 생각이 들지 않길!

「여러분이 반드시 아셔야 할 게 있어요.」 누나가 일어서며 말했다. 「맛있는 돼지고기 파이랍니다.」

손님들이 낮은 목소리로 찬사를 늘어놓았다. 펌블추크 숙부는 마치 자신의 동족을 먹을 자격이 충분히 있다고 느끼는 듯 이렇게 말했는데, 모든 상황을 고려해 볼 때 그건 과도하게 생기 넘치는 태도였다. 「그럼요, 조 부인. 최선의 노력을 다해 맛을 보지요. 어디 그 파이를 한 조각씩 맛봅시다.」

누나가 파이를 가지러 밖으로 나갔다. 누나의 발걸음이 식료품 저장실로 향하는 소리가 들렸다. 펌블추크 씨가 나이프를 반듯이 놓고 있는 모습이 보였고, 웝슬 씨의 매부리코 콧구멍 속에서 식욕이 새롭게 솟아나는 모습도 보였다. 맛 좋은 돼지고기 파이 한 조각은 사람들이 말하는 다른 어떤 음식보다 우위에 있으며 그 어떤 해도 없다고 말하는 허블 씨의 목소리도 들렸고, 조가 〈핍, 네 몫도 좀 있을 거야〉라고 말하는 소리도 들렸다. 바로 그 순간 내가 공포감에 질려 그저 마음속으로만 날카로운 비명을 내질렀는지, 아니면 손님들이 직접 체감하도록 실제로 비명을 내질렀는지, 나는 지금까지도 결코 확신하지 못한다. 나는 더 이상 버틸 수가 없으며 도망쳐야 한다고 느꼈다. 나는 붙잡았던 식탁 다리를 놓고 필사적으로 도망쳤다.

그러나 나는 집 대문 너머까지 도망치지 못했다. 그곳에서 머스킷 총을 걸머진 한 무리의 병사들과 정면으로 충돌하고 말았던 것이다. 그들 중 한 명이 내게 수갑 한 짝을 내밀면서 말했다. 「아이고, 이 녀석아, 잘 봐야지. 자, 들어가자!」

5

절거덕 소리를 내면서 탄알이 장전된 머스킷 총 개머리판을 현관 계단에 부딪치며 병사들이 줄지어 들어오자 식사를 하던 사람들 모두가 당황하여 벌떡 일어났다. 빈손으로 부엌으로 들어오던 조 부인도 〈세상에 어쩌면 좋아, 파이가…… 대체 어디로 갔담!〉 하고 놀라고 애석해하면서 깜짝 놀라 걸음을 멈추고 그들을 뚫어지게 바라보았다.

조 부인이 뚫어져라 바라보며 서 있었을 때 하사관과 나는 이미 부엌에 들어온 뒤였다. 위기의 순간 나는 부분적으로 감각을 다시 회복시켜 사용할 수 있게 되었다. 내 옆의 하사관은 내게 말을 건넨 군인이었는데, 오른손은 수갑을 권하기라도 하듯 사람들에게 내밀고 왼손은 내 어깨에 올리고서 사람들을 둘러보았다.

「실례하겠습니다, 신사 숙녀 여러분.」 하사관이 말했다. 「하지만 문간에서 이 똑똑한 꼬마에게 말한 것처럼(사실 그는 말해 주지 않았다) 나는 지금 국왕 폐하를 대신하여 추격을 하는 중인데 대장장이가 필요해서 왔습니다.」

「대체 그 사람은 무슨 일로 필요하신데요?」 대장장이가 필요하다는 사실 자체만으로도 금세 화를 폭발시키겠다는 태도로 누나가 쏘아붙였다.

「부인.」 용감한 하사관이 대꾸했다. 「제 입장에서 말씀드린다면, 그의 훌륭한 부인을 알게 되는 영광과 기쁨을 위해서라고 대답하겠고, 국왕 폐하 입장에서 말씀드린다면 볼일이 좀 있어서라고 대답하겠습니다.」

하사관의 이런 대답은 다소 품위 있는 대답으로 받아들여졌다. 펌블추크 씨가 주위에 들릴 정도로 〈역시 예의 바른 태도야!〉라고 크게 말할 정도였다.

「대장장이 양반, 당신도 보면 알겠지만 말이오.」 이때쯤 눈짓으로 조를 알아본 하사관이 말했다. 「수갑에 문제가 생겼소. 자물쇠 한 개가 망가졌고 연결 장치도 원활하게 작동하지 않소. 즉시 쓸 수 있어야 하니 한번 살펴봐 주겠소?」

조는 수갑을 살펴본 후 수리를 위해선 대장간에 불을 피워야 하니 한 시간을 넘겨 두 시간에 가까운 시간이 필요할 거라고 판단을 내렸다. 「그래요? 그러면 즉시 일을 시작해 주겠소, 대장장이 양반?」 허세 부리는 일 없이 하사관이 말했다. 「국왕 폐하를 위해 봉사하는 일이오. 그리고 뭐든 내 부하들이 거들 일이 있다면 그들이 도움을 줄 거요.」 그 말과 함께 그가 부하들을 부르자 그들은 차례차례 줄지어 부엌으로 와서 한쪽 구석에 무기들을 쌓아 놓았다. 그러고 나서 그들은 병사들이 으레 그러하듯 주변에 늘어섰는데, 때로는 두 손을 느슨하게 쥐고 있기도 하고, 때로는 무릎과 어깨의 긴장을 풀고 있기도 하고, 때로는 혁대와 가죽 탄약통을 풀기도 하고, 때로는 뻣뻣한 모습으로 잠시 문을 열고 높은 가죽 깃[15] 너머로 마당에 침을 뱉기도 했다.

나는 그때 극심한 불안감에 싸여 있었으므로 그 모든 광경을 의식적으로 본다는 생각 없이 그저 멍하니 바라보고 있었다. 그러나 수갑을 내게 채우려고 가져온 게 아니었다는 사실과, 병사들이 파이 사건을 뒷자리로 밀어내고 앞자리를 점하게 되었다는 사실을 깨닫기 시작하면서 나는 흩어졌던 정신을 조금 더 가다듬게 되었다.

15 머리를 반듯하게 세우기 위해 군복 밑에 받쳐 입은 가죽 옷깃.

「혹시 시간 좀 알려 주시겠습니까?」 하사관이 당연히 시간을 물어봐도 될 사람이라는 자신의 짐작을 입증하듯이, 그리고 사람 볼 줄 아는 능력이 있는 사람에게 질문하듯이 펌블추크 씨에게 물어보았다.

「막 2시 반을 지났습니다.」

「그 정도면 그리 나쁘지 않군요.」 하사관이 생각에 잠기며 말했다. 「이곳에서 부득이 두 시간을 보내게 되었지만 그 정도면 충분합니다. 여기서 습지대까지 얼마가량 떨어져 있다고 생각하시는지요? 제 생각엔 1.5킬로미터는 넘지 않을 듯싶은데요?」

「딱 1.5킬로미터입니다.」 조 부인이 말했다.

「그 정도 거리면 충분합니다. 땅거미가 질 무렵 포위를 시작할 수 있겠네요. 땅거미가 지기 직전에 명령을 내릴 겁니다. 그러면 충분할 겁니다.」

「죄수들 말입니까, 하사관님?」 당연하다는 듯 웝슬 씨가 물었다.

「그렇습니다.」 하사관이 대답했다. 「두 놈이지요. 놈들이 습지대로 도망쳤다는 사실은 잘 알려져 있겠지요. 놈들은 땅거미가 지기 전까지는 멀리 도망치려고 하지 않을 것입니다. 여러분 중에 혹시 그놈들을 본 사람은 안 계시겠지요?」

나만 빼놓고 모두가 본 적이 없다고 확신하며 대답했다. 누구도 나를 주목하는 사람은 없었다.

「좋습니다!」 하사관이 말했다. 「예상컨대 놈들은 아마 자기들 기대보다 훨씬 빨리 포위망 안에 갇혔다는 걸 깨닫게 될 겁니다. 자, 대장장이 양반! 당신이 준비가 된다면 국왕 폐하도 준비가 되는 겁니다.」

조는 외투와 조끼를 벗고 넥타이를 푼 다음 가죽 앞치마를 두르고 대장간으로 건너갔다. 병사 한 명이 대장간의 나무 창문을 열었고 다른 병사는 불을 지폈다. 또 다른 병사 한 명은 풀무로 향했고 나머지 병사들은 이내 요란한 소리를 내기 시작한 화덕 불 주변을 에워쌌다. 그러자 조가 땅땅 망치질 소리를 내며 수갑을 때려 폈고 우리는 모두 그 모습을 지켜보았다.

임박한 추격에 대한 호기심이 모든 사람들의 관심을 사로잡았을 뿐만 아니라 누나로 하여금 후한 인심을 베풀게 만들기까지 했다. 누나는 병사들을 위해 맥주 통에서 맥주 한 주전자를 퍼왔고, 하사관에겐 브랜디 한 잔을 마시라고 권했다. 하지만 펌블추크 씨가 냉소적으로 〈포도주를 가져다 주지그래요, 부인. 분명히 브랜디 안에는 타르액이 들어 있을 겁니다〉라고 말하자 하사관은 그에게 감사를 표하며 자기는 타르액이 안 들어간 술을 더 좋아하니 포도주를 가져오는 일이 브랜디를 가져오는 일과 마찬가지라면 자기는 포도주를 마시겠다고 말했다. 포도주를 갖다 주자 그는 국왕 폐하의 건강을 빌고 의례적인 크리스마스 인사말을 한 뒤 그걸 한입에 꿀꺽 마시고 입맛을 다셨다.

「좋은 술이죠, 하사관님?」 펌블추크 씨가 말했다.

「한 말씀 올리겠습니다.」 하사관이 대답했다. 「혹시 이 술이 선생님께서 가져오신 술 아닌가 싶습니다만.」

펌블추크 씨가 헤벌쭉 웃음을 터뜨리면서 말했다. 「그래요? 그렇게 생각하시오? 왜 그렇게 생각하시오?」

「왜냐하면 말입니다.」 하사관이 그의 어깨를 툭 치며 대답했다. 「선생님께선 뭔가 아시는 분이니까요.」

「그렇게 생각하시오?」 펌블추크 씨가 아까와 같은 웃음을 터뜨리며 말했다. 「한 잔 더 드시오.」

「함께 드시지요. 서로 건배를 주고받으면서요.」 하사관이 대답했다. 「제 잔 꼭대기를 선생님 잔 밑에 — 선생님 잔 밑을 제 잔 꼭대기 위에 — 땡그랑, 한 번 부딪치고, 땡그랑, 두 번 부딪칩시다. 유리그릇 악기에서 나는 가장 아름다운 곡조네요! 선생님의 건강을 위하여 건배! 만수무강하시길 기원하면서, 그리고 선생님 생애에서 사람을 알아보는 눈이 지금 이 순간보다 더 나빠지는 일이 결코 없기를 기원하면서 건배!」

하사관은 다시 술을 단숨에 들이켰고 한 잔 더 마시기를 고대하고 있는 것처럼 보였다. 나는 펌블추크 씨가 환대의 감정에 빠져 포도주를 선물로 가져왔다는 사실을 잊어버렸다는 걸 알아차렸다. 오히려 그는 조 부인으로부터 포도주 병을 건네받고서는 유쾌하고 즐거운 감정을 드러내며 여기저기 포도주를 나눠 주는 공을 몽땅 자기가 차지해 버렸다. 심지어 나까지 포도주를 조금 얻어먹었다. 그러고 나서 그는 아예 포도주에 대한 거리낌이 없어져, 처음 한 병을 다 비우자 나머지 한 병까지 요구한 뒤 처음과 마찬가지로 인심후하게 주변 사람들에게 돌렸다.

대장간 주변에 모두 모여 희희낙락하고 있는 그들의 모습을 지켜보면서, 나는 습지대에 있는 나의 탈주범 친구가 그들에게 맛난 소스처럼 정말로 재미난 화젯거리로 등장하고 있다고 생각했다. 그들이 재미나게 시간을 보낸 지 15분도 지나지 않아 탈주범이 제공한 흥분으로 술자리는 더욱 즐거워졌다. 그들 모두가 〈두 명의 악당들〉이 곧 붙잡힐 거라는 생생한 기대감으로 가득 차 있을 때, 풀무가 두 탈주범들을 향해 고함을 내지르듯 활활 불길을 일으키고 그 연기가 그들을 추격하며 황급히 나아가고 있을 때, 조가 그들이 들으라는 듯 땅땅 망치질을 하고 큰 불꽃이 피어올랐다 지고 시뻘겋게 달아오른 불똥들이 떨어져 내리며 사라지고 있을 때 벽에 비치는 어두침침한 모든 그림자들이 그들을 위협하며 너울거리고 있는 듯 보일 때, 이 모든 일들이 벌어지고 있을 때, 동정심으로 가득 찬 내 어린 공상 속에선 바깥의 어슴푸레한 오후가 가엾은 탈주범들로 인해 거의 창백한 빛깔로 변해 가고 있는 것처럼 보였다.

마침내 조의 일이 끝나고 땅땅 울리던 망치질 소리와 우르르하던 풀무질 소리도 멈췄다. 조는 외투를 입으면서 용기를 내어 우리 중 몇 명이 병사들을 따라가 추격이 어찌 진행되는지 구경하지 않겠느냐고 제안했다. 펌블추크 씨와 허블 씨는 파이프 담배를 피워야 하고 숙녀들과 자리를 함께해야 한다는 핑계를 대며 그 제안을 거절했다. 그러나 웝슬 씨는 조가 가겠다면 자기도 가겠다고 말했다. 조는 기꺼이 동의하며 조 부인이 허락한다면 나도 데려가겠다고 말했다. 사건의 전모와 결말을 알고 싶은 조 부인의 호기심이 아니었다면 우리는 가도 좋다는 허락을 결코 얻지 못했을 것이다. 그녀는 단지 이런 조건만 요구했다.「애 머리가 머스킷총에 맞아 산산조각이 난 상태에서 애를 집으로 데리고 돌아와 나보고 그걸 다시 짜 맞춰 달라는 요구 같은 건 아예 하지도 마세요.」

하사관은 숙녀들에게 예의 바르게 작별을 고했고 펌블추크 씨하고는 동지와 이별하듯 헤어졌다. 물론 나는 그가 이 신사의 됨됨이를 메마르고 건조한 상황에서 촉촉이 적시는 비가 내릴 때만큼 충분히 느꼈을지 의문이 든다. 그의 부하들은 다시 머스킷 총을 둘러메고 정렬을 했다. 웝슬 씨와 조 그리고 나는 병사들의 뒤쪽 자리를 지켰고, 습지대에 도착하고 난 뒤부터는 단 한 마디도 하지 말라는 엄격한 지시를 받았다. 으스스한 날씨 속에서 모두 밖으로 나와 추격을 위해 나아가고 있었을 때 나는 반역자처럼 조에게 속삭였다. 「조, 그 사람들을 발견하지 않으면 좋겠어.」 그러자 조가 내게 속삭였다. 「그자들이 족쇄를 끊고 도망간다면 1실링을 내놓을게, 핍.」

날씨가 춥고 궂은 데다 길은 스산하고 발밑은 엉망이고 깜깜한 어둠까지 내리고 있어서 우리는 마을에 나와 있는 행인은 한 명도 못 만났다. 마을 사람들은 집 안에서 따뜻한 난롯불을 쬐며 크리스마스를 즐기고 있었다. 따사로운 불빛이 내비치는 창가로 몇몇 사람들이 황급히 얼굴을 내밀며 우리를 바라보았지만 밖으로 나오는 사람은 한 명도 없었다. 우리는 손가락 모양 푯말을 지나쳐 곧장 교회 묘지로 향했다. 그곳에서 우리는 하사관의 수신호에 따라 몇 분간 멈추었다. 그러는 동안 그의 부하 두세 명이 묘지들 사이로 흩어졌고 교회 현관도 수색했다. 그들이 아무것도 찾아내지 못하고 되돌아오자 우리는 다시 교회 묘지 옆으로 난 문을 통하여 널리 펼쳐진 습지대를 향해 힘차게 나아갔다. 그때 얄궂은 진눈깨비가 휘휘 세차게 내리기 시작했고 조는 나를 등에 업었다.

여덟 시간 혹은 아홉 시간 전에 내가 와서 숨어 있는 두 죄수를 목격했다는 사실을 누구도 눈치채지 못하고 있는 상태로 황량한 습지대에 다다랐다. 그제야 나는 처음으로 엄청난 불안감 속에서 혹시 탈주범들과 맞닥뜨리게 되면 나와 관련 있는 그 탈주범이 병사들을 그곳으로 데려온 게 나라고 생각하지 않을까 걱정했다. 그는 내가 거짓말쟁이 꼬마 도깨비가 아니냐고 물어봤고, 만약 내가 자신을 추격하는 일에 가담한다면 사나운 사냥개 새끼나 매한가지라는 말을 했었다. 그러니 그가 나를 배반을 일삼는 꼬마 도깨비이자 사냥개라고 여기면서 내가 그를 밀고한 거라고 믿게 되지 않을까?

이제 와서 나 자신에게 그런 질문을 해봤자 소용없는 일이었다. 이미 나는 조의 등에 업혀 현장에 와 있었다. 조는 내 밑에서 추격병처럼 수로를 향해 돌진하고 있었고, 웝슬 씨에게 넘어져 매부리코를 땅바닥에 찧지 말고 잘 따라오라며 격려하고 있었다. 병사들은 우리의 전방에서 꽤 넓게 간격을 두고 일렬로 나아가고 있었다. 우리는 새벽에 내가 처음 택했던 길, 즉 안개 속에서 길을 잃고 벗어났던 길을 택해 나아갔다. 아직 안개가 끼지 않았거나 아니면 바람이 안개를 몰아냈거나 둘 중 하나였다. 낮게 타오르는 붉은 햇빛을 받으며 신호소, 교수대, 포대 둔덕과 건너편 강기슭이 비록 모두 납빛 물빛에 젖어 있었지만 또렷하게 보였다.

조의 넓은 어깨에 기대어 대장장이처럼 심장이 쿵쿵 뛰는 가운데 나는 죄수들의 흔적이 조금이라도 보이는지 사방을 둘러보았다. 아무것도 보이지 않았고 아무 소리도 들리지 않았다. 웝슬 씨가 씩씩대며 숨을 거칠게 몰아쉬는 바람에 나는 한두 차례 이상 깜짝깜짝 놀라곤 했다. 하지만 나는 이내 그 소리를 분간하여 추격 대상자들과 분리할 수 있었다.

줄칼 가는 소리가 여전히 들리는 것 같아 소스라치게 놀란 적도 있었지만 그건 그저 양의 방울 소리였다. 양 떼가 풀을 뜯어 먹는 일을 멈추고 겁먹은 채로 우리를 바라보았다. 그리고 소 떼는 부는 바람과 진눈깨비 속에서 머리를 우리 쪽으로 향한 채 그 두 가지 성가신 방해물들이 마치 우리 책임이라는 듯 화가 나서 우리를 뚫어져라 바라보았다. 그러나 이런 것들과 저무는 하루를 알리려는지 모든 풀잎들이 몸서리치듯 흔들리는 소리 말고는 습지대의 정적을 깨는 건 아무것도 없었다.

병사들이 옛 포대 방향으로 나아가고, 우리가 조금 뒤에 떨어져서 그들을 뒤따라가고 있을 때였다. 우리는 갑자기 모두 멈춰 섰다. 비바람을 타고 날아오듯이 길게 울려 퍼지는 고함 소리가 들렸던 것이다. 소리는 반복되었다. 그 소리는 동쪽 먼 곳에서 들려왔는데 길고도 큰 소리였다. 소리가 뒤섞여 있는 걸로 보아 두 개 이상의 고함 소리가 동시에 나는 것 같았다.

조와 내가 다가갔을 때 하사관과 그의 가장 가까이 있던 병사들이 낮은 목소리로 그런 내용의 얘기를 나누고 있었다. 잠시 그 얘기를 듣던 조도 동의했고(그런 걸 잘 판단하는 편이었다) 웝슬 씨도 동의했다(그런 걸 잘 판단하지 못하는 편이었다). 결단력이 있는 사람이었던 하사관은 병사들에게 그 소리에 응답해서는 안 되며, 진로를 바꾸어 〈구보〉로 소리가 나는 곳으로 돌아서 뛰어가라고 명령했다. 따라서 우리는 비스듬히 방향을(동쪽으로) 틀었다. 조가 놀랄 정도로 힘차게 내달리는 바람에 나는 떨어지지 않으려고 그를 꽉 붙잡아야 했다.

정말 제대로 된 질주였고, 가는 내내 조가 내뱉은 딱 두 마디 말의 표현대로 〈숨 막히는〉 질주였다. 조는 강둑을 내려갔다가 다시 올라갔고, 수문들을 넘으며 수로 속으로 들어가 철벅철벅 걸었고, 거친 골풀 사이를 헤치고 달렸다. 그가 어디로 가든 누구도 상관하지 않았다. 고함 소리가 들려오는 곳에 더 가까워지자 그게 한 사람 이상이 내는 소리라는 게 점점 더 분명해졌다. 가끔 소리가 멈추는 것 같기도 했는데 그러면 병사들도 멈추어 섰다. 소리가 다시 나면 병사들은 전보다 훨씬 더 빠른 속도로 그곳을 향해 나아갔고, 우리도 그 뒤를 따랐다. 얼마 후 우리는 소리의 진원지에 거의 이르렀으며 한 사람이 〈사람 살려!〉라고 외치는 목소리까지 들을 수 있게 되었다. 또 다른 사람의 목소리는 〈죄수들이오! 탈주범들 말이오! 감시병! 탈주한 죄수들이 이쪽에 있소!〉라고 외쳐 대고 있었다. 그러다 목소리의 주인공들이 격투를 벌이는지 소리가 들리지 않다가 다시 터져 나오곤 했다. 상황이 이 지경에 이르자 병사들은 사슴처럼 내달렸고 조도 마찬가지였다.

소리의 출처를 완전히 찾아낸 하사관이 가장 먼저 뛰어들었고, 병사 두 명이 그에게 바싹 붙어 뒤를 따랐다. 우리가 도착했을 때 그들의 총은 이미 공이치기를 당겨 놓은 상태로 탈주범들을 겨누고 있었다.

「여기 두 놈이 있다!」 수로 바닥에서 헐떡거리며 애를 쓰던 하사관이 소리쳤다. 「야, 거기 두 놈! 꼼짝 마, 이 망할 놈들아. 서로 떨어져!」

물이 튀고 진흙이 날고 욕설이 난무하고 주먹질이 오가고 있었을 때, 하사관을 돕기 위해 더 많은 병사들이 수로 안으로 내려가서 내가 아는 죄수와 상대방 죄수를 질질 끌며 떼어 놓았다. 둘 다 피를 흘리고 있었으며 가쁜 숨을 몰아쉬고 욕설을 지껄이고 발버둥을 치고 있었다. 하지만 나는 곧바로 두 사람 모두를 알아보았다.

「명심들 하쇼!」 내가 아는 죄수가 누더기 소맷자락으로 얼굴의 피를 닦고 자기 손가락에 낀 머리카락을 털어 내며 말했다. 「저놈을 잡은 건 바로 나요! 내가 저놈을 당신들에게 넘긴 거요! 그걸 명심하라고!」

「그렇게 특별히 강조할 만큼 대단한 일이 아니야.」 하사관이 말했다. 「이봐, 그게 같은 곤경에 처한 네놈에게 크게 득이 되진 않을 거라고. 수갑 채워!」

「내게 조금이라도 득이 될 거라는 기대는 하지 않소. 이 일이 내게 지금보다 더 많은 득이 될 거라고는 바라지도 않는다는 소리요.」 탐욕스럽게 웃으며 내가 아는 죄수가 말했다. 「내가 저놈을 잡았소. 저놈도 그걸 알고 있지. 그거면 충분하오.」

상대방 죄수를 바라보니 얼굴은 온통 검푸른 납빛이었고, 게다가 본래 얼굴 왼편에 난 멍 자국 말고도 온 얼굴이 멍들고 찢긴 것처럼 보였다. 그는 숨이 가빠서 입을 열지도 못하고 있었다. 마침내 병사들이 두 사람에게 따로 수갑을 채웠을 때에도 그는 쓰러지지 않으려고 병사 한 명에게 기댔다.

「호위병, 내 말 잘 들으시오. 저놈이 나를 죽이려고 했소.」 그가 처음으로 한 말이었다.

「내가 자길 죽이려 했다고?」 나를 아는 죄수가 경멸에 찬 어조로 말했다. 「죽이려 했다고? 진짜 죽인 게 아니고? 내가 저놈을 잡았어. 그리고 저놈을 넘긴 거야. 그게 바로 내가 한 일이야. 내가 저놈이 습지대를 빠져나가지 못하게 막았을 뿐만 아니라 이곳으로 질질 끌고 왔어. 원래 있던 자리로 되돌아가게 이만큼이나 잡아끌고 온 거라고. 여러분, 글쎄 놀랍게도, 이 빌어먹을 놈이 신사랍니다. 자, 이제 감옥선이 내 덕에 자기 소유의 신사를 되찾게 된 거요. 내가 저놈을 죽인다고? 그보다 훨씬 더 나쁜 일을 당하도록 놈을 잡아끌고 올 수 있는데? 내가 저놈을 죽이는 일이 뭔 보람이 있다고?」

상대방 죄수는 여전히 가쁜 숨을 몰아쉬고 있었다. 「저놈이 나를 죽이려 했소. 내가, 바로 내가 증언합니다.」

「내 말 잘 들으쇼.」 내가 아는 죄수가 하사관에게 말했다. 「나는 자력으로 감옥선에서 도망쳤소. 단숨에 내달려서 성공했던 거요. 마찬가지로, 나는 지독하게 추운 이 습지대에서도 도망칠 수 있었소. 내 다리를 보시오. 족쇄의 상당 부분이 없어진 게 보일 거요. 저놈이 이곳에 있다는 사실을 알게 되지만 않았다면 그랬을 거요. 그런데 저놈이 자유롭게 살도록 놔두라고? 저놈이 내가 알아낸 수단으로 이득을 얻게 놔두라고? 저놈이 다시 새롭게 나를 도구로 이용하도록 놔두라고? 다시 한 번 더? 안 되지, 안 되고말고. 절대로 안 돼. 나는 설사 저기 저 수로 밑바닥에서 죽는다 해도 당신들이 저놈을 무사히 찾아내도록 저놈을 움켜쥔 손을 끝까지 붙들고 늘어졌을 거요.」 그가 강조하듯 수갑 찬 손을 힘차게 수로 쪽을 향해 휘둘렀다.

동료 탈주범에게 극심한 공포감을 느끼는 게 분명한 상대방 탈주범은 다시 반복했다. 「저놈이 날 죽이려고 했소. 당신들이 나타나지 않았다면 나는 분명히 죽은 목숨이었소.」

「새빨간 거짓말!」 내 죄수가 맹렬하게 힘주어 말했다. 「저

놈은 타고난 거짓말쟁이요. 아마 뒈질 때도 거짓말쟁이로 죽을 거요. 저 상판대기 좀 보시오. 거기 쓰여 있지 않소? 저 놈더러 눈길을 내게 돌려보라고 해보시오. 한번 해볼 수 있으면 그리 해보라 이 말씀이지.」

애써 경멸 어린 미소를 지으려던 상대방 죄수는 — 그는 초조해하며 입을 씰룩거렸지만 아무런 표정도 짓지 못했다 — 습지대를 둘러보고 하늘을 올려다보았지만 분명히 앞서 말한 자를 쳐다보지 못했다.

「저놈 꼴이 보이시오?」 내 죄수가 말을 이었다. 「저놈이 얼마나 비열한 놈인지 알겠소? 두리번거리는 저 비굴한 눈빛이 보이시오? 나와 함께 재판을 받을 때 저놈 모습이 바로 저랬었소. 결단코 나를 쳐다보지도 못했지.」

계속해서 메마른 입술을 씰룩거리며 불안하게 시선을 먼 곳과 가까운 곳으로 돌리던 상대방 죄수가 마침내 잠깐 앞의 죄수에게 시선을 던지면서 내뱉었다. 「넌 쳐다볼 가치도 없는 놈이야.」 그 순간 내 죄수는 미친 듯 격분하기 시작했으며, 병사들이 저지하지만 않는다면 그에게 돌진하여 덤벼들 태세였다. 그러자 상대방 죄수가 다시 말했다. 「내가 말하지 않았소? 할 수만 있다면 저놈이 나를 죽였을 거라고.」 그런데 그가 공포로 몸을 벌벌 떨고 있고 입술 위에 마치 엷은 눈발 같은 이상한 하얀 박편이 생겨나기 시작했다는 걸 누구나 볼 수 있었다.

「이제 대화는 충분해.」 하사관이 말했다. 「횃불을 밝혀라.」

총 대신 바구니를 들고 있던 한 병사가 무릎을 굽히고 그걸 열고 있는 동안 내 죄수는 처음으로 주변을 둘러보더니 나를 발견했다. 나는 수로 가장자리에 도착해 조의 등에서 내린 이후 쭉 꼼짝 않고 그곳에 서 있었다. 그가 나를 보자 나는 애타는 심정으로 그를 쳐다보며 두 손을 살짝 흔들고 고개도 가로저었다. 그동안 나는 내게 아무 잘못도 없다는 걸 확신시키기 위해 그가 나를 보기만을 기다리고 있던 중이었다. 내 의도를 알아차렸는지 알아차리지 못했는지 그는 전혀 표를 내지 않았다. 그저 내가 이해할 수 없는 표정만 짓고 있을 뿐이었다. 그리고 이 모든 상황은 순식간에 지나갔다. 그러나 설령 그가 나를 한 시간, 혹은 하루 종일 바라보았다 할지라도 나는 그의 얼굴을 그 짧은 순간보다 더 잘 기억할 수는 없었을 것이다.

바구니를 든 병사는 곧바로 불을 피워 서너 개의 홰에 불을 붙인 뒤 하나는 자신이 들고 나머지는 다른 병사들에게 건네주었다. 방금 전까지만 해도 사위가 어스레했지만 곧 꽤 어둑어둑해지더니 이내 완전히 깜깜해졌다. 현장을 떠나기에 앞서 도열한 네 명의 병사들이 허공을 향해 두 차례 총을 발사했다. 즉시 우리 뒤쪽 먼 곳에서 다른 횃불들이 타오르는 모습이 보였고 강 반대편 습지대에서도 또 다른 횃불들이 보였다. 「좋아.」 하사관이 말했다. 「앞으로 가!」

우리가 그다지 멀리 나아가지 않았을 때 앞쪽에서 대포 세 발이 발사되었다. 그 소리가 내 귀엔 많은 얘기를 들려주는 것 같았다. 「감옥선에서 네놈을 기다리고 있다는 소리다.」 하사관이 내 죄수에게 말했다. 「네놈들이 오고 있다는 걸 안다는 소리야. 이봐, 길에서 벗어나지 말고 이쪽으로 바짝 붙어.」

두 죄수는 분리되어 각기 다른 호송병들에게 둘러싸인 채로 걸어갔다. 나는 이제 조의 손을 잡고 있었고 조는 횃불을 들고 있었다. 웝슬 씨는 돌아가자고 했지만 조는 이 일의 결말을 지켜보자고 마음먹고 있었기 때문에 우리는 계속해서 추격대를 따라갔다. 수로가 있는 곳에 이르자 제법 괜찮은 길이 대부분의 강 언저리를 따라 나타났다. 이곳저곳으로 갈라지는 수로 위에는 작은 풍차와, 진흙으로 덮인 수문이 있었다. 주변을 둘러보니 다른 횃불들이 우리를 따라오고 있는 게 보였다. 우리가 들고 가는 횃불들에서 길 위로 커다란 불꽃 반점들이 뚝뚝 떨어졌고 그것들이 연기를 피우고 불씨를 날리면서 바닥에 내려앉는 모습들도 보였다. 칠흑 같은 어둠 말고 다른 건 아무것도 보이지 않았다. 우리의 횃불들은 그 끈끈한 화염으로 주변 공기를 따뜻하게 덥히고 있었다. 머스킷 총들 사이를 절름거리며 걷던 두 죄수들은 오히려 그걸 좋아하는 것 같았다. 그들이 다리를 저는 바람에 우리는 속도를 낼 수 없었다. 그리고 그들이 너무나 지쳐 있어 우리는 그들이 쉴 수 있도록 두세 차례 멈춰 서야 했다.

한 시간쯤 이런 식으로 이동하고 난 뒤에야 우리는 목재로 대충 만들어진 오두막 초소와 보트 착륙장에 다다랐다. 오두막 초소의 보초병들이 수하를 하자 하사관이 대답했다. 그러고 나서 우리는 초소로 들어갔다. 초소 안은 담배 냄새와 석회 칠 냄새가 났고, 활활 타고 있는 난롯불과 등불, 소총 걸이, 북, 그리고 부속품 하나 없이 꼴사납게 크기만 하고 다리는 기계처럼 생긴 나무 침상 하나가 있었다. 침상은 한 번에 10여 명의 병사들은 족히 수용할 수 있을 만큼 큼지막했다. 큰 외투를 입고 침상에 누워 있던 서너 명의 병사들은 우리에게 별다른 관심을 보이지 않았다. 그들은 그저 머리를 들고 졸음에 겨운 시선으로 우리를 쳐다보더니 다시 누워 버렸다. 하사관이 뭔가를 보고했고 일지에 뭔가를 기록했다. 그러고 나서 내가 상대방 죄수라고 불렀던 죄수부터 먼저 호송병들과 함께 나가 보트에 올랐다.

내 죄수는 앞서 말했던 한 차례 말고는 단 한 번도 내게 눈길을 주지 않았다. 오두막 초소 안에 서 있는 동안 그는 난롯불 앞에 서서 깊은 상념에 빠져 불을 응시하거나 두 발을 번갈아 가며 난로 시렁 위에 올려놓고는 했다. 그러면서 그는 최근의 사건을 겪은 그 두 발이 가엾기라도 한 듯 곰곰이 생각에 잠겨 그것들을 바라보고 있었다. 갑자기 그가 하사관에게 몸을 돌리며 말했다.

「이번 탈주와 관련해 할 말이 있소. 내 말이 나처럼 미심쩍은 몇몇 죄수 놈들을 방비하는 데 도움이 될 거요.」

「하고 싶은 말은 할 수 있지.」 하사관이 팔짱을 끼고 서서 그를 차갑게 바라보며 대답했다. 「하지만 여기서 할 필요는 없어. 당신도 알다시피 모든 일이 끝나기 전에 말할 기회와 증언을 들을 기회가 충분히 있을 테니.」

「알겠소. 하지만 이건 다른 얘기요. 별개의 일이라는 소리요. 사람이 굶어 죽을 수는 없는 노릇이오. 적어도 〈나는〉 그럴 수 없었소. 그래서 저 너머 습지대를 거의 벗어난 곳, 교회가 있는 마을에서 음식물을 좀 가져다 먹었소.」

「훔쳐 먹었단 말인가?」 하사관이 물었다.

「어느 집에서 훔쳐 먹었는지 털어놓겠소. 바로 대장장이 집이오.」

「저런!」 하사관이 조를 빤히 보며 말했다.

「세상에, 핍!」 조가 나를 빤히 보며 말했다.

「음식물 조금이오. 그렇소, 그거요. 그리고 술 한 모금하고 고기 파이 한 쪽도.」

「혹시 고기 파이 같은 음식물을 잃어버린 일이 있습니까, 대장장이 양반?」 하사관이 몰래 물었다.

「여러분이 우리 집에 들어왔을 때 마침 제 아내가 그런 일이 있다고 말하던 참이었습니다. 너도 알지, 핍?」

「그럼 당신이 그 대장장이라는 거요?」 내 죄수가 내겐 눈길 한 번 안 주고 침울한 모습으로 조에게 눈길을 돌리며 말했다. 「그렇다면 이런 말을 하기 미안하지만 내가 당신 고기 파이를 좀 먹었소.」

「그게 내 파이이기만 하다면 얼마든지 먹어도 좋다는 걸 하느님께서 아실 겁니다.」 조가 되도록 조 부인을 떠올리지 않으려고 애쓰면서 말했다. 「우리는 당신이 무슨 짓을 했는지 모릅니다. 하지만 그렇다고 가엾고 불쌍한 동료 인간인 당신을 굶어 죽게 하진 않았을 겁니다. 그렇지, 핍?」

전에도 내가 알아차린 적이 있었던 무언가가 죄수의 목에서 다시 딸깍거렸다. 그리고 그는 등을 돌렸다. 보트가 돌아왔고 그를 맡은 호위병이 준비를 했다. 우리는 거친 말뚝과 돌들로 만든 간이 선착장까지 따라가 그가 보트를 타는 모습을 지켜보았다. 보트는 그와 같은 죄수들이 저었다. 그를 보고 놀라거나 관심을 갖거나 기뻐하거나 가여워하거나 무슨 말을 하는 사람은 아무도 없었다. 다만 보트에 타고 있는 누군가가 개들에게 지시하듯 〈모두, 저쪽으로!〉라고 호통치는 소리만 들렸을 뿐이다. 그 소리는 노를 물에 담그라는 신호였다. 강기슭의 진창에서 얼마쯤 떨어진 곳에 노아의 방주처럼 시커먼 폐선 감옥선이 정박해 있는 모습이 횃불 아래 드러났다. 녹이 슨 거대한 쇠사슬 닻줄이 휘감고 가로지르고 잡아매고 있는 감옥선은 어린 내 눈에는 마치 족쇄를 차고 있는 죄수같이 보였다. 우리는 보트가 감옥선 옆으로 다가가고 뒤이어 그가 감옥선으로 끌어 올려져 사라지는 모습을 지켜보았다. 그러고 나서 이제 그 광경과 함께 모든 일이 끝났다는 듯 횃불들이 쉿 소리를 내며 물속으로 던져져 빛을 잃었다.

6

그렇게 음식 도둑질에 대해 뜻하지 않게 면죄부가 주어지자, 내 마음 상태는 솔직히 사실을 털어놓으라고 채근하지 않았다. 하지만 나는 그런 내 마음 상태의 밑바닥에 선량한 양심의 앙금이 남아 있었기를 바란다.

발각될지 모른다는 두려움이 모두 사라지고 난 후, 내가 조 부인과 관련해 고통스러운 양심의 가책을 느꼈다는 생각은 나지 않는다. 하지만 나는 조를 사랑했다. 그건 그때 그 어린 시절, 원래 사랑스러운 사람이었던 그가 나를 그렇게 만든 거라는 이유 말고 별다른 이유는 없을 것이다. 어쨌든 그와 관련해서는 내 마음이 쉽게 편해지지 않았다. 조에게 모든 사실을 털어놓아야 한다는 생각은(특히 그가 줄칼을 찾는 모습을 처음 보았을 때 그랬다) 온통 내 마음을 사로잡았다. 하지만 나는 그렇게 하지 않았다. 그랬다가 조가 나를 본래의 내 모습보다 더 나쁜 아이로 생각할 거라는 의심이 들었기 때문이다. 조의 믿음을 잃어버릴지 모른다는 두려움, 그래서 밤에 벽난로 굴뚝 구석 자리에 앉아서 동료이자 친구인 그를 영원히 잃고 그저 쳐다만 보게 될지 모른다는 두려움이 내 혀를 잡아맸다. 나는 마음속으로 우울하게 이런 모습을 그렸다. 〈만약 조가 사실을 안다면 앞으로는 난롯가에서 내가 그의 멋진 구레나룻을 만지며 쳐다볼 때마다 그가 내 도둑질을 떠올릴 거라는 생각을 지울 수 없을 거야. 만약 조가 사실을 안다면 앞으로는 그가 전날 먹던 고기나 푸딩이 다음 날 식탁에 다시 올라온 모습을 아무리 대수롭지 않게 본다 하더라도, 그때마다 내가 식료품 저장실에 들어갔던 게 아닌지 그가 의심하고 있다는 생각을 지울 수 없을 거야. 만약 조가 사실을 안다면 우리가 함께 사는 일상의 시간 어느 때건, 혹시 맥주 맛이 밍밍하거나 맥주가 걸쭉해지면 그 안에 타르액이 들어간 게 아닌지 그가 의심하고 있다는 확신으로 내 얼굴에 시뻘건 핏기가 몰려들 거야.〉 한마디로 나는 너무 겁이 나서 그른 일이라고 알고 있는 일을 그만두지 못하는 것처럼, 너무 겁이 나서 옳은 일이라고 알고 있는 일을 할 수 없었다. 나는 그때 세상을 접해 본 경험이 전혀 없었다. 그러니 그때의 나처럼 행동하는 수많은 세상 사람들을 아직 흉내 내지 못하고 있었다. 뭔가를 배워 본 적이 전혀 없는 무지한 마음의 소유자였기에 나는 내 행동 지침을 혼자서 찾아 나갔을 뿐이었다.

감옥선에서 멀리 벗어나기도 전에 이미 나는 졸음이 쏟아지고 있었기 때문에, 조는 다시 나를 등에 업고 집으로 갔다. 그 때문에 조는 몹시 피곤하게 이동해야 했던 게 틀림없다. 녹초가 된 웝슬 씨는 만약 교회 문호가 자신에게 개방만 되었더라면 조와 나부터 시작해서 추격대 모두를 파문해 버렸을 거라고 투덜대며 몹시 심술을 부렸다. 그러면서 축축한 습지대에 평신도 자격으로 그냥 주저앉겠다고 비정상적으로 고집을 피워 댔다. 따라서 그가 돌아와 부엌 난롯불에 말리기 위해 외투를 벗었을 때 축축한 바지가 드러났는데, 만약 바지를 축축하게 적시는 일이 중범죄였다면 그는 바지 위에 드러난 정황 증거로 인해 교수형에 처해졌을 것이다.

그때 나는 곤히 잠들어 있다가 난롯불 열기와 사람들의 말소리 때문에 잠에서 막 깨어나 발을 바닥에 디디며 꼬마 주정뱅이처럼 부엌에서 비틀거렸다. 제정신이 들었을 때(누나가 〈아이고! 세상에 뭐 이런 놈이 다 있담!〉 하고 정신이 버쩍 들게 소리를 지르고 내 어깨를 탁 쳤다) 나는 조가 죄수가 했던 고백을 얘기하자, 모두들 그가 어떻게 우리 집 식료품 저장실에 들어왔는지 각자 다양한 방식으로 주장하고 있는 걸 보았다. 펌블추크 씨는 여러 전제 조건들을 신중하게 따져 본 뒤 죄수가 맨 처음 대장간 지붕으로 올라간 다음, 자기 침구를 가늘고 길게 조각들로 잘라 내 만든 로프를 타고 부엌 굴뚝을 통해 내려왔을 거라고 주장했다. 펌블추크 씨가 모든 사람들의 주장을 누르고 큰 소리로 확신에 차서 말하고는 자신의 이륜마차를 몰고 떠났기 때문에 모두들 분명히 상황이 그러했을 거라는 데 동의했다. 사실 웝슬 씨가 피곤에 지친 모습으로 심술을 부리면서 — 물기를 말리기 위해 부엌 벽난로 쪽에 등을 대고 서서 김을 모락모락 피워 대고 있었다는 건 말할 필요도 없다 — 〈아닙니다!〉 하고 외쳤지만 그에겐 이렇다 할 논리가 없었고, 게다가 외투도 안 입고 있었으므로 그의 말은 모두에 의해 무시되었다. 그의 그런 몰골은 사람들에게 확신을 심어 주려고 의도한 모습은 결코 아니었다.

그게 그날 밤 사람들 눈에 거슬리는 꼴사나운 방해물처럼 꾸벅꾸벅 졸고 있던 나를 잠자리에 들게 하기 위해 누나가 강력한 손아귀 힘으로 나를 움켜쥐고 올라가기 전에 내가 들었던 모든 내용이다. 누나가 하도 억센 손길로 나를 움켜쥐고 올라가는 바람에 나는 마치 50켤레의 반장화를 신고 있다가 그것들 모두를 계단 난간 모서리에 쿵쿵 부딪치며 달아매고 있다는 생각마저 들었다. 다음 날 아침 일어나기도 전에 앞서 설명한 바 있는 내 마음 상태가 다시 살아났다. 그리고 그 마음 상태는 그 사건이 점차 잊히고 예외적인 경우를 제외하고는 거의 거론되지 않게 될 때까지 한동안 지속되었다.

7

교회 묘지에서 가족들의 묘비들을 읽으며 서 있을 때, 나는 그저 한 글자씩 철자나 읽을 줄 아는 정도의 교육밖에 받지 못한 상태였다. 심지어 나는 거기 적힌 간단한 내용조차도 엉뚱하기 짝이 없게 해석했다. 나는 〈위에 묻힌 자의 아내〉라는 어구를 아버지가 더 나은 세상으로 올라가셨다는 찬사로 여겼다. 그러니 만약 세상을 떠난 내 일가친척들 중 누군가가 〈아래에〉라는 말로 지칭되었다면, 틀림없이 나는 그 사람을 아주 좋지 않게 평가했을 것이다. 교리 문답을 통해 의무로 주어진 신자로서의 자세에 대한 내 생각 또한 엉뚱하기 짝이 없는 건 마찬가지였다. 지금도 생생히 기억난다. 나는 〈저는 앞으로 제 생애의 모든 날들 동안 같은 길을 걷겠습니다〉라고 서원했으니,[16] 그 후로는 늘 집에서 나와 마을을 지나갈 때 특정한 방향으로만 가야 하며, 그걸 바꿔서 수레바퀴 수리공 집 옆을 돌아 내려가거나 방앗간 옆으로 돌아가서는 결코 안 되는 의무가 내게 주어진 거라고 생각했다.

나는 어느 정도 나이가 차면 조의 도제로 들어갈 예정이었다. 그러니 그런 품위 있는 임무를 맡을 때까지 나는 조 부인이 〈폼페이드*Pompeyed*〉란 말을 빌려 표현했던 생활, 즉 (내가 해석한 바로는) 내 멋대로 〈폼페이 장군처럼 응석 부리는*pampered*〉 생활을 해서는 안 되었다.[17] 따라서 나는 대장간 언저리에서 심부름꾼 소년으로 일했고, 이웃들 중 누군가가 새를 겁주어 쫓거나 돌을 줍거나 그 비슷한 일을 할 때 추가로 꼬마 일손이 필요하면 그 일을 맡기도 했다. 그러나 그런 일로 우리 가족의 품위가 손상되는 사태를 막기 위해 부엌 벽난로 선반 위에 저금통이 놓였고, 내가 버는 모든 돈은 그 통 안에 넣는다는 사실이 공공연하게 공표되었다. 지금 생각해 보니 그렇게 모인 돈이 궁극적으로 국가의 부채 상환에 기부될 예정이었다는 것은 어렴풋이 알겠지만, 그걸 분배하는 데 있어 내 몫이 주어질 희망은 전혀 없었다는 사실만은 분명히 알겠다.

웝슬 씨의 대고모는 마을에서 야간 학교를 운영하고 있었다. 다시 말하자면, 그녀는 재산은 한정되어 있으나 무한정

16 영국 국교회 교리 문답 내용 중에 〈하느님의 신성한 뜻을 섬기고…… 생애의 모든 날들 동안 같은 길을 걷겠습니다〉라고 서원하는 내용이 있다.

17 로마의 폼페이우스 장군(B.C. 106~B.C. 48)의 특권을 누렸던 어린 시절 양육 과정을 상기시키는 발언인 듯하다.

으로 병약한 조롱거리 할머니였는데 이 할머니가 매일 저녁 6시부터 7시 사이에 어린 학생들을 모아 놓고 그 학교에서 꾸벅꾸벅 졸았고, 학생들은 그 모습을 지켜보는 유익한 기회를 얻은 대가로 1인당 일주일에 2펜스씩 지불했다. 그녀는 조그만 시골집을 임차했고 웝슬 씨가 2층 방을 썼는데 우리 학생들은 그 방에서 그가 꽤나 위엄 있고 멋 부리는 태도로 큰 소리로 글을 읽고 가끔 천장에 머리를 쿵쿵 부딪는 소리를 엿듣곤 했다. 웝슬 씨가 석 달에 한 번씩 학생들에게 〈시험을 실시한다〉는 얘기가 있었지만 그건 거짓말이었다. 그때 그가 한 일이라고는 소매 끝자락을 걷어붙이고 머리카락을 빳빳이 세워 빗고서, 카이사르의 시신을 앞에 놓고 했던 마르쿠스 안토니우스의 연설을 우리에게 낭송한 일뿐이었다. 그리고 이 연설 뒤에는 늘 콜린스의 「격정에 부치는 송가」[18]가 이어졌다. 이 시 낭송에서 특히 복수의 화신으로 분하여 칼을 내던지고, 사람을 얼어붙게 하는 무서운 표정으로 전쟁 예고 나팔을 집어 든 모습을 보여 준 웝슬 씨는 경모의 대상이었다. 그런데 특히 그 경모의 감정은 나중에 내가 커서 그런 격정을 직접 겪기 시작하면서 느끼게 된 경모의 감정과 비교해 보니, 콜린스 씨나 웝슬 씨에게는 다소 미안한 얘기지만 조금 모자라는 감이 있었다.

웝슬 씨의 대고모는 이 교육 시설을 운영하는 일 외에 같은 방에 조그만 잡화점도 차려 놓고 있었다. 그녀는 가게에

18 윌리엄 콜린스William Collins의 「격정에 부치는 송가The Passions, An Ode for Music」(1747)는 당시 유명한 낭송 소재였고 종종 패러디의 대상이었다. 디킨스가 인용하고 있는 구절은 이 시 중 〈복수의 여신〉이 등장하는 40~42행 부분이다.

무슨 물건이 있는지, 물건 값은 얼마나 되는지 도통 몰랐다. 하지만 서랍 안에 손때가 묻은 기록 장부가 있어서 그게 가격 목록으로 쓰였고 신탁과도 같은 이 신성한 장부를 토대로 비디가 가게의 모든 거래를 처리했다. 비디는 웝슬 씨의 대고모의 손녀였다. 사실 나는 비디와 웝슬 씨의 촌수 관계가 어떻게 되는지 그 문제를 풀어낼 능력이 전혀 없었다는 걸 고백한다. 비디는 나처럼 부모님이 안 계셨다. 또한 나처럼 〈손수〉 길러진 아이였다. 비디는 팔, 다리, 머리 같은 몸의 끝 부위들의 모습 때문에 몹시 눈에 띄는 아이라는 생각이 들었다. 그도 그럴 것이 비디의 머리는 늘 빗질이 필요했고 두 손은 늘 씻는 일이 필요했고 신발은 늘 수선과 뒤꿈치를 바로 세우는 일이 필요했다. 그런데 그 애에 대한 이런 묘사는 평일에만 한정되어야 할 것이다. 일요일이 되면 비디는 공들여 단장한 모습으로 교회에 갔다.

나는 다른 사람의 도움 없이 순전히 내 힘만으로, 그리고 웝슬 씨의 대고모보다는 비디의 도움에 힘입어서 알파벳 철자가 들장미 덤불이라도 되는 듯 꽤나 고통스럽게 한 글자 한 글자씩 긁히고 상처 입으며 헤쳐 나아갔다. 그 단계가 끝나자 나는 이번에는 아홉 개의 숫자라는 도적놈들[19] 사이에 놓이게 되었다. 이놈들이 매일 밤 변장을 하고 내가 자신들을 식별해 내는 걸 방해하려고 뭔가 새로운 짓거리를 꾸미는 것 같았다. 하지만 결국 나는 반소경처럼 더듬거리는 방식으로나마 최소한의 수준으로 읽고 쓰고 계산하기 시작했다.

19 「루가의 복음서」 10장 30절. 〈예수께서는 이렇게 말씀하셨다. 《어떤 사람이 예루살렘에서 예리고로 내려가다가 강도들을 만났다. 강도들은 그 사람이 가진 것을 모조리 빼앗고 마구 두들겨서 반쯤 죽여 놓고 갔다.》〉

어느 날 밤 나는 석판을 들고 벽난로 구석에 앉아서 조에게 편지를 쓰는 일에 전력을 다하고 있었다. 습지대 추격 사건이 있고 나서 꼬박 1년이 지난 때였던 게 틀림없다. 세월이 한참 지나 겨울이었고 혹한기였기 때문이다. 벽난로 선반 위에 있던 알파벳 판을 발치에 놓고 참고하면서 나는 한두 시간을 들여 가까스로 인쇄체로 쓴 이런 편지를 완성했다.

사랑아눈 조 나눈 조가 정말로 잘 지내기룰 바라 나눈 곳 내가 조를 가루치수 이께되기를 바라 그러고 내가 조의 도제가 대면 정마로 재미나꺼야 정마리야 내 말을 미더 핍.

조는 내 옆에 앉아 있었고 그 자리엔 우리 둘뿐이었으니 구태여 편지로 의사소통할 필요는 없었다. 하지만 나는 글로 쓴 이 통신문을(석판을 포함한 모든 것을) 그에게 직접 손으로 전달했고 조는 그게 박학다식이 묻어나는 경이로운 물건인 양 받았다.

「이보게, 핍, 친구!」 조가 파란 눈을 크게 뜨며 소리쳤다. 「자네 정말 대단한 학자가 되었군! 안 그런가?」

「그러고 싶어.」 그가 석판을 들고 있는 동안 거기 쓰인 글씨가 다소 들쭉날쭉한 게 아닌가 걱정되어 그곳에 눈길을 주며 내가 말했다.

「야, 여기 J자가 있네.」 조가 말했다. 「그리고 무슨 글자와도 어울리는 O자도 있네! 여기 J와 O가 있어, 핍. 그러니 J-O, 조가 되는 거지.」

나는 조가 이 단음절 단어보다 더 긴 단어를 큰 소리로 읽는 걸 결코 들은 적이 없다. 지난 일요일 교회에서 내가 우연찮게 기도서를 거꾸로 들었을 때, 기도서를 제대로 들었을 때와 마찬가지로 조에게는 전혀 불편을 끼치지 않는다는 것을 알아차렸다. 나는 이번 기회에 조에게 매우 초보적인 단계의 교육을 시작해야 하는 게 아닌지 알아보고 싶은 마음이 들어 이렇게 말했다. 「그래! 하지만 나머지도 읽어 봐, 조.」

「나머지라고, 응, 핍?」 조가 천천히 뭔가 유심히 탐색하는 듯한 눈길로 석판을 바라보며 말했다. 「하나, 둘, 셋. 그래, 여기 J자가 세 개 있고 O자가 세 개 있으니 J-O, 즉 조가 세 개 있는 거야, 핍!」

나는 조의 몸 위로 상체를 숙이고 집게손가락의 도움을 받으며 그에게 편지 내용을 읽어 주었다.

「정말 놀랍다!」 다 읽고 나자 조가 말했다. 「넌 정말 학자가 되었어.」

「가저리라는 성의 철자가 뭐야, 조?」 나는 조심스럽게 격려하는 어조로 그에게 물었다.

「난 철자를 전혀 몰라.」 조가 말했다.

「그래도 철자를 말해 본다면?」

「그런 가정은 〈할 수 없어〉.」 조가 말했다. 「내가 읽는 일을 유난히 좋아하긴 하지만 말이야.」

「정말이야, 조?」

「유난히 좋아하지.」 조가 말했다. 「내게 좋은 책 한 권이나 좋은 신문 하나를 주고 따뜻한 난롯불 앞에 앉아 있으라고 해봐. 그러면 난 더 바랄 게 없어. 정말 최고지!」 그가 무릎을 잠시 비비더니 계속 말을 이었다. 「그러다가 〈정말이지〉, J자와 O자를 만나게 되면 난 이렇게 말해. 〈야, 여기 마침내

J-O, 조가 나왔다.〉 읽기가 얼마나 재미난 일이야!」

나는 이 말을 듣고 조의 교육 수준이 증기선 여행처럼 아직 유아기 단계라는 걸 알았다. 이 문제를 계속 화제 삼으며 내가 물었다.

「조, 나처럼 어렸을 때 학교에 다닌 적이 없어?」

「없어, 핍.」

「나처럼 어렸을 때 왜 학교에 다닌 적이 없어?」

「글쎄, 그건 말이다, 핍.」 조가 깊은 생각에 잠길 때면 늘 하는 식으로 부지깽이를 집어 들고 천천히 난로 아래쪽 쇠살대 사이의 불을 긁어 헤치기 시작하면서 말했다. 「말해 줄게. 우리 아버지는 말이다, 핍, 술주정뱅이였어. 그런데 술에 취해 정신만 나가면 그는 정말 무자비하게 어머니를 마구 두들겨 팼어. 나를 팰 때 말고는 거의 유일하게 했던 주먹질이었지. 그리고 나를 팰 때는 모루를 망치질할 때의 힘에 맞먹을 만한 힘으로 세게 두들겨 팼어. 내 말이 무슨 소린지 잘 알아듣고 있는 거지, 핍?」

「응, 조.」

「그 결과 어머니와 나, 우리 둘은 아버지로부터 여러 차례 도망쳤어. 그런 다음 어머니는 일자리를 구하러 나갔지. 그리고 내게 말하곤 했어. 〈조, 이제 일만 잘되면 너도 학교 공부를 할 수 있을 거다, 얘야.〉 그리고는 어머니가 나를 학교에 넣어 주곤 했어. 하지만 아버진 본래 심성이 매우 착한 분이어서 우리 없이 사는 일을 견디지 못했어. 그래서 엄청나게 많은 사람들을 떼로 거느리고 와서 우리가 살던 집 문전에서 난리 법석을 피워 대는 바람에 어쩔 수 없이 사람들은 우리 일에 관여할 수 없었고, 우리를 아버지에게 넘길 수밖에 없었어. 그러면 아버지는 우리를 집으로 데리고 가서 또 두들겨 팼어. 너도 알겠지만 말이다, 핍.」 곰곰이 생각에 잠겨 불을 헤적이던 동작을 멈추고 나를 바라보며 조가 말했다.「그런 상황이 내 교육에 장애가 되었던 거다.」

「정말 그랬겠어, 조.」

「하지만 잘 들어, 핍.」 한두 차례 난로 맨 위의 가로 살대를 부지깽이로 탁탁 치며 조가 말했다.「사람과 사람 사이의 공평한 정의를 유지하면서 말한다면, 우리 아버진 속마음은 아주 착한 분이었어. 알지?」

나는 알지 못했다. 하지만 나는 그렇다고 말하지 않았다.

「어쨌든 말이다!」 조가 말을 이었다.「누군가 밥은 먹게 해야 하는 법이야, 핍. 안 그러면 냄비에 음식 끓는 일이 없다는 건 너도 알지?」

나는 알았다. 그래서 그렇다고 말했다.

「그 결과 아버지는 내가 일하러 가는 것을 반대하지 않았어. 그래서 내가 지금 이 천직을 갖게 된 거야. 그런데 이 직업은 우리 아버지도 계속하기만 했다면 그의 천직이 되기도 했을 거야. 자신 있게 말한다만 나는 아주 열심히 일했어, 핍. 얼마 안 있어 나는 아버지를 먹여 살릴 수 있게 되었어. 아버지가 〈뇌-이-렬〉(뇌일혈) 발작으로 쓰러질 때까지 그랬어. 그리고 아버지 묘비에 이렇게 쓰자는 게 내 의도였어. 〈그의 결함이 무엇이었든 묘비를 읽는 자여, 기억하시오. 그는 속마음이 착한 자였다는 걸〉이라고.」

조가 이 2행시 구절을 하도 노골적으로 자부심을 내보이며 신중하게 또박또박 낭송해서 나는 그걸 직접 지었느냐고 물었다.

「내가 지었지.」 조가 말했다. 「직접 말이야. 한순간에 지었어. 마치 단 한 방 내리쳐서 말편자를 완성하는 일처럼. 내 평생 그렇게 놀란 적은 결코 없었단다. 내 머리를 믿을 수도 없었고. 네게 솔직히 말한다만 그 시구절이 〈내 머리〉에서 나왔다는 걸 도저히 믿을 수 없었어. 아까도 말했지만, 핍, 그 시구절을 아버지 묘비에 새기자는 게 내 의도였어. 하지만 크게 새기건 작게 새기건 시는 돈이 들어. 어떤 식으로 새기건 간에 말이야. 그래서 못 새겼단다. 상여꾼들은 말할 것도 없고 아낄 수만 있다면 모든 돈을 어머니를 위해 써야 했어. 어머니는 건강이 안 좋았고 몹시 쇠약한 상태였어. 가여운 분. 결국 그 후 오래 버티지 못했고 그녀 몫의 안식이 찾아오게 되었단다.」

조의 파란 눈에 물기가 촉촉이 배기 시작했다. 그는 부지깽이 끝자락에 붙어 있는 둥근 손잡이로 몹시 부자연스럽고 불편한 방식으로 한쪽 눈을 비빈 다음 다시 다른 쪽 눈을 비볐다.

「그리고 나선 그저 외로움뿐이었어.」 조가 말했다. 「이곳에서 혼자 사는 일이 말이다. 그러다 네 누나를 알게 되었지. 그런데 말이다, 핍.」 내가 자기 말에 동의하지 않을 거라는 걸 알고 있다는 듯이 그가 나를 뚫어지게 바라보았다. 「네 누나는 어여쁜 외모를 가진 여자야.」

나는 난롯불을 바라보지 않을 수 없었다. 노골적으로 의심하는 심리 상태에 빠졌던 것이다.

「가족들 생각이 어떠하든, 또 세상 사람들 생각이 어떠하든, 그 문제에 대한 내 생각은 단호해, 핍.」 조는 한 단어, 한 단어를 말할 때마다 부지깽이로 난로 맨 위 가로 살대를 두드렸다. 「네, 누나는, 어여쁜, 외모를, 가진, 여자야.」

나는 그저 〈그렇게 생각해 줘서 고마워, 조〉라는 말 외에 더 좋은 말을 생각해 낼 수 없었다.

「나도 마찬가지야.」 조가 내 말을 받으며 대답했다. 「〈내가〉 그렇게 생각한다는 게 나도 기쁘단다, 핍. 조금 빨갛고 여기저기 뼈대가 조금 굵기로서니 그게 〈나에게〉 무슨 대수겠니?」

나는 그게 그에게 대수로운 일이 아니라면 대체 누구에게 대수로운 일이겠느냐고 영악하게 말했다.

「맞아, 맞아!」 조가 동조했다. 「바로 그렇다니까. 자네 말이 맞네, 친구! 네 누나와 가까워졌을 무렵 그녀가 너를 몹시 힘들게 손수 키우고 있다는 얘기가 사람들 입에 오르내렸어. 모두 한목소리로 정말 착한 일이라고 말했고, 나도 그들과 함께 그렇게 말했어. 네 얘기를 해보자면 말이다.」 조가 정말이지 뭔가 아주 보기 싫은 걸 보았을 때 짓는 표정을 지으며 말을 계속했다. 「네가 얼마나 조그맣고 연약하고 초라한 모습이었는지 알 수 있다면, 정말이지 너도 너 자신에 대해 경멸감을 품게 되었을 거다!」

이 말이 썩 달갑지는 않아서 나는 〈난 신경 쓰지 마, 조〉라고 말했다.

「하지만 나는 네게 신경을 썼다, 핍.」 그가 다정하고 순박하게 대답했다. 「네 누나에게 같이 살자고 제안했을 때, 그리고 대장간으로 올 마음이 생기면 교회로 나를 불러 달라고 제안했을 때, 나는 이렇게 말했어. 〈그 불쌍한 애도 데려오세요. 그 가엾은 애에게 하느님의 은총이 있기를 바랍니다.〉 네 누나에게 내가 말했어. 〈대장간에 그 애가 살 공간은 있으니까요!〉」

나는 울면서 용서를 빌었다. 그리고 조의 목을 감싸 안았다. 부지깽이를 내려놓고 나를 안아 주며 그가 말했다. 「우린 영원히 가장 친한 친구야. 안 그래, 핍? 울지 말게, 친구!」

잠깐 말을 멈추었다가 조가 다시 말을 시작했다.

「자, 이제 너도 알겠지, 핍. 그렇게 해서 우리가 여기 같이 살게 된 거란다! 일이 대충 그렇게 결말을 맺게 되어 우리가 여기 같이 살게 된 거야! 그런데 내가 글을 배우는 일을 네가 도와줄 때 말이다, 핍. (먼저 내가 엄청나게 멍청하다는 말부터 할게.) 조 부인이 우리가 무슨 일을 하는지 너무 많이 알아서는 안 돼. 말하자면 그 일은 반드시 몰래 해야 해. 왜 그래야 하느냐고? 이유를 말해 줄게, 핍.」

그는 다시 부지깽이를 집어 들었다. 부지깽이 없이 그가 설명을 계속해 나갈 수 있을지 의심이 들 정도였다.

「네 누나는 지배하려는 성향이 있어.」

「누나가 정부에 넘겨졌다고, 조?」[20] 나는 깜짝 놀랐다. 해군성과 재무성의 고위 관리들을 위해 누나가 이혼하려는 게 아닌가 하는 생각이 어렴풋이 들었기 때문이다. (그리고 유감스럽지만 누나가 그러길 바란다는 희망을 내가 품었다는 말을 덧붙여야겠다.)

「지배하는 성향이란 너하고 나를 좌지우지한다는 의미로 말한 거야.」

「아하!」

20 원래 〈*given to government*〉라는 표현인데 조는 여기서 〈*government*〉를 〈지배〉로, 〈*given to*〉를 〈~하는 성향이 있다〉로 쓰고 있다. 그에 반해 핍은 〈*government*〉를 〈정부〉로, 〈*given to*〉를 〈넘겨졌다〉로 받아들이고 있다.

「그러니 집안에 학자들이 생겨나는 걸 달가워할 리가 없어.」 조가 계속해서 말했다. 「그리고 내가 반역도처럼 반기를 들고 일어날까 봐 걱정될 테니 네 누난 특히 내가 학자가 되는 걸 크게 좋아하지 않을 거다, 알겠니?」

질문으로 응수를 할 생각이어서 〈아니 왜 —〉라는 말까지 한 참이었는데 조가 그 말을 가로막았다.

「잠깐. 네가 무슨 말을 하려는지 알아, 핍. 잠깐 기다려! 이따금씩 네 누나가 우리에게 무굴 제국의 황제처럼 군다는 걸 부인하지 않겠다. 네 누나가 레슬링 시합에서 폴을 시키듯 등이 바닥에 닿게 우리를 패대기친 후 육중하게 덮친다는 것도 부인하지 않겠다. 네 누나가 광분 상태에 빠지는 그런 때는 말이다, 핍.」 조가 속삭이듯 소리를 낮춘 후 문을 힐긋 쳐다보았다. 「솔직히 말하자면, 네 누나는 숨이 막혀 죽게 하는 귀신 〈버스터*Buster*〉 같다는 말까지 하지 않을 수 없다.」

조는 이 〈버스터〉라는 단어가 적어도 열두 개의 대문자 B로 시작하는 양 발음했다.

「왜 들고일어나지 않았느냐고? 아까 내가 네 말을 끊었을 때 이 말을 하려던 거였지, 핍?」

「응, 조.」

「글쎄.」 구레나룻을 매만지려고 부지깽이를 왼손에 옮기며 조가 말했다. 그런데 나는 그가 그런 침착한 모습을 보일 때면 언제나 그에게 별다른 기대를 할 수 없었다. 「네 누나는 〈대단한 지능의 소유자〉야. 〈대단한 지능의 소유자〉라고.」

「그게 뭐하는 사람인데?」 나는 얼마간 그를 궁지에 몰아넣겠다는 바람으로 물었다. 하지만 조는 내가 예상했던 것보다 훨씬 더 재빠르게 대답을 준비해 놓고 있었으며 순환

논법을 사용하여 단호한 표정으로 이렇게 대답해서 내 말문을 완전히 막아 버렸다. 「네 누나라니까.」

「하지만 나는 그렇게 대단한 지능을 소유한 사람이 아니다.」 조가 다시 말을 이으면서 표정을 풀더니 구레나룻을 매만지기 시작했다. 「그리고 끝으로 말이다, 핍. 이건 자네에게 정말 진심으로 하고 싶은 말이네, 친구. 나는 불쌍한 우리 어머니를 통해 고되게 일만 하고 노예 같은 대접을 받고 착한 마음에 상처를 입고 생전에 마음의 평화라고는 단 한 차례도 얻지 못했던 여자를 너무나 많이 보았단다. 그래서 여자 옆에서 옳은 일을 하지 않고 엇나가는 행동을 하는 걸 끔찍하게 싫어하는 사람이 되었어. 하지만 둘 중 하나를 고르라면 내가 반대편으로 엇나가서 약간 불편해지는 쪽을 선택할게. 들볶이는 건 그저 나뿐이길 바라니까, 핍. 자네한텐 따끔거리는 매질이 가해지지 않기를 바란다는 소리네, 친구. 내가 매를 다 맞았으면 좋겠다는 소리야. 어쨌든 이런 일엔 오르막도 있고 내리막도 있고 평탄한 길도 있는 법이야. 그러니 네 누나의 결점일랑 부디 너그럽게 눈감아 주기 바란다.」

비록 어린 나이였지만 나는 이날 밤부터 조에 대해 새로운 존경심이 생겨나기 시작했다고 믿는다. 우리는 예전에도 그랬던 것처럼 그 이후로도 평등한 친구로 지냈다. 그러나 그 후 조용히 앉아 시간을 보내면서 조를 바라보고 그에 대해 생각할 때면 나는 마음속으로 그를 존경한다는 새로운 느낌을 갖게 되었다.

「어쨌든 말이다.」 조가 난로에 석탄을 더 넣으려고 일어나면서 말했다. 「저기 저 독일 시계가 8시를 치려고 열심히 똑딱거리고 있네. 네 누나가 아직 집에 안 왔나 보다! 펌블추크 숙부의 암말이 앞발을 얼음판에 헛디뎌 넘어진 건 아니겠지.」

조 부인은 장날이 되면 여자가 나서서 따져 볼 필요가 있는 가재도구나 비품을 사는 일을 하는 펌블추크 숙부를 도우러 가끔 그와 함께 장을 보러 가곤 했는데, 그건 그가 독신인 데다 자기 집 하인을 전혀 못 믿기 때문이기도 했다. 그날도 장날이어서 조 부인은 이런 나들이를 갔던 참이었다.

조는 불을 지펴 놓고는 벽난로 주변을 청소했다. 그러고 나서 우리는 문간으로 나가 이륜마차 소리가 들리는지 귀를 기울였다. 건조하고 추운 밤이었고 바람이 매섭게 불었으며 하얀 서리가 짙게 덮여 있었다. 이런 날 습지에 누워서 밤을 보내는 사람은 죽고 말 것이라고 나는 생각했다. 그러다가 문득 별을 바라보았는데, 사람이 밤하늘에 반짝이는 수많은 별들을 올려다보면서 그들 가운데 아무런 도움이나 동정의 손길도 찾지 못한 채 그대로 얼어 죽어 간다면 그 얼마나 끔찍한 일일까 하는 생각이 들었다.

「저기 암말이 온다.」 조가 말했다. 「종소리 같은 방울 소리가 울려!」

단단한 길 위로 말편자가 부딪는 소리가 꽤나 음악적으로 들렸다. 말이 평소보다 훨씬 더 경쾌하게 달려오고 있는 동안 우리는 조 부인이 말에서 내릴 때를 대비하여 의자를 내다 놓았고, 그들이 환한 창문을 볼 수 있도록 난롯불을 골고루 휘저었으며, 제자리를 잡지 못한 물건이 하나도 없게 부엌을 최종 점검했다. 이런 준비를 다 마치고 나자 그들이 눈밑까지 옷을 뒤집어쓴 채 말을 타고 도착했다. 이내 조 부인이 내렸고 펌블추크 숙부도 곧 내린 후 암말을 모직물로 덮어 주었다. 우리는 모두 부엌으로 들어갔는데 우리와 함께 찬 공기가 잔뜩 묻어 들어갔는지 벽난로의 온기가 다 사라진 것 같았다.

「그런데 말이야.」 조 부인이 흥분해서 황급히 겉옷을 끄르고, 보닛을 어깨 위로 벗어 던져 끈에 달린 모자가 대롱대롱 매달려 있는 채로 말했다. 「만약 이 녀석이 오늘 밤 은혜를 모른다면 앞으로 다시는 은혜를 알 일이 없을 거야!」

나는 왜 그런 표정을 지어야 하는지 그 이유를 전혀 모르는 채로 은혜에 대해 고마워하는 표정을 최대한 애를 써서 지어 보였다.

「그저 이 녀석이 폼페이 장군처럼 응석받이가 안 되길 바랄 뿐이지. 하지만 걱정이야.」

「그녀는 그런 걸 받아 주는 식으로 행동하는 분이 아니오.」 펌블추크 숙부가 말했다. 「그보다 더 현명한 분이지.」

그녀라고? 나는 입술과 눈썹으로 〈그녀?〉라는 시늉을 해 보이며 조를 바라보았다.

조도 자기 입술과 눈썹으로 〈그녀?〉라는 시늉을 해 보이며 나를 바라보았다. 누나가 그런 시늉을 하는 그를 포착하자, 그는 그럴 때 그녀를 달래는 태도로, 즉 손등으로 코를 문지르며 그녀를 빤히 쳐다보았다.

「뭔데?」 누나가 특유의 퉁명스러운 태도로 말했다. 「뭘 그리 빤히 보는 거야? 집에 불이라도 났어?」

「누가 그랬어.」 조가 공손한 태도로 에둘러 말했다. 「그녀라고.」

「그럼 그녀가 아니야?」 누나가 말했다. 「미스 해비셤을 그라고 부르지 않는다면 말이야. 당신 혹시 그분을 그렇게 부르려는 마음까지 먹은 건 아니겠지?」

「미스 해비셤? 읍내 윗동네에 사는?」 조가 말했다.

「그럼 읍내 아랫동네에 사는 미스 해비셤도 있어?」 누나가 대답했다. 「그분이 얘가 그곳에 와서 놀아 주기를 바라신대. 물론 얘는 갈 거고. 그리고 거기 가서 놀아 주는 게 얘한테도 좋을걸.」 누나는 나에게 아주 즐거워하며 놀기 좋아하는 아이가 되어야 한다고 재촉하기라도 하듯 나를 향해 고개를 흔들면서 말했다. 「안 그러면 내가 죽으라고 일을 부려먹을 테니.」

나는 읍내 윗동네에 산다는 미스 해비셤에 대해 이야기를 들어 본 적이 있었다. 인근 수 킬로미터 내에 사는 모든 사람들이 그녀에 대해 이야기를 들어 보았을 것이다. 그녀가 방범용 방책이 쳐진 저택에 살면서 은둔 생활을 하고 있으며 엄청난 부자이고 무서운 부인이라는 이야기였다.

「허, 확실한 얘긴가 보네!」 조가 놀라면서 말했다. 「그분이 대체 핍을 어찌 알게 된 건지 모르겠네!」

「이런 바보!」 누나가 큰 소리로 말했다. 「그분이 얘를 안다고 누가 그랬어?」

「누가 그랬거든.」 조가 다시 공손한 태도로 에둘러서 말했다. 「그분이 핍이 거기 와서 놀아 주기를 바란다고.」

「그런데 그분이 펌블추크 숙부에게 혹시 그곳에 와서 놀아 줄 만한 아이를 아느냐고 물어볼 수는 없는 걸까? 펌블추크 숙부가 그분의 임차인 중 한 명이어서 — 분기마다 혹은 반년마다 한 번씩이란 말은 안 쓰는 게 낫겠지. 당신에게 너무 많은 걸 요구하는 표현일 테니까 — 어쨌든, 가끔 그 댁에 임차료를 내러 갈 가능성이 조금이라도 있는 것 아닐까? 그리고 그럴 경우 그분이 펌블추크 숙부에게 혹시 그곳에 와서 놀아 줄 만한 아이를 아느냐고 물어볼 수는 없는 걸까? 늘 우리에게 인정 많고 사려 깊은 분이신 펌블추크 숙부께서 말이야. 물론 당신은 그렇게 생각하지 않을지도 모르지, 조지프.」 숙부의 조카들 중 그가 가장 무정한 조카라는 듯 깊은 책망이 깃든 어조였다. 「여기서 천방지축 날뛰고 있는 — 엄숙히 맹세하지만, 나는 절대로 그렇게 날뛴 적이 없었다 — 이놈, 내가 영원히 뼈 빠지게 헌신하길 자청한 바로 이놈을 거론했을 수는 없는 걸까?」

「다시 말하지만 정말 훌륭한 답변이오!」 펌블추크 숙부가 외쳤다. 「아주 잘 말했어! 핵심도 잘 짚었고! 정말 훌륭해! 자, 조지프, 이제 사정을 알았겠지.」

「모르겠지, 조지프.」 조가 사과하듯 거듭 자기 손등으로 코를 문지르는 동안 누나가 여전히 힐난조로 말했다. 「당신은 아직 사정을 몰라. 당신은 그리 생각하지 않을지 모르지만 말이야. 당신은 안다고 생각할지도 모르지. 하지만 당신은 정말 몰라. 당신은 펌블추크 숙부께서 우리가 잘 모르는 어떤 이유 때문에 미스 해비셤 댁에 갔다가 이 녀석의 운명이 활짝 피게 될 거라는 사실을 감지하시고, 오늘 밤 이륜마차에 얘를 직접 태워 읍내로 가서 데리고 계시다가 내일 아침 손수 미스 해비셤 댁에 데려다 주겠다고 제안하신 걸 모른다고. 아 참, 아이고, 나 좀 봐!」 누나가 갑자기 과격하게 보닛을 벗어 던지며 소리쳤다. 「펌블추크 숙부가 기다리고 계시고, 암말은 문간에서 감기에 걸릴 지경이고, 얘가 머리카락부터 발바닥까지 온통 검댕에다 때투성이인데 이 멍청이들과 노닥거리고 있다니!」

이 말과 함께 누나는 양 떼를 습격하는 독수리처럼 내게 와락 덤벼들었다. 내 발은 개수대 나무통 속으로 쑤셔 넣어졌고, 내 머리는 큰 빗물 통 꼭지 밑에 놓였다. 그러고 나서 나는 정말이지 완전히 정신이 나갈 정도로 비누칠을 싹싹 당하고 마구 주물러지고 타월로 쓱쓱 닦이고 쥐어박히고 닦달당하고 박박 문질러졌다. 그때 나는 결혼반지가 인간의 얼굴 위를 무자비하게 지나갈 때 빚어내는 울퉁불퉁한 돌출 효과를 살아 있는 그 어느 권위자보다 더 생생히 체감했다고 말할 수 있다.

씻는 일이 모두 끝나자 나는 어린 참회자가 입는 무명 참회복처럼 더없이 뻣뻣하고 깨끗한 리넨 셔츠와 너무 꽉 끼는 바람에 끔찍하기 짝이 없는 양복을 단정하게 차려입었다. 그런 다음 나는 펌블추크 숙부에게 인도되었다. 그는 치안 책임자라도 된 듯 격식을 차리며 나를 인수했으며 그동안 내게 해주고 싶어 안달이 나 있던 내용이라고 생각되는 일장 연설을 늘어놓았다. 「얘야, 네 모든 일가친척에게 늘 감사해라. 특히 너를 손수 키워 준 분들께 그래야 한다.」

「안녕, 조!」

「하느님의 가호가 있기를 빌겠네, 핍, 친구!」

그전까지 나는 한 번도 그와 떨어진 적이 없었다. 괜스레 찡한 감정이 든 데다 비누 거품까지 더해져서 나는 처음에는 이륜마차에서 별을 볼 수 없었다. 그러나 이윽고 별이 하나둘 보이기 시작했는데, 그중 어느 별도 대체 내가 무슨 이유로 미스 해비셤 댁에 놀러 가게 된 건지, 그리고 대체 내가 뭘 하며 놀게 될 건지 그 궁금증을 속 시원히 밝혀 주는 빛을 내보이지 않고 있었다.

8

읍내 중심가에 위치한 펌블추크 씨의 가게는 곡물 상인이나 씨앗 상인의 가게라면 마땅히 그래야 하듯 후추 열매라든가 곡물 가루 같은 냄새가 나는 곳이었다. 나는 가게 안에 조그만 서랍들을 비치하고 있는 그가 참으로 행복한 사람이라는 생각이 들었다. 아래쪽 낮은 칸들에 있는 서랍 한두 개를 들여다보던 나는 그 안에 단단히 묶여 있는 종이 다발들을 보면서 혹시 꽃씨나 구근(球根)들이 감옥 같은 그곳을 탈출해 꽃을 피울 화창한 날을 기다리고 있는 게 아닐까 하는 궁금증이 들었다.

내가 곰곰이 이런 생각을 품었던 것은 가게에 도착하고 난 다음 날 이른 아침이었다. 전날 밤 나는 곧바로 다락방 침대로 보내졌는데, 침대가 있던 다락방 구석이 워낙 낮아서 나는 지붕의 기와가 내 눈썹에서 30센티미터도 안 되는 곳에 있을 거라고 어림짐작했었다. 다음 날 이른 아침 나는 씨앗과 코르덴 바지 사이의 희한한 유사성을 발견했다. 펌블추크 씨는 코르덴 바지를 입고 있었고 그의 점원도 마찬가지였다. 그런데 어쩐지 그 코르덴 바지가 풍기는 전반적인 분위기나 맛이 씨앗의 성질을 상당히 띠고 있었고, 반대로 씨앗의 분위기나 맛은 코르덴 바지의 성질을 상당히 띠고 있어서 나는 양자를 어떻게 구분해야 하는지 좀처럼 알 수 없었다. 그날 내게 주어진 그 기회 덕분에 나는 다음과 같은 광경을 목격하기도 했다. 펌블추크 씨는 길 건너편 마구 가게 주인을 쳐다보면서 장사를 하는 것 같았고, 마구 가게 주인은 마차 가게 주인을 지켜보면서 장사를 하는 것 같았고,

마차 가게 주인은 주머니에 양손을 찔러 넣고 빵 가게 주인을 응시하면서 생계를 이어 나가는 것 같았다. 그리고 빵 가게 주인은 팔짱을 끼고 식료품 가게 주인을 노려보고 있었고, 식료품 가게 주인은 자기 가게 문간에 서서 약국 주인을 바라보며 하품을 하고 있었다. 시계 가게 주인만 눈에 돋보기를 걸치고 자그마한 책상 위를 시종 열심히 내려다보고 있었는데 가게 유리창 너머로 농사일을 하는 작업복 차림새의 사람들이 그 모습을 열심히 들여다보며 구경하고 있었다. 대략적으로 말해 읍내 중심가에서 생업이 자신의 유일한 관심사인 사람은 오직 그 시계 가게 주인뿐인 것 같았다.

펌블추크 씨와 나는 8시에 가게 뒤편 응접실에서 아침을 먹었고 그동안 점원은 차가 담긴 머그잔과 버터 바른 큰 빵 덩이를 가게 앞쪽에 있는 완두콩 자루 위로 가져가서 먹었다. 나는 정말이지 펌블추크 씨가 밥을 같이 먹기 싫은 사람이라고 생각했다. 그가 음식에는 반드시 고행자나 참회자가 먹는 음식의 특성이 부여되어야 한다고 생각하는 누나의 생각을 공유하고 있었던 점 말고도 — 또한 내게 극히 적은 양의 버터에 어울리는 극히 적은 양의 빵 조각을 주고, 나아가 우유를 아예 빼고 주는 게 더 솔직하게 여겨질 만큼 내 우유에 뜨거운 물을 엄청나게 섞었다는 점 말고도 — 그와 나눈 대화가 온통 셈과 관련된 것뿐이었다는 점 때문에 그랬다. 공손하게 아침 인사를 건네자마자 그는 거드름을 피우며 말했다. 「그래, 얘야, 7 곱하기 9는?」 그런 낯선 장소에서, 배속도 텅 비어 있는 상태에서, 그렇게 뜬금없는 질문을 느닷없이 던지면 내가 어찌 대답할 수 있단 말인가! 나는 배가 고팠다. 그러나 내가 빵 한 입을 채 삼키기도 전에 그는 아침 식사 시간 내내 연속적으로 이어진 덧셈 문제를 내기 시작했다. 「거기다 7을 더하면?」「거기다 4를 더하면?」「거기다 8을 더하면?」「거기다 6을 더하면?」「거기다 10을 더하면?」 계속 이런 식이었다. 매번 숫자가 주어질 때마다 답을 말하고 나서 나는 후다닥 빵 조각을 베어 물거나 우유 한 모금을 마시기 위해 온갖 노력을 다해야 했는데, 그러기가 무섭게 다음 숫자가 주어졌다. 그러는 동안 그는 자기는 암산을 할 필요가 일절 없으니 편안히 앉아서 게걸스럽게 꽉 걸귀 같은 모양새로(이런 표현을 써도 된다는 허락만 내려진다면) 베이컨과 뜨거운 롤빵을 먹고 있었다.

이런 까닭에 나는 10시가 되어 미스 해비셤의 저택으로 출발하게 되었을 때 너무 기뻤다. 물론 그 숙녀분의 집에 들어서서 어떻게 처신해야 하는지 그 방법을 몰랐기 때문에 마음이 편치만은 않았다. 15분이 채 못 되어 우리는 미스 해비셤의 집에 도착했다. 그녀의 저택은 낡은 벽돌로 지어져 있었고 음울했으며 수많은 쇠창살이 쳐져 있었다. 창문들 중 일부는 벽으로 봉해져 있었고, 나머지 창문들 중 아래쪽 창문들에 모두 녹슨 쇠창살들이 쳐져 있었다. 저택 정면에는 안마당이 있었고, 그곳 대문에 빗장이 질러져 있었다. 따라서 우리는 초인종을 울린 후 누군가가 나와 문을 열어 줄 때까지 기다려야 했다. 문에서 기다리는 동안 나는 마당 안을 들여다보았고(펌블추크 씨는 심지어 그때도 〈거기다 14를 더하면?〉이라고 물었지만 나는 못 들은 척했다) 저택 건물 옆쪽에 커다란 양조장이 있는 걸 발견했다. 그때 그 안에서 술을 빚고 있지는 않았으며 오랫동안 누구도 그곳에서 술을 빚는 일을 한 것 같지 않았다.

이윽고 창문 하나가 열리더니 또렷한 목소리로 누가 〈이름이 뭐죠?〉라고 물었다. 그 질문에 내 안내자가 대답했다. 「펌블추크라고 합니다.」 다시 그 목소리의 주인이 대답했다. 「잘 알았어요.」 그러더니 창문이 닫히고 이어서 어린 소녀가 열쇠 꾸러미를 손에 쥐고 안마당을 가로질러 다가왔다.

「이 애가 핍입니다.」 펌블추크 씨가 말했다.

「얘가 핍이로군요?」 소녀가 대꾸했다. 매우 예쁘장하고 거만해 보이는 소녀였다. 「들어와라, 핍.」

펌블추크 씨도 들어가려고 하자 소녀가 대문에서 그를 가로막았다. 「오!」 소녀가 말했다. 「아저씨도 미스 해비셤을 만나고 싶어요?」

「미스 해비셤께서 나를 만나고 싶어 하신다면.」 펌블추크 씨가 실망하며 대답했다.

「저런!」 소녀가 말했다. 「하지만 그러고 싶어 하지 않으신다는 걸 알잖아요.」

소녀가 재론의 여지가 없는 식으로 워낙 단호하게 말했기 때문에 펌블추크 씨는 체면을 구긴 상태였지만 항변할 수 없었다. 그러나 그는 엄한 눈길로 나를 쏘아보며 — 마치 내가 자기한테 무슨 짓을 한 것처럼 그랬다 — 책망조로 이런 말을 하고 자리를 떠났다. 「야, 이 녀석아! 이곳에서의 네 행동이 너를 손수 길러 주신 분들께 명예가 되게 해야 해!」 나는 그가 불쑥 대문으로 다시 들어와 〈거기다 16을 더하면?〉이라고 물을 거라는 불안감에서 자유롭지 못했다. 그러나 그는 뒤를 돌아보지 않았다.

안내인 소녀는 대문을 잠갔고 우리는 안마당을 가로질러 갔다. 마당엔 포석이 깔려 있었고 깨끗했다. 하지만 모든 포석들 틈새로 잡풀이 자라나고 있었다. 양조장 건물로 통하는 조그만 길이 마당에 나 있었는데 그 길에 만들어진 나무 문들은 열려 있었고, 그 너머로 보이는 양조장도 높이 에워싼 멀찍한 담벼락까지 휑하게 모두 열려 있었다. 모든 곳이 비어 있고 사용되지 않고 있었다. 대문 바깥쪽보다 그쪽이 찬바람이 더 서늘하게 부는 듯했다. 바람이 휑하게 비어 있는 양조장 양옆을 울부짖듯 윙윙거리며 드나들었는데, 그 소리가 마치 바다에 떠 있는 배의 돛과 돛대에서 휘휘 나는 날카로운 바람 소리처럼 들렸다.

안내인 소녀가 양조장을 바라보던 나를 보고 말했다. 「저기서 지금 독한 맥주를 빚는다 해도 아무 탈 없이 다 먹을 수 있을 거다, 얘.」

「그럴 수 있을 거라고 생각해요, 아가씨.」 숫기 없는 태도로 내가 말했다.

「하지만 저기서 맥주 빚는 일은 하지 않는 게 나아. 어쩌면 맛이 시큼하게 변할지 몰라, 얘. 그렇게 생각하지 않니?」

「그런 것 같아요, 아가씨.」

「그런 일을 하려는 사람이 있다는 얘기는 아냐. 양조장은 완전히 문을 닫았고 아마 허물어질 때까지 지금처럼 한가로이 서 있을 거야. 독한 맥주에 대해 말한다면 그건 지하 술 창고에 충분히 있어. 이 〈매너 하우스〉 저택을 잠기게 할 정도로.」

「그게 이 댁 이름이에요, 아가씨?」

「저택 이름들 중 하나야, 얘.」

「그럼 이름이 하나 이상이네요, 아가씨?」

「하나 더 있어. 다른 이름은 〈새티스 하우스〉야. 그리스어

이거나 라틴어이거나 히브리어이거나, 아니면 이 세 가지 다 일 거야. 모두 다 내겐 한 가지 의미, 즉 충분하다는 의미에선 매한가지이지만.」

「충분한 집.」 내가 말했다. 「참 재미난 이름이네요, 아가씨.」

「그래.」 소녀가 대답했다. 「하지만 그 이름은 원래 그것이 말하고자 하는 것보다 더 많은 걸 의미했었어. 처음 이름이 붙여졌을 때는, 누구든 이 저택을 소유하는 사람은 그 무엇도 부족함이 없을 거라는 의미였어. 그 시절 사람들은 쉽게 만족하던 사람들이었던 게 분명하다는 생각이 들어. 어쨌든 꾸물거리지 마라, 얘.」

안내인 소녀는 너무 자주, 그것도 듣기 좋으라고 하는 말과는 전혀 거리가 먼 무심한 태도로 나를 〈얘〉라고 부르긴 했지만 사실 대략 내 또래 정도의 아이였다. 물론 그 애는 여자아이라 나보다 더 나이가 많아 보였고, 예쁘장하고 차가웠다. 그리고 그 애는 스물한 살이라도 된다는 듯이 혹은 자기가 무슨 여왕이라도 된다는 듯이 나를 업신여겼다.

우리는 옆문을 통해 집 안으로 들어갔다. 거대한 정면 현관 입구는 바깥쪽으로 두 개의 쇠사슬이 십자형으로 쳐져 있었다. 내가 처음 주목한 것은 복도가 온통 깜깜하다는 것, 그리고 그 애가 밖으로 나올 때 타오르는 촛불을 거기 놓아두었다는 것이었다. 그 애는 촛불을 집어 들었고 우리는 더 많은 복도들을 지나서 계단을 올라갔다. 그러나 여전히 온통 깜깜했고 오직 촛불만이 우리를 밝혀 주었다.

마침내 어느 방문 앞에 이르자 그 애가 말했다. 「들어가.」

나는 예의보다는 수줍음 때문에 〈뒤따라 들어갈게요, 아가씨〉라고 대답했다.

이 말에 소녀가 대답했다. 「바보같이 굴지 마, 얘. 난 안 들어가.」 그러고 나서 소녀는 경멸감을 드러내며 그곳을 떠났는데, 설상가상으로 촛불을 가지고 가버렸다.

정말 불편한 상황이었다. 게다가 다소 겁도 났다. 그러나 문을 두드리는 것 말고는 할 수 있는 일이 없었기에 나는 문을 두드렸다. 그러자 안에서 들어오라는 소리가 들렸다. 그래서 나는 들어갔고 밀랍 양초들이 환히 켜져 있는 꽤 큰 방 안에 들어섰음을 알게 되었다. 방 안에는 햇빛이 한 줄기도 보이지 않았다. 가구들로 미루어 볼 때 그곳은 침실에 딸린 화장(化粧)용 방인 것 같았다. 물론 많은 가구들이 그때의 나로서는 용도를 전혀 모르는 것들이었다. 하지만 그중에서도 특히 황금색으로 칠해져 있는 데다 거울까지 딸려 있고 탁자 보로 덮인 탁자 하나가 두드러지게 눈에 띄었다. 나는 한눈에 그것이 고상한 부인의 화장대라는 걸 알아차렸다.

그런데 그 화장대 앞에 실제로 어떤 고상한 부인이 앉아 있지 않았더라도 내가 그 물건의 정체를 과연 그토록 빨리 알아차릴 수 있었을지는 알 수 없다. 화장대 위에 한쪽 팔꿈치를 기대고 머리를 그쪽 손에 괸 채로, 그때까지 혹은 그 이후로 내가 보았거나 보게 될 부인들 중에서 가장 괴이한 모습의 부인이 안락의자에 앉아 있었다.

부인은 온통 새하얗기만 한 옷감 — 공단, 레이스, 실크 — 으로 만든 드레스를 입고 있었다. 그녀의 구두도 하얀색이었다. 게다가 그녀는 머리부터 늘어뜨린 길고 새하얀 면사포도 쓰고 있었고 머리엔 신부 장식용 꽃을 달고 있었다. 그런데 그녀의 머리도 하얀색이었다. 그녀의 목과 양손엔 밝게 빛나는 보석들이 반짝거렸고 화장대 위에도 다른 보석들이

빛을 발하고 있었다. 그녀가 입고 있는 것보다 덜 화려한 드레스들과 꾸리다 만 여행 가방들이 방 이곳저곳에 널려 있었다. 그녀는 단장을 완전히 마치지 못한 상태였다. 구두는 한 짝밖에 신지 않았고 — 다른 한 짝은 화장대 위 그녀의 손 근처에 놓여 있었다 — 면사포도 정돈하다 만 상태였으며 손목시계와 목걸이는 차거나 걸지 않았고 가슴에 다는 레이스 장식의 일부도 이런저런 자질구레한 장식들과 함께 그냥 놓여 있었다. 그리고 그녀의 손수건과 장갑, 꽃 몇 송이, 기도서 한 권 등도 모두 화장대 거울 주변에 뒤죽박죽으로 쌓여 있었다.

짧은 순간에 나는 생각보다 많은 것들을 보긴 했지만 처음부터 이 모든 광경을 다 본 건 아니었다. 그러나 나는 의당 하얀색이어야 하는 시야의 모든 물건들이 이미 오래전에 하얀색이었다가 지금은 그 빛을 잃어버려 퇴색한 누런빛을 띠고 있다는 걸 알아차렸다. 나는 신부 드레스를 입고 있는 신부도 드레스처럼 시들어 버렸고 움푹 파인 눈의 광채 말고는 그 어떤 밝은 빛도 남지 않았다는 사실도 알아차렸다. 나는 원래 그 드레스가 통통한 젊은 숙녀의 몸에 입혀진 것이었지만 이젠 그 옷을 헐겁게 걸치고 있는 그 주인공의 몸이 뼈와 가죽만 남아 앙상하게 쪼그라들었다는 사실도 알아차렸다. 예전 어느 장날 나는 듣도 보도 못한, 도저히 이 세상 사람 같지 않은 어떤 사람이 잔뜩 차려입고 누워 있는 모양새를 하고 있다는 밀랍 인형을 구경하러 시장에 따라간 적이 있었다. 그야말로 송장처럼 무시무시하게 생긴 밀랍 인형이었다. 예전에 또 한 번 나는 오래된 습지대 교회에 따라가 교회 포장도로 밑 지하 납골당에서 발굴되었다는 해골을 구경한 적도 있는데 그 해골은 화려한 드레스 잔해에 싸여 있었다. 그런데 바로 지금, 내가 보았었던 그 밀랍 인형과 해골을 합친 것 같은 사람이 시커먼 눈을 두리번거리며 나를 쳐다보고 있다는 생각이 들었다. 나는 할 수만 있다면 큰 소리로 비명을 내지르고 싶은 심정이었다.

「누구냐?」 화장대에 앉아 있던 부인이 물었다.

「핍입니다, 마님.」

「핍이라고?」

「펌블추크 씨가 데리고 온 아이입니다, 마님. 놀러 온 아이요.」

「더 가까이 오너라. 좀 봐야겠다. 가까이 와.」

시선이 마주치는 일을 피하면서 그녀 바로 앞으로 다가가 섰을 때, 비로소 나는 주변의 물체들을 자세히 보게 되었고, 그녀의 손목시계가 9시 20분 전에 멈추어 있고 방 안의 괘종시계 역시 9시 20분 전에 멈춘 상태라는 걸 알았다.

「나를 똑바로 보아라.」 미스 해비셤이 말했다. 「네가 태어난 시간 이후로 햇빛을 한 번도 본 적이 없는 여자를 무서워하는 아이는 아니겠지?」

나는 〈네, 안 무서워요〉라고 대답했는데, 그때 그 대답 속에 함축된 엄청난 거짓말을 아무런 거리낌 없이 해버린 게 후회가 된다.

「내가 지금 뭘 만지고 있는지 알겠느냐?」 그녀가 왼쪽 가슴 위에 두 손을 차례로 올려 포개 놓으며 말했다.

「네, 마님.」 (그 모습이 습지대에서 만났던 젊은 죄수를 생각나게 했다.)

「내가 뭘 만지고 있느냐?」

「마님의 가슴요.」

「찢어진 가슴이지!」

그녀는 이 말을 열띤 표정으로 뭔가를 자랑하듯 기괴한 미소를 지으면서 힘주어 내뱉었다. 이후 얼마 동안 그녀는 두 손을 계속 그곳에 대고 있다가 그 손들이 무겁기라도 한 듯 천천히 가슴에서 뗐다.

「난 지쳤다.」 미스 해비셤이 말했다. 「기분 전환을 원해. 난 세상의 뭇 남자들과 여자들하고 인연을 끊었다. 어디 한번 놀아 보아라.」

그런 상황에서 그녀가 불행한 소년에게 명령할 수 있는 일들 중 그보다 더 어려운 일은 이 세상에 없을 것이다. 그건 아무리 반박하기 좋아하는 독자라 할지라도 인정해야 할 거라고 생각한다.

「난 가끔 병적인 공상에 빠지곤 한다.」 그녀가 말을 이었다. 「그리고 누군가 노는 모습을 보고 싶다는 병적인 공상도 하고. 그래, 그래, 놀아 봐. 놀아 보라고!」 더 이상 못 참겠다는 듯 오른손 손가락들을 까딱거리면서 그녀가 말했다. 「놀아 봐, 놀아, 놀아 보라고!」

그 순간 누나가 나를 죽도록 일만 시킬 거라는 두려움에 빠진 나는 자포자기의 심정으로 펌블추크 씨의 이륜마차를 흉내 내며 방 안을 빙빙 돌기 시작해야겠다고 잠시 생각했다. 그러나 그런 동작은 너무 감당하기 버겁다는 생각이 들어 포기하고, 내가 고집을 부리고 있다고 여겨질지도 모르는 태도로 그냥 빤히 그녀를 바라보고만 있었다. 서로 상대방을 한동안 빤히 바라보고 난 후 그녀가 내게 이런 말을 한 걸로 봐서 그녀가 그렇게 받아들였다는 걸 알 수 있었다.

「넌 부루퉁한 성격에다 고집쟁이냐?」

「아닙니다, 마님. 정말 죄송해요. 지금 당장 못 놀아서 정말 죄송해요. 저에 대해 불평하시면 누나한테 혼나요. 그래서 될 수 있으면 놀아 보려고 했어요. 그런데 이곳이 너무 낯설고, 너무 이상하고, 또 너무 으리으리하고, 그리고 너무 우울하고 —」 나는 혹시 말을 너무 많이 한 게 아닌지, 아니 이미 해버린 게 아닌지 겁이 나서 말을 멈추었다. 그러고 나서 우리는 다시 서로를 빤히 쳐다보았다.

다시 말을 시작하기 전에 그녀는 내게서 시선을 돌려 자신이 입고 있는 드레스와 화장대, 그리고 마지막으로 거울에 비친 자기 모습을 바라보았다.

「너무 낯설다고.」 그녀가 중얼거렸다. 「나한텐 너무 익숙한 모습인데. 너무 이상하다고. 나한테 너무 친숙한데. 우리 둘 모두에게 우울한 상황이구나! 에스텔라를 불러라.」

여전히 거울에 비친 자기 모습을 바라보고 있었기 때문에 나는 그녀가 혼잣말을 하고 있다고 생각했다. 그래서 그냥 조용히 있었다.

「에스텔라를 부르라고.」 그녀가 나를 쏘아보며 다시 말했다. 「그 정도는 할 수 있잖아. 에스텔라를 불러. 문간에서 부르라고.」

낯선 저택의 비밀스럽고 깜깜한 복도에 서서, 눈에 보이지도 않고 대답도 없는 경멸로 가득한 어린 소녀에게 〈에스텔라〉라고 큰 소리로 부르는 일, 그것도 그 이름을 고함치듯 부르는 일은 두려울 정도로 무례를 범하는 것이라는 생각이 들어서 명령을 받고 억지로 노는 일만큼이나 거북했다. 하지만 마침내 소녀가 대답을 했으며 길고 깜깜한 복도를 따라 별빛 같은 소녀의 촛불이 모습을 드러냈다.

미스 해비셤은 에스텔라에게 가까이 다가오라고 손짓했다. 그리고 그녀는 화장대에서 보석 하나를 집어 들더니 그걸 에스텔라의 밋밋한 가슴과 예쁜 갈색 머리에 대보며 어떤 효과를 빚어내는지 살펴보았다.

「얘야, 이 보석은 언젠가는 네 것이 될 것이다. 그리고 이걸 잘 쓰게 될 거야. 이 아이와 카드놀이하는 모습을 내게 보여 주렴.」

「이런 애하고요! 세상에, 얘는 비천한 노동자 집안 아이라고요!」

나는 미스 해비셤이 대답하는 소리를 엿들었다는 생각이 들었다. 다만 너무나도 대답 같지 않은 대답이었을 뿐이다.
「그래? 얘 가슴을 찢어 놓을 수 있잖니.」

「애, 너 무슨 카드놀이를 할 줄 아니?」 한껏 경멸감을 드러내며 에스텔라가 말했다.

「〈빈털터리 거지 만들기〉 놀이를 할 줄 알아요, 아가씨.」

「저 애를 거지로 만들어라.」 미스 해비셤이 에스텔라에게 말했다. 그리하여 우리는 카드놀이를 하기 위해 마주 앉았다.

바로 그때 나는 방 안의 모든 것들이 손목시계와 괘종시계처럼 오래전에 멈추어 버렸다는 사실을 깨닫기 시작했다. 나는 미스 해비셤이 집어 든 보석을 정확히 제자리에 내려놓았다는 걸 알았다. 나는 에스텔라가 카드를 다루는 동안 다시 한 번 흘긋 화장대를 곁눈질하다가 그 위에 놓인, 한때는 새하얬지만 지금은 누르께해진 그녀의 구두가 단 한 번도 신은 일이 없는 새 구두라는 사실을 알아차렸다. 나는 신발이 사라진 그녀의 발을 곁눈질했고, 그 위로 한때는 새하얬지만 지금은 누르께해진 그녀의 스타킹이 걸어다니는 동안 하도 밟혀서 누더기가 되어 버렸다는 사실도 알아차렸다. 모든 것들이 이렇게 정지되어 있지 않았거나 창백한 빛으로 퇴색한 모든 물체들이 고요히 정지되어 있지 않았더라면, 극도로 쇠약해진 몸 위에 걸치고 있는 빛바랜 그녀의 신부 드레스가 그토록 수의 같아 보이진 않았을 터이고 긴 면사포가 시체를 덮는 천 같아 보이진 않았을 것이다.

우리가 카드놀이를 하는 동안 그녀는 그렇게 시체처럼 앉아 있었다. 드레스에 달린 주름 장식과 주변 장식이 마치 흙으로 만든 종이 같아 보였다. 나는 그때 이따금씩 고대에 매장된 시신이 발굴되어 햇빛에 노출되는 순간 가루로 변해 버리고 만다는 사실에 대해 아는 바가 전혀 없었다. 그러나 그날 이후로는 그녀가 자연광이 방 안으로 들어오기라도 한다면 틀림없이 타격을 입고 흙먼지 가루로 부서질 사람처럼 보인다고 종종 생각했다.

「얘가 악당 그림 카드 〈네이브〉를 〈잭〉이라고 불러요. 요 꼬마 애가요!」 에스텔라가 첫 번째 놀이가 끝나기도 전에 경멸을 표하며 말했다. 「손은 왜 저리 거칠까. 반장화는 왜 저리 투박하고.」

나는 그전까지 내 두 손이 부끄럽다는 생각을 한 번도 한 적이 없었다. 그런데 그 두 손이 너무 보잘것없는 한 쌍의 손이라는 생각이 들기 시작했다. 소녀의 경멸감은 워낙 지독해서 전염성을 지니기 시작했고 결국 나까지 전염시켰다.

소녀가 놀이에서 이겼고 그래서 내가 카드 패를 나눠 줄 차례가 되었다. 나는 패를 잘못 나눠 주고 말았는데, 소녀가 호시탐탐 내가 잘못하기만을 바라고 있다는 걸 의식하고 있었으니 당연한 일이었다. 그러자 소녀는 나를 멍청하고 서투른 노동자 집안 애라고 비난했다.

「너는 저 애에 대해 한마디도 안 하는구나.」 지켜보고 있던 미스 해비셤이 내게 말했다. 너는 저 아이를 어떻게 생각하느냐?」

「말하고 싶지 않아요.」 나는 말을 더듬었다.

「내 귀에 대고 말해 봐라.」 몸을 숙이며 미스 해비셤이 말했다.

「몹시 도도한 애라고 생각해요.」 내가 귓속말로 말했다.

「그 밖에 다른 건?」

「아주 예쁘다고 생각해요.」

「그 밖에 다른 건?」

「몹시 무례한 애라고 생각해요.」 (그때 에스텔라는 혐오감이 극도로 깃든 표정으로 나를 쏘아보고 있었다.)

「그 밖에 다른 건?」

「집에 돌아가고 싶은 생각이 들어요.」

「저 애가 저렇게 예쁜데 다시 보고 싶지 않다는 거냐?」

「다시 보고 싶지 않은 건지 확신은 안 들지만 어쨌든 지금은 집에 돌아가고 싶어요.」

「곧 가게 될 거다.」 미스 해비셤이 큰 소리로 말했다. 「놀이를 다 마쳐라.」

처음에 보았던 섬뜩한 미소를 제외한다면 나는 미스 해비셤의 얼굴이 어떤 미소도 지을 수 없다는 걸 거의 확실하게 느꼈다. 그녀의 얼굴은 주위를 경계하며 수심에 잠긴 표정으로 급작스레 전락해 버린 것만 같았다. 십중팔구 그녀 주변의 모든 것들이 그 자리에 못 박힌 듯 고정되어 버린 순간 그랬을 것이다. 그래서 영영 그 무엇도 그 얼굴에 다시 화색이 돌게 만들지 못할 것 같았다. 그녀의 가슴은 푹 꺼져 있었고 상체는 구부정했다. 그리고 목소리도 푹 꺼져 버려 그녀는 낮은 목소리로만 말했는데 그건 자기 자신에게조차 지독한 적막감을 안기는 소리였다. 모든 걸 종합해 볼 때 그녀는 몸과 마음, 안과 밖 모두가 자신을 강타하여 짓뭉개져 버린, 어떤 일격의 무게에 의해 푹 꺼져 버린 사람의 형상을 하고 있었다.

나는 에스텔라와 카드놀이를 끝까지 마쳤고 소녀는 나를 빈털터리 거지로 만들었다. 카드를 모두 따자 소녀는 그것들이 내게서 다 따낸 거라서 경멸스럽다는 듯이 탁자 위에 내던졌다.

「널 이곳에 언제 다시 불러야 할지 생각해 보자.」 미스 해비셤이 말했다.

오늘이 수요일이라고 그녀에게 상기시키려 하자 그녀가 아까처럼 조급하게 오른손 손가락들을 까닥거리며 막았다.

「됐다, 됐어! 나는 요일 같은 건 모른다. 1년의 주들도 모르고. 엿새 후에 오너라, 알겠느냐?」

「네, 마님.」

「에스텔라, 이 아이를 데리고 내려가거라. 먹을 걸 좀 주고, 그걸 먹으면서 집 구경을 하게 해라. 가라, 핍.」

나는 촛불을 따라 올라왔듯이 촛불을 따라 내려갔다. 그리고 소녀는 아까 찾아냈던 자리에 촛불을 다시 세워 놓았다. 소녀가 옆문을 열 때까지 나는 별생각 없이 분명히 밤이 찾아와 있을 거라고 상상하고 있었다. 하지만 쏟아져 들어오는 햇빛이 나를 무척 어리둥절하게 만들었으며, 그 기이한 방 안의 촛불 불빛 속에서 꽤 여러 시간 있었던 것 같다는 느낌이 들게 했다.

「여기서 기다리고 있어, 애.」 에스텔라가 말을 한 후 사라졌고 문이 닫혔다.

저택 안마당에 혼자 남겨진 기회를 틈타 내 거친 손과 신발을 쳐다보았다. 내 몸의 그런 부속물들에 대한 내 생각 역시 그다지 호의적이지 않았다. 그전에는 그것들이 나를 심란하게 만든 적이 한 번도 없었다. 그러나 지금은 천박한 종복들처럼 나를 심란하게 만들고 있었다. 나는 조에게 대체 왜 〈네이브〉라고 불러야 하는 그림 카드를 〈잭〉이라 부르라고 나에게 가르쳤는지 따질 심산이었다. 나는 조가 좀 더 교양 있게 교육받은 사람이고, 그래서 나 또한 그런 사람이었다면 좋았을 거라고 생각했다.

에스텔라가 약간의 빵과 고기, 맥주가 담긴 자그마한 머그잔을 들고 돌아왔다. 소녀는 머그잔을 마당 포석 위에 올려놓은 후 내가 마치 창피한 개라도 되는 양 나를 쳐다보지도 않은 채 빵과 고기를 내밀었다. 나는 너무나 굴욕감이 들었고, 상처받았고, 모멸감을 느꼈고, 마음이 상했고, 화가 치밀었고, 슬퍼서 — 나는 대체 이런 상심을 뭐라고 불러야 하는지 적절한 말조차 생각해 낼 수 없었다 — 눈에 눈물까지 그렁그렁 맺힐 정도였다. 그런데 하필이면 눈물이 솟아나기 시작한 순간 그 애가 그 눈물을 솟아나게 한 장본인이 자기라는 걸 재빨리 알아차리고 즐거워하며 나를 빤히 쳐다보았다. 그 눈길이 내게서 눈물을 거둬들였고 소녀를 마주 볼 힘을 주었다. 그러자 소녀는 경멸로 가득 차서 고개를 홱 쳐들고 — 하지만 내가 심하게 상처받았다는 걸 너무나도 확신한다는 태도로 — 그곳을 떠났다. 나는 소녀가 사라지자 얼굴을 숨길 만한 장소가 없는지 주변을 둘러보다가 좁은 양조장 길로 통하는 문들 중 하나로 가서 뒤로 숨었다. 그런 다음 나는 그곳 담벼락에 소맷자락을 대고 거기에 내 이마를 올린 뒤 엉엉 울음을 터뜨렸다. 울면서 나는 담벼락을 발로 차고 내 머리를 마구 쥐어뜯었다. 하도 비통하고 형언할 길 없는 마음의 상처가 너무도 쓰라려서 그걸 중화시킬 필요가 있었다.

누나가 나를 키웠던 탓에 나는 예민한 아이였다. 사실 누가 키우든 간에 아이들에게는 그들이 살아가고 있는 작은 세계 안에서 부당한 대우를 당하는 일만큼 예민하게 느껴지는 일은 없는 법이다. 그 부당한 일이라는 건 아이들이 접할 수 있는 사소하기 짝이 없는 일일지도 모른다. 그러나 아이들이란 작고, 아이들의 세계도 작으며, 아이들이 탄 흔들거리는 목마는 그저 그 높이가 우람한 골격을 지닌 아일랜드 사냥개의 키 정도로, 자로 재보면 그저 몇 뼘 정도에 불과한 것이다. 나는 유아기 시절부터 부당한 대우에 대해서 마음속으로 끊임없이 맞서 싸우는 태도를 견지해 오고 있었다. 말을 하기 시작한 순간부터 나는 누나가 변덕스럽고 폭력적이고 강압적인 태도로 나를 부당하게 대우하고 있다는 사실을 알고 있었다. 나는 누나가 나를 손수 키웠다고 해서 그게 나를 잡아당기고 밀치고 내던지며 키울 권리까지 부여한 건 아니라는 확신을 품고 있었다. 내가 받았던 갖가지 벌들과 망신 주기, 밥 굶기기와 잠 못 자게 하기, 그리고 나를 참회시키기 위해 누나가 했던 기타 모든 행동들을 통해 나는 이런 확신을 깊이 품고 있었다. 내가 평소에 소심하고 예민한 아이였던 것은 혼자서 아무런 보호도 받지 못하고 오로지 늘 이런 확신만을 친구 삼았기 때문이라고 생각한다.

그날 상처받은 감정을 나는 양조장 담벼락을 발로 차고 머리를 쥐어뜯으며 발산시켜 해소했다. 그러고 난 후 나는 소맷자락으로 얼굴을 훔치고 문 뒤편에서 나왔다. 빵과 고기는 먹을 만했고, 맥주는 따뜻하고 톡 쏘는 맛이 났다. 나는 곧 주변을 둘러볼 정도로 기운을 되찾았다.

명백히 그곳은 비둘기장이 있는 양조장 마당 아래쪽까지 인적이 끊기고 버려진 장소였다. 비둘기장은 장대 위에서 세찬 바람에 날리다 휘어진 모습이었는데, 혹시 그 바람에 흔들릴 비둘기 몇 마리가 그 안에 살고 있었다면 아마 자기들이 바다에 와 있다고 생각했을 것이다. 하지만 비둘기장에는 비둘기가 한 마리도 없었다. 그리고 마구간에는 말이 한 마리도 없었고, 돼지우리에는 돼지가 한 마리도 없었다. 창고 안에는 남은 맥아가 하나도 없었고, 구리 솥이나 큰 양조 통에서는 곡식 냄새나 맥주 냄새가 조금도 안 났다. 양조장의 모든 쓰임새와 냄새들이 마지막으로 내뿜은 김과 함께 증발해 버린 것 같았다. 옆 마당엔 황폐하게 내버려진 빈 나무 술통들이 뒹굴고 있었고 그 나무 술통들 안에는 좋았던 옛 시절을 아쉬워하듯 뭔가 시큼한 추억이 맴돌고 있는 듯했다. 하지만 그건 너무 시큼해서 사라진 맥주의 본보기로 받아들이기 힘든 맛이었다, 그리고 이런 점에서 이 은둔자 같은 술통들이 여느 은둔자들과 다르지 않았다는 게 기억난다.

양조장에서 가장 먼 뒤편 끝에는 낡은 담장이 딸린 잡초 무성한 정원이 있었다. 담장이 그다지 높지 않았으므로 나는 그걸 잡고 애써 타고 올라가서 오랫동안 버티며 그 너머로 안을 들여다볼 수 있었다. 나는 잡초가 우거진 그 정원이 저택에 딸린 정원이라는 걸 알았으며 그곳에 온통 웃자란 잡초들이 뒤엉켜 있는 모습을 보았다. 하지만 누가 그곳을 산책하고 다닌 듯 녹색 혹은 누르스름한 빛깔의 좁은 길들에 발자국이 나 있었으며 심지어 바로 그 순간에도 에스텔라가 내게서 멀찌감치 떨어진 곳을 산책하고 있는 모습이 보였다. 그런데 소녀는 그곳의 모든 곳에 있는 것 같았다. 나무 술통들이 동하게 한 유혹에 굴복하여 내가 그것들 위에 올라가 걷기 시작한 순간, 바로 소녀도 마당 반대편에서 나처럼 술통들 위를 걷고 있는 모습이 보였기 때문이다. 소녀는 내게 등을 돌리고 예쁜 갈색 머리칼을 두 손으로 잡아 활짝 펼치고 있었으며, 결코 뒤돌아보지 않고 곧바로 내 시야에서 사라졌다. 이런 일은 실제 양조장 안에서도 마찬가지였다. 실제 양조장이라 함은 옛날에 사람들이 실제로 맥주를 만들었고 그때의 그 양조 용기들이 아직도 보관되어 있는, 판석이 깔린 넓고 높은 건물을 말하는 것이다. 처음 그 안에 들어갔을 때, 아니 그 침울한 분위기에 압도되어 문 근처에 서서 주변을 둘러보고 있었을 때 나는 에스텔라가 불꺼진 화덕들 사이를 지나 가벼운 철제 계단 몇 개를 올라간 뒤 머리 위쪽 높은 곳에 위치한 노대를 통해 마치 하늘로 사라지듯 밖으로 나가는 모습을 보았다.

바로 그 순간 그곳에서 내 공상 속에 기이한 일이 일어났다. 나는 그때 그 일이 기이한 일이라고 생각했고, 그 후로 오랫동안 세월이 흐를수록 더욱더 기이한 일이라고 생각했다. 때마침 눈을 — 그때 내 눈은 서리처럼 새하얗고 눈부신 햇살을 올려다보느라 침침해져 있었다 — 내 오른편 가까이에 있는 건물의 나지막한 귀퉁이에 있는 커다란 나무 들보 쪽으로 돌리던 중이었다. 그런데 그 들보에 목을 매달고 있는 사람의 형상이 보인 것이다. 그 형상은 온몸이 누르스레한 흰색으로 감싸여 있었고, 신발은 한쪽 발에만 신겨 있었다. 그런 모습으로 매달려 있는 그 형상이 입은 드레스의 색 바랜 가장자리 장식은 마치 흙으로 만든 종이 같았다. 나는 그 형상의 얼굴이 미스 해비셤의 얼굴이고, 모든 얼굴 표정이 마치 나를 부르려고 애쓰는 듯 씰룩거리는 것을 볼 수 있었다. 그런 모습을 목격한 공포감에다 방금 전만 하더라도 그런 형상이 그곳에 없었다는 분명한 사실로 인한 공포감에 휩싸여 처음에는 혼비백산해서 도망을 쳤다. 그러다 다시 돌아서서 그 형상에게로 가보았다. 그런데 그곳에 더 이상 그 어떤 사람의 형상도 보이지 않는다는 걸 알게 된 순간 공포감은 최고조에 달했다. 맑은 하늘을 비추는 서리처럼 새하얀 햇빛과, 안마당 대문의 가로 문살 너머로 보이는 오가는 행인들의 모습, 그리고 기운을 북돋아 준 빵과 고기와 맥주의 힘만으로도 사실 제정신으로 돌아오는 데 충분했을 것이다. 그러나 에스텔라가 나를 집 밖으로 내보내기 위해 대문 열쇠 꾸러미를 들고 다가오는 모습을 보지 못했다면 나는 이런 것들의 도움이 있어도 그토록 쉽게 제정신을 차리지 못했을 것이다. 겁에 질린 모습을 보인다면 에스텔라가 나를 업신여길 또 하나의 좋은 이유를 갖게 되는 건지도 모른다는 생각이 불현듯 들었다. 그러니 그런 좋은 구실을 소녀에게 또 줄 수는 없는 일이었다.

소녀는 내 손이 너무나도 거칠고 내 반장화가 너무나도 투박하다는 사실이 정말 가관이라는 듯 내 곁을 지나치면서 의기양양하게 흘긋 시선을 던졌다. 대문을 연 후 소녀는 계속 그걸 붙잡고 있었다. 눈길을 주지 않고 그냥 지나치려는 순간 소녀가 비아냥거림이 묻어나는 손길로 나를 툭 쳤다.

「왜 안 우니?」

「울고 싶지 않아서요.」

「울고 싶잖아.」 소녀가 말했다. 「넌 눈이 거의 안 보일 정도로 엉엉 울고 있었잖아. 지금도 울음보가 터지기 직전 아니니?」

대문 밖으로 나를 밀어내며 그녀가 경멸이 잔뜩 묻어나는 웃음을 터뜨렸다. 그러고 나서 그녀는 보란 듯이 대문을 잠갔다. 나는 곧장 펌블추크 씨 가게로 갔다. 그가 그곳에 없다는 걸 알고 이루 헤아릴 수 없는 안도감이 들었다. 나는 점원에게 내가 무슨 요일에 다시 미스 해비셤 댁에 가야 하는지 말을 남긴 후 대장간 집까지 6킬로미터가 넘는 길을 걸어가기 위해 나섰다. 길을 따라 걸어가면서 나는 내가 보았던 모든 것을 곰곰이 생각해 보았다. 결국 나는 비천한 노동자 집안 아이였다는 것, 내 손은 거칠고 내 반장화는 투박하다는 것, 내가 악당 카드 〈네이브〉를 〈잭〉이라고 부르는 천박한 습관에 젖어 있다는 것, 지난밤 나 자신에 대해 생각했던 것보다 사실은 내가 훨씬 더 무식하다는 것, 그리고 모든 걸 종합해 볼 때 나는 천박한 하층민의 생활 방식으로 살아오고 있었다는 것 등을 나는 마음속 깊이 되뇌고 되뇌었다.

9

집에 도착하자 누나는 미스 해비셤의 집에서 있었던 모든 일들에 대해 매우 궁금해하며 알고 싶어 했고 많은 질문을 퍼부었다. 그리고 나는 곧바로 뒷덜미와 허리를 아주 세게 두들겨 맞았고 부엌 벽에 얼굴이 문질러지는 치욕을 당해야 했다. 누나의 질문에 내가 충분히 길게 대답하지 않았기 때문이었다.

말해 봤자 제대로 이해되지도 못할 거라는 두려움이 내 가슴속에 숨겨져 있는 것과 비슷한 정도로 다른 아이들 가슴속에도 숨겨져 있다면 — 내가 다른 아이들과 다른 별종 괴짜라고 의심할 만한 별다른 이유가 없었으니 나는 있을 법한 일이라고 생각한다 — 바로 그런 두려움이야말로 아이들이 하는 많은 기만적인 답변들의 이유일 것이다. 나는 내 눈으로 본 대로 미스 해비셤의 집에 대해 누나에게 설명한다면 곧이곧대로 받아들여지지 않을 거라는 확신이 들었다. 뿐만 아니라 미스 해비셤의 외모 또한 누나가 제대로 이해하지 못할 거라는 확신도 들었다. 그녀는 나도 완벽하게 이해할 수 없는 모습이었지만, 어쨌든 그녀의 실제 모습을 있는 그대로 무리하게 끄집어내(에스텔라의 모습은 말할 것도 없다) 누나 앞에 펼쳐 놓고 누나가 상상하게 만드는 일은 뭔가 야비하고 그녀를 배반하는 것 같은 느낌이 들었다. 따라서 되도록 적게 말했고 그러는 바람에 다시 한 번 부엌 벽에 얼굴을 처박혀야 했다.

최악의 사태는 내가 보고 들은 모든 내용을 알고 싶어 하는 게걸스러운 호기심의 먹이가 되었고, 사람 괴롭히기라면 일가견이 있는 펌블추크 씨가 세세한 내용을 자기에게 고하도록 만들기 위해 그날 오후 차 마시는 시간에 이륜마차를 몰고서 입을 헤벌리고 찾아온 일이었다. 동태눈처럼 흐릿한 눈알을 동그랗게 뜨고 모래색 머리카락을 쭈뼛 곤두세우고 부질없는 셈 문제로 부풀어 오른 듯한 조끼를 입고 나타난 이 고문관은 단지 그 모습만으로 과묵하게 말을 아끼고 있던 나를 더 심술 나게 만들었다.

「그래, 얘야.」 펌블추크 숙부가 벽난로 상석에 앉자마자 말을 시작했다. 「읍내에 갔던 일은 어찌 되었느냐?」

나는 〈아주 잘되었어요, 아저씨〉라고 대답했다. 그러자 누나가 내게 주먹을 들이댔다.

「아주 잘되었다고?」 펌블추크 씨가 되받으며 말했다. 「아주 잘되었다는 말은 답변이 아니다. 그게 무슨 소린지 말해 보겠느냐, 얘야?」

이마에 석회 칠이 묻으면 아마 그 안의 뇌가 딱딱하게 굳어 고집불통 상태에 빠지는 게 아닌가 싶다. 어찌 되었건 벽의 석회 칠 자국이 이마에 묻어 있던 나는 철석같이 고집을 부렸다. 나는 한참 뜸을 들인 뒤 새로운 생각이라도 찾아낸 듯 대답했다. 「제 말은, 아주 잘했다는 거예요.」

누나가 더 이상 참지 못하고 버럭 소리를 지르며 나를 덮치려는 순간 — 마침 조는 대장간에서 바삐 일하고 있어서 내게는 전혀 방어 수단이 없었다 — 펌블추크 씨가 끼어들었다. 「안 돼요! 울화통을 터뜨리면 안 돼요. 이 아이를 내게 맡기시오, 부인. 이 아이를 내게 맡기시오.」 그런 다음 펌블추크 씨는 내 머리라도 깎으려는 듯이 나를 자기 쪽으로 돌려세우며 말했다.

「먼저 (우리의 생각을 정리하기 위해서 묻겠는데) 43펜스는 얼마지?」

나는 〈4백 파운드요〉라고 대답하면 그 파급 효과가 어떨지 따져 본 후 내게 불리할 거라 생각하고 최대한 정답에 가깝게, 즉 8펜스쯤 모자라는 답을 말했다. 그러자 펌블추크 씨는 12펜스가 1실링이니 40펜스는 3실링 4펜스라는 내용까지 말하며 내게 펜스 환산표를 공부시켰다. 그러고 나서 그는 내게 할 만큼 했다는 듯 의기양양하게 물었다. 「자, 이제 답해 봐라. 43펜스가 얼마라고?」 나는 한참 뜸을 들이며 그 질문을 곰곰이 생각하다 대답했다. 「몰라요.」 하도 울화가 치밀어서 내가 정말 정답을 알고 있기는 한 건지 나 스스로도 의심이 들었다.

펌블추크 씨가 나사못을 비틀어 내게서 정답을 쥐어 짜내려는 듯 자기 머리를 나사못처럼 빙빙 돌리며 말했다. 「이를테면 43펜스가 7실링 6펜스 3파딩이니?」

「네!」 내가 말했다. 누나가 즉시 내 귀싸대기를 갈겼지만 내 대답이 그의 농담에 찬물을 뿌리고 말문을 막히게 만드는 모습을 보니 짜릿한 쾌감이 느껴졌다.

「예끼, 이 녀석! 그래, 미스 해비셤은 어떤 분이시더냐?」 마음이 다시 가라앉자 가슴에 팔짱을 꽉 끼고 나사못을 조여 대는 모습으로 그가 다시 물었다.

「아주 크고 시커먼 분이었어요.」 내가 그에게 대답했다.

「정말 그런가요, 숙부님?」 누나가 물었다.

펌블추크 씨는 그렇다는 눈짓을 보냈다. 그 모습을 보고 나는 그가 미스 해비셤을 직접 본 적이 없다는 걸 즉각 알아차렸다. 사실 그녀는 전혀 그런 모습이 아니었기 때문이다.

「잘했다!」 펌블추크 씨가 우쭐해하며 말했다. (「이게 바로 저 애를 다루는 방식이지요! 이제야 우리 방식을 고수해 나가기 시작한 것 같지 않소, 부인?」)

「분명히 그런 것 같네요, 숙부님.」 조 부인이 대답했다. 「늘 저놈을 그런 식으로 다루어 주셨으면 해요. 저놈을 어찌 다루어야 하는지 너무 잘 아시네요.」

「자, 얘야! 오늘 그 댁에 들어갔을 때 그 부인은 뭘 하고 계시던?」 펌블추크 씨가 물었다.

「앉아 계셨어요.」 내가 대답했다. 「검정색 벨벳 사륜마차 안에요.」

펌블추크 씨와 조 부인은 서로 빤히 바라보았고 — 그러는 게 당연하다는 듯 — 두 사람 모두 내 말을 따라 하며 되물었다. 「검정색 벨벳 사륜마차?」

「네.」 내가 말했다. 「그리고 에스텔라 양이 — 아마 부인의 조카딸인 것 같았어요 — 케이크와 와인을 황금 접시에 담아 마차 창문을 통해 부인에게 건네주었어요. 부인이 그러라고 해서요.」

「그 밖에 다른 사람들도 그곳에 있었니?」 펌블추크 씨가 물었다.

「개 네 마리가 있었어요.」 내가 말했다.

「큰 개, 아니면 작은 개?」

「엄청나게 큰 개요.」 내가 말했다. 「그리고 그 개들이 은 바구니에 담긴 얇게 저민 송아지 고기 조각들을 차지하려고 싸웠어요.」

펌블추크 씨와 조 부인은 다시 한 번 서로 빤히 쳐다보았다. 나는 완전히 제정신이 나간 것 같은 상태였고 — 마치

고문을 당해 앞뒤 안 가리는 무분별한 증인처럼 말이다 — 그래서 그들에게 무슨 말이라도 할 판이었다.

「아니, 도대체 그 마차가 〈어디〉에 있었다는 거야?」 누나가 물었다.

「미스 해비셤의 방 안에요.」 그들은 다시 빤히 쳐다보았다. 「하지만 마차를 끄는 말들은 없었어요.」 화려한 마구로 장식한 네 마리의 준마들을 등장시켜 볼까 하는 엉뚱한 상상을 하다가 그걸 겨우 뿌리친 순간, 나는 (다행스럽게도) 나를 구원해 준 이 문장을 덧붙였다.

「저게 있을 수 있는 일이에요, 숙부님?」 조 부인이 물었다. 「대체 저놈이 무슨 소릴 지껄이는 거죠?」

「내가 설명해 주겠소, 부인.」 펌블추크 씨가 말했다. 「내 생각엔 그게 아마 의자 가마일 겁니다. 알다시피 그 부인은 미친 사람이지요. 정신이 아주 나간 사람이에요. 하루하루를 의자 가마에 앉아서 보낼 정도로 말입니다.」

「의자 가마에 앉아 있는 부인의 모습을 본 적이 있으세요, 숙부님?」 조 부인이 물었다.

「내가 어찌 그걸 볼 수 있었겠소?」 그가 대답했다. 「평생 실제 모습을 한 번도 못 보았는데 말이오? 흘긋 시선조차 받은 일이 없어요!」

「어머나, 숙부님! 하지만 말은 건넨 적이 있다면서요?」

「저런, 잘 알지 않소.」 펌블추크 씨가 퉁명스럽게 말했다. 「내가 그 댁에 가봤을 때 그녀의 방문 앞에 안내되었는데 그 때 방문이 삐죽 조금 열려 있어서 그 틈새를 통해 그녀가 내게 말을 했었다는 사실 말이오. 〈그걸〉 모른다고 하진 마시오, 부인. 하지만 이 아이는 그곳에 놀러 간 겁니다. 그래, 뭘 하고 놀았느냐, 얘야?」

「우리는 깃발을 가지고 놀았어요.」 내가 말했다. (송구스럽지만 그때 내가 지어냈던 거짓말을 돌이켜 보니 나 자신도 스스로 놀랍다고 말씀드리겠다.)

「깃발이라고!」 누나가 되받았다.

「네.」 내가 말했다. 「에스텔라가 파란 깃발을 흔들었고 나는 붉은 깃발을 흔들었어요. 그리고 미스 해비셤은 황금색 작은 별들이 온통 점점이 박혀 있는 깃발을 마차 창문 바깥쪽으로 흔들었어요. 그러고 나서 우리는 모두 각자의 칼을 들고 만세를 불렀어요.」

「칼이라고!」 누나가 되받았다. 「칼은 어디서 난 건데?」

「벽장에서요.」 내가 말했다. 「그 안엔 권총들도 있었어요. 잼과 화약들도 보였고요. 방 안은 햇빛이 들지 않았지만 촛불을 켜서 환하게 밝혀 놓았어요.」

「저 말은 사실입니다, 부인.」 펌블추크 씨가 진지하게 고개를 끄덕이며 말했다. 「진상을 설명한 겁니다. 그 정도까지는 나도 직접 보았지요.」 그러고 나서 두 사람은 모두 나를 뚫어져라 쳐다보았다. 나도 보란 듯이 얼굴에 순진한 표정을 지어 보이며 그들을 빤히 쳐다보았다. 그리고 오른손으로 내 오른쪽 바짓단을 말아 올렸다.

만약 그들이 더 많은 질문을 했다면 의심의 여지 없이 나는 거짓말을 자백하고 말았을 것이다. 심지어 그 순간조차도 나는 그 집 마당에 풍선이 있었다는 거짓말을 막 지어내려던 참이었기 때문이다. 만약 거짓을 꾸며 대는 내 상상력이 이상한 풍선과 양조장의 곰 사이에서 갈피를 못 잡고 헤매지만 않았더라면 아마 나는 분명히 풍선에 관한 거짓말을 내뱉는 위험을 감수했을 것이다. 하지만 그들이 내가 이미 꺼내 놓아 그들을 고심하게 만든 내용들을 논하는 데 열중해 있어서 나는 그런 위험을 피할 수 있었다. 조가 차를 마시러 일터에서 돌아올 때까지 여전히 그 화제가 그들을 사로잡고 있었다. 누나는 조에게 그의 궁금증을 해소시키기보다는 자신의 마음을 가라앉히기 위해 내 거짓 경험들에 대해 말해 주었다.

그 순간 조가 파란 눈을 휘둥그렇게 뜨고 어쩔 줄 몰라 하며 부엌 주변으로 시선을 이리저리 돌리는 모습을 보면서 나는 자책감에 사로잡혔다. 하지만 나는 오직 조에 대해서만 그랬을 뿐 다른 두 사람과 관련해서는 일말의 뉘우침도 없었다. 미스 해비셤을 알게 되고 그녀의 호의를 입게 된 일이 과연 내게 어떤 결과를 초래할 것인가 하는 문제를 누나와 펌블추크 씨가 논하고 있는 동안 나는 조에게만, 오직 조에게만 내가 꼬마 도깨비 같은 악동 짓을 한 거라고 생각했다. 두 사람은 미스 해비셤이 나를 위해 〈뭔가 해주실 것〉이라는 사실 자체는 의심하지 않았다. 그들의 의심은 그저 그 〈뭔가〉가 취하게 될 구체적인 형태와 관련된 것이었다. 누나는 그게 〈재산〉일 거라고 부득부득 우겼다. 펌블추크 씨는 점잖은 직종에서 — 이를테면 곡물 장사나 씨앗 장사 같은 직종에서 — 내가 도제 생활을 할 수 있게 해주는 수업료 쪽을 지지했다.

조는 내가 그저 송아지 고기 조각들을 차지하려고 싸웠다는 네 마리 개들 중 한 마리를 선물받을 거라고 명랑하게 주장함으로써 두 사람으로부터 심한 눈총을 받았다. 「멍청한 머리로 그보다 더 나은 의견을 낼 수 없다면, 그리고 할 일이 남았다면 가서 일이나 해, 이 인간아.」 누나가 말했다. 그래서 그는 다시 일터로 돌아갔다.

펌블추크 씨가 마차를 몰고 떠난 후 누나가 설거지를 하는 동안 나는 몰래 대장간으로 빠져나가 조에게 가서 그가 그날 밤 일을 다 마칠 때까지 곁에 머물렀다. 그러고 나서 내가 말했다.

「조, 화덕 불이 꺼지기 전에 할 말이 좀 있어.」

「그래, 핍?」 조가 말편자 만드는 걸상을 대장간 화덕 가까이로 끌어당기며 말했다. 「그럼 해봐. 무슨 말인데, 핍?」

「조.」 말아 올린 그의 셔츠 소맷자락을 잡아 그걸 내 엄지와 검지로 비비 꼬면서 내가 말했다. 「미스 해비셤 댁에 대해 내가 한 말 모두 기억하지?」

「기억하느냐고?」 조가 말했다. 「네 말을 믿고말고! 정말 놀라워!」

「끔찍한 일이지만, 조, 그건 사실이 아니야.」

「무슨 말을 하는 거야, 핍?」 조가 깜짝 놀라면서 주춤거리더니 소리쳤다. 「설마 그 말뜻은 ―」

「그래, 맞아. 내가 한 얘긴 거짓말이야, 조.」

「하지만 전부 다 거짓말은 아니겠지? 분명히 검정색 벨벳 마차가 없었다는 말을 하려는 건 아니겠지, 핍?」 내가 고개를 저으며 서 있자 조가 물었다. 「적어도 개들은 있었겠지, 핍. 자, 빨리 말해 봐, 핍.」 조가 설득하는 어조로 말했다. 「저민 송아지 고기 조각은 없었더라도, 적어도 개들은 있었겠지?」

「없었어, 조.」

「단 한 마리도?」 조가 말했다. 「강아지 한 마리도 없었어?

빨리 말해 봐.」

「없었어, 조. 그런 건 전혀 없었어.」

내가 절망적인 모습으로 조에게 시선을 고정하자 조도 망연자실한 표정으로 나를 응시했다. 「핍, 이보게 친구! 그건 안 될 말이네, 친구! 대체 어디까지 가길 바라는 거냐고?」

「끔찍한 일이야, 조. 안 그래?」

「끔찍하다고?」 조가 외쳤다. 「무시무시하다! 대체 무엇에 홀린 거야?」

「무엇에 홀린 건지 나도 몰라, 조.」 그의 셔츠 소맷자락을 놓고 그의 발치에 있는 잿더미 위에 앉아 고개를 떨어뜨리면서 내가 말했다. 「하지만 조가 내게 악당 카드 네이브를 잭이라고 가르쳐 주지 않았더라면 좋았을 텐데. 그리고 내 반장화가 이렇게 투박하지 않고, 내 손이 이렇게 거칠지 않았더라면 좋았을 텐데.」

그러고 나서 나는 내가 몹시 비참한 기분에 빠져 있으며 너무나 거칠게 구는 조 부인과 펌블추크 씨에게 내 행동의 이유를 구구절절 설명할 수 없었다고 말했다. 또한 미스 해비셤의 집엔 끔찍하게 도도한 예쁜 소녀가 있었는데 그 소녀가 나더러 비천한 아이라고 말했으며, 나도 내가 비천한 아이라는 걸 알고 있고, 내가 비천한 아이가 아니길 바라고 있으며, 왜 그랬는지 모르지만 어쨌거나 이 모든 사정에서 내 거짓말이 생겨난 것이라고 조에게 설명했다.

이 일은 적어도 나만큼이나 조에게도 형이상학적인 난제였다. 하지만 조는 이 문제를 형이상학의 영역에서 완전히 떼어 냄으로써 극복했다.

「네가 확신해도 좋을 게 하나 있어, 핍.」 잠시 생각에 잠겼다가 조가 말했다. 「거짓말은 거짓말이라는 거야. 어떻게 해서 생겨났든 간에 거짓말은 절대로 생겨나서는 안 되는 거야. 거짓말은 그 왕초 격인 악마란 놈으로부터 와서 돌고 돌아 다시 같은 놈에게 돌아간단다. 더 이상 거짓말을 하지 마, 핍. 〈그런 일〉은 비천한 상태에서 벗어나는 길이 아니라네, 친구. 그리고 그 비천하다는 말 말이야. 나는 그게 무슨 말인지 분명히 이해가 안 돼. 넌 어떤 일들에선 비범해. 넌 비범할 정도로 작아. 또한 넌 비범한 학자이고.」

「아냐. 난 무식하고 뒤떨어졌어, 조.」

「글쎄다. 지난밤 네가 썼던 글자들을 생각해 봐. 똑바로 인쇄체로 썼잖니. 난 다른 글자들을 본 적이 있어. 그래! 신사 양반들이 쓴 글자들! 맹세컨대 그것들은 인쇄체로 쓰여 있지 않았어.」 조가 말했다.

「난 거의 아무것도 배운 게 없어, 조. 그런 나를 너무 과대평가하고 있어. 그게 그런 거라고.」

「글쎄다, 핍.」 조가 말했다. 「그게 그런 거든 안 그런 거든 간에 네가 비범한 학자가 되기에 앞서 평범한 학자가 되기를 바랄게! 머리에 왕관을 쓰고 옥좌에 앉아 있는 왕이라도 아직 즉위하지 않은 왕자 시절에 알파벳부터 시작하지 않는다면 거기 앉아서 의회의 법령들을 인쇄체로 쓸 수 없다니까. 그럼, 그렇고말고!」 조가 의미가 담긴 고갯짓을 하며 덧붙였다. 「그리고 그런 왕자 역시 A부터 시작해서 Z까지 배워 나갔다고. 그리고 그런 글쓰기를 정확하게 끝마쳤다고 말할 수는 없지만 그게 무슨 도움이 되는지는 〈나도〉 안다니까.」

이런 짤막한 지혜 속에 다소의 희망이 보였고 어느 정도 내 기운을 북돋아 주었다.

「천직이나 돈벌이와 관련시켜 볼 때 말이다.」 생각에 잠기며 그가 말을 계속했다. 「비천한 사람이 비범한 사람들과 놀러 가는 일보다는, 같은 비천한 사람들과 어울리는 일을 끝까지 계속하는 것이 더 나은 일인지는 말이다. 아 참, 이 말을 하다 보니 네가 했던 거짓말 중에서 깃발은 아마 정말로 있었겠지 하는 바람이 떠오른다만 —」

「없었어, 조.」

「깃발이 하나도 없었다니 유감이구나, 핍. 어쨌든 직업과 관련시켜 볼 때 비천한 사람끼리 어울리는 일이 더 나은지 그렇지 않은지는 지금 자세히 따져 볼 수 없는 문제야. 그랬다가는 십중팔구 네 누나를 길길이 뛰게 만들 테니. 그건 의도를 갖고 튀어나온 말이니 생각해서는 안 되는 일이야. 진정한 친구로서 네게 하는 말이니 잘 들어, 핍. 진정한 친구나 이런 말을 해주는 법이라고. 똑바른 길을 통해서 비범한 신분에 도달하지 못한다면, 넌 결코 굽은 길을 통해서도 거기 도달하지 못하게 될 거야. 그러니까 더 이상 거짓말은 하지 마, 핍. 그리고 잘 살다 행복하게 죽으라고.」

「나한테 화난 건 아니지, 조?」

「아니야, 친구. 하지만 네가 했던 거짓말들이 놀랍기 그지없고 대담하기 짝이 없다는 — 송아지 고기 조각이나 개싸움에 관한 거짓말들을 말하는 거다 — 점을 염두에 뒀을 때 네가 잘되길 진심으로 바라는 사람이라면 충고를 해줄 거다, 핍. 2층으로 올라가 잠자리에 들 때 그 거짓말들을 머릿속에 떨어뜨려 놓고 심사숙고해 보라고 말이야. 이게 내 말의 끝이네, 친구. 그러니 다시는 더 이상 거짓말을 하지 마.」

작은 방으로 올라와 잠자리 기도를 할 때 나는 조가 권고했던 기도 내용을 잊지 않았다. 하지만 내 마음은 워낙 혼란스럽고 고마움을 모르는 상태에 빠져 있었다. 나는 잠자리에 누운 후 시간이 한참 지날 때까지 하찮은 대장장이에 불과한 조를 에스텔라가 얼마나 비천하게 여길지, 그의 신발은 얼마나 투박하다고 생각할지, 그의 손은 얼마나 거칠다고 생각할지 생각해 보았다. 나는 또 그때 조와 누나가 부엌에 어떻게 앉아 있을지, 부엌에서 내 침대까지 내가 어떻게 올라왔는지, 그리고 미스 해비셤과 에스텔라는 결코 부엌에 가지 않으며 그런 하찮은 일의 수준을 훨씬 벗어난 분들이라는 생각도 해보았다. 나는 미스 해비셤의 집에서 내가 〈하곤 했던〉 일들을 떠올리면서 잠에 빠져들었다. 마치 그곳에서 몇 시간이 아니라 몇 주, 혹은 몇 달을 지낸 사람처럼 말이다. 그리고 그게 그날 일어난 일이 아니라 꽤 오래된 해묵은 회상의 주제라도 되는 듯 말이다.

그날은 내게 기억할 만한 날이었다. 내게 큰 변화를 만들어 준 날이었던 까닭이다. 그러나 그건 어떤 인생에서도 마찬가지다. 어떤 인생에서 하루를 선택하여 삭제한다고 상상해 보고, 그러고 난 후 그 인생행로가 얼마나 달라졌을지 생각해 보라. 이 글을 읽는 독자여, 글 읽기를 멈추고 쇠로 만들어졌건 황금으로 만들어졌건 가시로 만들어졌건 꽃으로 만들어졌건 간에, 당신을 얽어매고 있는 긴 사슬이 만약 그 제일 첫 번째 연결 고리가 어떤 기억할 만한 날 맨 처음 만들어지지 않았더라면 결코 당신을 꽁꽁 얽어매지 못했을 것이라는 사실을 잠시 생각해 보라.

10

하루 혹은 이틀이 지난 후 아침, 잠에서 깨어났을 때 나는 나 자신을 비범하게 만들 수 있는 최선의 방법은 비디에게서 그녀가 아는 모든 것을 배우는 일이라는 타당한 생각을 해냈다. 이런 현명한 생각을 실행에 옮기기 위해 나는 밤에 웝슬 씨의 대고모가 운영하는 학교에 가서 비디에게 인생에서 성공하고 싶은 특별한 이유가 내게 생겼으며, 그러니 그녀가 가진 모든 지식을 내게 나눠 주면 무척 고맙게 생각할 것이라고 말했다. 여자아이들 중에서 가장 친절한 편이었던 비디는 즉시 그렇게 해주겠다고 대답했고 정말로 5분 만에 그 약속을 실행하기 시작했다.

웝슬 씨의 대고모가 확립해 놓은 교육 체계 혹은 교육 과정은 다음과 같이 요약하여 설명할 수 있다. 학생들이 사과를 먹거나 서로의 등 안에 지푸라기를 넣는 장난을 치고 있을 때면 마침내 웝슬 씨의 대고모가 기운을 차리고는 자작나무 회초리를 들고 비틀거리면서 그들에게 마구잡이로 덤벼들었다. 온갖 방식으로 까불거리면서 그 회초리 공격을 받아 내고 나면 학생들은 그제야 정렬을 하고 와글거리면서 닳아 빠진 책을 손에서 손으로 건넸다. 책 안에는 알파벳과 몇몇 그림들, 산술 제표들, 그리고 철자법에 대한 약간의 내용이 들어 있었다. 아니, 다시 말하자면 옛날 한때 들어 있었다. 이 책이 돌기 시작하자마자 웝슬 씨의 대고모는 잠 때문일 수도 있고 류머티즘 발작 때문일 수도 있는 기면 상태 속으로 빠져들었다. 그러면 학생들은 자기들끼리 누가 누구의 발끝을 가장 세게 밟을 수 있는지 확인해 볼 요량으로 반장화를 주제로 하여 경쟁적으로 검토를 시작했다. 이런 정신 훈련은 비디가 그들에게 달려들어 손상되어 잘 보이지도 않는 성경 세 권(마치 짧고 뭉툭한 어떤 물건의 끝 토막을 솜씨 없이 잘라 낸 것 같은 모양을 하고 있었다)을 나눠 줄 때까지 계속되었는데, 이 성경들은 정말이지 그때까지 내가 보았던 그 어떤 골동품 책보다도 더 읽기 힘들게 인쇄되어 있었고 곳곳에 잉크 얼룩이 번져 있었으며 책갈피 사이엔 곤충 세계의 다양한 표본들이 으깨진 채로 끼어 있었다. 이 교육 과정은 대개 비디와 말 안 듣는 학생들 사이에 몇 차례 전투가 벌어져 활기를 띠는 시간이기도 했다. 전투가 끝나고 나면 비디가 책의 페이지 숫자를 할당했고, 그러면 우리는 모두 자신이 읽을 줄 아는 내용 — 혹은 읽을 줄 모르는 내용 — 을 몹시 듣기 싫은 합창으로 크게 읽어 댔다. 비디는 높고 날카롭고 단조로운 목소리로 선도를 했는데 우리 중 누구도 우리가 읽고 있는 게 무슨 내용인지 전혀 감을 잡지 못했으며 그것에 대해 경외감을 품지도 않았다. 이 끔찍한 소음이 웬만큼 계속되면 자동적으로 웝슬 씨의 대고모는 잠에서 깨어나 남학생 한 명에게 비틀거리며 다가가서는 그의 귀를 잡아당겼다. 그 행동은 그날 밤 수업이 끝났다는 신호로 받아들여졌으며, 그러면 우리는 지적인 승리감으로 소리를 빽빽 지르며 바깥 공기 속으로 달려 나갔다. 어떤 학생이든 알아서 석판을 사용하거나 심지어 잉크를 사용하는 일(혹시 잉크가 있다면)을 전혀 금지하지 않았다는 말을 하는 게 공정하겠지만, 겨울철에 그런 종류의 공부를 한다는 건 쉽지 않은 일이었다. 그건 수업이 열리는 조그마한 잡화점 — 그곳은 대고모의 거실 겸 침실이기도 했다 — 이 심지 자르는 가위도 없이 한 개밖에 안 되는 시들시들한 양초의 실 심지에 기대어 흐릿하게 밝혀지고 있기 때문이었다.

그런 상황에서 비범한 사람이 되는 일은 시간이 걸릴 것 같았다. 그럼에도 나는 시도해 보기로 결심했고, 바로 그날 저녁부터 비디는 자신의 작은 가격표 목록에서 비정제 설탕 항목 아래 적힌 몇몇 정보를 내게 알려 주거나 집에 가서 베껴 쓰라고 신문 제목에서 그녀가 흉내 낸 커다란 고대 영어의 D자 글씨[21](그게 뭔지 그녀가 일러 줄 때까지 나는 그저 혁대 버클 도안이라고 생각했었다)를 내게 알려 주거나 하는 식으로 우리의 특별한 협정을 이행하기 시작했다.

물론 우리 마을엔 술집이 있었고, 조는 가끔 그곳에서 파이프 담배 피우는 걸 좋아했다. 그날 밤 나는 학교에서 돌아오는 길에 〈얼큰한 세 선장〉 술집에 들러 조를 불러내서 무슨 일이 있어도 책임지고 그를 집으로 데려오라는 누나의 엄명을 받아 놓은 상태였다. 따라서 나는 〈얼큰한 세 선장〉으로 발길을 돌렸다.

〈얼큰한 세 선장〉엔 바가 하나 있었고, 그 안의 문간 옆 벽면에는 놀랍도록 길게 이어지는 외상 기록들이 분필로 적혀 있었는데, 내 눈에는 사람들이 외상을 갚는 일이 결코 없어 보였다. 그 기록들은 내가 기억할 수 있는 옛날부터 쭉 그곳에 적혀 있었다. 우리 고장 주변에는 분필이 엄청 많았으니 아마 그 사람들이 분필 장사를 통해 이익을 남기는 기회를 절대로 소홀히 하지 않았던 것인지도 모른다.

그날은 마침 토요일 밤이어서 나는 술집 주인이 다소 험악한 표정으로 그 외상값 기록을 쳐다보고 있는 모습을 발

21 독일 고딕체에서 온 각진 글자체. 종종 신문 제목에 쓰였다.

견했다. 하지만 내 볼일이 그가 아니라 조한테 있었기 때문에 나는 그저 그에게 저녁 인사만 건네고는 복도 끝에 위치한 공용 휴게실로 나아갔다. 그곳엔 난롯불이 밝게 활활 타오르고 있었고 조가 웝슬 씨와 낯선 남자와 어울려 파이프 담배를 피우고 있었다. 조가 평소처럼 〈이보게, 핍, 친구!〉라고 내게 인사를 건넸다. 그가 그 말을 하는 순간 낯선 남자가 고개를 돌리고 나를 바라보았다.

내가 한 번도 본 적이 없는 비밀스럽게 생긴 남자였다. 그의 머리는 온통 한쪽으로 기울어 있었으며, 두 눈 중 한쪽 눈은 마치 보이지 않는 총으로 뭔가를 조준하듯 절반쯤 감겨 있었다. 그는 입에 파이프를 물고 있었는데 그걸 꺼내고는 천천히 연기를 모두 내뿜은 후 시종 나를 뚫어지게 바라본 뒤 고개를 끄덕였다. 나도 따라서 고개를 끄덕이자 그가 다시 고개를 끄덕였으며 내가 자기 옆에 앉을 수 있도록 등받이가 높은 기다란 의자에 자리를 내주었다.

하지만 나는 그 휴게실에 들어갈 때마다 조 옆에 앉곤 했기 때문에 〈고맙지만 괜찮습니다, 아저씨〉라고 말하고 조가 나를 위해 내준 반대편 의자에 가서 앉았다. 낯선 남자는 조를 흘긋 쳐다본 뒤 그의 관심이 다른 데 가 있는 걸 알아차리고는, 내가 자리에 앉자 다시 내게 고개를 끄덕여 보였다. 그러고 나서 그는 아주 이상해 보이는 방식으로 자기 다리를 문질렀다.

「선생 직업이 대장장이라고 말하던 중이었지요.」 낯선 남자가 조에게 몸을 돌리며 말했다.

「네, 아시다시피 그렇게 말했습니다.」 조가 말했다.

「뭘 드시겠소, 미스터……? 그런데 선생 이름은 말씀하지 않으셨소.」

그러자 조가 성을 말했고 낯선 남자는 그 성으로 그를 불렀다. 「뭘 드시겠소, 가저리 씨? 내가 내겠소. 잔은 가득 채워야겠죠?」

「글쎄요.」 조가 말했다. 「사실을 말씀드리자면 저 아닌 다른 사람이 사는 술을 마시는 습관은 그다지 없답니다.」

「습관? 그게 아니오.」 낯선 남자가 대답했다. 「오직 이번 한 번만이오. 그리고 오늘은 토요일 밤이기도 하고. 자! 술 이름만 대시오, 가저리 씨.」

「뻣뻣한 동석자가 되고 싶지는 않네요.」 조가 말했다. 「럼주요.」

「럼주라.」 낯선 남자가 되받았다. 「다른 신사분께서도 의향을 밝혀 주시겠소?」

「럼주요.」

「럼주 석 잔 주시오.」 낯선 남자가 술집 주인을 부른 후 소리쳤다. 「잔을 돌리시오!」

「여기 다른 신사분은 말입니다.」 웝슬 씨를 소개하는 식으로 조가 말했다. 「선생님도 이분이 낭송하는 소리를 듣고 싶은 생각이 들 만큼 낭송을 잘하는 신사분이십니다. 우리 교회 서기님이죠.」

「아하!」 낯선 남자가 재빨리 말했다. 그런데 그는 눈을 치켜뜨고 시선을 내게로 향하고 있었다. 「주변에 묘지들이 늘어서 있는 습지대 외곽에 자리한 그 고적한 교회 말이군요!」

「바로 그 교회입니다.」 조가 말했다.

낯선 남자는 파이프 담배를 피우며 기분 좋게 킁킁거리면서 혼자 독차지하고 있던 긴 의자 위로 두 다리를 올려놓았다. 그는 챙이 넓고 늘어진 여행자용 모자를 쓰고 있었고 그 아래로 마치 뚜껑처럼 손수건을 머리에 묶고 있었다. 따라서 그는 머리카락을 하나도 내보이지 않았다. 그가 난롯불을 바라보고 있는 동안 나는 어렴풋한 웃음이 뒤따르는 교활한 표정이 그의 얼굴에 깃드는 걸 보았다는 생각이 들었다.

「신사분들, 나는 이 고장을 잘 모르는 사람입니다만 이곳은 강 쪽을 향해 있는 한적한 지역 같소.」

「대부분의 습지대가 한적하지요.」 조가 말했다.

「물론이오, 물론이고말고. 습지대에서 요즘도 집시나 부랑자, 온갖 종류의 뜨내기들이 발견됩니까?」

「아닙니다.」 조가 말했다. 「가끔 탈주한 죄수들 말고는 아무도 못 봅니다. 게다가 〈그자〉들을 우리가 발견하는 건 아닙니다. 그렇잖아요, 웝슬 씨?」

곤혹스러웠던 지난번 사건을 당당하게 기억하고 있던 웝슬 씨가 동의했다. 하지만 시큰둥한 태도였다.

「여러분도 그런 탈주범을 찾으러 나갔을 것 같소만?」 낯선 남자가 물었다.

「한 번 나갔었죠.」 조가 대답했다. 「아시겠지만 우린 그자들을 잡으러 나간 게 아니라 그저 구경꾼으로 갔던 겁니다. 웝슬 씨하고 핍하고요. 안 그러니, 핍?」

「그래, 조.」

낯선 남자는 나를 다시 바라보며 — 보이지 않는 총으로 일부러 나를 조준하듯 여전히 눈을 반쯤 감은 모습이었다 — 말했다. 「저 꼬마는 정말 몸집이 작군요. 저 애 이름이 뭡니까?」

「핍입니다.」 조가 말했다.

「세례명이 핍입니까?」

「아니요.」 조가 말했다. 「꼬맹이 때 자기가 직접 지어서 성 비슷하게 불리게 된 이름이지요.」

「선생 아들이오?」

「글쎄요.」 조가 생각에 잠기며 말했다. 물론 이름 문제에 대해 곰곰이 생각하는 일이 필요할 수도 있겠다 싶어서 그런 게 아니라 〈얼큰한 세 선장〉에서는 파이프 담배를 피우면서 논의되는 모든 문제들에 대해 깊이 생각하는 것처럼 보이는 일이 관례여서 그랬다. 「글쎄요……. 아닙니다. 저 애는 내 아들이 아닙니다.」

「그럼 조카요?」 낯선 남자가 말했다.

「글쎄요.」 조가 역시 심오한 사색에 잠긴 모습으로 말했다. 「아닙니다. 아니에요. 선생님을 속일 수는 없죠. 저 애는 내 조카가 아닙니다.」

「아니, 젠장, 그럼 대체 뭐란 말입니까?」 낯선 남자가 물었다. 그건 내게 불필요하게 힘이 들어간 질문처럼 보였다.

웝슬 씨가 별안간 이 일에 끼어들었다. 남자가 어떤 여자 친척과 결혼해서는 안 되는지 유념해야 할 직업적인 이유가 있었기에, 인척 관계에 관한 모든 걸 알고 있는 사람으로서 끼어들었던 것이다. 그는 나와 조 사이의 인척 관계에 대해 자세히 설명했다. 일단 끼어들고 나자 웝슬 씨는 『리처드 3세』에 나오는 한 구절[22]을 무시무시하기 짝이 없는 호통 치는 어조로 낭송한 뒤에야 말을 마쳤다. 그러고는 다음 어구를 덧붙였는데, 그는 자신이 이 문제를 충분히 설명했다고 생각하는 것

22 아마 4막 2장 60~65행 구절이거나 1막 3장에서 리처드가 앤 귀부인에게 구애하는 장면일 것이다.

같았다.

「〈그 시인이 말한 바에 따르면〉 그렇다는 것이오.」

그런데 여기서 웝슬 씨가 나를 언급하면서 내 머리카락을 마구 헝클어뜨려 내 눈을 찌르게 만들었는데, 그는 그게 필수적인 부분이라고 생각했다는 사실을 말해도 좋을지 모르겠다. 그와 비슷한 신분의 사람들은 왜 우리 집을 방문할 때면 비슷한 상황에서 늘 나로 하여금 열불 나게 만드는 이런 과정을 겪게 했던 것인지 나는 그 이유를 알 수가 없다. 어쨌든 유년 시절 집에서 사람들이 모여 노는 가족 모임이 있을 때 혹시라도 내가 대화의 주제로 언급되기만 하면 누군가 큰 손을 지닌 사람이 나를 격려하기라도 하듯 그런 안과학적인 조치들을 취하지 않았던 적이 없었다는 게 내 기억 속에 생생히 떠오른다.

한편 그러는 동안 낯선 남자는 나 말고는 누구도 바라보지 않았다. 마침내 그는 총 한 방을 쏴서 나를 거꾸러뜨리겠다고 결심한 사람처럼 나를 바라보았다. 하지만 그는 아까 〈젠장〉이란 말을 내뱉은 이후로는 물 탄 럼주 잔들이 날라져 올 때까지 아무 말도 하지 않고 있었다. 술이 오고 나서야 그는 총 한 방을 내게 발사했는데, 그건 정말이지 아주 특별한 발사였다.

그건 말로 날린 한 방이 아니라 무언극에 등장하는 동작 연기였는데 정확하게 나를 향한 것이었다. 그는 물 탄 럼주를 정확하게 나를 향해 흔들어 보였다. 그리고 그는 그걸 휘저으며 맛을 보았는데 자기에게 건네진 스푼이 아니라 〈줄칼〉로 휘젓고 있는 것이었다.

그는 나 말고 누구도 줄칼을 못 보게 이런 동작을 해보였다. 그리고 그 동작을 마치자 줄칼을 닦은 뒤 상의 가슴 쪽 주머니에 집어넣었다. 나는 그게 조의 줄칼임을 알아보았고 그가 내 죄수를 알고 있다는 것 또한 알아차렸다. 나는 마법에 홀린 사람처럼 그를 뚫어져라 보며 앉아 있었다. 그러나 그는 이제 긴 의자에 비스듬히 누워서 내겐 전혀 주의를 기울이지 않고 주로 무에 관한 이야기만 하고 있었다.

우리 마을에서는 토요일 밤이면 다음 주의 삶을 새롭게 시작하기에 앞서 깨끗이 청소를 하고 조용히 숨을 돌리며 휴식을 취한다는 상쾌한 느낌이 있었다. 바로 그런 느낌이 조를 부추겨 토요일이면 다른 때보다 과감하게 30분 정도 더 집 밖에 머무르게 만들곤 했다. 그 30분과 물 탄 럼주가 다 소진되자 조가 집으로 돌아가려 일어섰고 내 손을 잡았다.

「잠깐 멈추시오, 가저리 씨.」 낯선 남자가 말했다. 「내 주머니 안 어딘가에 빈짝기리는 새 은화 1실링이 있는 것 같은데 만약 있다면 그걸 저 꼬마에게 주겠소.」

그는 한 움큼 되는 조그만 잔돈 더미에서 그걸 찾아내어 뭔가 구겨진 종이 같아 보이는 걸로 둘둘 만 뒤 내게 주었다. 「옜다, 네 거다!」 그가 말했다. 「명심해! 그게 네 거라는 걸.」

나는 고맙다고 인사를 하며 바른 예절의 한계를 넘어설 정도로 그를 빤히 쳐다보았고, 그러고 난 후 조를 꽉 붙잡았다. 그는 조에게 작별 인사를 했고 이어서 웝슬 씨(그도 우리와 함께 일어섰다)에게도 인사를 건넸지만 내게는 그저 총을 조준하는 듯한 시선만 보냈다. 아니, 한쪽 눈을 감고 있었으니 시선이라고 할 수는 없다. 하지만 한쪽 눈만 가지고도 놀라운 일들을 할 수 있는 법이다.

집으로 돌아오는 길에 내가 만일 떠들고 싶은 기분이었다면 틀림없이 주고받는 말이 다 내 차지였을 것이다. 웝슬 씨는 〈얼큰한 세 선장〉 문간에서 우리와 헤어졌고 조는 집으로 오는 동안 내내 가능한 한 많은 공기로 럼주 기를 가셔 내려고 입을 크게 벌리고만 있었기 때문이다. 하지만 나는 과거의 내 비행(非行)과 그때 알았던 죄수가 이런 식으로 불쑥 등장할지도 모른다는 사실에 멍하니 얼이 빠져 있었기 때문에 다른 일은 전혀 생각할 여지가 없었다.

우리가 부엌에 모습을 드러냈을 때 누나는 그다지 기분이 나빠 보이지 않았다. 따라서 조는 그런 흔치 않은 상황에 고무되어 그녀에게 반짝거리는 실링 은화에 대해 말했다. 「장담컨대 아마 불량 화폐일걸.」 조 부인이 자신 있게 말했다. 「그렇지 않으면 그 사람이 저 녀석에게 그런 돈을 줄 리가 없지! 어디 한번 봐.」

나는 종이에서 돈을 꺼냈다. 그랬더니 그 돈이 진짜 은화임이 밝혀졌다. 「어, 그런데 이게 뭐야?」 조 부인이 실링을 내던지고 돈을 쌌던 종이들을 집어 들었다. 「1파운드 지폐 두 장 아냐?」

정말로 그 두 장의 종이는 다름 아닌 바로 그 지역 가축시장과 가장 뜨겁고 친밀한 관계를 맺어 온 것처럼 보이는, 기름기에 절고 땀에 찌든 1파운드짜리 지폐였다. 조는 자신의 모자를 다시 집어 들고 〈얼큰한 세 선장〉으로 가서 그 지폐들을 되돌려 주기 위해 내달렸다. 조가 사라진 동안 나는 평소에 앉던 내 걸상에 앉아서, 그 남자가 이미 그곳에 없을 거라고 깊이 확신하며 누나를 멍하니 바라보고 있었다.

조는 이내 돌아와서 남자가 떠났지만 술집에 지폐에 관한 말을 남기고 왔다고 말했다. 그러자 누나는 종이에다 지폐들을 싼 다음, 집에서 제일 좋은 응접실 붙박이 찬장 위의 장식용 찻주전자에 들어 있는 말린 장미꽃 잎사귀들 밑에 넣어 두었다. 그렇게 해서 두 장의 지폐는 그곳에 있게 되었는데 그건 수많은 낮과 밤 동안 내게는 악몽 같은 일이었다.

잠자리에 든 후 나는 그 낯선 남자가 보이지 않는 총으로 나를 조준하던 일과, 내가 죄수들과 은밀한 공범 관계를 맺었던 일 — 그때까지 잊고 있었던 내 비천한 인생행로의 한 장면이다 — 이 죄의식으로 물든 야비하고 비천한 일이라는 생각을 하며 지독하게 잠을 설쳤다. 줄칼 역시 뇌리를 떠나지 않았다. 전혀 예상치 못한 순간에 그 줄칼이 내 앞에 불쑥 다시 나타날지도 모른다는 두려움이 나를 사로잡았다. 나는 다음 수요일 미스 해비셤 댁에 다시 간다는 생각으로 간신히 나 자신을 달래며 잠을 재촉했다. 그러다 나는 누군지 모르는 사람이 어떤 문에서 줄칼을 들고 나와 나를 향해 다가오는 모습을 보는 악몽을 꾸었고 비명을 내지르며 잠에서 깼다.

11

나는 약속된 시간에 미스 해비셤의 집을 다시 찾아갔다. 주저하며 대문에서 초인종을 누르자 에스텔라가 나왔다. 소녀는 예전과 마찬가지로 나를 들어오게 한 뒤 문을 잠갔고 다시 나를 앞서 가며 촛불이 있는 컴컴한 복도로 안내했다. 소녀는 나를 쳐다보지도 않다가 촛불을 손에 들고서야 비로소 어깨 너머로 쳐다보며 오만하게 말했다. 「오늘은 이쪽으로 와.」 그러면서 소녀는 전혀 다른 방향으로 나를 데려갔다.

복도는 길었고 네모난 〈매너 하우스〉의 제일 아래층 전체를 관통하고 있는 것 같았다. 하지만 우리는 그 네모난 아래층의 한쪽 면만을 가로질렀다. 그녀는 복도가 끝나는 곳에서 멈춰 섰으며 촛불을 내려놓고 문을 열었다. 이곳에서 햇빛이 다시 모습을 드러냈고, 나는 문 앞에 판석 깔린 조그만 마당이 나 있다는 걸 알았다. 마당 반대편에 별채 건물이 서 있었는데, 아마 폐쇄된 양조장 관리인이나 책임 서기가 한때 살았던 집 같았다. 이 건물 바깥쪽 벽면에는 벽시계가 걸려 있었다. 미스 해비셤의 방 안에 있던 괘종시계나 그녀의 손목시계와 마찬가지로 이 시계도 9시 20분 전에 멈춰 있었다.

우리는 열려 있던 마당 반대편 건물의 문을 통해 들어간 뒤, 1층 뒤편에 있는 천장이 낮고 어두침침한 방으로 들어갔다. 방 안에는 몇몇 사람들이 있었는데 에스텔라가 그들 무리에 끼어들며 내게 말했다. 「저기 가서 부를 때까지 서서 기다리고 있어, 얘.」 〈저기〉가 창문가를 말하는 것이었기에 방을 가로질러 그리로 갔고 그곳에서 몹시 불편한 마음으로 바깥을 내다보았다.

창문은 마당을 향해 열려 있었는데 버려지고 보잘것없는 정원의 한쪽 귀퉁이를 내려다보고 있었다. 또한 무성하게 자란 양배추 줄기 잔해들과 푸딩처럼 생긴 회양목 한 그루를 굽어보고 있었다. 오래전에 가지치기한 이 회양목은 꼴사나운 모양으로 변색된 채 꼭대기 부분이 새로 자라나고 있었는데 마치 푸딩이 스튜 냄비에 눌어붙어 타버린 것 같은 모양새였다. 그게 회양목을 바라보고 있던 내가 한 소박한 생각이었다. 지난밤에 살짝 눈이 내렸지만 나는 어느 곳에도 그 눈이 쌓인 곳이 없다는 걸 알았다. 하지만 정원 귀퉁이의 추운 응달에는 눈이 전혀 녹지 않고 쌓여 있었고 바람이 작은 회오리를 일으키며 그 쌓인 눈을 쓸어 올려 마치 내가 그곳에 왔다고 공격을 퍼붓듯 창가에서 불어 대고 있었다.

나는 내가 등장하는 바람에 방 안의 대화가 끊겼으며 안에 있던 사람들이 나를 쏘아보고 있다는 사실을 깨달았다. 창문 유리창에 비치는 환한 난로 불빛 외에 방 안의 어떤 것도 볼 수 없었지만 내가 면밀한 주시의 대상이 되고 있다는 생각에 온몸의 뼈마디가 뻣뻣해졌다.

방 안에는 숙녀 세 분과 신사 한 분이 있었다. 창문가에 가서 서 있은 지 채 5분이 되지 않았는데도 나는 어쩐지 그들의 진면목이 모두 아첨꾼에다 협잡꾼 같다는 생각이 들었다. 하지만 그들 각자는 자기를 뺀 나머지 사람들이 그런 아첨꾼에다 협잡꾼이라는 사실을 모른 척하고 있다는(그런 사실을 알고 있다고 인정하면 그게 남자든 여자든 자기 자신도 그런 사람이라는 걸 입증하는 셈이 되기 때문이다) 생각도 넌지시 들기 시작했다.

그들 모두 누가 기꺼이 허락해 줄 어떤 일을 기다리고 있는 듯이 맥 빠지고 지루해 죽겠다는 태도를 보이고 있었으며 숙녀들 중 가장 수다스러운 여자는 하품을 참으려고 뻣뻣한 자세로 말을 하고 있었다. 커밀라라는 이름의 이 숙녀는 나이가 더 많고 이목구비가 좀 더 투박해 보인다는 점만 다를 뿐 상당 부분 내 누나를 연상시키는 사람이었다. 정말이지 그녀의 모습을 더 잘 알면 알게 될수록 나는 그녀의 얼굴에 이목구비가 달렸다는 사실 자체가 다행이라는 생각이 들기 시작했다. 꽉 막힌 벽처럼 생긴 그녀의 얼굴은 아무런 특색이 없는 데다 그저 높이 튀어나오기만 했기 때문이었다.

「정말 가여운 사람이에요!」 누나와 아주 흡사한 느닷없는 태도로 이 숙녀가 불쑥 말을 던졌다. 「자기 자신의 적이지 누구의 적도 아니에요!」

「누군가의 적이 되는 게 차라리 더 칭찬할 만한 일일 거야.」 신사가 말했다. 「훨씬 더 자연스러운 일이고.」

「레이먼드 사촌.」 또 다른 숙녀가 말했다. 「우린 이웃을 사랑해야 해요.」

「세라 포켓.」 레이먼드 사촌이 대답했다. 「만약 사람이 자기 자신의 이웃이 아니라면 대체 누가 이웃이겠소?」

미스 포켓이 웃었다. 그리고 커밀라도 웃으면서 (하품을 억누르며) 말했다. 「무슨 그런 생각을 하세요!」 하지만 나는 그들이 그런 생각을 그럭저럭 괜찮은 생각이라고 여기고 있는 것 같다고 느꼈다. 아직 한마디도 하지 않고 있던 숙녀가 진지하게 목소리에 힘을 주며 말했다. 「〈정말〉 맞는 말이에요!」

「가여운 사람!」 커밀라가 이내 다시 말을 시작했다(나는 그러는 동안 그들 모두가 나를 쳐다보고 있는 걸 알았다). 「그는 너무 이상했어요! 톰의 부인이 세상을 떠났을 때 아이들 상복에 새까만 상장(喪章)을 다는 게 중요하다는 걸 알아야 한다고 설득하는 일이 사실상 불가능했다는 걸 누가 믿겠어요? 그는 〈젠장!〉이라고 말했어요. 〈커밀라, 엄마를 잃은 불쌍한 애들이 검정색 상복만 입으면 되지 그런 상장을 다는 게 무슨 의미가 있어?〉 정말 매슈다운 말이었어요. 어찌 그런 생각을 했는지!」

「그에게도 장점은 있어요. 장점은 있다고요.」 레이먼드 사촌이 말했다. 「그가 가진 장점을 부인하면 절대로 안 됩니다. 다만 그가 단 한 번도 예의범절에 대해 의식해 본 적이 없고 앞으로도 그런 의식을 결코 갖지 않을 거라는 게 문제지요.」

「내가 어쩔 수 없었다는 건 사촌도 알 거예요.」 커밀라가 말했다. 「단호한 태도를 보일 수밖에 없었다는 것 말이에요. 내가 말했죠. 〈가문의 명예를 위해 그러면 안 돼요.〉 나는 그에게 검정색 상장이 없으면 가문의 망신이라고 말했죠. 아침 식사 때부터 저녁 식사 때까지 그 점에 대해 소리 높여 떠들었어요. 배가 아파서 소화에 이상에 생길 정도로요. 그러자 급기야 그가 불같이 화를 내고 내게 욕설을 퍼부으면서 〈그럼 마음대로 해〉라고 말했어요. 그 말을 듣자마자 내가 퍼붓는 빗속을 뚫고 달려가서 상장을 사왔다는 생각만 하면, 그게 앞으로 늘 내게 위안이 될 거라는 사실에 하느님께 감사드릴 뿐이죠.」

「상장 값은 〈그분〉이 내셨겠죠, 그렇죠?」 에스텔라가 물었다.

「누가 돈을 냈는지는 문제가 아니다, 얘야.」 커밀라가 대답했다. 「〈내가〉 샀단다. 그리고 나는 밤에 잠을 자다 깰 때면 늘 그 사실을 평온한 마음으로 생각할 거다.」

멀리서 종소리가 울리는 듯 싶더니, 사람을 부르는 소리인지 아니면 부르짖는 소리인지 모를 소리가 복도를 따라 들려오며 뒤섞이고 메아리치는 바람에 대화가 끊겼다. 그러자 에스텔라가 〈자, 가자, 애!〉라고 내게 말했다. 방을 나가면서 나는 세라 포켓이 〈글쎄, 틀림없어. 다음엔 또 뭘까!〉라고 말하는 소리를 들었다. 그리고 커밀라는 이렇게 덧붙이고 있었다. 「세상에 그런 망상이 또 있을까! 세상에 그런 〈생각〉

을 하다니!」

촛불을 들고 어두컴컴한 복도를 따라 가다가 에스텔라는 갑자기 멈춰 섰다. 그리고 뒤를 돌아보더니 자기 얼굴을 내 얼굴에 바짝 갖다 대면서 그녀 특유의 비아냥거리는 태도로 말했다.

「그런데 말이다.」

「그런데라니요, 아가씨?」 그녀의 몸 위로 넘어질 뻔하다 간신히 자세를 유지한 내가 대답했다.

그녀는 나를 빤히 보며 서 있었고, 물론 나도 그녀를 빤히 바라보며 서 있었다.

「내가 예쁘니?」

「네. 아주 예쁘다고 생각해요.」

「내 태도가 모욕적이니?」

「지난번만큼 그렇지는 않아요.」 내가 말했다.

「지난번만큼 그렇지는 않다고?」

「네.」

마지막 질문에 내가 대답을 하자 그녀는 화를 벌컥 내며 손바닥으로 내 얼굴을 찰싹 갈겼다.

「지금은?」 그녀가 말했다. 「이 상스러운 꼬마 도깨비 같은 녀석아, 지금은 날 어떻게 생각하느냐고?」

「말하지 않겠어요.」

「위층에 올라가서 이를 셈이겠지. 이유가 그거니?」

「아니에요.」 내가 말했다. 「그런 이유 때문이 아니에요.」

「왜 안 울어, 이 꼬마야?」

「앞으로 다시는 아가씨 때문에 울지 않을 것이기 때문이에요.」 내가 말했다. 지금 생각해 보니 그 말은 그때까지 내가 했었던 그 어느 거짓말 못지않게 거짓 선언이었다는 생각이 든다. 사실 나는 그 순간도 그녀 때문에 마음속으로 울고 있었다. 그리고 나는 그 이후로 그녀가 내게 치르게 했던 고통에 대해 알고 있다.

잠깐 동안 이런 삽화와 같은 사건이 있은 후 우리는 위층으로 올라갔다. 그런데 우리는 올라가는 도중에 손을 더듬거리며 내려오는 한 신사와 마주쳤다.

「여기 함께 있는 이 아이는 누구냐?」 신사가 멈춰 서서 나를 보며 말했다.

「꼬마죠.」 에스텔라가 말했다.

그는 엄청나게 큰 머리와 그에 걸맞은 큰 손을 지니고 있었고, 까무잡잡한 안색을 지닌 건장한 남자였다. 그가 그 큰 손으로 내 턱을 잡더니 촛불의 도움을 받아 나를 자세히 보기 위해 내 얼굴을 들어 올렸다. 그는 때 이르게 정수리 한가운데가 벗어져 있었으며, 좀처럼 눕지 않고 곤두서 있기만 한, 숱 많고 새까만 눈썹을 갖고 있었다. 그의 두 눈은 얼굴 깊숙이 박혀 있었고 눈매는 불쾌감을 줄 정도로 예리하고 의심으로 가득 차 있었다. 그는 커다란 시곗줄을 차고 있었다. 깎지 않고 그냥 놔뒀더라면 턱수염과 구레나룻이 무성하게 나 있었을 자리에는 몹시 짙은 검정색 반점들이 보였다. 그는 내게 아무 의미도 없는 사람이었다. 나는 그 당시에는 앞으로 그가 내게 큰 의미를 지니는 사람이 될 거라는 예상을 할 수 없었다. 하지만 우연찮게도 그날 그를 충분히 관찰할 수 있는 기회를 갖게 된 것이었다.

「인근에 살고 있는 꼬마냐, 얘야?」 그가 말했다.

「네, 선생님.」 내가 말했다.

「여긴 왜 온 거냐?」

「미스 해비셤께서 불러서 왔습니다.」 내가 설명했다.

「그래! 똑바로 행동해라. 꼬마 놈들을 꽤 많이 겪어 봤는데 너희 놈들은 아주 못된 패거리들이야. 이제부터 명심해라!」 그가 나를 향해 얼굴을 잔뜩 찌푸리면서 그 큰 집게손가락 옆을 물어뜯으며 말했다. 「행동 잘해라!」

그 말과 함께 그는 나를 놓아주고는 — 그의 손에서 향수 비누 냄새가 났기 때문에 나는 풀려난 게 기뻤다 — 아래층으로 내려갔다. 나는 혹시 그가 의사가 아닌가 궁금했지만 그럴 리가 없다고 생각했다. 그런 사람이 의사일 리가 없었다. 의사라면 보다 더 침착하고 더 설득력 있는 태도를 지니고 있을 터였다. 그 문제를 곰곰이 따져 볼 시간은 그리 많지 않았다. 곧바로 미스 해비셤의 방으로 들어갔기 때문이다. 그녀와 그곳의 모든 것들이 저번에 떠났을 때와 똑같았다. 에스텔라가 나를 문간 근처에 서 있게 하고 떠났고, 나는 미스 해비셤이 화장대에서 내게로 시선을 돌릴 때까지 그곳에서 있었다.

「뭐냐!」 그녀가 펄쩍 뛰어오르지도 깜짝 놀라지도 않으면서 말했다. 「벌써 이렇게 여러 날들이 지난 거다, 이거냐?」

「네, 마님. 오늘이 무슨 요일이냐 하면 —」

「됐어, 됐어, 됐다고!」 못 참겠다는 듯 손가락들을 마구 까닥거리면서 그녀가 말했다. 「알고 싶지 않아. 놀 준비는 되었느냐?」

나는 다소 곤혹스러워하며 대답할 수밖에 없었다. 「준비되었다는 생각이 안 들어요, 마님.」

「다시 카드놀이를 할 준비도 안 되었느냐?」 그녀가 날카로운 눈매로 다그쳐 물었다.

「아니에요, 마님. 원하신다면 그건 할 수 있어요.」

「이 집이 낡고 칙칙하다는 생각이 드니까 놀고 싶지 않은 거겠지, 얘야. 너 몸 쓰는 일을 좀 해볼래?」

나는 다른 질문에 대해 대답을 찾아낼 때보다 한결 더 마음 편하게 이 질문에 대답할 수 있었다. 그래서 기꺼이 그러고 싶다고 말했다.

「그렇다면 저 맞은편 방으로 들어가거라.」 그녀가 말라빠진 손으로 내 뒤편 문을 가리키며 말했다. 「그리고 내가 갈 때까지 그 방에서 기다려라.」

나는 층계참을 가로질러 그녀가 지목한 방으로 들어갔다. 그 방 역시 햇빛이 완전히 차단된 방이었으며 답답하고 통풍이 안 돼 퀴퀴한 냄새가 났다. 눅눅한 벽난로 쇠 살대 너머로 방금 전까지 불이 지펴져 있었는데 지금은 활활 타오른다기보다는 오히려 꺼져 버린 모양새였다. 게다가 마지못해 방에 퍼져 있던 연기는 맑은 공기보다 오히려 더 차가운 것 같았다. 마치 우리 마을 습지대의 안개처럼 말이다. 벽난로 위 높다란 선반에 놓인 쓸쓸한 겨울나무 가지 같은 촛대의 촛불들이 희미하게 방을 비추고 있었다. 아니, 희미하게 방의 어둠을 훼방 놓고 있었다고 말하는 게 더 적절한 표현일 것이다. 방은 널찍했으며, 굳이 말하자면 한때 멋진 방이었을 것 같았다. 그러나 식별 가능한 모든 물체들이 먼지와 곰팡이로 뒤덮였고, 부서져 내리고 있었다. 가장 눈에 띄는 물체는 식탁보가 깔린 긴 식탁이었다. 아마 집과 시계들이 모두 함께 멈춰 버린 시각에 무슨 잔치라도 준비되고 있었던 모양이다. 식탁 한가운데에는 중앙 장식품인지 중앙 장식대인지 모를 물체가 놓여 있었다. 그 위에 워낙 많은 거미줄이 쳐져 있어서 전혀 형태를 분간할 수 없었다. 넓게 펼쳐진 노란색 식탁보를 따라 그 중앙부 물체를 구경하다가 나는 검정색 버섯처럼 자라나고 있는 것 같은 그 물체로 얼룩덜룩한 몸체와 반점 섞인 다리가 달린 거미들이 분주히 드나들고 있는 광경을 목격했다. 마치 자기들 거미 사회에서 공공의 중요성을 지닌 가장 큰 사건이 벌어졌다는 듯이 말이다.

나는 그 사건이 자기들 이익에도 중요하다는 듯이 쥐들도 벽판 너머에서 달그락거리는 소리를 들었다. 그러나 흑갈색 바퀴벌레들은 그런 소요 사태에 전혀 주목하지 않은 채 자신들은 눈도 침침하고 귀도 잘 안 들리며 서로 사이도 안 좋다는 듯이 몸이 무거워 보이는 노인네 같은 태도로 벽난로 주변을 더듬거리며 나아가고 있었다.

바닥을 기어다니는 이런 벌레들이 주목을 끌어서 멀리서 그 모습을 유심히 관찰하고 있던 바로 그때, 미스 해비셤이 한 손을 내 어깨 위에 얹었다. 그녀는 다른 손으로는 손잡이 부분이 목발처럼 생긴 지팡이를 짚고서 거기다 자기 몸을 지탱하고 있었는데 그 모습이 마치 그 방의 주인 마녀 같아 보였다.

「이건 내가 죽으면 눕게 될 식탁이야.」 그녀가 지팡이로 긴 식탁을 가리키며 말했다. 「사람들이 이곳에 와서 나를 보게 될 거다.」

그 순간 그곳에서 그녀가 식탁 위로 올라가 옛날 내가 장날에 보았던 소름 끼치는 밀랍 인형을 완벽히 구현한 모습으로 죽어 버릴지 모른다는 막연한 불안감이 엄습하는 바람에 나는 그녀의 손길 아래에서 몸이 움츠러들었다.

「저것이 뭐라고 생각하느냐?」 그녀가 다시 지팡이로 가리키며 내게 물었다. 「저것, 거미줄이 잔뜩 쳐져 있는 저것 말이다.」

「뭔지 짐작도 못 하겠어요, 마님.」

「거대한 케이크다, 웨딩 케이크. 내 것이지!」

그녀는 노려보는 눈빛으로 온 방을 둘러보고 나서, 여전히 한 손으로 내 어깨를 잡아 비틀며 내게 기댄 채 말했다.

「자, 자, 자! 나를 좀 걷게 해라. 나를 걷게 해달라고!」

나는 이 말을 듣고 내가 해야 하는 일이라는 게, 미스 해비셤을 도와서 그녀가 방 안을 빙빙 돌며 걷게 해주는 일이라는 걸 깨달았다. 따라서 나는 즉시 그 일을 시작했고 그녀는 내 어깨에 기댔다. 우리는 펌블추크 씨의 이륜마차를 흉내 낸 것일지도 모르는 속도로(이 집에 처음 왔을 때 내가 충동적으로 흉내 내려고 했던 동작에서 비롯된 것이다) 방 안을 걸었다.

그녀는 몸이 튼튼하지 않았다. 얼마 지나지 않아서 그녀가 말했다. 「더 천천히!」 하지만 우리는 성급하고 불규칙하게 걸었고, 걷는 동안 그녀는 내 어깨 위에 얹어 놓은 손을 비틀면서 입을 실룩거렸는데 나는 그녀의 머릿속 생각이 하도 신속하게 휙휙 전개되는 바람에 우리가 빨리 걷게 되는 것이라고 믿었다. 얼마 후 그녀가 〈에스텔라를 불러라!〉 하고 말해서 나는 층계참으로 나가 먼젓번에 그랬던 것처럼 고함을 지르듯 그녀의 이름을 큰 소리로 불렀다. 그녀의 촛불 불빛이 나타나자 나는 미스 해비셤에게로 돌아갔고 우리는 다시 방 안을 빙빙 돌기 시작했다.

우리의 행동을 지켜보는 구경꾼이 에스텔라뿐이었다 해

도 나는 분명 충분히 당황스러웠을 것이다. 하지만 아래층에서 본 숙녀 세 분과 신사를 그녀가 대동하고 오는 바람에 나는 어쩔 줄을 몰랐다. 아마 예의를 따진다면 나는 걸음을 멈추었을 것이다. 그러나 미스 해비셤이 내 어깨를 계속 비틀어 대며 꼬집고 있어서 우리는 그 역마차식 보행을 계속했다. 전적으로 내가 주도한 소행이라고 여겨질 거라는 생각에 창피해하면서 말이다.

「친애하는 미스 해비셤.」 세라 포켓이 말했다. 「정말 건강해 보이세요!」

「그렇지 않아.」 미스 해비셤이 대답했다. 「앙상한 뼈와 누런 가죽만 남았어.」

미스 포켓이 이렇게 퉁바리맞자 커밀라의 얼굴이 환해졌다. 그러고는 애처롭다는 듯 미스 해비셤을 응시했다. 「가여우신 분! 분명히 건강해 보일 거라고 기대할 수 없는 분이죠. 그런데 어찌 그런 생각을 할 수 있담!」

「그럼 〈그쪽〉은 어떤데?」 미스 해비셤이 커밀라에게 말했다. 그때 우리는 커밀라 쪽으로 다가가고 있었기 때문에 나는 당연히 걸음을 멈추려 했다. 하지만 미스 해비셤은 그러려고 하지 않았다. 우리는 그녀를 휙 지나쳤고 나는 커밀라에게 몹시 불쾌감을 주었겠다고 생각했다.

「고맙습니다, 미스 해비셤.」 그녀가 대답했다. 「저는 기대하시는 만큼 아주 잘 지낸답니다.」

「아니, 무슨 일 있어?」 미스 해비셤이 극도로 날카롭게 물었다. 「말씀드릴 만한 가치가 없는 일이랍니다.」 커밀라가 대답했다. 「제 감정을 내보이고 싶지 않아서요. 하지만 전 밤이면 늘 습관처럼 제가 감당할 수 있는 것 이상으로 미스 해비셤을 생각한답니다.」

「그럼 내 생각을 하지 마.」 미스 해비셤이 쏘아붙였다.

「참 쉽게도 말씀하시네요.」 터져 나오려는 울음을 상냥한 모습으로 억누르면서 커밀라가 대답했다. 그러다 갑자기 그녀는 윗입술을 실룩거리더니 눈물을 흘렸다. 「한밤중에 제가 생강과 암모니아수[23]를 얼마나 먹어야 했는지는 레이먼드가 증언할 수 있답니다. 레이먼드는 제 다리에 어떤 신경성 경련이 일어났는지 목격한 증인이고요. 하지만 제가 사랑하는 사람들을 걱정하다가 가슴이 답답해지고 신경성 경련이 일어나는 일은 제겐 전혀 새로운 일이 아니랍니다. 제가 좀 덜 다정다감하거나 덜 예민한 사람이었다면 소화도 더 잘되고 무쇠 같은 신경도 가졌을 거예요. 전 제발 그리되었으면 좋겠다는 바람을 분명히 가지고 있답니다. 하지만 한밤중에 미스 해비셤 생각을 하지 않는 일…… 어찌 그런 일을 생각할 수 있겠어요!」 여기서 그녀는 다시 눈물을 왈칵 쏟았다.

나는 그녀가 말한 레이먼드가 그 자리에 있는 신사라고 이해했으며 또한 그가 커밀라의 남편이라고 이해했다. 그때 그가 그녀를 돕고 나서며 위안과 칭찬이 담긴 목소리로 말했다. 「사랑스러운 커밀라, 일가친척에 대한 당신의 애틋한 감정이 당신도 모르는 사이에 한쪽 다리가 다른 쪽 다리보다 짧아질 정도로 당신 건강을 서서히 해치고 있었다는 건 잘 알려져 있어.」

「난 몰랐는데요.」 딱 한 차례 목소리를 들었던 다른 근엄한 부인이 말했다. 「어떤 사람을 생각하는 일이 그 사람에게

23 당시 의식을 회복하기 위해 먹는 약제로 사용되곤 했다.

큰 부담을 준다는 생각은 안 들어요, 커밀라.」

세라 포켓이 그 말을 지지하며 〈아니죠, 그건 아니에요, 부인. 암요!〉 하고 말했는데, 나는 그제야 그녀가 조그맣고 바싹 마르고 가무스름하며 주름투성이에다 호두 껍데기로 만든 것 같은 작은 얼굴과, 수염만 없다 뿐이지 꼭 고양이 입처럼 생긴 큰 입을 가진 나이 많은 부인이라는 걸 알았다.

「생각하는 건 충분히 쉬운 일이죠.」 근엄한 부인이 말했다.

「부인도 알겠지만 그보다 더 쉬운 일이 뭐가 있겠어요?」 미스 세라 포켓이 말했다.

「아유, 알았어요, 알았어!」 자기 다리에서 부글부글 끓어오르는 감정이 북받친다는 듯 커밀라가 외쳤다. 「모두 맞는 말씀들이에요! 저처럼 이렇게 다정다감한 게 잘못이지요. 하지만 어쩔 수 없어요. 그렇지만 않았다면 제 건강은 분명히 훨씬 좋아졌을 거예요. 하지만 전 할 수만 있다면 제 성품을 바꾸지 않겠어요. 그게 큰 고통의 원인이긴 하지만요. 하지만 한밤중에 잠에서 깼을 때 제가 이런 성품을 갖고 있다는 생각만 하면 큰 위안이 된답니다.」 여기서 그녀는 다시 감정이 격해졌다.

그러는 동안 미스 해비셤과 나는 단 한 번도 멈추지 않고 계속해서 방 안을 빙빙 돌고 있었다. 우리는 때로는 손님들의 옷자락을 스치며 지나치기도 했고 때로는 음침한 방의 모든 공간을 그들에게 몽땅 허락하기도 했다.

「매슈를 한번 생각해 보세요!」 커밀라가 말했다. 「그 사람은 연이 있는 친척하고 결코 어울리지 않는 사람이고 미스 해비셤이 어떻게 지내시는지 결코 보러 오지도 않는 사람이지요! 저는 숨을 편히 쉬기 위해 코르셋 끈을 자르고 소파에 가서 머리를 옆으로 기울이고 머리카락을 온통 아래로 늘어뜨리고 내 다리가 어디 있는지 알지도 못한 채 세 시간 동안 무감각한 상태로 멍하니 누워 있던 적도 있었어요.」

(「당신 머리보다 훨씬 높은 곳에 있었어, 여보.」 커밀라 씨가 말했다.)

「설명할 수 없는 매슈의 그 이상한 행동 때문에 제가 그런 상태로 몇 시간이나 정신을 잃고 있었지만 누구 하나 제게 고마워하지 않았어요.」

「사실 나로선 고마워해야 할 필요가 없었다는 말을 해야만 하겠네요.」 근엄한 부인이 끼어들었다.

「알겠지만 말이죠, 부인.」 미스 세라 포켓이(그녀는 온화해 보였지만 심술궂은 사람이었다) 덧붙였다. 「부인 스스로에게 던질 질문은 이런 거죠. 대체 누가 당신에게 고마워해 주길 기대하고 있었느냐는 거예요, 부인.」

「전 누가 고마움이나 그 비슷한 감정을 표하는 일을 기대하지 않고 그저 그런 상태로 몇 시간이고 있었어요.」 커밀라가 다시 말을 이었다. 「그리고 내가 얼마나 목이 막혔는지, 생강이 얼마나 효과가 없었는지는 레이먼드가 그 증인이에요. 제가 내는 소리가 길 건너 피아노 조율사 집에서도 들렸는데, 심지어 그 소리를 잘못 알아들은 가여운 그 집 아이들이 멀리서 구구대는 비둘기 소리로 착각했을 정도였대요. 그리고 지금 꼭 얘기할 게 있는데 ―」 여기서 커밀라는 손을 목에다 가져다 대고는 그곳에서 일어나고 있는 새로운 혼합 과정들에 대해 대단한 화학 반응을 보이기 시작했다.

다시 매슈라는 이름이 언급되자 미스 해비셤이 나를 멈춰 세운 뒤, 그 말을 한 당사자를 바라보았다. 그 변화가 커밀라의 화학 반응을 갑자기 멈추게 하는 데 큰 영향을 미쳤다.

「결국 매슈는 와서 나를 보게 될 거야.」 미스 해비셤이 엄숙한 어조로 말했다. 「내가 죽어 저 식탁 위에 누웠을 때 말이야. 저기가 그의 자리야. 저기 저곳.」 그녀가 지팡이로 식탁을 두드렸다. 「내 머리맡! 그리고 네 자리는 저기야! 네 남편 자리는 저기고! 세라 포켓의 자리는 저기야! 그리고 조지애너 자리는 저기고! 자, 이제 모두 나를 실컷 눈요기하러 오게 되었을 때 각자 지켜야 할 자리를 알았겠지. 그럼 이제 다들 가봐!」

각각의 이름을 입에 올릴 때마다 그녀는 지팡이로 식탁의 자리들을 두들겼다. 그러고 나서 그녀가 다시 말했다. 「나를 걷게 해라, 나를 걷게 해!」 그래서 우리는 다시 돌기 시작했다.

「미스 해비셤의 말씀처럼 우리가 가는 일 말고는 아무 할 일이 없는 것 같네요.」 커밀라가 큰 소리로 말했다. 「이렇게 짧은 시간일망정 사랑하고 존경하는 분을 뵈었다는 게 의미 있는 일이지요. 한밤중에 자다 깨면 우울하지만 그래도 뿌듯한 마음으로 이 일을 생각하겠어요. 매슈도 이런 뿌듯함을 느끼면 좋겠지만 그는 그런 걸 무시하는 사람이죠. 내 속마음을 드러내지 않으리라 마음먹었지만, 그래도 — 우리가 마치 거인족인 양 — 친척을 눈요기 삼아 즐기러 올 거라는 말씀도 그렇고, 노골적으로 그냥 가라는 말씀을 듣는 건 참 힘드네요. 어찌 저리 솔직하게 말씀하실까!」

커밀라 부인이 들썩거리는 가슴에 한 손을 대자 커밀라 씨가 끼어들었고, 그러자 그녀는 억지로 꾹 참는 태도를 보였다. 내 생각으로는 아마 밖으로 나가 사람들 눈에 안 띄게 되면 풀썩 쓰러져 숨이 막히고 말 거라는 걸 내보이는 태도 같았다. 그녀는 자신의 손을 미스 해비셤의 몸에 살짝 댄 뒤 부축을 받으며 나갔다. 세라 포켓과 조지애너는 누가 마지막까지 남아 있나 경합을 했다. 그러나 세라가 쉽게 이겨 먹기 힘든 몹시 영악한 사람인 데다 워낙 약삭빠르고 뻔뻔스러운 모습으로 조지애너 주변을 어슬렁거렸기 때문에 결국 후자가 먼저 나갈 수밖에 없었다. 그제야 세라 포켓은 〈하느님의 가호가 있기를 빌겠어요, 미스 해비셤!〉이라는 인사말을 하고, 다른 친척들의 나약함을 용서한다는 연민 어린 미소를 지으면서, 그 호두 껍데기 같은 얼굴에 작별 인사의 효과를 빚어냈다. 에스텔라가 촛불을 비추며 그들을 안내하러 아래층으로 사라진 동안 미스 해비셤은 여전히 내 어깨에 손을 올려놓고서 걷고 있었다. 하지만 걸음걸이가 점점 더 느려지고 있었다. 마침내 그녀는 난롯불 앞에 멈춰 섰고 뭐라고 중얼거리면서 그 불빛을 응시하다가 말했다.

「오늘이 내 생일이다, 핍.」

나는 그녀에게 축하한다는 말을 여러 차례 하려고 했지만 그때마다 그녀가 지팡이를 들어 올렸다.

「그런 말을 하는 건 용납 못 한다. 방금 여기 있던 사람들도 그렇고, 누구라도 그런 말을 하는 건 용납 못 해. 그 사람들은 내 생일이면 늘 찾아오지만 누구도 감히 그런 말을 입에 올리지 않아.」

물론 〈나〉 또한 그런 말을 더는 입에 올리려고 하지 않았다.

「1년 중 하필이면 바로 오늘, 네가 태어나기 한참 전에 저기 저 썩어 빠진 덩어리가 이곳으로 배달되었다.」 그녀는 목발 모양의 지팡이로 식탁 위의 거미줄로 잔뜩 덮인 덩어리를 찌르듯 가리켰다. 하지만 그녀는 그걸 건드리지는 않았다. 「저것과 내가 함께 썩어 가면서 닳아 없어지고 있는 거지. 쥐새끼들이 저걸 갉아먹고, 쥐 이빨보다 더 예리한 이빨들이 나를 갉아먹고 있는 거다.」

그녀는 식탁을 바라보며 지팡이를 자기 가슴에 갖다 댔다. 한때 순백색 드레스를 차려입었던 그녀는 지금은 온통 누렇고 말라빠진 모습이었고, 한때 새하얗던 식탁보는 지금은 온통 누렇게 색이 바랬다. 주변의 모든 것들이 손만 대면 바스러져 버릴 것 같은 상태였다.

「이런 몰락이 완결된다면 말이다.」 그녀가 무서운 표정으로 말했다. 「그리고 신부 드레스를 입고 죽은 나를 사람들이 저 결혼 축하연 식탁에 누이면 말이다. 그런 일은 반드시 일어날 거고, 그게 그놈한테 내리는 저주의 완결편이 되겠지. 오늘이라도 그런 일이 일어난다면 금상첨화일 텐데!」

그녀는 그곳에 누워 있는 자신의 몸을 바라다보기라도 하듯 식탁을 보며 서 있었다. 나는 침묵을 지켰다. 에스텔라가 돌아왔고 그녀 역시 침묵을 지켰다. 한동안 그렇게 계속 서 있었던 것 같다. 짓누르는 방 안의 무거운 공기와 방 안의 보다 후미진 구석들을 고요히 덮고 있는 무거운 어둠 속에서, 나는 에스텔라마저 곧 썩어 가기 시작할지도 모르겠다는 불안한 상상을 했다. 마침내 자신의 혼란스러운 정신 상태에서 서서히라기보다는 일순간에 빠져나온 미스 해비셤이 말했다. 「너희 둘이 카드놀이를 하는 모습을 보여 다오. 왜 시작하지 않는 거지?」 그 말과 함께 우리는 그녀의 방으로 돌아가서 예전처럼 앉았다. 나는 예전처럼 빈털터리 거지가 되었다. 그리고 예전처럼 미스 해비셤은 쭉 우리를 지켜보았고 내 관심이 에스텔라의 예쁜 미모로 향하게 했으며 자신의 보석들을 에스텔라의 가슴과 머리에 걸어 내가 그것에 더욱 주목하게 만들었다.

에스텔라 역시 나를 예전처럼 대했다. 은혜라도 베풀 듯 내게 말 한 마디 하지 않았다는 점만 제외한다면 말이다. 여섯 판 정도를 하고 나서 내가 다시 그 집을 찾을 날짜가 정해졌고, 나는 예전처럼 개밥 먹듯 음식을 먹기 위해 아래층 마당으로 안내되었다. 거기서 나는 다시 홀로 남겨져 내 마음대로 이곳저곳을 거닐었다.

지난번에 그 너머를 보기 위해 기어 올라갔던 정원 담장 문이 그때 열려 있었는지 닫혀 있었는지는 크게 중요한 일이 아니다. 그때는 내가 아무런 담장 문도 보지 못했지만 이날은 그걸 보았다는 사실만으로도 족하다. 그 문이 열려 있었고 에스텔라가 이미 손님들을 모두 집 밖으로 내보냈다는 걸 알고 있었기에 — 그녀기 열쇠 꾸러미를 손에 들고 돌아왔었던 것이다 — 나는 정원으로 천천히 걸어 들어가서 사방을 어슬렁거리며 돌아다녔다. 정원은 꽤 황폐했다. 그 안에 낡은 멜론 받침대들과 오이 받침대들이 있었는데, 쇠락해 가는 그 받침대들이 낡아 빠진 중절모나 반장화처럼 생긴 열매들을 맥없이 지탱하면서 저절로 자라나게 하고 있는 것 같았다. 그리고 그 옆엔 찌그러진 소스 냄비를 닮은 잡초 비슷한 곁가지들이 간혹 달려 있기도 했다.

정원을 샅샅이 다 구경하고, 이어서 쓰러진 포도 덩굴과 빈 병 몇 개 말고는 안에 아무것도 없는 온실까지 구경하고 난 후 나는 아까 창문을 통해 내다보았던 쓸쓸한 정원 귀퉁이에 서 있었다. 집 안이 온통 텅 비어 있다는 사실을 단 한 순간도 의심하지 않고 있었으므로 나는 다른 창문을 통해 집 안도 들여다보았다. 그런데 바로 그 순간 나는 빨간 눈꺼풀과 연한 빛깔 머리카락을 지닌 창백한 어린 신사와 빤히 마주 보고 서서 시선을 교환하고 있다는 걸 알아차리고 소스라치게 놀랐다.

창백한 어린 신사는 재빨리 사라지더니 이내 내 옆에 다시 나타났다. 빤히 마주 보고 있는 내 모습을 발견했을 때 그는 책을 읽던 중이었다. 이제 보니 그의 몸에 잉크가 묻어 있다는 걸 알 수 있었다.

「어이, 꼬마, 안녕!」 그가 말했다.

〈어이, 안녕!〉이란 인사에는 통상 그와 똑같은 말로 대답하는 게 최상이었으므로 나도 예의상 〈꼬마〉란 말만 빼고 〈어이, 안녕!〉이라고 대답했다.

「누가 널 여기 들어오게 했어?」 그가 물었다.

「에스텔라 양.」

「누가 너더러 어슬렁거리며 돌아다니라고 했어?」

「에스텔라 양.」

「덤벼, 한판 붙자.」 창백한 어린 신사가 말했다.

그의 말을 따르는 일 말고 내가 무엇을 할 수 있었겠는가? 그 이후로도 나는 나 자신에게 이 질문을 던져 보곤 했다. 어쨌든 내가 달리 무엇을 할 수 있었겠는가? 그의 태도가 워낙 단호했고 또 내가 워낙 놀라기도 해서 나는 마법에라도 홀린 사람처럼 그가 이끄는 곳까지 따라갔다.

「잠깐 기다려.」 몇 걸음 떼기도 전에 그가 몸을 한 바퀴 돌리더니 말했다. 「너한테 왜 싸워야 하는지 이유를 꼭 설명해야겠다. 바로 이거다.」 그는 상대방의 화를 몹시 돋우는 모습으로 즉시 자기 두 손을 서로 맞부딪히면서 한쪽 다리를 몸 뒤쪽으로 세차게 쭉 뻗더니 내 머리카락을 잡아당겼고, 다시 두 손을 맞부딪히면서 머리를 훽 숙이더니 이번에는 내 배를 들이받았다.

느닷없이 저돌적으로 내 배를 들이받은 방금 전 그의 행동은 의심의 여지 없이 무례한 짓으로 여겨졌을 뿐만 아니라, 방금 전 빵과 고기를 먹고 난 후라 나는 더 기분이 나빴다. 따라서 나는 그에게 반격을 가했다. 내가 한 번 더 반격을 가하려는 순간 그가 말했다. 「오호! 해보겠다 이거지?」 그러면서 그는 내 한정된 경험으로는 본 적도 없는 방식으로 앞뒤로 춤을 추듯 스텝을 밟았다.

「경기 규칙은 말이다.」 그 말을 하면서 그는 왼쪽 다리를 오른쪽 다리로 바꾸며 깡충깡충 까불거렸다. 「정식 규칙이다!」 이번에는 오른쪽 다리를 왼쪽 다리로 바꾸며 깡충거렸다. 「자, 그라운드로 가자. 그리고 본 게임 전에 시범 경기부터 한판 치러 보자!」 여기서 그는 앞뒤로 몸을 날래게 피하는 동작을 해 보였고, 내가 어찌할 바를 몰라 쳐다보고 있는 동안 그 밖의 온갖 동작을 선보였다.

그에게 그토록 날렵한 솜씨가 있는 걸 보고 나서 나는 은근히 겁이 났다. 하지만 나는 엷은 색 머리카락이 난 그의 머리와 내 명치가 아무런 상관도 없다는 것, 그리고 그런 무례한 방식으로 조심하라고 강요당했을 때 그걸 부당하게 여길 권리가 내게 있다는 것을 도덕적으로나 육체적으로나 확신했다. 따라서 나는 아무 말 없이 후미진 정원 구석으로 그를 따라갔다. 두 담장이 만나면서 생겨난 그곳은 쓰레기 더미가 차단막처럼 앞을 가리고 있었다. 그는 그라운드가 마음에 드느냐고 내게 물었고 내가 〈그렇다〉고 대답하자 그는 잠깐 자리를 비우겠다고 양해를 구한 뒤, 곧바로 물 한 병과 식초에 적신 스펀지를 갖고 돌아왔다. 「두 사람 모두에게 쓸모가 있을 거다.」 그가 그 물건들을 벽에 기대 놓으며 말했다. 그러고 나서 그는 옷을 벗기 시작했는데, 아주 마음이 가벼워 보이는 데다 사무적이면서 동시에 살벌한 태도로 재킷과 조끼뿐만 아니라 셔츠까지도 벗었다.

그는 비록 아주 건강해 보이지는 않았지만 — 얼굴에 뾰루지가 나 있었고 입가에도 막 하나가 나고 있었다 — 이런 무시무시한 준비 행동이 나를 꽤나 오싹하게 만들었다. 나는 그가 내 나이 또래라고 판단했지만 그는 나보다 키가 더 컸고 꽤 그럴듯해 보이는 동작들을 휙휙 방향을 바꾸며 해 보였다. 그 외에도 그는 회색 양복을 입은 신사였고(물론 싸움을 앞두고 그 옷을 벗기 전 얘기다) 발육 면에서 볼 때 팔꿈치, 무릎, 손목, 발뒤꿈치 등이 다른 신체 부위들보다 상당히 더 발달한 모습이었다.

그가 능숙하게 기계적으로 나오는 온갖 교묘한 솜씨를 내게 과시하고, 뼈대를 세밀하게 고르기라도 하듯 내 몸의 해부학적인 구조를 살피며 갖은 자세를 취하고 있는 모습을 보자 나는 가슴이 철렁 내려앉았다. 그런 참에 내가 먼저 그를 한 방 가격하자 그가 벌렁 뒤로 나동그라지며 코피를 흘리고 얼굴을 잔뜩 일그러뜨렸다. 내 평생 그 모습을 보았을 때처럼 놀란 적은 결코 없었다.

그러나 그는 곧바로 벌떡 일어나서 잔뜩 허세를 부리며 능숙하게 스펀지로 얼굴을 닦은 뒤 다시 자세를 취했다. 내 평생 두 번째로 크게 놀란 것은 그가 또다시 뒤로 나동그라지면서 시퍼렇게 멍든 눈으로 나를 올려다보았을 때였다.

그의 배짱은 내게 큰 존경심을 불러일으켰다. 그는 힘이 하나도 남지 않은 것 같았고, 단 한 차례도 나를 때리지 못했으며, 늘 맞고 나자빠지기만 했다. 하지만 그는 곧바로 다시 일어났고, 스펀지로 몸을 닦거나 물병의 물을 마시면서 정해진 형식에 따라 자신에게 권투 세컨드 역할을 제대로 해냈다는 걸 뿌듯해했다. 그러고 나서 그가 마침내 정말로 내게 한 방 먹이려는 거라고 믿게 할 만큼의 허세와 과시로 깡충거리며 내게 덤벼들었다. 결국 그는 몹시 심한 타박상을 입었다. 이런 말을 하기 미안하지만, 내가 그를 때릴 때마다 점점 더 세게 때렸기 때문이다. 하지만 그는 다시 덤비고, 다시 덤비고, 다시 덤볐으며, 마침내 뒤통수를 담장에 부딪치며 심하게 나동그라지고 말았다. 우리의 결투에서 그 같은 위기 상황을 맞이하고 나서도 그는 일어나 내가 어디에 있는지도 모르는 채로 어질어질 제자리를 맴돌았다. 그러나 결국 그는 무릎을 털썩 꿇으며 스펀지 쪽을 향해 앉은 뒤 그걸 위로 집어 던졌고, 그와 동시에 숨을 헐떡거리며 말했다. 「네가 이겼다는 의미다.」

그가 하도 용감하고 순진해 보여서 내가 먼저 싸움을 제안한 게 아니었는데도 나는 내 승리에 대해 그저 씁쓰레한 만족감만 느꼈다. 정말이지 나는 옷을 입으면서 나 자신을 사나운 야생 늑대 새끼나 다른 야생 짐승처럼 여겼다는 생각까지 할 정도였다. 그러나 나는 띄엄띄엄 피가 묻은 내 얼굴을 침울한 기색으로 닦아 내고 옷을 입으면서 말했다. 「도와줄까?」 「고맙지만 됐어.」 그가 말했다. 그리고 내가 〈잘 가라〉 하고 말하자 그도 말했다. 「너도.」

안마당으로 들어섰을 때 나는 에스텔라가 열쇠 꾸러미를

들고 나를 기다리고 있는 걸 발견했다. 그러나 그녀는 내게 어디 있다 왔는지, 왜 그녀를 기다리게 했는지 묻지 않았다. 그리고 뭔가 기분 좋은 일이 일어나기라도 한 듯 얼굴에 발그레한 홍조가 배어 있었다. 그녀는 대문으로 곧장 가는 대신 복도 안으로 뒷걸음질하더니 나를 손짓으로 불렀다.

「이리 와! 원한다면 내게 입맞춤을 해도 좋아.」

그녀가 내게 뺨을 내밀자 나는 거기에 입을 맞추었다. 나는 그녀의 뺨에 입맞춤만 할 수 있다면 기꺼이 엄청난 대가를 치렀을 거라고 생각한다. 하지만 그때 나는 그 입맞춤이 거칠고 비천한 꼬마에게 동전 한 닢처럼 주어진 것이며 아무런 가치도 없다고 느꼈다.

생일 손님들 때문이기도 하고 카드놀이 때문이기도 하고 싸움 때문이기도 했지만, 어쨌든 그날 내 방문은 너무 오랜 시간이 걸려서 집 근처에 도착했을 때는 습지대 끝자락을 벗어난 곳에 있는 모래톱 신호소가 이미 깜깜한 밤하늘을 배경으로 어스레한 빛을 발하고 있었다. 그리고 조의 화덕 불빛이 길 건너편까지 길을 만들어 내던지고 있었다.

12

내 마음은 창백한 어린 신사로 인해 몹시 불안해졌다. 그와의 싸움을 생각할수록, 다양한 단계로 얼굴이 부풀어 오르고 벌겋게 변해 가며 뒤로 나동그라지던 그를 더 많이 기억하면 할수록, 내게 뭔가 제재가 가해질 거라는 사실이 더 분명해 보였다. 나는 창백한 어린 신사의 피가 내 머리에 묻어 있으며 법이 그에 대한 복수를 할 거라고 느꼈다. 내가 초래한 징벌이 무엇인지 확실히 알 수는 없었지만, 시골 마을 아이들이 마을을 활보하고 다니며 양갓집을 도둑질한다거나 열심히 공부하는 착한 영국 아이들을 맹렬히 공격한다거나 하면 반드시 스스로를 가혹한 징벌에 노출시키게 되는 법이라는 사실은 내게 분명해 보였다. 나는 몇 날 동안 집에 틀어박혀 지내기까지 했으며 지방 형무소의 형리들이 나를 급습하는 게 아닌가 하도 두려워서 심부름을 갈 때면 몸을 떨며 부엌문 앞에서 조심스레 밖을 살피곤 했다. 창백한 어린 신사의 코피가 내 바지에 아직 묻어 있었기 때문에 나는 쥐 죽은 듯 고요한 한밤중에 일어나 내 죄의 증거물을 지워 내려고 애쓰기도 했다. 내 주먹에는 그 어린 신사의 치아를 때리는 바람에 상처도 나 있었다. 따라서 나는 판사님 앞에 강제로 끌려가게 되었을 때 그 빌어먹을 상황을 해명할 말도 안 되는 방법들을 짜내느라고 수도 없이 복잡하게 내 상상력을 비비 꼬아 댔다.

폭력 행위의 현장으로 돌아갈 날이 다시 돌아왔을 때 내 공포감은 최고조에 달했다. 정의의 전사 미르미돈[24]들 같은, 런던에서 특별히 급파된 형사들이 혹시 문 뒤에 잠복해 있는 것은 아닐까? 자신의 집에 가해진 모욕에 대해 사적인 보복을 하고 싶어 하는 미스 해비셤이 그 칙칙한 옷을 입고 벌떡 일어나 총을 빼 들고 나를 쏘아 죽이는 것은 아닐까? 매수당한 소년들이 — 무수한 용병 집단이 되어 — 양조장에서 나를 덮쳐 더 이상 이 세상 사람이 아닐 때까지 흠씬 두들겨

24 원래는 그리스의 어느 부족 출신의 전설적인 전사. 여기서는 런던의 중앙 형사 재판소의 형사들을 지칭한다.

패라고 고용된 것은 아닐까? 그런데 그런 보복 행위들에 있어 문제의 창백한 〈어린 신사〉가 공범일 거라는 상상을 내가 결코 하지 않았다는 것은, 내가 그의 가상한 용기를 얼마나 신뢰하고 있었는지를 보여 주는 강력한 증거였다. 그런 보복 행위들은 늘 그의 얼굴 상태와 가문의 체면에 대한 분노에 찬 공감에 의해 자극받은 지각없는 그의 친척 어른들의 행동들로 내 마음속에 나타났다.

그러나 나는 미스 해비셤의 집에 가야만 했고, 어쩔 수 없이 나는 갔다. 그런데 보라! 지난번 격투와 관련해서는 아무 일도 일어나지 않았다. 그 일은 어떤 식으로도 언급되지 않았으며 집 안에선 그 창백한 어린 신사도 발견되지 않았다. 나는 정원을 돌아다녔고 심지어 별채 창문 안까지도 들여다보았다. 그러나 내 시선은 창문 안쪽의 닫힌 덧문에 의해 덜컥 가로막혔다. 모든 것이 죽은 듯 고요했다. 오직 싸움이 있었던 귀퉁이에서만 나는 어린 신사의 존재를 입증하는 증거물을 그나마 조금이라도 탐지할 수 있었다. 그곳에 그가 흘린 핏자국이 나 있었는데 나는 사람들의 눈에 띄지 않게 하기 위해 정원의 흙으로 덮어 버렸다.

미스 해비셤의 방과 긴 식탁이 놓여 있는 건너편 방 사이의 넓은 층계참에서 나는 정원용 의자 — 뒤에서 미는 바퀴 달린 가벼운 휠체어 — 를 보았다. 지난번 방문 때부터 그곳에 쭉 놓여 있던 의자였다. 나는 바로 그날부터 (그녀가 내 어깨에 손을 얹고 걷는 일에 싫증을 낼 때면) 미스 해비셤을 그 의자에 앉힌 후 밀면서 그녀의 방을 돌고 층계참을 건너가서 다시 건너편 방을 도는 일을 일상적으로 하기 시작했다. 되풀이하고, 되풀이하고, 또 되풀이하면서 우리는 이 휠체어 왕복 운동을 계속했는데 가끔은 한 번에 세 시간씩 지속되기도 했다. 그 왕복 운동에 대해선 별다른 생각 없이, 그저 무수히 많이 했다고 대충 말하는 편을 택해야겠다. 곧바로 그 일을 위해 이틀마다 한 번씩 반드시 정오에 내가 와야 한다는 결정이 내려졌고, 지금 그 방문 기간을 모두 합쳐 보면 적어도 여덟 달 내지 열 달은 된다고 말할 수 있기 때문이다.

서로에 대해 점차 더 익숙해지기 시작하자 미스 해비셤은 내게 더 많은 말을 했고, 〈그동안 뭘 배웠느냐?〉라든가 〈넌 앞으로 뭐 하는 사람이 될 생각이냐?〉 같은 질문을 던졌다. 나는 앞으로 조의 도제가 될 생각이라고 대답했다. 그리고 당장은 아무것도 아는 게 없지만 앞으로 모든 걸 알게 되기를 원하고 있다고 말했으며, 그런 목적을 달성하는 데 그녀가 뭔가 도움을 주었으면 하는 마음에서 그런 생각을 자세히 설명했다. 그녀는 내게 단 한 푼의 돈도 주지 않았으며 — 하루 식사 말고는 그 어떤 것도 주지 않았다 — 심지어 내게 봉사료를 지급하겠다는 그 어떤 생각도 밝힌 적이 없었다.

에스텔라는 늘 우리 주변에 있었고 늘 나를 집 안에 들이고 내보냈다. 하지만 내게 다시 입맞춤을 해도 좋다는 말은 결코 하지 않았다. 어떤 때는 차가운 태도로 나를 참아 냈고, 어떤 때는 꽤 친숙하게 굴었고, 어떤 때는 내게 은혜라도 베푸는 듯 자세를 낮추는 척했고, 어떤 때는 나를 혐오한다고 말하곤 했다. 미스 해비셤은 종종 귓속말로, 혹은 우리 둘만 있을 때면 크게 소리 내어 내게 〈저 애가 점점 예뻐지는 것 같지 않으냐, 핍?〉 하고 묻곤 했다. 그래서 내가 그렇다고 대답하면(에스텔라가 정말 그랬기 때문이다) 그녀는 내 대답을 탐욕스럽게 즐기곤 했다. 또한 우리가 카드놀이를 하고 있으면 미스 해비셤은 에스텔라의 기분이 어떻든 간에 그 모습을 욕심 사납게 만끽하며 지켜보았다. 그러다 가끔 에스텔라의 기분이 여러 갈래로 변화하거나 서로 모순되어 내가 무슨 말을 해야 할지 몰라 당황하기라도 하면, 미스 해비셤은 애정을 담뿍 담아 그녀를 안으며 뭔가 중얼거리곤 했는데, 내게는 그게 이렇게 들렸다. 「넌 내 자랑이자 희망이다. 그들의 가슴을 터지게 만들어. 그들의 가슴을 터지게 만들라고. 인정사정 볼 것 없어!」

대장간에서 조가 일부분을 흥얼거리던 노래 하나가 있었는데, 그 노래의 후렴이 〈올드 클렘〉[25]이었다. 그런 식으로 후렴에 이름을 쓰는 건 대장장이의 수호성인인 그분에게 제대로 격식을 갖춰 경의를 표하는 방식은 아니었다. 그러나 나는 올드 클렘 성인이 대장장이들과 그런 식의 관계를 맺고 있다고 믿는다. 그 노래는 쇠를 땅땅 두들기는 박자를 흉내 낸 노래였으며, 그저 올드 클렘 성인의 고귀한 이름을 소개하는 구실로 가사를 붙인 노래에 불과했다. 예컨대 이런 내용이었다. 〈여보게, 친구들, 함께 망치질하세, 올드 클렘! 쿵 소릴 내며, 소리 높여, 올드 클렘! 두들겨 펴세, 두들겨 펴세, 올드 클렘! 단단한 놈은 땅땅 치세, 올드 클렘! 화덕에 풀무질하세, 올드 클렘! 활활 타오르고, 불꽃이 더 높게 일게, 올드 클렘!〉 휠체어를 밀기 시작한 지 얼마 안 된 어느 날 미스 해비셤이 조급하게 손가락들을 까닥거리면서 내게 말했다. 「됐어! 됐어! 됐어! 노래해!」 나는 깜짝 놀라서 바닥

25 성 클레멘트St.Clement 성인. 대장장이의 수호신으로 알려져 있다. 성 클레멘트 축일(11월 23일)에 대장장이들이 행진을 하며 캐섬 도크 마당에서 이 노래를 부르는 광경을 어린 시절 디킨스가 구경한 적이 있다고 한다.

위로 그녀를 밀며 낮은 목소리로 그 노래를 읊조렸다. 그 노랫소리가 우연찮게도 마음에 썩 들었는지 그녀는 마치 꿈결 속에서 노래를 부르기라도 하듯 음침하고 낮은 목소리로 그걸 따라 불렀다. 그날 이후 우리는 의자 운동을 하는 동안 그 노래를 함께 부르는 게 관례가 되어 버렸으며 종종 에스텔라도 거기 가세하곤 했다. 물론 노래의 전체 가락 자체가 워낙 가라앉아 있었던지라, 세 명이 함께 합창할 때조차도 노랫소리는 침울한 집 안에 가벼운 바람 소리가 내는 것보다도 작은 소음을 만들어 내곤 했다.

그런 환경 속에서 내가 어찌 되었겠는가? 내 성격이 그 두 사람에 의해 어찌 영향을 받지 않을 수 있었겠는가? 안개 속 같은 그 누런 방들에서 자연스러운 햇빛 속으로 나왔을 때 내 생각도 내 시력처럼 흐리멍덩한 상태였다면, 그게 과연 의아해할 만한 일이었겠는가?

예전에 내가 조에게 고백한 바 있는 그 엄청난 거짓말을 그때 밝히지만 않았더라면, 나는 아마 창백한 어린 신사에 관한 이야기도 그에게 했을지 모른다. 그러나 그런 고백을 했었기에, 내가 만일 창백한 어린 신사 이야기를 조에게 한다면 그는 분명히 그 어린 신사를 내 거짓말 속에 등장했던 벨벳 마차에나 태우면 알맞은 승객쯤으로 여길 거라고 생각했다. 따라서 나는 그에게 어린 신사에 대해 아무 말도 하지 않았다. 게다가 처음부터 내게 든 생각이지만, 미스 해비셤과 에스텔라에 관한 이야기는 피하는 게 좋겠다는 생각은 시간이 갈수록 더욱 강렬해졌다. 나는 비디 외에는 그 누구도 완벽하게 신뢰하지 않았다. 하지만 나는 가여운 비디에게는 모든 걸 다 털어놓았다. 왜 그렇게 하는 게 나한테 자연스러운 일로 받아들여졌는지, 그리고 내가 그녀에게 말한 모든 내용에 왜 비디가 깊은 관심을 가졌는지 나는 그때는 몰랐다. 비록 지금은 안다고 생각하지만 말이다.

그러는 동안 우리 집에선 여러 차례 회의가 열렸다. 안 그래도 화가 난 내 마음을 거의 참을 수 없을 정도로 악화시키는 내용들로 가득 찬 회의들이었다. 얼간이 같은 펌블추크가 누나와 내 장래에 대해 논의하기 위해 종종 밤에 찾아왔다. 그런데 지금도 진심으로 믿고 있는 바이지만(이 시간까지도 내가 마땅히 느껴야 하는 것보다 뉘우치는 마음을 훨씬 덜 느끼면서), 만약 내 두 손으로 그의 이륜마차에서 바퀴 고정 핀을 빼낼 수만 있다면 나는 아마 그렇게 해버렸을 것이다. 이 비열한 인간은 꽉 막힌 멍청한 심성의 소유자여서 나를 자기 바로 앞에 두지 않고서는 내 장래를 논의할 수 없는지 — 말하자면 내게 영향을 미치기 위해 — 조용히 구석에 틀어박혀 걸상에 앉아 있던 나를 굳이 끌어내서(그는 대개 내 목덜미를 잡았다) 나를 요리라도 하겠다는 듯 난롯불 앞에 데려다 놓고 이렇게 말을 시작하곤 했다. 「자, 부인, 여기 이 아이가 있소! 여기 부인이 손수 키운 아이가 있소. 머리를 들어라, 얘야. 그리고 너를 손수 키워 주신 분들에게 영원히 감사를 드려라. 자, 부인, 이 아이에 대해 말을 해봅시다!」 그러고 나서 그는 내 머리를 역방향으로 마구 헝클어뜨렸다. 이미 말한 바 있듯이, 그건 기억이 나는 어린 시절부터 시작해서 내가 그 어떤 인간이든 내게 그런 짓을 할 권리가 결코 없다고 뼈저리게 반발해 온 짓거리였다. 그리고 그는 내 소매를 잡고서 나를 자기 바로 앞에 세워 두곤 했는데, 그건 오직 그 같은 인간만 감당할 수 있는 멍청하기 짝이 없는 광경이었다.

그러고 나서 그와 누나는 미스 해비셤에 대해서, 그리고 그녀가 나를 어찌할 것인지와 나를 위해 무엇을 해줄지에 대해서 말도 안 되는 억측을 하며 머리를 맞대곤 했다. 그럴 때면 나는 너무나 괴로워서 앙심으로 가득 찬 눈물을 쏟아 내며 펌블추크에게 덤벼들어 그의 온몸을 두들겨 패고 싶은 마음이 들곤 했다. 누나는 그런 대화를 나누면서 나에 대해 언급할 때마다 마치 정신적으로 내 치아를 비틀어 빼듯 말하곤 했다. 그러면 펌블추크는 내 후원자를 자처하며, 자기가 비록 보수를 전혀 받지 못하는 일에 전념하고 있지만 내 운명의 설계자이기라도 한 양 업신여기는 시선으로 감시하듯 나를 내려다보곤 했다.

조는 그런 논의 과정에 전혀 끼지 않았다. 그러나 그는 논의가 진행되는 동안 종종 험담의 대상이 되곤 했는데, 그건 그가 대장간에서 나를 빼내는 일을 그리 탐탁지 않게 여긴다는 걸 조 부인이 감지했기 때문이었다. 조가 무릎 위에 부지깽이를 올려놓고 앉아서 깊은 상념에 잠겨 난로 밑 가로살대 사이의 잿더미를 긁어 치우고 있을 때면, 누나는 아무 잘못도 없는 그의 그런 행동이 반대 의사를 표명하는 거라는 걸 분명히 감지하고는 그에게 덤벼들어 잡아 흔들고 부지깽이를 집어 던지곤 했다. 그런 논의들은 늘 몹시 짜증 나는 결말로 이어졌다. 그럴 이유가 전혀 없었는데도 누나는 매번 느닷없이 하품을 하며 말을 멈추고는 마치 우연찮게 나를 발견하기라도 한 듯 나를 노려보면서 급습하곤 했다. 「아이고! 이제 〈네놈〉이 지겹다! 가서 자빠져 자, 이놈아! 〈네놈〉이 나를 단 하룻밤만 괴롭히는 거라면 좋겠다!」 꼭 내가 내 인생을 계속해서 괴롭히는 호의를 베풀어 달라고 그들에게 간청한 격이었다.

우리는 오랫동안 그런 식으로 살았으며 그 후로도 계속 그런 식으로 살아갈 가능성이 높아 보였다. 그러던 어느 날 미스 해비셤과 내가 걷고 있던 중이었는데 그녀가 갑자기 멈춰 서더니 내 어깨에 손을 올려놓고 다소 불만을 표하며 말했다.

「점점 키가 자라고 있구나, 핍!」

나는 깊은 생각에 잠긴 표정을 지음으로써 그런 일은 내가 도저히 손쓸 수 없는 상황 때문에 생겨나는 일이라는 걸 넌지시 암시하는 게 최선이라고 생각했다.

그녀는 당장은 아무 말도 안 했다. 그러나 그녀는 곧바로 걸음을 멈추고 나를 다시 바라보았다. 그러더니 잠시 후 다시 한 번 나를 바라보았다. 그러고 나서 그녀는 얼굴을 찡그리며 언짢은 표정을 지었다. 다음번에 다시 찾아가 평상시대로 운동을 끝내고 그녀를 화장대 옆에 앉혔을 때, 그녀는 조급하게 손가락들을 까닥거리며 내게 더 머무르라고 말했다.

「네 집의 그 대장장이 이름을 내게 다시 말해 보아라.」

「조 가저리입니다, 마님.」

「네가 도제로 들어가기로 되어 있다는 그 주인을 말하는 거냐?」

「네, 미스 해비셤.」

「당장 도제로 들어가는 게 좋겠다. 가저리가 이곳으로 네 도제 계약서를 들고 너와 함께 기꺼이 올 거라고 생각하느냐?」

나는 그가 그 요구를 영광스러운 일로 받아들일 거라는 걸 의심하지 않는다고 밝혔다.

「그럼 그를 데려오너라.」

「특별히 시간을 정해서요, 미스 해비섬?」

「됐어, 됐어! 나는 시간 같은 건 모른다. 빨리 오라고 해. 너랑 단둘이서만 와라.」

밤에 집으로 돌아와 조에게 그 소식을 전하자 누나는 그 어느 때보다 더 놀라는 태도로 〈길길이 날뛰었다〉. 그녀는 나와 조에게 혹시 자기를 발밑의 현관 매트 정도로 생각하는 게 아닌지, 어떻게 자기를 그런 식으로 대접할 수 있는지, 대체 〈자기를〉 황송하게도 무슨 일이든 써먹기 알맞은 식구라고 생각하는지 등을 물었다. 급류처럼 마구 쏟아져 나오는 그런 질문들을 모두 퍼붓고 난 후 그녀는 조에게 촛대를 집어 던졌고, 큰 소리로 엉엉 울음을 터뜨렸다. 그러고는 쓰레받기를 꺼내더니 — 그건 아주 안 좋은 징조였다 — 자신의 거친 앞치마를 두르고 무서운 기세로 청소를 하기 시작했다. 바닥 청소로는 성에 차지 않았는지 그녀는 들통과 세탁 솔 쪽으로 가더니 물청소를 시작하여 우리를 보금자리에서 내쫓고 말았다. 그래서 우리는 뒷마당에서 벌벌 떨며 서 있었다. 밤 10시가 되어서야 우리는 용기를 내어 다시 집 안으로 몰래 기어 들어갔는데, 그때 누나는 조에게 왜 당장이라도 〈흑인 여자 노예〉하고 결혼을 하지 않는 거냐고 닦달했다. 가엾은 조는 묵묵부답으로 그저 구레나룻만 만지작거리며 풀 죽은 모습으로 나를 쳐다보기만 했다. 그 모습은 누나의 생각이 정말로 더 나은 것일지도 모른다고 생각하는 듯한 모습이었다.

13

이틀 후 조가 나와 함께 미스 해비셤 댁에 가기 위해 일요일 외출복을 챙겨 입는 모습을 보는 건 내 감정에 닥친 일종의 시련이었다. 그러나 그가 그런 일엔 일요일 예복이 필수적이라고 생각하고 있었기 때문에 작업복 차림이 더 잘 어울린다고 말하는 건 내 몫이 아니었다. 그러기는커녕 그가 순전히 나 때문에 그렇게 끔찍할 정도로 불편한 옷차림을 한 것임을 알았기에, 그리고 셔츠 칼라를 뒤쪽으로 너무 높이 치켜세우는 바람에 그의 정수리 부분 머리카락이 꼭 새 깃털 장식처럼 서 있게 된 것도 바로 나 때문이라는 걸 알았기에, 나는 더더욱 그런 말을 할 수 없었다.

아침 식사 시간에 누나는 자기도 우리와 함께 읍내에 가서 펌블추크 숙부 가게에 있을 것이고, 거기서 우리가 〈훌륭한 숙녀분들과 볼일을 다 마치면 자기를 데리러 오게 할 작정〉이라고 선언했다. 조가 최악의 사태를 점칠 수 있을 만한 상황이었다. 대장간은 그날 문을 닫았다. 조는 분필로 문 위에다 〈외출〉이라는 단음절 단어를 적었으며(그가 일을 쉬는 매우 드문 경우, 그렇게 하는 게 그의 습관이었다), 그 옆에 그가 간 방향으로 날아갈 거라고 예상할 수 있는 화살 그림을 그려 넣었다.

우리는 읍내까지 걸어갔다. 누나가 앞장섰는데 맑고 화창한 날이었는데도 엄청나게 큰 비버 모피 보닛을 쓰고, 영국 국새를 담는 상자처럼 엮은 밀짚 바구니를 들고, 나막신을 신고, 여분의 숄을 걸치고, 우산까지 들고 있었다. 참회용으로 가지고 간 건지 과시용으로 가지고 간 건지 명확하게 알 수는 없다. 그러나 나는 그 물건들이 자기 소유임을 과시하기 위해 그랬을 거라고 생각하는 편이다. 클레오파트라나 길길이 날뛰는 다른 여자 군주들이 행렬을 지어 행진할 때 자신의 부를 과시했을지도 모르는 것처럼 말이다.

펌블추크의 가게에 도착하자 누나는 우리를 남겨 두고 안으로 뛰어 들어갔다. 조와 나는 미스 해비셤의 집으로 직행했다. 에스텔라가 여느 때처럼 대문을 열어 주었는데, 그녀가 나타나자마자 조는 모자를 벗고 두 손으로 챙을 잡은 뒤 모자 무게를 재는 자세로 서 있었다. 마치 1온스의 8분의 1까지 정확하게 모자 무게를 재야 할 급박한 이유가 마음속에 있는 사람 같았다.

에스텔라는 우리 두 사람을 거들떠보지도 않았으며 내가 익히 아는 방식으로 우리를 안내했다. 내가 그녀의 바로 뒤를 따랐고 조가 제일 끝에서 따라왔다. 긴 복도에서 조를 돌아보니 아직도 지극히 신중한 모습으로 모자 무게를 재면서 발끝으로 걸음을 길게 내디디며 우리를 따라오고 있었다.

에스텔라가 우리에게 같이 들어가라고 해서 나는 조의 소매 끝자락을 잡고 미스 해비셤 앞으로 그를 안내했다. 그녀는 화장대 앞에 앉아 있다가 즉시 몸을 돌려 우리를 보았다.

「옳아!」 그녀가 조에게 말했다. 「당신이 이 애 누나의 남편인가요?」

나는 사랑하는 조가 그토록 자기답지 않고, 그토록 특이한 새 같은 모습을 보이는 걸 상상할 수 없었다. 정말이지 그는 벌레라도 잡아먹고 싶다는 듯 깃털을 잔뜩 곤두세운 새 같은 모습으로, 단 한 마디 말도 하지 못하고 서 있었다.

「당신이 이 애 누나의 남편인가요?」 미스 해비셤이 되물었다. 몹시 짜증이 나는 상황이었다. 하지만 면담 내내 조는 고집스럽게 미스 해비셤 대신 나를 향해 말을 했다.

「내 말은 말이다, 핍.」 그제야 조는 강력하게 논증을 하듯 세밀하게 속마음을 털어놓는 어조로, 그리고 동시에 크게 예의를 차리는 태도로 말했다. 「내가 네 누나랑 결혼을 했는데, 그때 나는 네가 총각이라고 말할 수 있는(혹시 네가 그럴 생각이 있다면 말이다) 그런 사람이었어.」

「그렇군요!」 미스 해비셤이 말했다. 「그럼 당신이 이 아이를 키웠어요? 도제로 삼을 생각으로요? 그런 거예요, 가저리 씨?」

「너와 나는 언제나 친구였으니 너도 알 거다, 핍.」 조가 대답했다. 「우리 둘 사이에선 그 일이 우리를 아주 즐겁게 만들어 줄 거라고 생각하면서 그렇게 될 거라고 기대하고 있었다는 걸 말이다, 핍. 혹시 네가 그 일에 반대를 — 예컨대 검댕이나 그을음, 기타 그 비슷한 것들을 뒤집어쓸 가능성이 많다는 이유로 — 한다면, 그런 반대 이유에 신경을 쓴다면, 그런 경우는 빼고 말이다. 너도 알지?」

「혹시 이 아이가 반대한 적이 있나요?」 미스 해비셤이 말했다. 「이 아이가 그 직업을 좋아하나요?」

「그건 너도 잘 알고 있는 일이야, 핍.」 조가 조금 전의 그 논증, 속마음 고백, 예의 등이 뒤섞인 태도를 한층 더 강조하면서 대답했다. 「그런 일이 우리들 가슴에서 우러난 소망이라는 것 말이야.」 (나는 그가 말을 계속하기에 앞서 지금 사례에다 자기 집안의 묘비에 적힌 내용을 써먹어야겠다는 생각이 그에게 문득 떠올랐다는 사실을 알아차렸다.) 「그리고 너에게는 아무런 반대 의사도 없고, 그 일이 네 가슴에서 우러난 크나큰 소망이라는 걸 말이야, 핍.」

미스 해비셤에게 직접 말씀드려야 한다는 걸 그에게 인식시키려고 애써 봤지만 전혀 소용이 없었다. 그렇게 하라고 내가 얼굴을 찌푸리고 손짓 발짓을 하면 할수록 그는 더욱 더 고집스럽게 논증적이고 속내를 털어놓고 예의를 차리는 태도를 고수했다.

「이 아이의 도제 계약서는 가져왔나요?」 미스 해비셤이 물었다. 「물론. 너도 알지, 핍.」 조는 질문이 다소 부당하다는 듯 대답했다. 「내가 그 계약서를 내 모자에 집어넣는 걸 네가 직접 봤어. 그러니 그게 여기 있다는 건 네가 알지.」 그 말과 함께 그는 모자에서 계약서를 꺼낸 후 그걸 미스 해비셤이 아니라 내게 건넸다. 유감스럽지만 나는 사랑하는 이 착한 친구가 창피했다. 에스텔라가 미스 해비셤의 의자 뒤에 서서 장난기가 가득 밴 눈웃음을 짓는 모습을 보았을 때 내가 그를 창피해했다는 걸 분명히 알고 있다. 나는 그의 손에서 계약서를 낚아챈 후 미스 해비셤에게 가져다주었다.

「이 아이에게서 수업료는 기대하지 않았나요?」 미스 해비셤이 계약서를 들여다보며 말했다.

「조!」 그가 묵묵부답이었기 때문에 내가 힐책하듯 말했다. 「왜 가타부타 대답을 안 하는 —」

「핍.」 조가 상처를 받았다는 듯 내 말을 가로막으며 대답했다. 「그건 너하고 나 사이에 대답이 필요한 질문이 아니야. 그리고 그 대답이 〈아니다〉라는 걸 네가 충분히 잘 알고 있는 질문이라고 말하고 싶어. 그 대답이 〈아니다〉라는 걸 네가 알고 있는데 굳이 내가 대답할 이유가 뭐가 있겠니?」

미스 해비셤은 그곳에 와 있는 조의 그런 모습을 보면서 내가 그럴 수 있을 거라고 생각했던 것보다 훨씬 더 그의 진면목을 잘 이해했다는 듯 흘긋 그를 바라보았다. 그러고 나서 그녀는 옆의 테이블에서 조그만 주머니를 집어 들었다.

「핍이 여기서 수업료를 벌었습니다.」 그녀가 말했다. 「그게 이겁니다. 이 주머니 안에 25기니가 들어 있습니다. 그걸 네 주인에게 드려라, 핍.」

그녀의 기이한 모습과 기이한 방의 풍경이 불러일으킨 놀라움 때문에 완전히 얼이 빠진 사람처럼, 조는 이런 상황에서조차도 집요하게 내게만 말을 했다.

「그건 네 편에선 정말 마음씨 후한 일이다, 핍.」 조가 말했다. 「그리고 비록 내가 결코 바라지도 않았던, 정말이지 천부당만부당한 선물이긴 하지만, 고마움을 느끼며 환영하는 마음으로 그냥 있는 그대로 받을 테다. 그러니 이제부턴 말이네, 친구.」 이 친숙한 호칭이 미스 해비셤을 향해 발언되었다는 느낌이 드는 바람에 나는 처음에는 조의 말에 화끈 얼굴이 달아올랐다가 나중에는 감정이 얼음처럼 차갑게 식어버렸다. 「그러니 이제부턴 말이네, 친구. 부디 우리의 의무를 다하게 되길 빌겠네. 부디 자네와 나, 우리 서로 각자의 의무를 다하세. 그리고 자네의 그 후한 선물이, 전달된 사람들에게도, 정말 만족스럽게도, 그 사람들의, 단 한 번도 못 했던 그들의 ―」 여기서 조는 끔찍한 곤경에 빠졌다는 걸 감지한 듯한 기색을 보였다. 그러다 결국 그는 의기양양하게 이런 말로 스스로를 구출했다. 「그리고 그런 일은 나와는 정말 거리가 먼 일일 거라네!」 이 말이 스스로에게 너무나 유창하고 설득력 있게 들렸는지 그는 이 말을 두 번이나 반복했다.

「잘 가라, 핍!」 미스 해비셤이 말했다. 「밖까지 배웅해라,

에스텔라.」

「다시 와야 하나요, 미스 해비셤?」 내가 말했다.

「아니다. 이제 가저리가 네 주인이다. 가저리! 한마디만 더 하겠어요!」

내가 문을 나가고 있었을 때 그렇게 그녀가 조를 불렀고, 나는 그녀가 조에게 또박또박 힘을 준 목소리로 이렇게 말하는 것을 들었다.

「저 아이는 이곳에서 참 착한 아이였습니다. 그리고 그 돈은 그 상이에요. 물론 당신은 정직한 사람이니 다른 돈이나 더 많은 돈은 기대하지 않겠지요.」

조가 방을 어떻게 나왔는지 나는 지금까지도 결코 단정하지 못하고 있다. 그러나 나는 그가 마침내 밖으로 나왔을 때 아래쪽으로 내려간 게 아니라 계속 위쪽으로 올라갔다는 것, 그리고 내가 쫓아가서 붙잡을 때까지 아무리 그러지 말라고 말렸어도 그가 내 말을 듣지 못했다는 것은 안다. 얼마 후 우리는 대문 밖으로 나왔으며, 대문이 닫혔고 에스텔라가 사라졌다.

벌건 대낮에 다시 우리 둘만 남겨졌을 때 조가 담장에 등을 기대고 내게 말했다. 「놀라 자빠지겠어!」 그리고 그는 간헐적으로 〈놀라 자빠지겠어!〉를 내뱉으며 꽤 오랫동안 그곳에 머물렀는데 그가 하도 그 말을 연발하는 바람에 나는 그가 결코 제정신을 차리지 못할 거라는 생각이 들기 시작할 정도였다. 마침내 그는 〈핍, 네게 분명히 말하는데, 정말 노-올-라 자빠지겠어!〉라고 말을 길게 늘였고, 그런 식으로 차츰 말수를 늘려 가며 다시 그곳을 떠날 수 있었다.

나는 조의 지능이 미스 해비셤과 함께했던 만남을 통해

한층 좋아졌으며, 그래서 펌블추크의 가게로 가는 동안 그가 교묘하고 심오한 계획 하나를 착상해 낸 거라고 생각할 근거를 갖고 있다. 그 근거는 펌블추크의 거실에서 일어난 일을 통해 알 수 있을 것이다. 우리가 그곳에 등장했을 때 누나는 밉상인 그 곡물상과 뭔가를 논의하며 앉아 있었다.

「아이고, 오셨어요?」 누나가 우리 두 사람 모두를 향해 소리쳤다. 「그래, 당신들 〈두 분〉께 무슨 일이라도 일어나셨어요? 황송하게도 이런 누추한 곳까지 다시 왕림해 주시다니 놀랍기 그지없군요. 정말 놀랍기 그지없어요!」

「미스 해비셤께서 우리에게 각별히 부탁하셨어.」 기억해 내려고 애를 쓰듯 내게 눈길을 고정시키며 조가 말했다. 「당신에게 전하라고. 그게 안부 인사였던가, 경의의 표시였던가, 핍?」

「안부 인사요.」 내가 말했다.

「그게 바로 내 생각이다.」 조가 동의했다. 「J. 가저리 부인에게 그녀의 안부 인사를 전하라고 —」

「퍽도 이익이 되는 인사겠다!」 누나가 말했다. 하지만 다소 흐뭇해하는 기색이기도 했다.

「그리고 바라셨어.」 한 번 더 기억해 내려고 애쓰는 듯 또 다시 내게 눈길을 고정시키며 조가 계속해서 말했다. 「미스 해비셤의 건강 상태가 허락하기만 했다면……. 그렇지, 핍?」

「누나가 기꺼이 —」 내가 덧붙였다.

「그 숙녀분들과 자리를 함께하기를 바랐었다고.」 조가 말을 한 후 숨을 길게 내쉬었다.

「저런!」 누그러진 시선으로 펌블추크를 흘긋 쳐다보면서 누나가 소리쳤다. 「그분이 진작 그런 전갈을 보내는 예의 정도는 차릴 수 있었을 텐데. 하지만 늦었더라도 보내지 않는 것보다는 보내는 게 나은 법이지. 그래 그분이 랜티폴[26] 같은 이 버르장머리 없는 어린놈한테 뭘 주셨어?」

「아무것도 안 주셨어.」 조가 말했다.

조 부인이 버럭 화를 내려고 했지만 조가 계속했다.

「그 부인이 주신 건 핍의 후원자들에게 주신 거야.」 조가 말했다. 「핍의 후원자들이라 함은 그분의 설명에 의하면 바로 핍의 누나 J. 가저리 부인을 말하는 거야. J. 가저리 부인이란 말은 바로 그분께서 하신 말씀이야.」 곰곰이 생각에 빠진 모습으로 조가 덧붙였다. 「아마 그분께선 J가 조인지 조지인지 모르셨던 것 같아.」

누나가 펌블추크를 바라보았다. 그는 나무 안락의자 팔걸이를 쓰다듬었고, 누나를 향해 그리고 난롯불을 향해 고개를 끄덕였다. 마치 이미 이 모든 걸 알고 있었다는 투였다.

「그래, 얼마나 받았는데?」 누나가 웃으면서 물었다. 분명히 말하지만, 웃으면서였다!

「10파운드라면 여기 있는 사람들이 뭐라고 할까?」 조가 물었다.

「아마 꽤 많은 액수라고 하겠지.」 누나가 퉁명스럽게 대답했다. 「엄청나게 많은 건 아니지만 꽤 많은 액수.」

「그런데 그보다 더 많은 액수야.」 조가 말했다.

26 앞뒤 안 가리고 버릇없는 사람. 〈랜티폴Rantipole〉은 셔우드 부인의 교훈적인 동화 모음집 『페어차일드 가족 일대기』에 나오는 괴팍한 부인이 연 파티에 초대된 두 악동들의 별명이다. 그들은 그녀의 면전에서는 착하게 행동하다가 그녀가 안 보이는 데서는 심술궂게 행동한다. 따라서 파티에 참가한 다른 아이들은 부인으로부터 상을 받지만 그들은 아무것도 받지 못한다.

무시무시한 사기꾼 펌블추크가 즉시 고개를 끄덕였고 의자 팔걸이를 비벼 대면서 말했다. 「그보다 더 많다네요, 부인.」

「아니, 숙부님 말씀은 설마 —」 누나가 말을 시작했다.

「그렇습니다, 부인.」 펌블추크가 말했다. 「하지만 잠시 기다리세요, 부인. 계속해 봐라, 조. 아주 잘하고 있어! 계속해!」

「20파운드라면 여기 있는 사람들이 뭐라고 할까?」 조가 다시 말을 이었다.

「상당한 액수라는 대답이 나오겠지.」 누나가 말했다.

「맞아. 그런데 20파운드보다 많은 액수야.」 조가 말했다.

비열한 위선자 펌블추크가 다시 고개를 끄덕였고 선심을 베푸는 척 웃으면서 말했다. 「그것보다 더 많은 액수라네요, 부인. 정말 잘했다! 끝까지 계속해 보아라, 조지프!」

「그럼 이제 끝내겠어요.」 조가 즐거운 마음으로 돈주머니를 누나에게 건네며 말했다. 「25파운드예요.」

「25파운드라네요, 부인.」 사기꾼들 중에서 가장 치사한 사기꾼 펌블추크가 누나와 악수를 하기 위해 일어나면서 말했다. 「그 돈은 (내 의견을 물었을 때 내가 말한 바 있듯이) 다름 아니라 부인의 공에 대한 상입니다. 그러니 돈이 생긴 걸 축하합니다!」

그 망할 작자가 그쯤에서 끝냈더라도 이미 충분히 끔찍하고도 남았다. 그러나 그는 한 발 더 나아가 자신이 저지른 과거의 모든 범죄 행위를 한참 뒤처지게 만들 정도로 터무니없는 후견인 권리를 내세우며 나를 옴짝달싹하지 못하게 얽어맴으로써 자신의 죄를 더욱 시커멓게 만들었다.

「조지프와 부인, 들으시오.」 내 팔꿈치 윗부분을 붙잡으면서 펌블추크가 말했다. 「두 사람이 알고 있듯이 나는 늘 일단 시작한 일은 끝장을 보는 사람이오. 이 아이를 지금 당장 도제로 묶어야 해요. 그게 바로 〈내〉 방식이지요. 즉시 도제로 묶어야 합니다.」

「맹세코 드리는 말씀입니다만, 펌블추크 숙부님.」 누나가 (돈을 움켜쥐고) 말했다. 「정말이지 이 깊은 은혜를 어찌 갚아야 할지.」

「나는 신경 쓰지 마시오, 부인.」 악마 같은 그 곡물상이 대답했다. 「세상 어디에서든 경사는 경사입니다. 하지만 알다시피 이 녀석은 말입니다, 반드시 도제로 묶어야 합니다. 그 일은 바로 내가 주선하겠다고 말했었죠. 사실을 말하자면요.」

마침 그곳에서 가까운 곳에 있는 읍사무소에서 치안 판사들이 일을 보고 있었다. 그래서 우리는 곧바로 치안 판사가 있는 자리에서 나를 조의 도제로 묶기 위해 그곳으로 갔다. 〈그곳으로 갔다〉라고 말했지만, 사실은 마치 그 순간 내가 소매치기를 하거나 건초 더미에 불을 지르다 붙잡히기라도 한 것처럼 펌블추크 씨에 의해 억지로 떼밀려 갔다. 실제로 법정 안에서의 대체적인 인상은 내가 현행범으로 잡혀 왔다는 것이었는데, 그건 펌블추크가 나를 앞세워 떼밀고 갈 때 몇몇 사람들이 〈쟤는 무슨 짓을 한 거야?〉라고 말하거나 〈아직 어린애지만 불량스러워 보인다, 안 그래?〉라고 수군대는 소리를 들었기 때문이었다. 심지어 온순하고 인자해 보이는 어떤 사람은 소시지 가게를 차리고도 남을 만큼 많은 족쇄들을 주렁주렁 매단 심술맞은 아이의 목판화 장식과 〈감방 안에서 읽어야 할 책〉이라는 제목이 붙어 있는 소책자를 나에게 주기까지 했다.

읍사무소 홀은 기이한 곳이라는 생각이 들었다. 교회 신도 좌석보다 높은 방청석에서 사람들이 방청을 위해 의자 너머로 몸을 내밀고 있었고, 위세 당당한 판사님들이 팔짱을 끼고(한 명은 머리에 분까지 칠했다) 몸을 의자에 기대거나 코담배 냄새를 맡거나 졸거나 글을 쓰거나 신문을 읽고 있었고, 홀의 벽 위에는 시커멓게 반짝거리는 초상화 몇 점이 걸려 있었다. 예술에 문외한인 내 눈에는 그 그림들이 아몬드 사탕과 반창고로 만들어진 것처럼 보였다. 이 홀 안의 한쪽 구석에서 내 도제 계약서가 적법하게 서명되고 인증되었다. 이렇게 해서 나는 도제로 〈꽁꽁 묶이게〉 되었다. 그러는 동안 내내 펌블추크 씨가 나를 꽉 붙들고 있었다. 마치 교수대로 가는 도중에 소소한 준비 절차를 처리하려고 그곳에 들르기라도 한 것 같은 태도였다.

바깥으로 다시 나온 우리는 내가 공개 고문을 당할 거라고 기대하며 신이 나서 들떠 있다가 겨우 내 가족들만 주변에 있는 걸 보고 크게 실망하며 우리에게 따라붙는 아이들을 떼어 낸 후 펌블추크의 가게로 돌아왔다. 그곳에서 누나는 25기니 때문에 너무나 흥분한 나머지, 뜻밖에 횡재한 그 돈으로 꼭 〈블루 보어〉 여관에 가서 식사를 해야 하며 펌블추크 숙부가 이륜마차를 타고 가서 허블 씨 부부와 웝슬 씨도 데려와야 한다는 말만 했다.

그 일은 그렇게 하기로 합의되었고, 그 때문에 나는 참으로 우울하기 짝이 없는 날을 보냈다. 까닭은 알 수 없지만 모두의 마음속에 내가 그 즐거운 잔치를 방해하는 혹이라는 생각이 합당한 생각인 양 자리 잡고 있는 듯했기 때문이었다. 설상가상으로 그들 모두는 이따금 — 다시 말하면 별다른 할 일이 없다 싶으면 — 내게 왜 너는 즐거워하지 않느냐고 묻곤 했다. 그러면 그때마다 — 사실 하나도 즐겁지 않았던 그때마다 — 나도 즐거워하고 있다고 말하는 것 말고 내가 달리 무슨 대답을 할 수 있었겠는가!

하지만 그들은 어른들이었고 나름의 즐기는 방식이 있었다. 그리고 최대한 만끽했다. 사기꾼 펌블추크는 이 모든 일을 궁리해 낸 인정 많은 사람으로 찬사받으며 사실상 식탁의 상석을 차지했다. 그리고 내가 도제 계약으로 묶이게 된 걸 주제로 연설을 늘어놓고, 이제부터 만약 내가 카드놀이를 한다거나 술을 마신다거나 밤늦게 귀가한다거나 나쁜 친구들과 어울린다거나 도제 계약서에 필연적으로 예견되어 있는 다른 나쁜 짓들에 탐닉한다거나 하면 투옥이라는 처벌을 받게 된다고 악마같이 축하하면서 — 자기 말을 증명하기라도 하듯 — 나를 자기 옆의 의자 위에 올라서 있게 했다.

그 밖에도 이 신나는 잔치에 대한 나의 그저 그런 기억들은 다음과 같다. 우선 그들은 나를 재우려 하지 않았고 내가 꾸벅꾸벅 고개를 내려뜨릴 때마다 깨워서 즐거운 시간을 보내라고 말했다. 그리고 다소 늦은 저녁 시간이 되자 웝슬 씨가 콜린스의 시구절을 낭송했고 천둥 같은 고함을 내지르며 피로 물든 칼을 집어 던지는 부분을 연기해 보였다. 그게 하도 실감이 나서 웨이터가 들어와 아래층 순회 외판원 손님들이 찬사를 보냈으며 혹시 그게 「곡예사의 무용담」이라는 작품 아니냐고 물었다는 말까지 전했다. 집으로 돌아오는 길에는 모두 기분이 최고로 좋아서 「오, 아름다운 숙녀여!」[27]를

27 「오, 아름다운 숙녀여!」는 당시 인기 있었던 토머스 무어(1779~1852)의 3중창 민요다. 1절 가사에 〈백발을 휘날리는 저 남자는 누군가요? / 오, 아름다운 숙녀여! 저 사람이 어딜 가나요? / 방랑하는 나약한 순례자인 나는

합창했다. 웝슬 씨가 베이스 부분을 맡았는데 그는 엄청나게 힘찬 목소리로 노래를 부르면서(모든 사람들의 사생활을 알고 싶어 하면서 몹시 뻔뻔한 태도로 이 곡을 끌고 나가는, 호기심 많고 귀찮은 인물에게 대답하는 부분이었다) 바로 〈자기〉가 백발을 휘날리는 사람이고 전반적인 내용으로 보아 바로 자신이 지극히 나약한 순례자라고 주장했다.

끝으로 작은 침대에 들어가 누웠을 때 정말 비참한 기분이 들었고, 내가 조의 직업을 결코 좋아하지 않을 것 같다는 확신이 강력하게 들었다는 것도 기억난다. 한때는 그 직업을 좋아했던 적도 있었지만 그날만큼은 절대로 그 한때가 아니었다.

14

자기 집을 창피해한다는 건 몹시 비참한 일이다. 그런 일엔 흉악한 배은망덕이 자리 잡고 있을지도 모르고, 그에 따른 벌이 인과응보로 당연히 주어질지도 모른다. 어쨌든 그게 비참한 일이라는 사실은 내가 입증할 수 있다. 우리 집은 누나의 성질머리로 인해 결코 즐거운 집이 아니었다. 그러나 조가 그런 집을 정화시켰고, 그래서 나는 집에 대해 어느 정도 믿음을 갖고 있었다. 나는 우리 집에서 가장 좋은 거실을 〈우아한 응접실〉이라고 진심으로 믿었다. 나는 우리 집 정면 현관을, 엄숙한 입구에 구운 새고기와 같은 번제물들을

말을 더듬지요 / 성 아그네스 성녀의 제단 앞에서 묵주 기도를 올리면서요〉라는 가사가 나온다.

바치는 위풍당당한 신전의 신비스러운 현관이라고 믿었다. 나는 우리 집 부엌을 웅장하진 않지만 정숙한 방이라고 믿었다. 나는 대장간이 남자다움과 독립을 향해 나아가는 빛나는 길이라고 믿어 왔다. 그런데 단 1년 만에 이 모든 믿음들이 변하고 말았다. 이제 집 안의 모든 것들은 상스럽고 천박했으며, 나는 무슨 일이 있어도 우리 집을 미스 해비셤과 에스텔라에게 보여 주고 싶지 않았다.

내 불손한 마음가짐 중 얼마나 많은 부분이 내 탓이고, 얼마나 많은 부분이 미스 해비셤 탓이고, 얼마나 많은 부분이 에스텔라 탓인지는 나는 물론이고 다른 누구에게도 전혀 중요하지 않다. 심경의 변화가 내 안에서 일어났고 이젠 엎질러진 물이었다. 잘됐건 못 됐건, 변명의 여지가 있건 없건 간에 이미 엎질러진 물이었다.

한때 조의 도제가 되어 소매 깃을 접어 올리고 대장간에 들어가게 된다면 훌륭한 사람이 되고 행복해질 거라고 생각했던 적이 있었다. 그러나 이제 막상 내 손아귀 안에 그런 현실이 쥐어지자 내가 싸구려 석탄가루를 뒤집어쓴 먼지 같은 존재로 느껴졌다. 그리고 비교를 해본다면 모루가 깃털처럼 느껴질 정도로, 무겁고 육중한 짐이 내 일상의 기억 위에 놓인 것 같은 느낌이 들 뿐이었다. 이후 세월이 흐른 뒤 훗날 내 인생에서(다른 사람들의 삶에서도 그럴 거라고 생각한다) 지루한 인내의 삶 말고는 그 어떤 일에도 더 이상 관여하지 못하도록 한동안 모든 재미난 일들과 낭만적인 일들 위로 두꺼운 커튼이 드리워진 것 같다는 느낌이 들었던 시간들이 있었다. 하지만 새롭게 발을 들여놓은 조의 도제 생활이라는 길을 따라 내 인생행로가 쭉 펼쳐져 있던 그때처럼 그런 커튼이 너무나도 무겁고 공허하게 드리워진 적은 결코 없었다.

지금 기억해 보니 도제 시절 후반부에 나는 어두운 밤이 내리는 일요일 저녁이면 교회 묘지 주변에 서서 내 앞날과 바람 부는 습지대의 전경을 비교하곤 했다. 그러면서 그 둘이 얼마나 밋밋하고 낮은지, 그 둘 모두에 어떻게 미지의 길들이 나 있고 어두운 안개와 바다가 이어져 있는지를 생각하며, 양자가 서로 닮았다는 사실을 깨닫곤 했다. 도제로 일하기 시작한 첫날부터 나는, 그 후로 계속 그랬던 것처럼 크게 낙담을 했다. 하지만 도제 계약 기간이 지속되는 동안 내가 조에게 단 한 번도 불평이나 불만을 투덜거리지 않았다는 걸 생각하면 기쁘다. 덧붙여 말한다면, 그것은 나 자신에 대해 그나마 〈기쁘게〉 생각할 수 있는 거의 유일한 일이다.

왜냐하면 내가 앞으로 덧붙이려는 내용을 포함하는 이야기이지만, 내가 말하는 일들의 모든 공이 바로 조에게 있기 때문이다. 내가 집을 뛰쳐나가 군인이 되거나 뱃사람이 되지 않았던 건 내가 성실했기 때문이 아니라 조가 성실했기 때문이었다. 성미에 맞지 않았는데도 내가 웬만큼 열의를 갖고 대장간 일을 했던 것은, 내가 근면이라는 미덕을 강렬하게 의식했기 때문이 아니라 조가 그 미덕을 강렬하게 의식했기 때문이었다. 사랑스럽고 정직한 심성을 지니고 있으며 자신의 의무를 충실히 수행하는 어떤 사람의 영향력이 세상에 얼마나 멀리 퍼져 날아가는지 안다는 건 불가능한 일이다. 그러나 그 영향력이 바로 자기 옆을 지나가면서 자신의 자아를 어떤 식으로 건드리는지 아는 것은 충분히 가능한 일이다. 그리고 나는 내 도제 생활에 혹시 어떤 이익이 뒤섞이게 되었다면 그건 소박하게 만족할 줄 아는 조로 인해 생겨난 것이지, 들뜬 열망만 잔뜩 품고 불만으로 가득 차 있던 나로 인해 생겨난 게 아니라는 걸 잘 알고 있다.

내가 무엇을 원했는지 누가 말할 수 있겠는가? 그때도 전혀 몰랐었는데 〈내가〉 이제 와서 어떻게 말할 수 있겠는가? 내가 두려워했던 건 내가 가장 꾀죄죄하고 비천해 보이는 어떤 운 없는 시각에 우연히 눈길을 들다가, 대장간 나무 창문들 중 어느 하나를 통해 안을 들여다보고 있는 에스텔라를 보게 되는 일이었다. 조만간 시커먼 손과 얼굴로 거칠기 짝이 없는 일을 하고 있는 나를 그녀가 찾아낼지 모르며, 그래서 나를 보면서 의기양양해하고 경멸할지 모른다는 두려움이 내 뇌리를 떠나지 않았다. 종종 어두워지고 나서 조와 함께 〈올드 클렘〉 노래를 부르고 있을 때나, 미스 해비셤의 집에서 그 노래를 부르던 생각이 나서 난롯불 속에 예쁜 머리카락을 바람에 휘날리며 경멸에 찬 눈길로 나를 바라보고 있는 에스텔라의 얼굴이 아롱대는 것 같을 때면, 종종 그럴 때면 나는 나무 창문들이 나 있는 벽의 깜깜한 밤 같은 시커먼 널판들을 바라보며 그녀가 거기서 막 얼굴을 거두어들였다고 상상하거나 그녀가 마침내 나를 찾아온 거라고 믿곤 했다.

그런 상상을 하고 나서 저녁을 먹으러 집 안으로 들어가면 그곳의 모습과 그곳에서의 식사가 어느 때보다 더 초라해 보이곤 했다. 그러면 내 불손한 마음속엔 어느 때보다 더 우리 집이 창피하다는 생각이 들곤 했다.

15

웝슬 씨 대고모의 학교에 다니기에는 내가 너무 커버렸기에 그 터무니없는 부인 밑에서 받던 내 교육은 끝이 났다. 그래도 그건 조그만 가격표 목록부터 시작하여 옛날 그녀가 0.5페니를 주고 산 「익살 노래」[28]에 이르기까지 비디가 자신이 알고 있는 모든 지식을 내게 다 전수하고 나서 일어난 일이었다. 그 익살스러운 노래 중에서 유일하게 말이 되는 부분은 처음 시작하는 몇 줄뿐이었다.

> 내가 런넌[29] 시에 갔을 때 말이죠, 나리님들
> 투 룰 루 룰
> 깜빡 속아 넘어가지 않았겠어요, 나리님들
> 투 룰 루 룰

그럼에도 좀 더 똑똑해지겠다는 욕심으로 나는 지극히 진지하게 이런 가사를 외웠다. 노래 가사 중에서 어쩐지 〈투룰〉이라는 가사 분량이 너무 과한 것 같다는 생각(그건 지금도 여전히 그렇다) 말고는, 그 노래의 가치에 대해 의구심을 품었던 기억은 안 난다. 지식에 대한 열망으로 가득 차 있던 나는 웝슬 씨에게 빵 부스러기 같은 지식이라도 선물해 달라고 제안했고 그는 친절하게도 그 제안에 응했다. 그

28 19세기에 유행했던 희극적인 노래. 도시에 올라와서 사기를 당하는 시골 사람들을 주제로 했다. 「놀라 자빠진 시골 사람」, 「내가 런던에 처음 온 날」 같은 노래들이 있다.

29 런던이란 발음을 희화화한 것이다.

러나 나중에 가서 보니 그가 나를 원했던 건 그저 나를 연극 연습용 나무 인형으로 삼아 반박하거나 껴안거나 질질 짜거나 괴롭히거나 꽉 움켜쥐거나 칼로 찌르거나 때려눕히거나 하는 용도로 써먹기 위해서였다. 그런 사실이 밝혀졌기 때문에 나는 곧바로 그런 교육 과정을 거부했다. 물론 이미 웝슬 씨가 자신의 그 시적(詩的) 광분 상태에 빠져 혹독할 정도로 나를 거칠게 다루고 난 다음이었다.

나는 획득한 지식은 무엇이든 조에게 전해 주려고 애썼다. 그런데 이 문장만 놓고 본다면 너무 그럴듯하게 들리니 양심상 좀 더 설명을 하지 않고 넘어갈 수 없다. 나는 조를 덜 무식하고 덜 비천한 사람으로 만들어서 나와 어울릴 만큼 더 자격을 갖추고 에스텔라에게도 망신을 덜 당하게끔 만들고 싶었다.

습지대 끝에 있는 옛날 포대 자리가 우리의 학습 장소였으며 깨진 석판과 점판암으로 만든 몽당연필이 우리의 학습 도구였다. 거기에 조는 늘 담배 파이프를 추가했다. 나는 매번 일요일이 돌아와도 도대체 조가 뭔가를 기억해 낸다거나 내 지도를 받아 종류를 불문하고 어떤 지식을 습득했다는 사실을 알 수 없었다. 그래도 그는 다른 어떤 곳보다 그 포대 자리만 가면 보다 똑똑해진 태도로 — 심지어 박식한 학자 같은 태도로 — 자기가 엄청나게 진보하고 있다고 생각하기라도 한다는 듯 파이프 담배를 뻐끔뻐끔 피워 대곤 했다.

흙 방죽 너머 강 위로 배의 돛들이 떠가고 이따금씩 조류 수위가 낮아지면 그 돛들이 마치 아직도 바다 밑바닥을 항해하고 있는 침몰선의 돛들처럼 보이던 그곳은 쾌적하고 적막한 곳이었다. 흰 돛들을 활짝 펴고 바다로 나아가는 배들을 볼 때마다 나는 까닭 없이 미스 해비셤과 에스텔라가 생각나곤 했다. 그리고 햇빛이 저 멀리 떨어진 구름 위나 돛 위, 푸른 산허리, 혹은 수평선 위에 비칠 때도 마찬가지였다. 미스 해비셤과 에스텔라와 기이한 저택과 그 안의 기이한 생활은 회화 작품처럼 보이는 모든 것과 관련이 있어 보였다.

어느 일요일, 조가 파이프 담배를 아주 맛있게 피워 대며 자기가 〈정말 끔찍하게 멍청하다〉고 하도 자랑스레 말하는 바람에 공부를 포기했던 그날, 나는 손으로 턱을 괴고 방죽 위에 엎드려 하늘과 물과 눈앞에 보이는 모든 풍경 속에서 미스 해비셤과 에스텔라의 흔적을 어렴풋이나마 찾고 있었다. 그러다 나는 마침내 그동안 수도 없이 머릿속을 맴돌고 있던 그들과 관련된 생각 하나를 입 밖에 내기로 결심했다.

「조.」 내가 말했다. 「내가 미스 해비셤을 한번 방문해야 한다고 생각하지 않아?」

「글쎄다, 핍.」 조가 천천히 생각하면서 말했다. 「뭐하러?」

「뭐하러라니, 조? 꼭 무슨 용건이 있어야 방문하는 거야?」

「아마 그런 방문이 있을걸.」 조가 말했다. 「언제든 그런 질문을 받을 만한 방문 말이야. 하지만 미스 해비셤을 방문하는 일에 관해서 말인데, 그분은 네가 뭘 바라고 있다고 생각할지도 몰라. 자기한테 뭘 기대하고 있다고.」

「그런 게 없다고 내가 말할 수 있다는 생각은 안 해, 조?」

「이보게, 친구, 그럴 수도 있겠네.」 조가 말했다. 「그리고 그분이 그 말을 믿을 수도 있겠네. 마찬가지로 그분이 그 말을 안 믿을 수도 있을 테지.」

나도 그렇게 생각했지만, 조는 그 말을 통해 핵심을 찔렀다고 생각하고는 같은 말을 반복해서 말뜻을 흐려 버리는 일을 막으려고 파이프를 세차게 빨았다.

「너도 알겠지만 말이다, 핍.」 그런 위험을 벗어나자마자 조가 말을 이었다. 「미스 해비셤은 네게 후한 보답을 하셨어. 미스 해비셤께서 네게 후한 보답을 하셨을 때 나를 다시 불러서 그게 전부라고 말씀하셨다고.」

「그래, 조. 나도 그 말을 들었어.」

「전부라고.」 조가 몹시 힘을 주며 반복했다.

「그래, 조, 분명히 말하지만 나도 그 말을 들었다니까.」

「내 말은 말이다, 핍. 아마도 그분의 뜻은 그만두라는 것일 거야. 〈차려!〉 하고 원래 모습대로 말이다. 나는 북쪽으로 그리고 너는 서쪽으로! 각자 뿔뿔이 흩어지라고!」

나도 그런 생각을 하고 있었다. 그리고 그도 같은 생각을 하고 있었다는 걸 안다는 게 결코 위안이 되지 않았다. 조의 그런 생각이 내 판단이 맞을 가능성을 더 높여 주는 것 같았기 때문이다.

「하지만 말이야, 조.」

「그래, 친구.」

「내가 이곳에서 도제 생활을 한 지도 벌써 1년이 되어 가고 있어. 그런데 도제 계약 첫날 이후로 단 한 번도 미스 해비셤께 감사 인사를 드리거나 그녀를 잊지 않고 있다고 밝힌 적이 없다고.」

「그건 맞다, 핍. 그런데 그분에게 네 짝을 다 맞춰 말편자 세트를 만들어 드릴 생각이 아니라면 말이다. 내 말뜻은 뭐냐 하면 짝을 네 개 다 맞춰 말편자 세트를 갖다 드린다 해도 거기 맞는 말발굽들이 없다면 선물로서 만족스러운 역할을 하지 못할 수도 있다는 건데 —」

「그런 인사를 하려는 게 아니야, 조. 선물을 생각하는 게 아니라고.」

하지만 조는 머릿속이 선물 생각으로만 가득 차 있어서 계속 그 얘기만 거듭해야 했다. 「설령 네가 도움을 받아서 그분께 현관문에 필요한 방범용 쇠사슬을 두들겨 만든다거나, 혹은 이를테면 어디에든 쓸 수 있는 둥근 머리 나사못 한두 다스를 만든다거나, 혹은 그분이 머핀을 드실 때 쓸 토스트용 포크처럼 가볍고 예쁜 물건을 만든다거나, 혹은 청어를 드실 때 쓸 석쇠나 그 비슷한 물건을 만든다 해도 ―」

「선물은 전혀 생각하고 있지 않다니까, 조.」 나는 그의 말을 가로막았다.

「알았다, 알았어.」 내가 특별히 재촉하기라도 한 양 여전히 선물 애기를 이어 나가면서 조가 말했다. 「내가 만약 너라면 말이다, 핍. 난 선물을 안 할 거다. 그럼 〈안 하고말고〉. 이미 그 댁 문에 방범용 쇠사슬이 있을 텐데 그게 무슨 소용이 있겠니? 그리고 둥근 머리 나사못은 모양새가 잘못 나오기 일쑤야. 만약 선물이 토스트용 포크라면 놋쇠를 가지고 만들어야 할 거고, 그러면 아무 자랑도 할 수 없지. 석쇠로는 아무리 비범한 장인이라도 자신의 비범함을 과시할 수 없어. 왜냐하면 석쇠는 결국 석쇠니까.」 조는 내게 그 점을 명심시키며 마치 단단히 굳어진 망상으로부터 나를 일깨우려고 애쓰듯 확고부동하게 말했다. 「그리고 넌 원하는 걸 목표로 할 수는 있겠지만, 결국 그건, 네겐 미안하지만, 그리고 거듭 미안하지만, 석쇠가 될 거야. 그러면 넌 어쩔 수 없이 ―」

「사랑하는 조.」 그의 외투를 붙잡으며 내가 필사적으로 외쳤다. 「제발 그런 식으로 말 좀 하지 마. 난 미스 해비셤에게 뭔가를 선물한다는 생각은 결코 안 했다고.」

「안 했겠지, 핍.」 조가 그동안 내내 바로 그 점을 주장했다는 듯 동의했다. 「그리고 내가 너에게 말하고 있는 건 네가 옳다는 거다, 핍.」

「그래, 조. 하지만 내가 말하고 싶었던 건, 마침 요즘 우리가 좀 한가하니까 내일 내게 반나절 휴가를 주면, 읍내 윗동네로 가서 미스 에스…… 해비셤을 방문할 수 있을 거라고 생각한다는 거였어.」

「그런데 그분 이름은 말이다.」 조가 진지하게 말했다. 「세례명을 다시 받지 않은 이상 에스 해비셤이 아니란다, 핍.」

「알아, 조. 나도 알아. 내 실수였어. 어쨌든 내 말에 대해 어떻게 생각해, 조?」

간략히 말하자면, 조는 내가 그러는 게 좋겠다고 생각한다면 자기도 그러는 게 좋겠다고 생각한다고 했다. 그러나 그는 특별한 조건을 달았는데, 만약 내가 마음에서 우러나오는 따뜻한 환대를 못 받는다거나, 내 방문이 그동안 받았던 호의에 대한 보은의 목적 외에 다른 목적이 없는 방문으로서 앞으로 계속해도 좋다고 권장되지 않는다거나 하는 일들이 벌어지면, 더 이상 이어져서는 안 된다는 것이었다. 나는 그 조건을 지키겠다고 약속했다.

그 당시 조는 주급을 주며 올릭이라는 성을 지닌 일용직 노동자를 부리고 있었다. 그자는 자기 세례명이 돌지라고 했는데 분명히 그건 불가능한 일이었다, 그러나 그는 집요한 성질을 지닌 자여서, 나는 그가 특히 자기 이름 문제에서 마을 사람들의 이해력을 모욕하듯 그 이름을 고집스럽게 강요하는 일 말고는 다른 어떤 망상의 먹이도 아니었다고 생각한다. 그는 어깨가 떡 벌어지고, 팔다리를 날렵하게 놀리고, 힘은 엄청난 장사에다, 피부는 가무잡잡한 자로, 결코 서두르는 법 없이 늘 구부정한 자세로 다니는 사람이었다. 그는 일부러 일을 하겠다고 찾아온 사람처럼 보이지 않았으며 마치 대장간을 우연히 찾아온 사람처럼 구부정한 자세로 들어오곤 했다. 그리고 그는 식사를 하러 〈얼큰한 세 선장〉에 갈 때나 밤에 나갈 때도 성서 속의 카인이나 방랑자 유대인[30]처럼 구부정하게 나갔는데, 마치 자기가 어디로 가는지 아무 생각도 없고 영원히 다시 돌아올 생각이 없다는 투였다. 그는 습지대 바깥쪽 수로 관리소 수문지기의 집에 살았으며, 일을 하는 평일이면 양손을 호주머니에 찔러 넣고 목에 점심 보따리를 둘러 묶어 등 뒤에 매단 채 외딴집에서 나와 구부정한 자세로 일하러 오곤 했다. 일요일에는 대개 수문 위에 누워 있거나 건초 더미 헛간에 몸을 기대고 서 있었다. 그는 늘 기관차가 지나가듯이 시선을 땅바닥에 두고 구부정한 자세로 다녔다. 그러다 누가 말을 붙인다거나 혹은 그것 말고 다른 일로 눈길을 들어 올려야 할 일이 있을 때면, 그는 반은 화가 나 있고 반은 당황스러워하는 것 같은 태도로 올려다보았다. 그건 마치 자신이 결코 생각이라고는 하지 않는다는 사실이 다소 이상하고 체면에 손상이 간다는 점 말고는 아무런 생각도 없다는 듯한 태도였다.

성미가 까다로웠던 이 일용직 노동자는 나를 좋아하지 않았다. 내가 아주 작고 겁 많았던 시절, 그는 대장간 귀퉁이에

30 십자가 처형을 받으러 가는 예수를 조롱하며 그의 휴식을 방해했다는 인물. 그 결과 그는 예수의 재림 시까지 온 세상을 떠돌아다니는 운명에 처해졌다고 한다.

악마가 살고 있으며 자기가 그 악마를 잘 알고 있다고 말했다. 그리고 그는 7년마다 한 번씩 살아 있는 꼬마를 넣어 대장간 화덕 불을 보충해야 한다는 얘기도 했는데, 아마 내가 바로 그 연료용 꼬마라고 생각하게 만들려고 그랬을 것이다. 내가 조의 도제가 되자 올릭은 내가 자기 자리를 차지할 거라는 의심을 확신으로 바꾸었던 것 같다. 여하튼 그는 나를 전보다 훨씬 덜 좋아했다. 그렇다고 그가 내게 한 번이라도 무슨 말을 했다든가, 공공연하게 적대감이 담긴 행동을 했던 건 아니었다. 나는 그저 그가 늘 내 쪽을 향해 불꽃을 튀겨 보내고 있으며, 내가 〈올드 클렘〉 노래를 부를 때마다 박자를 맞추지 않고 끼어든다는 것만 눈치챘을 뿐이다.

다음 날 내가 조에게 그날이 반나절 휴일임을 상기시켰을 때, 마침 돌지 올릭도 일을 하며 그 자리에 있었다. 그와 조가 시뻘건 쇳덩어리를 사이에 두고 작업을 하고 있었고 나는 풀무질을 하고 있었기 때문에 그는 당장은 아무 말도 하지 않았다. 이윽고 그가 해머에 몸을 의지한 채 말했다.

「이보세요, 주인님! 우리 둘 중 오직 한 사람만 편애하는 건 분명히 아니겠죠. 꼬마 핍이 반나절 휴가를 갖겠다면 올릭 영감에게도 똑같이 휴가를 줘야죠.」 그는 당시 스물다섯 살쯤 먹었던 걸로 생각되는데, 늘 자기가 늙은 영감인 것처럼 말하곤 했다.

「아니, 자넨 반나절 휴가를 받으면 그걸로 뭘 할 셈인데?」 조가 말했다.

「내가 그걸 받아서 뭘 할 거냐고요! 〈저 애〉는 그걸 받아서 뭘 하겠다는 건데요? 나도 〈저 애〉가 하는 일만큼은 할 겁니다.」 올릭이 말했다.

「핍 얘기를 하자면, 그는 읍내에 나갈 거네.」 조가 말했다.

「그래요, 그럼 올릭 얘기를 하자면 〈그도〉 읍내에 나가지요.」 퍽도 잘난 그자가 대꾸했다. 「둘 다 읍내에 갈 수 있는 거죠. 한 명만 읍내에 가란 법은 없어요.」

「화내지 말게.」 조가 말했다.

「내가 내고 싶으면 내는 거죠! 자, 주인님! 허락해 주세요. 이 대장간에 편애가 존재하면 안 되죠. 남자답게 행동하셔야죠!」 올릭이 으르렁거렸다.

일꾼이 좀 더 나은 기분 상태가 될 때까지 주인이 부탁을 들어주기를 거절하자 올릭은 화덕으로 돌진해 거기서 시뻘겋게 달궈진 쇠막대기 하나를 꺼내더니 내 몸을 꿰찌르기라도 하려는 듯 그걸 들고 나를 향해 달려와 내 머리 주위로 흔들어 대고는 모루 위에 올려놓고 쇠망치질을 했다. 나는 꼭 그 쇠막대기가 나 같고 불꽃들은 내 몸에서 솟구쳐 나오는 내 핏물 같다는 생각이 들었다. 마침내 자신의 몸이 뜨겁게 달궈지고 쇠막대기가 차갑게 식을 때쯤 되자 그가 쇠망치에 몸을 의지하면서 말했다.

「자, 어쩌시렵니까, 주인님!」

「자네, 이제 괜찮나?」 조가 물었다.

「아! 전 괜찮습니다.」 퉁명스러운 올릭 영감이 말했다.

「그럼 대체로 자네가 대부분의 사람들처럼 자네 일을 충실하게 했으니 말일세.」 조가 말했다. 「두 사람 모두에게 반나절 휴가를 주겠네.」

누나는 그때 우리의 대화가 들릴 만한 거리의 마당에 말없이 서 있었는데 — 누나는 몹시 파렴치할 정도의 염탐꾼에다 엿듣기 선수였다 — 즉시 대장간 창문들 중 하나를 통해 안을 들여다보았다.

「참 당신답다, 이 멍청한 인간아!」 누나가 조에게 말했다. 「그저 어슬렁거리기나 하는 저런 게으름뱅이들에게 휴일을 허락하다니. 그런 식으로 급료를 허비하는 걸 보니, 맹세코 말하지만 당신 부잔가 봐. 차라리 내가 저 사람 주인이었으면 좋았을걸.」

「맘만 먹으면 모든 사람들의 주인도 될 텐데요, 뭘.」 악의가 가득 담긴 웃음을 지으며 올릭이 대꾸했다.

(「저 여잘 그냥 놔둬.」 조가 말했다.)

「멍청한 놈들이나 악당 놈들은 내가 다 대적할 수 있지.」 누나가 엄청난 분노를 향하여 서서히 흥분하기 시작하면서 대답했다. 「그리고 멍청이들 중에서 가장 투미한 멍청이 왕인 당신 주인부터 대적하지 않고서는 다른 멍청이들을 대적할 수 없지. 그리고 우리 나라와 프랑스를 통틀어 가장 흉악하게 생겨 먹었고 가장 못된 악당인 네놈부터 대적하지 않고서는 악당 놈들을 대적할 수 없고. 자, 어쩔래!」

「당신은 비열한 잔소리꾼이에요, 가저리 아줌마.」 일꾼이 으르렁거렸다. 「만일 그런 잔소리꾼이 악당들의 심판관 자격이라면 분명히 아줌마는 퍽도 훌륭한 심판관이지요.」

(「저 여잘 그냥 놔두라고, 알았나?」 조가 말했다.)

「야, 너 뭐라고 했어?」 누나가 비명을 내지르기 시작하며 외쳤다. 「너, 뭐라고 했어? 저 올릭이란 놈이 대체 나더러 뭐라고 지껄인 거니, 핍? 내 남편이 버젓이 바로 옆에 있는데 저놈이 내게 뭐라고 한 거냐고? 오! 오! 오!」 내지르는 한마디 한마디가 날카로운 비명이었다. 누나에 대해 꼭 말해야 하는 사실, 즉 여태껏 내가 본 모든 다혈질 여자들에 대해 똑같이 해당되는 사실 하나가 있다. 격분을 하는 데 있어서는 그녀에게 아무런 핑계도 없다는 것이다. 왜냐하면 그런 격분의 감정에 서서히 빠져드는 대신, 그녀는 각별한 노고를 들여 의식적으로 그리고 의도적으로 그런 감정 상태로 자신을 밀어 넣고는 일정한 단계들을 거쳐 맹목적인 광분 상태에 이르기 때문이다. 「나를 지켜 주겠다고 맹세했던 이 치사한 남편 앞에서 저놈이 나한테 무슨 욕을 한 거냐고? 아이고! 나 좀 잡아라! 아이고!」

「허!」 문제의 일꾼이 이를 악물고 목소리를 죽이며 으르렁거렸다. 「아줌마가 만일 내 마누라라면 내가 잡았을 거예요. 펌프까지 끌고 가서 아줌마를 가지고 펌프를 막아 버렸을 거라고요.」

(「명령이야. 저 여잘 가만 놔둬.」 조가 말했다.)

「아이고! 저놈 말하는 본새 좀 봐!」 누나가 손뼉을 치고 동시에 비명을 지르면서 외쳤는데, 바로 이게 다음 단계였다. 「나한테 욕하는 것 좀 봐! 저 올릭이란 놈이! 내 집에서! 유부녀인 나를! 내 남편이 버젓이 옆에 서 있는데도! 아이고! 아이고!」 이 대목에서 누나는 연신 손뼉을 치고 비명을 지르고 난 뒤, 두 손으로 가슴과 양 무릎을 치고 모자를 벗어 던지고 머리카락을 풀어 헤쳤다. 바로 이게 광분 상태로 빠져들어 가는 마지막 단계였다. 이때쯤 분노의 여신으로 변신하는 데 완벽한 성공을 거둔 누나는 문으로 돌진했는데 다행히 문은 내가 잠가 놓은 상태였다.

뒤늦게 끼어들어 말렸지만 무시당한 가련한 조가 지금 할 수 있는 일이 뭐가 있었겠는가. 자신의 일꾼을 향해 버티고 서서 자신과 조 부인 사이에 끼어들어 방해하는 의도가 대체 무엇이냐고 묻고, 그리고 그에게 자신과 한판 붙는 일을 충분히 감당할 자신이 있느냐고 묻는 것 말고는 말이다. 올릭 영감은 지금의 상황이 한판 붙는 일 말고는 다른 여지가 없다고 느끼고는 곧바로 방어 자세를 취했다. 이렇게 해서 그을리고 탄 작업복 앞치마를 벗지도 않은 채 두 사람은 두 명의 거인 족속들처럼 서로에게 덤벼들었다. 그러나 나는 인근에서 조와 대적하여 오랫동안 버틸 수 있는 사람을 그 누구도 본 적이 없었다. 올릭은 마치 (전에 나와 싸웠던) 창백한 어린 신사보다 더 나을 게 없는 하찮은 존재처럼 눈 깜짝할 사이에 석탄재 더미 속에 처박혔는데, 그런 후에도 거기서 빠져나오려고 전혀 서두르지 않았다. 그러자 조는 문의 빗장을 열고 창문가에 인사불성으로 쓰러져 있던 누나를 들어 올려 집 안으로 옮겨 누이고는 그녀에게 정신 차리라고 말했다. 하지만 누나는 몸부림을 치면서 두 손으로 조의 머리카락을 틀어쥐고만 있을 뿐이었다. 그러고 나서 온갖 난리 법석이 일어난 후면 뒤따르곤 하던 기이한 정적과 침묵이 찾아왔다. 또한 나는 내가 늘 그런 정적과 연관시켰던 막연한 느낌 — 즉 그날은 일요일이고 누군가 세상을 떠났다는 느낌 — 을 지닌 채 위층으로 올라가 옷을 차려입었다.

다시 아래로 내려왔을 때 나는 조와 올릭이 청소를 하고 있는 광경을 보았는데, 올릭에게는 무슨 표가 난다거나 구경거리로는 눈에 띄지도 않을 정도로 콧구멍 한쪽이 조금 찢어졌다는 것 말고는 다른 불편한 흔적은 전혀 남아 있지 않았다. 〈얼큰한 세 선장〉에서 대형 맥주잔이 배달되어 왔고 그들은 평온한 모습으로 그걸 번갈아 가며 나눠 마셨다. 정적은 조에게 진정제와도 같은 역할을 했고 철학적인 영향을 미쳤다. 그는 한길까지 나를 따라 나와서 내게 도움이 될 수 있는 작별 인사를 건넸다. 「핍, 미쳐 날뛰다가 그 날뛰는 일을 멈췄다가 하는 게 말이다. 그런 게 바로 인생이다!」

내가 얼마나 우스운 감정을 느끼며(왜냐하면 아이들은 어른에게는 아주 심각한 생각들을 엄청 우스꽝스럽게 여기기 때문이다) 미스 해비셤의 집으로 다시 가고 있었는지는 여기서 하나도 중요하지 않다. 또한 내가 초인종을 눌러야겠다고 마음먹기에 앞서 대문 앞을 얼마나 오갔는지도 중요치 않다. 또한 내가 초인종도 안 누르고 그냥 돌아설까 말까를 얼마나 망설이며 따져 봤는지, 만약 시간이 내 마음대로 할 수 있는 것이었다면 분명히 다음에 다시 오기 위해 그냥 돌아섰을 것이라는 생각을 얼마나 했는지도 중요하지 않다.

대문으로 나온 사람은 미스 세라 포켓이었다. 에스텔라가 아니었다.

「아니, 웬일이냐? 어디서 온 거냐?」 미스 포켓이 말했다. 「무슨 일로 온 거지?」

내가 그저 미스 해비셤께서 안녕하신지 찾아뵈러 온 것일 뿐이라고 말하자 그녀는 나를 그냥 돌려보내야 할지 말아야 할지 곰곰이 생각하는 것 같았다. 그러나 책임을 지고 싶지 않았는지 그녀는 나를 문 안으로 들어오게 했으며, 곧바로 나를 집 안에 〈들여도 좋다〉는 분명한 소식을 가져왔다.

모든 게 하나도 변하지 않은 채 그대로였고 미스 해비셤은 혼자 있었다. 「그래, 웬일이냐?」 그녀가 내게 시선을 집중한 채 말했다. 「내게 뭘 바라고 온 건 아니겠지? 얻을 게 아무것도 없을 테니.」

「실제로 아무것도 바라는 게 없습니다, 미스 해비셤. 그저 제가 도제 생활을 아주 잘하고 있으며, 늘 마님께 고마움을 느끼고 있다는 걸 알려 드리고 싶었을 뿐입니다.」

〈됐어! 됐어!〉라는 말이 예전의 그 불안한 손가락질과 함께 들렸다. 「이따금 찾아오너라. 네 생일날 찾아오너라. 아하!」 그녀가 갑자기 몸과 의자를 내 쪽으로 돌리면서 외쳤다. 「너 에스텔라를 찾으려고 두리번거리는 거구나? 그런 거냐?」

나는 실제로 두리번거리던 중이었으므로 — 정말 에스텔라를 찾으려고 그랬다 — 말을 더듬거렸고 그녀가 잘 있기를 바란다고 말했다.

「외국으로 나갔다.」 미스 해비셤이 말했다. 「숙녀 교육을 받으러 갔어. 쉽게 갈 수 없는 머나먼 곳이지. 그 애는 전보다 훨씬 더 예뻐졌단다. 그 애를 보는 모든 사람들이 탄복할 정도야. 그 애를 놓쳤다고 생각하니?」

그녀는 마지막 말을 지극히 악의적으로 즐기고 있는 듯했다. 그러다 그녀가 갑자기 기분 나쁘기 짝이 없는 웃음을 터뜨리는 바람에 나는 무슨 말을 해야 할지 당황스러웠다. 그녀가 나를 내보내는 걸로 머리를 짜내야 하는 수고를 덜어 주었다. 호두 껍데기 같은 얼굴의 세라가 내 뒤로 대문을 닫았을 때 나는 내 집과 내 직업과 내 모든 것들에 대해 그 어느 때보다 불만을 느꼈으며, 그런 불만이 그날 그 방문을 통해 내가 얻은 수확의 전부였다.

큰길을 따라 어슬렁거리면서 서글픈 마음으로 가게 창문들 안을 기웃거리고, 만일 내가 신사였다면 무슨 물건들을 샀을까 상상하고 있는데 때마침 책방 안에서 누가 나왔다. 웝슬 씨였다. 웝슬 씨는 조지 반웰의 애처로운 비극[31]을 손에

31 조지 릴로의 극작품 「런던 상인」 혹은 「조지 반웰의 내력」(1731)은 19세

들고 있었다. 아마 그는 그 책에 적혀 있는 모든 단어를 함께 차를 마시기로 한 펌블추크의 머릿속에 몽땅 쌓아 놓을 생각으로 그 책에다 막 6펜스를 투자한 참이었던 것 같았다. 그는 나를 보자마자 하느님의 특별한 섭리에 의해 자기가 낭송할 내용을 들어 줄 실제 도제를 때마침 가는 길에 만나게 된 거라고 생각한 것 같았으며, 따라서 펌블추크의 가게 응접실까지 함께 가야 한다고 우겼다. 내 생각엔 어차피 집에 가도 비참한 기분이 들 것 같았고 밤도 어두워져 가는 데다 길도 쓸쓸해서 누구든 동반자가 있으면 아무도 없는 것보단 나을 것 같았기에 그의 주장에 크게 반대하지 않았다. 그리하여 우리는 거리와 상점들의 등불이 켜질 무렵 펌블추크의 가게 쪽으로 접어들었다.

나는 조지 반웰의 공연은 한 번도 본 적이 없어서 그게 통상적으로 얼마나 시간이 걸리는지는 모른다. 그러나 그날 밤 낭송이 9시 30분까지 계속되었다는 것은 안다. 그리고 웝슬 씨가 반웰이 뉴게이트 감옥에 들어가는 장면을 낭송할 때는, 그가 주인공의 그 어떤 수치스러운 과거의 행로보다도 그 부분의 낭송을 더 더디게 진행했다는 것도 기억한다. 나는 그가 교수대로 가지 않았으면 좋겠다고 생각했다. 그의 인생행로가 시작된 이후로, 그라는 씨가 뿌려져 한 잎 한 잎 커나가는 과정을 겪지 않고 갑자기 꽃이 핀 상태에서 싹둑 잘린 걸 불평하는 장면이 다소 과하게 지루하다는 생각도 했다. 그러나 그건 단순히 길이와 지루함의 문제였다. 나

기까지 인기 있었던 작품이다. 런던의 순진한 도제 반웰이 세라 밀우드라는 창녀의 유혹에 넘어가서 그녀의 부추김에 의해 자기 주인을 강탈하고 자기 삼촌을 죽인다는 이야기다. 뒤늦게 후회를 하지만 그는 결국 교수형에 처해진다.

를 찌르듯 괴롭혔던 건 그 모든 내용이 아무 죄도 없는 나 자신과 동일시되었다는 점이었다. 반웰이 잘못된 길을 가기 시작했을 때, 분명히 말하지만 나는 적극적으로 그를 변호하고 싶다고 느꼈다. 뚫어져라 나를 쏘아보는 펌블추크의 분노에 찬 시선에 너무나 부담스러운 책망의 눈빛이 담겨 있었기 때문이다. 웝슬 역시 나를 최악의 관점으로 묘사하려고 애썼다. 흉악하면서 질질 짜기까지 하는 나는 결국 그 어떤 정상 참작의 여지도 없이 삼촌을 죽이게 되었다. 여주인공 밀우드는 모든 경우마다 논박을 하며 내 입을 막아 버렸다. 내게 신경을 쓰다 내 주인의 딸은 완벽한 편집증 증세를 보이기 시작했다. 그리고 숙명의 날 아침, 숨을 헐떡거리며 질질 끌던 내 행동에 대해 내가 말할 수 있는 모든 변명은, 그것이 유약하던 내 성격에 대체로 합당한 행동이었다는 것이다. 내가 다행스럽게도 교수형에 처해지고 웝슬이 책을 덮고 난 이후까지도, 펌블추크는 앉아서 나를 뚫어져라 쏘아보았고 고개를 절레절레 흔들면서 이렇게 말했다. 「교훈으로 삼아라, 이 녀석아. 교훈으로 삼아!」 마치 내가 가까운 친척을 꼬드겨 그가 내 은인이 되어 주겠다는 심약한 마음을 먹게 만들 수 있다면, 내가 그 친척을 아예 죽일 생각을 할 거라는 사실이 잘 알려져 있기라도 하다는 투였다.

모든 게 끝나고 웝슬 씨와 함께 집으로 돌아오는 발걸음을 내디디기 시작했을 땐 무척 깜깜해진 밤이었다. 우리는 읍내 너머로 안개가 짙게 끼어 있는 광경을 보았다. 안개는 축축하고 자욱하게 깔려 있었다. 통행료 징수소의 등불이 흐릿하게, 분명히 원래 있던 자리에서 꽤 벗어난 자리에 켜져 있는 것 같았는데, 그 불빛이 마치 딱딱한 물체처럼 안개

위를 올라타고 있는 것같이 보였다. 그런 광경을 지켜보며 우리는 안개가 습지대의 일정한 지점에서부터 바람의 변화와 함께 어떻게 생겨나는가에 대해 이야기하고 있었다. 그러던 중 우리는 바람이 가닿지 않는 통행료 징수소의 으슥한 구석에 서 있는 구부정한 한 사내와 마주쳤다.

「어이!」 우리는 걸음을 멈추고 말했다. 「거기 올릭이오?」

「그렇소!」 그가 구부정한 자세로 걸어 나오면서 대답했다. 「혹시 길동무라도 만날까 싶어 잠시 기다리던 중이오.」

「늦었네요.」 내가 말했다.

올릭은 그야말로 스스럼없이 그답게 대답했다. 「그래? 너도 늦었잖아.」

「우린 말이네.」 웝슬 씨가 조금 전의 낭송 공연에 한껏 들떠 말했다. 「지적인 저녁을 보내며 즐기다 오는 길이라네.」

올릭은 그 점에 대해 할 말이 전혀 없다는 듯 투덜거렸고 우리는 모두 함께 길을 갔다. 나는 곧바로 그에게 읍내 여기저기를 쏘다니며 반나절 휴일을 보냈느냐고 물었다.

「그래.」 그가 말했다. 「온통 헤집고 다녔지. 내가 그쪽 두 사람 사이에 끼어든 셈이군. 두 사람을 보지 못했어. 하지만 두 사람 뒤를 따라왔던 게 틀림없어. 그런데 저 대포를 또 쏘고 있네.」

「감옥선에서요?」 내가 말했다.

「아이고! 새장 같은 감옥에서 또 죄수 몇 놈이 달아난 거겠지. 어두워진 뒤로 계속 대포를 쏘아 대고 있어. 너도 곧 듣게 될 거다.」

실제로 우리 일행이 몇 미터도 채 나아가지 않았는데 내 뇌리에 너무나 또렷이 기억되어 있는 〈쿵〉 소리가 안개에 의해 다소 약해져서 들려와서는, 마치 도망친 죄수들을 추격하며 위협하고 있는 듯 강변 저지대 위로 무겁게 울려 퍼졌다.

「탈주하기 딱 좋은 밤이야.」 올릭이 말했다. 「우리라면 오늘 같은 밤에 날개를 활짝 펴고 날아가 버린 죄수 놈들을 어떻게 떨어뜨려야 할지 곤혹스러웠을 거야.」

그 화제를 듣고 나는 과거의 사건이 떠올라 묵묵히 그것에 대해 생각했다. 웝슬 씨는 그날 저녁의 비극에 등장했던 악의적으로 보복당한 삼촌이 되어 캠버웰의 정원에 서 있는 장면을 큰 소리로 암송하기 시작했다. 올릭은 두 손을 주머니에 찔러 넣고 내 옆에서 몸을 푹 수그린 채 걸어갔다. 지독하게 깜깜한 데다 땅바닥이 무척 질척거려서 우리는 흙탕물을 튀기면서 걸어갔다. 이따금 죄수들의 탈주를 알리는 대포 소리가 불쑥 들려왔고, 이어서 강 물줄기를 따라 음울하게 울려 퍼져 갔다. 나는 나 자신과 내 생각들에만 골몰해 있었다. 고맙게도 웝슬 씨는 캠버웰에서의 살인 장면[32]을 지나서, 보즈워스 전장의 표적 장면[33]과 글래스턴베리에서 존 왕이 지난한 고난을 겪는 장면[34]을 암송하고 있었다. 올릭이 몇 차례 투덜대듯 흥얼거렸다. 「땅땅 쳐서 늘여라, 올드 클렘! 단단해지게 땅땅 소리 내며, 올드 클렘!」 나는 그가 술을 마셨다고 생각했다. 하지만 그는 취한 상태는 아니었다.

우리는 이런 모양새로 마을에 도착했다. 마을로 다가서며 우리가 택한 길은 〈얼큰한 세 선장〉을 지나치는 길이었다.

32 릴로의 연극에서 반웰의 삼촌이 당시 런던 인근의 마을인 캠버웰에 있는 자기 집 근처를 거닐다가 칼에 찔려 죽는다.

33 셰익스피어의 『리처드 3세』 5막 4장에 나오는 장면.

34 셰익스피어의 『존 왕』 5막 7장에 나오는 장면.

우리는 11시가 다 된 시간이었는데도 그 술집이 시끌벅적한 혼란에 빠져 있는 걸 보고 깜짝 놀랐다. 문이 활짝 열려 있었고, 예사롭지 않은 등불들이 황급히 들리거나 내려지거나 여기저기 흩어져 놓여 있었다. 웝슬 씨가 (탈주범들이 붙잡힌 거라고 추측하고는) 무슨 일인지 알아보기 위해 술집 안으로 들어갔다가 곧바로 허둥지둥 달려 나왔다.

「핍, 너희 집에 큰일이 났다는구나. 모두 뛰어!」

「무슨 일인데요?」 내가 그를 따라 뛰어가며 물었다. 올릭도 내 옆을 달리면서 같은 질문을 했다.

「자세히는 알 수 없어. 조 가저리가 외출한 동안 너희 집이 마구잡이로 침입당한 것 같아. 아마 탈주범 놈들 아닌가 싶구나. 누군가가 공격을 받아서 다쳤대.」

우리는 더 이상 대화를 나눌 여지가 없을 정도로 쏜살같이 내달렸고 부엌에 당도할 때까지 멈추지 않았다. 부엌은 사람들로 가득 차 있었다. 온 마을 사람들이 부엌 아니면 마당에 모두 모여 있었다. 의사 선생님과 조, 그리고 아낙네 몇 명이 부엌 바닥 한가운데에 서 있었다. 할 일 없이 서 있던 구경꾼들이 나를 보자 뒤로 물러나며 길을 터주었고 나는 이내 누나를 알아보았다. 누나는 아무런 의식도 없이 꼼짝하지 않고 맨바닥에 누워 있었다. 누나는 그곳에서 머리 뒤쪽을 누군가에 의해 끔찍하게 가격당해 쓰러졌고, 그 후 누군가의 손길에 의해 얼굴이 난롯불 쪽으로 돌려진 것이었다. 누나는 이제 조의 부인으로 살아가는 동안 길길이 날뛰는 모습을 더 이상 보여 주지 못할 운명을 맞이하고 말았다.

16

조지 반웰의 이야기로 머릿속이 가득 차 있던 나는 처음에는 누나에 대한 공격에 관련된 사람이 바로 〈나인 게〉 틀림없다는 생각이 들었다. 어쨌든 그녀에게 은혜를 입고 있다고 널리 알려져 있는 가까운 가족으로서, 다른 누구보다도 내가 더 이치에 합당한 의혹의 대상이라고 생각되었던 것이다. 그러나 다음 날 아침이 되어 보다 명확한 관점으로 이 사건을 다시 생각해 보고 주변 곳곳에서 여러 얘기를 듣기 시작하면서 사건에 대해 다른 관점을 갖게 되었고 그게 더 타당하다고 생각했다.

조는 8시 15분에서 10시 15분 전까지 파이프 담배를 피우며 〈얼큰한 세 선장〉에 있었다. 그가 그곳에 가 있는 동안 누나가 부엌 문간에 서 있는 모습이 목격되었고, 귀가 중인 한 노동자와 잘 자라는 인사까지 나눴다는 증언이 나왔다. 그 노동자는 누나를 본 시간이 분명히 9시 전이었다는 것 말고는 더 자세한 사실을 밝히지 못했다. (그는 애를 썼지만 지독한 혼란에 빠져 있었다.) 조는 10시 5분 전에 집에 돌아왔다가 그녀가 가격당해 바닥에 널브러져 있는 광경을 발견하고 곧바로 도움을 요청했다. 그 시각 난롯불이 특별히 약하게 타고 있던 것도 아니었고 까맣게 탄 촛불 심지 부분도 충분히 긴 상태가 아니었다. 하지만 촛불은 꺼져 있었다.

집 안 어디에도 사라진 물건은 없었다. 또한 촛불이 꺼지고 — 촛불은 부엌문과 누나 사이의 탁자 위에 놓여 있었고, 누나가 난롯불을 마주하고 있다가 가격당할 당시에는 누나의 뒤에 놓여 있었다 — 누나가 쓰러지면서 피를 흘린 것 말고는, 부엌 어느 곳도 어지럽혀지지 않았다. 그러나 현장에서 눈에 확 띄는 증거물 하나가 발견되었다. 누나는 뭔가 둔탁하고 무거운 물건으로 머리와 척추 부위를 가격당한 것 같았는데, 바로 그 무거운 흉기가 여러 차례 누나를 가격하는 데 쓰이고 난 후 얼굴을 깔고 엎어진 누나 쪽을 향하여 아주 내동댕이쳐져 있었던 것이다. 조가 누나를 들어 올렸을 때 그녀 옆의 부엌 바닥에 줄칼로 잘린 죄수용 족쇄가 놓여 있었다.

그러자 조가 대장장이의 눈썰미로 그 족쇄를 살펴본 뒤 그게 꽤 오래전에 줄칼로 잘린 거라고 단언했다. 따라서 감옥선으로 범죄 행위가 통보되었고, 그곳에서 족쇄를 조사하러 사람들이 왔으며, 조의 견해가 맞다고 확인되었다. 그들은 그 족쇄가 한때 감옥선 소유물이었던 것은 분명하지만 그게 언제 사라진 것인지는 단언하려고 하지 않았다. 하지만 그들은 그 특정한 족쇄가 지난밤 탈주한 두 명의 죄수 중 어느 한 명이 차고 있던 게 아닌 것만은 확실히 알겠다고 주장했다. 더 나아가 그들은 그 두 명 중 한 명은 이미 다시 붙잡혔으며 자신의 족쇄를 풀지도 못한 상태였다고 말했다.

진작부터 나 혼자만 몰래 알고 있던 사실에 근거해 나는 이때 내 나름대로 추측을 해보았다. 나는 그 족쇄가 내가 만났었던 죄수의 족쇄 — 습지대에서 줄칼질하는 것을 내가 보았고 소리도 들은 바 있는 바로 그 족쇄 — 라고 믿었다. 그러나 내 마음은 바로 그 죄수가 그 족쇄를 어젯밤의 용도로 사용했을 거라고 폭로하고 싶지는 않았다. 그보다는 다른 두 사람 중 한 사람, 즉 올릭 아니면 술집에서 내게 줄칼을 보여 주었던 낯선 남자가 이 족쇄를 갖고 있다가 사용했을 거라는 믿음이 있었다.

그런데 올릭에 대해 말한다면, 그는 통행료 징수소 근처에서 우리와 합류했을 때 말했던 것과 행적이 정확히 일치했다. 그는 읍내에 갔었고 저녁 내내 그곳에서 목격되었고 몇몇 술집에서 여러 사람과 어울렸으며 그러다 나와 웝슬 씨와 함께 돌아왔다. 그날 누나와 말다툼한 일 말고는 그에게 불리한 사실은 하나도 없었다. 게다가 누나는 그날은 그와 말다툼을 벌였지만 사실은 주변 모든 사람들과 만 번은 다툼을 벌인 사람이었다. 낯선 남자에 대해 말한다면, 설령 그가 우리에게 주었던 은행권 지폐 두 장을 되찾으러 왔다 하더라도, 그 돈 때문에 분란이 일어났을 가능성은 전혀 없었다. 누나는 그 돈을 되돌려 줄 준비가 충분히 되어 있었다. 게다가 말다툼 같은 건 일어나지도 않은 상황이었다. 가해자가 워낙 은밀하고 갑작스럽게 침입하는 바람에 누나는 미처 뒤를 돌아다볼 틈도 없이 쓰러졌던 것이다.

아무리 본의가 아니었더라도 내가 흉기를 제공한 장본인이라는 생각을 하니 무서웠지만, 그렇지 않다고 부인할 수도 없었다. 마침내 내 어린 시절의 주문(呪文)을 풀어 버리고 조에게 모든 비밀을 털어놓아야 할지를 곰곰이 생각하고 또 생각하면서 나는 말할 수 없이 괴로웠다. 그 후 몇 달 동안 나는 매일같이 그 질문에 대해 부정적인 결론을 내렸고, 다음 날 아침이면 그 질문을 재개해 다시 논쟁을 벌이며 지냈다. 결국 계속 갈등을 겪던 끝에 나는 이런 결론에 도달했다. 비밀이 너무 오래되었고 이젠 내 안에서 자라나 내 일부가 되었으니 그걸 떼어 낼 수는 없다는 것이었다. 나는 내 잘못으로 끔찍한 피해가 생겨났으니 이젠 그 어느 때보다 조를 내게서 멀어지게 만들고 말 거라는 두려움을 느꼈다. 그보다 훨씬 더 나를 짓눌렀던 두려움은 그가 비밀을 믿지도 않을 것이고, 그걸 그저 내가 거짓으로 꾸며 냈던 가공의 개들이나 송아지 고기 조각 얘기처럼 터무니없는 거짓말로 치부해 버릴 거라는 점이었다. 그러나 나는 물론 나 자신과는 타협을 했다. 선과 악 사이에서 오락가락하다 보면 늘 상황이 끝나 버리지 않던가? 그래서 나는 가해자를 밝혀내는 데 도움을 줄 수 있는 새로운 기회가 생긴다거나 해서, 새로운 상황을 맞게 된다면 그때 가서 모든 걸 털어놓기로 결심했다.

치안 경찰들과 런던에서 급파된 〈보 가(街) 수사대〉[35] 형사들이 — 이 이야기는 지금은 활동을 멈춘 그 붉은색 조끼를 입은 경찰들이 활동하던 시절의 이야기다 — 한두 주 동안 우리 집 주변을 맴돌면서, 그 비슷한 수사 당국자들이 그런 유의 사건에서 한다고 내가 들었거나 읽었던 수사를 상당히 많이 하고 다녔다. 그들은 명백히 잘못된 사람들을 체포했고, 잘못된 생각 쪽으로 심하게 머리를 굴렸다. 그리고 그들은 정황에서 생각을 끌어내려고 하지 않고 생각에다 정황을 짜 맞추려고 애쓰기만 했다. 또한 그들은 이웃 사람들의 경탄을 자아내는 표정, 즉 모든 걸 다 알고 있지만 그걸 잠시 유보하고 있는 것일 뿐이라는 표정을 지으며 〈얼큰한 세 선장〉 문가를 어슬렁거리며 서 있었다. 그들은 알쏭달쏭한 태도로 술을 마시기도 했는데 그건 범인을 잡은 거나 거의 마찬가지라는 태도였다. 하지만 실은 전혀 그렇지 못했다. 그

35 1749년 런던의 치안 판사이자 소설가였던 헨리 필딩에 의해 설립되었으며 탁월한 수사 능력으로 유명했다. 1839년 해체되어 런던 경찰청 소속으로 바뀌었다.

들은 결코 범인을 잡지 못했다.

이런 사법 당국 수사진이 사라지고 난 후 한참 있다 누나는 몸이 몹시 안 좋아져 자리에 눕게 되었다. 시력에 문제가 생기는 바람에 누나의 눈엔 사물들이 겹쳐 보였고, 누나는 실제로 찻잔이나 술잔 대신 허공에 떠 있는 헛것을 붙잡으려 하기도 했다. 누나는 청력도 크게 손상되었고 기억력 또한 그랬다. 말도 어눌해져서 무슨 말인지 알아들을 수가 없었다. 마침내 누나가 부축을 받은 상태에서 아래층으로 내려올 수 있을 정도로 회복되었을 때도, 말로 표현하지 못하는 내용을 글로 표현할 수 있게 하기 위해 늘 옆에 석판을 준비해 놓아야 했다. 누나가 (지독한 악필이었다는 사실은 차치하고) 철자를 잘 틀리는 편이었고, 게다가 조가 무관심한 정도 이상으로 글을 막 읽는 사람이어서 두 사람 사이엔 특이한 오해가 생겨나곤 했다. 그럴 때면 나는 늘 문제 해결을 위해 불려 갔다. 약*medicine* 대신에 양고기*mutton*를 갖다 준다든지, 조Joe를 차*tea*로 오해한다든지, 베이컨*bacon*을 빵집 주인*baker*으로 착각하는 일은 내가 저지른 잘못들 중에서 사소한 축에 들었다.

그러나 누나의 성미는 크게 누그러졌으며 참을성까지 생겼다. 팔다리를 불안정하게 떠는 일이 곧 누나의 일상적인 몸 상태의 일부가 되었으며, 얼마 후부터는 두세 달 간격을 두고 종종 머리에 두 손을 갖다 대기도 했다. 그러다 누나는 한 번에 일주일가량씩 우울증에 빠져 넋 나간 상태로 지내곤 했다. 우리는 그녀를 시중들 적임자를 찾느라고 쩔쩔맸는데, 마침내 우리를 구원해 줄 상황이 때맞춰 발생했다. 웝슬 씨의 대고모가 드디어 그녀가 걸렸던 만성 질환 같은 고질적인 생존 습관을 정복해 버린 것이었다. 따라서 비디가 우리 집 식구가 되었다.

비디가 자신의 모든 세속적인 소지품들을 담은 얼룩덜룩한 작은 궤를 들고 우리 집에 와서 우리에게 은총과 같은 존재가 된 것은 아마 누나가 부엌에 다시 모습을 보이고 대략 한 달쯤 지났을 때였을 것이다. 무엇보다 그녀는 조에게 은인 같은 존재였다. 사랑스러운 이 착한 사람은 망가져 가는 아내의 모습을 끊임없이 바라보면서 몹시 가슴 아파했고, 저녁마다 그녀를 돌보면서 빈번하게 내게 몸을 돌리며 그 파란 눈에 촉촉이 물기가 밴 모습으로 이렇게 말하는 일에 익숙해져 있었다. 「네 누난 정말 예쁜 몸매를 자랑하던 여자였다, 핍!」 비디가 곧바로 누나를 마치 어린 시절부터 보살펴 오기라도 한 듯 더없이 영리하게 돌보기 시작하자, 조는 웬만큼 평온해진 모습으로 다시 일상생활을 영위하기 시작했으며, 가끔 자신의 유익한 기분 전환을 위해 〈얼큰한 세 선장〉에도 갔다. 다소의 차이는 있지만 경찰들 모두가 가엾은 조를 의심했던 일(물론 조는 그 사실을 전혀 몰랐다), 그리고 그들이 결국은 한 사람도 빠짐없이 자신들이 그때까지 만나 봤던 사람들 중에서 조야말로 가장 속 깊은 정의 소유자라는 데 동의했던 일은 그야말로 경찰다운 면모였다.

새로운 임무를 맡은 비디가 거둔 첫 번째 승리는 나를 완전히 압도했던 어려운 문제 하나를 풀어낸 일이었다. 나도 그 문제를 풀려고 열심히 노력했지만 아무런 성과도 내지 못하고 있던 상황이었다. 바로 이런 문제였다.

그때 누나는 다시, 다시, 또다시 T자처럼 생긴 희한한 글자 하나를, 그러고 나서 더없이 간절하게 뭔가 특별히 원하는 일이 있다는 듯 그 글자에다 우리의 관심을 환기시키고 있었다. 나는 타르*tar*부터 시작해서 토스트*toast*와 나무통 *tub*에 이르기까지 T자로 시작하는 온갖 글자들을 할 수 있는 한 다 시도해 보았지만 헛수고였다. 마침내 그 기호가 망치처럼 보인다는 생각이 갑자기 떠올라 누나의 귀에 대고 그 단어를 힘차게 소리치자, 누나는 탁자를 두들기기 시작하며 조건부로 동의한다는 의사를 표시했다. 그걸 보고 나는 대장간의 모든 망치들을 하나씩 들고 왔다. 그러나 그 역시 아무 소용이 없었다. 그러자 목발 생각이 났는데 그 모양이 T자와 상당히 비슷했기 때문이다. 그래서 나는 마을에서 목발을 빌려 와 꽤나 자신 있게 누나에게 보여 주었다. 그러나 그걸 보여 주자 누나는 쇠약해지고 손상된 상태라 혹시 탈구되는 게 아닌가 걱정될 정도로 심하게 고개를 저었다.

누나는 비디가 자신의 의사를 아주 빨리 이해한다는 사실을 알아차렸을 때, 다시 이 수수께끼 같은 표시가 석판에 등장했다. 비디는 골똘히 생각에 잠겨 석판을 바라보았고, 내 설명을 들었으며, 누나를 찬찬히 바라보았고, 조(그는 늘 석판에 이름의 첫 글자로 표현되었다)를 바라보았다, 그러고 나서 비디는 대장간으로 달려갔다. 조와 나도 그 뒤를 따라갔다.

「그래, 그거였어!」 비디가 기뻐하며 의기양양하게 소리쳤다. 「모르겠어? 바로 〈그 사람〉이라고!」

의심의 여지 없이 올릭이란 소리 아닌가! 누나는 그의 이름을 잊어버렸던 것이고, 그래서 그의 망치 표시로 그를 표현할 수밖에 없었던 것이다. 우리는 올릭에게 왜 그가 부엌에 와줘야 하는지를 설명했다. 그러자 그는 천천히 자기 망치를 내려놓더니 팔꿈치로 이마를 닦고 다시 자기 앞치마로 이마를 한 번 더 닦은 뒤 품행이 불량한 부랑자처럼 무릎을 희한하게 구부리고 구부정한 모습으로 나왔다.

누나가 그를 비난할 거라고 예상했다가 사뭇 다른 결과가 나오는 바람에 내가 실망했다는 사실을 고백한다. 누나는 그와 사이좋게 지내고 싶다는 애타는 갈망을 드러냈고 마침내 그가 자기 앞에 나타나게 된 걸 노골적으로 기뻐했으며 그에게 뭔가 마실 걸 갖다 주길 바란다는 몸짓을 해 보였다. 누나는 그가 자신이 받은 대접을 마음에 들어 하는지 특별히 확인하고 싶다는 듯 그의 안색을 살폈고 그의 환심을 사고 싶다는 가능한 모든 소망을 표출했다. 그 모든 행동에는 엄한 선생님을 대하는 어린 학생의 태도에 깃들어 있는 것과 같은 비굴하게 알랑대며 비위를 맞추는 태도가 배어 있었다. 그날 이후 단 하루라도 누나가 석판 위에 망치를 그리지 않거나, 올릭이 구부정한 자세로 들어와서 그런 상황을 어찌 해석해야 할지 자기도 나만큼이나 모르겠다는 듯 누나 앞에 끈덕지게 서 있지 않은 날이 거의 없었다.

17

나는 이제 규칙적이고 일상적인 도제 생활로 접어들었으며, 내 생일이 돌아와 미스 해비셤을 다시 찾는 일 말고는 더 이상 눈에 띌 만한 상황의 변화 없이 마을과 습지대의 경계를 넘지 않는 무미건조한 생활을 했다. 그녀의 집을 방문했을 때 나는 여전히 세라 포켓이 대문을 열어 주는 임무를 수행하고 있는 걸 알았으며, 미스 해비셤도 지난번 방문 때와 똑같은 모습이라는 걸 알았다. 그녀는 에스텔라에 대해서도, 비록 같은 단어들을 사용한 건 아니지만 같은 식으로 이야기했다. 면담은 단 몇 분 동안만 이뤄졌고, 그녀는 내가 떠날 때 1기니를 주면서 다음번 내 생일날 또 오라고 말했다. 돈을 받는 일이 연례적인 습관이 되었다고 곧바로 말할 수 있을지도 모르겠다. 사실 나는 첫 번째 방문 때 기니 금화를 안 받겠다며 거절하려고 애썼다. 그러나 그건 그녀가 혹시 더 많은 돈을 받기를 기대하는 거냐고 물으며 벌컥 화를 내는 일 말고는 더 나은 결과를 초래하지 못했다. 따라서 나는 다음 방문부터는 그냥 그 돈을 받았다.

우중충한 저택, 어두컴컴한 방의 누르께한 빛, 화장대 거울 옆 의자에 앉아 있는 퇴색한 유령 같은 인물 등 모든 것이 하나도 변한 게 없어서, 나는 멈춰 있는 시계들이 수수께끼 같은 그 집의 시간까지 멈추게 한 것이며, 그래서 나와 바깥 세상의 모든 것들이 나이를 먹어 가는 동안 그 저택은 그저 정지해 있다는 생각이 들었다. 실제로도 그런 적이 없었지만, 내 생각과 기억을 가지고 말한다 해도, 그 저택 안으로 밝은 햇빛이 들어왔던 적은 단 한 번도 없었다. 그 사실이 나를 당황하게 했다. 그리고 그 저택의 영향으로 나는 계속해서 마음속으로 내 직업을 혐오하고 내 집을 창피하게 여겼다.

그런데 나는 미세하나마 비디에게 어떤 변화가 일어나고 있다는 걸 감지하게 되었다. 그녀의 구두 굽이 높아졌고 머릿결은 더 반짝거리며 깔끔해졌다. 그녀의 두 손은 늘 깨끗했다. 비디는 아름답지는 않았지만 — 그녀는 비천해서 에스텔라 같을 수는 없었다 — 명랑하고 건강하고 마음씨가 고왔다. 그녀가 우리와 같이 살게 된 지 1년이 채 못 되었을 무렵의(이런 생각이 들었던 때가 그녀가 막 상복을 벗었던 때라는 게 기억난다) 어느 날 저녁, 나는 그녀가 사려 깊고 주의 깊으며, 그리고 아주 예쁘고 착한 눈을 가졌다는 생각이 든다고 나 자신에게 말했다.

이것은 내가 꼼꼼히 들여다보던 공부 과제 — 일종의 공부 전략으로서 한 번에 두 가지 방법으로 실력을 향상시키기 위해 책에서 몇 구절을 옮겨 적는 과제였다 — 에서 시선을 들었다가, 비디가 내가 공부하는 모습을 지켜보고 있다는 걸 알아차렸을 때 든 생각이었다. 나는 펜을 내려놓았고 비디는 바느질감을 내려놓진 않았지만 바느질을 멈추었다.

「비디.」 내가 말했다. 「어쩌면 그렇게 잘해 내니? 내가 아주 멍청하든지 아니면 네가 아주 똑똑하든지 둘 중 하나야.」

「내가 잘해 내는 게 뭔데? 난 몰라.」 비디가 미소를 지으며 말했다.

그녀는 모든 집안 살림을, 그것도 놀랄 만큼 잘해 내고 있었다. 그러나 그건 내가 본래 의도했던 말뜻을 더 놀라운 내용으로 만들어 주긴 했지만 그런 뜻으로 질문했던 게 아니었다. 「비디.」 내가 말했다. 「어쩌면 그렇게 내가 공부하는 모든 내용을 잘 공부해서 늘 내게 뒤떨어지지 않는 거냐고?」 나는 생일날 받았던 기니들을 모두 내 공부에 투자했고 내 용돈 중 상당 부분도 비슷한 투자 용도로 저금해 놓고 있었던 터라, 내 지식에 대해 다소 뽐내는 마음을 지니기 시작하던 중이었다. 물론 지금 와서 보니 내가 알았던 그 하찮은 지식은 내가 치른 비용을 고려하면 너무 비싼 값을 치르고 얻은 거라는 사실에는 의심의 여지가 없다.

「나도 너한테 물어봐야 할 것 같아.」 비디가 말했다. 「〈너는〉 어쩌면 그렇게 잘해 나가니?」

「아니지. 내 경우는 밤일을 마치고 대장간에서 돌아오면 누구든 내가 열심히 공부에 매진하는 걸 볼 수 있어. 하지만 넌 결코 공부에 매진하진 않잖아, 비디.」

「틀림없이 너한테서 전염된 것 같다는 생각이 들어. 마치 감기처럼.」 비디가 조용히 말했다. 그러고 나서 그녀는 다시 바느질을 시작했다.

나무 의자에 몸을 기대고 앉아 머리를 한쪽으로 숙이고 바느질을 해나가는 비디를 보면서 그녀가 다소 비범한 여자라고 생각하기 시작했다. 그 시점에서 생각해 보니, 그녀가 대장간과 관련된 용어들과 각기 다른 종류의 작업 명칭들, 그리고 다양한 도구들에 대해서도 완벽하게 터득하고 있다는 사실이 떠올랐다. 요컨대 내가 아는 모든 걸 비디는 늘 알고 있었다. 이론적으로 그녀는 이미 나 못지않게 훌륭한, 아니 어쩌면 더 나은 대장장이였다.

「비디, 넌 모든 기회를 최대한 이용하는 사람이야.」 내가 말했다. 「넌 우리 집에 오기 전까진 결코 기회가 없었어. 그런데 네가 얼마나 발전했는지 보라고!」

비디는 잠시 나를 바라보더니 바느질을 계속했다. 「그렇지만 내가 네 첫 선생이었어. 안 그래?」 그녀가 바느질을 하면서 말했다.

「비디!」 내가 깜짝 놀라 말했다. 「왜 그래? 너 울고 있잖아!」

「아냐, 안 울어.」 비디가 시선을 들고 웃으며 말했다. 「왜 그런 생각을 머리에 담은 거니?」

그녀의 바느질감 위로 떨어지며 반짝거리던 눈물방울 말

고 그런 생각을 내 머리에 떠오르게 한 게 무엇이겠는가? 나는 말없이 앉아서 웝슬 씨의 대고모가 그 몹쓸 생존 습관, 어떤 사람들의 경우에는 그런 습관을 없애 버리는 게 너무나도 바람직한 그런 생존 습관을 성공적으로 극복할 때까지, 비디가 단조롭고 힘든 일을 얼마나 꾸준히 견뎌 온 사람인지 떠올리고 있었다. 나는 구질구질한 낡은 보따리 같은 그 무능한 노파를 늘 자기 어깨에 짊어지고 질질 끌면서, 그녀가 그 보잘것없는 작은 구멍가게와 작고 시끄럽고 가망 없는 야간 학교에 둘러싸여 살아왔던 절망적인 상황을 떠올렸다. 심지어 그런 불우한 시절에도 비디에겐 지금 드러나고 있는 능력이 틀림없이 잠재되어 있었다고 생각했다. 내가 처음으로 내 처지에 대해 불편과 불만을 느꼈을 때 마치 당연하다는 듯 그녀에게 도움을 청하러 갔던 일을 생각해 봐도 그랬다. 비디는 더 이상 눈물을 흘리지 않고 조용히 바느질을 하며 앉아 있었다. 그런데 그녀를 바라보며 지나간 모든 일에 대해 생각하는 동안, 문득 내가 비디에게 충분히 고마움을 표하지 않은 건지도 모르겠다는 생각이 들었다. 내가 너무 과묵하게 굴었는지도 모른다. 나는 마땅히 그녀에게 신뢰를 보이며 보다 더 선심을 쓰고(물론 나는 머릿속으로는 정확하게 이런 단어를 사용하지는 않았다) 돌봐 주었어야 했다.

「맞아, 비디.」 머릿속으로 이리저리 생각을 굴려 보는 일을 마친 후 내가 말했다. 「네가 내 첫 번째 선생님이었어. 그것도 이 부엌에서 이처럼 우리가 함께 살게 될 줄 꿈에도 생각 못 했던 시절에 말이야.」

「아아, 불쌍한 아줌마!」 비디가 대답했다. 누나에게로 말을 돌리면서 일어나 누나를 더 편안하게 해주기 위해 누나

주변을 부산하게 돌아다닌 건, 자신을 생각하지 않는 그녀다운 행동이었다. 「그래, 유감스럽게도 네 말은 사실이야!」

「그렇다니까!」 내가 말했다. 「옛날에 그랬듯이 너와 좀 더 이야기를 나눠야겠어. 비디, 다음 일요일에 습지대를 조용히 산책하며 오랫동안 대화를 좀 나누자.」

누나는 이제 결코 혼자 놔두면 안 되는 상태였다. 하지만 그 일요일 오후 조가 흔쾌하게 누나를 맡아 주어서 비디와 나는 산책을 나섰다. 여름날이었고 날씨도 화창했다. 우리가 마을과 교회와 교회 묘지를 지나서 습지대로 나갔을 때, 돛을 활짝 펴고 떠가는 범선들이 눈에 들어오자 나는 그 풍경을 보고 미스 해비셤과 에스텔라를 떠올리기 시작했다. 강가에 도착해 강기슭에 앉자, 소리가 안 날 때보다 오히려 소리가 날 때 주변을 고요하게 만드는 강물이 우리의 발치에서 찰랑거렸다. 나는 바로 그 순간과 그 장소가 내 마음의 비밀 속으로 비디를 들어오게 할 적시이자 적소라고 판단했다.

「비디.」 비밀을 지키겠다는 다짐을 받아 낸 후 내가 말했다. 「난 신사가 되고 싶어.」

「저런, 내가 너라면 그러고 싶지 않을 텐데!」 그녀가 대답했다. 「나는 그게 보답이 주어질 만한 일은 아닌 것 같아.」

「비디.」 내가 다소 진지하게 말했다. 「내가 신사가 되고 싶은 데에는 특별한 이유들이 있어.」

「네가 가장 잘 알겠지, 핍. 하지만 지금이 더 행복하다는 생각은 안 드니?」

「비디.」 내가 성급하게 소리쳤다. 「지금 나는 전혀 행복하지 않아. 내 직업과 내 삶이 너무 싫어. 도제 계약을 맺은 이후로 직업과 삶 중 어느 것 하나도 내 마음에 든 적이 결코 없었어. 그러니 바보 같은 소리 하지 마.」

「내가 바보 같았니?」 비디가 조용히 눈썹을 치켜세우며 말했다. 「그 점에 대해선 미안하다. 본심은 아니었어. 난 그저 네가 잘되고, 또 편안해지길 바랄 뿐이야.」

「그래. 지금 내가 살고 있는 삶과 사뭇 다른 삶을 살 수 없다면 내가 결코 편안해지지 못할 테고 그럴 수도 없다는 걸, 아니 비참해지기만 할 뿐이라는 걸 확실히 이해해 줘. 제발, 비디!」

「정말 가슴 아픈 일이구나!」 비디가 서글픈 모습으로 고개를 저으며 말했다. 그런데 나 또한 이 일이 너무나 가슴 아픈 일이라고 생각해 왔던 터라, 나는 비디가 내 감정과 똑같은 자신의 감정을 말로 표현했을 때 울분과 괴로움에 북받쳐 눈물을 흘릴 뻔했다. 나는 그녀에게 그녀의 말이 옳으며, 지금의 내 삶은 후회할 게 많지만 그럼에도 어쩔 도리가 없다는 걸 알고 있다고 말했다.

「내 마음을 가라앉힐 수만 있다면 —」 그 옛날 양조장 담벼락에 발길질을 하면서 내 머리에서 감정을 분출시켰던 것과 아주 흡사하게, 나는 손이 닿는 거리 안에 있는 키 작은 풀들을 쥐어뜯으면서 비디에게 말했다. 「내 마음을 가라앉힐 수만 있다면, 그리고 어렸을 때 좋아했던 것만큼이라도 대장간을 좋아할 수만 있다면 훨씬 더 좋았을 거라는 걸 알아. 그렇게 되면 너와 나와 조는 아무런 부족함도 없을 테고, 내 도제 계약 기간이 끝나면 조와 나는 아마 동업자가 되어 있을 것이고, 심지어 나는 나이가 들어 너와 어울리는 짝이 되어 있을 거야. 그리고 우리는 지금과는 완전히 다른 사람들이 되어 어느 화창한 일요일 바로 이곳 강기슭에 앉아 있을지도 몰라. 그때 아마 나는 〈너에게〉 충분히 어울리는 사람이 되어 있을 거야. 안 그래, 비디?」

비디는 떠가는 범선들을 바라보며 한숨을 내쉰 뒤 대답을 위해 몸을 돌렸다. 「그래. 난 지나치게 까다로운 편이 아니야.」 전혀 듣기 좋으라고 한 말처럼 들리지 않았지만 그녀가 좋은 뜻으로 그 말을 했다는 건 알았다.

「그 대신에 말이다.」 더 많은 풀을 쥐어뜯고 그중 한두 잎은 입에 넣고 씹으면서 내가 말했다. 「내가 앞으로 어찌 살아가는지 지켜봐 줘. 아마 불만에 차 있고 불편한 모습일 거야. 내가 거칠고 비천하게 산들 무슨 대수겠니? 아무도 내게 그렇다는 말만 안 한다면!」

비디가 갑자기 얼굴을 내 얼굴 쪽으로 돌리더니 떠가는 범선들을 바라볼 때보다 훨씬 더 주의 깊게 나를 바라보았다. 「그런 말은, 정말이지 사실도 아닐뿐더러 무례한 말이야.」 그녀가 다시 배들 쪽으로 시선을 돌리며 말했다. 「대체 누가 그런 말을 한 거니?」

나는 당황했다. 무슨 말을 하고 있는지 전혀 의식하지 못한 채 불쑥 딴 길로 벗어났던 것이다. 하지만 나는 이젠 얼버무릴 수가 없어서 대답했다. 「미스 해비셤 댁에 있던 아름다운 아가씨가 그랬어. 세상 누구보다도 아름다운 아가씨인데 내가 지독하게 사모하고 있어. 바로 그 아가씨 때문에 신사가 되고 싶은 거고.」 이런 미치광이 같은 고백을 하고 난 후 나는 쥐어뜯은 풀들을 마치 그것들을 뒤따라갈 생각이라도 있다는 듯 강물로 내던지기 시작했다.

「신사가 되고 싶다는 게 그 아가씨한테 앙갚음을 하기 위해서니, 아니면 환심을 사기 위해서니?」 비디가 잠시 주저하다 조용히 물었다.

「몰라.」 나는 시무룩해져 대답했다.

「만약 앙갚음을 하고 싶은 거라면 말이다.」 비디가 계속 해서 말했다. 「내 생각에 — 물론 네가 가장 잘 알겠지만 — 그런 일은 그 아가씨의 말에 전혀 신경 쓰지 않는 편이 네 자존심을 살리며 훨씬 더 잘할 수 있다는 거야. 그리고 만약 그 아가씨의 환심을 사고 싶은 거라면 말이야. 내 생각은 — 물론 네가 가장 잘 알겠지만 — 그 아가씨가 네 환심을 살 만한 가치가 없는 여자라는 거야.」

정확히 나 자신도 여러 차례 했던 생각이었다. 그리고 정확히 강기슭에 앉아 있던 그 순간에도 내게 지극히 명백한 생각이었다. 그러나 어리벙벙하고 가여운 시골 소년에 불과했던 내가, 어찌 가장 훌륭하고 가장 현명한 사람들조차 매일 빠져드는 놀라운 모순을 피할 수 있단 말인가?

「네 말이 모두 사실일지도 몰라.」 내가 비디에게 말했다. 「하지만 나는 그녀를 지독하게 사모해.」

간단히 말하겠다. 나는 그 말을 하게 되었을 때 몸을 뒤집고 얼굴을 땅에 댔으며, 양쪽 머리카락을 잔뜩 움켜쥐고 세게 잡아 비틀었다. 그러는 동안 내내 나는 미칠 듯한 내 가슴이 너무나도 분별없이 제자리를 잡지 못하고 있다는 걸 알고 있었다. 그래서 나는 머리카락을 움켜쥐고 얼굴을 들어 올린 뒤, 그 얼굴이 나 같은 백치의 소유물이라는 죄가 있으니 자갈 바닥에 내동댕이친다면 죄에 합당한 대우를 하는 셈일 거라고 생각했다.

비디는 더할 나위 없이 똑똑한 아가씨여서 더 이상 나를 설득하려고 하지 않았다. 그녀는 비록 일 때문에 거칠어지긴 했지만 편안한 느낌이 드는 두 손을 내 두 손 위에 차례로 올려놓고 부드럽게 그것들을 내 머리카락에서 떼어 냈다. 그리고 달래듯이 내 어깨를 부드럽게 토닥거렸는데, 그동안 나는 얼굴을 소매에 대고 잠시 울고 있었다. 양조장 마당에서 그랬던 것처럼 말이다. 그러자 막연하게 내가 누구에 의해 혹은 모든 사람들에 의해 형편없는 푸대접을 받고 있다는 확신이 들었다. 누군지 꼭 집어서 말할 수는 없지만 말이다.

「한 가지 사실은 기뻐.」 비디가 말했다. 「뭐냐 하면 네가 마음속 비밀을 내게 털어놓을 수 있다고 생각했다는 거야, 핍. 그리고 또 한 가지 사실도 기뻐. 뭐냐 하면 내가 그 비밀을 지켜 줄 것이고, 내가 언제까지라도 그 비밀을 간직할 만한 가치가 있는 사람이란 게 말이야. 물론 너도 알고 있겠지만 나를 믿어도 좋다는 거야. 네 첫 번째 선생이었던 내가(세상에! 정말 형편없는 선생이었지. 그리고 자기 자신부터 배워야 할 게 너무나 많았던 선생이었고!) 만약 지금도 네 선생이라면, 네게 어떤 교훈을 가르쳐 주어야 할지 알고 있다는 생각이 들어. 하지만 그건 배우기 힘든 교훈인 데다 넌 이미 나 같은 선생을 넘어선 사람이 되었어. 그러니 그런 교훈은 이젠 아무 소용이 없어.」 그러면서 비디는 나로 인한 한숨을 조용히 내쉰 뒤 강기슭에서 일어나 생기 넘치는 명랑한 어조로 목소리를 바꾸며 말했다. 「산책을 조금 더 할래, 아니면 집으로 돌아갈래?」

「비디.」 일어나서 그녀의 목에 팔을 두르고 입맞춤을 한 후 내가 큰 소리로 말했다. 「너한테는 언제까지나 모든 걸 다 말할게.」

「네가 신사가 될 때까지겠지.」 비디가 말했다.

「내가 신사가 될 수 없다는 것은 너도 알잖아. 그러니 〈언제까지나〉야. 딱히 너한테 뭔가를 말할 만한 이유가 있다는 얘기가 아니야. 넌 이미 내가 아는 모든 걸 아니까. 어젯밤 집에서 너에게 얘기했듯이 말이야.」

「그래!」 시선을 돌려 배들을 바라보면서 비디가 거의 속삭이는 소리로 말했다. 그러고 나서 그녀는 아까와 같이 명랑하게 바뀐 어조로 다시 물었다. 「산책을 조금 더 할래, 아니면 집으로 돌아갈래?」

나는 비디에게 산책을 조금 더 하자고 말했고, 그래서 우리는 그렇게 했다. 여름날 오후는 어느덧 저녁이 되면서 색조가 옅어지고 있었다. 정말 아름다운 날씨였다. 나는 정지된 시계들이 있는 방 안 촛불 옆에서 〈빈털터리 거지 만들기〉 카드놀이를 하거나 에스텔라에게 멸시를 당하는 일보다, 결국 이런 환경 속에서 자리를 차지하고 있는 게 내게 더 자연스럽고 건강한 일이 아닐까 곰곰이 생각하기 시작했다. 나는 다른 모든 기억들과 공상들과 함께 내 머릿속에서 에스텔라를 끄집어낼 수만 있다면, 그래서 내가 반드시 해야 하는 일을 즐기면서 그 일에 충실히 전념하고 그걸 최대한 이용하겠노라고 결의를 다지며 일할 수만 있다면 정말 좋을 거라고 생각했다. 만약 그 순간 비디가 아니라 에스텔라가 내 옆에 있었다면, 그녀가 나를 비참하게 만들었을 거라는 걸 확실히 알지 않느냐고 나 자신에게 물었다. 그 사실을 확실히 알고도 남는다고 시인할 수밖에 없어서 나 자신에게 말했다. 「핍, 넌 정말 바보다!」

우리는 산책을 하면서 무척 많은 얘기를 나누었다. 비디가 하는 모든 말은 구구절절 옳았다. 비디는 모욕을 준다거나, 변덕을 부린다거나, 오늘은 비디였다가 내일은 다른 모습을 보이는 사람이 결코 아니었다. 그녀는 내게 고통을 주는 일에서 오직 고통만 — 절대로 쾌감이 아니다 — 느낄 사람이었다. 그녀는 내 가슴에 상처를 내느니 차라리 자기 가슴에 상처를 내겠다고 기꺼이 나설 사람이었다. 그러니 내가 두 여자 중에서 그녀를 더 마음에 들어 하지 않는 일이 어찌 있을 수 있었겠는가?

「비디.」 집을 향해 걸어가고 있었을 때 내가 말했다. 「네가 나를 올바른 길로 가게 잡아 주었으면 좋겠어.」

「나도 그랬으면 좋겠다!」 비디가 말했다.

「너를 사랑할 수 있게 된다면 얼마나 좋을까. 오랜 친구니까 네게 이런 말을 노골적으로 해도 괜찮지?」

「저런, 전혀!」 비디가 말했다. 「나는 신경 쓰지 마.」

「그럴 수만 있게 된다면, 〈그거야말로〉 내겐 꼭 어울리는 일일 텐데.」

「하지만 네가 결코 그럴 수 없으리란 건 네가 알잖아.」 비디가 말했다.

그날 저녁에는 그런 일이 몇 시간 전 우리가 얘기를 나눴을 때처럼 내게 전혀 가능성 없는 일처럼 보이지 않았다. 따라서 나는 비디에게 그 점에 대해 전적으로 확신할 수 없다고 말했다. 나는 마음속으로는 그녀가 옳다고 믿었다. 그러나 나는 그녀가 그토록 단호한 태도를 보이는 게 다소 언짢은 일로 받아들여지기도 했다.

교회 묘지 가까이 왔을 때 우리는 방죽을 건너 수문 근처에 있는 울타리 계단을 넘어가야 했다. 그런데 수문인지, 골풀 더미인지, 아니면 진흙 늪인지 모를 어딘가에서 불쑥 올릭 영감이 나타나는 게 아닌가(그 특유의 느릿느릿한 태도로 말이다).

「어허, 이게 누구야!」 그가 으르렁거렸다. 「어딜 가는 거지?」

집 말고 우리가 어디를 가고 있었겠는가? 「좋아, 그렇다면 말이다.」 그가 말했다. 「내가 너희를 바래다주지 않으면 요절날 거다!」

이 〈요절난다〉는 말은 벌을 받는다는 의미로 그가 즐겨 쓰는 가정적(假定的)인 표현이었다. 그는 그 단어에 내가 알고 있는 분명한 의미를 부여하지 않고, 그저 자신의 가짜 세례명처럼 사람들을 모욕하기 위해 사용했다. 그때보다 더 어렸던 시절 그가 나를 개인적으로 〈요절낸다〉고 했다면, 나는 아마 그게 날카롭고 비틀어진 갈고리를 갖고 그럴 거라는 막연한 믿음을 가졌을 것이다.

비디는 그가 동행하는 걸 극구 반대하며 속삭이는 목소리로 내게 말했다. 「저 사람 못 오게 해. 난 저 사람이 싫어.」 나도 그가 싫은 건 마찬가지였기에, 나는 무례를 무릅쓰고 그에게 고맙지만 우리를 바래다주는 걸 바라지 않는다고 말했다. 그는 그런 식의 통보를 받자 낄낄 웃으면서 받아들였고 뒤로 처졌다. 하지만 그는 우리와 거리를 조금 두고 구부정한 자세로 뒤를 따라왔다.

누나가 그 어떤 설명도 할 수 없었던 살인 미수 공격 사건에 올릭이 연관되었을지도 모른다는 의심을 혹시 비디가 하고 있지 않은가 궁금해서 나는 그녀에게 그가 왜 싫은지 물어보았다.

「아, 그거!」 그녀가 우리 뒤를 구부정한 자세로 따라오고 있는 그를 어깨 너머로 흘긋 바라보며 말했다. 「그건 혹시 저 사람이 나를 좋아하게 될까 염려되어서야.」

「저 사람이 너를 좋아한다고 말하기라도 했단 말이야?」 내가 분개하며 말했다.

「아냐.」 어깨 너머로 다시 흘긋 시선을 던지며 비디가 말했다. 「내게 그런 말을 한 적은 결코 없어. 하지만 나와 시선이 마주칠 때마다 나를 향해 춤추듯 몸을 흔들어 대.」

그런 식의 호감 표시가 아무리 희한하고 독특하다 할지라도 나는 비디의 해석이 정확하다는 걸 의심하지 않았다. 올릭이 감히 비디를 흠모한다는 사실 때문에 정말로 불같이 화가 치밀어 올랐다. 꼭 그가 나를 모욕한 것 같았다.

「하지만 그게 너와 상관없는 일이라는 건 너도 알겠지.」 비디가 조용히 말했다.

「그래, 비디. 나와 상관없는 일이야. 난 그저 그런 일이 싫을 뿐이야. 인정하지 못하겠어.」

「나도 마찬가지야.」 비디가 말했다. 「물론 그 일은 너하고는 전혀 상관없는 일이고.」

「틀림없이 그렇다니까.」 내가 말했다. 「하지만 비디, 분명히 말하는데 만약 저자가 네 동의하에 너를 보고 몸을 흔들어 대는 거라면 난 결코 너를 좋게 안 볼 거야.」

나는 그날 밤 이후로 올릭을 주시했으며, 비디를 향해 그가 춤추듯 몸을 흔들어 댈 만한 상황만 조성되면 그런 몸짓을 가리기 위해 그의 앞을 막아서고 나섰다. 그는 누나가 갑작스레 그에게 호감을 표한다는 이유로 이미 조의 대장간 붙박이 노동자로 자리 잡고 있었다. 그런 이유만 아니었다면 나는 분명히 그가 해고당하도록 힘썼을 것이다. 그는 내 선량한 의도를 꽤나 잘 눈치챘으며, 앞으로 내가 충분히 깨닫게 되는 바와 같이 그에 대한 보답을 내게 안겨 주었다.

그런데 그전까지만 해도 아직 혼란스러운 마음을 충분히 겪지 못했기에, 그 무렵부터 나는 비디가 에스텔라보다 헤아릴 수 없을 만큼 더 낫고, 내가 천직으로 부여받은 소박하고 정직한 노동자로서의 삶 속에 부끄러워할 게 전혀 없으며, 그건 그저 내 자존감과 행복을 위해 충분한 수입을 제공할 뿐이라는 사실을 분명히 깨닫는 심리 상태와 순간들 때문에 혼란스러운 마음이 50배는 더 복잡해졌다. 그럴 때마다 사랑하는 조와 대장간에 대한 불만은 사라졌으며, 무던하게 나이를 먹어 가면서 조와 동업자가 되고 비디의 짝이 될 거라고 결론적으로 마음먹곤 했다. 그런데 하필이면 그럴 때마다 너무도 갑작스럽게 미스 해비셤 댁을 방문하던 시절의 혼란스러운 기억이 마치 하늘을 나는 가공할 만한 위력의 포탄처럼 내게 엄습해 와서 내 마음을 산산조각 내버리곤 하는 것이었다. 산산조각 난 내 마음의 조각들을 다시 주워 모으는 데는 꽤 오랜 시간이 걸렸다. 그리고 제대로 짜 맞추기도 전에 그 조각들은 종종 옆길로 샌 하나의 생각, 즉 도제 계약 기간이 끝나면 결국 미스 해비셤이 아마 나를 출세시켜 줄 거라는 생각 때문에 다시 사방팔방으로 흩어지곤 했다.

도제 계약 기간이 제대로 끝났다 하더라도 나는 여전히 혼란의 정점 위에서 갈팡질팡했을 거라고 단언할 수 있다. 하지만 내 도제 계약 기간은 다 채워지지 못했다. 앞으로 이야기하게 되는 바와 같이 그것은 뜻하지 않은 이른 종말을 맞이하게 되었다.

18

조의 도제가 된 지 4년째 되던 해의 어느 토요일 밤이었다. 〈얼큰한 세 선장〉의 난롯불 주변에 모인 한 무리의 사람들이 큰 소리로 신문을 읽는 웝슬 씨의 말에 주의 깊게 귀를 기울이고 있었다. 그 무리 중에 나도 끼어 있었다.

기사의 내용은 꽤 널리 알려진 어떤 살인 행위가 저질러졌다는 것이었는데, 웝슬 씨는 피가 몰려 얼굴이 벌겋게 물들어 있었다. 그는 사건의 설명에 등장하는 모든 형용사 하나하나를 흡족한 듯 들여다보았고, 증인 신문에 불려 나온 모든 증인들과 자신을 동일시했다. 그는 피해자가 되어 〈난 끝장났어〉라고 희미하게 신음을 내뱉었고, 살인범이 되어 〈네게 복수를 할 테다〉라고 귀에 거슬리는 고함을 내질렀다. 그는 우리 고장의 의사를 예리하게 흉내 내며 의학적인 증언을 했다. 그리고 그는 가격하는 소리를 들은 늙은 통행료 징수원이 되어 새소리를 내며 벌벌 떨었는데, 그 떨림으로 인해 그 증인의 정신 상태에 대한 의구심을 불러일으킬 정도였다. 웝슬 씨의 손 안에서 검시관은 아테네의 티몬[36]이 되었고, 교구 직원은 코리올라누스[37]가 되었다. 그는 자기 스스로도 완벽하게 즐겼고, 우리 모두도 나름대로 즐겼으며 유쾌하고 편안했다. 그런 화기애애한 심리 상태로 우리는 모살(謀殺), 즉 고의 살인이라는 평결을 내리게 되었다.

바로 그때(그보다 더 이르지는 않았다) 나는 반대편의 긴 의자 등받이에 기댄 채 우리를 구경하고 있는 낯선 신사를

36 셰익스피어의 『아테네의 티몬』에 나오는 환멸에 빠진 인류 혐오주의자.
37 셰익스피어의 『코리올라누스』에 나오는 로마의 귀족.

의식하기 시작했다. 그의 얼굴엔 경멸이 깃들어 있었다. 그는 사람들의 얼굴을 주시하면서 자신의 커다란 집게손가락 옆을 물어뜯었다. 「잘도 읽었소!」 낭독이 끝나자 낯선 남자가 웝슬 씨에게 말했다. 「당신은 이 사건의 모든 결론을 당신 마음에 들게 내렸소. 그건 의심의 여지가 없겠지?」

그 남자가 마치 살인범이기라도 한 듯 모두 깜짝 놀라며 쳐다보았다. 그는 모두를 냉소적으로 차갑게 바라보았다.

「물론 유죄겠지?」 그가 말했다. 「말해 보시오. 어서!」

「선생.」 웝슬 씨가 대답했다. 「선생과 안면을 트는 영광도 못 누린 채 말합니다만, 유죄요.」 그 말을 듣고 우리 모두는 용기를 내어 그 말에 동의한다는 듯 한목소리로 웅성거렸다.

「그렇게 말할 줄 알았소.」 낯선 남자가 말했다. 「그렇게 말할 줄 이미 알고 있었소. 내 그럴 거라고 말했잖소. 하지만 이제 당신에게 질문 하나를 던져 보지. 당신 혹시 영국 법에서는 유죄라고 입증되기 전까지는 — 입증이오, 입증 — 모든 사람을 무죄로 추정한다는 사실을 알고 있소, 아니면 모르고 있소?」

「선생.」 웝슬 씨가 대답을 시작하려고 했다. 「영국인으로서 나는 —」

「이것 보시오!」 낯선 남자가 집게손가락을 물어뜯으면서 웝슬 씨를 향해 말했다. 「질문을 회피하지 마시오. 당신은 그 사실을 알고 있든지 모르고 있든지 둘 중 하나요. 둘 중 어느 쪽이오?」

그는 머리를 한쪽으로 기울이고 몸통은 다른 쪽으로 기울인 채 고압적으로 심문하는 태도로 서서, 다시 집게손가락을 물어뜯기 전에 그걸 웝슬 씨를 향해 내던지듯 손가락질했다. 마치 그를 꼭 집어 지목하는 것 같았다.

「자!」 그가 말했다. 「그 사실을 알고 있소, 아니면 모르고 있소?」

「확실히 알고 있습니다.」 웹슬 씨가 대답했다.

「확실히 당신은 알고 있소. 그렇다면 왜 처음부터 그렇다고 말하지 않았소? 자, 내 다른 질문 하나를 던져 보겠소.」 웹슬 씨에 대해 무슨 권리라도 있다는 듯 그를 장악해 버린 태도였다. 「그 증인들 가운데 아직 어느 누구도 반대 신문을 받은 적이 없다는 사실을 알고 있소?」

웹슬 씨가 〈그저 제가 말씀드릴 수 있는 건 ―〉이라고 말하는 순간 낯선 남자가 그 말을 가로막았다.

「뭐요? 내 질문에 대한 대답을 네, 아니요 중 하나로 하지 않겠다 이거요? 다시 물어보겠소.」 그는 다시 웹슬 씨에게 손가락질을 했다. 「내 말 잘 들으시오. 그 사건의 증인들 중에서 아직 어느 누구도 반대 신문을 받은 적이 없다는 사실을 아시오, 모르시오?」

웹슬 씨는 주저했고, 우리는 모두 그가 어쩐지 초라해 보인다는 생각을 하기 시작했다.

「자, 어서!」 낯선 남자가 말했다. 「내가 도와주겠소. 당신은 그럴 가치도 없지만 그래도 도와주겠소. 당신 손에 들고 있는 그 종이를 좀 보시오. 그게 뭐요?」

「이게 뭐냐고요?」 웹슬 씨가 무척 당황해하며 그걸 쳐다보면서 되물었다.

「그건 말이오.」 더없이 냉소적이고 의혹에 찬 태도로 낯선 남자가 계속 말을 이었다. 「당신이 방금 전까지 보던 인쇄된 신문 아니오?」

「분명히 그렇습니다.」

「분명히 그렇소. 자, 이제 그 신문을 들여다보고 거기에 죄수의 법률 자문인들이 그에게 재판 전까지 철저하게 변명을 유보하라고 명백히 지시했다는 사실이 쓰여 있는지 아닌지 내게 말해 보시오.」

「그런 내용은 이제 막 처음 읽었습니다.」 웝슬 씨가 항변했다.

「이제 막 뭘 읽었는지는 신경 쓰지 마시오, 선생. 이제 막 뭘 읽었는지는 묻지 않겠소. 당신은 마음만 먹으면 주기도문도 거꾸로 읽을 수 있는 사람이오.[38] 어쩌면 오늘 이전에 그랬는지도 모르지. 그 신문을 들여다보시오. 아니, 그게 아냐, 선생. 그 기사의 앞머리를 보라는 소리가 아니라니까. 당신이 더 잘 알지 않소. 기사의 끝머리, 끝머리를 보라니까! (우리는 모두 웝슬 씨가 속임수로 가득 찬 사람이라고 생각하기 시작했다.) 어떻소, 찾았소?」

「찾았습니다.」 웝슬 씨가 말했다.

「자, 눈으로 그 구절을 훑어보고 그 죄수가 법률 자문인들로부터 재판 전까진 철저히 변명을 유보하라는 지시를 받았다는 사실을 분명히 말했다는 내용이 거기 쓰여 있는지 아닌지 내게 말해 보시오. 어서! 그런 내용을 파악했소?」

웝슬 씨가 대답했다. 「자구까지 정확히 똑같진 않습니다.」

「정확한 자구가 아니다!」 신사가 신랄하게 되받았다. 「그럼 그게 맞는 내용이긴 합니까?」

「그렇습니다.」 웝슬 씨가 말했다.

38 주기도문을 거꾸로 읽는 일은 악마 숭배 의식에서 악마를 불러내는 의식의 일부로 대중들에게 널리 알려진 방법이다.

「그렇다.」 증인 격인 웝슬 씨를 향해 오른손을 뻗은 채로 나머지 사람들 쪽을 돌아보며 낯선 남자가 되받았다. 「자, 이제 여러분들에게 물어보겠습니다. 눈앞에 저런 신문 기사가 실려 있는데도, 아직 자기변명을 하지도 못한 동료 인간이 유죄라고 결론 내리고는 버젓이 베개에 머리를 대고 자는 저런 사람의 양심에 대해 여러분은 뭐라고 하시겠습니까?」

우리는 모두 웝슬 씨가 그동안 우리가 생각해 왔던 사람이 아니며, 그의 실체가 드러나기 시작한 거라고 의심하기 시작했다.

「그리고 기억하시오. 바로 저런 자가 말이오.」 웝슬 씨를 향해 과도하게 손가락질을 하면서 그 신사가 말을 이었다. 「바로 저런 자가 이 재판에 배심원으로 불려 갈 수도 있다는 겁니다. 그리고 저렇게 심각한 잘못을 저질러 놓고는 자기 가족들의 품 안으로 돌아가서 베개에 머리를 대고 편히 잘 수 있다는 겁니다. 우리의 최고 통치자이신 국왕 폐하와 법정에 선 죄수 사이에 벌어진 사건을 진심을 다해 제대로 심리하고, 증거에 따라 진실한 평결을 내리겠다고 신중하게 맹세를 해놓고는 말입니다. 그러니 하느님이 그를 보우하시기만을 바랄 뿐이죠!」

우리는 모두 딱한 웝슬 씨가 너무 나아갔으며 아직 시간이 있을 때 자신의 무모한 질주를 멈추는 게 낫겠다고 마음 속 깊이 확신했다.

낯선 신사는 반론의 여지가 없는 권위 있는 태도와, 자기가 누설하겠다고 마음만 먹으면 우리 모두를 확실하게 파멸시킬 수 있는 한 명 한 명의 비밀을 알고 있다는 걸 암시하는 태도로, 긴 의자 등받이를 떠나 난롯불 앞에 놓인 두 개의 긴 의자들 사이로 나와 섰다. 그는 왼손을 주머니에 찔러 넣고서 오른손 집게손가락을 물어뜯고 있었다.

「내가 전달받은 정보에 의하면 말이오.」 그의 앞에서 모두 움찔하며 겁을 먹고 있는데 그가 그런 우리를 휙 둘러보며 말했다. 「여러분 중에 조지프 혹은 조 가저리라는 이름의 대장장이가 있다고 믿을 만한 충분한 근거가 있소. 누가 그 사람이오?」

「여기 있습니다.」 조가 말했다.

낯선 신사는 조더러 자리에서 나오라고 손짓했고 조는 그리로 갔다.

「당신에게 흔히 핍이라고 알려져 있는 도제가 한 명 있지요?」 낯선 남자가 말을 이었다.

「여기 있습니다!」 내가 외쳤다.

낯선 남자는 나를 알아보지 못했지만 나는 그가 미스 해비셤 댁을 두 번째로 방문했을 때 계단에서 마주쳤던 신사임을 알아보았다. 나는 긴 의자 너머로 우리를 보고 있는 그를 본 순간부터 바로 그를 알아보았지만, 이제 그의 손이 내 어깨에 얹혀 있는 상태에서 직접 대면하고 보니 그의 큰 머리, 거무스레한 안색, 움폭한 눈, 짙은 검정색 눈썹, 큰 시곗줄, 점점이 강렬하게 박혀 있는 검정색 턱수염, 구레나룻 자국, 그리고 심지어 큰 손에서 나는 향수 비누 냄새까지도 세부적으로 확인되었다.

「당신들 두 사람과 개인적으로 면담을 하고 싶소.」 느긋한 태도로 나를 꼼꼼히 살펴보고 난 후 그가 말했다. 「시간이 조금 걸릴 거요. 아마 당신 집으로 가는 게 더 나을 것 같소. 여기서 내가 전달할 내용을 앞당겨 처리하고 싶지는 않소.

당신 친구들한테는 나중에 당신이 원하는 만큼 많이 혹은 적게 알리면 될 거요. 그건 나와 아무 상관이 없는 일이오.」

우리 셋은 침묵 속에서 의아해하고 있는 사람들을 두고 〈얼큰한 세 선장〉에서 나와 집으로 걸어갔다. 집으로 가는 동안 낯선 신사는 이따금 나를 바라보았으며, 이따금 손가락 옆을 물어뜯었다. 집에 가까이 다가가자 조는 이 일이 뭔가 엄숙하고 격식을 요하는 일이라는 걸 막연히 감지하고는 현관문을 열기 위해 앞장서 갔다. 우리의 면담은 촛불 한 개가 희미하게 불을 밝히고 있는 우리 집에서 제일 좋은 응접실에서 이뤄졌다.

면담은 낯선 신사가 테이블에 앉아서 촛불을 자기 쪽으로 잡아당겨 수첩에 적힌 몇몇 내용을 들여다보는 일부터 시작되었다. 그러고 나서 그는 수첩을 넣고 조와 나를 구분하기 위해 주의해서 살펴본 후 촛불을 조금 옆으로 옮겨 놓았다.

「내 이름은 재거스라고 합니다.」 그가 말했다. 「나는 런던의 변호사입니다. 꽤 유명하지요. 당신들과 처리할 특별한 용건이 있소만, 우선 그 용건이 내가 만든 건 아니라는 설명부터 시작하겠소. 만일 내 조언을 구하는 일이었다면 나는 당연히 이곳에 오지 않았을 거요. 하지만 의뢰인이 그런 조언은 구하지 않았기에 당신들이 나를 이곳에서 보고 있는 겁니다. 다른 사람의 은밀한 비밀 대리인으로 내가 해야 할 일이 있다면 그런 일은 합니다. 그 이상도 그 이하도 아니오.」

자신이 앉아 있는 자리에서 우리를 잘 볼 수 없다는 걸 알고, 그는 일어나 한쪽 다리를 의자의 등받이 너머로 걸쳐 놓았다. 따라서 그는 한 발은 의자의 앉는 부분에 올려놓고 다른 한 발은 바닥을 디디고 있는 모습이었다.

「자, 조지프 가저리 씨, 난 당신에게서 당신의 도제인 이 어린 친구를 면제시키라는 제안을 받고 그걸 전달하러 왔소. 이 친구가 요구하면 그의 이익을 위해 그의 도제 계약을 취소하는 데 반대하지 않겠지요? 그렇게 해주면서 뭔가 원하는 건 없겠지요?」

「핍의 앞길을 방해하지 않는 대가로 내가 뭔가를 원한다는 건, 하느님께 맹세코 절대로 있을 수 없는 일입니다.」 조가 그를 노려보면서 말했다.

「하느님께 맹세코 절대로 있을 수 없다는 말은 경건한 표현이긴 하지만 지금 이 일에 알맞은 표현은 아니오.」 재거스 씨가 응수했다. 「내 질문은 당신이 원하는 게 있느냐는 거요. 뭐든 원하는 게 있소?」

「내 대답은 말입니다.」 조가 단호하게 응수했다. 「〈없다〉는 겁니다.」

나는 재거스 씨가 조를 흘긋 바라보았다는 생각이 들었다. 마치 사심이 없다는 이유로 조를 덜떨어진 바보로 생각하고 있다는 투였다. 그러나 숨이 막힐 것 같은 궁금증과 놀라움 사이에서 너무 당황한 터라 그걸 확신할 수는 없었다.

「잘 알았소.」 재거스 씨가 말했다. 「원하는 게 없다고 한 그 말을 부디 기억하고, 곧바로 뒤집을 생각은 마시오.」

「누가 그걸 뒤집는다는 겁니까?」 조가 쏘아붙였다.

「난 누가 그런다고 말하지 않았소. 당신, 개를 기르시오?」

「네, 한 마리 기릅니다.」

「그러면 〈허풍은 착한 개지만 신중은 더 착한 개〉[39]라는

39 신중한 태도가 허풍 떠는 태도보다 더 낫다, 혹은 침묵은 금이요, 웅변은 은이라는 의미의 속담.

말을 기억하시오. 그 말을 잘 기억하시오, 알겠소?」 재거스 씨는 마치 용서해 준다는 듯 눈을 지그시 감고 조를 향해 머리를 끄덕이며 되풀이해서 말했다. 「자, 다시 이 어린 친구 얘기로 돌아갑시다. 내가 전해야 하는 사항이란 바로 이 친구에게 엄청난 유산 상속이 이뤄지게 되었다는 겁니다.」

조와 나는 놀라서 숨을 헐떡였고 빤히 서로를 쳐다보았다.

「나는 이 친구가 엄청난 재산을 물려받게 되었다는 사실을 알려 주라는 지시를 받았소.」 재거스 씨가 손가락으로 삐딱하게 나를 지목하며 말했다. 「나아가 이 친구가 즉시 현재의 삶의 영역과 이 집을 떠나서 신사 교육을 받아야 한다는 것, 한마디로 말해서 엄청난 재산을 상속받게 된 젊은이로서 교육을 받아야 한다는 것이 현재 그 재산을 소유한 분의 바람이오.」

내 꿈이 실현된 것이었다. 터무니없던 내 공상이 오히려 한술 더 떠 생생한 현실로 실현된 것이었다. 미스 해비셤이 엄청난 규모로 내게 행운을 가져다주려는 것이었다.

「자, 핍 군.」 변호사가 말을 이었다. 「내가 해야 할 마지막 말은 자네에게 전하는 내용이네. 우선 자네는 앞으로 늘 핍이라는 이름을 간직해야 한다는 게 나에게 지시를 내린 분의 요구 사항이라는 사실을 명심해야 하네. 자네가 얻게 될 그 엄청난 유산에 겨우 그 정도의 손쉬운 의무가 부과되었다는 점에 대해선 전혀 이의가 없을 거라고 말해도 되겠지. 하지만 그래도 혹시 무슨 이의가 있다면 바로 지금이 그걸 제기할 때네.」

심장이 하도 빠르게 고동치고 두 귀가 하도 심하게 울리고 있어서 나는 이의가 전혀 없다는 말을 더듬거리면서 말했다.

「없을 줄 알았네! 자, 이제 두 번째로 자네가 명심해야 할 사항을 말해 주겠네. 자네의 은인이 몸소 자기 이름을 밝히기 전까지는 그분의 이름이 철저히 비밀로 남아 있어야 한다는 것이네. 나는 그분이 자기 입으로 몸소 이름을 밝히고자 하는 게 그분의 의도라는 것을 말해 주라고 권한을 위임받았네. 그런 의도가 언제 어디서 실현될지 나는 말할 수 없네. 누구도 말할 수 없네. 지금부터 여러 해가 지난 후일지도 모르지. 자, 그러니 앞으로 자네는 나와 하게 될지 모르는 모든 의사 전달 과정에서 그 문제에 대해 그 어떤 질문도 해서는 안 되네. 아무리 어렴풋한 내용이라도 자네에게 유산을 상속한 당사자로 〈그 누구도〉 암시하거나 언급해서는 절대로 안 된다는 걸 분명히 명심해야 할 걸세. 만약 자네 가슴에 어떤 의혹이 있다면 그 의혹은 가슴속에만 간직하게. 이런 일을 금지하는 이유가 뭔지는 문제의 본질과 전혀 관련이 없네. 그건 더없이 강력하고 심각한 이유일 수도 있고 그저 단순한 변덕일 수도 있네. 그걸 캐묻는 건 자네의 몫이 아니네. 조건은 이미 정해져 있네. 자네가 그 조건을 받아들이느냐, 그리고 그 조건을 반드시 지켜야 할 의무 규정으로 준수하느냐, 그것이 내가 지시를 받았고, 그 밖에 그분을 위한 다른 책임들은 내가 질 필요가 없는, 그분의 유일한 나머지 조건이네. 첫 번째 조건과 마찬가지로 이것 역시 그런 엄청난 횡재에 의무로 부과된 것치고는 그리 까다로운 조건이 아니네. 하지만 혹시 그 조건에 이의를 제기하고 싶다면 바로 지금이 그걸 제기할 수 있는 때이네. 확실히 말해 보게.」

나는 다시 한 번 전혀 이의가 없다고 어렵사리 더듬거렸다.

「없을 줄 알았네! 자, 핍 군, 조건에 대한 얘기는 모두 끝났네.」 비록 그가 나를 핍 군이라고 불렀고 다소 내 비위를 맞추는 것 같은 태도를 보이긴 했지만, 그는 여전히 뭔가 위압적이고 의심하는 태도를 버리지 못하고 있었다. 그는 심지어 그 순간조차도 말을 하면서 이따금 눈을 감고 내게 손가락질을 해댔는데, 마치 자기가 누설하려고 마음만 먹는다면 내게 불명예가 될 온갖 사실들을 다 알고 있다고 암시하는 듯한 태도였다. 「다음으로는 단순한 세부 계약 사항들을 이야기하겠네. 내가 여러 차례 〈유산〉이라는 표현을 쓰긴 했지만, 사실 자네에겐 그 유산만 주어진 게 아니라는 걸 알아야 하네. 이미 내 수중엔 자네가 적절히 교육받고 먹고사는 데 충분히 쓰고도 남을 넉넉한 액수의 돈이 있네. 부디 나를 자네의 후견인으로 생각해 주길 바라네! 아하, 저런!」 내가 그에게 감사를 표하려고 하자 그가 말했다. 「지금 바로 얘기하겠네만, 나는 이런 임무에 대한 보수를 받았네. 그렇지 않다면 내가 이런 일을 할 리가 없지. 자네는 이제 자네의 처지에 걸맞게 보다 훌륭한 교육을 반드시 받아야 하며, 즉시 그런 혜택을 받는 일이 중요하고도 필요하다는 사실을 민감하게 알아차려야 한다는 걸 신중히 숙고해야 하네.」

나는 늘 그런 일을 갈망해 왔다고 말했다.

「자네가 지금까지 늘 무슨 일을 갈망해 왔는지는 결코 신경 쓰지 말게, 핍 군.」 그가 말했다. 「본론에서 벗어나지 말게. 지금은 본론만 갈망하면 그걸로 충분하네. 자네 말은 지금 당장 개인 교사 밑으로 들어갈 마음의 준비가 되어 있다는 대답이었겠지? 대답의 내용이 그건가?」

나는 〈네, 그렇습니다〉라고 더듬거리며 말했다.

「좋아. 자, 이제 자네 의향을 들어 보기로 하세. 이런 일은 별로 현명하다고 생각하지 않네만, 이게 내가 맡은 일이라는 걸 유념하게. 자네, 혹시 다른 어느 선생들보다도 더 마음에 드는 선생에 대해 들어 본 적이 있나?」

나는 비디와 웝슬 씨 대고모 말고 이제껏 그 어떤 선생에 대해서도 들어 본 적이 없었다. 그래서 없다고 대답했다.

「내가 좀 아는 선생이 한 사람 있는데 그 선생이라면 이런 목적에 잘 맞을 거라고 생각하네.」 재거스 씨가 말했다. 「그렇다고 내가 그 선생을 추천하는 건 아니라는 점을 명심하게. 난 결코 누구를 추천하는 사람이 아니야. 내가 말하는 신사는 매슈 포켓 씨라는 분이네.」

아하! 나는 즉시 그 이름을 기억해 냈다. 미스 해비셤의 친척이었다. 커밀라 부부가 말했던 바로 그 매슈였다. 미스 해비셤이 죽어서 신부 드레스를 입은 채 결혼 피로연 식탁에 누워 있게 되면, 그때 그 머리맡 자리를 차지하게 될 거라고 했던 바로 그 매슈였다. 「자네, 그 이름을 아나?」 날카롭게 나를 바라보며 재거스 씨가 말했다. 그리고 내 대답을 기다리는 동안 그는 두 눈을 감았다.

내 대답은 그 이름을 들어 본 적이 있다는 것이었다.

「오호!」 그가 말했다. 「그 이름을 들어 봤다 이거군. 하지만 문제는 이 일에 대해 자네가 어찌 생각하느냐는 것이네.」

나는 그런 분을 추천해 주셔서 너무나 감사하다고 말했다. 아니, 말하려고 했다.

「어린 친구, 그게 아니라니까!」 그가 아주 천천히 그 큰 머리를 가로저으며 말했다. 「정신을 차리라고!」

나는 정신을 못 차리고 다시 한 번 그런 분을 추천해 주셔서 너무나 감사하다는 말을 하기 시작했다.

「어린 친구, 그게 아니라니까!」 그가 고개를 가로젓고, 인상을 찌푸리는 동시에 미소를 지으면서 내 말을 가로막았다. 「그게 아냐, 아냐, 아니라고. 자네의 그런 말은 아주 괜찮은 말이긴 하네. 하지만 그건 이 경우에 맞는 말이 아니네. 자넨 그런 말로 나를 사로잡기엔 너무 어려. 〈추천〉이란 말은 적합한 단어가 아니네, 핍 군. 그것 말고 다른 단어를 사용해 보게.」

내 잘못을 수정하면서 나는 매슈 포켓 씨를 말씀해 주셔서 정말 감사드린다고 말했다.

「〈그 말〉이 훨씬 더 적합하군!」 재거스 씨가 큰 소리로 말했다.

그리고 나는 기꺼이 그 신사에게 배우겠다고 덧붙였다.

「좋아. 그분 댁에서 직접 배우는 게 나을 걸세. 교육 방식은 자네를 위해 준비될 것이네. 우선 자네는 런던에 있는 그분의 아들을 만날 수 있을 걸세. 런던에 언제 오겠는가?」

나는 (조를 흘긋 바라보면서) 곧바로 갈 수 있을 것 같다고 말했다.

「먼저 말이네.」 재거스 씨가 말했다. 「새 옷을 입고 와야 할 걸세. 작업복 차림은 곤란해. 일주일 후 이 날로 하세. 돈이 좀 필요하겠지. 20기니를 주고 가면 되겠나?」

그는 지극히 차분한 태도로 길쭉한 돈주머니를 꺼낸 뒤 20기니를 하나 둘 세면서 탁자 위에 올려놓더니 내 쪽으로 밀었다. 그가 처음으로 자기 다리를 의자에서 빼냈을 때였다. 그는 돈을 다 밀어 준 뒤 두 다리를 크게 벌리고 의자에 걸터앉아서 돈주머니를 흔들며 조를 눈여겨보았다.

「무슨 일 있소, 조지프 가저리? 멍하니 말문이 막힌다는 표정인데.」

「〈정말〉 그렇습니다!」 조가 몹시 단호한 태도로 말했다.

「아무것도 바라는 게 없다고 양해가 이루어졌을 텐데. 기억하오?」

「그렇게 양해되었습니다.」 조가 말했다. 「그리고 지금도 그렇게 양해되고 있고요. 따라서 앞으로도 영원히 같을 겁니다.」

「하지만 만약에 말이오.」 재거스 씨가 돈주머니를 흔들면서 말했다. 「당신에게 보상으로 선물을 주라는 내용이 내가 받은 지시 사항에 들어 있다면 어쩌겠소?」

「무슨 일에 대한 보상요?」 조가 물었다.

「저 아이가 도제 생활을 끝마치지 못하게 된 데 대한 보상 말이오.」

조가 여성스러운 손길로 내 어깨 위에 손을 올려놓았다. 나는 그때 이후로 종종 그가 힘과 부드러움이 결합되어 있다는 점에서, 어떤 사람이든 박살을 내버릴 수 있으면서 동시에 달걀 껍질도 살살 두드릴 수 있는 증기 해머 같다고 생각하고 있다. 「핍이 명예와 행운을 향해 도제 일을 자유롭게 그만두고 간다면 그건 진심으로 환영할 만한 일입니다.」 조가 말했다. 「이러쿵저러쿵할 필요가 없는 일이지요. 하지만 만약 선생님이 이 아이를 놓치는 일에 대해 돈이 그 보상을 할 수 있을 거라고 생각한다면, 그것도 대장간에 와서 그동안 쭉 나와 가장 절친한 친구로 지낸 이 아이를 그렇게 생각한다면…….」

아아, 내가 그리도 선뜻, 그리도 배은망덕하게 떠나려고 마음먹었던 사랑하는 착한 조! 눈앞에 대장장이의 근육질

팔을 내밀고 그 넓은 가슴을 들썩이면서 목소리가 잦아들던 그 모습이 다시 한 번 눈에 선합니다. 아아, 다정하고 착하고 그리운 조! 내 팔에 닿던 당신 손의 사랑스러운 떨림이 천사의 날갯짓처럼 오늘 이 날까지도 경건하게 느껴집니다!

하지만 나는 그때는 그저 조를 달래기만 했다. 나는 미래의 행운이라는 미로 속에서 길을 잃었기에 우리가 함께 지나다녔던 샛길들을 살필 수 없었다. 나는 조에게 (그가 말한 대로) 우리는 지금까지 쭉 가장 친한 친구였고 또 (내가 말한 대로) 앞으로도 영원히 그럴 것이니 제발 마음을 편안하게 가라앉히라고 간청했다. 조는 나를 잡지 않은 다른 팔의 팔목으로 마치 후벼 파기로 작정한 사람처럼 눈을 마구 훔쳤다. 하지만 그는 다른 말은 한마디도 하지 않았다.

재거스 씨는 이 광경을 쭉 지켜보고 있었는데, 그러면서 그는 아마도 조에게서 마을에 있는 바보의 모습을, 내게서는 그의 보호자 모습을 찾아낸 것 같았다. 상황 파악이 끝나자 그는 흔들다 잠시 멈추고 있던 돈주머니를 손에다 올려놓고 그 무게를 재면서 말했다.

「자, 조지프 가저리. 이게 마지막 기회라고 통고하겠소. 내게 어중간한 수단은 절대로 안 통해. 당신한테 주기 위해 내가 맡아 놓고 있는 선물을 받고 싶은 생각이 있다면 큰 소리로 말하시오. 그러면 받게 될 테니. 그런데 만약 그 반대로 하고 싶은 이야기가 —」 이때 너무나 놀랍게도 느닷없이 조가 온갖 권투 동작을 해 보이며 그의 주변을 빙빙 도는 바람에 그는 말문을 닫고 말았다.

「그러니까 내 말이 무슨 말이냐 하면 말입니다.」 조가 소리쳤다. 「선생이 황소 골탕 먹이기 놀이나 오소리 골탕 먹이기 놀이[40]에서처럼 나를 골리기 위해 내 집에 온 거라면, 덤벼라 이겁니다! 그러니까 무슨 말이냐 하면 말입니다. 만약 당신이 진정한 사내라면 덤비라는 겁니다! 그러니까 무슨 말이냐 하면 말입니다. 내가 하는 말은 진짜로, 진심으로 하는 말이라는 겁니다. 어디 버텨 보든 자빠져 보든 한번 해보쇼!」

나는 조를 다른 곳으로 끌고 갔고 그는 즉시 안정을 찾았다. 그는 단지 내게 다정한 태도로 그리고 혹시라도 관련이 있을 수 있는 상대방에게는 예의 바르게 충고하는 통보의 일환으로 말했을 뿐이다. 자기는 자기 집에서 황소 골탕 먹이기나 오소리 골탕 먹이기 놀이 하듯 절대로 골림을 당하지는 않을 거라고 말이다. 조가 권투 동작을 해 보이자 재거스 씨는 얼른 일어나서 이미 문가로 뒷걸음질한 상태였다. 안으로 다시 들어올 마음을 전혀 보이지 않은 채 그는 그곳에서 이런 작별 인사를 건넸다.

「자, 핍 군, 내 생각엔 자네가 이곳을 빨리 떠나면 떠날수록 — 신사가 되기로 했으니 말일세 — 좋을 것 같네. 그날이 다음 주 바로 이 날이 되게 하게. 그동안 자네는 인쇄된 내 주소를 받게 될 걸세. 런던 역마차 대여소에서 전세 마차를 잡아타면 곧장 내게 올 수 있을 거네. 어떤 식으로건 나는 맡은 일에 대한 개인적 견해를 절대로 표명하지 않는다는 걸 명심하게. 나는 그저 보수를 받고 일을 맡은 것이고, 그래서 하는 것뿐이네. 자, 마지막으로 그 점을 꼭 명심하게. 반드시 명심하라고!」

그는 우리 두 사람 모두를 향해 손가락을 내뻗고 있었는데, 내 생각으로는 조가 위험해 보이지만 않았다면 끝까지

40 개를 부추겨 황소나 오소리를 성나게 하는 영국의 옛 놀이.

손가락을 거두지 않을 것 같았다. 그러고 나서 그는 떠났다.

그가 전세 마차를 대기시켜 놓고 왔던 〈얼큰한 세 선장〉으로 가고 있을 때 나는 머릿속에 불현듯 어떤 생각이 떠올라 그를 쫓아 달려갔다.

「죄송합니다, 재거스 변호사님.」

「어라!」 그가 돌아보며 말했다. 「무슨 일인가?」

「확실하게 해두고 싶은 게 있어요, 재거스 변호사님. 지시하신 사항들을 잘 지키고 싶어서요. 그래서 여쭤 보는 게 낫겠다고 생각했어요. 제가 떠나기 전에 인근의 지인들에게 작별 인사를 하는 데 대해서 혹시 반대 의견이 있으신지요?」

「없네.」 그가 도통 내 말이 무슨 소린지 이해할 수 없다는 표정으로 나를 쳐다보며 말했다.

「우리 마을뿐만 아니라 읍내까지도 말하는 건데요?」

「없네.」 그가 말했다. 「아무런 반대 의견이 없네.」

나는 그에게 감사를 표하고 집으로 달려갔다. 그리고 그곳에서 조가 이미 현관문을 걸어 잠그고 손님맞이용 응접실을 비웠으며, 두 손을 두 무릎 위에 올려놓고 불타는 석탄더미를 골똘히 응시하면서 부엌 난롯가에 앉아 있는 모습을 발견했다. 나 역시 난롯가에 앉아 석탄 더미를 응시했다. 한동안 아무런 대화도 오가지 않았다.

누나는 늘 앉는 구석 자리의 쿠션 의자에 앉아 있었고 비디는 난롯불 앞에 앉아 바느질을 하고 있었다. 조는 비디 옆에 앉아 있었다. 나는 누나의 반대편 구석 자리로 가서 조 옆에 앉아 있었다. 타오르는 석탄을 들여다보면 볼수록 점점 더 조를 쳐다볼 수 없었다. 침묵이 계속되면 계속될수록 점점 더 말을 할 수 없을 것 같다는 생각이 들었다.

마침내 내가 먼저 말을 꺼냈다. 「조, 비디에게 말했어?」

「안 했다, 핍.」 조가 대답했다. 그는 여전히 난롯불을 응시하며 양쪽 무릎을 꽉 잡고 있었는데, 마치 무릎이 어디론가 달아날 거라는 비밀스러운 얘기라도 들은 듯한 태도였다. 「그 일은 너한테 남겨 뒀다, 핍.」

「나 대신 말을 해주었으면 좋겠어, 조.」

「그렇다면 내가 말하지. 핍이 엄청난 재산을 지닌 신사가 되었대.」 조가 말했다. 「그리고 나는 그 일에 하느님의 가호가 있기를 빌고!」

비디가 바느질감을 내려뜨리고 나를 바라보았다. 조는 양쪽 무릎을 잡고 나를 바라보았다. 나는 그 두 사람을 바라보았다. 잠시 침묵이 흐른 후 두 사람 모두 나를 진심으로 축하해 주었다. 그러나 분명히 그들의 축하 속에 뭔가 슬픔이 깃들어 있어 나는 약간 화가 났다.

나는 비디에게 (그리고 비디를 통해 조에게) 나를 아는 친지들이 짊어져야 한다고 생각하는 의무, 즉 내게 행운을 준 은인에 대해서는 아무것도 몰라야 하고 아무 말도 하지 않아야 할 중대한 의무가 있다는 걸 확실히 못 박아 두는 게 내가 해야 할 일이라고 생각했다. 나는 적절한 때가 되면 모든 사실이 밝혀질 테니 그때까지는 내가 미지의 은인으로부터 막대한 유산을 받게 되었다는 이야기 말고는 그 어떤 말도 해서는 안 된다고 말했다. 비디는 다시 바느질감을 들고 생각에 잠긴 얼굴로 난롯불을 향해 고개를 끄덕거렸고, 각별히 유념하겠노라고 말했다. 그리고 조도 여전히 양쪽 무릎을 꽉 붙든 채 〈알았어, 알았어. 나도 각별히 유념할게, 핍〉이라고 말했다. 그리고 나서 그들은 거듭 나를 축하해 주었는데, 내가 신사가 된다는 생각에 그들이 계속해서 하도 놀라워하는 바람에 오히려 그게 마음에 안 들 정도였다.

그 후 비디는 엄청난 수고를 들여 누나에게 내게 무슨 일이 일어났는지 어렴풋하게나마 설명해 주었다. 그러나 아무리 좋게 생각해도 그런 노력은 전적으로 실패한 것 같았다. 누나는 그저 웃으면서 수없이 고개를 끄덕거리기만 했으며, 심지어 비디의 말을 흉내 내 〈핍〉과 〈유산〉이라는 단어를 반복하기까지 했다. 그러나 나는 누나가 따라 한 그 단어들 안에 선거전 구호만큼의 의미라도 담겨 있었는지 의심이 들었다. 그리고 누나의 정신 상태를 이 상황보다 더 암울하게 그려 낼 수는 없을 것이다.

직접 체험해 보지 않았다면 누나의 그런 정신 상태를 도저히 믿을 수가 없었을 것이다. 조와 비디가 다시 명랑하고 편안한 상태를 되찾자 이번엔 오히려 내가 무척 우울해지기 시작했다. 물론 내가 나에게 찾아온 행운에 대해 불만을 품을 수는 없었을 것이다. 하지만 나도 모르는 사이에 나 자신에 대해 불만을 품을 수는 있었다.

여하튼 나는 팔꿈치를 두 무릎 위에 올려놓고, 얼굴을 두 손으로 괴고서 난롯불을 들여다보며 앉아 있었다. 그러는 동안 두 사람은 내가 떠나는 일, 나 없이 그들이 해야 할 일, 기타 사항들에 대해 얘기를 나눴다. 그리고 두 사람 중 하나가 나를 쳐다보다가(그들은 종종 나를 쳐다보았는데, 특히 비디가 그랬다) 나와 눈길이 마주칠 때마다, 나에게 뭔가 불신을 드러내는 것 같아 썩 기분이 좋지 않았다. 물론 그들이 그런 불신을 말로든 동작으로든 절대 직접적으로 드러내지 않았다는 건 하늘이 아는 일이다.

그렇게 눈길이 마주칠 때마다 나는 일어나서 문밖을 내다보곤 했다. 우리 집 부엌문은 밤이 되면 내부 환기를 위해 바로 열었고, 여름밤 내내 그렇게 열린 상태로 놔두곤 했다. 나는 그때 눈을 들어 올려다보았던 별들이 내가 평생을 보냈던 시골의 촌스러운 사물들 위에서 반짝거리는 걸로 봐서 그저 보잘것없고 비천한 별들이라고 생각했다.

「오늘이 토요일 밤이야.」 저녁 식사로 치즈 바른 빵과 맥주를 먹기 위해 식탁에 앉았을 때 내가 말했다. 「그러니 닷새만 있으면 〈출발 날〉 바로 전날이네! 닷새는 금세 지나갈 거야.」

「그래, 핍.」 조가 말했다. 그 목소리가 맥주가 담긴 그의 머그잔 속에서 공허하게 울렸다. 「금세 지나갈 거다.」

「금세, 금세 지나가지.」 비디가 말했다.

「쭉 생각을 해봤는데 말이야, 조. 월요일 날 읍내에 가서 새 양복을 맞출 때 양복점 주인에게 옷이 완성되면 내가 직접 그곳으로 가서 입든지 아니면 옷을 펌블추크 씨 가게로 보내 주든지 해달라고 말해야겠어. 이곳 사람들 모두가 나를 빤히 구경하는 게 몹시 불쾌할 것 같아.」

「허블 씨 부부가 신사처럼 차려입은 네 새로운 모습을 무척 보고 싶어 할 텐데, 핍.」 열심히 빵을 자른 후 왼쪽 손바닥에 빵을 놓고 치즈를 바르면서, 그리고 우리 두 사람이 빵 덩이를 비교하던 때를 회상이라도 하듯 아직 맛도 보지 않고 있는 내 빵 덩이를 곁눈질하면서 조가 말했다. 「웝슬 씨도 마찬가지일 거고. 그리고 〈얼큰한 세 선장〉의 손님들도 네 모습을 칭찬할 만한 일로 여길걸.」

「바로 그게 싫다는 거야, 조. 그들은 내 모습을 보고 퍽도 대단한 일인 양 야단법석을 떨 거야. 상스럽고 천박한 야단

법석 말이야. 내가 나 자신의 모습을 못 견딜 정도로.」

「아하, 그건 정말 그렇겠다, 핍!」 조가 말했다. 「만약 네가 너 스스로를 못 견디겠다고 한다면 —」

그때 누나의 접시를 들고 앉아 있던 비디가 내게 물었다. 「가저리 아저씨하고 네 누나하고 나한테 네 모습을 언제 보여 줄지 생각해 둔 거니? 우리한테는 보여 줘야지, 안 그래?」

「비디.」 내가 다소 화를 내며 말했다. 「넌 너무 성급해서 따라가기가 힘들어.」

(「비디는 늘 성급해.」 조가 말했다.)

「한숨만 기다렸다면 내가 하룻밤 날을 잡아서 — 아마 떠나기 전날 밤에 — 보따리에 내 새 양복을 싸 들고 이곳으로 올 거라는 얘기를 들었을 거다.」

비디는 더 이상 말을 하지 않았다. 인심 좋게 그녀를 용서해 주고 나서, 나는 곧 그녀와 조에게 다정하게 잘 자라는 인사를 건넨 뒤 내 방으로 올라갔다. 나는 내 작은 방에 들어간 뒤 그곳에 앉아서 한참 동안 방 안을 둘러보았다. 곧 떠나게 될 것이고 영원히 그곳을 벗어나 출세를 향해 나아가게 될, 좁고 초라한 방이었다. 하지만 그 방은 내 어린 시절의 생생한 추억들이 깃든 방이기도 했다. 바로 그 순간에도 나는 대장간과 미스 해비셤의 저택 사이에서, 그리고 비디와 에스텔라 사이에서 너무나도 자주 그랬던 것처럼, 그 방과 앞으로 내가 지내게 될 더 멋진 방들 사이에서 혼란스러운 마음 상태로 빠져들었다.

그날은 온종일 다락방 지붕에 햇볕이 밝게 내리쬔 날이어서 방이 따뜻했다. 창문을 열고 밖을 내다보고 있노라니 조가 아래층 어두컴컴한 문밖으로 천천히 나와서 바람을 쐬며 한두 바퀴 도는 모습이 보였다. 그러더니 이번에는 비디가 나와서 그에게 파이프 담배를 건네주고 그를 위해 불을 붙여 주는 모습도 보였다. 그는 그런 늦은 시각에 결코 파이프 담배를 피우는 사람이 아니었다. 그러니 그 시각에 그걸 피운다는 건 이런저런 이유로 그가 뭔가 위안을 원하고 있다는 사실을 암시하는 것이었다.

그는 곧바로 내 방 창문 바로 밑 문가에 서서 파이프 담배를 피웠으며, 비디도 그곳에 서서 그와 조용히 얘기를 나눴다. 나는 두 사람이 내 얘기를 한다는 걸 알았다. 두 사람 모두 애정이 담긴 어조로 내 이름을 한 차례 이상 말하는 소리가 들렸기 때문이다. 더 많은 얘기를 엿들을 수 있었지만 나는 더 이상 그들의 얘기를 듣고 싶지 않았다. 나는 창문에서 물러나 침대 옆 의자에 앉았다. 그러면서 나는 빛나는 행운으로 가득 찬 이 첫날 밤이 어쩌면 여태껏 내가 알아 왔던 밤들 중에서 가장 외로운 밤일 수도 있겠다는 생각이 들어 참 슬프고 이상하다고 느꼈다.

열린 창문 쪽을 바라다보니 조의 파이프에서 피어올라 그곳까지 둥실 떠오른 화환 모양의 동그란 담배 연기 고리들이 보였다. 나는 그게 조가 보낸 축복의 선물 같다고 생각했다. 내게 억지로 불쑥 내밀어지거나 내 앞에 전시되어 있는 게 아니라, 우리가 함께 나누고 있는 공기에 스며들어 있는 선물 말이다. 나는 불을 끄고 침대로 기어 들어갔다. 이제는 불편해진 침대였다. 그리고 나는 그 침대 안에서 더 이상 예전처럼 달콤한 단잠을 자지 못했다.

19

아침이 되니 내 전반적인 삶의 풍경은 너무나도 바뀌어 있었다. 그곳에 너무나 화사한 빛이 비추고 있어 도무지 예전 같은 모습이라고 생각되지 않았다. 내 마음을 가장 무겁게 짓누른 건 나와 출발 날짜 사이에 엿새라는 날들이 끼어 있다는 생각이었다. 나는 그 시간 동안 혹시 런던에 무슨 일이 일어나서, 내가 그곳에 도착했을 때 그 도시가 엄청나게 파괴되었거나 아니면 완전히 사라졌을지도 모른다는 불안감을 떨쳐 버릴 수 없었다.

다가오는 우리의 이별에 대해 말하자 조와 비디는 무척 공감을 표시했고 즐거워했다. 그러나 그들은 내가 그런 말을 했을 때만 그 일을 입에 올렸을 뿐이다. 아침 식사가 끝나자 조가 손님맞이용 응접실 붙박이장에서 내 도제 계약서를 꺼내 왔고, 우리는 그걸 난롯불 속에 집어넣었다. 그리고 나는 자유로운 몸이 되었다고 느꼈다. 나는 이제 자유롭다는 신선한 해방감을 만끽하면서 조와 함께 교회로 갔다. 나는 아마 목사님께서 이 모든 사정을 알고 계셨다면 부자와 하늘나라에 관한 성서 구절[41]을 봉독하진 않으셨을 거라고 생각했다.

다소 이른 저녁 식사를 하고 난 후, 나는 습지대에서의 일을 머릿속에서 말끔히 털어 내고 지워 버릴 요량으로 그곳으로 혼자 한가롭게 산책을 나섰다. 교회를 지나면서 나는 평생 매주 일요일마다 그곳으로 다니다가 마침내 이름도 없이

41 「마태오의 복음서」 19장 23~24절. 〈부자가 하늘나라에 들어가는 것보다 낙타가 바늘귀로 빠져나가는 것이 더 쉽다〉라는 구절.

죽어 그곳의 나지막한 초록빛 무덤들 속에 누울 운명을 타고난 〈가엾은 시골 사람들에 대해 숭고한 연민〉[42]을 느꼈다. (아침 예배 시간에 느꼈던 것처럼 말이다.) 나는 가까운 시일 안에 날을 잡아 그들에게 뭔가를 해주겠다고 다짐했고, 모든 마을 사람들에게 쇠고기 구이, 자두 푸딩, 독한 맥주 1파인트, 그리고 생색을 내며 베푸는 은덕 1갤런 등으로 이루어진 저녁 식사 한턱을 내겠다는 개괄적인 계획을 세웠다.

예전에는 내가 종종 그 옛날 묘지 사이로 절름거리며 사라지는 모습을 보았던 탈주범과 안면이 있다는 사실을 수치심에 뭔가 더해진 묘한 감정을 품고 생각했다면, 이 일요일 날 다시 그 습지대가 중죄인의 표지인 족쇄를 차고 누더기를 걸친 채 추워서 벌벌 떨던 비참한 탈주범을 내게 상기시켰을 때 내 감정이 어떠했겠는가! 그나마 위안이 되었던 생각은, 그 일이 오래전에 일어난 일이고, 틀림없이 그 죄수가 머나먼 곳으로 유배를 갔을 것이며, 그리고 그는 이미 나에게 죽은 사람이나 마찬가지인 존재이고, 나아가 실제로도 이미 죽었을지도 모른다는 것이었다.

낮고 축축한 습지대야, 이젠 안녕이다. 수로들과 수문들아, 너희들도 이젠 안녕이다. 풀을 뜯어 먹고 있는 소 떼야, 너희도 이젠 끝이다. 물론 지금은 이 소 떼가 둔해 빠진 태도로 더욱 존경심에 가득 차서 가능하면 막대한 유산을 상속받게 된 분을 자세히 보려고 내 쪽으로 몸을 돌리고 있는 것 같았다. 단조롭기 짝이 없는 내 어린 시절의 익숙한 정경들아, 안녕이다! 이제부터 나는 잡다한 대장장이 일과 너희를

42 토머스 그레이Thomas Gray의 시 「시골 교회 묘지에서 읊은 만가」에 나오는 내용을 차용한 것이다.

떠나 런던으로 가서 훌륭한 사람이 될 테다! 나는 이런 우쭐한 기분으로 옛 포대 자리로 갔고, 거기 누워서 미스 해비셤이 나를 에스텔라의 짝으로 삼으려고 마음먹은 게 아닌가 하는 생각에 곰곰이 빠져 있다 깜빡 잠이 들었다.

잠에서 깼을 때 나는 조가 파이프 담배를 피우며 내 옆에 앉아 있는 걸 보고 깜짝 놀랐다. 그는 내가 눈을 뜨자마자 밝은 미소를 짓는 걸로 인사를 대신하며 말했다.

「이것이 마지막인 것 같아서, 핍. 널 따라와야겠다고 생각했다.」

「그래, 조, 그래 줘서 정말 기뻐.」

「고맙다, 핍.」

「사랑하는 조, 확신해도 좋아.」 악수를 나눈 후 나는 계속해서 말했다. 「내가 결코 조를 잊지 않을 거라는 걸.」

「잊지 않겠지, 잊지 않고말고.」 조가 편안한 어조로 말했다. 「나야말로 그걸 확신한다. 그럼, 그렇고말고. 우린 오랜 친구잖니! 정말이지 그런 확신을 가지려면 마음속에 그걸 집어넣고 푹 익히는 게 필요하거든. 하지만 그렇게 푹 익히기 위해서는 시간이 조금 걸리지. 그런데 너무 뜻하지 않게 〈털썩!〉 하고 변화가 찾아왔어. 그렇지 않니?」

어쩐지 조가 그토록 강력하게 나에 대한 확신을 갖고 있다는 게 마냥 즐겁지만은 않았다. 차라리 그가 격한 감정을 내보이거나 〈이번 일은 네게 참 이로운 일이다, 핍〉이라는 말이나 그 비슷한 말을 해주는 게 더 좋을 것 같았다. 따라서 조가 말한 첫 번째 사항에 대해서는 아무런 토도 달지 않았고, 그저 두 번째 사항에 대해서만 말을 했다. 나는 유산 상속이라는 소식이 너무 느닷없이 전해졌지만 사실 늘 신사가 되기를 원해 왔으며, 만약 신사가 된다면 무슨 일을 할지도 수없이 상상해 왔었다고 말했다.

「역시 그랬었니?」 조가 말했다. 「놀랍기 그지없구나!」

「그런데 참 딱한 게 하나 있어, 조.」 내가 말했다. 「우리 둘이 이곳에서 함께 공부했었는데 조의 실력은 조금 더 향상되지 못했다는 거야. 안 그래?」

「글쎄, 난 모르겠다.」 조가 대답했다. 「난 지독하게 멍청해. 내 직종에서만 장인일 뿐이야. 내가 그토록 지독한 멍청이라는 사실은 늘 딱한 일이었어. 하지만 열두 달 전 오늘도 딱했으니 지금이라고 해서 더 딱한 건 아닐 거다. 모르겠니?」

내 말뜻은 재산을 물려받아서 조를 위해 뭔가 해줄 수 있는 능력을 갖추게 되었을 때, 그가 그런 신분 상승에 필요한 자질을 더 잘 갖추고 있다면 더욱 기분 좋을 거라는 것이었다. 그러나 그런 내 말뜻을 그가 전혀 이해하지 못했기 때문에 나는 차라리 이 얘기를 비디에게 해야겠다고 생각했다.

그래서 우리가 집으로 돌아가 차를 마시고 난 뒤, 나는 비디를 좁은 길가에 있는 우리 집 작은 정원으로 데리고 갔다. 그녀의 기분을 북돋우기 위해 그녀를 절대로 잊지 않겠다고 두루뭉술하게 몇 마디 던진 뒤 부탁이 하나 있다고 말했다.

「부탁이 뭐냐면 말이야, 비디.」 내가 말했다. 「조를 조금이라도 향상시키는 데 도움이 되는 기회가 생긴다면 그 어느 것도 놓치지 말아 달라는 거야.」

「아저씨가 어떻게 향상되도록 도우라는 건데?」 비디가 나를 뚫어져라 쏘아보며 물었다.

「글쎄! 조는 사랑스럽고 착한 사람이야. 사실 나는 그가 세상에서 가장 착한 사람이라고 생각해. 하지만 조는 어떤 일들에선 조금 모자라. 예를 든다면, 비디, 공부라든가 예절 같은 것에서.」

나는 말을 하면서 비디를 바라보고 있었고, 말을 마쳤을 때 그녀는 눈을 휘둥그레 뜨고 있었지만 나를 쳐다보고 있지 않았다.

「아니, 아저씨의 예절이라니! 그러면 아저씨의 예절이 충분하지 못하단 말이니?」 비디가 검정색 까치밥나무 이파리 하나를 뜯어내며 물었다.

「사랑하는 비디, 여기서는 아주 충분하지만 —」

「세상에! 〈여기서는〉 아주 충분하다고?」 비디가 손 안의 이파리를 꼼꼼히 들여다보면서 내 말을 가로막았다.

「내 말을 끝까지 들어 봐. 여기서는 아주 충분하지만 만약 내가 재산을 완전히 물려받게 되고, 그래서 내가 마음먹고 있듯이 조를 보다 고상한 삶의 분야로 옮겨 놓게 된다면, 그때는 지금 같은 조의 예절이 조가 좀처럼 정당한 대접을 못 받게 만들 거라는 소리라고.」

「그럼 넌 조 아저씨도 그런 사실을 알고 있다는 생각은 안 하니?」 비디가 물었다.

너무나 도발적인 질문이어서(그런 생각은 지극히 어렴풋하게라도 단 한 번도 든 적이 없었던 것이다) 퉁명스럽게 〈비디, 대체 그게 무슨 소리야?〉라고 내뱉었다.

두 손 사이에 나무 이파리를 넣고 비벼서 바스러뜨리고 난 뒤 — 그런데 이날 이후로 나는 검은색 까치밥나무 냄새를 맡으면 작은 정원에서의 그날 저녁이 떠오르곤 했다 — 비디가 말했다. 「아저씨가 자긍심을 가지고 있을지 모른다는 생각은 한 번도 안 해봤느냐고.」

「자긍심?」 내가 경멸을 섞어 힘주어 되받았다.

「저런! 자긍심엔 여러 종류가 있어.」 비디가 나를 똑바로 쳐다보고 머리를 흔들면서 말했다. 「자긍심이라 해도 다 똑같은 게 아니라고 —」

「그래서? 왜 말을 멈추는 건데?」 내가 말했다.

「다 똑같은 게 아니라고.」 비디가 다시 말을 이었다. 「아저씨는 아마 자긍심이 너무 강해서 자신이 충분히 감당할 능력이 있는 자리, 그것도 존중받으면서 잘 메우고 있는 그런 자리에서 누가 자신을 빼내려고 하는 일은 허락하지 않으실지 모른다고. 솔직히 말하면, 나는 아저씨가 정말 그러실 거라고 생각해. 분명히 네가 나보다 아저씨를 훨씬 더 잘 알 테니 이런 말을 하는 게 좀 주제넘은 것 같긴 하구나.」

「그런데, 비디.」 내가 말했다. 「너한테서 이런 면모를 보게 되어 정말 섭섭하다. 이런 면을 보게 될 줄은 꿈에도 생각 못 했어. 비디, 넌 시샘을 하고 있는 거야. 그리고 심술을 부리고 있는 거고. 넌 내가 행운을 잡은 게 불만스러운 거야. 그리고 그걸 숨길 수 없는 거고.」

「그렇게 생각하고 싶은 게 네 본심이라면 그렇게 말해.」 비디가 대답했다. 「몇 번이고 되풀이해서 그렇게 말해. 그렇게 생각하고 싶은 게 네 본심이라면.」

「비디, 그런 면모를 보이는 게 네 본심이라면 말이다.」 내가 고결한 척, 우월한 척하는 목소리로 말했다. 「그걸 내게 전가하지 마. 너에게서 그런 면모를 보게 되어 정말 섭섭하구나. 그건 말이지, 인간의 본성 중에서 나쁜 면모야. 나는 내가 떠나고 난 후 아무리 작은 기회라도 착한 조를 향상시킬 수 있는 기회가 생긴다면 네가 그걸 좀 이용해 달라고 진심으로 부탁할 의도였어. 하지만 이 순간 이후로는 너한테 어떤 부탁도 안 할게. 너에게서 이런 면모를 보게 되어 정말 섭섭하다, 비디.」 내가 거듭 되풀이해서 말했다. 「그건 말이다, 그건 인간의 본성 중에서 나쁜 면모야.」

「네가 나를 꾸짖든 칭찬하든 상관없어.」 가엾은 비디가 응수했다. 「어떤 경우든 너는 내가 이곳에서 언제나 내 능력이 닿는 한 모든 일을 다 하기 위해 노력할 거라고 똑같이 믿어도 좋아. 그리고 네가 내게서 그 어떤 면모를 보았든지 간에 그게 너에 대한 내 기억을 바꿔 놓진 않을 거야. 하지만 신사라면 절대로 부당하게 처신해서는 안 되는 거야.」 고개를 돌리며 비디가 말했다.

나는 다시 한 번 열을 내며 그건 인간 본성의 나쁜 면모라는 말을 되풀이했다. (그날 이후 나는 내 그런 감정을 당분간 접었지만 그게 옳았다고 생각할 만한 근거를 목격해 오고 있다.) 그리고 비디와 헤어져 작은 오솔길을 따라 걸어 내려갔고 비디는 집 안으로 들어갔다. 정원 문을 나선 나는 찬란한 행운이 찾아오고 난 후 맞는 이 두 번째 밤도 어쩐지 첫 번째 밤처럼 외롭고 불만스럽다는 게 참 이상하다고 느끼면서 저녁 시간까지 침울한 기분으로 쏘다녔다.

하지만 다시 한 번 아침이 찾아와 내 밝은 앞날을 환히 비춰 주었기에 나는 넉넉해진 마음을 비디에게 베풀고 전날의 주제는 입에 담지 않았다. 나는 내가 가진 가장 좋은 옷을 차려입고 가게들이 문을 열었을 것 같은 가장 이른 시간에 읍내로 나가서 양복점 주인 트랩 씨 앞에 모습을 드러냈다. 그는 가게 뒤편 응접실에서 아침 식사를 하고 있었는데, 나와서 나를 맞이할 가치도 없다고 생각했는지 나에게 자기 쪽으로 들어오라고 말했다.

「어서 옵쇼!」 트랩 씨가 〈어이, 친구, 잘 만났네〉 하는 식의 태도로 말했다. 「잘 지냈어? 그래, 뭘 도와줄까?」

트랩 씨는 뜨거운 롤빵을 깃털 침대 모양처럼 세 조각으로 잘라 놓고 그 사이에 버터를 발라 넣은 후 막 덮고 있던 참이었다. 그는 사업이 번창하는 노총각이었다. 열려 있는 그의 가게 창문은 번창하는 그의 작은 정원과 과수원을 굽어보고 있었고, 그의 벽난로 옆 벽에는 번창하는 철제 금고가 안으로 삽입되어 설치되어 있었다. 나는 그 금고의 주머니들 안에 그의 번창의 결과물인 재물 무더기들이 쌓여 있을 거라고 확신했다.

「트랩 씨.」 내가 말했다. 「자랑 같아서 이런 말을 하는 게 별로 달갑지는 않지만요. 내가 엄청난 재산을 물려받게 되었습니다.」

트랩 씨의 태도에 어떤 변화가 스치고 지나갔다. 그는 깃털 침대 모양의 빵 조각에 버터를 바른 일도 잊고 침대 옆에서 벌떡 일어나더니 손가락을 식탁보에 쓱쓱 문지르면서 외쳤다. 「세상에, 그런 일이 있었다니!」

「런던에 계신 후견인에게 갈 예정인데요.」 무심코 주머니에서 기니 금화 몇 개를 꺼내 그것들을 들여다보며 내가 말했다. 「그래서 거기에 입고 갈 최신 유행의 양복 한 벌이 필요해요. 대금은 말이에요.」 그러고는 이렇게 덧붙였다. 나는 아마 그렇게 말하지 않으면 그가 양복을 그저 대충 짓는 시늉만 할지도 모른다고 생각했다. 「현금으로 지불하고 싶어요.」

「친애하는 도련님.」 트랩 씨가 공손하게 몸을 굽히고는 무례를 무릅쓰고 내 양 팔꿈치를 만지작거리며 말했다. 「그런 말씀으로 제게 상처를 주지 마세요. 제가 감히 축하 말씀을 올려도 되겠는지요? 부디 가게 안으로 걸어 들어가시는 호의를 베풀어 주시겠습니다?」

트랩 씨의 점원은 그 지역 전체에서 가장 건방진 소년이었다. 내가 가게 안 응접실로 들어갈 때 그는 청소 중이었는데, 내 쪽으로 비질을 해대는 걸로 자신의 노동을 재미난 오락거리로 만들었다. 트랩 씨와 내가 다시 가게로 나왔을 때도 그는 여전히 청소 중이었는데, (내가 이해하는 바로는) 그때도 그는 자기가 살아 있는 이유는 적어도 자기가 대장장이하고는 동격이라는 걸 과시하기 위해서라는 듯, 청소할 수 있는 모든 모퉁이와 장애물을 빗자루로 탁탁 쳐댔다.

「야, 이놈아, 소리 좀 내지 마.」 트랩 씨가 더없이 엄하게 말했다. 「안 그러면 모가지를 확 분질러 버릴 테다. 도련님, 부디 송구스럽지만 이곳에 앉으시지요. 자, 이 양복감은 말이지요.」 트랩 씨가 둘둘 말린 양복감 한 뭉치를 내려놓고 감의 광택을 보여 주기 위해 그 밑에 손을 집어넣은 뒤 카운터 위에 물 흐르듯 단정하게 그걸 펼쳐 놓았다. 「아주 고운 감입니다, 도련님. 도련님께서 쓰실 용도로는 이 감을 권할 수 있겠습니다. 정말이지 최고급 특제 상품입니다. 하지만 다른 감들도 몇 개 보여 드리겠습니다. 야, 너 4번 양복감 가져와!」 (급히 점원에게 말한 것인데, 그는 이 말썽꾼 소년이 그 감을 내게 털어 대거나 그 밖에 다른 식으로 친밀감을 표시할 위험을 예견하고는 지독하다 싶을 정도로 무섭게 눈을 부라렸다.)

트랩 씨는 점원이 4번 양복감을 카운터에 내려놓고 안전한 거리 밖으로 다시 가 있을 때까지 그에게서 무서운 시선을 떼지 않았다. 「그리고 너, 여기서 장난치면 절대 용서 안 해.」 트랩 씨가 말했다. 「안 그러면 후회막급하게 될 테고 네 생애에서 가장 긴 하루를 보내게 될 거다, 이 우라질 놈아.」

그러고 나서 트랩 씨는 4번 양복감 위로 몸을 숙인 뒤, 공손하면서도 확신에 찬 태도로 그 감은 여름 양복용으로 나온 가벼운 제품이고, 귀족들이나 신사들 사이에서 꽤나 유행하고 있으며, 훌륭하신 동향 분(〈나를 동향 분이라고 감히 주장할 수 있다면〉이라고 말하면서 말이다)께서 이 감을 걸치고 계실 걸 생각하면 그건 자신에게 영원한 명예가 될 거라며 내게 권했다. 「야, 이 건달 같은 놈아, 가서 5번 양복감하고 8번 양복감을 가져오겠느냐?」 4번 양복감을 권하고 난 뒤 그가 소년에게 말했다. 「아니면 널 발로 뻥 차서 가게에서 내쫓고 내가 가져올까?」

나는 트랩 씨의 도움을 받아 필요한 양복감을 골랐고 치수를 재기 위해 응접실 안으로 들어갔다. 이미 트랩 씨가 치수를 쟀었지만 그가 사과하는 어조로 〈지금 상황에선 아까 잰 게 쓸모가 없습니다, 도련님. 전혀 쓸모가 없습니다〉라고 말했기 때문이었다. 따라서 트랩 씨는 응접실에 들어간 뒤 마치 내가 토지고 자기가 가장 유능한 측량 기사인 양 내 치수를 다시 재고 계산을 했다. 그가 하도 애를 썼기 때문에 나는 그런 노고에 비한다면 그 어떤 양복으로도 보상이 될 것 같지 않겠다는 생각마저 들었다. 마침내 치수를 다 재고 양복을 완성해 목요일 저녁 펌블추크 씨 가게로 보내 주겠다는 약속을 한 뒤, 그가 응접실 자물쇠에 손을 대며 말했다. 「도련님, 대체로 런던 신사분들이 이런 시골 양복점을 단골로 이용하지 않으신다는 건 압니다. 하지만 같은 고향 사람의 자격으로 제게 기회를 주신다면 정말 귀하게 여기겠습니다. 좋은 아침 보내세요, 도련님. 정말 감사합니다. 문!」

마지막 말은 점원에게 던진 말이었는데 그는 그게 무슨 소린지 모르고 있었다. 하지만 나는 그의 주인이 두 손을 싹싹 비비면서 문밖까지 나를 배웅하는 동안 그 소년이 맥없이 주저앉는 모습을 보았다. 돈이 지닌 가공할 힘을 내가 결정적으로 처음 경험한 것은 바로 그때였다. 그것이 트랩 씨네 점원 소년의 등에 정신적으로 가한 힘을 목도했던 것이다.

내 기억에도 선명한 그 일이 있고 나서 나는 모자 가게, 신발 가게, 양말 가게를 들렀다. 그러다 보니 내가 꼭 복장 일습을 갖춰 입기 위해 여러 가게들의 도움이 필요했던 허버드 할머니의 개[43]가 된 것 같다는 느낌이 들었다. 나는 역마차 매표소에도 들러 토요일 오전 7시발 마차 좌석표도 구입했다. 내가 엄청난 재산을 물려받게 되었다는 이야기를 들르는 가게마다 일일이 다 할 필요는 없었다. 하지만 그런 취지로 뭔가 얘기만 하면 장사를 하던 가게 주인들은 바깥 큰길 쪽으로 주의를 기울이고 있다가도 곧바로 내게 집중하곤 했다. 원하는 물건들을 모두 주문하고 난 후 나는 펌블추크 씨의 가게로 발걸음을 향했다. 그 신사의 영업장으로 다가가니 그가 문 앞에 서 있는 게 보였다.

그는 몹시 초조해하며 나를 기다리고 있었는데, 아침 일찍 이륜마차를 타고 외출했다가 대장간에 들른 참에 내 소식을 들었던 것이다. 그는 반웰의 극이 낭송되었던 응접실에

43 세라 캐서린 마틴Sarah Catherine Martin의 『허버드 할머니와 개』(1805)에 나오는 개. 이야기 속에서 허버드 할머니는 자기 개의 옷과 장신구들을 사기 위해 여러 가게들에 들른다.

나를 위해 가벼운 식사를 준비해 두었으며, 또한 내 고귀한 몸이 지나가게 될 때 〈통로에서 비켜〉 있으라고 점원에게 지시하기까지 했다.

「이보게, 친애하는 친구.」 가벼운 먹을거리를 앞에 두고 나와 단둘이 있게 되자 그가 두 팔로 나를 잡으며 말했다. 「행운을 축하하네. 자네가 응당 받아야 할 행운이야. 응당 받아야 할 행운이고말고!」

핵심을 찌르는 발언이었다. 그래서 나는 그런 발언이 그의 마음을 분별 있게 표현하는 방식이라고 생각했다.

「내 생각은 말일세.」 코를 킁킁거리면서 잠시 나를 찬탄하듯 바라보고 난 후 그가 말했다. 「내가 이런 결과를 만들어 낸 비천한 도구였다는 게 자부심이 느껴지는 보상이라네.」

나는 그 사항에 대해서는 그 어떤 말도 하거나 암시해서는 절대로 안 된다는 점을 명심해 달라고 펌블추크 씨에게 부탁했다.

「이보게, 친애하는 어린 친구.」 펌블추크 씨가 말했다. 「참, 자네를 이렇게 부르도록 허락해 줄지 모르겠네만.」

내가 〈허락하고말고요〉라고 중얼거리자 그는 다시 두 손으로 나를 잡았는데, 그가 느낀 감동이 그의 조끼에까지 전달되고 있었다. 다소 가라앉긴 했지만 그건 감격에 겨운 감동인 것 같았다. 「이보게, 친애하는 어린 친구, 자네가 없는 동안 내가 그 사항을 조지프의 마음속에 유념시키고, 미약하나마 내가 할 수 있는 모든 일을 다 할 거라고 믿어 주게. 조지프 말일세!」 펌블추크 씨는 연민의 감정을 담아 마치 서원(誓願)을 말하는 식으로 말했다. 「조지프 말이네! 조지프 말이야!」 그러면서 그는 머리를 흔들며 두드렸는데, 조지프가 좀 모자라는 사람이란 걸 자기도 알고 있다는 의미였다.

「하지만 친애하는 어린 친구.」 펌블추크 씨가 말했다. 「자넨 분명히 배가 고프고 피곤할 것이네. 자, 자리에 앉게. 여기 보어 여관에서 날라 온 닭고기 요리가 있고, 보어 여관에서 날라 온 혀 요리가 있고, 보어 여관에서 날라 온 한두 가지 소소한 요리들이 있으니 부디 하찮게 여기지 말길 바라네. 하지만 내가 말이네.」 자리에 앉자마자 곧바로 벌떡 일어나며 펌블추크 씨가 말했다. 「행복했던 어린 시절에 늘 나와 함께 재미나게 놀던 자네를 내가 정말 지금 눈앞에서 보고 있는 거란 말인가? 그러니 자네만 괜찮다면 내가 좀 해도……〈해도 되겠나?〉」

이 〈해도 되겠나?〉란 말은 나와 악수를 해도 되겠냐고 내게 허락을 구하는 말이었을까? 나는 해도 된다고 했다. 그러자 그는 열성을 다해 나와 악수를 나누었고 그러고 나서야 다시 앉았다.

「여기 와인이 있네.」 펌블추크 씨가 말했다. 「함께 마시고 운명의 여신께 감사를 드리세. 여신께서 영원히 그녀의 총아들을 이번과 같은 식으로 선택하시기를 기원하네! 그런데 아무래도 나는 말이네, 다시 한 번 이런 말을 하지 않고서는 그런 총아들 중 한 명 — 그런 총아를 위해 다시 건배하세 — 을 쳐다볼 수가 없네. 괜찮다면 내가 좀 해도 되겠나, 〈해도 되겠나?〉」

내가 괜찮다고 말하자 그는 다시 나와 악수를 나누었고 자기 잔을 비우고 나서 그걸 거꾸로 들어 보였다. 나도 똑같이 했다. 그런데 와인을 마시기 전에 먼저 내 몸을 거꾸로 뒤집었다 해도 그 와인이 더 직접적으로 내 머리로 직행할 수는 없었을 것이다.

펌블추크 씨는 간을 붙인 닭 날개 부위와 가장 맛있는 혀 요리(출처도 모르는 불쾌하고 허접스러운 요즘의 그 어떤 돼지고기 조각과도 차원이 다른 것이었다)를 권했고, 반면에 자기 자신에게는 전혀 신경도 쓰지 않았다.

「오! 그대 닭이여! 닭이여! 그대는 꿈에도 생각지 못했으리라!」 펌블추크 씨가 접시에 담긴 닭고기를 불러내듯 읊어 댔다. 「그대 아직 병아리였을 적에, 그 어떤 운명이 그대에게 닥쳐올지 꿈에도 생각 못 했으리라. 이런 누추한 집에서, 이런 분을 위한 맛난 음식이 될 줄은. 원한다면 내 이런 태도를 약점이라고 불러도 좋네.」 펌블추크 씨가 또다시 일어서며 말했다. 「괜찮다면 내가 좀…… 해도 되겠나, 〈해도 되겠나?〉」

〈괜찮다〉는 말을 구태여 할 필요가 없어지기 시작했다. 그는 즉시 나와 악수를 나누었다. 그토록 뻔질나게 악수를 나누면서도 그가 어찌 내 나이프에 베지 않을 수 있었는지 모를 정도였다.

「그리고 자네 누나 말이네.」 얼마 동안 차분하게 음식을 먹고 난 뒤 그가 다시 말을 시작했다. 「자네 누난 자네를 손수 기르는 영광을 누린 사람이네. 그런 자네 누나가 그런 영광을 제대로 이해하는 일조차 감당할 수 없는 처지가 되었다는 사실만 생각하면 정말 우울하기 짝이 없다네. 괜찮다면 내가 좀 해도 —」

나는 그가 다시 내게 다가오는 걸 만류했다.

「누나의 건강을 위해서 건배해요.」 내가 말했다.

「아하!」 펌블추크 씨가 의자에 몸을 기대고 앉아 축 늘어진 채로 찬탄의 말을 내뱉으며 외쳤다. 「바로 그게 세상 사람들을 파악하는 방법이오, 선생!」(나는 그 〈선생〉이 누구였는지 모른다. 하지만 분명히 나는 아니었다. 그리고 그 자리에 제삼자는 없었다)「바로 그게 고매한 정신을 지닌 사람들을 아는 방법이오, 선생! 늘 용서하고, 늘 다정히 대하는 것. 내 이런 태도 말이네.」비굴한 펌블추크 씨는 맛도 보지 않은 와인이 담긴 잔을 황급히 내려놓고 다시 일어서면서 말했다.「보통 사람들에겐 자꾸 반복하는 행위처럼 보일는지 모르겠지만, 괜찮다면 내가 좀…… 〈해도 되겠나?〉」

악수를 나누고 나자 그는 다시 자리에 앉아 누나의 건강을 위해 잔을 비웠다.「우리 절대로 눈을 감지 말도록 하세.」펌블추크 씨가 말했다.「자네 누나의 기질적인 단점에 대해서 말이네. 하지만 자네 누나가 좋은 뜻으로 그랬기를 바라야만 하겠지.」

그때쯤 나는 그의 얼굴이 불쾌해지기 시작했다는 걸 알아차렸다. 내 얘기를 하자면, 나 또한 얼굴 전체가 와인으로 흠뻑 젖어 따끔거린다고 느꼈다.

나는 펌블추크 씨에게 내 새 양복을 그의 가게로 배달시키고 싶다고 얘기했고 그는 내가 자기를 특별히 선택해 주었다며 지극히 기뻐했다. 그 이유는 내가 마을 사람들의 주목을 피하고 싶은 바람 때문이라고 말하자 내 결정을 하늘 높이 칭송했다. 그는 내가 속마음을 털어놓을 사람은 자기 말고는 누구도 없다고 넌지시 말했다. 그러니 간단히 말해, 자기와는 악수를 나누어도 괜찮다는 것이었다. 그리고 나서 그는 다정한 목소리로 혹시 옛날 우리가 했던 천진난만한 덧셈 놀이와 도제 계약을 맺으러 갔던 일, 그리고 내가 늘 가장 좋아하던 사람이자 가장 소중히 여기는 친구였던 사람은 사실상 자기였다는 걸 기억하느냐고 내게 물었다. 내가 그때까지 마신 양보다 열 배쯤 더 많은 양의 와인을 마셨다 하더라도 나는 그와 나의 관계가 결코 그런 관계가 아니라는 사실을 알았을 것이고, 분명히 마음속 가장 깊은 곳에서 그런 생각에 반박했을 것이다. 그럼에도 그때 내가 그동안 그를 오해하고 있었으며 그가 양식 있고 선한 심성을 지닌 사람이라고 확신했던 걸 기억한다.

그는 차츰차츰 자신의 사업과 관련하여 조언을 구할 정도로 내게 점점 더 많은 신뢰를 보이기 시작했다. 그는 만약 자기 가게가 확장되기만 한다면 일찍이 이 지역이나 다른 인근의 지역에서 단 한 번도 보지 못한 규모로 곡물 사업과 씨앗 사업을 크게 합병시킬 것이고 그 사업들을 독점할 기회를 얻을 거라고 말했다. 그리고 그런 막대한 사업적 번창을 실현하는 데 유일하게 부족한 게 있다면 더 많은 자본뿐이라고 생각한다고 말했다. 〈더 많은 자본.〉 짤막한 어구였다. 그리고 그는 만약 그런 자본이(그는 〈익명의 동업자를 통해서요, 선생〉이라고 말했다) 자기 사업에 투입되기만 하면 그 익명의 동업자가 달리 할 일은 전혀 없으며, 그저 몸소 오든 대리인이 오든, 오고 싶으면 언제든 걸어 들어와서 장부만 보면 된다고 — 또한 1년에 두 차례 들러서 절반에 해당하는 거액의 이윤 배당액을 주머니에 챙겨 넣고 나가기만 하면 된다고 — 말했다. 그건 재산과 용기를 겸비한 어린 신사에게는 좋은 기회가 될 것이고 자기가 보기에 그 신사가 관심을 쏟을 만한 가치가 있는 일처럼 보인다고 덧붙였다. 그는 내 견해를 크게 신뢰하고 있다면서 내게 자기 말을 〈어떻게 생각하느냐〉고 물었다. 나는 〈잠시 기다리세요!〉라고 내 견해를 피력했다. 내 견해가 워낙 막연하면서 동시에 똑떨어지는 대답이어서 충격을 받았는지 그는 내게 더 이상 악수를 나누어도 되겠느냐고 묻지도 않았고 그저 정말로 그래야 할 것 같다는 말만 했다. 그리고 그는 실제로 그랬다.

우리는 와인을 모두 다 마셨다. 펌블추크 씨는 몇 번이고 되풀이해서 조지프가 표준(나는 그게 대체 무슨 표준인지 모른다)에 도달하게 만들겠으며, 내게 효율적이고 변함없는 봉사(나는 그게 대체 무슨 봉사인지 모른다)를 하겠다고 맹세했다. 그는 또한 내 평생 처음으로, 그것도 그런 비밀을 그때까지 놀랄 정도로 잘 간직해 오고 난 이후에, 사실은 자기가 나에 대해 〈저 애는 평범한 애가 아냐. 내 말 명심해. 저 애의 운은 절대로 평범한 운이 아닐 거야〉라고 말해 왔다고 알려 주었다. 그는 눈물을 머금은 미소를 지으며 지금 와서 그런 사실이 생각났다는 게 참 이상하다고 말했고 나도 그렇다고 말했다. 결국 나는 바깥바람을 쐬기 위해 밖으로 나왔는데, 그때 햇볕이 내리쬐는 양상이 뭔가 낯선 것 같다는 막연한 느낌이 들었다. 그리고 나는 그쪽으로 가는 길에 대해 어떤 생각도 없었는데도, 비몽사몽간에 통행료 징수소까지 다다랐다는 걸 깨달았다.

나는 펌블추크 씨가 큰 소리로 나를 부르는 것을 듣고서야 그곳에서 제정신을 차렸다. 그는 저 멀리 햇볕이 내리쬐는 거리 아래쪽에서 내게 멈추라는 몸짓을 하고 있었다. 내가 멈춰 서자 그가 숨을 헐떡이며 달려왔다.

「안 되네, 친애하는 친구.」 말을 할 수 있을 정도로 호흡이 가라앉자 그가 말했다. 「그럴 수 있다 해도 안 될 일이네. 자네 편에서 내게 다정하게 호감을 표현해 주지도 않았는데,

이런 기회를 전적으로 날릴 수는 없네. 괜찮다면 옛 친구로서, 그리고 자네가 잘되길 바라는 사람으로서, 내가 좀…… 해도 되겠나? 〈해도 되겠나?〉」

우리는 적어도 백 번은 악수를 나누었다. 그리고 그는 지나가는 나이 어린 짐마차꾼에게 지독하게 화를 내면서 방해하지 말고 길을 비키라고 명령했다. 그런 다음 그는 내게 축복을 기원했고, 내가 구부러진 길모퉁이를 돌아 사라질 때까지 손을 흔들며 서 있었다. 나는 들판 쪽을 향해 가다가 어느 산울타리 밑에 이르러 그곳에서 한참 낮잠을 잤다. 그러고 난 후에야 나는 다시 집으로 가는 길에 나설 수 있었다.

런던으로 가지고 갈 짐은 그리 많지 않았다. 그나마 얼마 안 되는 내 소지품들 중에서 새 신분에 걸맞은 건 거의 없었다. 하지만 나는 단 한순간도 허비할 수 없다는 헛된 생각으로 그날 오후부터 짐을 꾸리기 시작했고, 바로 다음 날 아침 당장 필요할지도 모르는 물건들까지 무턱대고 집어넣었다.

그렇게 화요일, 수요일, 목요일이 지나갔다. 그리고 금요일 아침 나는 펌블추크 씨의 가게로 가서 새 양복을 차려입고 미스 해비셤 댁을 방문했다. 펌블추크 씨는 옷을 갈아입을 수 있도록 자신이 쓰는 방을 내주었는데, 방 안에는 분명히 그런 용도로 일부러 깨끗한 수건들까지 준비되어 있었다. 새 양복은 다소 실망스러웠다. 아마도 옷이 생겨난 이래로 열렬히 고대하던 새 옷이란 모두 처음 입어 볼 때는 입는 사람의 기대에 다소 못 미치는 법일지도 모르겠다. 어쨌든 새 양복을 입고 나서 30분가량 시간이 지나고, 또 펌블추크 씨의 아주 좁은 거울에 내 두 다리를 비춰 보려고 부질없는 노력을 기울이며 온갖 자세를 취하고 나니 조금 더 어울리는 것 같았다. 때마침 그날은 15킬로미터 정도 떨어진 이웃 읍내의 장날이어서 펌블추크 씨는 가게에 없었다. 나는 그에게 내가 떠나기로 마음먹은 시간을 정확하게 말해주지 않았었다. 그러니 떠나기 전에 그와 또다시 악수를 나눌 일은 없을 듯했다. 당연히 그래야 하는 일이었다. 나는 새 양복을 차려입고 밖으로 나왔다. 나는 점원 앞을 지나쳐야 한다는 게 끔찍할 정도로 창피했고, 혹시 내 모습이 일요일 예배 복장을 차려입은 조의 모습처럼 움직이기 불편해 보이는 상태가 아닌지 의심도 들었다.

나는 읍내의 모든 뒷길들을 이용하여 빙 돌아서 미스 해비셤 댁까지 갔으며 길고 뻣뻣한 장갑 탓에 부자연스럽게 초인종을 눌렀다. 세라 포켓이 대문으로 나왔는데 그녀는 달라진 내 모습을 보더니 너무나 놀랐는지 비틀거리며 뒷걸음질을 쳤다. 또한 호두 껍데기 같은 그녀의 안색은 갈색에서 푸르락누르락한 색깔로 변해 갔다.

「너니?」 그녀가 말했다. 「세상에! 너, 무슨 일이야?」

「제가 런던에 가게 되었습니다, 미스 포켓.」 내가 말했다. 「그래서 미스 해비셤께 작별 인사를 드리고 싶어서요.」

그녀가 나를 집에 들여도 되는지 물으러 갔다 오는 동안 꼼짝없이 마당에 세워 두고 떠난 걸로 봐서 나는 방문이 예고된 손님이 아니었다. 잠깐 시간이 지체된 후 그녀가 돌아와 나를 안으로 데리고 들어갔다. 가는 동안 내내 그녀는 나를 뚫어져라 쳐다보았다.

미스 해비셤은 길게 놓인 연회 식탁이 있는 방에서 목발 모양 지팡이에 의지해 운동을 하고 있었다. 방에는 예전처럼 촛불이 켜져 있었다. 우리가 들어오는 소리가 나자 그녀가 동작을 멈추고 몸을 돌렸는데, 그때 막 부패한 웨딩 케이크 바로 옆을 지나던 참이었다.

「나가지 말고 있어, 세라.」 그녀가 말했다. 「그래, 무슨 일이냐, 핍?」

「제가 내일 런던으로 떠납니다, 미스 해비셤.」 나는 말하는 내용에 지극히 세심한 주의를 기울였다. 「그리고 제가 떠난다는 사실을 부디 신경 쓰지 말아 주셨으면 합니다.」

「멋지게 차려입은 모습이구나, 핍.」 마치 내 모습을 바꿔 준 동화 속 요정 대모 할머니가 마지막 선물을 주기라도 하는 듯 지팡이를 내 주위로 빙빙 휘두르면서 그녀가 말했다.

「지난번 뵌 후로 제가 엄청난 재산을 물려받게 되었습니다, 미스 해비셤.」 나는 낮은 목소리로 말했다. 「그리고 전 그 사실에 정말 감사하고 있습니다, 미스 해비셤!」

「그래, 그렇다더라!」 그녀가 질투의 감정에 빠져 불편해하고 있는 세라를 즐겁게 바라보며 말했다. 「재거스 씨를 만났었다. 〈나도〉 네 얘기를 들었다, 핍. 그래, 내일 떠난다고?」

「네, 미스 해비셤.」

「어느 부자의 양자가 되었다지?」

「네, 미스 해비셤.」

「그 이름은 모른다고?」

「네, 모릅니다.」

「그리고 재거스 씨가 네 후견인이라고?」

「네, 미스 해비셤.」

그녀는 이런 질문과 대답들을 아주 흡족해하며 즐겼는데 그건 세라 포켓의 시샘 섞인 당혹감을 꽤나 강렬하게 만끽하고 있었기 때문이었다. 「잘되었구나!」 그녀가 계속해서 말했다. 「앞으로 네 앞길이 창창하게 열리게 되었어. 처신 잘하고 — 네 행운에 걸맞도록 — 재거스 씨의 가르침을 잘 따라라.」 그녀는 나를 바라보고 나서 다시 세라를 바라보았는데, 세라의 얼굴 표정은 주의 깊게 지켜보는 미스 해비셤의 얼굴에서 잔인한 미소를 짜냈다.

「잘 가거라, 핍! 너도 알고 있듯이, 앞으로 쭉 그 핍이라는 이름을 간직하고 살겠지.」

「네, 미스 해비셤.」

「잘 가거라, 핍!」

그녀가 손을 내밀었고 나는 무릎을 꿇고서 그 손을 내 입술에 갖다 댔다. 나는 그녀와 어떻게 작별 인사를 할지 딱히 생각해 둔 바가 없었다. 그런데 그 순간 그런 행동을 해야겠다는 생각이 자연스럽게 떠올랐던 것이다. 그녀는 그 괴이한 눈에 의기양양한 기색을 담고 세라를 바라보았다. 나는 그렇게 해서 거미줄로 마구 뒤덮인 부패한 웨딩 케이크 옆자리, 희미하게 촛불이 켜져 있던 방 한가운데에서 두 손을 목발 모양 지팡이에 얹고 서 있던 내 요정 대모를 떠났다.

세라 포켓은 마치 내가 현관까지 나가는 모습을 끝까지 지켜보며 배웅해야만 하는 유령이기라도 한 것처럼 아래까지 나를 안내했다. 그녀는 내 모습을 본 충격을 아직도 극복하지 못해 극도의 혼란에 빠져 있었다. 내가 〈안녕히 계세요, 미스 포켓!〉이라고 말했지만 그녀는 나를 뚫어져라 쳐다보기만 할 뿐, 내가 무슨 말을 했다는 사실조차 충분히 의식하지 못할 만큼 제정신을 차리지 못했다. 그 집을 나오자마자 나는 최대한 서둘러 펌블추크 씨의 가게로 돌아와서 새 양복을 벗어 보따리에 싼 다음, 내 옛날 옷을 입고서 집으로 돌아왔다. 솔직히 말하자면, 들고 갈 보따리가 생긴 셈이었지만 그래도 그게 훨씬 더 마음이 편했다.

그토록 느려 터지게 지나갈 것 같았던 엿새라는 날짜가 어느새 지나갔고, 이제 드디어 내일이 찾아와 내가 그걸 바라볼 수 있는 것보다 훨씬 더 빤히 나를 정면으로 바라보고 있었다. 여섯 밤들이 다섯 밤, 네 밤, 세 밤, 두 밤으로 줄어들수록 점점 더 조와 비디와 함께하는 시간은 소중해졌다. 마지막 날 밤, 나는 두 사람을 기쁘게 만들기 위해 잠자리에 들 때까지 새 양복을 차려입고 멋진 모습으로 앉아 있었다. 우리는 이 특별한 날을 맞아 그런 날이면 우아하게 반드시 먹어야 하는 구운 닭고기 요리를 곁들인 뜨거운 음식을 먹었고, 마무리로 플립[44] 음료를 마셨다. 우리는 모두 침울했으며 일부러 명랑한 척했지만 좀처럼 기분이 나아지지 않았다.

나는 작은 휴대용 여행 가방을 들고 다음 날 새벽 5시에 우리 마을을 떠날 예정이었다. 조에게는 이미 나 혼자 걸어서 집을 나서고 싶다고 이야기를 해둔 터였다. 만일 마차 타는 곳까지 그와 내가 함께 간다면 두 사람의 모습이 얼마나 대조될 것인지 신경이 쓰여서 그리 말했다는 걸 생각하니 가슴이, 그것도 정말로 아팠다. 나는 이런 의도에 불순한 생각이 전혀 묻어 있지 않은 척 나 자신을 속였다. 하지만 마지막 날 밤 내 작은 방으로 올라갔을 때, 진정 내 본심은 앞서 말한 그런 것이었음을 시인하지 않을 수 없었다. 당장 아래층으로 다시 내려가서 조에게 아침에 함께 걸어가자고 간청해야겠다는 생각이 엄습했지만 그러지 못했다.

밤새도록 잠을 설치며 선잠을 자는 동안 꿈속에서는 마차

44 와인과 맥주를 섞은 후 난롯불에 달군 부지깽이로 데운 음료.

들이 나타나 나를 런던 대신 다른 곳들로 실어 갔고, 말을 끄는 봇줄들에는 어떤 때는 말 대신에 개들이 나타나기도 했고, 어떤 때는 고양이들이, 어떤 때는 돼지들이, 어떤 때는 사람들이 매여 있었다. 먼동이 트고 새들이 지저귈 때까지 여행을 떠나지 못하게 되는 악몽이 내 머릿속을 사로잡았다. 마침내 나는 일어나서 옷을 대충 걸친 뒤 밖을 내다보기 위해 창가에 앉았다. 그리고 밖을 내다보다 깜빡 잠이 들었다.

비디가 내가 먹을 아침 식사를 준비하기 위해 꼭두새벽부터 일어나 부산을 떨고 있었다. 창가에 앉아 잠든 지 채 한 시간도 안 되어 나는 부엌 화덕 불에서 나는 연기 냄새를 맡고 화들짝 놀라 일어나면서 분명히 늦은 오후가 된 거라고 생각했다. 그러나 그 후 한참 시간이 지나 찻잔 부딪치는 소리를 듣고 또 준비를 다 마친 뒤에도 아래층으로 내려가기 위해서는 단단한 마음가짐이 필요했다. 결국 나는 비디가 큰 소리로 늦었다고 부를 때까지 작은 여행 가방의 끈을 풀고 가방을 열고 닫고 다시 끈을 묶기를 반복하며 방에서 계속 미적거렸다.

아무 맛도 느낄 수 없는 황급한 아침 식사였다. 나는 식사 자리에서 벌떡 일어나 다소 명랑한 척하면서 이제 막 생각이라도 난 듯 〈아이고! 빨리 떠나야 될 것 같네!〉라고 말했다. 그러고 나서 나는 늘 앉는 자기 자리에 앉아 웃으면서 고개를 끄덕이거나 가로젓고 있던 누나에게 입맞춤을 했고, 비디에게 입맞춤을 했고, 그리고 조의 목을 내 두 팔로 둘렀다. 그런 다음 나는 작은 여행 가방을 집어 들고 밖으로 걸어 나갔다. 곧바로 내 뒤에서 뭔가 시끄러운 소리가 들려와서 뒤를 돌아다보니 조가 내 뒤로 낡은 구두 한 짝을 던지고 있었고, 비디가 나머지 한 짝을 던지는 모습도 보였다.[45] 그것이 내가 본 그들의 마지막 모습이었다. 나는 걸음을 멈추고 모자를 흔들었다. 사랑하는 내 오랜 친구 조는 머리 위로 억센 오른팔을 흔들어 대며 목멘 목소리로 〈잘 가!〉라고 울부짖었고, 비디는 앞치마를 얼굴에 가져다 대고 있었다.

나는 작별이 예상했던 것보다 더 쉽다고 생각했다. 그리고 큰길가에서 모든 사람들이 지켜보는 가운데 그렇게 낡은 구두짝들을 마차 뒤로 내던지는 일은 절대로 일어나선 안 되는 일이었다고 곰곰이 생각하며, 빠른 걸음으로 집에서 멀어져 갔다. 나는 휘파람까지 불었고 떠나는 일이 대수롭지 않다고 생각했다. 마을은 무척 평화롭고 고요했으며, 옅은 안개가 내게 세상을 보여 주려는 듯 장엄하게 피어오르며 걷히고 있었다. 그곳 마을에서의 나는 너무나도 천진난만한 어린 시절을 보냈지만, 이제 그 너머로 보이는 세상은 너무나도 큰 미지의 대상이었다. 나는 순식간에 가슴을 심하게 들썩거리면서 흑흑 소리 내어 울며 왈칵 눈물을 쏟았다. 마을 끝자락에 있는 손가락 모양 이정표 옆에 서서 나는 그 이정표에 손을 대며 말했다. 「오, 내 사랑하는 친구야, 잘 있어라!」

하늘이 아는 사실이지만, 우리는 결코 우리의 눈물에 대해 부끄러워할 필요가 없다. 눈물이란 우리의 딱딱한 가슴에 덧칠되고 우리의 앞을 가리는 땅 위의 흙먼지 위에 내리는 빗물 같은 것이기 때문이다. 한바탕 울고 나니 나는 조금 더 나은 사람이 되어 있었다. 더 미안해하고, 내가 얼마나 배은망덕했는지 더 잘 알게 되고, 더 신사다워졌다는 말이다. 만약 좀 더 일찍 울었더라면 그 순간 내 옆에는 분명히 조가

45 길을 떠나는 사람에게 행운을 빌어 주는 관습이다.

함께 걸어가고 있었을 것이다.

처음 흘렀던 눈물, 그리고 조용히 걸어가던 도중 또다시 왈칵 쏟아져 나온 또 한 번의 눈물 덕분에 나는 마음이 상당히 진정되었다. 그래서 나는 마차에 올랐을 때와 마차가 읍내를 벗어났을 때, 그리고 그 후 마차의 말들을 교체할 때 가슴이 하도 아려서, 이제라도 마차에서 내려 집으로 돌아가 그곳에서 하룻밤을 더 보낸 뒤 아까보다 훨씬 더 멋지게 작별하고 올까 깊이 생각해 보았다. 마차의 말들을 처음 교체할 때에도 나는 아직 결단을 못 내리고 있었다. 그리고 나는 여전히 마음의 위안 삼아, 아직도 마차에서 내려 집으로 돌아가는 일이 충분히 실현 가능하다고 생각했다. 그런 와중에 마차는 또다시 말들을 교체했다. 그런데 이런 생각에 골똘히 빠져 있는 동안 나는 우리를 향해 길을 걸어오고 있는 사람에게서 조와 닮은 모습을 보곤 했는데, 그때마다 — 그가 정말로 그곳에 와 있는 게 가능하기라도 한 듯 — 내 심장은 마구 뛰곤 했다.

마차는 다시 한 번 말들을 교체했고, 또다시 교체했다. 마침내 이제는 되돌아가기에 너무 늦었고 너무 멀리 와버렸기에 나는 그냥 계속해서 갔다. 이제는 장엄하게 피어오르던 안개도 모두 걷혔고 내 앞에는 세상이 그 모습을 활짝 드러내며 펼쳐져 있었다.[46]

여기까지가 핍의 유산 상속에 관한 이야기의 첫 번째 단계다.

46 밀턴의 『실락원』(1667) 결말 부분에서 아담과 이브가 낙원에서 쫓겨날 때의 장면을 모사한 것이다. 〈그들이 살아야 할 세상이 이제 그들의 안식처인 양, 하느님의 안내 아래, 온통 그들 앞에 놓여 있었다.〉

제2권

20

우리 읍내에서 수도(首都)까지는 대략 다섯 시간쯤 걸리는 여정이었다. 내가 승객으로 타고 있던 네 필의 말이 끄는 역마차가 런던의 칩사이드 구역, 우드 가(街)의 크로스 키즈 여관 주변에 마구 뒤엉켜 있는 마차들 속으로 진입한 건 정오를 조금 지났을 때였다.

그 당시 우리 영국인들은 우리가 만물 중에서 가장 좋은 것들을 소유하고 있고 가장 훌륭한 존재라는 사실을 의심한다면 그건 대역죄에 해당한다는 점에 특별히 합의를 하고 있었다. 그렇지 않았다면 런던의 방대함에 겁을 먹고 있던 그 당시의 내가 혹시 그곳이 조금 보기 흉하고 기형적이며 좁고 더러운 곳이 아닐까 하는 막연한 의심을 가졌을지도 모른다고 생각한다.

재거스 씨는 제시간에 내게 자기 주소를 보냈다. 그곳은 리틀브리튼 구역이었으며 그는 자기 명함에 적힌 그 지명 뒤에 〈스미스필드 시장을 막 지난 곳에 있는 역마차 사무소

바로 옆〉[1]이라고 써놓았다. 그런데도 자기 나이만큼이나 많은 수의 어깨 망토를 걸치고 있는 것 같아 보이던 전세 마차의 마부는 나를 짐짝 부리듯 마차 안으로 밀어 넣고 딸랑거리는 접이식 발판 계단 막이로 둘러막아 버렸는데, 꼭 나를 80킬로미터는 태우고 갈 거라는 식이었다. 내 기억으로는 비바람에 퇴색하고 낡아 빠진 데다 좀까지 슬어 누더기로 변한 황록색 덮개로 장식된 마부석에 그가 앉는 일은 그야말로 느려 터진 행사였다. 마차는 원래는 꽤 훌륭한 사륜마차여서 바깥 면에 여섯 개의 보관 문양이 새겨져 있고, 마차 뒤쪽에는 몇 명인지 알 수 없을 만큼 많은 하인들이 잡고 다녔던 손잡이 줄들이 누더기가 되어 달려 있었다. 그리고 그것들 밑에는 어설프게 그 하인들을 흉내 내며 아이들이 그 줄을 잡고 공짜로 마차에 올라타 보겠다는 유혹에 굴복하여 덤벼드는 일을 막기 위한 써레[2]들이 장착되어 있었다.

마차를 탄 후 그걸 미처 즐길 틈도 없이, 마차가 밀짚을 깐 마당같이 생기긴 했지만 어쩐지 헌 옷 가게 같기도 하다는 생각을 할 틈도 없이, 그리고 왜 말 먹이 꼴망태를 마차 안에 보관해 놓았을까 궁금해할 틈도 없이, 마부가 이내 마차를 멈추려는 듯 준비하는 모습을 보았다. 그리고 우리는 실제로 어떤 음침한 거리에 있는 사무실 앞에 멈췄는데, 그 문에 페인트로 〈재거스 변호사 사무실〉이라고 쓰여 있었다.

1 현재의 지도를 보면 여기 등장하는 바살러뮤크로스나 리틀브리튼 구역은 세인트 폴 성당, 칩사이드 구역, 우드 가 등과 매우 인접한 곳에 있음을 알 수 있다. 스미스필드에 있던 당시의 일반 재래시장(디킨스의 작품들 속에서 빈번하게 풍자의 대상으로 등장한다)은 1859년 문을 닫을 때까지 런던의 중요한 가축 시장 겸 말 시장이었다.

2 쇠 톱날 같은 날이 붙어 있는 나무 써레.

「얼마죠?」 나는 마부에게 물었다.

마부가 대답했다. 「1실링입니다. 더 주시겠다면 모르지만.」

나는 당연히 더 주고 싶은 마음이 없다고 말했다.

「그렇다면 분명히 마차 삯이 1실링이오.」 마부가 말했다. 「곤란한 지경에 빠지고 싶진 않소. 내가 〈저자〉를 잘 알거든!」 그는 재거스 씨의 이름을 보고 어두운 표정을 지으며 눈을 찔끔 감더니 머리를 절레절레 흔들었다.

그가 1실링을 받고 꾸물대면서 마부석에 완전히 올라탄 뒤 사라지자(그제야 그는 마음의 부담을 덜어 낸 것 같았다), 나는 작은 여행 가방을 손에 들고 앞쪽 사무실로 들어가서 안에 재거스 씨가 계신지 물었다.

「안 계신데요.」 사무직원 한 명이 말했다. 「지금 법정에 나가 계십니다. 혹시 저와 말을 나누고 있는 그쪽 분 이름이 핍 씨인가요?」

나는 그가 말을 나누고 있는 사람이 바로 핍 씨라고 알려 주었다.

「재거스 변호사님께서 손님이 오시면 자신의 방에서 기다리게 하라는 말씀을 남겼습니다. 지금 소송 사건이 진행 중이라 시간이 얼마나 오래 걸릴지는 말씀드릴 수 없군요. 하지만 그분의 시간은 소중하니 피치 못할 시간보다 더 오래 걸리지는 않을 거라는 게 이치에 합당한 생각일 겁니다.」

그 말을 하며 직원은 안쪽에 있는 사무실 문을 열고 나를 그 안으로 안내했다. 그곳에서 우리는 면벨벳 양복 상의와 무릎 길이 반바지를 입고 있는 애꾸눈 신사를 보았는데, 그는 신문을 정독하고 있다가 방해를 받자 소매로 코를 훔쳤다.

「나가서 밖에서 기다리시오, 마이크.」 사무직원이 말했다.

오히려 내가 방해가 된 게 아니기를 바란다고 말하려는 순간, 사무직원이 그때껏 내가 본 그 어느 무례한 태도 못지 않은 무례한 태도로 그 신사를 밖으로 밀어내고는 뒤에다 모자를 집어 던진 뒤, 방 안에 나를 홀로 남겨 놓았다.

재거스 씨의 사무실은 오직 채광창 하나에 의해서만 조명이 되는 방이었으며, 그래서 그런지 몹시 음울해 보였다. 채광창은 깨진 머리통처럼 기이하게 땜질이 된 모습이었으며 그 채광창을 통해 일그러진 모습의 옆 건물들이 나를 몰래 엿보려는 듯 몸을 비비 틀어 대고 있는 것 같았다. 방 안에는 내가 그곳에서 마땅히 보게 될 거라고 기대하지 않았던 기이한 물건들, 예컨대 낡고 녹슨 권총, 칼집에 들어 있는 칼, 이상하게 생긴 몇몇 상자들과 꾸러미들, 기이하게도 코 부분에 경련이 일어난 듯 잔뜩 찡그리고 있는 무시무시한 안면 석고상[3] 두 개 등이 이곳저곳에 있었다. 재거스 씨가 앉는 등받이가 높은 의자는 새까만 말총으로 만들어진 것이었고, 의자 둘레엔 마치 관처럼 빙 둘러 가며 황동 못들이 가지런하게 박혀 있었다. 나는 그가 그 의자에 몸을 기대고 앉아 의뢰인을 바라보며 자기 집게손가락을 물어뜯고 있는 모습을 쉽게 그려 볼 수 있었다. 방은 작았고 의뢰인들은 그 방의 벽에 등을 대는 습관이 있는 듯했다. 벽, 특히 재거스 씨의 의자 맞은편 벽은 의뢰인들의 어깨가 자주 닿았던 듯 반들거렸다. 나는 본의 아니게 나 때문에 쫓겨났던 그 애꾸눈

3 교수형당한 사람들의 특징적인 모습이다. 처형을 당한 죄수들의 데스마스크를 이용해 만든 이런 석고상들이 당시 뉴게이트 감옥이나 밀랍 인형 가게들에 일상적으로 전시되어 있었다고 한다. 그리고 대중들은 그 모사본들을 구입할 수 있었다.

신사도 벽에 몸이 닿은 채 질질 끌려 나갔던 일을 떠올렸다.

나는 재거스 씨의 의자 건너편에 놓인 의뢰인용 의자에 앉아 보았다. 그리고 그 방의 음울한 분위기에 빠져들기 시작했다. 나는 밖의 사무직원도 자기가 모시는 변호사처럼 모든 사람들에게 그들의 약점이 되는 뭔가 불리한 사실을 알고 있다는 태도를 지닌 사람이라는 걸 떠올렸다. 나는 위층에 다른 사무직원이 몇 명이나 있는지, 그들도 모두 아까 본 그 사무직원처럼 동료 인간들에게 해가 되는 위압적인 능력을 지니고 있다고 주장하는 사람들인지 궁금했다. 나는 방 안 여기저기 어지럽게 널려 있는 모든 기이한 물건들의 내력도 궁금했다. 나는 부어오른 두 안면 석고상들이 혹시 재거스 씨의 가족들 얼굴은 아닌지, 그리고 불운하게도 그에게 그토록 험상궂어 보이는 두 명의 가족이 있는 것이라면, 대체 왜 그 석고상들을 집에 두지 않고 검댕이나 파리가 올라앉는 그런 먼지투성이 선반에 단단히 올려놓은 것인지 궁금했다. 물론 나는 런던의 여름날을 경험해 본 적이 없었다. 그러니 뜨겁게 소모된 공기와, 모든 것들 위에 내려앉아 있는 먼지나 잔모래 가루에 내 기분이 답답하게 짓눌려 있었던 건지도 모르겠다. 나는 재거스 씨의 답답한 방에서 이것저것을 궁금해하며 기다리고 있었다. 그러나 마침내 나는 재거스 씨의 의자 위 선반에 놓인 두 석고상을, 정말이지 더 이상 견딜 수가 없어서 일어나 밖으로 나왔다.

사무직원에게 기다리는 짬을 이용해서 밖에 나가 바람을 쐬며 주변을 한 바퀴 돌고 오겠다고 말하자, 그는 모퉁이를 돌아가면 스미스필드 시장으로 접어들 거라고 조언했다. 그 말에 따라 나는 스미스필드 시장으로 갔다. 그런데 이 고약한 시장은 온통 오물과 기름기와 피와 거품들로 더럽혀져 있었던지라, 그 모든 것들이 내게 끈끈하게 달라붙는 것 같았다. 따라서 나는 최대한 빠른 발걸음으로 다시 길거리 쪽으로 방향을 틀어 시장의 끈끈함을 문질러 없앴는데, 그곳에서 나는 불쑥 덤벼들 것 같은 세인트 폴 성당의 거대한 검정색 돔을 어느 석조 건물 뒤편에서 보았다. 지나가는 행인이 말하길 그 건물은 뉴게이트 감옥이라고 했다. 그 감옥의 돌벽을 쭉 따라가면서 나는 그곳 마찻길이 지나다니는 마차들의 소음을 줄이기 위해 짚으로 덮여 있다는 사실을 발견했다. 이런 사실에 더하여, 독주와 맥주 냄새를 강하게 풍기는 많은 사람들이 주변에 서 있는 걸로 봐서 나는 그때 마침 재판이 진행 중이라고 추측했다.

그곳 주변을 둘러보고 있는데 지독하게 꾀죄죄하고 살짝 술에 절어 있는 앞잡이[4] 한 명이 안에 들어가서 재판을 방청하거나 감옥 안을 구경하지 않겠느냐고 내게 물었다. 그는 0.5크라운을 내면 앞자리를 제공할 수 있으며, 그 자리에서는 가발을 쓰고 법복을 입은 재판장을 온전히 볼 수 있다고 말했다. 그리고 그는 경외심을 불러일으키는 그 재판장이 밀랍 인형처럼 생겼다고 말하면서 이내 18펜스라는 할인된 가격을 내면 보여 주겠다고 제안했다. 내가 약속을 핑계로 제안을 거절하자 그는 친절하게도 나를 법정 마당으로 데리고 가 교수대가 보관되어 있는 곳과 사람들이 공개적으로 태형당하는 곳을 보여 주었고, 그다음엔 죄수들이 교수형을

4 감옥의 경비원을 비꼰 표현이다. 돈을 받고 재판 중인 죄수들이나 감방 안의 죄수들을 구경꾼들에게 보여 주면서 수입을 보충하는 걸로 악명이 높았다.

당하러 나오는 〈채무자의 문〉[5]도 보여 주었다. 그는 바로 〈그런 자들 네 명〉이 다음다음 날 아침 8시에 잇달아 처형당하기 위해 그 문을 통해 나오게 될 거라고 내게 알려 주며, 그 무시무시한 문에 대한 내 관심을 고조시켰다. 그러나 그런 사실은 내게 소름 끼치도록 끔찍했으며 런던에 대한 메스꺼운 느낌마저 들게 했다. 더군다나 이 재판정 소속의 장사꾼 경비가 흰 곰팡이가 핀 옷가지 일습(모자부터 구두에 이르기까지 모조리)을 입고 있는 모습을 보자 그런 느낌이 더 강해졌다. 나는 분명히 그의 옷가지가 본래 자기 것이 아니라 교수형 집행인으로부터 싼값에 사들인 것이라고 생각했다.[6] 그런 상황에서 1실링을 주고 그를 떼어 냈는데, 나는 그게 잘한 일이라고 여겼다.

나는 재거스 씨가 이미 돌아와 있는 게 아닌지 물어보러 사무실에 들렀고 그가 아직 돌아오지 않았다는 걸 알고 다시 산책에 나섰다. 이번에는 리틀브리튼 구역을 한 바퀴 돌고 나서 바살러뮤크로스 쪽으로 향했다. 그런데 나는 그제야 그 일대의 다른 사람들도 나처럼 재거스 씨를 기다리고 있는 중이라는 사실을 의식하게 되었다. 우선 수상쩍은 두 남자가 바살러뮤크로스 안을 어슬렁거리면서 대화를 나누고 있었다, 그들은 생각에 잠겨 포장도로의 갈라진 틈새 사이로 자기들 발을 끼워 넣고 있었는데, 그중 한 명이 내 곁을 지나치면서 상대방에게 이렇게 말했다. 「그게 꼭 해야 하는

5 감옥의 옆문. 원래 파산한 사람들을 들이고 나가게 하는 용도였지만, 1783년 타이번 처형장이 뉴게이트 감옥으로 이주해 오면서 사형수들이 나가는 마지막 출구로 이 문이 채택되었다.

6 전통적으로 처형된 죄수의 옷가지는 간수에게 맡겨져 보관되거나 매각되었다.

일이라면 재거스 씨가 반드시 그걸 할 걸세.」 길모퉁이에는 남자 세 명과 여자 두 명으로 이루어진 무리가 서 있었다. 여자들 중 한 명은 자신의 더러운 숄에 얼굴을 묻고서 울고 있었고, 다른 한 명은 자기 숄을 우는 여자의 어깨 위에 덮어 주면서 이런 말로 위로했다. 「재거스 씨가 그 사람 편이야, 어밀리아. 그러니 더 이상 뭘 〈바랄 수〉 있겠니?」 그곳을 어슬렁거리고 있는데 이번에는 눈이 충혈된 키 작은 유대인 한 명이 또 다른 작은 유대인 한 명을 대동하고 바살러뮤크로스 안에 나타났다. 그는 동행한 유대인을 심부름 보냈다. 심부름 간 유대인이 사라진 동안 나는 이 유대인을 유심히 지켜보았다. 그는 흥분 잘하는 다혈질인 듯 불안한 모습으로 가로등 기둥 밑에 서서 계속해서 빠른 걸음으로 왔다 갔다 하며 거의 미친 사람처럼 이런 혼잣말을 내뱉었다. 「아아, 재거드, 재거드, 재거드! 다른 모든 변호다들은 썩은 고기나 파는 사기꾼 푸주한 같은 놈들이야. 난 재거드만 있으면 돼!」 내 후견인이 얼마나 유명한지를 증명해 주는 이들의 존재는 내게 깊은 인상을 남겼다. 그래서 나는 예전보다 훨씬 더 그에 대해 존경심과 경외심을 품게 되었다.

마침내 바살러뮤크로스의 철문을 통해 리틀브리튼 쪽을 내다보고 있다가 재거스 씨가 길을 건너 나를 향해 오고 있는 모습을 보았다. 기다리고 있던 다른 모든 사람들도 그를 보고는 우르르 몰려갔다. 재거스 씨는 한 손을 내 어깨 위에 올리고 나와 나란히 걸으면서도 내겐 한마디도 하지 않고 뒤따르는 사람들에게만 말을 걸었다.

그는 맨 처음 수상쩍어 보이는 두 남자부터 처리했다.

「자, 난 〈당신들〉한텐 할 말이 전혀 없소.」 재거스 씨가 그들에게 손가락질을 하면서 말했다. 「지금 내가 알고 있는 것보다 더 알고 싶은 사실도 없소. 결과에 대해 말한다면, 그건 동전 던지기처럼 가능성이 반반이오. 내가 처음부터 반반이라고 말했잖소. 웨믹에게 수임료는 지불했소?」

「오늘 아침 돈을 마련했습니다, 변호사님.」 남자들 중 한 명이 굽실거리며 대답했고 나머지 한 명은 재거스 씨의 안색을 세심히 살폈다.

「당신들에게 돈을 언제 마련했는지 혹은 어디서 마련했는지 묻지 않았소. 웨믹이 그 돈을 받았소?」

「네, 변호사님.」 두 남자가 동시에 말했다.

「아주 잘했소. 그럼 당신들은 가도 좋소. 자, 이제 당신들 건은 더 이상 거론하지 않겠소!」 재거스 씨가 그들에게 물러나라고 손짓하며 말했다. 「한마디만 더 토를 달면 당신들 건에서 손을 떼겠소.」

「저희들이 생각을 해봤는데요, 재거스 변호사님 —」 두 남자 중 한 명이 모자를 벗으며 말하려고 했다.

「내가 더 이상 토를 달지 말라고 했을 텐데.」 재거스 씨가 말했다. 「〈당신들〉이 생각을 해봤다고! 생각은 내가 당신들 대신 한다니까. 그러면 충분하지. 당신들이 필요할 때는 내가 당신들 있는 곳을 아니까 됐소. 당신들이 날 찾는 건 바라지 않소. 자, 이제 당신들 건은 그만하겠소. 한마디도 더 듣지 않겠소.」

두 남자는 재거스 씨가 뒤로 물러나라고 손을 흔들자 서로를 바라보며 송구스럽다는 듯 뒤로 물러났고 그들의 말은 더 이상 들을 수 없었다.

「그리고 이제 당신들!」 재거스 씨가 갑자기 멈춰 서 숄을 두르고 있는 두 여자를 향해 말했다. 함께 있던 남자들은 유순하게 여자들로부터 물러났다. 「오, 어밀리아로군. 그렇지?」

「네, 재거스 변호사님.」

「그러면 기억하겠지?」 재거스 씨가 쏘아붙였다. 「내가 아니었다면 당신은 여기 있지도 못하고 있을 수도 없었을 거라는 걸 말이야.」

「물론입니다, 변호사님!」 두 여자가 동시에 외쳤다. 「변호사님, 하느님의 가호가 있기를 바랍니다. 우리는 그걸 너무 잘 안답니다!」

「그렇다면 여긴 왜 온 거지?」 재거스 씨가 말했다.

「우리 빌 때문에요, 변호사님!」 울음을 터뜨린 여자가 애원했다.

「자, 내가 뭐가 뭔지 분명히 말해 주지!」 재거스 씨가 말했다. 「마지막으로 딱 한 번만이야. 당신네 그 빌이 믿음직한 사람 손에 맡겨져 있다는 걸 당신들이 혹시 모르더라도 나는 그걸 알지. 그러니 당신들이 이곳까지 찾아와서 당신네 빌 문제를 가지고 나를 귀찮게 한다면, 내 당신들의 빌과 당신들 모두에게 본때를 보여 줄 거야. 내 손에서 그를 놓아 버릴 거다 이거지. 웨믹에게 수임료는 지불했나?」

「그럼요, 물론이죠, 변호사님! 한 푼도 빠짐없이 냈어요!」

「아주 잘했어. 그러면 당신들이 해야 할 일은 다 한 거야. 다른 말을 또 한다면 — 단 한 마디라도 더 한다면 — 그러면 웨믹이 당신들 돈을 돌려줄 거야.」

이 무서운 협박이 두 여자를 떨어져 나가게 했다. 이제 다혈질 유대인 말고는 아무도 남지 않았다. 그는 벌써부터 재거스 씨의 외투 자락을 들어 올려 자기 입술에 몇 번이고 갖다 대고 있었다.

「이자는 모르겠는데!」 재거스 씨가 여전히 고압적인 말투로 말했다. 「이자는 뭘 원하는 거야?」

「틴애하는 재거드 변호다님, 하브라함 라다루드의 틴형됩니다.」

「그게 누구요?」 재거스 씨가 말했다. 「내 외투 자락은 좀 놓으시오.」

탄원인은 그의 옷을 놓기 전에 다시 한 번 옷자락에 입을 맞추고 대답했다. 「은제 식기 절도 혐의를 받고 있는 하브라함 라다루드입니다.」

「너무 늦었소.」 재거스 씨가 말했다. 「나는 반대쪽 고소인 편 입장이오.」

「맙소사, 재거드 변호다님!」 하얗게 안색이 질리며 다혈질이라고 내가 짐작했던 그자가 소리쳤다. 「데발 하브라함 라다루드의 반대편이란 말씀만은 하디 마데요!」

「이미 그렇게 됐소.」 재거스 씨가 말했다. 「그리고 이 일은 이미 끝난 일이오. 저리 비키시오.」

「재거드 변호다님! 잠디만요! 돈은 얼마든디 낼 테니 송구스럽디만 부디 더똑 편에서 손을 떼두될 두는 없는디요! 돈은 던혀 문데가 안 됩니다요! 재거드 변호다님, 변호다님!」

내 후견인은 극도로 무관심하게 탄원인을 뿌리쳤고, 도로가 마치 벌겋게 달궈지기라도 한 듯 그 위에서 안절부절 날뛰고 있는 그를 그곳에 두고 떠났다. 우리는 사무실에 도착했고, 그곳에서 사무직원과 모피 모자를 쓰고 면벨벳 옷을 입은 남자를 발견했다.

「마이크가 와 있습니다.」 걸상에서 일어나 은밀히 재거스 씨 쪽으로 다가오며 사무직원이 말했다.

「아, 그래!」 재거스 씨가 남자를 돌아보며 말했다. 남자는 〈수컷 울새 로빈〉 동요에 나오는 멋쟁이 새 〈불〉이 조종(弔鐘) 줄을 잡아당기듯이[7] 자기 이마 한가운데 있는 머리카락 다발을 잡아당기고 있었다. 「자네가 부른 남자가 오늘 오후에 왔다지, 그런 건가?」

「그렇습니다, 재거스 변호사님.」 체질적인 코감기 환자의 목소리로 마이크가 대답했다. 「엄청 고생을 하긴 했지만 도움이 될 만한 사람을 발견했습니다.」

「그래, 그가 무슨 증언을 할 준비가 되어 있는 건가?」

「글쎄요, 변호사님.」 이번엔 모피 모자로 코를 문지르면서 그가 말했다. 「두루뭉술하게 아무거나요.」

갑자기 재거스 씨가 화를 벌컥 냈다. 「아니, 분명히 경고했을 텐데.」 그가 겁에 잔뜩 질린 의뢰인에게 손가락질을 하며 말했다. 「여기서 주제넘게 그런 식으로 얘기하면 본때를 보여 주겠다고 말이야. 이 벼락 맞을 자야, 어찌 감히 〈내게〉 그따위로 떠벌리는 거야?」

의뢰인은 겁을 먹은 것 같았지만 또한 자기가 대체 무슨 짓을 했는지 모르겠다는 듯 당황해하고 있었다.

「멍청이!」 팔꿈치로 그를 툭 치며 사무직원이 낮은 목소리로 그에게 말했다. 「바보! 그런 얘기를 꼭 변호사님 면전에서 해야겠어?」

「자, 이 실수투성이 얼간아. 다시 묻겠다.」 엄하기 짝이 없는 무서운 모습으로 내 후견인이 말했다. 「이번이 정말 마지

7 「누가 수컷 울새 로빈을 죽였나?」라는 동요에 나오는 내용. 〈누가 조종을 칠래? / 나, 불이 말했네 / 내가 줄을 잡아당길 줄 아니 / 내가 종을 칠 테다.〉

막이야. 자네가 이곳에 데려온다는 자가, 그래, 무슨 증언을 할 준비가 되어 있다고?」

마이크는 내 후견인의 얼굴을 뚫어져라 쳐다보았다. 마치 거기서 뭔가 가르침을 얻기라도 하겠다는 태도였다. 그러고 나서 그가 천천히 대답했다. 「그자의 성품에 대해서 증언하든지, 아니면 사건 당일 밤 자기가 그자와 함께 있었고, 단 한 번도 그자의 옆을 떠나지 않았다는 내용을 증언할 겁니다.」

「그래, 조심해. 데려온 남자는 뭐 하는 사람이라고?」 마이크는 자기 모자를 보고 바닥을 보고 천장을 보고, 심지어 나까지 쳐다보고 나서야 비로소 대답을 했다. 「옷을 어떻게 입혔느냐 하면 —」 이때 내 후견인이 버럭 소리를 질렀다.

「뭐라고? 자네 〈정말〉 이럴 거야? 이럴 거냐고?」

(「멍청이!」 사무직원이 다시 그를 툭 치며 말했다.)

어쩔 줄 모르고 이곳저곳으로 시선을 던지던 마이크의 얼굴이 밝아지며 그가 다시 말했다.

「그는 점잖은 파이 가게 주인처럼 옷을 입었습니다. 일종의 제과 기술자처럼 말입니다.」

「그자가 여기 와 있나?」 내 후견인이 물었다.

「길모퉁이를 돌아 문간 계단 옆에 앉아 있으라고 일러 두고 왔습니다.」 마이크가 말했다.

「내가 볼 수 있게 그자를 데리고 저 창문 앞을 한번 지나가 보게.」

지목한 창문은 사무실 창문이었다. 나머지 우리 세 명 모두는 창문으로 가서 철망 차양 뒤에 섰다. 곧 의뢰인이 우연히 그곳을 지나가는 듯한 태도로, 짤막한 흰색 리넨 양복에다 종이 모자를 쓴, 꼭 살인범처럼 생긴 키 큰 남자와 함께 지나가는 모습이 보였다. 그런데 전혀 교활해 보이지 않는 이 제과 기술자는 아무리 봐도 좀 모자란 듯했으며, 회복 단계에 있는 것처럼 녹색을 띠고 있지만 사실은 칠로 가린 시퍼렇게 멍든 눈까지 하고 있었다.

「저놈한테 가서 당장 저 증인 놈을 데리고 꺼지라고 말하게.」 내 후견인이 질색을 하며 사무직원에게 말했다. 「그리고 대체 저런 놈을 데리고 와서 뭘 하자는 건지도 물어보게.」

그런 뒤 내 후견인은 나를 자기 사무실로 데리고 들어갔고, 선 채로 샌드위치와 휴대용 셰리주로 점심을 때우면서(그는 샌드위치를 먹으면서까지 그 샌드위치에다 고압적인 위세를 떠는 것 같았다) 나를 위해 무슨 준비를 해놓았는지 알려 주었다. 그는 우선 내가 〈바너드 숙사〉[8]에 살고 있는 포켓 군이라는 청년의 방에 가게 될 것이며, 내 잠자리를 위해 이미 그곳에 내 침대를 보냈다고 말했다. 그리고 내가 월요일까지 포켓 군과 함께 그곳에 묵다가, 그날 그 청년과 함께 그의 아버지 집을 방문하여 그분이 맘에 드는지 보게 될 거라고 했다. 또한 나는 그로부터 내 용돈이 얼마나 되는지 — 매우 넉넉한 액수였다 — 에 대해서도 얘길 들었다. 그리고 그는 서랍에서 몇몇 가게 주인들의 명함을 꺼내 내게 건네주었는데, 그들은 앞으로 내가 입게 될 온갖 종류의 옷가지들과 내가 합당하게 필요로 하게 될 물건들을 거래할 사람들이었다. 「자네의 신용이 아주 좋다는 걸 알게 될 거네, 핍 군.」 내 후견인이 말했다. 그가 황급히 술을 마실 때 휴대용 셰리주

8 예전의 대법관청 소속 열 개의 법학생 숙사 중 한 곳이다. 이 숙사들은 본래 법학생들의 숙소로 지어졌지만 나중에는 보다 폭 넓게 임대되었다. 디킨스도 젊은 시절 한동안 〈퍼니벌 숙사〉에서 산 적이 있다.

술병에서는 마치 가득 차 있는 온전한 술통 같은 냄새가 났다.「하지만 이런 식으로 난 자네의 계산서들을 점검할 것이네. 즉 자네가 너무 돈을 많이 써서 빚을 지는 모습을 보게 된다면 내가 자네를 제지할 걸세. 물론 자네는 어떻게든 잘못된 길로 들어서게 될 거네. 하지만 그건 내 잘못이 아니네.」

꼭 잘못된 길로 빠지라고 부추기는 것 같은 그의 감정이 뭔지 잠시 곰곰이 생각해 보다가 나는 〈마차를 불러도 되겠느냐〉고 재거스 씨에게 물었다. 그는 목적지가 아주 가까운 곳에 있으니 마차를 부를 것까지는 없으며, 원한다면 웨믹이 동행해 줄 수 있을 거라고 말했다.

나는 그제야 웨믹이 바로 옆방 사무실에서 일하는 아까 그 사무직원이라는 사실을 알았다. 웨믹이 외출한 동안 그의 자리를 메우기 위해 또 다른 사무직원이 위층에서 벨 소리를 듣고 내려왔다. 나는 내 후견인과 악수를 나누고 웨믹과 함께 거리로 나섰다. 우리는 새로운 사람들이 밖에서 어슬렁거리고 있는 걸 발견했지만, 웨믹은 차가우면서도 단호하게 이런 말을 하며 그들 사이를 헤치고 나아갔다.「분명히 말하지만 소용없어요. 변호사님은 여러분 중 어느 누구에게도 한마디도 말씀하시지 않을 겁니다.」우리는 곧 그들을 벗어나 나란히 걸어가게 되었다.

21

나는 웨믹 씨와 나란히 걸어가면서 밝은 대낮의 그가 어떻게 생겼는지 보려고 그에게 시선을 던졌다. 나는 그가 좀 무뚝뚝하며 키는 다소 작고 나무토막처럼 무표정하며 얼굴이 꼭 날 끝 무딘 끌로 깎아 낸 것처럼 보이는 사람이란 걸 알았다. 그의 얼굴엔 자국들이 좀 나 있었는데, 좀 더 부드러운 소재의 좀 더 훌륭한 도구로 조각했더라면 보조개가 되었을 수도 있는 자국들이었다. 하지만 사실 그 자국들은 그저 움푹 파인 흉터들에 불과했다. 그의 얼굴을 조각한 끌은 그의 코 위에도 뭔가 멋진 장식을 남기려고 서너 차례 시도하다가 매끄럽게 마무리하지 못한 채 그냥 포기해 버린 것 같았다. 나는 닳아 해진 그의 리넨 셔츠 상태를 보고 그가 아직 총각일 거라고 판단했다. 그리고 그는 꽤 여러 차례 가족 친지들의 상(喪)을 겪은 사람인 듯했다. 그가 한 숙녀와 유골 단지가 놓인 묘지 옆에 마치 애도하듯 가지를 늘어뜨린 버드나무 형상이 새겨진 브로치를 찬 것 말고도, 추모용 유품 반지를 적어도 네 개나 끼고 있었기 때문이다. 나는 또한 시곗줄에 세상을 떠난 가족 친지들에 대한 추억을 잔뜩 간직하듯 몇 개의 반지와 도장들을 주렁주렁 매달아 놓은 것도 주목했다. 그는 작고 예리하고 반짝거리는 까만 눈과 얇고 길고 얼룩덜룩한 입술을 갖고 있었다. 진정 내가 믿기로는, 그는 그것들을 40~50년간 간직하고 살아온 것 같았다.

「그래, 런던엔 한 번도 와본 적이 없다, 이거죠?」 웨믹 씨가 내게 말했다.

「네.」 내가 대답했다.

「나도 한때 이곳에 처음 와본 처지였던 적이 있었죠.」 웨믹 씨가 말했다. 「지금 그런 생각을 하니 참 묘하네요!」

「지금은 이곳을 아주 잘 알겠네요?」

「왜 아니겠습니까. 그렇죠.」 웨믹 씨가 말했다. 「돌아가는 양상을 알죠.」

「이곳은 아주 나쁜 곳입니까?」 정보를 얻기 위해서라기보다는 뭔가 다른 화젯거리를 찾으려고 물었다.

「런던에선 사기나 강도나 살인을 당할 수 있습니다. 하지만 세상 어디든 펍 씨에게 그런 짓을 할 사람은 많지요.」

「피해자하고 그런 짓을 저지르는 자들 사이에 악감정이 존재한다면 그렇겠네요.」 그의 말을 다소 누그러뜨리기 위해 말했다.

「오! 악감정에 대해선 모르겠습니다.」 웨믹 씨가 대답했다. 「그런 일엔 악감정이 그리 많이 작용하지 않습니다. 그런 자들은 뭔가 얻어 낼 게 있다면 그런 짓을 저지르죠.」

「설상가상이군요.」

「그렇게 생각합니까?」 웨믹 씨가 말했다. 「그거나 저거나 똑같다고 말하고 싶네요.」

그는 중절모를 머리 뒤로 걸쳐 쓴 채 정면을 응시하고 있었으며, 거리 이곳저곳에 자신의 관심을 끌 만한 건 아무것도 없다는 듯 그저 과묵하게 걷고만 있었다. 그의 입은 꼭 우체통 구멍같이 생겨서 그냥 가만히 있어도 저절로 미소를 띠고 있는 모양새였다. 단지 입 모양이 그렇게 생겨서 자동적으로 미소를 짓고 있는 것처럼 보일 뿐이지 그가 일부러 미소 짓고 있는 게 아니라는 걸 깨달을 즈음, 우리는 홀본힐 지역 언덕배기에 도착했다.

「매슈 포켓 선생님이 살고 계신 곳을 아십니까?」 내가 웨믹 씨에게 물었다.

「압니다.」 그가 그쪽 방향을 향해 고갯짓을 하며 말했다. 「런던 서부에 있는 해머스미스 지역이지요.」

「멉니까?」

「글쎄요! 한 8킬로미터쯤 될 겁니다.」

「그분을 아세요?」

「물론입니다. 핍 씨는 정말이지 논리 정연하게 심문하는 사람이군요!」 웨믹 씨가 나를 인정하는 것 같은 태도로 바라보며 말했다. 「그래요, 그분을 압니다. 알고말고요!」

그런 말을 하는 그의 모습에 뭔가 꾹 참고 있다거나, 아니면 나를 깔보는 기색이 깃들어 있어서 나는 다소 의기소침해졌다. 그의 말에 혹시 나를 격려하는 의미가 담겨 있던 건 아닌지 알아내기 위해 나무토막 같은 그의 얼굴을 계속해서 곁눈질하는데 그가 바너드 숙사에 도착했다고 말했다. 그 말을 듣고도 의기소침해진 내 마음은 달래지지가 않았다. 그건 내가 그 숙사를 바너드 씨가 운영하는 호텔, 그것에 견주면 우리 읍내의 블루 보어 여관 같은 곳은 그저 동네 술집에 불과할 만큼 멋진 호텔이라고 생각하고 있었는데 실상은 전혀 그렇지 않았기 때문이었다. 내 생각과는 반대로 나는 바너드라는 사람이 실체 없는 허깨비거나 날조된 가공의 인물이며, 그 숙사라는 곳도 꼭 수고양이 소굴처럼 악취 나는 후미진 구석에 한데 묶여 쑤셔 넣어진, 거무죽죽하고 더럽기 짝이 없는 누추한 몇 개의 건물들이라는 사실을 깨달았다.

우리는 쪽문을 통해 이 거처로 들어갔으며, 앞쪽 통로를 지나 평평한 매장지처럼 보이는 조그맣고 네모난 마당에 이르렀다. 나는 그 마당에 그때까지 내가 보았던 것들 중에서 가장 음울한 나무들과 가장 음울한 참새들과 가장 음울한 고양이들과 가장 음울한 건물들(그 수가 예닐곱 개는 되어 보였다)이 있다고 생각했다. 나는 또한 이 건물들을 구분 짓는 기준이 되는 개별 사실(私室)들의 창문들이 온갖 단계의 노후화 과정에 접어들었다고 생각했다. 낡아 빠진 차양과 커튼, 부서진 화분, 금이 간 유리창, 먼지로 덮이고 부식된 부분들, 임시변통으로 땜질해 놓은 부분들을 볼 때 그랬다. 그리고 빈방들에 적힌 〈세놓음, 세놓음, 세놓음〉이란 글자들은 나를 노려보고 있는 것 같았다. 마치 가련한 그 어떤 새 세입자도 그곳에 살러 오지 않을 것이며 현 세입자들의 단계적인 자살과 그들의 성스럽지 못한 매장으로 인해 바너드의 영혼이 복수심을 서서히 진정시키고 있는 것 같았다. 바너드가 창조한 이 쓸쓸한 건물들은 검댕과 연기로 뒤덮인 곰팡내 나는 상복을 차려입고 있었으며 머리에 재를 흩뿌려 놓은 먼지 구덩이의 모습으로 참회하며 굴욕을 견뎌 내고 있는 것 같았다. 내 눈이 볼 수 있는 한계는 거기까지였다. 마른 상태로 썩어 가고 있거나 젖은 상태로 썩어 가고 있는 부패물들, 그리고 방치된 지붕과 지하실에서 썩어 가고 있는 소리 없는 부패물들 — 시궁쥐, 생쥐, 빈대들과 근처 역마차 마구간의 부패물들 — 이 희미하게 내 후각을 자극하며 이렇게 신음하고 있었다. 〈바너드가 만든 이 혼합 약물을 먹어 보시오!〉

막대한 유산 상속에 대한 기대의 첫 부분이 이런 식으로 실현된다는 게 너무나 부족해서 나는 낙심한 모습으로 웨믹 씨를 쳐다보았다. 「아하!」 그가 내 속마음을 읽었는지 말했다. 「이곳의 한적한 분위기 때문에 시골이 생각나나 보군요. 그건 나도 마찬가지입니다.」

그는 나를 한쪽 모퉁이로 데려간 뒤 계단을 따라 올라가며 안내했는데, 그 계단이 내게는 서서히 무너져 내리며 톱

밥 상태로 바뀌어 가고 있는 것처럼 보였고, 그래서 가까운 시일 내에 계단 위층에 살고 있는 세입자들이 문밖을 내다보다가 아래로 내려가는 수단이 사라진 걸 발견하게 될 날이 올 것 같았다. 우리는 건물 맨 꼭대기 층 거처로 갔다. 문에는 페인트로 〈미스터 포켓 2세〉라고 쓰여 있었고 편지함 위에는 〈곧 돌아옵니다〉라고 적힌 쪽지가 붙어 있었다.

「아마 핍 씨가 이렇게 빨리 올 거라고 생각하지 못한 모양입니다.」 웨믹 씨가 설명했다. 「나는 이제 더 있을 필요가 없겠지요?」

「네, 고맙습니다.」 내가 말했다.

「현금을 내가 보관하고 있으니 우리는 앞으로 꽤 자주 만나게 될 겁니다.」 웨믹 씨가 말했다. 「잘 있어요.」

「안녕히 가세요.」

나는 손을 내밀었다. 웨믹 씨는 처음에는 내가 뭔가를 원한다고 생각했는지 그 손을 바라보기만 했다. 그러다 나를 보고는 생각을 바로잡았다.

「틀림없어요! 맞아요. 핍 씨는 악수하는 습관이 있지요?」

나는 악수가 런던 방식이 아닌 게 분명하다는 생각이 들어 다소 당황스러웠지만 그렇다고 말했다.

「내가 워낙 악수하는 습관을 안 들여 놔서요!」 웨믹 씨가 말했다. 「물론 최후의 순간을 맞는 죄수에겐 예외지만요. 진심으로 핍 씨를 알게 되어 기쁩니다. 잘 있어요!」

악수를 나누고 그가 떠나자 나는 계단 창문을 열었다. 그런데 그 순간 하마터면 목이 뎅강 잘릴 뻔했다. 창문을 매단 끈이 썩어 없어진 탓에 별안간에 단두대처럼 떨어져 내린 것이다. 다행히 창문이 워낙 순식간에 떨어지는 바람에 아직 밖으로 목을 내밀기 전이었다. 가까스로 화를 면하고 안도하면서 먼지가 덕지덕지 낀 창문을 통해 안개가 낀 듯 침침한 숙사 풍경을 내다보았다. 그러면서 수심에 잠겨 런던은 분명히 과대평가된 곳이라고 혼잣말을 했다.

〈곧〉이라는 말에 대한 포켓 2세의 시간관념은 내 것과는 달랐다. 30분 동안이나 창밖을 내다보고 있으려니 슬슬 짜증이 나기 시작했다. 손가락으로 모든 창유리의 먼지 위에 내 이름을 여러 차례 쓰고 나서야 계단 아래쪽에서 발소리가 들려왔다. 마침내 내 앞으로 서서히 대략 나와 비슷한 신분의 사회 구성원인 것 같은 사람이 중절모와 머리, 넥타이, 조끼, 바지, 구두 순으로 모습을 드러냈다. 그는 양쪽 겨드랑이에 종이봉투를 끼고 한 손엔 딸기 바구니를 들고서 헐떡거리고 있었다.

「미스터 핍?」 그가 말했다.

「미스터 포켓?」

「아이고, 이런!」 그가 외쳤다. 「정말 죄송합니다. 하지만 미스터 핍이 사는 읍내에 정오에 출발하는 마차가 있다는 걸 알고 있었거든요. 그래서 그걸 타고 오실 거라고 생각했습니다. 사실은 미스터 핍 때문에 나갔다 온 겁니다. 핑계를 대자는 건 아닙니다. 시골에서 오셨으니 식사가 끝나고 과일을 좀 드시면 좋아하실 거라는 생각이 들었고, 그래서 코번트가든 청과 시장에 다녀오는 길이었습니다.」

나름의 이유 때문이었지만 나는 갑자기 머리에서 눈이 튀어나올 것 같은 느낌이 들었다. 나는 그의 배려에 대해 횡설수설 답례를 했고, 지금의 상황이 꿈결 같다는 생각이 들기 시작했다.

「아이고, 이런!」 포켓 2세가 다시 외쳤다. 「문이 꼼짝달싹 안 하네!」

그가 양쪽 겨드랑이에 종이봉투를 낀 채 문과 씨름하느라 과일들이 다 으깨질 지경이라 나는 그것들을 들고 있게 해 달라고 부탁했다. 그는 기꺼이 동의한다는 미소를 지으며 봉투와 바구니를 건넸고, 사나운 짐승과 싸우듯 문과 씨름을 했다. 마침내 문이 벌컥 열리는 바람에 그가 비틀거리며 내 쪽으로 쓰러졌다. 우리는 둘 다 껄껄 웃었다. 하지만 나는 여전히 눈이 머리에서 튀어나올 것 같은 느낌과 분명히 지금의 상황이 왠지 꿈결 같다는 느낌을 떨쳐 버리지 못했다.

「자, 들어오세요.」 포켓 2세가 말했다. 「내가 앞장서지요. 집에 가구가 별로 없는 편이지만 월요일까지 그럭저럭 참고 지내시기 바랍니다. 아버님께서 내일 하루는 미스터 핍이 당신보다 나와 더 즐겁게 시간을 보내며 런던 구경을 하는 게 좋겠다고 생각하신 것 같습니다. 미스터 핍에게 런던을 구경시켜 주면 저도 분명 기쁠 겁니다. 먹는 일에 대해 말한다면, 그리 나쁘지는 않을 거라고 생각하시길 바랍니다. 이곳 커피하우스에서 시켜 먹을 테니까요. 그리고 (이 말은 덧붙이는 게 옳다고 생각하는데) 식사는 물론 핍 씨 돈으로 시키는 겁니다. 그게 재거스 씨의 지시 사항입니다. 잠자리에 대해 말한다면, 결코 화려하지는 않습니다. 그 이유는 내가 내 생계를 스스로 책임지고 있고 아버님께서는 단 한 푼도 보조해 주지 않기 때문입니다. 설령 아버님께서 보조해 주신다 해도 받을 마음도 없고요. 이곳이 우리의 거실입니다. 보시다시피 집에서 가져온 남는 의자 몇 개와 탁자 몇 개, 양탄자, 그 밖의 가구 몇 개가 전부죠. 식탁보와 스푼, 양념 병들을 보고 내게 찬사를 보내진 마세요. 그것들은 다 커피하우스에서 보낸 것들입니다. 이곳이 내 누추한 침실입니다. 곰팡내가 나긴 하지만 워낙 이 바너드 숙사 자체가 곰팡내 나는 곳이니까요. 이곳이 미스터 핍의 침실입니다. 가구는 이번에 빌린 겁니다. 하지만 용도에 잘 맞으리라 믿습니다. 더 필요한 게 있으면 가서 구해 오겠습니다. 방들이 좀 외진 데다 우리 둘만 살게 되겠지만 다툴 일은 아마 없을 겁니다. 아이고, 이런! 죄송합니다. 내내 과일을 들고 계시게 했네요. 봉투들을 이리 주세요. 정말 죄송합니다.」

나는 포켓 2세에게 봉투들을 건네다가 그와 정면으로 마주 보게 되었다. 그런데 그때 그의 눈에 흠칫 놀라는 눈빛이 어리는 걸 보았고, 그게 내 눈에 어린 눈빛이기도 하다는 걸 알았다. 그가 놀라서 뒤로 자빠질 것처럼 뒷걸음질하며 소리쳤다.

「세상에! 너 그때 그 어슬렁거리던 꼬마잖아!」

「그리고 넌 그때 그 창백한 어린 신사고!」 내가 대꾸했다.

22

〈그때 그 창백한 어린 신사〉와 나는 바너드 숙사에서 서로를 빤히 쳐다보다 마침내 둘 다 웃음을 터뜨렸다. 「너일 거라는 생각은 꿈에도 못 했다!」 그가 말했다. 「나야말로 너일 거라는 생각은 꿈에도 못 했다!」 나도 말했다. 창백한 어린 신사가 쾌활하게 손을 내밀며 말했다. 「옛날 일은 다 끝난 일이라고 생각해도 되겠지. 너를 그렇게 때려눕힌 일을 용서해 준다면 정말 넓은 아량을 베푸는 일일 거고.」

이 말을 통해 허버트 포켓(허버트가 창백한 어린 신사의 이름이었다)이 아직까지도 자신의 말뜻과 실제 행동 사이를 혼동하고 있다고 추측했다. 하지만 나는 겸손하게 대답했고 우리는 진심 어린 따뜻한 마음으로 악수를 나누었다.

「너, 그때는 아직 막대한 재산을 물려받지 않았을 때지?」 허버트 포켓이 말했다.

「그래.」 내가 말했다.

「그럴 거야.」 그가 동의했다. 「나도 최근에야 그런 일이 일어났다는 이야기를 들었거든. 그때는 〈나도〉 그런 막대한 유산의 행운이 내게 찾아오지 않을까 예의 주시했어.」

「정말?」

「그래. 내가 마음에 드는지 보려고 미스 해비셤이 사람을 보내 나를 불렀던 거였어. 하지만 그녀는 나를 마음에 들어 할 수 없었어. 여하튼 그녀는 나를 마음에 들어 하지 않았어.」

나는 그런 말을 듣게 되어 무척 놀랐다고 말하는 게 예의라고 생각했다.

「고약한 취향이지.」 허버트가 웃으면서 말했다. 「하지만 사실이야. 그래, 그녀가 내게 시험 삼아 방문해 보라고 사람을 보냈었어. 그리고 만약 내가 그 시험을 성공적으로 통과했더라면 분명히 재산은 내가 물려받았을 거라고 생각해. 그리고 틀림없이 내가, 소위 말하는 에스텔라의 〈그렇고 그런 존재〉가 되었을 거야.」

「그게 무슨 말이야?」 내가 갑자기 정색을 하며 물었다.

그는 대화를 나누면서 과일을 접시에 담던 중이었는데 내 질문 때문에 주의가 흐트러졌고 그래서 무심결에 단어 하나를 툭 내뱉었다. 「피앙세.」 여전히 과일을 바쁘게 담으면서 그가 설명했다. 「약혼자. 정혼자. 명칭이 무엇이든 상관없어. 그런 뜻을 지닌 단어라면 무엇이든.」

「실망감을 어찌 견뎠는데?」 내가 물었다.

「쳇!」 그가 말했다. 「그다지 신경 안 썼어. 그 여잔 정말 표독했거든.」

「미스 해비셤?」 내가 넌지시 물었다.

「그 말에도 아니라는 대답은 못 하겠다. 하지만 에스텔라를 말하는 거야. 그 여자애는 냉혹하고 도도하고 극도로 변덕스러워. 그리고 미스 해비셤이 남성 모두를 상대로 복수를 하라고 기른 애지.」

「미스 해비셤과 무슨 관계인데?」

「아무 관계도 아냐.」 그가 말했다. 「그저 양녀일 뿐이야.」

「왜 남성 모두에게 복수해야 하는데? 무슨 복수를 말하는 거야?」

「저런! 이봐, 핍 군!」 그가 말했다. 「몰라?」

「몰라.」 내가 말했다.

「저런! 꽤나 대단한 이야깃거리니 저녁 식사 시간까지 아껴 두자고. 외람되지만 지금은 너에게 다른 질문을 하나 할게. 너는 그날 그곳에 왜 갔던 거니?」

나는 그에게 사정을 이야기했고 그는 내가 말을 다 마칠 때까지 주의 깊게 들었다. 그러고 나서 그는 웃음을 터뜨렸고, 싸우고 나서 아프지 않았느냐고 물었다. 나는 〈너야말로〉 아프지 않았느냐고 묻지 않았다. 그 점에 대해선 분명히 그랬을 거라는 확신이 있었기 때문이다.

「재거스 씨가 네 후견인이라고 알고 있다만?」 그가 계속해서 말했다.

「맞아.」

「그가 미스 해비셤의 일을 봐주는 관리인이자 개인 변호사이며, 그 누구도 갖지 못한 그녀의 신뢰를 독차지하고 있다는 건 알고 있니?」

이 질문은 나를 위험한 입장으로 끌어들이고 있었다(내 느낌엔 그랬다). 나는 거북하고 어색한 태도를 전혀 숨기지 않고 노골적으로 드러내면서, 우리가 싸웠던 바로 그날 미스 해비셤 댁에서 재거스 씨를 보았지만 다른 때 그를 본 적은 전혀 없으며, 내가 믿기로는 그는 그 댁에서 나를 본 사실을 전혀 기억하지 못하는 것 같다고 대답했다.

「그가 너무나 친절하게도 우리 아버지를 네 개인 교사로 추천했어. 그리고 그런 제안을 하기 위해 아버지 집을 방문했고. 물론 그는 미스 해비셤과의 관계를 통해서 우리 아버지를 알았어. 아버지는 미스 해비셤의 친척이야. 하지만 그게 두 분 사이에 친밀한 교류가 이뤄지고 있다는 뜻은 아니야. 아버지는 아첨과는 담을 쌓으신 분이야. 그녀의 비위를 맞추는 일 같은 건 하실 분이 아니라는 소리지.」

허버트 포켓은 사람을 끄는, 매우 매력적이고 솔직하고 태평스러운 면모를 지닌 친구였다. 나는 그때도 그렇고 그 이후로도 그렇고, 말투나 표정 모두를 통해 뭔가 비밀스럽고 비열한 일은 날 때부터 하지 못하는 천성을 그보다 더 강렬하게 표현하는 사람은 본 적이 없다. 그의 전반적인 태도에는 놀랄 정도로 낙관적인 면모가 깃들어 있었다. 동시에 그가 앞으로 절대 큰 성공을 거두지 못할 것이며 부자도 되지 못할 거라고 암시하는 면모도 깃들어 있었다. 어떻게 해서 이런 느낌을 받게 된 건지는 알 수 없다. 나는 그저 그와의 첫 번째 만남에서 식사를 하기 위해 자리에 앉기도 전에 이런 느낌에 빠지기 시작했는데, 그게 대체 뭘 의미하는 건지는 자세히 밝힐 수 없다.

그는 여전히 창백한 신사였으며 활기차고 쾌활한 모습을 내보이는 데도 불구하고 뭔가 억눌린 듯한 무기력한 면모를 지니고 있었다. 그런 면모는 그가 타고난 체력의 소유자가 아니라는 걸 말해 주는 것 같았다. 그는 잘생긴 편은 아니었다. 그러나 정 많고 명랑해 보인다는 점에서 잘생긴 것 이상으로 훌륭했다. 그의 체격은 옛날에 내가 주먹으로 실컷 때렸을 때처럼 다소 볼품없는 편이었다. 그러나 늘 가벼워 보이고 어려 보이는 체격이었다. 트랩 씨가 시골 양복업자로서의 솜씨를 발휘한 양복이 나보다 그에게 더 어울렸을지는 의문이다. 그러나 내가 새 양복을 입고 있는 모양새보다 그가 다소 낡은 자기 양복을 입고 있는 모양새가 더 멋져 보였다는 건 분명히 알겠다.

허버트가 워낙 말수가 많은 편이어서 나는 내 쪽에서 너무 과묵하게 구는 건 나이에 맞지 않는 부적절한 태도라고 생각했다. 따라서 내 보잘것없는 이야기를 그에게 해주었고 내 은인이 누군지 묻는 일은 금지되었다는 점을 강조했다. 더 나아가 내가 시골 대장장이로 자랐으며 예절에 대해서는 거의 아는 게 없으니 만일 내가 당황하거나 잘못하는 일이 있을 때마다 그가 조언해 준다면 큰 친절을 베푸는 것으로 받아들이겠노라고 말했다.

「기꺼이 그럴게.」 그가 말했다. 「감히 예언하지만, 내 조언을 필요로 하는 일이 거의 없을 것 같긴 하지만 말이다. 앞으로 종종 같이 있게 될 것 같으니 우리 둘 사이에서 불필요하게 격식을 차리는 일은 하지 말자고. 그러니 지금부터 당장 나를 허버트라는 내 세례명으로 부르는 호의를 베풀어 줄래?」

나는 그 보답으로 내 세례명이 필립이라고 알려 주었다.

「필립이란 이름은 마음에 안 든다.」 그가 미소를 지으며 말했다. 「꼭 철자 교본에 나오는 우화 속 소년의 이름처럼 들려. 너무 게으른 나머지 넘어져서 연못에 빠지거나, 너무 살이 쪄서 자기 눈으로 세상을 보지도 못하거나, 너무 탐욕스러워서 케이크를 숨겨 놓았다가 쥐가 몽땅 먹어 치우는 일을 당하거나, 새 둥지로 가겠다고 고집을 부리다가 바로 옆에 있는 곰에게 잡아먹히거나 하는 소년 말이야. 내가 원하는 이름을 말해 볼게. 우리 둘 사이가 아주 좋고, 게다가 네가 대장장이였다니까 붙이는 이름이야. 그게 괜찮겠지?」

「네가 제안하는 이름이면 어떤 거라도 괜찮아.」 내가 대답했다. 「하지만 뭐가 괜찮겠냐는 건지 모르겠다.」

「허물없이 부르는 이름으로 〈헨델〉이라는 이름이 괜찮겠냐는 거야. 헨델의 음악 작품 중에 〈사이좋은 대장장이〉라는 매력적인 곡이 있거든.」

「아주 마음에 드는 이름 같은데.」

「그렇다면, 친애하는 나의 헨델 군.」 그가 돌아서서 문을 열며 말했다. 「여기 만찬이 준비되었네. 상석엔 자네가 앉으라고 간청해야겠네. 만찬을 자네가 제공한 셈이니.」

나는 그 간청을 들어주지 않겠다고 했다. 따라서 그가 상석에 앉았고 나는 그 맞은편에 앉았다. 조촐하지만 멋진 만찬이었으며 — 당시의 나에겐 그야말로 런던 시장 취임 축하연 못지않았다 — 옆에 어떤 어른도 없이 자유로운 분위기에서 먹는 데다 런던 한복판에서 먹는 만찬이어서 한결 더 맛이 배가되는 것 같았다. 또한 이 만찬은 만찬을 더욱 돋보이게 해주는 집시풍의 주변 환경 때문에 더 분위기가 고조되었다. 말하자면 식탁은, 펌블추크 씨의 말을 빌리자면 〈사치의 극치〉 상태였지만 — 물론 모두 커피하우스에서 직접 배달되어 온 요리들이었다 — 그에 비해서 바로 옆 거실은 풀한 포기 없는 허허벌판 같았다. 식사 시중을 들러 온 웨이터가 이리저리 헤매다가 그릇 덮개를 바닥에 내려놔야 했고 (그 바람에 그는 덮개들에 걸려 바닥에 넘어지기까지 했다) 녹인 버터는 안락의자에다, 치즈는 석탄 통에다, 삶은 닭 요리는 옆방의 내 침대에다 놓는 — 그날 밤 내 방으로 들어갔을 때 나는 닭 요리에 들어 있던 파슬리와 버터의 상당 부분이 굳은 상태로 있는 걸 발견했다 — 습관을 들여야 했다. 하지만 이 모든 상황은 우리의 만찬을 즐겁게 만들었다. 그리고 나를 지켜보던 웨이터까지 떠나고 나자 그 즐거움은 순수한 즐거움 그 자체였다.

만찬이 어느 정도 진행되었을 때 나는 허버트에게 미스 해비셤에 대해 이야기해 주겠다고 한 약속을 상기시켰다.

「맞아.」 그가 대답했다. 「당장 그 약속을 지킬게. 우선 그 이야기의 도입부로 말이야, 헨델, 이 말부터 먼저 할게. 런던에선 나이프를 입안에 넣는 게 관습이 아니란다. 사고가 날까 봐 그래. 그래서 포크가 바로 그런 용도로 쓰라고 준비되어 있는 것이고. 포크도 필요 이상으로 입안에 너무 깊이 집어넣어선 안 돼. 말할 가치도 없는 사항이지만 그저 다른 사람들이 하는 것만큼만 하면 좋은 거니까. 또 하나, 스푼은 일반적으로 위에서부터 거머쥐는 게 아니라 밑에서부터 받쳐 잡는 거란다. 이렇게 잡으면 두 가지 이점이 있어. 스푼이 입에 더 잘 닿고(결국 그게 목적이니까) 특히 굴을 까먹을 때 오른쪽 팔꿈치의 불편함을 크게 덜 수 있지.」

그가 하도 쾌활한 태도로 이런 친절한 조언을 해주었기 때문에 우리는 둘 다 껄껄 웃었고 나는 얼굴을 붉힐 일이 거의 없었다.

「자, 이제 미스 해비셤에 관해 이야기를 하자고.」 그가 계속해서 말했다. 「너도 분명히 알고 있겠지만, 미스 해비셤은 응석받이로 자라났어. 그녀가 아기였을 때 어머니가 돌아가셨고 그 바람에 아버지가 그녀의 말이라면 다 들어주었다는 거야. 그녀의 아버지는 네 고장에서 살던 시골 신사에다 양조업자였어. 난 양조업이 왜 좋은 직업으로 여겨지는지 모르겠어. 하지만 신사처럼 점잖으면서 빵을 굽는 일은 도저히 불가능하지만, (세상 그 누구보다) 전례 없이 점잖으면서 양조업을 할 수 있다는 건 논박의 여지가 없는 사실이야. 그런 일은 매일 보니까.」

「하지만 신사가 술집을 운영할 순 없겠지, 그렇지?」 내가 말했다. 「어떤 이유로든 절대 안 되지.」 허버트가 대답했다. 「하지만 술집이 신사를 먹여 살릴 수는 있겠지. 자, 어쨌든! 해비셤 씨는 아주 부자였고 아주 오만한 사람이었어. 그건 그의 딸도 마찬가지고.」

「미스 해비셤이 외동딸이었어?」 내가 과감히 추측해 보았다.

「잠시 기다려. 막 그 이야기를 하려던 참이었으니. 아냐, 그녀는 외동딸이 아니었어. 배다른 남동생이 하나 있었어. 부모 중 어느 쪽이냐 하면, 나는 그녀의 아버지가 남몰래 자기 요리사와 재혼한 거라고 생각해.」

「그가 오만한 사람이었다고 생각한다만.」 내가 말했다.

「친애하는 헨델, 그는 그렇긴 했어. 바로 그가 오만했기 때문에 두 번째 부인하고 남몰래 결혼한 거야. 그런데 얼마 안 있어 〈그 여자〉가 죽었어. 난 그 여자가 죽고 나서야 그가 처음으로 자신이 저지른 짓을 딸에게 고백했다고 알고 있어. 그러고 나서 그 아들은 가족의 일원이 되었고, 너도 잘 아는 그 저택에서 살게 되었어. 아들은 청년으로 장성하자 난봉꾼에다 사치스럽고 불효막심한 몹쓸 망나니로 완전히 돌변했어. 결국 그 아버지는 아들의 상속권을 박탈하고 의절해 버렸지. 하지만 그 아버지는 죽어 가면서 좀 누그러졌어. 그래서 미스 해비셤의 유복함엔 한참 못 미치지만 아들이 어느 정도 유복하게 살게 해주었어. 와인 한 잔 더 마셔. 그리고 내가 이런 말을 하는 걸 용서해 주기 바란다. 뭐냐 하면 일반적으로 사교계 사람들은 술잔 테두리가 코에 닿을 정도로, 즉 술잔 밑바닥을 위로 들어 올릴 정도로, 술잔을 엄밀하게 양심적으로 싹 비우는 일은 기대하지 않는다는 거야.」

그의 이야기에 극도로 관심을 집중하다 나도 모르게 그런 행동을 했던 것이다. 나는 그에게 고마움을 표시하고 사과했다. 그는 〈천만에〉라고 하며 이야기를 재개했다.

「미스 해비셤은 이제 막대한 유산을 상속받은 상속녀가 되었고, 너도 상상하겠지만 지체 높은 신붓감으로 보살핌을 받게 되었어. 그녀의 배다른 남동생도 이제 다시 넉넉한 재산을 갖게 되었고. 하지만 그는 한편으로는 빚을 갚고 다른 한편으로는 다시 미친 듯 돌아다니며 그 재산을 탕진했어. 그와 그의 누나 사이에는 부자 사이에 있었던 것보다 더 극심한 불화가 생겨났어. 그리고 자신에 대한 아버지의 분노에 누나가 영향을 미쳤다는 이유로, 그가 그녀에 대해 철천지원수 같은 원한을 품게 된 게 아닌지 의심이 들어. 자, 이제 이 이야기에서 잔혹한 내용이 나오는 부분에 도달했다. 친애하는 나의 헨델, 그저 이야기를 좀 쉬어 가기 위해 하는 말인데, 식사용 냅킨을 그렇게 큰 컵 안에 넣으면 안 돼.」

내가 왜 그 냅킨을 큰 컵에 쑤셔 넣으려고 애썼는지 나는 도무지 그 이유를 말할 수 없다. 내가 아는 건 그저 내가 냅킨을 쑤셔 넣는 일보다 훨씬 더 훌륭한 일에나 어울리는 끈기를 지니고, 나도 모르게 그 제한된 공간 안에 냅킨을 억지로 쑤셔 넣으려고 갖은 애를 다 쓰고 있었다는 것이다. 나는 다시 한 번 그에게 고마움을 표시하고 사과했다. 그러자 그는 더없이 쾌활한 태도로 말했다. 「괜찮아, 정말로!」 그리고 그는 다시 이야기를 시작했다.

「이쯤에서 이야기의 무대 — 경마장이라고 해도 좋고, 대중 무도회장이라고 해도 좋고, 아무튼 네 맘에 드는 어딘가라고 해두자고 — 에 한 남자가 등장하지. 이 남자가 미스 해비셤에게 구애를 했어. 나는 그를 한 번도 본 적이 없어. 이 일은 25년 전에 일어난 일이니 말이다(너와 내가 태어나기도 전이야, 헨델). 하지만 나는 우리 아버지께서 그 남자에 대해 겉만 번지르르한 허풍쟁이에다 그런 목적에 딱 맞는 종류의 인간이라고 말씀하시는 소리를 들었어. 하지만 아버지는 무지하거나 편견을 가진 경우가 아니라면, 그런 자를 신사로 오해하는 일은 절대로 해서는 안 된다고 더없이 강력하게 말씀하셨어. 왜냐하면 가슴속 깊은 곳에서부터 진정한 신사가 아니라면, 세상이 생긴 이래 그 누구도 매너에 있어서 진정한 신사가 될 수 없다는 게 아버지의 원칙이었기 때문이야. 아버지 말씀에 따르면 그 어떤 광택제도 나무의 결을 감출 수 없으며, 광택제를 더 많이 칠하면 칠할수록 나무의 결이 더 잘 드러난다는 거야. 정말 그래! 어쨌든 이 남자는 미스 해비셤한테 딱 붙어 따라다녔고, 그녀를 열렬히 사모한다고 공언했어. 나는 이때까지만 해도 그녀가 사랑에 빠지기 쉬운 다감한 감성을 그다지 많이 보이지 않았다고 믿어. 그런데 분명히 바로 이때부터 그녀가 지닌 모든 감성이 표출되었고, 그녀가 그를 열정적으로 사랑하기 시작했어. 그녀가 그를 더없이 맹목적으로 숭배했다는 데에는 의심의 여지가 없어. 그는 그런 식으로 차근차근 그녀의 애정을 악용하면서 그녀에게서 거액을 뜯어냈어. 그러고는 그녀를 꼬드겨서 그녀의 남동생으로부터 양조장 지분(그의 아버지가 그에게 조금 남겨 준 지분이야)을 몽땅 다 사들이게 했어. 자신이 그녀의 남편이 되면 양조장을 모두 관리하게 될 터이니 엄청난 가격을 주고 말이야. 네 후견인은 그 당시만 해도 아직 미스 해비셤의 자문단에 속하지 않았어. 그리고 그녀는 너무 오만한 데다 사랑에 푹 빠져 있어서 누구의 조언도 듣지 않았지. 우리 아버지를 빼놓고는 그녀의 친척들은 너무나 가난한 데다 교활했어. 우리 아버지도 몹시 가난했지만 그분은 기회주의적이거나 질투심을 갖고 계시진 않았어. 친척들 중에서 유일하게 독립심을 지니고 있으셨던 아버지는 그녀에게 그 남자한테 너무 많은 걸 해주고 있으며, 그의 수중에 너무 무조건적으로 자신을 내던지고 있다고 경고했어. 그녀는 그 남자가 있는 자리에서 불같이 화를 내며 아버지에게 자기 집에서 나가라고 명령했어. 그리고 그날 이후로 아버지는 그녀를 단 한 번도 보지 않으셨어.」

나는 그녀가 〈내가 죽어 저 식탁 위에 눕게 되면 마침내 매슈가 와서 나를 볼 테지〉라고 말하던 모습을 생각했다. 그래서 허버트에게 그녀에 대한 그의 아버지의 반감이 너무나도 뿌리 깊은 거냐고 물었다.

「그 정도는 아니야.」 그가 말했다. 「하지만 그녀는 신랑감 앞에서 자신의 생전 증여 재산이 욕심나서 아첨하려고 한다며, 그런 아버지에게 실망했다고 비난했어. 그러니 이제 와서 아버지께서 그녀를 찾아간다면 아버지가 비난받았던 그 일이 — 심지어 아버지 본인에게도 — 정말 사실인 것처럼 보일 거라고. 다시 그 남자 이야기로 돌아가서 끝맺음을 하자. 결혼식 날짜가 정해지고, 신부 드레스가 준비되고, 신혼여행 계획이 모두 결정되고, 결혼식 하객들이 초청되었어. 하지만 그날이 찾아왔어도 신랑은 나타나지 않았어. 그는 그녀에게 편지 한 통을 보냈는데 —」

「그걸 그녀가 받았지?」 내가 끼어들었다. 「결혼식을 위해 드레스를 갈아입던 도중에. 그게 9시 20분 전이지?」

「시간과 분까지 모두 맞아.」 허버트가 고개를 끄덕이며 말했다. 「그 이후 그녀는 바로 그 시각으로 모든 시계들을 정지시켰어. 편지 속에 무슨 내용이 적혀 있었는지는, 매우 냉혹한 어조로 결혼을 파기한다는 내용 말고는 더 이상 네게 말해 줄 수 없어. 왜냐하면 나도 모르니까. 이후 그녀는 지독하게 앓아누웠어. 그리고 회복한 다음부터는 너도 보았듯이 온 집 안을 황폐해지게 방치했어. 그리고 그녀는 밝은 대낮의 햇빛을 결코 보지 않았어.」

「그게 이야기의 전부야?」 이야기 내용을 곰곰이 생각해

보다가 내가 물었다.

「내가 아는 전부야. 그리고 사실 그 정도 아는 것도 나 혼자 조각조각 짜 맞추어서 그렇게 된 거야. 아버지는 늘 이야기를 회피하셨고, 심지어 미스 해비셤이 나를 집으로 오라고 불렀을 때도 내가 꼭 알아야 할 필요가 있는 것 이상의 이야기는 해주지 않으셨어. 하지만 한 가지 빠뜨렸다. 그녀가 그릇되게 신뢰했던 그 남자가 사실은 처음부터 끝까지 그녀의 배다른 남동생과 협력하여 그런 짓거리를 했다는 거야. 즉 두 사람 사이에 공모가 있었으며 둘이 이익을 나눠 가졌다고 추측해 볼 수 있다는 거지.」

「그가 왜 그녀와 결혼해서 모든 재산을 독차지하지 않았는지 모르겠구나.」 내가 말했다.

「그가 이미 결혼했던 사람인지도 모르고, 그녀에게 잔혹한 굴욕을 안겨 주려 했던 게 배다른 남동생의 음모의 일부분이었는지도 모르지.」 허버트가 말했다. 「잘 들어! 나도 모른다고.」

「두 사람은 어찌 되었어?」 다시 한 번 이야기 내용을 곰곰이 생각해 보고 난 뒤 내가 물었다.

「그들은 더 깊은 치욕과 타락 속으로 — 더 깊은 게 있다면 말이야 — 그리고 파멸 속으로 빠져들었어.」

「둘 다 지금 살아 있어?」

「몰라.」

「아까 네가 에스텔라는 원래 미스 해비셤의 가족이 아니라 양녀라고 했지. 언제 입양된 건데?」

허버트는 어깨를 으쓱했다. 「미스 해비셤이란 사람의 이야기를 들은 이후로 늘 에스텔라란 아이가 있었어. 그 이상은 몰라. 그런데 이제부턴 말이다, 헨델.」 그가 미스 해비셤에 대한 이야기를 최종적으로 털어 내듯 말했다. 「이제 우리 둘 사이엔 완벽할 정도로 솔직한 이해와 공감이 있게 된 거다. 미스 해비셤에 대해 내가 아는 모든 걸 네가 알고.」

「그리고 내가 아는 모든 걸 네가 알고.」 내가 대꾸했다.

「전적으로 그 말을 믿는다. 그러니 너와 나 사이에는 그 어떤 경쟁이나 곤혹스러운 다툼도 없을 거다. 그리고 네가 인생의 행운을 유지하는 조건, 즉 네가 행운의 은혜를 입고 있는 은인에 대해 묻거나 거론해서는 안 된다는 조건 말인데, 넌 나든 아니면 나와 어울리는 그 누구든 그 조건을 절대로 침해하거나 심지어 접근조차 하지 않을 거라고 확신해도 좋다.」

정말이지 그가 이 말을 하도 진지하게 했기 때문에 이 문제는 이제 끝났다고 생각했다. 설령 내가 앞으로 그의 아버지 집에서 여러 해를 보낸다 해도 그럴 것 같았다. 하지만 그가 이 말에 워낙 많은 의미를 담아서 했기 때문에, 사실상 그가 미스 해비셤이 내 은인이라는 사실을 내가 아는 것만큼 완벽하게 알고 있을 거라는 생각이 들었다.

그전까지는 그가 이 주제를 꺼낸 게 우리의 관계에서 그걸 깨끗이 정리하기 위해 일부러 그랬다는 생각이 들지 않았었다. 하지만 막상 이 이야기를 끄집어내고 보니 우리 마음이 훨씬 더 가볍고 편안해져서, 나는 그제야 그런 깨끗한 정리가 그의 본래 의도였다는 걸 깨달았다. 우리는 아주 즐겁고 화기애애한 시간을 보냈다. 그리고 나는 대화하던 도중에 그의 직업이 뭐냐고 물었다. 그는 〈나는 자본가[9]야. 선박

9 사업에 필요한 자본을 모집하는 자본 조달자라는 의미.

보험업자이고〉라고 대답했다. 나는 선박 보험업을 상징하는 무슨 물건이나 자본 같은 게 없는지 방을 훌긋 둘러보는 내 모습을 그가 봤다고 생각한다. 그가 이런 대답을 했기 때문이다. 「시내 중심가에서.」

나는 시내 중심가에서 일하는 선박 보험업자들의 부유함이나 중요성에 대해서 대단하다는 생각을 하고 있었다. 따라서 내가 과거에 어린 선박 보험업자를 나자빠지게 만들었고, 사업가의 눈을 시퍼렇게 멍들게 했으며, 책임감으로 가득 찬 그의 머리를 터지게 만들어 상처를 입혔다는 사실이 걱정되기 시작했다. 하지만 그때 다시 한 번 왠지 허버트 포켓이 결코 크게 성공하거나 부자가 될 것 같지 않다는 이상한 느낌이 엄습해서 한시름을 놓았다.

「나는 그저 내 자본을 선박 보험업에만 이용하는 일에 만족하고 있진 않을 거야. 우량 생명 보험 주식도 좀 매집하고, 목표를 향해 어려움을 헤치고 나갈 거야. 광산업 쪽에도 좀 투자할 거고. 이런 모든 투자가 내 힘으로 자립하여 몇천 톤 정도의 용선 계약을 맺어 무역업을 하는 걸 방해하진 않을 거야. 앞으로 말이야.」 그가 의자에 몸을 기대며 말했다. 「실크, 숄, 향신료, 염료, 약재, 고급 목재를 구하기 위해 동인도 제도와 교역할까 생각 중이야.」

「그러면 이익이 엄청 많이 나겠네?」

「엄청나겠지!」 그가 말했다.

나는 다시 심적 동요가 일어났으며 그런 사업에서야말로 내 경우보다 훨씬 더 막대한 재산을 기대할 수 있겠다는 생각이 들기 시작했다.

「또한 말이다.」 그가 양복 조끼 주머니에 양쪽 엄지를 찔러 넣으면서 말했다. 「설탕, 담배, 럼주를 취급하며 서인도 제도와도 교역할 생각이야. 특히 코끼리 상아를 구하러 실론까지 배도 보낼 생각이고.」

「상당히 많은 배가 필요하겠구나.」 내가 말했다.

「완벽한 선단 하나는 필요하겠지.」 그가 말했다.

무역 거래의 거대한 규모에 완전히 압도당한 나는 지금 그가 주로 보험업을 하고 있는 배들이 어느 곳과 교역을 하러 나가 있느냐고 물었다.

「아직 보험업을 시작하지 못했어.」 그가 대답했다. 「아직 주변을 탐색하며 기회를 찾고 있는 중이야.」

나는 어쩐지 그렇게 주변을 탐색하는 일은 바너드 숙사에서나 더 어울리는 일 같았다. 나는 (굳게 믿는다는 어조로) 말했다. 「아하!」

「그래. 지금은 회계 사무소에 나가면서 주변을 탐색하고 있어.」

「회계 사무소는 수익이 많이 나고?」 내가 물었다.

「누구, 거기 다니는 어린 친구에게 수익이 많이 나느냐는 소리니?」 그가 대답조로 물었다.

「그래. 너한테.」

「웬걸, 아, 아냐. 내겐 수익이 안 나.」 그는 조심스럽게 결산을 하고 대차를 맞춰 보는 사람의 태도로 말했다. 「내겐 직접적인 수익이 없어. 내게 지불되는 건 하나도 없단 소리야. 그리고 난 스스로 생계를 책임져야 해.」

그건 분명히 수익을 내는 사람의 모습이 아니었다. 그리고 나는 그런 수입원에서 많은 자본을 축적한다는 건 대단히 어려운 일일 것 같다고 암시하듯 고개를 가로저었다.

「그렇지만 요는 말이다.」 허버트 포켓이 말했다. 「내가 주변을 둘러보며 탐색하고 있다는 거다. 바로 〈그게〉 중요한 거라고. 회계 사무소에 다니게 되면, 너도 알다시피 주변을 탐색하게 되지.」

그의 말은 어쩐지 내게 〈너도 알다시피 회계 사무소에 다니지 않으면 주변을 탐색할 수 없다〉는 이상한 의미로 들렸지만 나는 그의 경험을 존중하며 그저 묵묵히 받아들였다.

「그러다 보면 때가 오는 거야.」 허버트가 말했다. 「좋은 기회를 보게 되는 때. 그러면 그 기회 속으로 뛰어들고 덤벼들어서 자기 자본을 확보하는 거야. 그러면 결국 다 되는 거지! 일단 자본만 확보하게 되면 그다음부터는 그걸 활용하는 일 말고는 아무 일도 할 게 없어.」

그건 예전에 정원에서 만났을 때 그가 보여 준 대책 없는 행동 방식과 아주 닮은 방식이었다. 가난을 감내하는 그의 방식은 그날 그가 패배를 감내하던 모습과 정확히 일치했다. 그는 그때 내 모든 가격과 타격을 받아들이던 것과 똑같은 태도로, 지금도 모든 가격과 타격을 받아들이고 있는 것 같았다. 그의 숙소엔 가장 간소한 필수품 몇 개 말고는 아무것도 없는 게 분명했다. 내가 보았던 모든 물건들은 모두 나를 위해 커피하우스나 다른 곳에서 보낸 것으로 밝혀졌다.

그러나 이미 마음속으로 막대한 재산을 벌어 놓고 있었으면서도 그가 그 재산에 대해 하도 겸손해하고, 잘난 척하며 우쭐거리는 모습을 보이지 않아 큰 고마움을 느꼈다. 그건 그가 타고난 명랑한 기질에 추가된 덕목이었다. 우리는 아주 즐거운 시간을 보냈다. 저녁이 되자 우리는 거리 산책에 나섰고 극장에서 반값만 주고 구경하는 공연도 관람했다.

다음 날 우리는 웨스트민스터 사원 예배에도 참석했다. 그리고 오후에는 공원을 산책했는데, 나는 그곳에 있는 모든 말들의 말편자를 누가 신겼는지 궁금해하면서 그걸 조가 했었더라면 좋았겠다고 생각했다.

그 일요일 날, 나는 줄잡아 계산해도 조와 비디를 떠나온 지 어느새 여러 달이 지난 것 같다는 생각이 들었다. 나와 그들 사이에 가로놓인 공간이 그렇게 날짜를 부풀려 생각하는 일에 한몫했다. 고향 습지대는 너무 머나먼 곳에 있었다. 수많은 일요일들 중 바로 전주 일요일 날, 내가 낡은 일요일 예배 복장을 하고 옛 교회에 예배를 보러 갈 수 있었다는 사실이, 지리적으로나 사회적으로나, 태양을 기준으로 보나 달을 기준으로 보나, 온갖 불가능한 일들의 조합처럼 보였다. 하지만 땅거미 지는 저녁 무렵 수많은 사람들로 북적거리고 가로등이 켜진 런던 거리에 있으면서 고향 집의 그 초라한 부엌을 너무나도 멀리 밀어내 버렸다는 우울한 자책감이 막연하게 찾아들었다. 그리고 쥐 죽은 듯 고요한 한밤중에는 무능한 사기꾼 같은 어떤 수위가 야경을 돈다는 구실로 바너드 숙사 주변을 부질없이 돌아다니면서 내는 발걸음 소리가 가슴에 공허하게 다가왔다.

허버트는 월요일 아침 9시 15분 전까지 도착하기 위해 — 그리고 내 생각에는 주변을 탐색하기 위해 — 회계 사무소로 출근했고 나는 그와 동행했다. 그는 한두 시간가량 뒤에 나와서 나를 해머스미스까지 데려다 주기로 했고, 나는 근처에서 그를 기다리기로 했다. 내게는 젊은 보험업자들을 부화시킨 알들이 마치 타조 알처럼 흙먼지와 열기 속에서 인공 부화되고 있는 것처럼 보였다. 아직까지 미숙한 단계에 있는 거인 같은 그들이 월요일 아침을 맞이하여 들어가고 있는 장소들을 놓고 판단해 볼 때 그랬다. 허버트가 돕고 있다는 회계 사무소 또한 내 눈에는 전혀 주변 탐색에 알맞은 관측소처럼 보이지 않았다. 그곳이 마당을 쭉 지나서 건물의 3층에 위치한 데다, 모든 세부적인 면에 있어서도 때 묻고 꾀죄죄한 모습이었고, 게다가 바깥쪽 주변을 내다보며 탐색하기는커녕 그저 건물 뒤편에 있는 또 다른 3층이나 들여다보고 있는 곳이었기 때문이다.

나는 정오 무렵까지 근처에서 기다리다가 런던 증권 거래소에 갔다. 그리고 거기서 텁수룩하게 생긴 사람들이 선하 증권 더미 아래 앉아 있는 모습을 보았는데, 그들이 왜 그리 축 처졌는지 알 수 없었지만 대단한 상인들이라고 생각했다. 허버트가 나오자 우리는 유명한 식당에 가서 점심을 먹었다. 그때 나는 그 식당을 꽤나 우러러보았지만, 지금은 실상 그 식당이 유럽에서 가장 영락한, 잘못된 우상 숭배의 대상 같은 식당이라고 믿고 있다. 게다가 나는 그때조차도 스테이크보다 식탁보와 나이프와 웨이터의 복장에 고기 국물이 더 많이 묻어 있다는 사실을 눈치채지 않을 수 없었다. 저렴한 가격으로(계산서에 포함되지 않은 국물 기름기를 생각하면 그렇다) 가벼운 식사를 마친 뒤, 우리는 다시 바너드 숙사로 돌아가서 내 작은 여행 가방을 챙겼고, 그런 다음 마차를 타고 해머스미스로 향했다. 우리는 오후 2~3시쯤 그곳에 도착하여 포켓 씨의 집까지 조금 걸어갔다. 대문 빗장을 들어 올리고 우리는 곧장 강이 내려다보이는 조그만 정원으로 직행했는데, 그곳에서 포켓 씨의 아이들이 놀고 있었다. 그런데 내가 분명히 이해관계나 선입견과 무관한 어떤 사항에 대해 자신을 속이지 않으면서 말하고 있는 거라면, 나는 그때 포켓 씨 부부의 아이들이 성장을 하고 있거나 양육되고 있는 것이 아니라 그저 나뒹구는 모습을 보았다고 말할 수 있다.

포켓 부인은 나무 밑 정원용 의자에 앉아서 두 다리를 다른 정원용 의자에 걸친 채 책을 읽고 있었다. 그리고 포켓 부인의 두 보모가 놀고 있는 아이들을 보살피고 있었다. 「엄마.」 허버트가 말했다. 「여기 핍 군이 왔어요.」 그 말을 듣고 포켓 부인은 상냥하면서 위엄이 깃든 모습으로 나를 맞았다.

「앨릭 도련님, 제인 아가씨.」 보모 중 하나가 아이들 중 두 명에게 소리쳤다. 「관목 덤불에 그렇게 펄쩍 뛰어들면 그 너머 강물에 빠져서 익사할 거예요. 그러면 아빠가 뭐라고 하시겠어요!」

그와 동시에 그 보모는 포켓 부인의 손수건을 집어 들며 말했다. 「손수건을 떨어뜨리신 게 이번이 벌써 여섯 번째가 아니라면 얼마나 좋을까요, 마님!」 그 말을 듣고 포켓 부인이 웃으면서 말했다. 「고마워, 플롭슨.」 그런 뒤 그녀는 곧바로 일주일 내내 책만 읽고 있었다는 듯이 이마를 잔뜩 찌푸리고 독서 삼매경에 빠진 표정을 지었다. 그러나 그녀는 채 여섯 줄도 읽기 전에 내게 시선을 고정시키며 말했다. 「엄마께선 잘 계시겠지?」 이 느닷없는 질문이 나를 하도 난처하게 만들어서, 나는 우물쭈물하는 태도로 만약 그런 분이 계신다면 틀림없이 아주 잘 계셨을 것이고, 정말 고마워하셨을 것이고, 부인께도 안부 인사를 전하셨을 거라고 말하려고 했다. 그런데 그때 아까 그 보모가 다가와 나를 구해 주었다.

「아이고!」 그녀가 손수건을 주우며 외쳤다. 「이게 일곱 번째가 아니라면 얼마나 좋을까요, 마님! 대체 오후 내내 〈뭘〉 하세요, 마님?」 포켓 부인은 처음에는 그걸 한 번도 본 적이 없다는 듯 말로 표현할 수 없을 정도로 놀란 표정을 짓다가, 그다음엔 그걸 알고 있다는 듯 웃으면서 손수건을 건네받으며 말했다. 「고마워, 플롭슨.」 그러고 나서 그녀는 내 존재를 잊은 듯 다시 책을 읽기 시작했다.

나는 이제 아이들이 몇인지 셀 수 있을 정도로 여유가 생겼고, 그곳에 각기 다양한 나이의 적어도 여섯 명의 어린 포켓들이 뒹굴고 넘어지며 자라고 있다는 사실을 알아차렸다. 그런데 여섯 명이라는 숫자를 세기가 무섭게 허공 어디에선가 구슬프게 우는 일곱 번째 아이의 울음소리가 들려왔다.

「저게 아기 소리가 아니면 좋으련만!」 정말 놀랍다는 표정을 지으며 플롭슨이 말했다. 「서둘러 올라가 봐요, 밀러스.」

밀러스라는 다른 보모가 집 안으로 들어갔고, 이내 아기의 울음소리는 입안에 뭔가를 넣고 있는 어린 복화술사의 소리인 양 서서히 잦아들더니 마침내 멈췄다. 그러는 동안 포켓 부인은 오직 책만 읽고 있었다. 그래서 나는 도대체 그게 무슨 책인지 궁금했다.

그때 우리는 포켓 씨가 우리에게 오기만을 기다리고 있었다는 생각이 든다. 어쨌든 우리는 그곳에서 그를 기다렸고, 그래서 이 가족에게 일어나는 놀라운 현상을 목격할 기회를 가질 수 있었다. 아이들 중 누구라도 놀다가 무리에서 이탈하여 포켓 부인 근처에만 가면 매번 뭔가에 걸린 듯 그녀 쪽으로 넘어졌고, 그러면 그때마다 자기 엄마를 한순간 엄청 놀라게 만들고서 자기는 그보다 훨씬 더 오랫동안 슬프게 우는 현상이었다. 나는 곤혹스러워하며 이런 이상한 상황을 설명해 보려고 애썼다. 그리고 그걸 곰곰이 생각해 보는 일에 마음을 쓰지 않을 수가 없었다. 그런 와중에 밀러스가 아기를 데리고 나와 플롭슨에게 넘겼다. 플롭슨은 다시 그 아기를 포켓 부인에게 넘겼는데, 바로 그 순간 플롭슨 역시 안고 있던 아기와 함께 머리를 꼬라박으며 포켓 부인 쪽으로 돌진하듯 넘어지는 게 아닌가. 나와 허버트가 그런 그녀를 간신히 붙잡았다.

「세상에, 저런, 플롭슨!」 포켓 부인이 잠시 책에서 눈을 떼며 말했다. 「모두 다 자빠지네!」

「아이고, 세상에, 마님!」 플롭슨이 얼굴이 빨개진 채 대답했다. 「대체 여기 뭘 두신 거예요?」

「〈내가〉 여기 뭘 두었다고, 플롭슨?」 포켓 부인이 물었다.

「세상에, 그게 마님의 발판용 걸상이 아니었으면 좋겠네요!」 플롭슨이 소리쳤다. 「아니, 그걸 그런 식으로 마님 스커트 밑에 감춰 놓으면 걸려 넘어지지 않을 사람이 누가 있겠어요! 아기를 받으세요, 마님. 책은 이리 주시고요.」

포켓 부인은 그 조언에 따라 행동했으며 아기를 무릎에 앉혀 놓고 서투르게 잠시 얼렀다. 그러는 동안 다른 아이들도 그 주변에서 놀았다. 아주 짧은 시간 동안 이런 상황이 지속된 뒤 포켓 부인은 아이들을 모두 데리고 들어가 낮잠을 재우라고 짤막하게 지시했다. 따라서 나는 이 첫 번째 방문에서 두 번째 발견을 하게 되었는데, 그건 이 어린 포켓가 아이들은 뒹굴고 넘어지기와 누워 잠자기를 번갈아 가며 양육되고 있다는 사실이었다.

이런 상황에서 보모 플롭슨과 밀러스가 아이들을 어린 양떼처럼 집 안으로 데리고 들어가고 포켓 씨가 나를 만나기 위해 나왔다. 그때 나는 그가 다소 당황해하는 표정에다 무슨 일이든지 똑바로 바로잡는 방법을 전혀 모른다는 듯 거의 반백 상태인 머리를 마구 헝클어뜨리고 나타난 신사라는 걸 알고서도 그다지 놀라지 않았다.

23

포켓 씨는 나를 만나서 반가우며 자기를 보고 딱하게 생각하지 말기를 바란다고 말했다. 「왜냐하면 말이네.」 그가 자기 아들의 미소와 똑같은 그 미소를 지어 보이며 덧붙였다. 「사실 나는 사람을 놀라게 하는 인물이 아니기 때문이라네.」 그는 당황해하는 표정이나 거의 반백인 머리 상태에도 불구하고 젊어 보였다. 그리고 태도는 매우 자연스러워 보였다. 자연스러워 보인다는 건 가식이 없다는 의미로 쓴 것이다. 어수선한 행동거지에는 뭔가 희극적인 면이 배어 있었다. 자신의 행동거지가 정말 그렇다는 사실을 스스로 인지하지 않았더라면 꽤 우스울 수도 있었을 것이다. 나와 잠시 대화를 나눈 후 그는 걱정된다는 듯 까맣고 멋진 양 눈썹을 다소 찌푸리며 포켓 부인에게 말했다. 「벨린더, 핍 군에게 환영 인사는 했겠지?」 그러자 그녀는 책에서 시선을 들어 올리며 〈네〉라고 말했다. 그러고 나서 그녀는 멍한 모습으로 내게 미소를 지어 보이며 혹시 등화수(橙花水)[10] 맛을 좋아하느냐고 물었다. 질문이 앞서 오갔던 대화나 그 이후에 이어질 대화와 하등의 상관이 없는 뜬금없는 것이어서 나는 앞

10 등화유*neroli*를 희석시킨 음료.

서 그녀가 했던 말들처럼 그저 대화할 때 일반적으로 생색내기 위한 의미로 던진 질문이었다고 생각한다.

나는 몇 시간 만에(어쩌면 즉시라고 말할 수 있을지도 모르겠다) 포켓 부인이 아주 우연찮게 세상을 떠난 어느 훈작의 외동딸이라는 사실을 알아차렸다. 그 훈작은 순전히 개인적인 동기에서 비롯된 누군가 — 혹시 내가 그때 그게 누군지 알고 있었다 하더라도 지금은 잊어버렸다. 그게 국왕 폐하인지, 수상인지, 대법관인지, 캔터베리 대주교인지, 아니면 다른 누군가인지 말이다 — 의 단호한 반대만 아니었다면 돌아가신 자기 부친이 준남작 작위를 받을 수 있었을 거라고 스스로 확신하던 사람이었다. 그리고 그는 이런 가상의 작위 자격을 내세워 세상의 귀족 반열에 자신을 세운 사람이었다. 내가 믿기로, 그는 어떤 건물에 주춧돌을 놓는 행사에서 양피지에 정서한 막무가내식 연설문에 펜 끝으로 영어 문법을 폭풍처럼 쏟아 냈다는 공으로, 혹은 어떤 왕족 인사에게 흙손인지 회반죽인지 그 둘 중 하나를 건넨 공으로 훈작의 작위를 받은 사람이었다. 어찌 되었건 그는 자기 딸 포켓 부인을 요람에 있을 때부터 필연적인 순리로써 작위를 받은 사람과 결혼해야만 할 사람으로, 그리고 집안일에 대한 범속한 지식 습득 같은 것에서 보호되어야 할 사람으로 키우겠다고 방침을 정했다. 이 어린 숙녀에 대한 현명한 부모의 감시와 감독은 너무나도 성공적으로 자리 잡았으며 그 결과 그녀는 더없이 장식적인 인물로, 하지만 더없이 무기력하고 쓸모없는 사람으로 성장했다. 이렇게 행복하게 성격이 형성된 그녀는 자신의 젊음이 한창 꽃을 피우던 시절 처음으로 포켓 씨를 만나게 되었다. 그런데 그 역시 젊음이 꽃을 피우던 시절이었고 자신이 앞으로 상원 의장의 양털 의장석에 올라가 앉을지 아니면 머리에 주교관을 지붕처럼 덮고 살지 아직 확실히 결정짓지 못하고 있을 때였다. 그가 상원 의장이 될지 주교가 될지는 세월에 달려 있는 문제였기 때문에 그와 포켓 부인은 우선 〈세월의 앞머리를 잡기로〉[11] 하고 (그때는 세월의 창창한 길이로 판단해 볼 때 그걸 잘라 낼 필요가 있는 것처럼 보이곤 할 때였다) 그녀의 현명한 부친 몰래 결혼을 하고 말았다. 그녀의 현명한 부친은 축복 말고는 딸에게 주거나 혹은 주지 않고 보류할 게 아무것도 없었으므로, 잠시 갈등을 하다 결국 멋진 축복이라는 지참금을 그들에게 선물했으며 포켓 씨에게 신부가 〈왕자에게나 어울리는 보석 같은 존재〉라고 알렸다. 포켓 씨는 그 이후 쭉 이 왕자의 보물을 세속적인 일에다 투자했는데, 그게 그저 변변찮은 이자만 그에게 가져다주었을 뿐이라고 추정되었다. 그럼에도 포켓 부인은 대체적으로 존경 어린 묘한 연민의 대상으로 여겨졌는데 그녀가 작위를 받은 사람과 결혼을 하지 못했기 때문이었다. 반면에 포켓 씨는 묘한 종류의 관대한 비난의 대상으로 여겨졌는데 그가 결코 작위를 받은 사람이 아니었기 때문이었다.

포켓 씨는 나를 집 안으로 데리고 들어가 내 방을 구경시켜 주었다. 방은 쾌적했고 개인 거실로 편안하게 쓸 수 있도록 가구가 잘 구비되어 있었다. 그런 다음 그는 비슷하게 생긴 다른 두 방의 문을 두드렸고 드러믈과 스타톱이라는 이름의 주인들을 내게 소개시켰다. 육중한 체구에 나이 들어 보이는 청년인 드러믈은 휘파람을 불고 있었다. 그보다 더

11 기회가 왔을 때 잡는다는 의미다.

어려 보이는 외모의 스타톱은 책을 읽고 있었으며 머리에 너무 많은 지식을 채워 넣어 혹시 그게 터져 버리지나 않을까 걱정된다는 듯 자기 머리를 움켜잡고 있었다.

포켓 씨와 포켓 부인 모두 누군가의 수중에 잡혀 있는 태도를 하도 두드러지게 내보여서 나는 그들이 이 집을 실제로 소유하고 있는지, 그들을 그곳에 살게 해준 사람이 대체 누군지 궁금했다. 마침내 나는 그게 바로 그 집 하인들이라는 걸 알아차렸다. 수고를 던다는 점에선 아마 그런 식으로 집안을 꾸려 나가는 게 원활한 생활 방식인지도 모를 일이었다. 하지만 그런 방식은 생활비가 너무 많이 드는 것처럼 보였다. 이유인즉슨 하인들이 품위 있게 먹고 마시는 일과 아래층에서 많은 손님들과 어울리는 일을 자신들이 짊어질 의무라고 느끼고 있었기 때문이었다. 그들은 포켓 씨 부부를 위해 매우 풍성한 식탁을 차렸지만, 내겐 늘 이 집에서 먹고살기 가장 좋은 곳이 부엌일지 모른다는 생각이 들었다. 그곳에 사는 사람들은 늘 자기방어용 변명을 할 수 있어야겠다고 생각하면서 말이다. 내가 그곳에 산 지 일주일도 채 안 되었을 때 이 가족이 개인적으로 잘 모르는 이웃의 어떤 부인이 쪽지를 보내온 적이 있었는데, 그 안에는 보모 밀러스가 아기를 때리는 광경을 목격했다는 내용이 담겨 있었다. 포켓 부인은 쪽지를 받자마자 눈물을 흘리면서 이웃 사람들이 그들의 일이나 신경을 쓸 것이지 남들에게 참견하는 게 참 이상하다고 말했다.

나는 서서히, 주로 허버트를 통해서, 포켓 씨가 명문 해로 학교[12]와 케임브리지 대학교에서 공부했으며 그곳에서 두각

12 1571년에 설립된 런던의 명문 사립 학교.

을 나타내던 우등생 출신이라는 사실, 하지만 그가 아주 이른 나이에 포켓 부인과의 결혼이라는 행복을 누리게 되는 바람에 창창한 앞날을 그르치고 소위 〈연장을 연마시키는 사람〉, 즉 수험 대비 과외 교사라는 직업을 갖게 되었다는 사실을 알게 되었다. 그는 무뎌 빠진 연장의 날 같은 멍청한 학생들 — 그 학생들의 아버지들은 영향력이 있을 때 늘 포켓 씨가 고위직 일자리로 진출하도록 도와주겠다고 하다가 그 무딘 날들이 연마용 숫돌만 떠나게 되면 놀랍게도 그걸 잊어버리곤 했다 — 을 수도 없이 연마시키다가 그 초라한 직업에 싫증이 나서 런던으로 오게 되었다. 보다 고매한 희망을 품고 왔지만 그는 이곳에서도 서서히 좌절하게 되었다. 결국 또다시 기회를 놓쳤거나 소홀히 한 몇몇 학생들을 공부시키게 되었고 특별한 경우를 대비하여 몇몇 학생들을 재교육시켰으며 그리고 자신의 학식을 문학 작품 편집이나 교정에 활용해야 했다. 이런 생계 수단에 몹시 변변찮은 다른 개인적인 수입이 덧붙여진 덕분에 그는 내가 본 집을 계속 유지해 나가고 있었다.

포켓 씨 부부에게는 잘 알랑거리며 다른 사람들과 잘 공감하는 천성을 지닌 아첨쟁이 과부 이웃이 있었다. 누구의 말이든 동의하고 누구든 축복하고 상황에 따라 누구에게나 미소와 눈물을 뿌려 대는 이 부인의 이름은 코일러[13]였다. 방 배정을 받은 그날, 나는 아래층 저녁 식사 자리에 이 부인을 모시고 내려가는 영광을 누리게 되었다. 그녀는 계단에서 내게 친애하는 포켓 씨가 부득이 신사분들을 집에 받아들여

13 뱀처럼 똬리를 튼다는 동사 〈코일*coil*〉에서 온 이름. 뱀처럼 엉겨 붙는 부인이라는 의미.

교육시켜야만 하는 상황이 친애하는 포켓 부인에겐 정신적인 충격이라고 알려 주었다. 그러면서 그녀는 내게 애정과 신뢰를 한없이 쏟아 내며(나를 안 지 5분도 채 안 되었을 때였다) 나한테 해당하는 말은 아니라고 말했다. 모든 학생들이 나와 같다면 상황이 아주 달라졌을 거라는 말이었다.

「하지만 친애하는 포켓 부인은요.」 코일러 부인이 말했다. 「일찌감치 환멸을 느끼고 나서(그 점에 대해 친애하는 포켓 씨를 비난해야 한다는 얘기는 아니에요) 너무 많은 사치와 우아한 생활을 필요로 했고 —」

「네, 부인.」 그녀가 울음을 터뜨릴까 봐 걱정되어 그걸 막으려고 내가 말했다.

「게다가 그녀는 너무 귀족적인 성향을 지니고 있어서 —」

「네, 부인.」 같은 목적으로 내가 다시 말했다.

「그래서 정말 어렵대요.」 코일러 부인이 말했다. 「친애하는 포켓 씨의 시간과 관심을 친애하는 포켓 부인에게서 다른 데로 돌리는 일이요.」

나는 푸줏간 주인의 시간과 관심을 포켓 부인에게서 다른 데로 돌리게 한다면 그게 더 어려운 일일지 모르겠다고 생각하지 않을 수 없었다. 하지만 아무런 말도 하지 않았다. 그리고 정말이지 동행자로서 몸가짐을 수줍은 듯 조심하는 일만으로도 충분히 할 일이 많았다.

나이프, 포크, 스푼, 유리잔, 그리고 내 몸에 상처를 입힐 수 있는 기타 도구들에 주의를 기울이던 중에 나는 포켓 부인과 드러믈 사이에 오가던 대화 내용을 통해서 세례명이 벤틀리인 드러믈이 실제로 다음다음에 준남작 작위를 물려받을 작위 계승자라는 사실을 알게 되었다. 나아가 정원에서 포켓 부인이 읽고 있었던 책은 온통 작위에 관한 내용으로 가득 찬 책[14]인 듯했으며, 그녀는 만일 자기 할아버지가 작위를 받았더라면 그 사실이 그 책에 기재되었을지 모르는 날짜까지 정확히 알고 있는 듯했다. 드러믈은 그다지 많은 말을 하진 않았지만 입만 열면 특권 계급의 사람처럼 마지못해 몇 마디 하는 식으로 말했으며(내겐 그가 뚱한 사람으로 여겨졌다) 포켓 부인을 평범한 부인이면서 동시에 자신의 여자 형제인 양 인정해 주었다. 대화 당사자인 그 두 사람과 오늘의 손님으로 온 코일러 부인을 제외하고는 그 누구도 이런 대화 내용에 전혀 관심을 보이지 않았다. 그리고 허버트는 그 대화를 거북해하는 것 같았다. 하지만 대화가 오래 지속될 낌새가 보이던 와중에 때마침 심부름하는 아이가 와서 집에 골치 아픈 일이 발생했다고 알렸다. 간단히 말하자면, 요리사가 쇠고기를 어디에 두었는지 잊어버렸다는 것이었다. 나는 그 순간 포켓 씨가 더없이 괴상한 동작을 하며 자기 마음을 진정시키는 모습을 처음 목격하고 말로 표현할 수 없을 만큼 깜짝 놀랐다. 그런데 그런 그의 모습은 다른 사람들에겐 아무런 영향도 미치지 않았으며, 나도 곧 그들처럼 그 모습에 익숙해지기 시작했다. 그는 고기 써는 큰 나이프와 포크를 내려놓고 — 그때 그는 열심히 고기를 썰던 중이었다 — 두 손을 헝클어진 머리카락 속에 쑤셔 넣었는데, 마치 그 동작을 통해 자기 몸통을 들어 올리려고 특별히 애쓰는 것 같았다. 그 동작을 하고서도 자기 몸통을 전혀 들어 올리지 못하자 다시 조용히 하던 일을 계속했다.

14 귀족과 상류층 인사들의 인명과 주소를 실은 『웹스터 로열 레드북』 신사록. 표지가 붉은색이라서 나중에 핍이 〈붉은 책〉이라고 부른다.

그러고 나자 코일러 부인은 대화 주제를 바꾸고 내게 알랑거리기 시작했다. 나는 잠깐 동안은 좋았지만 그녀가 워낙 알랑거려 기쁨이 곧 사라졌다. 그녀는 내가 두고 떠나온 일가친지들과 시골 사람들에 대해 정말 관심이 많은 척하면서 마치 뱀이 달라붙듯 바싹 달라붙었는데 그 태도가 날름거리는 혀를 지닌 뱀이 덤벼드는 모양새와 너무 흡사했다. 그래서 그녀가 가끔 스타톱(그는 그녀에게 일절 대꾸하지 않았다)이나 드러믈(그는 대꾸를 더 안 했다) 쪽으로 몸을 돌렸을 때 그들이 식탁 맞은편에 앉아 있다는 사실이 부러울 정도였다.

저녁 식사가 끝나자 아이들의 소개가 이어졌다. 그러자 코일러 부인은 아이들의 눈, 코, 다리에 대해 감탄사를 연발하며 칭찬을 늘어놓았다. 그건 아이들의 마음을 이용하는 영악한 방법이었다. 아이들은 여자아이가 네 명, 남자아이가 두 명, 남자아이인지 여자아이인지 알 수 없는 갓난아기가 한 명이었고, 아직까지 이도저도 아닌, 세상에 태어날 예정인 그 아기의 동생도 한 명 있다고 했다. 아이들은 보모인 플롭슨과 밀러스가 데리고 들어왔는데 그 모습이 흡사 두 명의 하사관이 어딘가에서 신병을 모집하듯 아이들을 찾아다니다가 징발해서 데려오는 것 같았다. 그러는 동안 포켓 부인은 마땅히 귀족이 되었어야 할 자기 아이들을 지켜보고 있었다. 자기는 이미 전에 그들을 사열하는 즐거움을 누렸지만 이제 그들을 어찌해야 할지 정말 모르겠다고 생각하는 모습이었다.

「자, 여기요! 포크를 저한테 주세요, 마님! 그리고 아기를 받으세요.」 플롭슨이 말했다. 「그런 식으로 받지 마세요. 그러면 아기 머리가 식탁 밑으로 내려가요.」

주의를 듣자 포켓 부인은 다른 식으로 아기를 받았는데 그래도 그만 아기 머리가 식탁에 부딪치고 말았다. 엄청나게 큰 〈쿵〉 소리를 듣고 자리에 있던 모든 사람들이 그 사실을 알아차렸다.

「에구머니나, 저런! 다시 이리 주세요, 마님.」 플롭슨이 말했다. 「그리고 제인 아가씨, 이리 와서 춤을 춰서 아기를 얼러 주세요. 어서요!」

자기도 아직 어린 꼬마에 불과하지만 너무 일찍부터 다른 아이들을 돌보는 책임을 떠맡은 것처럼 보이는 여자아이가 내 옆자리에서 걸어 나오더니, 아기 앞에서 이리저리 오가며 춤을 추었고 마침내 아기가 울음을 멈추고 까르르 웃었다. 그러자 모든 아이들이 따라 웃었고 포켓 씨(그동안 그는 두 번이나 머리카락을 움켜쥐고 자기 몸통을 들어 올리려고 애썼다)도 웃었고, 결국 모두가 웃고 즐거워했다.

플롭슨은 독일제 나무 인형[15]처럼 아기의 관절을 따라 몸을 접은 뒤 아기를 무사히 포켓 부인의 무릎 위에 앉혔고, 아기가 가지고 놀 호두 까기 도구를 쥐여 주었다. 그러면서 그녀는 도구의 손잡이 부분이 아기 눈에 닿지 않게 유념하라고 포켓 부인에게 일렀고, 제인 아가씨에게도 잘 지켜보라고 같은 사항을 날카롭게 지시했다. 그러고 나서 두 보모는 방을 나갔는데 그들은 식사 시중을 들던 난봉쟁이 심부름꾼 소년과 계단에서 한바탕 난리를 피워 댔다. 소년이 도박장에 가서 단추 절반을 잃고 온 게 틀림없었다.

나는 포켓 부인이 설탕과 와인에 적신 오렌지 조각을 먹

15 관절이 꺾이는 나무 인형.

으며 드러믈과 두 개의 준남작 작위에 대한 논의에 빠져드는 걸 보면서 몹시 불안했다. 아기가 호두 까기 도구를 갖고 간담이 서늘해지는 행동을 하고 있었기 때문이다. 마침내 어린 제인이 아기의 작은 머리통이 위험에 처한 걸 감지하고는 조용히 자기 자리를 벗어나 소소한 책략들을 동원하여 아기를 구슬려서 그 위험한 무기를 빼앗았다. 그와 거의 동시에 오렌지 조각을 다 먹은 포켓 부인이 제인의 그 행동을 마뜩치 않아 하며 말했다.

「버르장머리 없는 것, 대체 뭐하는 거니? 당장 가서 앉아!」

「엄마, 그쎄요.」 어린 여자아이가 혀짤배기소리로 말했다. 「아가가 자기 눈을 뽑아낼 뻔해쪄요.」

「어찌 감히 그런 말을 할 수 있니?」 포켓 부인이 쏘아붙였다. 「당장 가서 네 의자에 앉아!」

포켓 부인의 위세가 하도 위압적이어서 나도 무척 당혹스러울 정도였다. 꼭 내가 그녀의 그런 위세를 촉발하기라도 한 것 같았다.

「벨린더.」 식탁 다른 쪽 끝에서 포켓 씨가 충고했다. 「어떻게 그렇게 부당할 수 있어? 제인은 그저 아기를 보호하기 위해 나선 거야.」

「누구든 함부로 나서는 건 용납 못 해요.」 포켓 부인이 말했다. 「매슈, 아이가 그렇게 나대는 모욕을 나더러 감수하라고 하다니 놀랍군요.」

「아이고, 이런!」 포켓 씨가 우울한 절망감을 드러내며 탄식을 내뱉었다. 「그럼 아기들이 호두처럼 머리가 깨져 무덤으로 들어가야 한단 말이야? 누구도 걔들을 구해 주지 말아야 하고?」

「제인에게 방해받지 않을 거예요.」 포켓 부인이 아무 잘못도 없는 어린 제인에게 위엄이 깃든 눈길을 보내며 말했다. 「내가 우리 할아버지의 신분을 분명히 잊지 않고 있길 바라니까요. 제인, 정말이다!」

포켓 씨는 두 손을 머리카락 속으로 다시 집어넣었는데 이번에는 정말로 의자에서 자기 몸통을 몇 센티미터 정도 들어 올렸다. 「오, 제 말 좀 들어 주세요!」 그가 무기력하게 천지신명에게 외쳤다. 「아기들이 불쌍한 할아버지 신분 때문에 머리가 호두처럼 깨져 죽게 생겼습니다!」 그러고 나서 그는 다시 앉았고 침묵을 지켰다.

이런 일이 벌어지고 있는 동안 우리는 모두 어색하게 식탁보만 바라보고 있었다. 정적이 이어지는 동안 순진무구하고 거리낄 것 없는 아기만 연이어서 제인을 향해 펄쩍 뛰고 까르륵 까르륵 웃어 댔다. 내가 보기에는 아기가 가족들 중에서 조금이라도 확실하게 인지하고 있는 유일한 구성원은 이 어린 꼬마 아가씨뿐인 것 같았다.

「드러믈 씨.」 포켓 부인이 말했다. 「종을 울려 플롭슨 좀 불러 줄래요? 제인, 이 괘씸한 것. 넌 가서 자. 자, 사랑하는 아가, 엄마랑 가자!」

아기도 명예로운 자존심을 지닌 정신의 소유자였는지라 온 힘을 다해 엄마에게 반항했다. 아기는 포켓 부인의 품에서 거꾸로 자기 몸을 접으며 바동거렸고, 그 부드러운 얼굴 대신 털실로 짠 신발 두 짝과 옴폭 들어간 발목을 사람들에게 보여 주었다. 그렇게 극도로 반항하던 중에 엄마에게 들려서 나갔다. 하지만 아기는 결국 자기 목표를 달성했다. 얼마 있다 창문을 통해 보니 어린 제인이 아기를 돌보고 있었다.

공교롭게도 다른 다섯 명의 아이들은 식탁에 앉아 있었다. 그건 플롭슨이 뭔가 개인적인 볼일이 있었던 데다 그들을 돌보는 일은 다른 사람의 몫이 아니었기 때문이다. 따라서 나는 아이들과 포켓 씨의 상호 관계를 알게 되었는데 그건 다음과 같은 식으로 예증되었다. 포켓 씨는 평소보다 한층 더 당황해하는 표정을 짓고 머리를 헝클어뜨린 채 대체 아이들이 어떻게 해서 자기 집에 살게 된 건지, 그리고 왜 그 아이들이 조물주에 의해 다른 사람 집에 숙소를 배정받지 않게 된 건지 도무지 이해할 수 없다는 듯 잠시 아이들을 물끄러미 바라보았다. 그러고 나서 그는 서먹서먹한 거리감이 느껴지는 선교사 같은 방식으로 아이들에게 질문 몇 개를 던졌다. 이를테면 그는 어린 조에게는 왜 옷 가장자리 장식에 구멍이 났느냐고 물었는데 조는 〈아빠, 플롭슨 보모가 시간이 나면 고쳐 줄 거예요〉라고 대답했고, 어린 패니에게는 어쩌다 손가락 끝이 곪았느냐고 물었는데 패니는 〈아빠, 밀러스 보모가 안 잊어 먹으면 습포제를 붙여 줄 거예요〉라고 대답하는 식이었다. 이후 그는 자상한 아빠의 모습으로 녹아내리면서 아이들에게 각각 1실링씩을 주더니 가서 놀으라고 말했다. 그런 다음 그는 나가면서 다시 한 번 머리카락을 세차게 움켜쥐고 자신의 몸통을 들어 올리려는 시도를 하며 조금 전의 절망적인 문제를 머리에서 깨끗이 지워 버렸다.

저녁에는 강에서 보트 노 젓기 경주가 있었다. 드러믈과 스타톱이 각기 자기 소유의 보트를 가지고 있었기 때문에 나도 내 소유의 보트를 준비해서 그들을 따라잡아야겠다고 결심했다. 나는 시골 소년들이 능숙하게 하는 대부분의 운동을 아주 잘하는 편이었다. 하지만 내게 템스 강에 어울리는 우아한 스타일이 부족하다는 걸 의식하고 있었으므로, 즉시 집 근처의 강가 선착장에서 손님을 기다리고 있던 나룻배 노 젓기 경주 우승자에게서 교육을 받기로 다짐하고, 새 동료들을 통해 그를 소개받았다. 이 노 젓기의 실질적인 권위자는 내가 대장장이의 팔뚝을 가지고 있다는 말을 해서 나를 무척 당황하게 만들었다. 아마 그런 식의 칭찬이 자기 학생을 놓치게 할 뻔했다는 걸 그가 알았더라면 그가 과연 그런 대가를 치르려고 했을지 의심이 든다.

밤에 집으로 돌아오니 야식이 쟁반에 준비되어 있었다. 내가 생각하기에 집 안에 다소 불편한 사건이 일어나지 않았더라면 틀림없이 모두 재미난 시간을 보냈을 것이다. 포켓 씨가 아주 기분 좋은 모습을 보이고 있을 때 하녀 한 명이 들어와서 〈괜찮으시다면 주인님, 드릴 말씀이 있어요〉라고 말했다.

「주인님께 드릴 말씀이 있다고?」 다시 위엄을 내뿜으며 포켓 부인이 말했다. 「어찌 감히 그런 걸 생각할 수 있어? 가서 플롭슨에게 말해. 아니면 나한테 말하든지. 언젠가 다른 시간에.」

「뭐라고 하셨나요, 마님?」 하녀가 대답했다. 「지금 당장, 그것도 주인님께 말씀드리고 싶어요.」

이 말을 듣고 포켓 씨가 방 밖으로 나갔고 우리는 그가 돌아올 때까지 최대한 즐겁게 시간을 보냈다.

「난리 났어, 벨린더!」 통탄과 절망이 밴 표정으로 돌아오며 포켓 씨가 말했다. 「요리사가 부엌 바닥에 인사불성으로 취해 뻗어 있어. 유지(油脂)로 팔아먹으려고 했는지 갓 만든 버터를 보따리에 싸서 찬장 안에 쟁여 놓고 말이야!」

포켓 부인은 즉시 아주 상냥한 표정을 지으며 말했다. 「그건 아까 그 못된 소피아 짓이에요!」

「그게 무슨 소리야, 벨린더?」 포켓 씨가 물었다.

「소피아가 당신에게 말했잖아요.」 포켓 부인이 말했다. 「방금 전 방에 들어와서 당신에게 할 말이 있다고 청하는 걸 내 눈으로 보고 내 귀로 듣지 않았나요?」

「하지만 소피아가 나를 아래층으로 데리고 가서 내게 그 요리사를 보여 주고, 또 보따리도 보여 주었는데?」

「그럼 이간질을 했는데도 그 애를 두둔하겠다는 거예요?」

포켓 씨는 침울하게 신음을 내뱉었다.

「우리 할아버지의 손녀딸인 내가 이 집에선 아무것도 아닌 존재란 말이에요?」 포켓 부인이 말했다. 「게다가 요리사는 그동안 늘 아주 훌륭하고 품행이 방정한 여자였어요. 그리고 일자리를 알아보러 왔을 때 아주 자연스러운 태도로 내가 타고난 공작 부인처럼 느껴진다는 말까지 했었다고요.」

포켓 씨가 서 있던 곳에 마침 소파가 있었는데 그는 〈죽어가는 검투사〉 조각상 같은 자세로 거기 털썩 누워 버렸다. 「잘 자게, 핍 군.」 그때 나도 그를 떠나 그만 자러 가는 게 현명하다고 생각했다.

24

이삼일 후, 내 방에 정착하고 몇 차례 런던을 오가며 원하는 모든 물건들을 내게 정해진 상인들에게 주문한 다음 포켓 씨와 긴 대화를 나누었다. 그는 의도된 내 장래 진로에 대해 나보다 더 많이 알고 있었다. 그가 재거스 씨로부터 내게 특정한 직업이 주어질 계획은 없으며, 내가 유복한 환경의 다른 평균적인 젊은이들과 함께 공부하는 걸 견뎌 낼 수 있다면 내 운명을 위해 충분히 교육받을 수 있을 것이라는 내용을 이미 들은 뒤였기 때문이었다. 물론 나는 그와 상반되는 내용은 전혀 알지 못해서 그의 말에 묵묵히 동의했다.

그는 내게 원하는 기본적인 지식을 얻기 위해서 런던의 몇몇 장소들에 가보라고 조언했으며, 내 모든 공부를 설명하고 지휘하고 감독하는 역할을 자신에게 부여하라고도 조언했다. 그는 자신의 현명한 도움을 받는다면 내가 실망할 일은 거의 없을 것이며, 내가 곧 자기의 도움은 제외하고 다른 어떤 도움 없이도 살아갈 수 있게 되길 바란다고 말했다. 이런 식의 화법을 통해서, 그리고 같은 취지로 더 많은 내용을 말하는 방식을 통해서 그는 감탄할 만한 태도로 나와의 신뢰 관계를 구축해 나갔다. 그리고 지금이라도 당장 말할 수 있는 바지만 그는 늘 나와의 그런 약속을 이행함에 있어 열성적이고 정직한 태도를 보여서 나까지도 그와의 약속을 이행함에 있어 열성적이고 정직한 태도를 보이게 만들었다. 만약 그가 선생님으로서 무관심한 태도를 보였다면 틀림없이 나도 학생으로서 같은 선물로 보답했을 것이다. 그는 내게 그런 구실을 전혀 주지 않았으며 우리는 서로에게 공평하게 행동했다. 또한 나는 그가 선생님으로서 나와 관계를 맺는 일에 있어서만큼은 우스꽝스러운 면모를 전혀 보이지 않았다고, 그저 진지하고 정직하고 선량한 모습만 보였을 뿐 그 밖의 다른 면모는 전혀 보이지 않았다고 생각한다.

이런 모든 일들이 결정되고 내가 진지하게 공부를 시작할 정도로 상황이 진척되었을 때 만약 바너드 숙사에 내 방을 가질 수 있다면 내 생활이 더 유쾌해지고 다양해질 것이며 그렇게 해도 허버트와 어울림으로써 내 매너가 더 나빠지는 일은 전혀 없을 것 같다는 생각이 문득 들었다. 포켓 씨는 이런 내 의향에 반대는 하지 않았지만 혹시라도 그런 일을 하기 위해서 어떤 단계를 밟아 나가기 전에 내 후견인에게 미리 내 의견을 진술해야 한다고 주장했다. 나는 그의 그런 섬세한 배려가, 내 계획이 허버트의 생활비를 조금이라도 절감해 줄 거라는 고려에서 나왔다고 느꼈다. 그리하여 리틀브리튼으로 가서 재거스 씨에게 내 의향을 알렸다.

「나를 위해 빌려 놓으신 가구들하고요.」 내가 말했다. 「그 밖에 소소한 물건 한두 개만 살 수 있다면 그곳에서 아주 편하게 지낼 수 있을 것 같습니다.」

「그렇게 하게!」 재거스 씨가 짧게 웃으면서 말했다. 「자네들이 잘 지낼 거라고 내 얘기했지. 얼마를 원하는가?」

나는 얼마가 필요한지 모른다고 말했다.

「어서 말해 보게!」 재거스 씨가 말했다. 「얼마? 50파운드?」

「오, 그렇게 많이는 아닙니다.」

「5파운드?」 재거스 씨가 말했다.

그건 너무 부족한 액수여서 나는 당황해하며 말했다. 「오! 그것보단 많고요.」

「그거보다 많다, 그건가?」 재거스 씨는 두 손은 주머니에 찔러 넣고 머리는 한쪽으로 기울이고 시선을 벽 쪽에 둔 채 마치 잠복하며 기다리고 있었다는 듯 대꾸했다. 「얼마나 더?」

「액수를 꼭 집어 말하기 곤란합니다.」 나는 머뭇거리며 말했다.

「말해 보라니까!」 재거스 씨가 말했다. 「확실히 하자고. 5파운드의 두 배, 그거면 되겠나? 5파운드의 세 배, 그거면 되겠나? 5파운드의 네 배, 그거면 되겠나?」

나는 그 정도면 충분하다 생각한다고 말했다.

「5파운드 곱하기 4가 충분하다, 그건가?」 눈썹을 찌푸리며 재거스 씨가 말했다. 「그래, 5 곱하기 4면 뭐가 되는 건가?」

「뭐가 되다니요?」

「아하!」 재거스 씨가 말했다. 「얼마냐고?」

「20파운드라고 계산하실 거라고 생각합니다만.」

「〈내〉 계산은 신경 쓰지 말게, 친구.」 재거스 씨가 다 알고 있으면서도 반박하듯 고개를 쳐들며 말했다. 「〈자네〉가 계산한 걸 알고 싶다고.」

「물론 20파운드입니다.」

「웨믹!」 사무실 문을 열며 재거스 씨가 말했다. 「핍 군에게 자필 영수증을 받고 20파운드를 지급하게.」

이런 일 처리 방식은 내게 강렬하고도 유별난 인상을 심어 주었지만 그다지 유쾌한 종류의 인상은 아니었다. 재거스 씨는 결코 웃지 않았다. 하지만 그는 삐걱거리는 밝은 색상의 커다란 구두를 신고 있었는데, 그가 그 구두를 신고서 자신의 큰 머리를 숙이고 두 눈썹을 한데 모아 찌푸린 채 대답을 기다리며 폼을 잡고 있을 때면 마치 〈그 구두〉가 냉담하고 의혹에 찬 태도로 웃음을 터뜨리는 것처럼 그 구두에서 가끔 삐걱거리는 소리가 났다. 그는 마침 그때 외출할 일이 있어 나갔다. 웨믹이 활기차고 말이 많은 편이어서 나는 그에게 재거스 씨의 태도를 대체 어찌 해석해야 하는지 좀처럼 모르겠다고 말했다.

「직접 그렇게 말해 보세요. 그러면 그는 그걸 찬사라고 여길 겁니다.」 웨믹이 대답했다. 「자기 태도를 펍 군이 어찌 해석해야 하는지 반드시 〈알아야〉 한다는 의도로 그런 태도를 보여 준 게 아니니까요. 오!」 내가 놀란 표정을 짓자 그에게서 나온 말이었다. 「그의 개인적인 성품 때문에 그런 태도가 나온 건 아닙니다. 그건 직업병입니다. 그저 직업병이지요.」

웨믹은 자기 책상에 앉아 마르고 딱딱한 비스킷을 점심으로 먹고 — 오도독오도독 깨물면서 — 있었다. 그는 적절한 시간 차를 두고 일자로 벌어진 입에 비스킷 조각들을 던져 넣고 있었는데, 그 모습이 꼭 우체통 구멍에 편지를 던져 넣는 것 같았다.

「나한테는 말이죠.」 웨믹이 말했다. 「그가 늘 사람들에게 덫을 놓고 그걸 지켜보고 있는 것처럼 보입니다. 그러다 갑자기 〈찰깍! 너는 잡혔다〉 하는 식이죠.」

나는 인간에게 놓는 그런 덫은 인간 생활의 즐거운 오락거리에 끼지 못한다고 말하려다 꾹 참고, 재거스 씨는 아주 노련한 사람이냐고 물었다.

「호주만큼이나 깊이가 있죠.」 웨믹이 자기 펜으로 사무실 바닥을 가리키며 말했다. 호주가 지구 반대쪽 끝의 대칭되는 지점에 위치한다고 알려져 있다는 사실을 표현하기 위한 비유의 목적으로 취한 동작이었다. 「더 깊은 게 있다면 그는 또한 그런 존재일 겁니다.」 웨믹이 펜을 종이 위로 다시 가져가며 덧붙였다.

그다음에 나는 그의 변호사업이 번창하겠다는 생각이 든다고 말했다. 그는 〈최고입니다!〉라고 말했다. 나는 사무직원은 총 몇 명이나 되느냐고 물었다.

「우리는 많은 사무직원들에게 의존하고 있지 않습니다. 재거스란 사람은 오직 한 명뿐이지만 사람들이 그를 간접적으로 이용하려 하지 않기 때문입니다. 사무직원은 다 해봐야 고작 네 명입니다. 그들을 만나 보겠습니까? 핍 씨도 이제 우리와 한식구라고 말할 수 있으니까요.」

나는 그 제안을 받아들였다. 웨믹 씨는 우체통 구멍 같은 입에 비스킷을 다 넣고 금고 안 현금 보관함에서 돈을 꺼내 내게 주었다. 그는 그 금고 열쇠를 그의 등 아래쪽 어딘가에 보관하고 있다가 쇠로 땋아 늘인 변발처럼 그의 외투 옷깃에서 꺼냈다. 그러고 나서 우리는 위층으로 올라갔다. 건물은 어두침침하고 누추했으며 재거스 씨 방에 자신들의 흔적을 남겨 놓았던 기름때 묻은 어깨의 소유자들이 그 계단을 여러 해 동안 질질 발을 끌며 오르내린 듯했다. 2층 앞쪽 방에서는 선술집 주인과 쥐잡이꾼의 중간쯤 되어 보이는 사무직원 — 덩치 크고 창백하고 퉁퉁 부어오른 모습이었다 — 이 남루한 행색의 의뢰인 서너 명을 주의 깊게 상대하고 있었다. 그는 재거스 씨의 금고에 기여를 한 사람이라면 누구든 으레 무례한 대접을 받는다는 듯 그들을 무례하게 대하고 있었다. 「중앙 형사 재판소 일을 위해 증거를 수집하고 있는 겁니다.」 함께 그 방을 나서면서 웨믹이 말했다. 그 너머 방에서는 축 늘어진 작은 테리어처럼 머리가 길게 늘어진 사무직원(머리를 짧게 깎는 일은 새끼 때부터 진작에 잊어버린 것 같았다)이 시력이 나쁜 어떤 사람과 비슷한 용무를 보고 있었다. 웨믹은 그가 꼭 제련업자 같은 사람이어서 늘 펄펄 끓어오르는 상태를 유지하며 원하는 게 있으면 무엇이든 녹여 버릴 사람이라고 소개했다. 그는 그런 용해 기술을 스스로에게 시험하고 있는 중인지 투명한 땀방울을 과도할 정도로 뚝뚝 흘리고 있었다. 제일 뒤쪽 방에서는 어깨가 올라간 남자 사무직원이 안면에 신경통이라도 있는지 지저분한 플란넬 천으로 얼굴을 꽁꽁 싸매고는 왁스 칠을 한 것 같은 낡은 검정색 양복 차림으로 몸을 숙인 채 앞의 두 직원들이 적어 놓은 내용들을 재거스 씨가 직접 사용할 수 있게 깨끗이 정서하고 있었다.

그게 사무실의 전부였다. 다시 아래층으로 내려와 나를 내 후견인 방으로 안내하면서 웨믹이 말했다.「이 방은 이미 보았겠지요.」

「그런데 말이죠.」씰룩거리는 표정으로 곁눈질하는 혐오스러운 석고상들이 다시 눈길을 끌자 내가 물었다.「대체 저 석고상들은 누구 얼굴을 본뜬 겁니까?」

「이놈들요?」웨믹이 의자에 올라가서 무시무시한 두상들을 내리기에 앞서 먼저 먼지부터 털어 내며 말했다.「이놈들은 악명 높은 놈들이죠. 우리에게 엄청난 명성을 가져다준 고객들이었고요. 이놈은(아니, 너, 눈썹에 이렇게 얼룩이 묻은 걸 보니 밤새 내려와서 잉크병 속을 몰래 들여다본 게 틀림없구나, 이 교활한 악당 놈아!) 자기 주인을 살해한 놈이지요. 그런데 법정에서 증인 앞에 출두하는 일을 안 당한 걸 생각해 보면 살인 계획을 형편없이 짰던 것 같진 않아요!」

「이 두상이 그 사람을 닮은 건가요?」웨믹이 두상의 눈썹에 침을 퉤 뱉고 소매로 쓱 문지르는 동안 그 잔인한 살인범 두상으로부터 움찔 뒷걸음질하면서 물었다.

「닮았느냐고요? 알다시피 바로 본인이죠. 놈이 교수형에 처해지고 난 후 뉴게이트 감옥에서 직접 그 두상의 본을 뜬 겁니다. 〈넌 나를 특히 맘에 들어 했지. 안 그러냐, 이 교활한 재주꾼 놈아?〉」 웨믹이 말했다. 그러면서 그런 다정한 호칭을 사용한 이유를 숙녀의 모습과 유골 단지가 놓인 무덤가로 늘어진 버드나무가 새겨져 있는 브로치를 만지작거리는 걸로 대신 설명했고 이어서 이렇게 말했다. 「이놈이 나를 위해 이 브로치를 일부러 만들어 주었답니다.」

「그 숙녀분은 무슨 특별한 사연이 있는 사람인가요?」 내가 물었다.

「아닙니다.」 웨믹이 대답했다. 「그저 심심풀이 대상이었죠. (넌 심심풀이 대상이던 이 매춘부를 좋아했어, 안 그래?) 그리고 이 여자는 숙녀하고는 거리가 먼, 그렇고 그런 여자입니다. 가냘픈 숙녀와는 전혀 종류가 달라요. 아마 안에 마실 거라도 들어 있다면 모를까, 〈이런 여자〉가 유골 단지를 돌보는 일 같은 건 절대 볼 수 없을 겁니다.」 웨믹은 이렇게 관심이 브로치로 쏠리자 석고 두상을 내려놓고 손수건으로 브로치를 닦았다.

「다른 두상도 같은 최후를 맞이했나요?」 내가 물었다. 「똑같은 표정을 짓고 있으니 말입니다.」

「맞습니다.」 웨믹이 말했다. 「진짜로 실제 얼굴 표정이죠. 흡사 콧구멍에 말 털하고 조그만 낚싯바늘이 걸린 것 같은 표정 말입니다. 그렇습니다. 이놈도 똑같은 최후를 맞이했습니다. 이곳에서 지극히 합당한 최후를 맞이한 거라고 분명히 말할 수 있습니다. 이놈은 유언장을 위조했습니다. 사기당했다고 추정되는 유언자들을 잠재우는 일까지 저지르진 않았지만 이 제비 같은 놈은 그런 짓을 했습니다. 〈하지만 넌 신사 같은 놈이었어!〉」 웨믹이 다시 상대방을 불러내어 얘기라도 하듯 말했다. 「그리고 넌 그리스어도 쓸 줄 안다고 말했지. 에라, 이 허풍쟁이 같은 놈아! 너 같은 거짓말쟁이가 어디 있겠느냐. 내 너 같은 뻥쟁이는 만나 본 적이 없어.」 자신의 죽은 옛 친구를 선반 위로 다시 올려놓기 전에 웨믹은 끼고 있던 유품 반지들 중 가장 큰 반지를 어루만지면서 말했다. 「넌 나를 위해 이 반지를 사오라고 사람을 보냈어. 죽기 바로 전날 말이야.」

그가 다른 석고상을 올려놓고 의자에서 내려오고 있었을 때 문득 그의 모든 보석류 장식품들이 이와 비슷한 출처에서 나온 것들이라는 생각이 머리를 스쳤다. 이런 대화 주제에 대해 그가 전혀 망설임을 보이지 않았기 때문에 나는 그가 두 손의 먼지를 털어 내며 내 앞에 섰을 때 무례를 무릅쓰고 그런 거냐고 물었다.

「오, 그렇습니다.」 그가 대답했다. 「이것들은 모두 같은 성격의 선물들이죠. 알다시피 하나가 다른 하나를 낳은 식입니다. 그게 이런 선물들이 생기는 방식이니까요. 나는 늘 이런 선물들을 받았습니다. 이것들은 골동품이지요. 그리고 재산이고요. 큰 가치는 없을지 모르지만 결국은 재산이지요. 게다가 들고 다닐 수 있는 휴대용 재산, 즉 동산(動産)이지요. 핍 씨는 앞날이 창창하니 이런 것들이 별다른 의미가 없겠지만요. 하지만 내 경우를 얘기한다면, 내 삶의 지표는 〈들고 다닐 수 있는 휴대용 동산은 꽉 붙잡아라〉입니다.」

그런 삶의 지표에 경의를 표하자 그는 친근한 태도로 다시 말을 이었다.

「혹시 딱히 할 일이 없어 남는 시간이 생겨서 월워스에 있는 우리 집에 나를 보러 온다면 핍 씨에게 잠자리를 제공할 수 있습니다. 그리고 그걸 영광으로 생각할 겁니다. 보여 줄 게 그리 많진 않지만 아마 내가 받은 골동품 두세 가지는 구경하고 싶을 겁니다. 그리고 나는 작은 정원과 여름용 정자도 좋아하는 사람입니다.」

나는 그의 친절한 초대에 기꺼이 응하겠다고 말했다.

「고맙습니다. 그러면 이 일은 핍 씨가 편한 시간에 실행에 옮기는 걸로 생각합시다. 재거스 씨하고는 아직 식사를 함께 못 했습니까?」

「아직 못 했습니다.」

「그렇군요.」 웨믹이 말했다. 「그는 아마 핍 씨에게 포도주, 그것도 아주 좋은 포도주를 내줄 겁니다. 나는 펀치를 내지요. 그다지 나쁘지 않은 펀치예요. 그런데 말입니다. 얘기해 줄 게 있습니다. 재거스 씨 댁에 식사를 하러 가면 그 집 가정부를 유의해서 보세요.」

「특별한 모습이라도 보게 된다는 겁니까?」

「글쎄요.」 웨믹이 말했다. 「길들여진 사나운 야생 맹수를 보게 될 겁니다. 그게 뭐가 특별한 일이냐고 내게 묻겠죠. 내 대답은, 그건 그 맹수의 본래의 사나움이나 길들여진 정도에 따라 다르다는 겁니다. 그걸 보면 재거스 씨가 얼마나 대단한 능력을 지닌 사람인지에 대한 핍 씨의 평가를 낮추지 않을 겁니다. 그 점을 눈여겨보세요.」

나는 그의 조언에 온갖 호기심과 궁금증이 생겨서 그에게 그렇게 하겠다고 말했다. 내가 떠날 채비를 하자 그는 5분만 시간을 할애하여 〈현장에서 일하고 있는〉 재거스 씨의 모습을 구경하러 가보지 않겠느냐고 물었다.

여러 가지 다른 이유들도 있고, 특히 재거스 씨가 대체 〈무슨 일을 하고 있는〉 모습을 보게 될지 확실히 모른다는 이유도 있고 해서 그렇게 하겠노라고 대답했다. 우리는 곧바로 시내 중심가로 직행했고, 사람들로 가득 찬 즉결 심판소에 도착했다. 그곳에는 브로치에 대해 기발한 취향을 지니고 있었던 그 석고상의 주인공들과 친척뻘 되는 사람들(사람들을 죽였다는 의미에서 그렇다)이 불편하게 뭔가를 씹어 대면서 법정에 서 있었다. 그 가운데에서 내 후견인은 한 여성을 대상으로 증인 심문(審問)인지 아니면 반대 신문(訊問)인지를 — 둘 중 어느 것이었는지는 모르겠다 — 하면서 그녀와 판사석 판사들과 그곳에 있는 모든 사람들을 두려움에 떨게 만들며 몰아치고 있었다. 지위의 고하를 막론하고 혹시 누군가가 동의하지 않는 말을 단 한 마디라도 하면, 그는 즉시 그걸 〈서면 기록〉으로 남기라고 요구했다. 또 그는 누가 시인을 하지 않으면 〈내가 당신에게서 그 시인을 받아 내지!〉라고 말했고, 누군가가 시인을 하면 〈당신은 이제 독 안에 든 쥐야!〉라고 말했다. 그가 손가락을 한 번만 물어뜯어도 하급 판사들은 벌벌 떨었다. 도둑과 도둑 잡는 형사들은 멍하니 겁에 질려 그의 말을 단 한 마디도 놓치지 않고 들었고 그의 눈썹 한 오라기라도 자신들 쪽을 향하면 몸을 움츠렸다. 나는 그가 어느 편인지 파악할 수 없었다. 그가 온 법정을 맷돌에 넣고 갈 듯 압박하고 있었기 때문이다. 나는 그저 살금살금 발끝으로 걸어서 몰래 빠져나오다가 그가 판사 편이 아니라는 것만 알아차렸을 뿐이다. 그가 영국 법과 정의의 대변자로서 그날 판사석에 앉아 있던 판사의 행동을 비난하자 재판을 주재하던 그 늙은 신사의 책상 밑 두 다리에 엄청난 경련이 일어나는 걸 보았던 것이다.

25

워낙에 뚱한 친구여서 책을 집어 들 때도 마치 저자가 그에게 해를 입혔다는 생각이 들게 할 정도였던 벤틀리 드러믈은 안면을 틀 적에도 좀 더 사근사근하게 굴지 못하는 친구였다. 체구, 동작, 그리고 이해력이 둔하고 느린 편이었던 — 둔해 보이는 표정과 축 늘어져 방 안을 느릿느릿 돌아다닐 때면 그의 입속에서 역시 축 늘어져 느릿느릿 움직이는 것 같던 그의 큰 혀도 그랬다 — 그는 게으르고 거만하고 인색하고 과묵하고 게다가 의심도 많았다. 그는 서머싯 주의 부유한 집안 출신이었는데 그의 가족은 앞서 말한 여러 자질들이 조합된 그의 심성을 계속 키워만 주다가 성년이 되어서야 비로소 멍청이라는 사실을 최종적으로 알아차렸다. 그리하여 벤틀리 드러믈은 포켓 씨에게 오게 된 것이었다. 그때 그는 이 신사보다 머리통 하나만큼 더 컸으며 대부분의 신사들보다 여섯 배 정도 더 머리가 우둔했다.

한편 스타톱은 마음이 여린 어머니 밑에서 응석받이로 자랐으며 마땅히 학교에 다녀야 할 나이에 집에서 홀로 큰 친구였다. 그러나 그는 어머니에게 헌신적으로 애착을 느끼고 있었고 헤아릴 수 없을 정도로 그녀를 존경했다. 그는 여자처럼 고운 용모를 지니고 있었으며 — 허버트가 내게 〈넌 그의 엄마를 한 번도 본 적이 없지만 앞으로 보게 되면 바로 알아차릴 거다〉라고 말했듯이 — 자기 엄마를 꼭 닮은 친구였다. 내가 드러믈보다 스타톱을 더 다정하게 대하며 더 좋아한 건 지극히 자연스러운 일이었다. 보트를 타기 시작했던 초창기 시절 그와 나는 저녁 무렵마다 나란히 보트를 저으면서 서로 대화를 나누며 집으로 돌아왔고, 그러는 동안 벤틀리 드러믈은 삐죽 나온 강둑 밑과 골풀 사이를 지나 홀로 우리 뒤를 따라오곤 했다. 드러믈은 늘 불쾌한 양서류 동물처럼 강기슭에 슬며시 다가오곤 했는데 심지어 조류가 그가 가는 방향으로 빠르게 그를 밀어 보내도 그랬다. 나는 강물 한가운데에서 석양빛이나 달빛을 헤치고 두 보트가 나아갈 때 그가 어둠 속이나 밀려 나가는 강가 쪽 물길을 따라 늘 우리 뒤를 몰래 뒤쫓아 오고 있었다고 생각한다.

허버트는 내 절친한 동료이자 친구가 되었다. 나는 그에게 내 보트의 지분 절반을 선물했는데 그것이 그가 종종 해머스미스로 내려오는 계기가 되었다. 그리고 그의 하숙방의 지분 절반을 내가 갖게 되면서 나도 종종 런던으로 가게 되었다. 우리는 때를 가리지 않고 두 곳 사이를 걸어 다니곤 했다. 그 길(물론 지금 그 길은 그 시절만큼 즐거운 길이 아니다)에 대한 애정을 아직도 고이 간직하고 있다. 그것은 아직 세상 경험이 없던 순진한 젊음과 희망이 묻어나던 다감한 감수성 속에서 생겨난 애정이었다.

포켓 씨의 가족과 함께 생활하고 한두 달쯤 되었을 때 그 집에 커밀라 씨 부부가 나타났다. 커밀라는 포켓 씨의 누이였다. 그리고 미스 해비셤 댁에서 내가 같은 날 본 적이 있던 조지애너 또한 포켓 씨 집에 나타났다. 그녀는 포켓 씨의 사촌 누이로 소화 불량에 시달리는 독신녀였으며 자신의 고집불통의 성격을 종교라고 부르고 자신의 성질머리를 사랑이라고 부르는 여자였다. 이 사람들은 탐욕과 좌절감에서 비롯된 반감으로 나를 무척 미워했다. 사실은 가장 치사하고 비열한 태도로 내 부유함에 대해 알랑거리면서도 말이다.

포켓 씨에 대해서는 자기 이익에 대해 아무런 사심도 없는 아이 같은 어른으로 대접했으며 옛날에 그들이 내보이는 걸 내가 본 적이 있던 흡족하고 관용적인 태도를 취했다. 포켓 부인에 대해 그들은 경멸감을 내보였다. 그러나 그들은 가여운 영혼의 소유자인 이 부인이 인생에서 극도의 좌절감을 느끼며 살아왔다는 사실만은 인정했다. 왜냐하면 그 사실이 자기 자신들에게도 희미하게 반사되는 빛을 비추고 있었기 때문이다.

이것이 내가 안정된 생활로 접어들어 공부에 전념하던 시절의 상황이었다. 나는 이내 돈을 물 쓰듯 쓰는 사치스러운 습관에 젖어 들었고, 불과 몇 달 전이었다면 정말로 터무니없는 액수라고 생각했을 만큼 많은 돈을 펑펑 쓰기 시작했다. 그러나 좋은 일과 나쁜 일 등 시행착오를 겪으면서도 나는 책 읽는 일에서만큼은 부단히 노력했다. 무엇보다도 이런 공부에는 부족함을 충분히 느낄 만한 분별력이 내게 있다는 걸 확인시켜 주는 보람은 있었다. 나는 포켓 씨와 허버트 사이에서 빠른 진척을 보였다. 늘 그 두 사람 중 하나가 내 곁에서 내가 원하는 출발 지점을 제시해 주었고 가는 길 위의 방해물을 깨끗이 치워 주고 있었으니, 만약 그보다 더딘 진척을 보였더라면 분명히 나는 드러믈만큼이나 지독한 멍청이였을 것이다.

웨믹 씨를 못 본 지 몇 주가 지났을 때 나는 그에게 짤막한 편지를 보내 어느 날 저녁 시간을 잡아서 그의 집을 방문하겠다는 제안을 해야겠다고 생각했다. 그는 그렇게 된다면 대단히 기쁠 것이며 그날 6시에 사무실에서 나를 기다리고 있겠다고 답장을 보내왔다. 나는 그곳으로 갔고 거기서 시계가 6시를 치자 등 아래쪽으로 금고 열쇠를 집어넣고 있는 그를 발견했다.

「월워스까지 걸어간다는 생각은 해봤나요?」 그가 말했다.

「물론입니다.」 내가 말했다. 「웨믹 씨가 동의하면요.」

「동의합니다.」 웨믹의 대답이었다. 「온종일 책상 밑에 다리를 쑤셔 넣고 있었으니 그걸 쭉 편다면 아주 기쁠 겁니다. 자, 저녁 식사로 내가 뭘 준비했는지 말해 보겠습니다, 핍 씨. 스튜식으로 요리한 스테이크 — 집에서 준비한 겁니다 — 와 차갑게 식힌 구운 닭고기 — 이건 작은 식당에서 구입한 겁니다 — 입니다. 닭고기는 아마 부드러울 겁니다. 식당 주인이 일전에 우리가 맡았던 사건의 배심원이었는데 우리가 그의 체면이 깎이지 않게 점잖게 대해 주었거든요. 닭고기를 구입하면서 내가 식당 주인에게 그 사실을 상기시켰죠. 그리고 〈좋은 걸 골라 주세요, 주인 양반. 우리가 하루 이틀 더 당신을 배심원석에 앉히겠다고 마음먹으면 능히 그럴 수 있을 겁니다〉라고 말했습니다. 그 말을 듣고 그는 자기 식당에서 제일 좋은 닭고기를 선물할 수 있게 해달라고 말했지요. 물론 나는 그렇게 하게 했습니다. 닭고기 얘기를 하자면, 그것도 그 나름대로 휴대용 동산이지요. 핍 씨가 연로하신 부모를 싫어하는 편은 아니길 바랍니다만.」

나는 그가 아직도 닭고기 얘기를 하고 있는 거라고 생각했다. 그가 〈우리 집에 연로하신 아버님이 계시다〉라고 말할 때까지 말이다. 나는 그에게 예의상 필요한 말을 건넸다.

「그래, 아직도 재거스 씨하고 식사는 안 한 겁니까?」

「아직요.」

「핍 씨가 온다는 말을 듣고 오늘 오후 재거스 씨가 그 얘기를 했습니다. 아마 내일쯤 초대할 거라고 예상합니다. 핍 씨의 친구들도 함께 초대할 겁니다. 모두 세 명이죠, 그렇죠?」

나는 아직 드러믈을 친한 동료라고 여기지 않았지만 〈그렇다〉고 대답했다.

「그래요. 그가 패거리 모두를 초대할 겁니다.」 패거리라는 단어가 듣기 좋은 단어라는 느낌은 전혀 들지 않았다. 「그리고 그는 뭘 대접하든 좋은 것만 내놓을 겁니다. 다양한 음식을 기대하진 마세요. 하지만 최고급 음식을 먹게 될 겁니다. 그의 집엔 한 가지 더 기묘한 점이 있지요.」 그는 내가 이미 들어서 알고 있는 가정부 얘기는 접고 그 뒤에 말이 이어진다는 듯 잠시 말을 멈췄다가 계속했다. 「그가 밤에 문이나 창문을 결코 잠가 놓지 않는다는 사실입니다.」

「도둑이 결코 안 든다는 얘긴가요?」

「바로 그겁니다!」 웨믹이 대답했다. 「그는 그런 말을, 그것도 공개적으로 떠벌리고 다닙니다. 〈《우리 집》을 도둑질하는 놈을 좀 보고 싶다〉고요. 맹세코 말하는데 그가 우리 입구 쪽 사무실에서 진짜 도둑놈들에게 이렇게 말하는 걸 내가 (혹시 들었다고 한다면) 백 번은 더 들었지요. 〈어이, 자네들 내가 사는 곳 알지. 그런데 그곳에 빗장이 하나도 걸려 있지 않아. 우리 집에 와서 한바탕 장사 좀 해보지그래? 어서 와보라니까. 내 말을 믿을 수 없다는 건가?〉 하지만 그들 중 단 한 명도 감히 그런 짓을 시도할 엄두를 못 냈습니다, 핍 씨. 인사치레로도 그렇고 실제로 돈을 훔치기 위해서도 그렇고요.」

「그를 너무 두려워하는 겁니까?」 내가 말했다. 「두려워하는 거죠.」 웨믹이 말했다. 「정말로 그를 두려워합니다. 그가 도둑들을 무시하며 교활한 면모를 보이지 않은 건 아니지만요. 그의 집엔 은제 식기류는 하나도 없습니다, 핍 씨. 스푼 하나까지 모조리 다 싸구려 합금 식기들이죠.」

「그러니 도둑들이 별로 이득 볼 게 없었겠군요.」 내가 말했다. 「설사 그들이 ―」

「그렇죠! 하지만 〈그는〉 이득 볼 게 많았을 겁니다.」 웨믹이 내 말을 자르면서 말했다. 「그리고 그건 그들도 알고 있습니다. 그는 그들의 목숨뿐만 아니라 그들 무리 수십 명의 목숨도 주무르게 되었을 것입니다. 그리고 그들이 가진 모든 걸 갖게 되었을 겁니다. 그가 가지려고 마음먹어도 가질 수 없는 게 뭔지, 그걸 말하는 게 불가능하니까요.」

내 후견인의 대단한 위세를 곰곰이 생각해 보려는 참에 웨믹이 말했다.

「은제 식기류가 왜 없는지 말한다면, 그건 핍 씨도 알다시피 그의 타고난 깊이에서 비롯된 일일 뿐이라는 겁니다. 강물의 깊이가 타고난 것이듯 그의 깊이도 타고난 것입니다. 그의 시곗줄을 보세요. 그건 진짜입니다.」

「엄청나게 육중하던데요.」 내가 말했다.

「육중하다고요?」 웨믹이 내 말을 되받았다. 「나도 그렇게 생각합니다. 그리고 그의 시계는 알람 장치가 장착된 금시계입니다. 가치를 따진다면 아마 1백 파운드는 나갈 겁니다. 핍 씨, 그 시계에 대해 모든 걸 알고 있는 도둑놈들이 아마 이 시내에만 7백 명가량은 될 겁니다. 남녀노소를 불문하고 그들 중에서 그 시곗줄의 가장 작은 고리 하나라도 알아보지 못할 사람은 단 한 명도 없을 겁니다. 그리고 혹시라도 꼬임에 넘어가 그 시곗줄을 만질라치면 그게 시뻘겋게 달아

오른 쇳덩어리이기라도 한 양 바로 떨어뜨리지 않을 사람은 단 한 명도 없을 것입니다.」

웨믹 씨와 나는 처음에는 이런 대화를 나누고 나중에는 이보다 일반적인 성격의 대화를 나누면서 지루한 시간과 지루한 길을 잊었다. 마침내 그가 월워스 구역에 도착했다고 알려 주었다.

그곳은 후미진 좁은 길들과 도랑들, 그리고 작은 정원들이 모여 있는 곳이었으며, 다소 따분하고 외딴 벽촌의 면모를 자아내는 곳이었다. 웨믹의 집은 조그맣게 구획된 정원들 사이에 위치한 작은 나무 집이었는데 꼭대기가 마치 대포가 탑재된 포대처럼 만들어졌고 페인트칠까지 되어 있었다.

「내가 직접 지은 집입니다.」 웨믹이 말했다. 「멋져 보이죠, 안 그렇습니까?」

나는 집에 대해 크게 칭찬했다. 나는 그 집이 내가 본 집들 중에서 가장 작은 규모의 집이었다고 생각한다. 집은 기이하기 짝이 없는 고딕풍 창문들과(그중 상당수가 가짜 창문들이었다) 고딕풍 문들이(너무 작아서 그곳을 통해 들어간다는 건 도무지 불가능해 보였다) 나 있었다.

「보다시피 저건 진짜 깃대입니다.」 웨믹이 말했다. 「그리고 나는 일요일마다 진짜 깃발을 올립니다. 자, 다음은 여길 보세요. 이 다리를 건너고 나면 나는 다리를 들어 올립니다. 외부와의 연결을 차단하는 거죠.」

다리는 널빤지였는데 폭이 대략 1미터쯤 되었으며 깊이는 50센티미터쯤 되는 도랑을 가로지르고 있었다. 하지만 그가 크나큰 자부심을 느끼며 그걸 들어 올린 뒤 고정시키는 모습을 보니 아주 즐거웠다. 기계적으로 그런 일을 하는 게 아니라 진정으로 묘미를 만끽하며 흐뭇한 미소까지 지으면서 했기 때문이었다.

「그리니치 표준시로 매일 밤 9시에 대포도 발사합니다.」 웨믹이 말했다. 「보다시피 저기 녀석이 있지요! 그리고 녀석이 발사되는 소리를 듣는다면 핍 씨는 아마 녀석이 〈명사수〉라고 말할 겁니다.」

그가 말한 대포는 격자무늬 양식으로 축조된 별개의 요새 위에 탑재되어 있었다. 그리고 그것은 우산 같은 작고 독창적인 방수 천 고안물에 의해 비바람으로부터 보호받고 있었다.

「그리고 집 뒤편에 가면요.」 웨믹이 말했다. 「요새처럼 보이게 하기 위해서 눈의 안 띄게 말이죠. 일단 아이디어가 떠오르면 그걸 실행에 옮기고 꾸준히 지속시키자는 게 내 원칙이라서 그렇습니다. 이런 생각이 핍 씨의 생각이기도 한지 모르겠습니다만 —」

나는 나도 확실히 그렇다고 말했다.

「집 뒤편에 가면 돼지 한 마리와 닭과 토끼 여러 마리가 있습니다. 그리고 핍 씨가 보다시피 나는 내 소유의 작은 온상을 급히 두들겨 만들어서 오이를 재배하기도 한답니다. 저녁 식사 때 내가 어떤 종류의 샐러드용 채소를 재배하는지 알 수 있을 겁니다. 그러니 말이죠, 핍 씨!」 웨믹이 다시 지그시 미소를 머금으며, 동시에 머리를 가로저으면서 진지하게 말했다. 「만약 이 작은 거처가 포위 공격을 당하는 일을 상상한다 해도 식량 면에서는 이곳이 꽤나 오랜 시간을 버틸 수 있을 것입니다.」

그러고 난 뒤 그는 10여 미터쯤 떨어진 곳에 있는 정자로 나를 안내했는데 그곳에 도달하기 위해선 제법 시간이 걸리는 구불구불한 길을 통해 가야 했다. 그리고 이 은신처에는 이미 우리의 술잔들이 준비되어 있었다. 우리가 마실 펀치는 장식용으로 만든 연못 속에 차갑게 담겨 있었고 정자는 그 연못 가장자리에 세워져 있었다. (연못 중간에 섬이 만들어져 있었는데 어쩌면 우리의 저녁 식사에 쓰일 샐러드용 채소 더미였는지도 모르겠다.) 연못은 원형이었고 그 안에는 분수대까지 설치되어 있었다. 조그만 물레방아를 작동시키며 파이프에서 코르크 마개를 뽑으니 분수대가 손등을 꽤나 적실 정도로 세차게 잘 작동했다.

「내가 나 자신의 기술자이자, 나 자신의 목수이자, 나 자신의 배관공이자, 나 자신의 정원사이자, 나 자신의 만물박사인 셈이죠.」 웨믹이 내 찬사에 감사를 표하며 말했다. 「그런데요, 핍 씨도 알다시피 이런 일은 유익한 일입니다. 뉴게이트 감옥의 거미줄을 걷어 내고 내 노친을 기쁘게 합니다. 지금 바로 내 노친에게 핍 씨를 소개해도 괜찮겠죠, 그렇죠? 핍 씨를 난처하게 하는 건 아니겠죠?」

나는 기꺼이 뵐 마음이 있다고 말했다. 그렇게 해서 우리는 그의 〈성채〉 안으로 들어갔다. 그곳에서 우리는 플란넬 외투를 입고 난롯가에 앉아 있는 매우 연로한 노인을 보았다. 정결하고 쾌활하고 편안해 보이고, 보살핌을 잘 받고 있는 듯했지만 귀가 심하게 먹은 노인이었다.

「연로하신 아버님!」 그가 따뜻한 마음이 우러나오는 익살스러운 태도로 자기 아버지와 악수를 나누며 말했다. 「잘 계셨죠?」

「잘 있었다, 존. 잘 있고말고!」 노인이 대답했다.

「여기 핍 씨가 왔습니다, 연로하신 아버님.」 웨믹이 말했다.「이름을 들으실 수 있으면 좋을 텐데. 핍 씨, 아버님께 고개를 끄덕여 인사해 주세요. 아버님이 그것을 무척 좋아하시거든요. 괜찮다면 눈을 깜박이듯 고개를 끄덕여 주세요!」

「이곳은 우리 아들의 멋진 집이라오, 손님.」 내가 최대한 열심히 고개를 끄덕이는 동안 노인이 큰 소리로 말했다.「이곳은 멋진 유원지라오, 손님. 이곳과 여기에 만들어 놓은 아름다운 작품들은 우리 아들의 시대가 끝나면 일반인들이 즐길 수 있도록 국가가 보존해야 해요.」

「이곳이 펀치 인형[16]만큼이나 자랑스러우신 모양이네요. 안 그래요, 연로하신 아버님?」 딱딱해 보이는 얼굴이 지극히 온화하게 바뀌면서 웨믹이 노인을 바라보며 말했다. 그는 〈자, 연로하신 아버님을 위해 고갯짓 인사 한 발 발사!〉 하며 고개를 크게 끄덕여 보였고 〈자, 다시 고갯짓 인사 한 발 발사!〉 하며 고개를 더 크게 끄덕여 보였다. 〈인사가 맘에 들죠, 그렇죠? 핍 씨, 귀찮지 않다면 — 이런 고갯짓 인사가 익숙하지 않은 사람에겐 피곤한 일이라는 걸 물론 압니다 — 한 번만 더 아버님께 가벼운 고갯짓 인사를 해주시겠습니까? 그게 얼마나 아버님을 즐겁게 하는지 상상도 못 할 겁니다.」

나는 몇 차례 더 노인에게 고갯짓 인사를 했다. 그랬더니 그는 아주 즐거워했다. 우리는 닭 모이를 주기 위해 몸을 부지런히 움직이고 있는 그를 놔두고 밖으로 나와 펀치를 마시기 위해 정자에 앉았다. 웨믹은 파이프 담배를 피우면서 그곳 부지를 지금과 같은 정도로 완성하는 데 꽤 여러 해가 걸렸다고 말했다.

16 영국의 익살 인형극「펀치 앤드 주디 쇼Punch and Judy Show」에 나오는 남편 인형. 주디는 아내 인형이다.

「본인 소유입니까, 웨믹 씨?」

「오, 물론입니다.」 웨믹이 말했다. 「한 번에 조금씩 나누어서 구입했지요. 맹세코 모두 내가 자유롭게 보유한 내 재산입니다.」

「정말로 그렇습니까? 재거스 씨가 감탄했겠네요.」

「그는 한 번도 본 적이 없습니다.」 웨믹이 말했다. 「이곳에 대해 들어 본 적도 없고요. 그는 우리 노친도 한 번 본 적이 없어요. 얘기를 들어 본 적도 없고요. 결코 그런 일이 없습니다. 사무실 업무와 내 사생활은 완전히 별개의 일이죠. 사무실에 출근할 때 나는 성채 일은 싹 잊고 놔두고 갑니다. 그리고 성채로 올 때 사무실 일은 싹 잊고 놔두고 옵니다. 어떤 식으로든 거북하지만 않다면 핍 씨도 나와 같이 행동해 주면 고맙겠습니다. 직장에서 이 일이 입에 오르내리는 건 바라지 않거든요.」

물론 나는 그의 요청을 들어주는 일과 내 신의가 관련되어 있다고 느꼈다. 펀치는 아주 맛나서 우리는 거의 9시가 될 때까지 정자에 앉아 그걸 마시며 담소를 나누었다. 「대포 쏠 시간이 다 되었네요.」 웨믹이 파이프를 내려놓으며 말했다. 「노친이 아주 기뻐하는 일이죠.」

성채 안으로 다시 들어갔을 때 우리는 노인이 기대에 잔뜩 부푼 눈길로, 이 거창한 밤의 의식을 준비하기 위해 부지깽이를 달구고 있는 모습을 보았다. 웨믹은 노인에게서 시뻘겋게 달구어진 부지깽이를 건네받은 뒤 포대로 갈 시간이 될 때까지 손에 시계를 들고 서 있었다. 이윽고 그는 부지깽이를 들고 밖으로 나갔으며 곧바로 〈명사수〉가 〈쾅〉 소리와 함께 발사되었다. 그 충격으로 인해 기묘한 상자 같은 나무 집 전체가 산산조각이라도 날 듯 마구 흔들렸고 모든 유리잔들과 찻잔들이 윙윙 울렸다. 그걸 보고 노인이 — 나는 그때 그가 팔꿈치로 안락의자를 꽉 누르고 있지 않았다면 날아가 버렸을 거라고 믿는다 — 환호작약하며 말했다. 「대포를 쐈어요! 내가 그 소리를 들었어요!」 나는 이 노신사를 향해 고개를 끄덕여 주었는데, 얼마나 크게 끄덕였으면 정말이지 그가 전혀 안 보일 정도까지라고 말해도 절대로 말장난 같은 비유가 아닐 것이다.

웨믹은 그 후 저녁 식사 시간이 될 때까지 시간을 할애해 자신이 수집해 놓은 골동품들을 구경시켜 주었다. 대개 중범죄와 관련되어 보이는 성격의 물건들이었으며 그중에는 악명 높은 위조 범죄의 도구로 쓰였던 펜과 특이해 보이는 면도날 한두 개, 머리 타래 약간, 유죄 판결을 받고 난 죄인들이 쓴 원고 형식의 고백록들이 있었다. 웨믹 씨는 이 고백록들에 특별한 가치를 부여했는데, 그의 말을 빌리자면 〈그것들은 어느 것 하나 빠짐없이 모두 새빨간 거짓말을 담고 있기 때문〉이었다. 이런 골동품들이 이 박물관의 주인 격인 웨믹이 직접 만든 솜씨 좋은 소품들, 예컨대 조그만 도자기나 유리 장식 견본품, 노인이 조각해서 만든 몇 개의 〈스토퍼〉[17]들 사이에 적절히 분산되어 놓여 있었다. 그것들은 모두 맨 처음 성채로 안내되어 들어갔던 방에 전시되어 있었다. 그 방은 주로 거실로 쓰였을 뿐만 아니라 벽난로 안쪽 시렁에 올려져 있는 스튜 냄비라든가 고기 굽는 꼬챙이 회전기를 매다는 용도로 만들어진 벽난로 위 놋쇠 까치발 받침대 등으로 판단해 보건대 부엌으로도 사용되고 있는 것 같았다.

17 담배를 채워 넣는 기구.

식사 시중은 깔끔해 보이는 소녀가 들었다. 낮 시간 동안 노인을 보살피는 일을 하는 아이였다. 식탁이 다 차려지고 나자 그 소녀가 다시 외부로 나갈 수 있게 하기 위해 다리가 내려졌다. 그리고 소녀는 밤을 보내기 위해 떠났다. 저녁 식사는 훌륭했다. 성채 건물에서 건조성 부패가 약간 진행되고 있어 부패한 견과류 냄새가 조금 나기도 했고 또 집에서 조금 떨어진 곳에 돼지가 있었을망정, 어쨌든 나는 내가 받은 모든 환대에 진심으로 즐거웠다. 작은 탑 모양의 침실도 이렇다 할 흠이 없었다. 다만 나와 깃대 사이의 천장이 하도 얇아서 침대에 등을 대고 누웠을 때 밤새도록 내 이마가 그 깃대를 받치고 균형을 잡아 주고 있다는 생각이 들었던 점은 빼고 말이다.

웨믹은 아침 일찍 일어났는데, 미안하게도 그가 내 구두를 털고 있는 소리가 났다. 그는 그 일이 끝나자 정원 일을 시작했고 나는 고딕풍 창문을 통해 그가 자기 노친에게 일을 시키는 척하는 모습과 애정을 가득 담아 노친에게 정말 열성적으로 고개를 끄덕이며 인사하고 있는 모습을 보았다. 아침 식사 역시 저녁 식사 못지않게 훌륭했다. 우리는 정확히 8시 반에 리틀브리튼으로 출발했다. 걸어가면서 웨믹은 서서히 점점 더 냉담해지고 딱딱하게 굳어 갔으며 그의 입 또한 팽팽하게 긴장되며 다시 우체통 구멍으로 변해 갔다. 마침내 그가 직장에 도착해서 열쇠를 꺼냈을 때 월워스의 자기 집은 까맣게 잊어버린 것 같았다. 마치 지난밤 〈명사수〉의 발사와 함께 성채와 도개교와 정자와 연못과 분수대와 그의 노친 등 모든 것이 한꺼번에 허공으로 날아가 버린 것처럼 말이다.

26

웨믹이 내게 그렇게 될 거라고 말했듯이, 내 후견인의 집과 그의 회계 담당 사무직원의 집을 비교할 수 있는 기회를 일찌감치 잡게 되었다. 월워스에서 돌아와 그의 사무실 안으로 들어갔을 때 내 후견인은 향수 비누로 손을 씻고 있었다. 그는 나를 부른 뒤 웨믹이 내게 받아들일 준비를 하라고 귀띔해 준 대로, 나와 내 친구들을 자기 집에 초대했다. 그는 〈어떤 격식이나 만찬 복장〉도 조건으로 요구하지 않았으며 그저 〈그럼 내일로 하세〉라는 말만 했다. 나는 그에게 우리가 어디로 가면 되느냐고 물었다(그가 어디 사는지 몰랐기 때문이다). 그런데 내가 생각하기에는, 그가 〈이 사무실로 오게. 그러면 내가 자네들을 집으로 데려가겠네〉라고 대답했던 건 뭐든 시인하는 일에는 일단 거부부터 하고 보는 그의 성향에 기인한 것 같았다. 그런데 이 기회를 이용해 한마디 하자면, 그는 의뢰인이나 고객이 용무가 끝나고 나가면 마치 외과 의사나 치과 의사처럼 손을 깨끗이 씻는 사람이었다. 그는 손을 씻기 위해 자기 방에 작은 개인용 세면실을 설치해 놓았는데 그곳에선 향수 가게처럼 향수 비누 냄새가 풍겼다. 그 작은 세면실엔 특이하다 싶을 정도로 큰 대형 회전식 타월이 문 안쪽 롤러에 걸려 있었으며 그는 즉결 심판에서 돌아오거나 의뢰인을 자기 방에서 내보낼 때마다 두 손을 씻은 후 이 타월 전체로 손을 닦고 말리곤 했다. 나와 내 친구들이 다음 날 6시에 찾아갔을 때 그는 평소보다 훨씬 더 흉악한 성격의 사건에 관여했다 돌아온 것 같았다. 그가 작은 세면실 안으로 단추를 채우듯 머리를 쑥 밀어 넣고 두 손만 씻는 게 아니라 세면과 양치질까지 하고 있는 모습이 보였던 것이다. 심지어 다 씻고 나서 회전식 타월을 돌려 가며 닦고 난 다음에도 외투를 입기 전에 주머니칼을 꺼내서 마치 그날의 사건을 깎아 내듯 손톱까지 깎았다.

우리가 거리로 나가 걸어갈 때 여느 때처럼 몇몇 사람들이 주변을 어슬렁거렸다. 그와 간절히 면담을 나누고 싶어 하는 사람들인 게 분명했다. 그러나 그를 에워싸고 있는 후광 같은 향수 비누 냄새엔 뭔가 단호함이 깃들어 있어서 그날 그들은 면담을 포기했다. 서쪽으로 쭉 걸어가는 동안 붐비는 인파 속에서 이따금 그를 아는 사람이 아는 척을 해왔지만 그럴 때마다 그는 내게 더 큰 소리로 말을 했다. 하지만 그것 말고는 누구에게도 결코 아는 척하지 않았으며 누가 자기를 알아본다는 사실에 전혀 신경 쓰지 않았다.

그는 우리를 소호 구역의 제라드 가로 이끈 다음 그 거리 남쪽에 있는 자기 집으로 데려갔다. 그런 종류의 집치고는 다소 위풍당당해 보이는 집이었지만 아쉽게도 페인트칠이 벗겨져 있고 창문들도 더러웠다. 그는 열쇠를 꺼내 문을 열었고, 우리는 돌로 만들어진 현관 홀로 들어갔다. 가구가 하나도 없어 텅텅 빈 데다 음울하고 거의 이용도 되지 않는 홀이었다. 그곳과 연결된 암갈색 계단을 올라가니 2층에 암갈색 방 세 개가 나란히 이어져 있었다. 그곳 벽들의 나무 벽판들 위엔 화환 무늬들이 조각되어 있었는데 그 벽판들 사이에 서서 그가 우리에게 환영 인사를 했을 때 그 화환 무늬들이 꼭 올가미들처럼 보인다는 생각을 왜 했는지 지금도 알 것 같다.

만찬은 이 방들 중에서 가장 좋은 방에 차려져 있었다. 두 번째 방은 그의 옷 방이었고 세 번째 방은 침실이었다. 그는 자기가 이 집을 전부 소유하고 있지만 우리가 본 곳들보다 더 많은 공간들을 사용하는 일은 드물다고 말했다. 식탁은 부족함이 없이 차려져 있었다. 물론 은제 식기류는 아니었다. 그리고 그의 의자 옆엔 다양한 술병들과 마개 달린 유리병, 그리고 디저트로 먹을 과일 네 접시가 놓여 있는 큼지막한 회전식 음식 받침대가 있었다. 나는 그가 시종일관 모든 음식을 자신의 손이 닿는 가까운 곳에 두고 직접 배분하는 걸 주목했다. 그 방에는 책장도 하나 있었다. 나는 책등을 보고 그곳의 책들이 증언, 형법, 범죄자 일대기, 각종 재판, 의회와 법령, 기타 그 비슷한 내용들에 관한 책들이란 걸 알았다. 가구는 모두 그의 시곗줄처럼 몹시 튼튼하고 훌륭했지만 사무적인 느낌이었고, 단순한 장식적 면모는 전혀 보이지 않았다. 한쪽 구석에는 갓을 씌운 등이 놓인 조그만 서류용 탁자가 있었다. 그 점으로 보아 그는 사무실 일을 집에까지 가져와 저녁이면 종종 바퀴 달린 그 탁자를 밀고 와서 열심히 일하는 것 같았다.

그는 아직까지 내 세 친구들을 제대로 보지 못했기에 — 나와 함께 걸어왔기 때문이다 — 벽난로 앞 깔개에 서서 벨을 울리고 난 뒤 탐색하듯 그들을 날카롭게 쳐다보았다. 그런데 그는 놀랍게도, 전적으로 그런 건 아니었지만 처음부터 곧바로 드러믈에게 관심을 보이는 것 같았다.

「핍.」 큰 손을 내 어깨에 올리고 나를 창문으로 데려가면서 그가 말했다. 「누가 누군지 구분이 안 되네. 저 거미같이 생긴 녀석은 누군가?」

「거미요?」 내가 말했다.

「부스럼투성이에다 허우적거리듯 기어다니고 있는 저 뚱한 녀석 말일세.」

「벤틀리 드러믈입니다.」 내가 대답했다. 「얼굴이 곱상하게 생긴 친구는 스타톱이고요.」

〈얼굴이 곱상하게 생긴 친구〉는 전혀 중요하게 여기지 않으면서 그가 대답했다. 「벤틀리 드러믈이 저 친구 이름이다, 이거지? 저 녀석 표정이 마음에 드네.」

그는 즉시 드러믈에게 말을 걸기 시작했다. 그는 드러믈이 느릿느릿 기운 없고 과묵한 태도로 대답을 하는데도 전혀 물러서지 않았으며 드러믈의 그런 태도로 인해 그에게서 대화를 쥐어 짜내야겠다고 자극받고 있는 게 분명했다. 내가 그 두 사람을 지켜보고 있었을 때 가정부가 식탁에 올릴 첫 번째 요리를 들고 나타났다.

그녀는 마흔 살가량 되어 보였다. 하지만 내가 그녀를 실제보다 더 젊게 보았는지도 모르겠다. 그녀는 키가 다소 큰 편이었고, 유연하고 민첩해 보이는 용모에다, 안색은 지극히 창백했으며, 큰 눈은 흐릿한 빛을 띠었고, 엄청나게 숱이 많은 머리 다발이 치렁치렁 길게 늘어져 있었다. 이유는 모르겠지만 심장 질환 같은 병이라도 있는지 숨이 가쁜 듯 헐떡거리면서 입을 벌리고 있었고 얼굴은 조급하고 동요된 듯한 묘한 표정을 짓고 있었다. 그런데 생각해 보니 내가 그날로부터 하루나 이틀 전에 마침 극장에서 「맥베스」 공연을 관람했었는데, 그래서인지 그녀의 얼굴은 극 중 마녀들의 가마솥에서 솟아올랐던 얼굴들처럼 불길이 뒤섞인 공기에 의해 온통 일그러져 있는 듯 보였다.

그녀는 요리를 다 차린 뒤 식사 준비가 되었다는 걸 알리기 위해 한 손가락으로 내 후견인의 팔을 툭 친 뒤 사라졌다. 우리는 원형 식탁에 각기 자리를 잡고 앉았다. 내 후견인은 드러믈과 스타톱을 자신의 양옆에 앉혔다. 가정부가 식탁 위에 올려놓은 건 훌륭한 생선 요리였다. 그다음으로 우리는 역시 훌륭한 양고기 다리 부위를 먹었고 이어서 역시 훌륭한 닭고기 요리를 먹었다. 소스, 와인 등 우리에게 필요한 모든 부수적인 물품들과 온갖 최고급 물품들이 회전식 음식 받침대를 통해 집주인에 의해 우리에게 건네졌으며 그것들이 식탁을 한 바퀴 돌면 그는 늘 다시 제자리로 돌려놓았다. 마찬가지로 그는 각 코스마다 우리에게 깨끗한 접시와 나이프, 포크를 나눠 주었으며 쓰고 난 것들은 그의 의자 옆 바닥에 놓인 두 개의 바구니에 떨어뜨렸다. 가정부 외에 시중드는 다른 하인은 보이지 않았다. 그녀는 모든 음식을 차렸다. 그리고 나는 그녀의 얼굴에서 마녀들의 가마솥에서 솟아오르던 얼굴을 매번 떠올렸다. 몇 년이 지난 후 나는 치렁치렁 흘러내리는 긴 머리 다발만 그녀와 닮았을 뿐 타고난 모습은 전혀 닮지 않은 얼굴을 지닌 어떤 사람을 시켜 컴컴한 방에서 독주 사발에 불을 붙여 놓고 그 뒤를 지나가게 함으로써 이 가정부 여자와 무시무시할 정도로 비슷한 모습을 재현해 낸 적도 있었다.

눈에 띄는 외모 때문에도 그렇고 웨믹이 미리 귀띔해 준 것 때문에도 그렇고, 이 가정부를 특별히 주목할 이유가 있었기에 나는 그녀가 방에 들어올 때마다 그녀를 눈여겨보았다. 나는 그녀가 내 후견인을 예의 주시하며 그의 앞에 요리를 내려놓을 때면 그가 자기를 다시 부르기라도 할까 봐 두려워하거나 혹은 그가 자기에게 할 말이 있으면 가까이 왔을 때 말해주기를 바라기라도 하듯 주저하며 요리에서 손을 떼고 있다는 걸 알아차렸다. 나는 내 후견인의 태도로 볼 때 그도 그녀의 그런 태도를 의식하고 있으며, 늘 그녀를 조마조마한 긴장 상태에 빠지게 만들려는 의도를 갖고 있다고 생각했다.

내 후견인은 대화 주제를 직접 꺼낸다기보다는 그저 따라가기만 하는 편이었지만 식사는 즐겁게 진행되었다. 나는 그가 우리에게서 우리의 가장 취약한 면모를 억지로 끌어내고 있다는 걸 알고 있었다. 나로 말하자면, 내가 입을 벌려 말을 하고 있다는 걸 미처 깨닫기도 전에 나에게 사치스러운 낭비 성향과, 허버트에게 선심 쓰듯 은혜를 베푸는 태도와, 내 창창한 앞날을 자랑하는 성향을 내보이고 있음을 깨달았다. 이런 점은 우리 모두 마찬가지였다. 하지만 드러믈보다 그 정도가 심한 사람은 없었다. 마지못해 말하는 척하면서도 의혹에 찬 태도로 나머지 친구들을 빈정대는 그의 성향은 생선 요리가 치워지기도 전에 그에게서 쥐어 짜내져 실체를 적나라하게 드러냈던 것이다.

우리의 대화가 보트 노 젓기 솜씨 쪽으로 선회하여 드러믈이 그 특유의 느릿느릿한 양서류 같은 모습으로 어느 밤 우리를 뒤따라오던 모습 때문에 놀림을 당했던 건 그때가 아니고 치즈를 먹기 시작했을 때였다. 드러믈은 이런 놀림을 당하자 만찬의 주인에게 자기는 우리와 함께 있는 것보다 혼자 있는 것을 더 좋아하고, 노 젓는 솜씨에 대해 말한다면 자기가 노 젓기 선생보다도 더 뛰어나며, 힘에 대해 말한다면 우리를 왕겨처럼 흩날려 버릴 수 있다고 말했다. 내 후견인은 눈에 드러나지 않는 교묘한 힘을 작용시켜 이 사소한 화젯거리를 가지고 거의 미쳐 날뛰기 직전까지 드러믈을 밀어붙였으며, 그래서 신이 난 그는 급기야 팔뚝을 드러내면서 자기 근육이 얼마나 대단한지 그걸 뼘으로 재기까지 했다. 그러자 우리도 익살스러운 태도로 모두 팔뚝을 드러내고 뼘으로 재보기 시작했다.

그때 가정부는 식탁을 치우고 있었는데, 내 후견인은 그녀에게 전혀 신경 쓰지 않고 옆얼굴을 돌린 채 의자에 몸을 기대고 앉아 집게손가락 옆을 물어뜯으며, 나는 절대 이해할 수 없는 불가해한 관심을 드러믈에게 보이고 있었다. 가정부가 식탁을 가로질러 손을 내밀던 순간 그가 마치 쥐덫처럼 자신의 큰 손을 그녀의 손 위에 덥석 올려놓았다. 하도 갑작스럽고 재빠르게 그 동작을 했기 때문에 우리는 모두 바보 같은 팔뚝 자랑을 멈추었다.

「자네들이 힘 얘기를 하는 거라면 말일세.」 재거스 씨가 말했다. 「〈내가〉 진짜 손목을 보여 주겠네. 몰리, 이 친구들에게 손목을 보여 줘.」

덫에 걸린 듯 꽉 붙잡힌 손은 식탁 위에 놓여 있었지만 그녀는 이미 다른 손을 허리 뒤로 빼고 있었다. 「주인님.」 애원이 담긴 눈길로 그에게 집중하며 낮은 목소리로 말했다. 「제발 이러지 마세요.」

「〈내가〉 진짜 손목을 보여 주겠네.」 보여 주고야 말겠다는 단호한 태도로 재거스 씨가 다시 한 번 말했다.

「주인님.」 그녀가 다시 중얼거리듯 말했다. 「제발 이러지 마세요.」

「몰리.」 그는 그녀를 쳐다보지도 않고 방 반대편을 고집스럽게 바라보며 말했다. 「이 친구들에게 두 손목을 다 보여 줘. 어서, 보여 줘!」

그가 손을 그녀의 손에서 떼어 내며 그녀의 손목을 드러나게 했다. 그녀는 나머지 한 손도 등 뒤에서 빼내 두 손을 나란히 내밀었다. 나중에 보여 준 손목은 몹시 흉측한 모습으로, 이리저리 가로세로로 깊은 흉터 자국이 있었고 상처까지 나 있었다. 두 손을 내밀고 나서 그녀는 재거스 씨로부터 시선을 거둬들인 뒤 우리 모두를 경계하듯 시선을 우리에게 차례로 쏘아 보냈다.

「힘이란 바로 이런 데 있는 거네.」 재거스 씨가 차분한 태도로 그녀의 손목 위 힘줄들을 집게손가락으로 쭉 더듬으며 말했다. 「이 여자의 손목 힘보다 더 센 힘을 가진 남자들은 거의 없네. 이 두 손이 움켜쥐는 순수한 악력이 어찌나 대단한지 그저 놀라울 뿐이라네. 나는 그동안 무수히 많은 손들을 볼 기회가 있었네. 하지만 여자건 남자건 간에 이 두 손보다 더 힘센 손은 여태껏 본 적이 없네.」

그가 느긋한 감식가처럼 그렇게 말하는 동안 그녀는 계속 앉아 있는 우리 모두를 한 명씩 차례로 쏘아보았다. 「그 정도면 됐어, 몰리.」 재거스 씨가 살짝 고개를 끄덕이며 말했다. 「모두 감탄했으니 물러나도 좋아.」 그녀는 두 손을 거둔 뒤 방에서 나갔고 재거스 씨는 회전식 받침대에서 마개 달린 와인 유리병을 들어 자기 잔을 채운 뒤 와인을 돌렸다.

「자, 신사 제군, 9시 반엔 이 모임을 끝내야 하네.」 그가 말했다. 「그러니 최대한 즐겁게 시간을 보내 주기 바라네. 여러분 모두를 만나게 되어 기쁘네. 드러믈 군, 자네를 위해 건배하겠네.」

드러믈을 선택한 그의 목적이 드러믈의 성격을 더욱더 드러내 보이려는 것이었다면 그 목적은 완벽한 성공을 거두었다. 드러믈은 뚱한 태도로 한껏 빼기면서 언짢을 정도로 우리를 얕잡아 보기 시작했는데, 그 태도가 점점 더 불쾌하고 거슬리기 시작하더니 급기야 견딜 수 없는 지경에 이르렀다. 이 모든 단계를 통해 재거스 씨는 시종일관 이상한 흥미를 보이면서 그를 지켜보았다. 사실상 드러믈이 재거스 씨의 와인 맛을 돋우는 풍미제 역할을 하는 것처럼 보였다.

젊은 청년들다운 분별력 부족으로 인해 우리는 아마 너무 많은 술을 마셨던 것 같다. 그리고 말도 너무 많이 했다고 생각한다. 우리는 특히 돈을 너무 무절제하게 허비한다는 취지로 드러믈이 다소 상스럽게 조롱하던 것에 열을 냈다. 그런 이유로 나는 분별력을 잃고 흥분하여 한두 주 전에 내 앞에서 스타톱한테 돈을 빌려 쓴 사람이 그런 말을 한다는 건 예의에 크게 어긋나는 일 아니냐는 말까지 했다.

「그래. 돈은 갚을 거야.」 드러믈이 대꾸했다.

「돈을 안 갚을 거란 의미로 한 말이 아니야.」 내가 말했다. 「하지만 그런 사실이 있으니 우리나 우리의 돈 문제에 대해서 넌 잠자코 있어야 할지 모른다고 생각하는 거라고.」

「네까짓 게 생각한다고!」 드러믈이 쏘아붙였다. 「퍽이나!」

「아마 너라면 말이다.」 나는 매우 엄한 태도를 보여야겠다고 마음먹고 계속했다. 「우리가 원한다 해도 우리 중 누구에게도 돈을 빌려 주지 않을걸.」

「네 말이 맞아.」 드러믈이 말했다. 「난 너희들 중 누구에게든 6펜스도 안 빌려 줘. 난 어느 누구에게도 단돈 6펜스도 빌려 주지 않아.」

「그런 사람이 돈을 빌린다는 건 다소 비열한 일 아니냐고 내가 말하고 싶은 거라고.」

「말하고 싶은 거라고!」 드러믈이 내 말을 되받았다.

정말이지 너무나 내 약을 올리는 태도였다. 특히 퉁명스럽고 둔해 빠진 태도에 딱히 대적할 수단을 찾지 못해 더 그랬다. 나는 허버트가 말리려고 애쓰는 걸 무시하고 말했다.

「이것 봐, 드러믈 군, 들어 봐. 돈 얘기가 나왔으니 말인데 네가 그 돈을 빌릴 때 여기 허버트하고 내가 주고받은 말을 해볼 테니.」

「허버트하고 너하고 주고받은 말 따위는 알고 싶지 않아.」 드러믈이 으르렁거렸다. 그러고는 그가 더 낮게 으르렁거리며 우리 두 사람 모두 지옥에나 가서 뒈지거나 몸이나 부들부들 떨고 있으라고 덧붙였을 것이다.

「하지만 나는 말을 할 테다.」 내가 말했다. 「네가 알고 싶어 하든 말든. 그 돈을 받고 네가 희희낙락하며 네 주머니에 집어넣을 때 우리는 스타톱이 그걸 빌려 줄 정도로 마음이 너무 착하다는 걸 네가 즐기고 있는 것 같다고 말했다.」

드러믈은 노골적으로 비웃었다. 그리고 그는 우리 면전에서 두 손을 주머니에 찔러 넣고 그 둥근 어깨를 잔뜩 들어 올리며 껄껄거리고 앉아 있었다. 분명히 내 말이 사실이며 자기는 우리 모두를 멍청이들이라 생각하며 경멸한다는 의미를 드러내고 있었던 것이다.

그 모습을 보고 스타톱이 자기가 그를 맡겠다고 나서며 (물론 나보다는 훨씬 더 점잖은 태도로) 드러믈에게 좀 더 점잖게 굴라고 훈계했다. 스타톱은 쾌활하고 똑똑한 친구였고 드러믈은 정확히 그 반대 스타일이어서, 드러믈은 늘 스타톱의 존재를 자신에 대한 직접적인 모욕으로 여기며 그에게 분노하는 성향을 보이고 있던 터였다. 이제 드러믈은 거칠고 아둔한 방식으로 대꾸했다. 그러자 스타톱은 우리 모두를 웃게 만든 사소한 농담 한마디로 이 말싸움을 슬쩍 회피했다. 드러믈은 다른 어떤 말보다도 이 작은 농담의 성공에 더 분노하며 그전에 아무런 위협이나 경고도 없이 주머니에서 두 손을 꺼낸 뒤 어깨를 내려뜨리고 욕설을 내뱉으며 커다란 유리잔을 집어 들었다. 만약 그 순간 우리의 집주인이 그 잔이 들어 올려지기 전에 민첩하게 낚아채지 않았더라면 그걸 자기 적수의 머리통을 향해 내던졌을 것이다.

「신사 제군.」 재거스 씨가 침착하게 유리잔을 내려놓고 육중한 시곗줄을 세게 잡아당겨 금시계를 꺼내면서 말했다. 「정말 미안하지만, 9시 30분이 되었다는 걸 알려야겠네.」

이 같은 암시에 우리는 모두 자리를 떠나기 위해 일어섰다. 길과 면한 문에 도달하기도 전에 스타톱은 마치 아무 일도 없었다는 듯 명랑하게 드러믈을 향해 〈어이, 친구〉라고 불렀다. 그러나 그 〈어이, 친구〉는 대답과는 완전히 담을 쌓고는 심지어 해머스미스까지 가는 동안 스타톱과 길의 같은 편에서 걷는 것조차 거부할 정도였다. 따라서 허버트와 나는 그들이 각각 길의 반대편에 서서 걸어가는 모습을 지켜보았다. 스타톱이 앞서 갔고 드러믈은 자기 보트를 저어 우리를 따라오던 모습과 아주 흡사하게 천천히 뒤처져 건물들의 어둠 속에서 그 뒤를 따라갔다.

문이 아직 닫히지 않았기 때문에 나는 허버트를 잠시 두고 다시 위층으로 뛰어 올라가 내 후견인에게 한마디 말을 건네야겠다고 생각했다. 나는 구두들이 잔뜩 쌓인 옷 방에서 이미 몸단장에 들어가 우리의 존재를 씻어 내기라도 하듯 손을 씻고 있는 그를 발견했다.

나는 혹시 마음에 안 드는 불쾌한 일이라도 있었던 건 아닌지 정말 죄송하며 나를 그리 크게 책망하지 말아 달라는 말씀을 드리기 위해 다시 온 거라고 말했다.

「푸!」 그는 얼굴에 물을 튀기고는 그 튀기는 물방울들 사이로 말했다. 「대수로운 일이 아니네, 핍. 하지만 그 거미 녀석은 맘에 들어.」

그는 이제 내 쪽으로 몸을 향하고 머리를 털었다. 그리고 입김을 내뿜으며 수건으로 머리를 닦았다.

「그가 마음에 드신다니 기쁩니다.」 내가 말했다. 「하지만 저는 그가 마음에 안 듭니다.」

「안 들겠지, 안 들고말고.」 내 후견인이 동조했다. 「그 친구와 너무 깊은 관계를 맺지 말게. 가능하면 어울리지도 말고. 하지만 나는 그 친구가 마음에 드네, 핍. 정말 제대로 된 진짜배기 같거든. 글쎄, 내가 만약 점쟁이라면 말이네 —」

수건 밖으로 얼굴을 내밀면서 그는 시선을 마주쳤다.

「하지만 나는 점쟁이가 아니네.」 그가 꽃 줄무늬 수건 속으로 다시 얼굴을 넣고 양쪽 귀를 수건으로 털어 내며 말했다. 「자네, 내 직업 알지, 그렇지? 잘 가게, 핍.」

「안녕히 계세요, 변호사님.」

그 일이 있고 한 달가량 후에 포켓 부인을 뺀 집안 모든 사람들이 크게 한시름 놓게도 포켓 씨와 거미 녀석의 시간은 영원히 끝이 났고 거미는 자기 가족의 소굴로 돌아갔다.

27

보고 싶은 미스터 핍에게

이 편지는 가저리 아저씨의 요청으로 쓰는 거란다. 아저씨가 웝슬 씨와 함께 런던으로 갈 예정인데 너를 만나도 된다고 기꺼이 허락된다면 기쁠 거라고 네게 알려 달라고 하셨어. 화요일 아침 9시에 바너드 숙사에 방문한다는데 혹시 시간이 맞지 않으면 말을 남겨 달래. 네 가엾은 누나는 네가 떠날 때와 똑같은 상태야. 우리는 매일 밤 부엌에서 네 얘기를 하면서 네가 무슨 말을 하고 뭘 하며 지내는지 궁금해한단다. 무례하게 생각된다면 보잘것없는 옛 시절에 대한 사랑으로 용서해 주렴. 이만 줄일게. 보고 싶은 미스터 핍에게.

너에게 영원히 고마워하고,
너를 영원히 사랑하는 너의 충복, 비디

추신 가저리 아저씨가 무엇보다도 특별히 바란 건 〈얼마나 재미날까〉라는 말을 편지에 써달라는 거였어. 그러면 네가 무슨 소린지 안대. 비록 신사가 되었지만 네가 아저씨를 만나는 일을 즐거워할 거라는 걸 나는 기대하고 또 의심치 않아. 너는 늘 정이 많은 사람이었고 아저씨는 정말 착하고도 착한 분이니까. 마지막 짧은 문장만 빼놓고 내가 아저씨에게 편지 내용을 다 읽어 주었는데, 무엇보다도 〈얼마나 재미날까〉라는 말은 꼭 써달라고 하셨어.

나는 이 편지를 월요일 아침에 우편으로 받았다. 그러니 조가 오기로 한 날은 바로 다음 날이었다. 내가 조의 방문을 어떤 기분으로 기다리고 있었는지 정확히 고백해 보겠다.

비록 많은 인연으로 그와 얽혀 있긴 했지만 그건 즐거운 일은 아니었다. 절대로 아니었다. 오히려 엄청난 불안감, 다소 창피하다는 생각, 그리고 그와 내가 어울리지 않는다는 통렬한 느낌이 엄습했다. 돈이라도 주어 그의 방문을 막을 수만 있다면 틀림없이 그리했을 것이다. 그나마 안심이 되는 건 그가 해머스미스로 오는 게 아니라 바너드 숙사로 온다는 것, 따라서 그와 벤틀리 드러믈과 맞닥뜨릴 일은 없을 거라는 점이었다. 허버트나 그의 아버지가 그를 보는 일은 두 사람 다 내가 존경하는 사람들이니 반대할 까닭이 없었다. 그러나 내가 경멸하는 드러믈이 조와 만나는 일만은 더없이 예민하고 민감하게 의식했다. 이처럼 우리가 평생을 살아갈 때 가장 좋지 않은 우리의 결점이나 비열함은 대체로 우리가 가장 경멸하는 자들 때문에 드러나는 것이다.

나는 이미 전혀 불필요하고 부적절한 이런저런 방식으로 내 방들을 장식하기 시작한 상태였는데 바너드 숙사와의 이런 힘든 싸움은 엄청나게 많은 비용이 드는 일로 판명 나고 있었다. 이 무렵 내 방들은 이미 내가 처음 보았던 때와는 사뭇 달라진 모습이었다. 나는 이웃 가구업자의 장부책 앞쪽 페이지들을 차지하는 명예를 만끽하고 있었다. 최근 들어 이런 낭비벽이 하도 빠르게 진척되어서 심지어 반장화 — 승마화를 말한다 — 를 신은 정복 차림의 하인 소년까지 부리기 시작했고, 급기야 이 소년에게 내 일상의 나날들을 노예처럼 속박되다시피 내맡기며 살아가고 있었다고 말할 수 있을 정도다. 이 괴물 같은 하인 놈(원래 내 세탁부의 가족 중에서 인간쓰레기처럼 빈둥대던 놈이었다)을 고용하고 파란색 외투와 밝은 카나리아색 조끼와 하얀색 넥타이와 크림색 반바지를 입히고 이미 언급한 반장화를 신기고 나서 쥐꼬리만큼의 일거리와 태산 같은 먹을거리를 마련해 주어야 했기 때문이다. 그러니 이 끔찍한 두 가지 필수 사항들로 인해 녀석은 내 삶을 악몽처럼 괴롭히는 존재였다.

나는 복수의 화신 같은 이 원수 놈에게 화요일 아침 8시에 현관(그래 봤자 겨우 0.2제곱미터 크기의 네모난 공간이었는데 바닥 깔개 값은 들었다)에 대기하라고 지시했다. 허버트는 조가 좋아할 것 같은 아침 식사 음식 몇 가지를 제안했다. 나는 그토록 관심을 보이고 배려해 주는 그에게 고마움을 느끼면서도 한편으로는 다소 약이 올라, 만약 조가 그를 보러 온 거였다면 그가 이 일에 그토록 즐거워하지 않았을 거라는 이상한 의구심도 품었다.

그러나 월요일 밤에 조를 맞이할 준비를 하러 시내로 나갔다. 나는 다음 날 아침 일찍 일어나서 거실과 식탁을 더없이 화사하게 꾸몄다. 운수 나쁘게도 그날 아침에는 이슬비가 부슬부슬 내렸고, 천사가 왔다 하더라도 꼭 심약한 굴뚝 청소부처럼 바너드 숙사가 창문 밖으로 그을음 같은 눈물을 질질 흘리고 있다는 사실을 숨길 수는 없었을 것이다.

시간이 다가올수록 도망치고 싶은 마음이 굴뚝같았지만 내 지시를 수행하는 원수 같은 하인 놈이 현관을 지키고 서 있었다. 이내 나는 조가 계단을 올라오는 소리를 들었다. 계단을 올라오는 어색한 발걸음 소리 — 그의 외출용 구두는 그에게 너무 컸다 — 그리고 올라오는 도중에 다른 층들에 있는 문패 이름들을 읽느라고 꾸물거리는 시간을 감지하고

서 그게 조라는 걸 알았다. 마침내 그가 우리 집 문 앞에 멈춰 섰을 때 페인트로 쓰인 내 이름의 글자들을 손가락으로 더듬는 소리를 들을 수 있었다. 그리고 열쇠 구멍 안으로 불어 넣고 있는 숨소리도 분명히 들을 수 있었다. 드디어 그가 힘없이 〈똑〉 하고 한 차례 노크를 하자 〈페퍼〉 녀석이 — 이게 원수 같은 그 하인 놈의 창피하기 짝이 없는 이름이다 — 〈가저리 씨가 오셨습니다!〉 하고 알렸다. 나는 조가 발 닦는 일을 영원히 멈추지 않을 것이며 결국 내가 그를 바닥 깔개에서 데려오기 위해 나가야만 한다는 생각이 들었다. 하지만 마침내 그가 안으로 들어왔다.

「조! 잘 있었어, 조?」

「핍! 잘 있었니, 핍?」

그 착하고 정직한 얼굴에 온통 홍조를 띠고 환해진 모습으로 중절모를 우리 사이의 바닥에 내려놓고 나서 마치 내가 최신 특허를 받은 펌프라도 되는 양 내 두 손을 잡고 위아래로 올렸다 내렸다를 반복하며 부지런히 흔들어 댔다.

「만나서 기뻐, 조. 모자를 내게 줘.」

그러나 조는 알들이 들어 있는 새 둥지라도 되는 양 두 손으로 조심스럽게 모자를 들어 올렸으며, 그 소지품을 손에서 내려놓으라는 말에는 아랑곳 않고 지극히 거북한 태도로 서서 고집스럽게 그 모자에 대고 말했다.

「정말 많이 컸네.」 조가 말했다. 「몸집도 아주 커지고 아주 신사다워졌네.」 조는 잠시 생각에 잠기더니 이런 말을 찾아냈다. 「틀림없이 국왕 폐하와 조국에 영광이 될 거야.」

「그래 조, 조도 놀랄 정도로 건강해 보여.」

「하느님께 감사하게도 대부분의 일을 다 감당할 수 있지.」

조가 말했다. 「그리고 네 누나는 말이다. 전보다 더 나쁘지는 않아. 그리고 비디, 그 애는 늘 건강하고 일도 잘해. 친구들도 다들 더 발전하진 않았지만 더 뒤처지지도 않았어. 웝슬만 빼고. 웝슬은 뒤처졌어.」

이런 대화가 오가는 내내(여전히 두 손으로 새 둥지 같은 모자를 매우 조심스럽게 신경 쓰고 있었다) 조는 두리번두리번 눈알을 굴리며 방 안을 구경했고 두리번두리번 내 실내복의 꽃무늬를 구경했다.

「뒤처졌다고, 조?」

「글쎄, 그렇구나.」 조가 목소리를 낮추며 말했다. 「그는 교회를 떠나 연극계로 뛰어들었어. 그리고 바로 그 연극계 활동 때문에 나와 함께 런던에 오게 된 거고. 그런데 그가 바라는 일이 있는데 말이다.」 조가 잠시 왼쪽 겨드랑이 밑에 새 둥지 모자를 끼더니 오른손으로 그 안의 알 하나를 더듬거렸다. 「너만 괜찮다면 네게 이걸 전해 달라더라.」

나는 조가 건넨 것을 받았고 그게 어느 조그만 런던 극장의 구겨진 연극 광고 전단지라는 걸 알았다. 전단지는 바로 그 주에 로스키우스[18]와 맞먹는 명성을 지닌 유명한 시골 아마추어 배우가 첫 출연을 하는데, 우리 영국의 국민 극작가가 쓴 최고의 비극 작품 속에서 그가 보여 주는 독특한 연기가 최근 지역 연극계에 대단히 큰 감동을 불러일으켰다는 내용을 담고 있었다.

「그의 공연에 가봤어, 조?」 내가 물었다.

「가봤지.」 조가 힘을 주며 엄숙하게 말했다.

18 유명한 로마의 연극배우. 전단지의 내용은 그런 유의 광고에서 유행하던 과장법 수사 스타일을 패러디한 것이다.

「크게 감동했어?」

「글쎄다.」 조가 말했다. 「그래, 많은 오렌지 껍질들이 막 날아다닌 건 분명해.[19] 특히 그가 유령을 목격하는 장면에서 그랬어. 물론 계속해서 〈아멘!〉 소리를 내뱉으며 그와 유령 사이에 끼어드는 일이, 정말 좋은 뜻에서 누구에게 일을 열심히 하라는 의도로 그리한 건지는 내 신사분께 판단을 맡기지요. 어떤 사람이 불운을 당하여 교회에서 일을 했을 수도 있지.」 조가 따지는 듯하고 감정이 배어 있는 듯한 말투로 목소리를 낮추며 계속했다. 「하지만 바로 그런 때 그를 난처하게 만들 이유는 하등 없는 거지. 무슨 말이냐 하면 말이다. 어떤 사람의 아버지 유령이 그의 주의를 끌게 그냥 놔두지 않는다면 대체 누가 그럴 수 있을까요, 신사분? 더군다나 하필 그의 상복 모자가 운 나쁘게도 하도 작게 만들어져서 그가 아무리 그걸 계속 쓰고 있으려고 해도 검정색 깃털들의 무게 때문에 자꾸 벗겨져 내리려는 그런 때 말입니다.」

그 순간 유령을 본 것 같은 표정이 조의 얼굴에 묻어나는 걸 보고 허버트가 방에 들어왔다는 걸 알아차렸다. 그래서 허버트에게 조를 소개했는데, 허버트가 손을 내밀자 그는 뒷걸음질하며 그저 새 둥지만 붙잡고 있었다.

「저는 비천한 몸입니다, 신사분.」 조가 말했다. 「제가 바라는 건 핍과 신사분께서 —」 이때 그의 시선이 토스트 몇 개를 식탁 위에 올려놓고 있던 원수 놈에게 가닿았으며 그를 우리와 함께 사는 식구로 여기려는 의도를 너무나 명백하게 드러내고 있었다. 나는 그러지 못하게 만류하려고 얼굴을

19 극장에서 오렌지 껍질을 던지는 행위는 불만을 표시하는 행위로 널리 알려져 있다.

찡그렸는데 오히려 그게 조를 더 혼란스럽게 만들었다. 「제 말은 무슨 말인고 하니, 두 신사분들께서 이 비좁은 집에서 건강하길 바란다는 겁니다. 현재 런던 분들 생각으로는 이 집이 아주 훌륭한 거처일 수 있겠죠.」 조가 속내를 터놓듯이 말했다. 「그리고 그 명성이 좋은 쪽으로 자자할 거라고 믿습니다. 하지만 나라면 이 안에서 돼지 한 마리 키우지 않을 겁니다. 녀석이 건강하게 살쪄 제가 연한 맛을 지닌 고기를 먹게 되길 바라는 경우라면 안 키울 겁니다.」

우리 거처의 장점에 대해 이런 식으로 비위를 맞춰 가며 증언을 하고 나를 〈신사분〉이라고 부름으로써 그런 의도를 우연찮게 내보이고 난 뒤, 식탁에 앉으라는 권유를 받은 조는 자기 모자를 놓아둘 적당한 장소를 찾기 위해 온 방 안을 둘러보았다. 마치 자기 모자가 편안히 휴식을 취할 수 있는 곳이란 오직 자연계에 존재하는 희귀한 극소수 물질의 위뿐이라는 태도로 말이다. 그러다 결국 모자를 벽난로 선반의 맨 끝 구석에 세워 놓았다. 그런데 그 후 얼마쯤 간격을 두고 모자가 자꾸 쓰러졌다.

「커피를 드시겠습니까, 차를 드시겠습니까, 가저리 씨?」 아침 식사 식탁에서 늘 주인 역할을 하는 허버트가 물었다.

「고맙습니다, 신사분.」 조가 머리부터 발끝까지 경직된 채 말했다. 「신사분 마음에 드는 거라면 뭐든 마시겠습니다.」

「커피가 어떻겠습니까?」

「고맙습니다, 신사분.」 조가 그 제안에 낙담한 게 분명해 보이는 태도로 대답했다. 「신사분께서 몸소 커피를 선택하는 친절을 베풀어 주시니 그 의견에 반대하진 않겠습니다. 하지만 그게 좀 뜨겁다고 생각하지는 않으시는지요?」

「그럼 차로 하겠습니다.」 차를 따르면서 허버트가 말했다.
이때 모자가 벽난로 선반에서 굴러떨어졌다. 그러자 그는 의자에서 벌떡 일어나서 뛰어가 주운 뒤, 모자가 곧바로 다시 굴러떨어지는 게 훌륭한 예의범절에 절대적으로 필요한 핵심 사항이라는 듯 다시 정확하게 원래 있던 자리에 갖다 놓았다.

「런던엔 언제 오셨습니까, 가저리 씨?」

「어제 오후였던가요?」 조가 도착하고 백일해에 걸릴 시간이라도 있었다는 듯 손으로 입을 가리며 기침한 후 말했다.

「아니, 그때가 아니죠. 맞아요, 그때입니다. 그래요. 어제 오후입니다.」 (그는 현명함과 안도감과 엄정한 공정함이 뒤섞여 있는 모습으로 그렇게 말했다.)

「그동안 런던 구경은 좀 하셨나요?」

「그러니까, 그렇습니다, 신사분.」 조가 말했다. 「저와 웝슬은 곧장 구두약 공장[20]을 구경하러 갔습니다. 하지만 우리는 그 공장이 가게 문들에 붙어 있는 빨간색 광고 전단에 그려진 모습과 같다고 생각하지 않았습니다. 그게 무슨 말이냐 하면 말이죠.」 조가 설명조로 덧붙였다. 「광고 전단 속 그림이 너무 〈아르키텍투랄루랄〉[21]하게 그려져 있다는 소립니다.」

조의 관심이 때마침 흔들거리고 있는 모자에 가 있지만 않았더라면 그가 이 단어를 (마음속에 내가 아는 어떤 건축물을 강력하게 떠오르게 하면서) 완벽한 합창처럼 들릴 때

20 가장 큰 구두약(액체 구두 광약) 제조사 데이 앤드 마틴사의 크고 인상적인 런던 본사를 말하는데 당시 유명한 관광 명소였다.

21 조가 〈건축학적인*architectural*〉이란 단어를 합창곡 후렴구에 나오는 〈투랄 루랄〉이란 의성어와 합성해서 발음한 것이다.

까지 길게 끌며 발음했을 거라고 믿는다. 정말이지 조의 모자는 끊임없이 그의 주의와 민첩한 반응, 즉 크리켓 경기 골키퍼에게 요구되는 것과 매우 흡사한 눈과 손의 민첩한 반응을 요구했다. 그는 모자를 특별하게 다루는 최고의 기술을 보여 주었는데, 어떤 때는 모자 쪽으로 돌진하며 그것이 떨어지는 순간 멋지게 받아 내기도 했고, 어떤 때는 그만두는 게 안전하겠다는 생각이 들 때까지 모자가 떨어지는 중간에 그걸 손으로 다시 쳐올려 벽지 곳곳에 부딪치면서 방안 여기저기로 몰고 다니기도 했는데, 그러다 결국 그걸 차 찌꺼기 쏟는 그릇에 물을 첨벙 튀기며 빠뜨리고 말았다. 나는 무례를 무릅쓰고 그 모자를 내 마음대로 움켜잡았다.

그의 셔츠 깃과 양복 상의 깃에 대해 말한다면, 그것들은 당혹스러울 정도였다. 둘 다 도무지 이해할 수 없을 만큼 수수께끼 같은 모습이었다. 왜 남자는 그 정도까지 옷깃에 쓸려 상처가 나야만 완벽하게 차려입었다고 생각하는 걸까? 왜 남자는 일요일 예배용 정장을 입고 고통을 겪으며 자신을 정화시켜야만 한다고 생각하는 걸까? 모자 일이 있고 나서도 조는 자기 포크를 접시에서 입으로 가져가다가 중간에 멈춘 채로 느닷없이 설명할 수 없는 깊은 상념에 빠져들었고, 낯선 방향에 눈길을 던졌고, 눈에 띄도록 심하게 기침하며 괴로워했고, 식탁에서 멀리 떨어져 앉았고, 먹는 것보다 떨어뜨리는 게 많았고, 그러면서 떨어뜨리지 않은 척했다. 그래서 나는 허버트가 시내로 나가기 위해 자리를 뜨자 진심으로 기뻤다.

조의 그런 모든 태도가 다 내 잘못 때문이며, 내가 그를 좀 더 편하게 대했다면 그도 나를 더 편하게 대했을 거라는 걸 의식할 만한 양식이나 선의가 그때의 내게는 없었다. 나는 그에게 짜증이 났고 화가 치밀었다. 그런 상황인데도 그는 내 머리에 숯불을 쌓아 올렸다.[22] (즉 원수를 사랑으로 갚듯 나를 대했다.)

「이제 우리 둘만 남았네요, 신사분.」 조가 말을 시작했다.

「조.」 내가 화를 내며 그의 말을 막았다. 「어찌 나를 〈신사분〉이라고 부를 수 있어?」

조는 잠시 책망 비슷한 표정을 짓더니 일순간 나를 바라보았다. 그의 넥타이와 옷깃이 지독히 터무니없는 모양새일지라도 나는 그의 표정에 위엄이 깃들어 있다는 걸 의식했다.

「이제 우리 둘만 남았어.」 조가 다시 말을 시작했다. 「그러니 이제 시간이 그리 많진 않지만 내게 몇 분 더 머무를 의향과 여유가 있으니까 무엇이 나로 하여금 이런 방문의 영광을 누리게 했는지 그 이유를 결론적으로 말할게. 아니, 적어도 말하기 시작할게. 만약에 말이다.」 조가 옛날처럼 차근차근 알기 쉽게 설명하는 식으로 말했다. 「내 유일한 바람이 내가 너에게 도움이 되는 사람이 되겠다는 게 아니었다면 나는 분명히 신사분들이 사는 이런 곳에 와서 그분들과 함께 식사하는 영광을 누리지 않았을 거다.」

나는 그가 조금 전에 보여 준 그 위엄에 깃든 표정을 다시 보는 게 너무 내키지 않아 그런 말투에 아무런 항의도 하지 않았다.

「자, 신사분.」 조가 말을 이었다. 「그 경위는 이렇게 된 거랍니다. 일전 어느 날 밤, 내가 〈얼큰한 세 선장〉에 갔었단

22 「로마서」 12장 20절. 「잠언」 25장 22절. 악을 선으로 갚아 상대를 깊이 뉘우치게 한다는 의미.

다, 핍.」 그는 다정한 감정에 빠져들 때면 나를 〈핍〉이라고 불렀고, 다시 격식을 차리는 태도로 돌아갈 때면 〈신사분〉이라고 불렀다. 「그날 밤 이륜마차를 몰고 펌블추크가 그곳에 나타났어. 그런데 바로 그가 말이다.」 조가 새로운 얘기로 빗나가면서 말했다. 「가끔 읍내 여기저기를 돌아다니며 네 어릴 적 친구는 늘 자기였다는 둥, 너도 자기를 단짝으로 여기고 있다는 둥 떠벌리고 다니면서 엉뚱한 방향으로 머리를 빗듯 나를 엄청나게 화나게 해서 내 머리를 끔찍하게 돌아 버리게 만들고 있어.」

「말도 안 돼. 나에게 그런 친구는 바로 조야.」

「나도 전적으로 그렇게 믿는다, 핍.」 조가 고개를 살짝 들어 올리며 말했다. 「물론 그런 건 지금 하나도 중요하지 않지요, 신사분. 그건 그렇고, 핍, 허장성세가 주특기인 그 사람이 〈얼큰한 세 선장〉에 온 건 나를 만나기 위해서였어. (파이프 담배 한 대와 맥주 1파인트가 노동자에겐 원기 회복제일 뿐이고 지나친 자극물이 절대 아니라는 건 신사분도 아시겠지요.) 그리고 그가 내게 이렇게 말했어. 〈조지프, 미스 해비셤께서 자네에게 하실 말씀이 있대.〉」

「미스 해비셤이라고, 조?」

「〈미스 해비셤께서 자네에게 하실 말씀이 있대.〉 그게 펌블추크가 한 말이야.」 조는 천장을 두리번거리며 말했다.

「그래서? 조, 계속해 봐.」

「다음 날 말이죠, 신사분.」 내가 멀리 떨어져 있기라도 한 것처럼 바라보며 조가 말했다. 「저는 몸을 깨끗이 씻은 후 가서 미스 A를 만났지요.」

「미스 A라고, 조? 미스 해비셤?」

「내 말이 바로 그 말입니다, 신사분.」 마치 유언장이라도 작성하듯 법적 격식을 갖춘 태도로 조가 대답했다. 「미스 A, 다시 말하면 미스 해비셤이지요. 그리고 그분의 발언은 이랬지요. 〈가저리 씨, 핍 군과 연락을 하고 살지요?〉 나한테 온 편지가 있었기 때문에 〈그렇습니다〉라고 대답했지요. (나리의 누나랑 결혼할 때 나는 〈그럴 겁니다〉라고 대답했습니다, 신사분. 그리고 아까 신사분 친구한테 대답할 때는 〈그렇습니다〉 하고 대답했고요.) 〈그러면 핍에게 말 좀 전해 주세요.〉 그녀가 말했어. 〈에스텔라가 집에 왔는데 그를 만나면 기뻐할 거라고요.〉」

나는 조를 바라보면서 얼굴이 화끈 달아오르는 걸 느꼈다. 나는 그렇게 얼굴이 달아오른 이유 중 미약한 이유 하나가 만약 이런 그의 용무를 미리 알았더라면 좀 더 그의 기운을 북돋아 줄 수도 있었을 거라는 생각이길 바란다.

「비디는 말이다.」 조가 계속해서 말했다. 「내가 집에 돌아가서 너에게 보낼 소식을 편지로 써달라고 부탁하자 조금 망설였어. 비디의 말은 이랬어. 〈아저씨가 그 소식을 직접 전하면 핍이 몹시 기뻐할 거라고 생각해요. 마침 휴가철이고 아저씨도 그 애를 보고 싶어 하니 갔다 오세요!〉 자, 이제 이걸로 내 말을 맺겠습니다, 신사분.」 의자에서 일어나며 조가 말했다. 「그리고, 핍, 늘 건강하고 지금보다 훨씬 더 높고 높은 지위까지 늘 번창하길 바랄게.」

「지금 떠나는 건 아니겠지, 조?」

「아니, 떠날 거야.」 조가 말했다.

「저녁을 먹으러 다시 올 거지, 조?」

「아니, 안 올 거야.」

우리의 시선이 마주쳤다. 그리고 손을 내밀 때 그의 남자다운 가슴에선 모든 〈신사분〉들이 녹아내려 사라졌다.

「핍, 사랑하는 내 단짝. 인생이란 너무나도 많은 부분들이 하나로 용접되어 결합된 구성물이라고 말하고 싶다. 그래서 어떤 사람은 대장장이, 어떤 사람은 양철공, 어떤 사람은 금세공업자, 어떤 사람은 구리 세공업자인 거야. 그런 식의 구분은 반드시 있기 마련이고 그런 게 생기면 반드시 만족하고 받아들여야 하는 거란다. 혹시 오늘 내가 조금이라도 실수를 했다면 그건 다 내 잘못이야. 너와 나는 런던에 같이 있으면 안 될 사람들이다. 또한 사적이고 친구들 사이에서만 알려지고 이해되는 장소 말고, 다른 곳에서 만나면 안 되는 사람들이지. 이런 말은 내가 거만해서 하는 말이 아니라 올바른 처신을 하고 싶어서 하는 말이야. 이제부터 넌 이런 복장을 한 나를 결코 더 이상 보지 못할 거다. 나는 이렇게 차려입으면 거북해. 나는 대장간과 부엌을 벗어나거나 습지대만 떠나면 실수를 저질러. 손에 망치를 들고 있거나 파이프를 들고 있을지언정, 대장장이 작업복을 입은 나를 떠올려본다면 넌 내가 저지른 실수의 절반도 찾아낼 수 없을 거야. 혹시 조금이라도 나를 보고 싶은 마음이 들어서 네가 내 집을 찾아와 대장간 창문으로 머리를 쑥 들이밀고 거기서 대장장이 조가 불에 그슬린 낡은 작업복 앞치마를 입고 그리운 모루질을 하며 옛날부터 해오던 익숙한 노동을 열심히 하고 있는 모습을 보게 된다면, 넌 내가 저지른 실수의 절반도 찾아낼 수 없을 거야. 나는 끔찍할 정도로 우둔한 사람이란다. 그래도 올바른 생각에 가까운 이런 최종적인 생각을 망치로 두드려 펴듯 생각해 낸 것이길 바란다. 그리고 하느님의 가호가 너와 함께하길 빌게, 사랑하는 친구야. 핍, 어이 내 친구, 하느님의 가호가 있기를 빌게!」

그에게 소박하나마 위엄이 깃들어 있다던 내 생각은 틀린 게 아니었다. 이런 발언을 할 때 그가 입고 있던 복장은 전혀 방해가 되지 않았다. 천국에서도 방해가 되지 않는 것처럼 말이다. 그는 내 이마를 부드럽게 어루만진 뒤 떠났다. 웬만큼 제정신을 차리자마자 그를 뒤쫓아 나가 인근 거리들에서 그의 모습을 찾았지만 이미 사라지고 없었다.

28

다음 날 내가 고향 읍내에 가야만 한다는 건 분명해 보였다. 그리고 후회의 감정이 맨 처음 물밀 듯 밀려왔을 때는 고향에 가서 조의 집에 머물러야 한다는 것 역시 분명해 보였다. 그러나 다음 날 역마차 마부 옆 특등석 좌석을 예약해 놓고 포켓 씨의 집으로 돌아갔을 때 나는 두 번째 사항에 대해선 좀처럼 확신하지 못하게 되었으며, 집 대신 블루 보어 여관에 묵어야 한다는 구실을 만들어 내기 시작했다. 이를테면 조의 집에 가면 내가 폐를 끼치는 존재가 될 터이고, 그들은 내가 온다고 기대도 하지 않고 있을 것이며, 그러니 침대도 준비되어 있지 않을 것이고, 집이 미스 해비셤 댁에서 너무 멀리 떨어진 곳이라서 엄격한 미스 해비셤이 마음에 들어 하지 않을 것이라는 구실들이었다. 세상의 모든 사기꾼들은 자기 자신을 속이는 사기꾼에 비하면 아무것도 아닌 존재다. 그런데 나는 그런 터무니없는 구실들을 만들어 내면서까지 자신을 속인 사람이었다. 정말 이상한 일이었다. 누군가 다른 사람이 만든 0.5크라운짜리 가짜 동전을 아무것도 모르고 받는 일은 충분히 있을 수 있는 일이다. 그러나 스스로 만들어 낸 가짜 동전이라는 걸 알면서도 진짜 동전인 양 생각하는 일이 어찌 있을 수 있단 말인가! 낯모르는 사람이 친절을 베풀며 안전을 위해 내 은행권 지폐들을 꼬깃꼬깃 접어 주겠다는 구실로 그것들을 사취한 뒤 내게 가짜 지폐들을 내줄 수 있다. 그러나 그의 손기술은 내가 스스로 접어서 진짜 지폐들인 양 나 자신에게 건네고 있는 내 손기술에 비하면 얼마나 대수롭지 않은 것인가!

블루 보어 여관에 묵겠다고 결심하고 난 뒤, 내 마음은 원수 같은 하인 놈을 데리고 가야 할지 말지 결정을 내리지 못하고 무척 혼란스러웠다. 그 비싼 용병 녀석이 블루 보어 여관 역마차 마당의 아치형 길에서 다들 보란 듯 자신의 반장화를 말리고 있는 모습을 상상하면 매혹적인 일이었다. 대수롭지 않은 듯 녀석을 양복점에 데리고 가서, 오만불손한 트랩 씨의 점원 녀석을 부숴 버릴 생각만 하면 거의 장엄함까지 느껴질 정도였다. 반면에 그 점원 녀석이 하인 녀석에게 호의적으로 알랑거리며 다가가 친해져서 나에 관한 이런저런 사실들을 까발릴지도 모를 일이었다. 혹은 내가 아는 한 그 점원 녀석은 아주 무모하고 자포자기 상태에 빠진 녀석이니 대로 위에서 하인 놈에게 야유를 퍼부을지도 모르고, 그러면 내 여자 후견인이 그 얘기를 듣고 못마땅해할지도 모를 일이었다. 결국 모든 걸 따져 보고 나서 원수 같은 하인 놈은 두고 가기로 결심했다.

내가 좌석을 예약해 둔 마차는 오후 마차였다. 게다가 이제 겨울철이 다가오고 있으니 어두워지고 나서 두세 시간 더 있다 목적지에 도착할 것이었다. 크로스 키즈를 출발하는 역마차의 출발 시간은 오후 2시였다. 나는 15분의 여유를 두고 원수 놈 — 혹시라도 피할 수만 있다면 내 시중을 곧 죽어도 들지 않으려고 하는 하인 놈에게는 이런 표현을 쓸 수 있을 것이다 — 의 배웅을 받으며 출발지에 도착했다.

그 당시엔 죄수들을 역마차에 태워 해군 조선소까지 이송하는 게 관행이었다. 마차 바깥쪽 옥상석 승객 자격으로 마차에 탄 그자들에 관한 이야기를 이미 들은 바가 있었고 한길에서 그들이 족쇄를 찬 다리를 마차 지붕 위에 덜렁덜렁 걸치고 가는 모습도 본 적이 있었기에, 나는 마당에서 만난 허버트가 다가와 두 명의 죄수가 나와 동행하게 되었다는 말을 했을 때 놀랄 이유가 전혀 없었다. 하지만 이제는 내게 아주 해묵은 이유가 되긴 했지만, 〈죄수〉라는 말을 들을 때마다 체질적으로 움찔할 이유가 있기는 했다.

「그자들이 신경 쓰이는 건 아니겠지, 헨델?」 허버트가 말했다.

「오, 아냐!」

「그자들이 거슬리는 것처럼 보이는데?」

「거슬리지 않는 척할 수는 없겠지. 내 생각엔 오히려 네가 그들이 거슬리는 것 같은데. 어쨌든 나는 신경 안 써.」

「저기 좀 봐! 저기 그자들이 있다.」 허버트가 말했다. 「술집에서 나오고 있어. 정말 수치스럽고 혐오스러운 광경이군!」

죄수들이 자신들의 감시자를 대접하고 나오는 길이라는 생각이 들었다. 그들은 교도관 한 명과 함께였는데 세 명 모두 입을 닦고 있었다. 두 죄수는 하나의 수갑을 같이 차고 있었고 다리에 족쇄 — 그것도 내가 잘 아는 형태의 — 를 차고 있었다. 그들은 역시 내가 잘 아는 형태의 옷도 입고 있었다. 그들을 감시하는 교도관은 한 쌍의 권총을 지니고 있었으며 겨드랑이에 두툼한 손잡이가 달린 곤봉도 끼고 있었다. 그러나 그는 죄수들과 친밀한 관계인 듯했고, 마치 죄수들은 아직 개봉되지 않은 전시물이고 자신은 미술관 학예사라는 듯한 태도로 그들 옆에서 마차의 말들을 잡아매는 모습을 구경하고 있었다. 죄수 중 한 명은 다른 한 명보다 더 크고 강인했는데, 죄수의 세계든 자유로운 자유인의 세계든 모두 그러하듯 수수께끼 같은 당연한 작동 방식에 따라 더 작은 죄수복을 할당받은 것처럼 보였다. 그의 팔다리는 꼭 그런 모양새처럼 생긴 거대한 바늘꽂이 같아 보였으며 죄수복은 그를 우스꽝스러운 모습으로 변모시켰다. 그런데 그때 나는 반쯤 감긴 그의 한쪽 눈을 한순간에 알아보았다. 그곳에 서 있던 그는 바로 어느 토요일 밤, 〈얼큰한 세 선장〉의 긴 의자에 앉아 있던 모습을 내가 보았고 보이지 않는 총으로 쏘는 시늉을 해서 나를 거꾸러뜨렸던 그자였다!

아직까지 그가 나를 그저 평생 한 번도 본 적이 없는 사람으로 알고 있다는 건 쉽게 확신할 수 있었다. 그는 역마차 사무소 마당을 가로질러 나를 바라보았는데, 내 시곗줄의 값을 매겨 보고는 우연찮게 침을 퉤 하고 뱉은 뒤 다른 죄수에게 무슨 말을 했다. 그러고 나서 그들은 웃음을 터뜨린 뒤 자신들의 공동 수갑을 땡그랑 울리며 돌아섰고 뭔가 다른 대상을 쳐다보았다. 길거리 대문들처럼 생긴 그들의 등 뒤에 적힌 커다란 죄수 번호와 흉악해 보이는 그들의 겉모습, 미안하기라도 하다는 듯 주머니 손수건으로 화환처럼 에워싼 그들의 족쇄들, 그리고 주변 모든 사람들이 그들을 보며 몸을 피하고 있는 모습, 이 모든 것들이 그들의 모습을 (허버트가 말했던 대로) 지극히 불쾌하고 혐오스러운 광경으로 만들고 있었다.

그러나 최악의 상황은 그게 아니었다. 마차 뒷좌석 모두를 런던에서 이사 나가는 가족이 차지하는 바람에 마부 뒤편 마차의 전면 좌석을 빼곤 두 죄수를 위한 자리가 전혀 없는 상황이 벌어졌던 것이다. 이 사실에 대해 그쪽 좌석 네 번째 자리에 앉아 있던 성마른 신사 한 명이 그런 악독한 놈들과 한데 섞여 동행한다는 건 계약 위반이고, 그런 일은 불쾌하기 짝이 없고 유해하고 불명예스럽고 창피한 일이라며 불같이 화를 냈고, 그 밖에도 내가 모르는 말들을 마구 내뱉었다. 이때 마차가 채비를 마치고 마부가 안달을 했기 때문에 우리는 모두 마차에 오를 준비를 했다. 문제의 죄수들은 교도관과 함께 이미 와 있었다. 그들은 죄수들에게 늘 따라붙기 마련인 빵죽 찜질 약[23] 냄새와 녹색 모직 천 냄새, 밧줄 만드는 굵은 실 냄새, 벽난로 바닥 돌에서 풍기는 이상한 냄새를 함께 가져왔다.

「그렇게까지 잘못된 일로 받아들이지 마세요, 선생님.」 교도관이 화가 난 신사 승객에게 간청했다. 「제가 선생님 옆자리에 앉겠습니다. 저자들은 이 줄 바깥쪽 자리에 앉히겠습니다. 저자들이 선생님을 방해하는 일은 없을 겁니다. 그들이 저기 있다는 걸 의식할 필요도 없습니다.」

「그리고 나를 탓하진 마쇼.」 내가 알아본 죄수가 투덜거

23 빵과 뜨거운 물을 개어 만든 찜질 약으로 족쇄에 쓸린 상처의 특효약이었다고 한다.

렸다.「〈나도〉 이렇게 가고 싶지 않소. 정말이지 나는 그냥 여기 남고 싶은 마음이 굴뚝같으니. 내 입장을 말하자면, 누구든 나를 대신해 준다면 대환영이오.」

「아니면 내 자리를 대신하든지.」 다른 죄수가 퉁명스럽게 내뱉었다.「만약 〈내 방식대로〉 할 수만 있다면 나는 당신들 누구에게도 폐를 끼치지 않았을 거요.」 그러고 나서 그들은 둘 다 낄낄 웃었고 견과류를 깨물어 먹으면서 그 껍질들을 여기저기 내뱉기 시작했는데, 사실 만일 내가 그들 입장에서 그런 멸시를 당했다면 나 역시 그리했을 거라고 생각되는 태도였다.

결국 화가 난 신사를 도와줄 방도는 없으며 그가 이 뜻밖의 동행자들과 함께 가든지 아니면 뒤에 남든지 둘 중 하나라는 결론이 다수결로 내려졌다. 따라서 그는 계속 투덜대면서 자기 자리로 갔고 교도관이 그의 옆자리로 갔다. 그러자 죄수들도 안간힘을 다해 자신들의 몸을 끌어 올렸으며 내가 알아본 죄수는 내 뒤에 앉아 내 머리통에 대고 헉헉 숨을 내뿜었다.

「잘 다녀와, 헨델!」 역마차가 출발하자 허버트가 소리쳤다. 나는 그가 나를 위해 핍 대신 다른 이름을 지어 준 게 정말 축복받은 행운이었다고 생각했다.

뒷좌석의 죄수가 내 뒤통수뿐만 아니라 척추 전체를 쭉 따라 내려가며 입김을 뿜어 대고 있었을 때 내가 그걸 얼마나 예민하게 느꼈는지는 표현조차 불가능하다. 그건 철저하게 몸에 스며드는 어떤 신랄한 산성 물질이 내 골수를 적시는 것 같은 느낌이었으며 이를 악물게 할 정도로 불쾌감을 주었다. 그는 다른 죄수보다 호흡할 일이 더 많은 것 같았고, 호흡하며 씩씩 소리를 낼 일도 더 많은 것 같았다. 그 입김을 몸으로 막아 내려고 움츠리다 보니 어깨가 한쪽으로 점점 들리는 게 의식되었다.

날씨가 구질구질하고 으스스했으며 두 죄수는 춥다고 욕설을 했다. 그다지 멀리 가기도 전에 우리는 온통 몸이 마비되었고 중간에 있는 휴게소를 떠날 때쯤엔 계속해서 졸고 몸을 떨었으며 침묵을 지켰다. 나도 뒤의 죄수를 더 이상 못 보게 되기 전에 그에게 1파운드 지폐 두 장을 되돌려 주어야 하는 건지, 아니면 어찌해야 그 일을 가장 잘 처리할 수 있는 건지 곰곰이 생각하다 선잠에 빠져들었다. 앞쪽으로 몸을 약간 숙여 말들 사이로 기울이는 자세를 취하고 있다가 깜짝 놀라 잠에서 깼고 다시 아까 그 문제에 골몰했다.

그러나 생각했던 것보다 더 오랫동안 그 문제를 깜박 잊고 있었던 게 틀림없었다. 캄캄한 어둠과 단속적으로 밝아졌다 어두워졌다를 반복하고 있던 마차 등불의 깜박임 속에서 아무것도 식별할 수 없었지만, 우리를 향해 불어오는 차고 습한 바람에 의해 그곳이 습지대 지역임을 알아차렸기 때문이다. 온기를 얻고 나를 바람막이로 삼기 위해 뒤의 죄수들은 전보다 더 몸을 움츠리며 자기들 몸을 내게 바싹 갖다 붙였다. 잠에서 깨 정신을 차리기 시작한 후 제일 먼저 두 죄수가 주고받는 대화에서 들은 말은 바로 머릿속을 차지하고 있던 〈1파운드 지폐 두 장〉이란 단어들이었다.

「대체 그건 어디서 난 거래?」 내가 한 번도 본 적이 없는 죄수가 말했다.

「내가 어찌 알겠나?」 상대방이 대답했다. 「어떤 식으로든 어딘가에 숨겨 놓은 거겠지. 짐작컨대 친구들이 준 것 같아.」

「정말이지 말이야.」 춥다고 지독하게 욕설을 해대면서 상대방이 말했다. 「지금 그런 거라도 있다면 좋겠네.」

「1파운드 지폐 두 장 말인가, 아니면 친구 말인가?」

「1파운드 지폐 한 장만 준다면 그걸 받고 그동안 내가 사귀었던 모든 친구들을 다 팔아 버리겠네. 그래도 그게 축복받은 거래일 거라고 생각하네. 그래서? 그래서, 그가 뭐라고 말했다고?」

「그래서 그가 말이지.」 내가 알아본 죄수가 다시 말을 시작했다. 「이건 조선소 목재 더미 뒤에서 30초 만에 다 얘기되고 끝난 거야. 그가 말했네. 〈당신, 곧 석방될 예정이라며?〉 난 그렇다고 대답했어. 그러자 그는 자기한테 먹을 걸 가져다주고 비밀을 지켜 준 꼬마를 찾아내서 그 애에게 그 1파운드 지폐 두 장을 좀 전해 주겠느냐고 부탁하더군. 나는 그러겠노라고 했지. 그리고 실제로 그렇게 했네.」

「자네가 더 바보야.」 상대방이 투덜거렸다. 「나 같으면 그 돈을 먹고 마시는 데 싹 써버렸을 텐데. 그자는 순진한 자였음이 틀림없어. 자네가 누군지도 전혀 모르면서 그런 부탁을 했다는 거 아냐?」

「전혀 모르지. 다른 무리에 속했고 배도 달랐으니까. 그자는 탈옥 죄로 다시 재판에 넘겨져서 이번엔 종신형을 선고받고 종신 유배형 무기수가 되었어.」

「그래, 그때가 — 확실히! — 자네가 딱 한 번 유일하게 이 지역에서 노역을 했던 바로 그때인가?」

「유일한 때지.」

「이 지역에 대해 평가한다면 뭐라고 할 수 있겠나?」

「정말 지긋지긋한 곳이라고 평하겠네. 진창, 안개, 습지,

노역. 그리고 노역, 습지, 안개, 진창.」

그들은 둘 다 난폭한 말로 이곳에 대해 저주를 퍼부었고 불평을 늘어놓았다. 그러다 그들은 점차 힘이 빠졌고 결국은 아무런 할 말도 남지 않게 되었다.

이런 대화를 엿듣고 난 후 그들이 내 정체를 전혀 의심하지 않고 있다는 걸 확신하지만 않았더라면 나는 분명히 당장 마차에서 뛰어내려 어두컴컴한 대로 위에 홀로 남겨졌을 것이다. 사실 나는 자연의 순리에 따라 외모가 매우 변했을 뿐만 아니라 복장이나 처해 있는 상황도 완전히 달라졌으므로, 혹시라도 우연찮은 운이라면 모를까, 그가 나를 알아볼 가능성은 전혀 없었다. 그럼에도 우리가 같은 마차에 타는 우연의 일치가 일어났다는 건, 언제든 또 다른 우연의 일치가 일어나 그가 듣는 데서 나와 내 이름을 결부시킬지 모른다는 두려움을 내게 가득 심어 주기에 충분할 만큼 기묘한 일이었다. 이런 이유로 인해 나는 읍내에 도착하자마자 가능한 한 빨리 마차에서 내려 그가 내 말소리를 듣지 못하는 곳으로 사라져야겠다고 결심했다. 나는 이런 의도를 성공적으로 실행했다. 작은 여행 가방은 발밑 짐칸에 있었으니 그저 경첩만 들어 올려 꺼내기만 하면 되었다. 나는 그걸 먼저 던지고 그 뒤를 따라 내린 뒤, 읍내 포장도로 첫 번째 포석 위에 세워진 가로등 밑에 남겨졌다. 죄수들에 대해 말한다면, 그들은 계속 역마차를 타고 갔다. 나는 그들이 어느 지점에서 강물 위로 옮겨질지 알고 있었다. 나는 상상 속에서 노 젓는 죄수들이 진흙으로 씻겨 내린 선착장 계단에서 그들을 기다리고 있는 모습을 보았으며, 마치 개들에게 하듯 다시 한 번 퉁명스러운 어조로 〈속도를 내, 이놈들아!〉 하고 명령을 내리는 소리를 들었으며, 다시 한 번 저 멀리 시커먼 강물 위에 사악한 노아의 방주같이 떠 있는 감옥선을 보았다.

대체 내가 두려워했던 게 무엇인지 말할 수 없을 것 같았다. 그 두려움이란 게 윤곽을 전혀 그릴 수 없는 모호한 것이었기에 그랬다. 여하튼 엄청난 두려움이 엄습해 오고 있었다. 여관으로 걸어가면서 그 죄수가 나를 알아보았을지 모른다는 고통스럽고 불쾌한 사실에 대한 단순한 두려움을 뛰어넘는 어떤 두려움으로 인해 벌벌 떨고 있었다. 확신컨대 그 두려움은 뚜렷한 형태도 없었다. 잠시 어린 시절에 느꼈던 공포감이 되살아난 것이었다.

블루 보어 여관의 커피룸은 비어 있었다. 그곳에서 식사를 주문하고 그걸 먹기 위해 자리에 앉고 나서야 비로소 웨이터가 나를 알아보았다. 그는 늦게 알아봐서 죄송하다고 사과하자마자 내게 여관 구두닦이 소년을 보내 펌블추크 씨를 불러다 줄지 물어보았다.

「아니요.」 내가 말했다. 「그럴 필요가 전혀 없어요.」

웨이터는(내가 도제 계약을 맺던 날 「커머셜스」 지에 실린 「악정(惡政) 진정서」[24]를 가져다주었던 바로 그 웨이터였다) 깜짝 놀란 표정을 짓더니, 기회가 되자마자 곧바로 더럽고 낡고 오래된 지역 신문 한 장을 내 코앞에 갖다 놓았다. 나는 그걸 집어 들고 이런 기사 내용을 읽었다.

독자 여러분께서는 소설에서나 있음직한, 우리 읍내 인

24 「Great Remonstrance」. 1641년 영국 하원에서 발표한 찰스 1세의 악정에 대한 고소 내용을 담은 진정서. 포스터의 「악정 진정서에 대한 논란」이 1860년 발표되었다.

근에 사는 어느 젊은 대장간 직공에게 찾아온 최근의 행운과 관련하여(아직 널리 인정받지 못하고 있는 우리 읍내 사람인 이 시평의 필자 투비 씨의 마법적인 펜에 이 얼마나 좋은 주제입니까!) 더없는 흥미를 느끼며 이런 사실을 알게 되실 겁니다. 바로 그 젊은이의 어린 시절 후원자이자 동료이며 친구인 사람은 큰 존경을 받고 있는 분으로, 곡물 및 종자 사업과 전혀 무관하지 않은 분이며, 놀랄 정도로 편리하고 거대한 그의 사업체가 읍내 중심가로부터 160킬로미터 안에 위치하고 있다는 것입니다. 우리가 그분을 우리의 젊은 텔레마코스[25]의 스승, 멘토르[26]로 기록해 드리는 건 우리의 개인적인 감정과 전혀 무관하지 않습니다. 왜냐하면 우리 읍이 그 젊은 텔레마코스의 행운을 만들어 낸 창시자를 배출했다는 사실을 안다는 건 흐뭇한 일이기 때문입니다. 우리 지역의 그 현자가 사색으로 가득 찬 이마를 찌푸리며 그 행운의 주인공이 누구냐고 묻고 있을까요, 아니면 우리 지역의 아리따운 미인이 눈을 반짝이며 그 행운의 주인공이 누구냐고 묻고 있을까요? 우리는 화가 퀸틴 마치스[27]가 원래 안트베르펜의 대장장이였다고 믿습니다. *VERB.SAP.*(현자에겐 단 한 마디 말이면 족한 법입니다.)

25 트로이 전쟁에 참가했던 그리스 군대의 지휘관. 이타카의 왕 오디세우스와 페넬로페 사이에서 태어난 아들.

26 오디세우스가 트로이 전쟁에 나가면서 텔레마코스의 교육을 맡겨 놓았던 스승.

27 Quintin Matsys(1466~1530). 플랑드르 지방의 화가. 안트베르펜에 정착하기 전에 원래 루뱅에서 대장장이 생활을 했다고 알려져 있다.

폭넓은 경험을 토대로 나는 지금도 확신을 하고 있다. 만약 내가 한창 잘나가던 시절 북극 지방에 갔더라도, 분명히 그곳에서 에스키모인이든 문명사회의 사람이든 간에 내 어린 시절의 후견인이자 내 행운을 만들어 낸 창시자는 바로 펌블추크라고 말하는 누군가를 만났을 거라는 확신 말이다.

29

나는 아침에 일찌감치 일어나 밖으로 나갔다. 미스 해비셤의 집을 방문하기에 아직 이른 시간이라 미스 해비셤의 집이 있는 쪽으로 — 조의 집이 있는 쪽이 아니었다. 그곳은 다음 날 가면 될 것이었다 — 어슬렁거리며 걸어가면서 내 후견인에 대해 곰곰이 생각하고 그녀가 나를 위해 마련해 놓은 계획의 찬란한 그림들에다 채색을 했다.

이미 에스텔라는 양녀로 삼았고 이제 나까지 양자로 삼은 거나 마찬가지니, 우리 둘을 하나로 엮어 주려는 게 그녀의 의도임은 분명해 보였다. 그녀는 내게 황폐한 집을 복구하고, 어두운 방에 햇빛이 다시 들어오게 하고, 시계들을 다시 움직이게 하고, 차가운 난로를 다시 활활 타오르게 하고, 거미집을 뜯어내고, 해충을 박멸하고, 요컨대 로맨스 문학에 나오는 젊은 기사가 하는 모든 빛나는 행동들을 다 하고 나서 공주와 결혼하라고 예정해 놓은 것이었다. 나는 그녀의 집을 지나치며 잠시 바라보았다. 그랬더니 비바람에 바싹 말라 버린 붉은 벽돌담들과 닫혀 있는 창문들, 온통 힘줄만 불거진 노인의 팔뚝처럼 잔가지와 힘줄 같은 넝쿨들로 굴뚝을 휘감고 있는 억센 초록색 담쟁이덩굴들이, 내가 주인공으로 등장하는 화려하고 매력적이며 신비로운 이야기를 준비해 놓고 있는 것 같았다. 물론 에스텔라는 그 신비로움에 영감을 불어넣어 주는 존재였고 그 핵심이었다. 하지만 그녀가 나를 그토록 강렬하게 사로잡고 있었고, 내 공상과 희망이 그토록 그녀에게 기울어져 있었고, 내 어린 시절의 삶과 성격에 그녀가 끼친 영향이 그토록 더없이 강력한 것이었다 하더라도, 나는 낭만적인 그날 아침에조차도 그녀가 소유하고 있는 기존의 심성 외에 그 어떤 심성도 그녀에게 부여하지 않았다. 여기서 내가 이 점을 언급하는 건 어떤 확고한 의도를 갖고 하는 일이다. 왜냐하면 바로 이 점이 가엾게도 내가 앞으로 빠져들게 되는 미로, 나를 추적할 수 있는 미로의 실마리이자 출발점이기 때문이다. 내 경험에 의하면 사랑에 빠진 사람에 대한 일반적인 통념은 항상 사실일 수는 없다. 절대적인 진리는, 내가 남자의 사랑으로 에스텔라를 사랑했다면 그건 그녀가 도저히 저항할 수 없는 매력을 지녔다고 생각했기에 그랬다는 사실이다. 결단코 단언한다. 서글프게도 너무나 자주(물론 늘 그랬던 건 아니다) 내 이성과는 반대로, 내 밝은 앞날과는 반대로, 내 마음의 평화와는 반대로, 내 희망과는 반대로, 내 행복과는 반대로, 내 모든 낙담과 실의와는 반대로 그녀를 사랑하고 있다는 걸 의식했다. 결단코 단언한다. 그럼에도 나는 그 사실을 의식하고 있다는 이유 때문에 그녀를 사랑했다. 그리고 그 사실은 그녀를 아무런 흠결 없는 완벽한 인간이라고 깊게 믿었던 경우 못지않게 나를 제지하는 데 아무런 영향을 미치지 못했다.

나는 옛날에 방문하곤 했던 시간에 미스 해비셤의 집 대문에 도착할 수 있도록 발걸음의 속도를 조절했다. 집에 도착한 뒤 나는 떨리는 손으로 초인종을 울렸고, 대문에 등을 대고 돌아서서 호흡을 가다듬고 두근거리는 심장을 적당히 진정시키려고 애썼다. 건물의 옆문이 열리는 소리가 나더니 안마당을 가로질러 오는 발소리가 들렸다. 그러나 그 소리를 못 들은 척했고, 녹슨 경첩들 위로 대문이 삐걱 돌며 열렸을 때도 그랬다.

마침내 누가 어깨를 툭 쳤고, 나는 그제야 흠칫 놀라면서 돌아섰다. 그러고 나서 칙칙한 잿빛 옷을 입은 웬 남자가 내 앞에 서 있는 걸 발견하고 당연히 훨씬 더 놀랐다. 그곳에 내가 미스 해비셤 댁 문지기로 가장 보고 싶지 않은 인간이 떡하니 버티고 서 있었던 것이다.

「올릭!」

「아하, 도련님이시군. 도련님보다 더 많은 변화가 내게 있었소. 어쨌든 들어오쇼. 들어오라니까. 대문을 열어 놓고 있는 건 내가 받은 지시 사항과 어긋나지.」

내가 들어가자 그는 대문을 돌려 닫은 후 자물쇠로 잠그고 열쇠를 빼냈다. 「그렇소!」 그가 몸을 돌린 후 집을 향해 나보다 몇 발짝 고집스럽게 앞장서 가면서 말했다. 「내가 이 집에 살게 된 거요!」

「이 집엔 어떻게 오게 된 겁니까?」

「내 발로 걸어서 왔소.」 그가 맞받았다. 「내 짐들은 행상인의 손수레에 실어 가져왔지.」

「이곳에 계속 있을 작정입니까?」

「내가 여기 있는다고 해서 무슨 해가 되는 건 아닐 텐데, 도련님?」

나는 그 점에 대해 그리 확신할 수 없었다. 그가 대꾸한 내용을 서서히 마음속으로 받아들이고 있는 동안 그가 마당의 포석으로부터 천천히 시선을 들어 올리며 내 다리와 팔, 그리고 얼굴을 훑어보았다.

「그럼 대장간은 떠난 겁니까?」 내가 말했다.

「이 집이 대장간처럼 보이쇼?」 올릭이 기분이 상했다는 듯 주변을 빙 둘러보며 대답했다.

나는 대장간을 떠난 지는 얼마나 되었느냐고 물었다.

「여기선 어제나 오늘이나 하도 똑같아서 셈해 보지 않고선 모르겠소. 하지만 도련님이 떠나고 나서 얼마 안 있다 이곳에 왔소.」

「그런 대답은 나도 할 수 있겠네요, 올릭.」

「아하!」 그가 냉담한 어조로 말했다. 「하지만 그러려면 학자가 되어야 할 거요.」

이때 우리는 본채 건물에 도착했는데 나는 그의 방이 건물 옆문 바로 안에 있는, 안마당이 내다보이는 작은 창문이 달린 방이라는 걸 알았다. 그 조그만 크기로 볼 때 보통 프랑스 파리의 문지기에게 배당되는 종류의 방과 다르지 않은 방이었다. 열쇠 몇 개가 그 방 벽에 걸려 있었는데 그는 대문 열쇠를 그곳에 걸었다. 조각보를 이어 붙인 침대보가 깔린 침대가 방 안쪽에 조그마하게 나뉘어져 있는 구석 자리인지 우묵한 벽의 구석인지 모를 곳에 놓여 있었다. 전체적으로 그의 방은 인간 겨울잠쥐가 사는 우리처럼 너저분하고 답답하고 활기 없어 보였다. 한편 그늘진 창가 구석 자리에 시커멓고 침울한 모습으로 어렴풋이 서 있는 그는 인간 겨울잠쥐처럼 보였다. 정말이지 그의 모습은 그랬다.

「이 방은 전에 한 번도 본 적이 없는 방이군요.」 내가 말했다. 「하지만 옛날엔 이곳에 문지기가 살지 않았죠.」

「그런 사람은 없었소.」 그가 말했다. 「이 집에 경비가 없다는 소문이 돌기 시작하고 죄수들과 어중이떠중이 부랑자들이 주변을 돌아다녀 위험하다고 생각되기 전까지는 없었소. 그러다 누구든 위해를 가해 오면 그만큼 고스란히 되갚아 줄 수 있는 적임자로 내가 이곳에 추천되었고 제안을 받아들이게 된 거요. 풀무질이나 망치질보다는 더 쉬운 일이지. 저건 장전된 총이오, 말하자면 말이오!」

내 눈길이 벽난로 선반 위의 놋쇠 테를 두른 개머리판 달린 엽총에 가닿았고 그의 눈길이 그걸 좇았다.

「그렇군요.」 더 이상 말을 나누고 싶지 않아 내가 말했다. 「미스 해비셤께 올라가 봐도 되겠죠?」

「내가 그런 걸 알면 날 태워 죽이쇼!」 기지개를 쭉 켜고 나서 몸을 부르르 떨며 그가 툭 쏘았다. 「내가 받은 지시는 여기까지요, 도련님. 여기서 내가 이 망치로 종을 땡 쳐줄 테니, 누군가를 만날 때까지 복도를 따라가시오.」

「나를 기다리고 계시겠죠?」

「그 대답을 내가 할 수 있다면 다시 나를 태워 죽이쇼!」 그가 말했다.

그 말을 듣고 나는 그 옛날 내가 맨 처음 두껍고 투박한 반장화를 신고 터벅터벅 걸어갔던 그 긴 복도 안으로 걸어 들어갔고 그는 종을 쳤다. 종소리의 잔향이 아직도 울려 퍼지고 있는 와중에 복도 끝에 다다랐을 때 나는 세라 포켓을 발견했다. 그녀는 이제 아예 나 때문에 얼굴이 체질적으로 누르락푸르락해진 사람처럼 보였다.

「오호!」 그녀가 말했다. 「너! 그렇지, 핍 군이지?」

「그렇습니다, 미스 포켓. 포켓 씨와 그 가족들이 잘 지내신다는 말을 전할 수 있어 기쁩니다.」

「그 사람들, 좀 똑똑해지긴 했니?」 세라가 침울하게 고개를 저으며 말했다. 「그들은 잘 지내는 것보다 똑똑해져야 하는 사람들이야. 아아, 매슈, 매슈! 길은 알지, 핍 군?」

예전에 어둠 속에서 수도 없이 계단을 올라갔으니 꽤나 잘 알고 있었다. 나는 이제 옛날보다 훨씬 더 가벼운 구두를 신고 계단을 올라갔고, 옛날에 했던 방식대로 미스 해비셤의 방문을 두드렸다. 「핍의 노크 소리구나.」 즉시 그녀가 말하는 소리가 들렸다. 「들어와라, 핍.」

그녀는 옛날 그 식탁 근처의 의자에 앉아 있었는데 옛날 그 옷을 입고서 두 손을 지팡이 위에 가로질러 얹어 놓고 그 위에 턱을 괸 채 난롯불을 들여다보고 있었다. 그런데 한 번도 신지 않은 하얀색 새 구두를 손에 들고 머리를 숙여 그걸 바라보는 우아한 숙녀가 그녀 옆에 있었다. 내가 한 번도 본 적이 없는 숙녀였다.

「들어와라, 핍.」 미스 해비셤이 시선을 들어 주변을 둘러본다거나 올려다보지도 않은 채 계속 중얼거리듯 말했다. 「들어와라, 핍. 잘 있었느냐, 핍? 그래, 내가 여왕이라도 된다는 듯 내 손에 입을 맞추는구나, 그런 거냐? 그래, 무슨 일로 왔느냐?」

그녀가 갑자기 두 눈만을 움직여 나를 올려다보면서 무서울 정도로 장난기가 섞인 태도로 되풀이해서 물었다.

「그래, 무슨 일로 왔느냐?」

「전갈을 들었습니다, 미스 해비셤.」 다소 당황하여 내가 말했다. 「고맙게도 미스 해비셤께서 제가 이곳으로 찾아오기를 바라신다는 말을 들었습니다. 그래서 곧장 온 것입니다.」

「그런 거야?」

그때 내가 본 적이 없는 숙녀가 눈길을 들어 올리며 깔보듯 나를 쳐다보았다. 순간 나는 그 눈이 에스텔라의 눈이라는 사실을 깨달았다. 하지만 그녀는 너무 변했고 너무 아름다워졌고 너무 여성스러워졌으며, 찬탄을 자아내는 온갖 면에 있어 너무 놀랍게 발전되어 있었다. 그녀의 모습에 비하면 나는 나아진 구석이라고는 전혀 없는 사람처럼 보였다. 그녀를 바라보고 있으려니 무기력하게 내가 다시 옛날의 그 상스럽고 비천한 소년으로 슬며시 되돌아간 것 같았다. 아아, 그 순간 나를 엄습해 온 그 거리감과 괴리감, 그리고 그녀 주변을 에워싸고 있던 범접할 수 없는 느낌이라니!

그녀는 내게 손을 내밀었다. 나는 그녀를 다시 만나게 되어 너무 기쁘며 그런 기쁨을 아주 오랫동안 고대해 왔다고 더듬거리며 말했다.

「에스텔라가 많이 변한 것 같으냐, 핍?」 미스 해비셤이 탐욕스러운 표정을 짓더니 나보고 거기 앉으라는 듯 그들 사이에 놓인 의자를 지팡이로 치면서 물었다.

「방에 들어왔을 때, 미스 해비셤, 저는 에스텔라의 얼굴이나 체구에서 그녀의 모습이 전혀 안 보인다고 생각했습니다. 하지만 지금 보니 모든 모습이 정말 희한하게도 옛 모습으로 돌아가 자리 잡는군요.」

「뭐라고? 진심으로 에스텔라의 모습이 다시 옛 모습으로 되돌아갔다고 얘기하려는 건 아니겠지?」 미스 해비셤이 끼어들었다. 「옛날의 에스텔라는 오만한 데다 모욕을 주는 아이였어. 그리고 넌 이 애로부터 도망치고 싶어 했고. 기억 안 나느냐?」

나는 당혹스러워하며 그건 이미 오래전 일이고 그때는 내가 철이 없었다는 말과 그 비슷한 말을 했다. 에스텔라는 지극히 차분한 태도로 미소를 지으면서 옛날에 내가 본 게 옳았으며 자신이 몹시 불쾌한 행동을 했다는 건 의심의 여지가 없는 사실이라고 말했다.

「〈저 애는〉 좀 변한 것 같으냐?」 미스 해비셤이 에스텔라에게 물었다.

「아주 많이요.」 에스텔라가 나를 쳐다보며 말했다.

「덜 상스럽고 덜 비천해 보이지?」 미스 해비셤이 에스텔라의 머릿결을 매만지며 말했다.

에스텔라는 웃음을 터뜨리며 손에 든 자신의 새 구두를 보았고 다시 웃으며 나를 바라본 다음 구두를 손에서 내려놓았다. 그녀는 아직도 나를 어린 소년으로 취급하고 있었다. 그러나 그녀는 나를 유혹하고 있었다.

우리는 우리에게 그토록 많은 영향을 미치던 옛날의 그 오래되고 기이한 물건들에 둘러싸여 꿈결 같은 방에 앉아 있었다. 그리고 나는 그녀가 프랑스에 갔다가 이제 막 집에 돌아온 길이며 다시 런던으로 갈 예정이라는 걸 알았다. 옛날처럼 도도하고 제멋대로였던 그녀는, 이제는 그런 자질들을 아예 자신의 미모에 완전히 종속시켜 버려서 그것들을 그 미모로부터 분리해 낸다는 건 불가능할뿐더러 자연스럽지도 않은 — 내가 그렇다고 생각했는지도 모른다 — 일이었다. 진정 그 옛날 내 마음을 어지럽혔던 돈과 상류층 신분에 대한 그 모든 비참한 갈망으로부터 — 우리 집과 조에 대해 처음으로 창피하다는 생각을 갖게 했던 통제 불능 상태의 그 모든 열망으로부터 — 그녀의 존재를 분리해 내는 것은 불가능한 일이었다. 내가 활활 타오르는 화덕 불 속에서 불러내고 모루 위에 쇳덩이를 올려놓고 치다가 상상했던 그녀의 얼굴, 그리고 어두운 밤 대장간 나무 창문을 통해 안을 들여다보다 휙 사라졌던 그녀의 환영, 그런 모든 환상들로부터 그녀의 존재를 분리해 낸다는 건 불가능한 일이었다. 한마디로 말해서, 과거든 현재든 내 인생의 가장 깊숙한 부분과 그녀를 분리한다는 건 불가능한 일이었다.

그날 남은 시간 동안 계속 그 집에 머무르다 밤에 블루 보어 여관으로 돌아가고 그다음 날 런던으로 가라는 결정이 내게 내려졌다. 잠시 대화를 나누고 나자 미스 해비셤은 방치된 정원으로 산책을 나가라고 우리 둘을 내보냈다. 그녀는 내게 얼마쯤 시간을 보내다 돌아와서 옛날에 그랬던 것처럼 자기를 휠체어에 앉혀 조금만 밀어 달라고 말했다.

그렇게 해서 에스텔라와 나는 예전에 길을 잃고 헤매다 창백한 어린 신사, 즉 지금의 허버트와 만나 싸움을 벌였던 대문 옆 정원으로 나갔다. 나는 마음속으로 떨며 그녀의 옷단까지도 숭배한다는 태도를 보였고, 그녀는 지극히 침착하고 더없이 단호하게 내 옷단 따위는 전혀 숭배하지 않는다는 태도를 보였다. 허버트와 싸움을 벌였던 장소에 가까이 다가가자 그녀가 걸음을 멈추며 말했다.

「그날 그 싸움을 몰래 숨어서 구경했던 걸로 봐서 난 참 남다른 계집아이였던 게 분명해. 어쨌든 난 싸움 구경을 했고 그걸 몹시 즐기기까지 했어.」

「넌 내게 그 싸움에 대해 큰 보상을 해주었어.」

「내가?」 그녀는 다 잊었다는 듯 대수롭지 않게 대답했다. 「너와 싸웠던 그 적수에게 큰 반감을 품고 있었다는 건 기억나. 그 애가 귀찮게도 나와 함께 놀라고 그곳에 데려온 아이라는 데 화가 나 있었거든.」

「그 애와 난 지금 둘도 없는 단짝이 되었어.」 내가 말했다.

「그래? 그 애 아버지 밑에서 네가 공부하고 있다는 얘길 들은 기억이 나는 것 같긴 하다만.」

「맞아.」

나는 마지못해 시인했는데 그렇게 시인하는 게 어린 소년 같은 모습을 보이는 것 같았기 때문이다. 게다가 그녀는 이미 충분하고도 남을 정도로 나를 어린 소년처럼 취급하고 있었다.

「네 운과 앞날이 바뀌고 나서 친구들도 바뀌었겠구나.」 에스텔라가 말했다.

「몰론이지.」 내가 말했다.

「그리고 필연적이겠지.」 그녀가 오만한 말투로 덧붙였다. 「옛날엔 너와 잘 어울리던 친구도 지금의 너에게는 전혀 어울리지 않을 테니까.」

솔직히 내 양심을 놓고 따져 볼 때, 그때 내게 조의 집에 가서 그를 만나 봐야겠다는 의향이나 미련이 털끝만큼이라도 남아 있었는지는 상당한 의구심이 든다. 그러나 설령 그랬더라도 에스텔라의 이 발언은 그 의구심을 깨끗이 날려 버렸다.

「그 시절엔 네게 임박한 행운을 전혀 몰랐겠지?」 에스텔라가 싸움을 벌였던 시기를 의미하듯 손을 살짝 흔들어 보이며 말했다.

「전혀.」

내 옆에서 걷고 있던 그녀의 태도는 완벽하고 우월했고 그녀의 옆에서 걷고 있던 내 태도는 어려 보이고 순종적이어서, 내가 확연히 느낄 만큼 큰 대조를 이루었다. 만약 그런 대조의 감정이 생겨난 게 내가 그녀의 짝으로 정해졌다는 의식 때문이라고 생각하지 않았다면, 내게 실제보다 훨씬 더 쓰라린 아픔을 주었을 것이다.

정원은 쉽게 걷기 힘들 정도로 무성하게 잡풀이 우거져 있었다. 그래서 우리는 한두 차례 그곳을 돈 다음 다시 양조장 마당으로 나왔다. 나는 그녀에게 내가 그곳에 왔던 첫날 술통들 위를 걸어 다니던 그녀의 모습을 내가 보았던 지점을 정확하게 지목했다. 그러자 그녀는 차갑고 무심한 표정으로 그 방향을 바라보며 말했다. 「내가 그랬니?」 나는 그녀가 집에서 나와 내게 고기와 마실 것을 주었던 지점도 상기시켰다. 그러자 그녀는 〈기억이 안 난다〉고 말했다. 「나를 울렸던 것도 기억 안 나?」 내가 말했다. 「안 나.」 그녀가 말했다. 그리고 그녀는 고개를 가로저으며 주변을 둘러보았다. 나는 그걸 기억 못 하는 그녀의 모습과 옛일에 전혀 개의치 않는 그녀의 모습이 다시 한 번 마음속으로 나를 울렸다고 믿는다. 그리고 그건 모든 울음 중에서 가장 비참한 울음이었다고 진심으로 믿는다.

「네가 반드시 알아야 할 게 있어.」 눈부시게 아름다운 여성이 보여 줄 법한 우월감 어린 태도로 에스텔라가 말했다. 「내겐 심장이 없다는 사실이야. 만약 내 심장이 내 기억과 무슨 관계가 있다고 한다면 말이야.」

나는 무례인 줄 알았지만 그 말을 의심하면서 그런 소리에는 넘어가지 않겠으며 그녀처럼 아름다우면서 심장이 없는 미인이 어찌 있을 수 있느냐는 의미가 담긴 허튼소리를 지껄였다.

「오! 물론 내게도 칼에 찔리거나 총에 맞을 수 있는 심장이 있다는 건 분명해.」 에스텔라가 말했다. 「물론 그 심장이 박동을 멈추면 나도 삶을 멈춰야 할 거야. 하지만 내 말뜻이 뭔지 넌 알아. 심장에 온기가 없다는 거야. 동정심, 감정, 어리석은 생각 같은 게 없다는 거야.」

그런데 그녀가 가만히 서서 주의 깊게 나를 보고 있었을 때 불현듯 내 마음속에 지각된 그것은 대체 〈무엇〉이었을까? 내가 미스 해비셤에게서 보았던 어떤 모습이었을까? 아니었다. 물론 그녀의 몇몇 표정이나 몸짓에는 미스 해비셤과의 희미한 유사성이 배어 있긴 했다. 그건 종종 많은 관계를 맺거나 함께 격리되어 생활해 온 어른들로부터 아이들이 얻는 것으로 여겨지고, 그 아이들의 어린 시절이 지나고 난 후 사뭇 다른 얼굴이어야 할 얼굴에서 가끔 놀랄 정도로 그 어른들과 비슷한 표정을 만들어 내는 그런 종류의 유사성이었다. 그러나 나는 불현듯 내 마음속에 지각된 인상을 미스 해비셤과 연관 지을 수 없었다. 나는 그녀를 다시 바라보았다. 그녀는 여전히 나를 바라보고 있었지만 그 인상은 사라지고 없었다.

그게 대체 〈무엇〉이었을까?

「진심으로 하는 말이야.」 얼굴을 찡그렸다기보다는(그녀의 이마는 주름 하나 없이 매끄러웠다) 어두운 표정을 지으며 에스텔라가 말했다. 「앞으로 우리는 많은 시간을 함께 보내게 될 처지니까 넌 내 말을 당장 믿는 게 좋을 거야.」 내가 입을 열려고 하자 그녀가 오만한 태도로 제지하며 말했다.
「난 누구에게도 따뜻한 애정을 준 적이 없어. 난 그런 애정은 가져 본 적이 없어.」
잠시 뒤 우리는 오랫동안 사용되지 않고 방치되어 있던 양조장 안에 들어가 있었다. 그리고 그녀는 역시 예전 그 첫날 내가 그녀가 나오는 걸 보았던 높은 회랑을 가리키며 자기가 그곳에 올라가 아래쪽에서 겁을 먹고 서 있던 내 모습을 본 건 기억난다고 말했다. 그 순간 그녀의 흰 손을 눈으로 좇고 있던 와중에 도저히 실체를 포착할 수 없던 조금 전의 그 어렴풋한 인상이 다시 나를 스쳐 지나갔다. 내가 나도 모르게 움찔 놀라는 바람에 그녀의 손이 내 손 위에 얹히는 사태가 발생했다. 즉시 다시 한 번 그 허깨비 같은 인상이 스치더니 사라졌다.
대체 그게 〈무엇〉이었을까?
「무슨 일이니?」 에스텔라가 물었다. 「다시 겁이 난 거야?」
「방금 네가 한 말을 내가 믿는다면 그럴지도 모르지.」 그 인상에서 벗어나기 위해 내가 대답했다.
「그럼 안 믿는다는 거니? 좋아. 어쨌든 난 말했어. 미스 해비셤이 곧 옛날 임무를 수행하라고 널 기다리고 있을 거야. 물론 이제 넌 네 몫이었던 옛날의 다른 일들처럼 그 일도 그만두게 될 거라고 생각하지만. 정원을 한 번 더 돌고 들어가자. 자, 어서! 오늘은 내 매몰찬 태도로 인해 네가 울 일은 없을 거야. 오늘은 내 시종이 되어 줘. 그러니 네 어깨 좀 빌려 줘.」
그녀의 멋진 옷자락이 바닥을 쓸고 있었던 것이다. 그녀는 걷는 동안 이제 그걸 한 손으로 잡고 다른 한 손은 가볍게 내 어깨 위에 올려놓았다. 우리는 황폐해진 정원을 두세

차례 더 돌았다. 내게는 정원에 온통 꽃이 만발한 것 같았다. 낡은 담벼락 틈새에서 누르께한 녹색 빛으로 자라나고 있는 잡초들이 그 순간 가장 고귀한 꽃들이었다 하더라도, 그 꽃들이 내 추억 속에 더 소중하게 간직되지는 않았을 것이다.

우리 사이에는 그녀를 내게서 멀어지게 할 만큼 나이 차이가 나지 않았다. 물론 그녀의 경우가 내 경우보다 좀 더 나이가 불리하게 작용할 여지가 있었지만 우리는 거의 같은 나이였다. 그러나 그녀의 미모와 태도가 부여하고 있는 범접할 수 없는 분위기가 이렇게 기쁜 와중에도, 그리고 우리의 은인이 우리를 서로의 짝으로 결정했다는 확신이 절정에 달한 와중에도 나를 괴롭혔다. 가엾은 녀석!

마침내 우리는 집 안으로 들어갔다. 거기서 나는 놀랍게도 내 후견인이 용무차 미스 해비셤을 만나러 방문했으며 만찬 시간에 맞춰 다시 올 예정이라는 소리를 들었다. 우리가 나가 있는 동안 곰팡이가 잔뜩 낀 식탁에 놓여 있던 겨울 나뭇가지 같은 촛대에는 촛불이 환하게 밝혀져 있었고 미스 해비셤은 의자에 앉아 나를 기다리고 있었다.

그녀의 의자를 밀고 있노라니 마치 그걸 다시 밀고 먼지가 잔뜩 쌓인 결혼식 피로연 장소 주변을 천천히 돌기 시작했던 과거로 되돌아가는 것 같았다. 그러나 그 장례식장 같은 방 안에서 무덤 속 인물처럼 시선을 고정시키고 있는 에스텔라는 예전보다 훨씬 더 아름다웠으며 나는 예전보다 훨씬 더 강력한 마법에 걸려 있었다.

그런 식으로 시간이 서서히 흘러가 우리의 만찬 시간이 코앞에 다가오자 에스텔라는 준비를 위해 우리 곁을 떠났다. 우리는 긴 식탁의 중앙부 가까이에 멈춰 서 있었다. 미스 해비셤의 말라 버린 두 팔 중 한 팔은 의자 밖으로 쭉 뻗어 있었고, 나머지 한 팔은 누런 식탁보 위에서 손을 꽉 쥐고 있었다. 방문 밖으로 나가면서 에스텔라가 어깨 너머로 뒤돌아보자 미스 해비셤은 그 손에 자기 입을 맞춘 뒤 그녀에게 날려 보냈다. 그런 입맞춤을 보내는 태도치고는 정말로 무섭기 짝이 없을 정도로 탐욕스럽고 강렬한 태도였다.

에스텔라가 떠나고 우리 둘만 남게 되자 그녀가 내게 몸을 돌리며 속삭이는 목소리로 말했다.

「저 애가 아름답고 우아하게 잘 자랐지? 넌 저 애를 사모하느냐?」

「누구든 그녀를 보면 분명히 사모할 겁니다, 미스 해비셤.」

그녀는 의자에 앉은 채 내 목에 팔을 감아 내 머리를 자기 머리 쪽으로 끌어당겼다. 「저 애를 사랑해라! 저 애를 사랑해라! 저 애를 사랑해라! 저 애가 너를 어떻게 대하더냐?」

내가 미처 대답도 하기 전에(그런 어려운 질문에 혹시 내가 대답할 수 있었다면 말이다) 그녀가 다시 반복했다. 「저 애를 사랑해라. 만약 저 애가 네게 호의를 보이면 저 애를 사랑해라. 만약 저 애가 네게 상처를 준다 해도 사랑해라. 만약 저 애가 네 심장을 갈가리 찢어 놓는다 해도 — 네 심장은 네가 더 나이가 들어 튼튼해질수록 더 깊게 찢어지겠지 — 저 애를 사랑해라!」

나는 그녀가 이 말을 하면서 내보인 것 같은 격정적이고 열렬한 태도는 결코 본 적이 없었다. 내 목을 두르고 있는 그녀의 앙상한 팔의 근육들이 그녀를 사로잡고 있는 강렬한 격정으로 부풀어 오르는 걸 느낄 수 있을 정도였다.

「내 말 잘 들어라, 핍! 나는 사랑받게 만들려고 저 애를 양녀로 삼았다. 나는 사랑받게 만들려고 저 애를 키우고 교육시켰다. 나는 사랑받을 수 있게 만들려고 저 애를 지금의 모습으로 성장시켰다. 저 애를 사랑해라!」

이미 충분하다 싶을 정도로 그 말을 반복했기에 그녀가 진심을 담아서 말하고 있다는 데에는 의심의 여지가 없었다. 하지만 그렇게 여러 번 되풀이한 그 말이 사랑 대신 증오였다 하더라도 — 그게 절망, 복수, 비참한 죽음이었다 하더라도 — 내게는 그녀의 입에서 나오는 저주처럼 들리지 않았을 것이다.

「네게 진정한 사랑이 뭔지 말해 주마.」 그녀가 역시 성마르고 격정적인 태도로 말했다. 「그건 맹목적인 헌신이고, 의심하지 않는 겸손이고, 완전한 존중이고, 너 자신과 세상 모든 사람들의 뜻을 거스르는 신뢰고 믿음이다. 네 모든 마음과 영혼을 포기하고 그걸 너를 매혹하는 사람에게 다 주는 거지. 바로 내가 그랬던 것처럼 말이다!」

그녀가 그 말을 하고 뒤이어 미친 듯 고함을 내질렀을 때 나는 그녀의 허리를 꽉 감아쥐었다. 그녀가 수의 같은 드레스를 입은 채 별안간 의자에서 벌떡 일어나 곧장 벽에다 자기 몸을 부딪쳐 죽기라도 하겠다는 듯 허공을 향해 덤벼들려고 했기 때문이다.

이 모든 일은 단 몇 초 만에 일어났다. 그녀를 끌어다 의자에 앉히고 있는데, 내가 익히 아는 향내가 느껴져 돌아보니 방 안에 내 후견인이 들어와 있는 게 보였다.

그는 늘 화려한 실크로 만든, 눈에 띌 정도로 큰 손수건을 가지고 다녔는데(이 얘기는 아직 안 했다고 생각한다) 그건 그의 직업상 그에게 대단한 가치를 지닌 물건이었다. 나는 그가 의식을 치르듯이 이 손수건을 펼쳐 들고 바로 코를 푸는 척하다가, 어떤 의뢰인이나 증인이 관련된 문제에 대해 확실한 입장을 밝히기 전에는 코를 풀 시간마저 없다는 걸 안다는 듯 잠시 멈춤으로써 그 의뢰인이나 증인에게 잔뜩 겁을 줘서 당연한 일처럼 그 바로 뒤에 그들의 자술이 뒤따르게 만드는 광경을 본 적이 있었다. 방 안에서 그를 보았을 때 그는 이 의미심장한 손수건을 두 손에 들고 우리를 쳐다보고 있었다. 나와 시선이 마주치자 그는 그 자세로 잠시 말없이 서 있다가 분명한 어조로 말했다. 「정말 희한한 광경이군!」 그러고 나서 그는 놀라운 효과를 발휘하며 손수건을 본연의 용도로 사용했다.

사실 미스 해비셤도 나와 거의 동시에 그를 보았는데 그녀 또한 (다른 모든 사람들처럼) 그를 두려워하고 있었다. 그녀는 마음을 가라앉히려고 몹시 애를 썼으며 그가 늘 그렇듯 정확히 제시간에 왔다고 더듬거리면서 말했다.

「늘 그렇듯 정확히 제시간이죠.」 그가 우리에게 다가오며 되풀이했다. 「잘 있었나, 핍? 미스 해비셤, 제가 좀 태워 드릴까요? 한 바퀴요? 그래, 이 집에 와 있단 말이지, 핍?」

나는 그에게 그 전날 왔으며 미스 해비셤께서 집에 와서 에스텔라를 만나기를 바라셨다고 설명했다. 그 말을 듣고 그가 대답했다. 「아하! 그 아주 참한 아가씨!」 그러고 나서 그는 의자에 앉은 미스 해비셤을 자기 앞에 두고 커다란 한쪽 손으로 밀었다. 나머지 한 손은 자신의 바지 주머니 안이 비밀로 가득 차 있기라도 한 듯 주머니 안에 찔러 넣었다.

「그래, 핍! 전에 에스텔라 양은 얼마나 자주 보았나?」 의자가 멈췄을 때 그가 말했다.

「얼마나 자주라뇨?」

「오! 몇 번이냐는 소리네. 만 번 정도?」

「아휴! 당연히 그렇게 많이는 아닙니다.」

「그럼 두 번?」

「재거스.」 다행히도 미스 해비셤이 끼어들었다. 「핍을 그냥 내버려 두고 같이 가서 식사나 하세요.」

그가 그 말에 응했기에 우리는 어두운 계단을 함께 더듬거리며 내려갔다. 포석이 깔린 마당을 가로질러 뒤편에 따로 떨어져 있는 별채로 가는 동안 그는 내게 미스 해비셤이 먹거나 마시는 모습을 얼마나 자주 보았느냐고, 천 번 또는 한 번 보았느냐고 물었다.

나는 곰곰이 생각한 후 〈단 한 번도 본 적이 없다〉고 했다.

「그렇다면 앞으로도 결코 못 볼 거네, 핍.」 그가 찡그리듯 미소를 지으며 대꾸했다. 「그녀는 지금 같은 방식대로 살기 시작한 이래로 그 두 가지 일 중 어느 것 하나라도 남들이 보는 걸 단 한 번도 허락한 적이 없다네. 그녀는 밤에 이곳저곳을 마구 돌아다니다 그저 음식이 손에 잡히면 손을 댄다고 하더군.」

「그런데요, 변호사님.」 내가 말했다. 「한 가지 여쭤 봐도 되겠는지요?」

「되네.」 그가 말했다. 「그리고 나는 그 대답을 거절해도 되고. 물어보게.」

「에스텔라의 성(姓) 말인데요. 해비셤인가요, 아니면…….」 나는 덧붙일 말이 없었다.

「아니면 뭔가?」 그가 말했다.

「해비셤인가요?」

「해비셤이네.」

이런 대화를 나누는 사이 만찬 식탁에 도달했다. 에스텔라와 세라 포켓이 그곳에서 우리를 기다리고 있었다. 재거스 씨가 주빈 자리에 앉았고 에스텔라는 그 맞은편에 앉았으며, 나는 내 친구 같은 누르락푸르락 부인을 마주 보며 앉았다. 우리는 훌륭한 식사를 했으며 시중은 하녀가 들었다. 그 하녀는 내가 집을 드나들던 시절 보지 못했던 사람이었는데, 아마 그동안 수수께끼 같은 그 집에 계속 살던 사람 같았다. 식사가 끝나자 내 후견인 앞에 오래된 최고급 적포도주 병이 놓였고(그는 분명히 고급 포도주에 정통한 사람이었다) 두 숙녀는 우리를 떠났다.

그 집에서 재거스 씨가 보여 준 결연한 과묵함에 필적하는 태도를 나는 다른 어디에서도, 심지어 그 자신에게서조차도 결코 본 적이 없었다. 그는 자신의 표정조차 혼자서만 독차지하고 있었으며 식사가 진행되는 동안 에스텔라의 얼굴에 단 한 차례도 눈길을 주지 않았다. 그녀가 그에게 말을 붙이면 그는 경청을 하다 적절한 시간이 지나서야 대답했는데, 그래도 내가 알아볼 수 있을 정도로 그녀를 쳐다보는 일은 결코 없었다. 반면에 그녀는 불신은 아니지만 종종 흥미와 호기심을 느끼면서 그를 쳐다보았다. 하지만 그는 그걸 조금이라도 의식하고 있다는 기색을 얼굴에 전혀 내보이지 않았다. 식사 시간 내내 그는 나와 자주 대화를 나누며 내가 받기로 되어 있는 유산 상속 건을 언급해서 세라 포켓의 얼굴을 더욱 누르락푸르락하게 만들었다. 그러나 이 경우에도 그는 그걸 의식하는 기색을 전혀 내보이지 않았다. 그리고 심지어 이런 말들이 아무 잘못도 없는 내게서 억지로 — 방법은 알 수 없지만 사실 그는 내게서 억지로 이런 말이 나오게 했다 — 나온 것처럼 보이게 만들기까지 했다.

그와 나 단둘만 남게 되자 그는 자신이 확보한 정보 때문에 대체로 내 옆에 그냥 가만히 앉아 있는 태도를 견지하고 있었는데, 그게 내겐 정말로 거북했다. 손에 아무것도 들지 않았을 때 그는 꼭 자기 앞의 와인 잔을 상대로 반대 신문을 하고 있는 것 같았다. 그러다 그는 잔을 자신과 촛불 사이에 들어 올려 와인을 맛보고 그걸 입안에 넣어 굴리고 그걸 삼키고 다시 유리잔을 쳐다보고 와인 냄새를 맡고 살짝 시음을 하고 그걸 마시고 다시 잔을 채우고 다시 유리잔을 상대로 반대 신문을 하는 일을 반복했다. 그는 분명히 그 와인이 뭔가 불리한 내용을 진술하고 있다는 생각이 들 정도로 불안감이 느껴질 때까지 그런 동작을 계속했다. 나는 서너 차례 대화를 시작해 볼까 무력하게 생각했다. 그러나 뭔가 물어보려는 내 모습을 볼 때마다 그는 손에 유리잔을 든 채 와인을 입안에 넣고 굴리며 나를 빤히 쳐다보았는데, 마치 자기는 대답할 수 없는 상태니 뭘 물어봤자 아무 소용 없다는 걸 유념하라는 것 같았다.

미스 포켓은 내 모습만 보면 미칠 듯 약 오르고 화가 나서 자기 모자 — 면직물로 만든 자루걸레처럼 생긴 정말 형편없는 모자였다 — 를 찢어발기고, 나아가 자기 머리카락 — 결단코 〈그녀〉의 머리에서 자라난 머리카락은 아니었다 — 을 바닥에 흩뿌리는 위험에 휘말릴지 모른다는 사실을 의식하고 있었다고 생각한다. 이후 우리가 미스 해비셤의 방에 올라갔을 때 그녀는 나타나지 않았다. 그래서 우리는 넷이서 하는 휘스트 카드놀이를 했다. 가끔 미스 해비셤은 별스러운 태도로 화장대 서랍에서 지극히 아름다운 보석들을 꺼내 에스텔라의 머리와 가슴과 두 팔에 달아 주었다. 화려하게 반짝거리는 보석의 영롱한 빛깔이 쏟아지는 가운데 그녀의 아름다운 모습이 눈앞에 펼쳐지자 심지어 내 후견인조차도 그 짙은 눈썹을 약간 치켜 올리며 그 눈썹 밑으로부터 시선을 들어 그녀를 바라보고 있는 게 보였다.

내 후견인이 어떤 식으로 어느 정도까지 우리의 으뜸 패를 꼼짝 못하게 얽어맸고, 그가 또한 우리의 킹 카드와 퀸 카드가 굴욕을 당하기에 앞서 매번 판이 끝날 무렵 어떤 식으로 자신의 하찮은 하위 패들을 내보였는지에 대해선 아무 말도 하지 않겠다. 그리고 그가 우리 한 사람 한 사람을, 이미 오래전에 답을 알아낸 뻔하고 형편없는 수수께끼로 바라보는 데 대해 내가 어떤 감정을 느꼈는지도 마찬가지다. 내가 괴로웠던 건 그의 냉담한 태도와 에스텔라를 향한 내 감정이 서로 조화를 이루거나 양립할 수 없었다는 것이다. 그녀에 대해서 내가 그에게 결코 참고 얘기할 수 없다는 사실을 내가 알고 있다는 것, 그가 그녀를 향해 구두를 삐걱거리는 소리를 내가 결코 참고 들을 수 없다는 사실을 내가 알고 있다는 것, 그가 손을 씻으며 그녀의 존재를 털어 내는 모습을 내가 결코 참으며 볼 수 없다는 사실을 내가 알고 있다는 것 등은 문제가 아니었다. 그녀를 사모하는 내 행동이 그와 불과 1미터도 떨어지지 않은 곳에서 이루어질 수밖에 없다는 것, 내 감정이 그와 함께하는 자리에서 표출되어야 한다는 것, 바로 〈그것〉이 고통스러운 상황이었다.

우리는 9시까지 카드놀이를 했다. 그런 뒤 에스텔라가 런던에 올 일이 있을 때 내게 미리 기별을 하면 내가 역마차 사무소에 나가 그녀를 마중하기로 약속했다. 나는 그녀와 작별 인사를 나누고, 그녀의 손을 들어 살짝 입 맞춘 뒤 떠났다.

내 후견인은 블루 보어 여관의 내 방 바로 옆방에 묵었다. 밤이 꽤 깊었을 때 미스 해비셤이 했던 〈저 애를 사랑해라! 저 애를 사랑해라! 저 애를 사랑해라!〉라는 말이 내 귓전을 때렸다. 나는 그 말을 내 식대로 반복하기 위해 내용을 고쳐서 베개에 대고 수없이 외쳤다. 「내가 그녀를 사랑해요! 내가 그녀를 사랑해요! 내가 그녀를 사랑해요!」 그러자 옛날 대장장이의 어린 조수에 불과했던 내게 그녀가 짝으로 운명 지어졌다고 생각하니 고마운 마음이 쏟아져 내리듯 엄습했다. 그러고 나자 막상 그녀는 내가 두려워하고 있듯이 결코 그런 운명을 나처럼 열광적으로 고마워하고 있지 않은 건 아닌지 의구심이 들었다. 벙어리처럼 아무 말도 하지 못하고 지금 잠자고 있을 그녀의 심장을 언제 깨워야 한단 말인가?

아아, 나를 어쩌면 좋단 말인가! 나는 내 그런 감정이 고매하고 숭고한 감정이라고 생각했다. 그러나 나는 그녀가 조를 경멸할 거라는 걸 알고 있다는 이유로, 조를 피해 버린 나의 태도에 저급하고 비열한 감정이 깃들어 있다고는 결코 생각하지 않았다. 불과 하루 전만 하더라도 조는 내 눈에 눈물이 고이게 만든 존재였다. 하지만 그 눈물이 빨리도 말라 버렸던 것이다. 하느님, 부디 용서해 주세요! 그 눈물이 참 빨리도 말라 버렸던 것이다.

30

아침에 블루 보어 여관에서 옷을 입으면서 충분히 숙고해 본 뒤 내 후견인에게 올릭이 미스 해비셤 댁의 일을 믿고 맡길 만한 적임자인지 의심스럽다고 말하기로 결심했다. 「그래. 그자는 적임자는 아니네, 핍.」 이미 전반적인 사항에 기분 좋게 만족해하고 있던 내 후견인이 말했다. 「사실 믿고 맡길 만한 일자리를 차지한 자가 적임자인 경우는 결코 없네.」 이 특정한 일자리 또한 으레 그렇듯 적임자가 차지하고 있지 않다는 사실을 알게 된 게 그를 꽤나 기분 좋게 만든 것 같았다. 그리고 그는 내가 올릭에 대해 알고 있는 사실을 말하는 동안 흡족한 태도로 경청했다. 「잘 알았네, 핍.」 내가 말을 마치자 그가 말했다. 「내가 곧바로 그 댁에 잠깐 들러서 우리의 그 친구에게 급료를 주고 해고하겠네.」 이런 즉각적인 조치에 다소 놀란 나는 일을 조금만 천천히 진행하자고 했고, 심지어 우리의 그 친구를 다루기 힘들지도 모른다는 암시까지 했다. 「오, 아니네. 그자는 그렇지 않을 거네.」 내 후견인은 확신하면서 자기 손수건을 가지고 행동할 때처럼 자신의 주장을 관철하겠다고 말했다. 「그자가 감히 나한테 그 문제를 따지고 드는지 한번 보고 싶군.」

우리는 정오에 마차를 타고 함께 런던으로 돌아갈 예정이었다. 그런데 나는 아침을 먹으면서 거의 컵을 들고 있지 못할 정도로 펌블추크가 두려워진 나머지, 기회를 잡아 내 후견인에게 좀 걷고 싶으며, 그래서 그가 다른 용무를 보는 동안 내가 먼저 출발하여 런던으로 가는 큰길을 따라 걸어가겠다고 말했다. 그리고 그가 역마차 마부에게 미리 알려 놓으면 마차가 나를 따라잡을 때 나를 태울 수 있을 거라고 말했다. 그리하여 나는 아침 식사를 마치고 곧바로 도망치듯 블루 보어 여관을 빠져나올 수 있었다. 나는 펌블추크의 가게 뒤편에 있는 한적한 시골 쪽으로 3킬로미터가량을 고리 모양으로 빙 돌아서 다시 함정 같은 그의 가게로부터 조금 벗어난 읍내 번화가로 들어섰고 그제야 비교적 안전한 상태에 있다고 느꼈다.

조용한 읍내에 다시 서게 된 건 흥미로운 일이었다. 그리고 이곳저곳에서 갑자기 누가 나를 알아보거나 내 뒤를 말똥말똥 바라보는 것도 그리 기분 나쁜 일은 아니었다. 심지어 가게 주인 한두 명은 자기 가게에서 쏜살같이 뛰쳐나와 거리 아래쪽으로 나보다 앞서 달려간 뒤 뭔가를 잊고 온 듯 다시 돌아서서 나와 정면으로 대면하며 지나쳐 가기도 했다. 그때 그들과 나 중에서 누가 더 가식을 떨었는지, 즉 그들이 그런 행동을 안 한 척했는지 아니면 내가 그걸 못 본 척했는지는 지금도 모르겠다. 여하튼 내 신분은 이목을 끌었고 나는 그런 사실에 전혀 불만이 없었다. 운명의 여신이 나를 그 밑도 끝도 없는 악동 놈, 트랩의 점원 앞에 내던질 때까지는 말이다.

앞으로 걸어가다 어떤 지점에서 거리를 따라 눈길을 돌리고 있던 참에 나는 트랩의 점원 녀석이 비어 있는 파란색 자루로 자기 몸을 탁탁 치면서 내 쪽으로 오고 있는 걸 보았다. 녀석은 좁은 모퉁이를 돌아 나오고 있었다. 나는 침착한 태도로 녀석을 의식하지 않고 그저 바라만 보는 게 내게 가장 어울리며, 그게 분명히 녀석의 심술궂은 악의를 제압하는 일이라고 생각하고 그런 얼굴 표정을 지으며 나아가려 했고 득의만만하게 성공을 자축하려고 했다. 그런데 그 순간 느닷없이 점원 녀석의 두 무릎이 서로 맞부딪치고 머리털이 곤두서고 모자가 벗겨져 나가는가 싶더니, 녀석이 사지를 격렬하게 떨면서 큰길 한복판으로 비틀거리며 나가 사람들에게 〈저 좀 잡아 주세요! 너무 무서워요!〉라고 외쳐 댔다. 그리고 녀석은 위풍당당한 내 모습 때문에 자기가 그렇게 된 것인 양 공포와 참회의 발작을 일으키는 척했다. 녀석을 지나치는 순간 그의 이빨들이 머리통 속에서 딱딱 맞부딪치고 있었고, 그는 온갖 굴욕스러운 몸짓을 해 보이며 흙먼지 이는 땅바닥에 바싹 엎드렸다.

정말 참기 힘든 짓거리였다. 하지만 그건 아무것도 아니었다. 2백 미터도 채 못 갔을 때 말로 표현할 수 없을 정도로 두렵고 경악스럽고 울화통 터지게도 트랩의 점원 녀석이 또다시 내게 다가오는 걸 보았다. 녀석은 좁은 모퉁이를 돌아 나오고 있었다. 파란 자루는 어깨에 둘러메고 있었고 눈에는 자기가 정직하고 부지런하다는 눈빛이 반짝거렸으며 발걸음에는 트랩 씨의 양복점까지 명랑하고 활기차게 나아가겠다는 결연한 의지가 배어 있었다. 그런데 녀석이 별안간 깜짝 놀라며 나를 알아보기 시작하는 척하더니 또다시 아까처럼 극심한 발작을 일으키는 것이었다. 하지만 이번에 녀석이 보여 준 것은 빙빙 도는 동작이었다. 녀석은 무릎 통증이 더 심해진 듯한 자세로 내게 자비를 베풀어 달라고 애원하듯 두 손을 들어 올리고 비틀거리면서 내 주변을 빙빙 맴돌았다. 그의 고난은 모여 선 구경꾼 무리에게 큰 기쁨을 선사했고 그들이 환호성을 내지르게 만들었다. 나는 극심한 당혹감에 빠져들었다.

거리 아래쪽을 따라 우체국까지도 못 갔는데 이 트랩의 점원 녀석이 또다시 쏜살같이 뒷길을 돌아 나오는 모습이 보였다. 녀석은 파란색 자루를 뒤집어 내 외투처럼 걸친 채 길 건너편에서 포장된 인도를 따라 내 쪽으로 잔뜩 거들먹거리며 오고 있었다. 그 뒤로 희희낙락거리는 조무래기 무리가 뒤따라오고 있었는데, 녀석은 이따금씩 그 아이들에게 저리 가라는 듯 손을 저어 대며 〈난 너희를 몰라, 이놈들아!〉라고 외쳤다. 트랩의 점원 녀석은 내 옆을 나란히 지나가면서는 자기 셔츠 옷깃을 잡아 올리고 옆머리를 꼬고 한쪽 팔을 허리에 딱 붙이고 히죽히죽 능글맞게 웃고 양 팔꿈치와 몸을 배배 꼬면서, 따라오는 아이들에게 〈난 너희를 몰라, 이놈들아! 난 너희를 몰라, 이놈들아! 맹세코 말하는데 난 너희를 몰라, 이놈들아!〉라고 느릿느릿 내뱉었다. 그 순간 내가 그놈 때문에 느낀 모욕감은 도대체 그 크기가 얼마나 되는지 말로 형용할 수 없을 정도였다. 곧이어 녀석은 수탉 소리를 내기 시작했고(그 소리는 마치 내가 대장장이였을 때 나를 알았던 수탉이 이제 지극히 풀이 죽어서 내는 소리 같았다) 그 수탉 소리와 함께 다리 건너까지 나를 따라왔다. 그 바람에 내가 당한 망신은 그날 내가 읍내를 떠나면서 당한 망신의 절정이었다. 말하자면 내가 읍내 바깥 시골 벌판까지 쫓겨나다시피 가게 된 망신의 절정이었다.

그러나 그때 당장 그 점원 녀석의 목숨을 빼앗아 버렸다면 모를까, 그저 꾹 참는 일 말고 내가 무슨 일을 할 수 있었을지 나는 지금도 진정으로 알지 못한다. 대로 위에서 녀석과 결투를 벌인다거나 녀석의 심장에서 가장 소중한 피를 강제로 뽑아내는 것보다 못한 보상을 억지로 얻어 내는 일은, 너무 하찮은 데다 내 품위를 깎아내리는 짓이었을 것이다. 더군다나 그는 사실 그 누구도 해를 가할 수 없는 녀석이었다. 그는 구석으로 몰리면 경멸감을 자아낼 만큼 깨갱거리면서 자기를 붙잡으려는 사람의 가랑이 사이로 도망쳐 나가 상처 하나 입지 않고 날쌔게 피하는 뱀 같은 녀석이었다. 하지만 나는 다음 날 우편을 통해 트랩 씨에게 편지를 썼다. 미스터 핍은 존경받는 심성을 지닌 모든 분들의 마음속에 혐오감을 일으키는 어린놈을 고용할 정도로, 자신이 사회의 최상층에게 신세 지고 있다는 사실을 망각한 사람과는 더 이상 거래하지 않겠다는 내용을 담은 편지였다.

재거스 씨가 탄 마차는 적절한 시간에 모습을 드러냈고, 나는 다시 마부 옆 좌석에 앉았다. 그리고 무사히 — 그러나 내 가슴은 버리고 왔으니 건강하진 못한 모습으로 — 런던에 도착했다. 도착하자마자 나는 조에게 참회의 의미를 담아 대구와 굴 한 통을 보냈고(내가 직접 가지 못한 일에 대한 보상 차원이었다) 그런 다음 바너드 숙사로 돌아갔다.

허버트는 식은 고기로 식사를 하다가 내가 돌아온 걸 보고 기뻐하며 환영해 주었다. 식사를 추가 주문하라고 원수 같은 하인 놈을 커피하우스로 급히 보내고 난 뒤, 나는 친구이자 동거인인 그에게 그날 밤 꼭 내 가슴을 열어 보이리라 결심했다. 그런데 열쇠 구멍과 이어져 있어 그저 곁방이나 마찬가지로 생각될 수 있는 홀에 원수 놈이 있는 상황에서 속을 터놓고 비밀 이야기를 한다는 게 도무지 불가능한 일이었기 때문에 연극 구경을 하고 오라고 녀석을 내보냈다. 내가 공사장 감독 같은 이 하인 놈에게 얼마나 극심하게 속박되어 있었는지를 보여 주는 증거로, 끊임없이 그놈에게 일

거리를 주어야 한다고 내몰리며 만들어 냈던 부끄럽기 짝이 없는 임시변통 일거리들보다 더 훌륭한 증거는 제시하기가 거의 힘들 것이다. 급기야 어떤 때는 그런 극단적인 임시변통 일거리가 지극히 하찮은 것까지 이어져 그에게 하이드파크 공원 구석에 가서 몇 시나 되었는지 보고 오라는 일까지 시켰다.

식사가 끝나고 함께 난로 울 위에 다리를 걸쳐 놓고 앉았을 때 나는 허버트에게 말했다. 「친애하는 나의 허버트, 네게 아주 특별히 할 말이 좀 있어.」

「친애하는 나의 헨델.」 그가 대답했다. 「네 신뢰를 존중하고 존경할게.」

「나와 관련된 이야기야, 허버트.」 내가 말했다. 「그리고 또 다른 한 사람하고도 관련되고.」

허버트는 두 다리를 꼬더니 머리를 한쪽으로 기울이고 난롯불을 바라보았다. 그리고 얼마 동안 공연스레 그걸 바라보다가 내가 말을 잇지 않자 나를 바라보았다.

「허버트.」 나는 손을 그의 무릎 위에 올려놓으며 말했다. 「내가 사랑에 빠졌어. 사모하고 있어. 에스텔라 말이야.」

허버트는 놀라서 자리에 꼼짝 않고 얼어붙은 모습을 보여 주는 대신 내가 그러는 게 당연하다는 듯 편안한 태도로 대답했다. 「그거였구나. 그래서?」

「그래서라니, 허버트? 그게 해줄 말 전부야? 그래서가?」

「내 말은 그래서 어찌 되었느냐는 거다.」 허버트가 말했다. 「〈네가 말한 사실〉은 당연히 내가 알고 있으니까.」

「네가 그걸 어떻게 알아?」 내가 말했다.

「내가 그걸 어떻게 아느냐고, 헨델? 어떻게 알긴, 너한테 들어서 아는 거지.」
「네게 말한 적이 없는데.」
「나한테 말한 적이라! 네가 머리를 깎았을 때 넌 내게 머리를 깎았다고 말하지 않았지. 하지만 난 그걸 알아차릴 눈치쯤은 있다고. 내가 널 알게 된 이후로 너는 쭉 그녀를 사모해 왔어. 너는 그녀에 대한 사모의 감정과 네 여행 가방을 함께 들고 이곳으로 왔던 거라고. 말한 적이라! 그야 물론이지. 넌 하루 종일 내게 계속 말을 했어. 네 인생 내력을 내게 말했을 때, 너는 분명히 아주 어렸을 적 그녀를 처음 본 순간부터 그녀를 사모하기 시작했다고 내게 말했었다고.」
「그래, 잘 알았다. 어쨌든 그때부터다.」 그런 사실이 새로우면서도 그다지 달갑지만은 않았던 내가 말했다. 「그때부터 나는 사모의 감정을 간직하지 않은 적이 결코 없었어. 그런데 그런 그녀가 더없이 아름답고 우아한 숙녀가 되어 돌아온 거야. 그리고 어제 다시 만난 거고. 예전에 내가 그녀를 사모했다면, 지금은 그보다 두 배는 더 사모해.」
「그렇다면 넌 정말 행운아구나, 헨델.」 허버트가 말했다. 「네가 그녀의 짝으로 선택되고 예정되었으니 말이다. 금지된 전제 조건을 깨지만 않는다면, 우리 둘 사이에 그 사실에 대해선 의심의 여지가 있을 수 없다는 말 정도는 해도 되겠지. 하지만 네가 사모하고 있다는 걸 에스텔라가 어떻게 생각하고 있는지는 알고 있니?」
나는 우울한 모습으로 고개를 저었다. 「아아! 그녀는 내게서 몇천 킬로미터는 떨어져 있는 사람이야.」 내가 말했다.
「인내심을 가져, 친애하는 나의 헨델. 시간은 충분해. 충분하다고. 그런데 너는 나한테 뭔가 할 말이 더 있는 거지?」

「말하기가 창피해.」 내가 대답했다. 「하지만 마음에 담고 있는 것보다는 말을 하는 게 더 나쁘진 않겠지. 넌 나를 행운아라고 불렀어. 물론 난 행운아야. 어제만 하더라도 나는 그저 대장간에서 일하던 아이였어. 그런데 오늘 나는 — 오늘의 나는 — 무엇이라고 불러야 할까?」

「꼭 말로 표현해야 한다면, 이를테면 〈착한 친구〉라고 해 두자고.」 허버트는 미소를 짓고 내 손등을 두드리면서 대답했다. 「성급하지만 주저하고, 대범하지만 소심하고, 행동하지만 몽상하는 성격이 묘하게 뒤섞인 내면의 착한 친구.」

나는 내 성격에 정말 그런 면들이 뒤섞여 있는지 잠시 말을 멈추고 곰곰이 생각해 보았다. 모든 걸 놓고 볼 때 나는 그런 분석을 결코 인정할 수 없었다. 오히려 그게 반박할 가치조차 없다는 생각이 들었다.

「오늘은 나를 무엇이라고 불러야 할지 모르겠다고 말했을 때는 말이야, 허버트.」 내가 말을 계속했다. 「내 마음속에 품고 있는 생각을 넌지시 암시하고 있는 거라고. 넌 내가 운이 좋다고 말해. 나는 내 인생을 피어나게 하는 일에 있어 나 스스로 한 일은 하나도 없고 오직 운명의 여신이 그렇게 만들어 준 것뿐이라는 걸 잘 알고 있어. 그게 바로 행운이라는 거겠지. 그렇지만 에스텔라를 생각만 하면 —」

(「그래, 네가 언제 그녀를 생각 안 한 적이 있니?」 허버트가 난롯불에 시선을 두며 끼어들었다. 나는 그의 그런 태도가 친절과 공감을 나타내는 거라고 생각했다.)

「그럴 때면 말이다, 친애하는 나의 허버트, 내가 얼마나 의존적이고 자신감이 부족한 놈인지, 그리고 얼마나 무수한 우연에 노출된 놈인지 너에게 말로 표현할 수가 없어. 방금 전 네가 그랬던 것처럼 나도 내게 금지된 전제 조건을 피한다면 이렇게 말할 수 있어. 내가 받게 될 유산은 어느 한 사람의 (나는 누구의 이름도 직접 말하지 않았다) 변치 않는 마음에 의존하고 있다고. 그리고 기껏해야 그 유산이 무엇인지 그저 막연하게 알고 있는 일이 얼마나 불확실하고 불만족스러운 일인지도 말할 수 있겠지!」 이 말을 하면서 나는 내 마음속에 늘 존재해 왔던 무엇인가를 다소간 (물론 그건 대부분 바로 어제부터 생겨난 것이긴 했다) 털어 냈다.

「그런데 말이다, 헨델.」 허버트가 특유의 쾌활하고 낙천적인 태도로 말했다. 「내가 보기에는, 우리는 날카로운 사랑의 열정으로 인해 낙심에 빠지게 되면 〈선물받은 말의 입안을 확대경으로 들여다보는[28] 사람〉처럼 선물의 흠을 잡는 것 같아. 또한 내가 보기에는, 우리는 그런 식으로 말의 입안을 들여다보는 일에 관심을 집중하다가 그 동물의 가장 훌륭한 장점을 완전히 간과해 버리는 것 같아. 네 후견인인 재거스 씨가 맨 처음 너한테 네가 유산만 상속받게 된 게 아니라고 말했다는 얘기를 내게 하지 않았었니? 그리고 설령 그가 네게 그렇게 말하지 않았다 하더라도 — 물론 이게 정말로 과장된 가정이라는 건 인정할게 — 런던의 모든 사람들 중에서 다름 아닌 재거스 씨가 자신의 입장을 확신하지 않는데도 너와 지금 같은 관계를 맺을 사람이라고 믿을 수 있겠니?」

나는 그런 주장에 일리가 있다는 걸 부인할 수 없다고 말했다. 나는 이 말을 마지못해 진실과 정의에 양보하기라도 하듯이, 마치 그의 말을 부인하고 싶다는 듯이 말했다(그런 경우 사람들은 종종 그렇게 한다).

28 말의 상태를 이빨을 보고 알 수 있는 데서 온 표현.

「나도 내 말에 정말 〈일리〉가 있다고 생각해.」 허버트가 말했다. 「그리고 그보다 더 일리 있는 강력한 주장을 생각해 낸다면 네가 당혹스러워할 거라 생각하고. 이후 남은 일에 대해서는 너는 네 후견인이 필요로 하는 시간 동안 기다려야 해. 그리고 그도 그의 의뢰인이 필요로 하는 시간만큼 기다려야 하고. 너는 네 위치가 확실히 어딘지 알기 전에 스물한 살이 될 거야. 어쨌든 너는 점점 더 네 위치가 어딘지 알 수 있는 상황에 다가서게 될 거야. 결국 그때가 오고 말 거니까.」

「너는 정말 낙천적인 기질을 가졌어!」 그의 쾌활한 태도에 대해 감탄하며 내가 고마운 마음을 담아 말했다.

「안 가질 수 없지.」 허버트가 말했다. 「그것 말고 다른 건 가진 게 별로 없으니. 그런데 말이다. 내가 방금 말한 내용에 담긴 양식(良識)은 사실 내 것이 아니라 우리 아버지 것이라는 걸 인정해야겠다. 네 이야기를 듣고 우리 아버지께서 딱 한 말씀 하시는 걸 내가 들었거든. 그런데 그게 결정적인 한 마디였어. 〈그 일은 이제 완전히 결정 나고 끝난 일이구나. 아니면 재거스 씨가 그 일에 개입할 리가 없지.〉 자, 이제 우리 아버지나 아버지의 아들인 나에 대해 뭔가 더 이야기를 하기 전에, 잠시 네게 몹시 불쾌한 모습을 — 분명히 네게 역겨울 정도로 불쾌할 거다 — 좀 보여야겠다.」

「넌 그런 일은 하지 못해!」 내가 말했다.

「오, 아냐, 할 거야.」 그가 말했다. 「하나, 둘, 셋. 자, 이제 시작한다. 헨델, 내 착한 친구야.」 비록 이처럼 가벼운 어조로 시작했지만 그는 매우 진지했다. 「우리가 난로 울에 발을 걸쳐 놓고 대화를 시작한 이후로 쭉 든 생각인데, 네 후견인이 에스텔라를 단 한 번도 언급하지 않았다면 그녀는 틀림없이 네가 유산을 물려받는 조건일 리 없어. 네가 내게 한 말을, 직접적이든 간접적이든 그가 그녀를 단 한 번도 언급한 적이 없었다는 뜻으로 이해한다면 맞는 거지? 예를 들자면 네 후견인은 궁극적으로 네 결혼에 대해 어떤 견해를 갖고 있다는 암시조차 결코 내비치지 않았다는 거지?」

「결코.」

「자, 헨델, 내 영혼과 명예를 걸고 말하지만 난 못 먹는 포도를 두고 시디시다고 깎아내리는 일과는 거리가 먼 사람이야! 그녀에게 의무로 묶여 있는 처지가 아닌데도 그녀에게서 벗어날 수는 없는 거야? 네가 불쾌해할지도 모른다고 얘기했지?」

나는 고개를 옆으로 돌렸다. 대장간을 떠나던 날 새벽 아침, 안개가 장엄하게 피어오르며 걷히고 있던 때, 내가 마을의 손가락 이정표에 손을 대고 있었던 바로 그때 나를 압도했던 것과 같은 느낌이 바다에서 불어오던 옛날 그 습지대 바람처럼 맹렬히 돌진하고 휘몰아치며 다시 내 가슴을 강타했기 때문이었다. 잠시 동안 우리 둘 사이엔 침묵이 흘렀다.

「그래. 하지만 친애하는 나의 헨델.」 허버트는 침묵이 아니라 그동안 계속 이야기하고 있었다는 듯이 계속했다. 「자연과 주변 환경이 지극히 낭만적인 아이로 만들어 버린 소년의 가슴속에 에스텔라에 대한 그런 생각이 너무나도 강렬하게 뿌리내렸다는 사실이 네 문제를 매우 심각한 문제로 만드는 거라고. 그녀가 어떻게 자랐는지 생각해 봐. 그리고 미스 해비셤을 생각해 봐(지금 내가 또 불쾌하겠지. 그리고 혐오스럽고). 이런 상황이 비참한 결과를 불러올 수도 있어.」

「나도 알아, 허버트.」 여전히 고개를 돌린 채 내가 말했다.

「하지만 어쩔 수가 없어.」

「그녀에게서 벗어날 수 없다는 거니?」

「그래. 불가능해!」

「노력도 할 수 없어, 헨델?」

「그래. 불가능해!」

「좋아!」 허버트가 자다 일어난 사람처럼 몸을 활기차게 털고 일어나 난롯불을 휘저으며 말했다. 「자, 이제 다시 네 마음에 드는 친구가 되기 위해 노력해야겠다!」

그는 방을 돌아다니면서 커튼을 펼치고 흔들어 먼지를 털었고, 의자들을 제자리에 놓았고, 책들이며 여기저기 놓여 있는 물건들을 정돈했고, 편지함을 들여다보았고, 문을 닫고 나서 난롯가의 의자로 되돌아왔다. 그는 두 팔로 무릎을 감싸 안고 그 자리에 앉았다.

「헨델, 이제부터 우리 아버지와 그 아버지의 아들에 대해 한두 마디 할게. 우리 아버지의 아들로서, 아버지의 집이 가사 생활의 측면에서 특별히 훌륭한 구석이 없다는 말조차 필요 없다는 게 유감이다.」

「늘 풍성한 편이잖니, 허버트.」 내가 그의 기운을 북돋아 주기 위해 말했다.

「오, 그렇긴 하지! 내 생각에 아마 우리 집 청소부라면 강력히 시인하며 그렇게 말할 거다. 그리고 우리 집 뒷길에 있는 중고 선박 용품 가게에서도 그렇게 말할 테고. 심각해, 헨델. 이 문제는 정말 심각해. 너도 나만큼 상황을 잘 알 거야. 한때 우리 아버지가 지금 같은 상황을 포기하지 않으셨던 때가 있었다고 생각해. 하지만 설사 그런 때가 있었다 해도 지금은 지나갔어. 혹시 네 고향에 살던 시절, 자기에게 꼭 맞는 적합한 결혼을 하지 못한 부모 사이에 태어난 아이들이 빨리 결혼하고 싶어서 안달복달하는 모습을 목격할 기회가 없었느냐고 물어봐도 되겠니?」

너무 이상한 질문이어서 오히려 내가 그에게 반문했다. 「그게 사실이니?」

「나도 몰라.」 허버트가 말했다. 「그래서 네게 물어본 거고. 왜냐하면 바로 그게 우리 집의 경우거든. 열네 살도 되기 전에 죽은 내 바로 아래 여동생, 가여운 샬럿이 눈에 띄는 대표적인 사례야. 어린 제인도 마찬가지고. 그 애는 결혼해서 안정된 삶을 살고 싶다는 소망을 품고 끊임없이 가정의 행복을 꿈꾸며 그 짧은 인생을 살아왔다 해도 좋을 거야. 아동용 프록코트를 입고 있는 어린 앨릭은 이미 큐에 사는 적당한 어린 여자아이와 결혼하겠다고 약속까지 했어. 정말이지 갓난아기만 빼놓고 우리 형제들은 모두 결혼 약속을 했다는 생각이 들어.」

「그럼 너도?」 내가 말했다.

「그래, 나도.」 허버트가 말했다. 「하지만 그건 비밀이야.」

나는 그에게 비밀을 지키겠노라고 안심시킨 뒤 더 자세한 내용을 들려 달라고 부탁했다. 그가 내 약점(애정 문제와 관련된 약점 말이다)에 대해 하도 신중하고 다감하게 말을 해서 나는 그의 강점에 대해 뭔가를 알고 싶었다.

「이름을 물어봐도 되겠니?」 내가 말했다.

「클래라라고 해.」 허버트가 말했다.

「런던에 살고?」

「그래. 아마 이 말은 꼭 해야 될 듯싶다.」 흥미로운 화제로 바뀐 후 이상하게 풀이 죽고 기운이 빠진 허버트가 말했다.

「클래라는 우리 어머니의 터무니없는 가문관에 좀 못 미치는 여자야. 아버지가 여객선 식자재 공급에 관여했던 사람이야. 선박 사무장 비슷한 일을 했던 게 아닌가 싶어.」

「지금은 뭐 하시는데?」 내가 말했다.

「지금은 병자야.」 허버트가 대답했다.

「생활은?」

「2층에서 해.」 허버트가 대답했다. 내가 의도했던 대답이 전혀 아니었다. 내 질문 의도는 생활 수단과 관련된 것이었다. 「클래라를 만난 이후로, 아버지가 늘 2층 자기 방에만 있었기 때문에 난 한 번도 본 적이 없어. 하지만 소리는 끊임없이 들려. 엄청나게 소란을 피워 대거든. 고함지르고, 뭔가 무시무시한 도구로 바닥을 찍어 대.」 허버트는 나를 바라보고 껄껄 웃으면서 잠시 평소의 쾌활한 태도를 되찾았다.

「그를 보게 될 거라는 기대는 안 하고?」 내가 말했다.

「오, 물론 하지. 늘 보게 될 거라고 기대하지.」 허버트가 대답했다. 「소리가 들릴 때면 아버지가 천장을 뚫고 굴러떨어질 거라는 기대를 안 할 수 없거든. 하지만 서까래가 얼마나 오래 버텨 줄지 모르지.」

한 번 더 껄껄 웃고 난 뒤 그는 다시 풀이 죽었고, 자본금이 모이기만 하면 곧바로 그 아가씨와 결혼할 생각이라고 말했다. 허버트는 우울한 기분을 불러일으키는 자명한 명제로써 덧붙였다. 「하지만 너도 알다시피 주변만 탐색하다 보면 결혼을 〈할 수가 없어〉.」

난롯불을 들여다보면서, 그리고 그런 자본금을 모으는 일이 때로는 얼마나 어려운 이상인지 생각하면서 양쪽 주머니에 두 손을 넣었다. 그런데 그중 한쪽 주머니에서 접힌 종이

쪼가리 하나가 잡혀 내 관심을 끌었다. 꺼내서 펴보니 조에게서 받았던 연극 광고 전단이었는데, 로마의 명배우 로스키우스 같은 명성을 지닌 유명한 시골 아마추어 연극배우와 관련된 내용이 적혀 있었다. 「어라, 이런!」 나는 나도 모르게 큰 소리로 덧붙였다. 「바로 오늘 밤이잖아!」

내가 이 말을 하는 바람에 즉시 화제가 바뀌었고, 우리는 황급히 연극을 보러 가자는 마음을 먹게 되었다. 나는 실행 가능한 모든 수단과 실행 불가능한 모든 수단을 총동원해 허버트의 연애 문제를 원조하고 지원하겠다고 굳게 약속했다. 허버트는 자기 여자 친구가 일찍이 내 명성을 들어 이미 나를 알고 있으니 앞으로 그녀를 소개해 주겠다고 했다. 그러고 나서 우리는 서로 간에 속내를 터놓았다는 사실로 뜨거운 악수를 나누었으며, 촛불을 끄고 난롯불을 보충하고 문을 잠근 뒤 웝슬 씨와 덴마크를 찾아[29] 길을 나섰다.

〈하권에 계속〉

29 다음 장의 내용이 덴마크 왕자 햄릿을 다룬 셰익스피어의 『햄릿』과 관련된 것임을 말한다. 다음 장 곳곳에 그 연극에서 끌어온 표현들이 등장한다.

열린책들 세계문학 221 **위대한 유산** 상

옮긴이 류경희 고려대학교 영어영문학과와 동 대학원 영어영문학과에서 석사 학위와 박사 학위를 받았다. 홍익대학교, 동국대학교, 고려대학교에서 학생들을 가르쳤으며, 현재 고려대학교 인문대학 초빙 교수로 있다. 옮긴 책으로는 대니얼 디포의 『로빈슨 크루소』, 샬럿 브론테의 『제인 에어』, 제인 오스틴의 『오만과 편견』, 토머스 모어의 『유토피아』, 조나단 스위프트의 『통 이야기』, 『하인들에게 주는 지침』, 『책들의 전쟁』, 헨리 필딩의 『톰 존스』 등이 있다.

지은이 찰스 디킨스 **옮긴이** 류경희 **발행인** 홍예빈 · 홍유진
발행처 주식회사 열린책들 **주소** 경기도 파주시 문발로 253 파주출판도시
전화 031-955-4000 **팩스** 031-955-4004 **홈페이지** www.openbooks.co.kr

ISBN 978-89-329-1221-9 04840 **ISBN** 978-89-329-1499-2 (세트)
발행일 2014년 4월 20일 세계문학판 1쇄 2023년 12월 15일 세계문학판 9쇄

이 도서의 국립중앙도서관 출판예정도서목록(CIP)은 서지정보유통지원시스템 홈페이지(http://seoji.nl.go.kr)와 국가자료공동목록시스템(http://www.nl.go.kr/kolisnet)에서 이용하실 수 있습니다.(CIP제어번호 : CIP2014011051)